叶落大地

吴文莉 / 著

陕西师范大学出版总社

图书代号：WX20N1748

图书在版编目（CIP）数据

叶落大地/吴文莉著.—西安：陕西师范大学出版总社有限公司，2021.1（2021.7重印）
ISBN 978-7-5695-1318-9

Ⅰ.①叶… Ⅱ.①吴… Ⅲ.①长篇小说－中国－当代 Ⅳ.①I247.5

中国版本图书馆CIP数据核字（2020）第012038号

叶落大地
YE LUO DA DI

吴文莉 著

出 版 人	刘东风
出版统筹	郭永新
责任编辑	张　佩
责任校对	彭　燕
装帧设计	蒋宏工作室
出版发行	陕西师范大学出版总社
	（西安市长安南路199号　邮编：710062）
网　　址	http://www.snupg.com
印　　刷	陕西龙山海天艺术印务有限公司
开　　本	710mm×1020mm　1/16
印　　张	27.5
插　　页	1
字　　数	430千
印　　数	3001—5500
版　　次	2021年1月第1版
印　　次	2021年7月第2次印刷
书　　号	ISBN 978-7-5695-1318-9
定　　价	59.00元

读者购书、书店添货或发现印装质量问题，请与本公司营销部联系、调换。
电话：(029) 85307864　85303629　传真：(029) 85303879

目 录

上部 _____ 001

中部 _____ 181

下部 _____ 307

上部

刘冬莲八字里水旺，有人说，这闺女寻婆家时，须命里土强木旺的男人才成。她爹就给她名儿里取了个"莲"字，她便果然唇红齿白面色如莲，身材窈窕，三村五庄没人比得上的好看。嫁给男人谭双林时，知道他身高体壮有木匠手艺，又命里土盛，刘冬莲心里中意极了，觉得自己命真好，只当自己就能和双林好好过一辈子小日子。女人家总想着要过安稳日子，可山东青州老家人多地少，连年大旱闹饥荒，就算她再不情愿，也不得不和双林变卖了那点儿薄地破房，支撑了怀着身孕的笨重身子，往陕西逃荒活命了。

潼关古城就在黄河拐弯的地方。渭河水从西而来，汇入从北边而来的黄河，一起向东流。风陵渡口，在黄河对面仿佛一块半岛，孤零零的。从潼关往西，有一条被马车辙辘碾压得深陷不平的官路直通远方，阴冷的风刮着，路上没什么人，路边杂草丛生，满眼都是衰败。顺着路一直走，三两天的工夫，就是山东人要投奔的焦知县的临潼县了。近几年来，成千上万的山东人一心想要到陕西寻活路，全是因为这个人和这片传说能开荒耕种的好土地。庄户人家背井离乡图的是啥？不过是能安放了日子的土地罢了。

渭河两岸这片风调雨顺的沃土长带，因为同治年间的暴乱，竟渐渐断了人烟。宽阔的渭河流淌过关中平原，这里几乎就算是旱涝保收的好地方，可渭河以北的大片土地因为没人耕种，长着高过人身的荒草，数不清的房屋被烧成了焦炭废墟，无人敢来。许多年过去了，这里成了人烟稀少的荒野，野狼、野狐大量出没。夜晚，狼嚎声传出很远很远。

光绪十三年（1887），山东青州人焦云龙来陕西做官，任阎良县知县，后来又任长安县和临潼县的知县。他看到大量土地荒芜，而山东老家的人们却因为人多地少又连年旱灾，饥荒严重，大量灾民推着小车闯关东。打从顺治八年（1651）起，清廷开始下令，民愿出关垦地者，任意耕种，俱照开荒之例，给予牛、种，待人民集多，田地广种之时，再酌议征粮。山东等地移民不断涌入，边内荒地开垦殆尽，光绪帝也先后几次将外边关荒地放垦。这让焦云龙不禁对渭北这片本该是良田的荒地有了许多想法。他带了随从骑马从临潼往三原、富平、阎良等地去看，一路看着，他心里更是叹惜这样的土地竟然荒废了这么多年，可怜多少山东老乡都饿死在了家乡，那么多人去关外垦荒，这关中平原的荒地是不是也能让山东老乡来垦荒呢？这样的建议，一经上书，朝廷立刻恩准。焦云龙便马上让人去山东高密、青州一带广为宣传：包子山，馍馍岭，要喝香油双手捧！

几个月后，传唱焦知县这句话的第一批山东移民便到了关中平原上。

光绪二十五年（1899），刚过罢惊蛰，冬莲大着肚子跪在风陵渡对岸的黄河滩上，脸对着河水只是流泪。男人犟，没跟两个哥哥去闯关东，用小木车推着冬莲和闺女往陕西来逃荒，冬莲却咋也没想到，男人和一帮山东老乡结伴走了四十多天，刚到了潼关竟跌进黄河水里，转眼就被浪卷得不见了。河风吹得人透心凉，挂着老铜镜的黑木船回到了渡口，捞尸体的河差爷全身湿透冻得哆嗦着下了船，一个船工赶紧给他手指上绑了根红布条避邪。被河水卷缠得一丝不挂的男人终是盖了河差爷的烂衣裳被抬到河滩上，冬莲却一下子崩溃了。她一心想着拉回来的是好好的男人。就算是天塌下来，也没有男人的尸体在眼前更让她绝望了。女人急促地哧哧喘着，瞪着男人不敢相信，突然，她扑在湿淋淋的双林身上，撕心一般呜咽起来。山东老乡们就劝，男人死也不能复生，拿钱置办棺材坟地埋了才是正理，帮你抬埋了，大家伙儿还要赶路呢。

可是一个钱也没有，钱全在男人怀里，都跌在黄河里啦。女人说着怨恨了，又瞅着男人哭，男人的眼睛总也不闭，女人抖着手去抹那眼，觉出是硬冷的，她的心一哆嗦。黄河边的风把人都要吹透了，山东人们缩了颈，在腰里兜里摸捏了一回，凑了一把铜子丢在女人脚前，一路逃荒来的山东女人桂枝蹲下替她收了。艄公也丢了三枚钱，唏嘘着说，离张草席还远呢。可怜这娃没爹咧——多大一对眼睛！

得想个法子。人人都这样说，可谁也没什么法子。

围着的人群里有个商人模样的男人一直冷眼瞅着，见山东人们只是慌乱，便终于说他愿意领走女人怀里的小闺女，给个买坟的钱。大家都松了口气，山东人们就来劝说，冬莲慌忙坐起身，死死拽着闺女的胳膊狠声说，要死就死一堆！俺不卖闺女！

女人的哭声骤然大了，看热闹的人们便高一声低一声说起来。有人叹，可怜呀！有人便说，看早晚娘儿俩得饿死！这年头，自己命也顾不得了，还可惜个闺女？倒耽误了闺女寻个好活路！

也有人在劝，快松手吧，不是遇上好心人，谁会领个赔钱货回家去？

说话的人也是个逃荒的山东女人，却穿红戴绿涂抹了脂粉好不妖娆，在一堆破衣烂裳的逃荒难民里仿佛插了面褪了色的烂彩旗。只可惜河滩风大，逃荒在外几十天也没能好好洗过脸，她那脸上的粉就红一块白一块，又起着鸡皮疙瘩，倒像个打了霜的烂梨。桂枝认识她，是一路上结伴逃荒的谭小头媳妇，和她男人一起，是一对好吃懒做的货。桂枝低声劝，冬莲，快拿个主意，再等等人都走完了，双林咋入土呀？

她回头看看自家男人闫老六，他脸上已经不耐烦了。谭小头媳妇被风吹得半眯了眼，背过脸压了声音说，冬莲！那人一看就是个有钱人！闺女过的有钱人家小姐的生活，强过和你要饭讨命！给了吧！

山东男人们都背了身，把脊背对着风，看着自家女人劝说冬莲，看热闹的人渐渐就少了，各自赶路去了。

快呀！陕西人要走了！

冬莲一惊，下了好大狠心才抬头去看，见那男人不过三十来岁，穿得讲究，黑大氅在风里噗噗摆动得让人心慌，身后还跟了两个伙计模样的小伙子。她丧了气，重新埋头在小红的肩上泣道，就是领走，俺也得知道小红是去了什么样的人家呀……

桂枝抹着泪只是叹气，谭小头媳妇却用胳膊肘使劲儿捣捣冬莲，快呀，这节骨眼儿上还容你挑？

冬莲瞅瞅半张着双眼的男人，慢慢松开手，小红从她怀里挣出来，见娘的脸上有泪，忙伸了小手去擦。冬莲轻声说，小红，娘给你找个活路，不用跟娘受罪挨饿了，你说好吗？小红乖巧，便点头应着，冬莲费力从自己脖子上揪下个小银锁，重新用细红线绳穿上，想系在闺女脖子上。风湿冷得让人透心凉，她的手冻得几次都系不上，一个山东媳妇看得焦急，就缩了颈来帮她。冬莲却执拗地用胳膊肘推开她的手，在冷风里眯着眼，一心一意给闺女的脖子上系银锁。她给小红理了理小蒜苗辫子，又用手心给她擦了擦脸上的泥，低低地冲双林说，当家的……那俺让人家把小红领走啦？

商人模样的男人心软了，蹲下，从脖子上拉下毛茸茸的兔皮围脖，裹在小红的头上，孩子低头用手摸摸，转脸看她娘。人们都看得出，那男人是个精明的生意人，心却是极善的，围着的人们就小声说，这可是个真正的阔人！

冬莲重新低头，把头埋在小红胸口又呜咽地哭起来。

那男人站起身对河差爷说，我眼窝子浅，见不得这场面，想落泪哩。干脆我给些钱，让她买地埋了男人吧，这孩子我不要了！

冬莲扯了小红，挺着肚子，蹒跚着一步步走到那陕西男人跟前，艰难跪下，不等人家来拉她，别着身子咚咚咚磕了三个头，恩人姓啥？求你好好待俺闺女啊！她乖……不用打也懂你的话！

她泣不成声，头发披散着，小红和她哭成了一团，引得河滩上的女人们也哭出了声儿。陕西男人见扶不起她，赶紧在怀里摸了钱塞给冬莲说，快起来！拿上钱埋你男人吧……你放心，我会待这女子跟亲生的一样，我姓宋，在西安城里开着布庄！

冬莲对小红儿说，乖！以后，你要听话啊！

她使劲儿亲了闺女的小脸，又仔细看着她的眉眼，闭上眼哽咽着轻轻推她走，小红忽闪着眼睛却不明白，只脆生生地说，娘，你不去呀？

两行泪流下来，冬莲摇摇头，盯着双林的尸体说，娘不去……来，给你爹磕了头就走吧！

一行人七手八脚算是把双林用张席卷着埋进了土里。身子笨得厉害，冬莲跪不下，便几乎趴伏在地上，对着那黄河水哭着不肯起身。黄河滩上的风吹刮得每个人都裹紧了衣裳，不管冬莲怎么说她不想活了，山东老乡们还是连说带劝把她扯起来上路了。谭大个子把冬莲的小半口袋种子和一只羊角镐、一把镰替她提在手上，冬莲被桂枝和爱娥一边一个半拉半扶着，一步三晃跟着大家上了官路。谭小头媳妇坐在谭小头拉的小独轮车上，头上裹着谭小头的大棉袄，只露了双眼睛在外边，小头呀，俺咋觉得这关中像是并不比咱山东好多少呢？

谭小头呸地冲地上吐口唾沫说，前两年闯关中的乡亲们，没见谁回去呀，怕是这潼关镇过去就有好地了吧？闫老六径自担着扁担，一头挂着锅盆和镢头、羊角镐，一头挂个荆条筐，里面放着个包袱，上边坐上他闺女，旁边是冬莲的两棵楸树苗，那是双林细心照顾了一路的。他嘎吱嘎吱挤过谭小头拉的小木车，甩开大脚板，咚咚咚地往前走了。桂枝看男人走远了，没好气地低声说，挑三拣四的，可惜没那吃金喝银的好命！

一路走着，爱娥的儿子贵子说饿，又说再也走不动了，她只好松开冬莲抱起贵子。桂枝见儿子长宝走在路上蔫蔫的样儿，骂道，懒鬼，见人家孩子抱，你心里就不带劲儿了吧？来吧来吧，娘背上你！

不由得冬莲便想起了小红，这会儿是被那姓宋的男人背着还是扯着？又不是自己的骨肉，谁会一路抱着走呀。想着小红的大眼睛，总是乖巧懂事的样儿，冬莲觉得心里割着疼，便悔了，又想想这辈子再也不能见了，由不得泪珠就滚下来。她见谭小头的独轮车远远只有个影子，爱娥和桂枝也都在前边了，赶紧抹了泪，挺着大肚子加快步子，却还是晃晃悠悠远远落在了后头。路实在是坑洼，冬莲是半大小脚，背着的包袱鼓鼓囊囊，走在路上便像一只硕大的枣核儿。她茫然只管迈着步子呆呆地走，心口塞了把草一般堵得发慌，有一瞬她突然想到，现在自己再没双林疼了，竟然成了个寡妇，热泪便忽地又顺着脸就流下来了。

到了古镇，天蒙蒙黑了。大家便四处张望着想寻些能要到饭吃的人家，眼看着一整天水米没有打牙，大人孩子们都饿得发慌，觉得再也走不动了。在一家小饭馆跟前，大家丢下担子坐在路边，谭小头上前叽叽咕咕和那陕西人说了好一会儿，终是让那人答应，让他们用些麦种换一锅疙瘩汤。每个人半稀不稠地盛了半碗便散在路边，或蹲或坐，吸吸溜溜吃喝开了。桂枝见冬莲红肿着眼睛，脸也肿胀着，张着双腿艰难地坐在一边揉着肚子发呆，她便叹息着，把碗递到冬莲面前说，吃呀！还别说，人家陕西人真是有福呢，这青黄不接的日子还有稠的吃！

闫老六终于有了些笑模样说，可不，要不咱巴巴地走了这四十多天，专门来这儿讨生活！

冬莲接了饭碗，却只呆呆抱着，爱娥便劝她多少吃点儿，咋也要想想肚里的孩子啊。冬莲默默点了头，用筷子在碗里动了动，眼泪便滑进冒着热气的碗里，大家呼噜呼噜吸溜着热汤，谁也没去劝她。有谁轻轻叹口气，谭小头媳妇刚想说什么，被桂枝狠狠地剜了一眼，她便噎住一般闭了口，却从鼻子里哼了一声。

店东家的后院有个小磨坊，堆了些柴草，见这些山东人带着一窝孩子，还有个快生孩子的女人，店东家厚道，便让他们自己腾搬出那些柴火，把磨坊借给他们住。赶了几十天的路，又在黄河滩上埋人冻了个透心凉，大家横七竖八打开铺盖卷，头没挨着地便响起了鼾声。冬莲却睡不着，一闭眼，就看见双林赤裸着身子，盖着河差爷的烂衣裳闭不上眼睛的样子。双林埋进土里时，冬莲是伏在湿泥地里哭晕了的，醒来那一瞬，她懊恨自己没有硬劝男人去闯关东。在黑暗里睁着眼，听着身旁各样的呼吸和呼噜声，和这四十多天一路日行夜宿的日子差不多。但她知道她的男人现在真是没了，小闺女也真是没了，那自己还剩下啥？肚里的孩子提醒她似的，起劲儿地踢了她，她用手捂着肚子，就想起多少个晚上，男人都笑着趴在她肚子上，说要听孩子在里面打拳。冬莲不敢想下去了，那样热乎乎的回忆像一把小刀，在她心里一下一下地扎着、挖着，让她疼得张着嘴却呻吟不出来。冬莲终于伏倒在干草堆里，把麦草秆儿使劲儿咬在嘴里，呜呜咽咽的声音却还是响在不大的磨坊里。冬莲在黑暗里听出谁翻了身，干草秆发出窸窸窣窣的声音，她赶紧咬了嘴唇，把哭声咽下去。死了吧，你这命硬的女人，就是因为你八字里水那么多，害得你那男人白白在水里送了命，就算是他命里土旺，就算他那么高高大大，也没架住你这么硬的命去克他。

这样想着，冬莲心里一下子透亮了。她轻轻站起身，慢慢往门口走，她小心着别踩到谁的胳膊腿。想着要去死了，她竟有些劲头儿，她怎么让吓糊涂了？她早该埋了男人、给闺女寻好活命的人家之后，就投进那黄河水里去，那样多干脆！

天边有一些灰色的亮光，她摸黑走出门。冬莲不愿意上吊，她听说过，吊死的人伸着舌头很难看。她想，要是她也死在水里，说不定就和她男人双林能见上面了。突然桂枝一把抓住她的胳膊小声叫，快和俺回去！

冬莲挣扎着，呜呜地哭，桂枝不由分说，扯上她就往磨坊走。

冬莲哭叫，让俺去吧！

桂枝狠狠地说，想想你肚里的孩子！

说到了孩子，冬莲就醒了神，她松了劲儿，桂枝搂了她的肩膀往回走。

哭哭想想一整夜，冬莲一夜没合眼，早上谭大个子第一个起身出了门，贵子、长宝们也都揉着眼睛要撒尿了。冬莲觉出自己身上沉得厉害，两个额角也紧着疼，眼睛干涩得像撒了把沙子，磨得她生疼。她不愿让大家再来费心劝她，便挣了身子也慢慢坐起来。门外头大家已经挑了担子，推起小车，把烂锅、烂碗、烂衣裳都塞进挑子里，又把镢头、羊角镐、楸树苗也摆放好，准备上路了。

　　临潼县城在骊山的脚下，一行几人到了县上，立刻便看到繁华的场面。一路上所见的都是流不尽的黄河水和成片的荒草，路上走的也多是和他们一般往陕西逃荒来的山东人，衣裳都破烂得乞丐一般。突然见了这样体面的大青石路，路边挂了灯笼和牌匾的大店铺，大家便兴奋得眼睛也挪不开了。谭小头媳妇见到路上行走的女人，都穿着素净，有的脸上还薄施了脂粉，她便叹息没来过这儿，还真不知道人家活得神仙一般呢！

　　又见有卖凉皮的摊子，围坐着许多人在那里吃吃喝喝，大家便吞了口水，赶紧走过去。临潼县不大却秩序井然，一派繁华，冬莲浑然不觉，呆呆跟在大家身后。谭小头和那卖凉皮的搭上了话，一来二去打听了些事，便和大家说，俺打听了，咱青州人焦云龙真在这儿当过知县呢。人家说咱山东人能镇得住这里，治理得路不拾遗、夜不闭户的。

　　路边的老头儿听了就笑了，桂枝便拦了那人说，大哥，俺们从山东来，想在这儿开荒，能开的荒地在哪儿呢？

　　那人瞅了她一眼说，关中八百里好地不假，可那都是官地，一村一县巴掌大的地方也有名有姓，该谁种就是谁的，你们山东人要去开荒也得从官衙门买，或是找荒野地临着的村子寻人去买。

　　谭小头媳妇大声说，不是说开荒嘛，怎么荒地也要买呀？

　　那人笑道，荒地也是地呀，县衙门贴过通告，这几年开荒不收租税，这不是天大的好事么？就算再便宜，荒地也得一两银子一亩吧，临潼县附近都被你们山东人快开完了，要想开就得往北边、往西边再走走了，你们是哪里来的？

　　桂枝说，青州。

　　谭大个子说，俺是高密的。

　　谭小头也赶紧说，俺是从潍坊过来的。

　　那人点点头，用手往西北方向一指说，往富平、阎良去吧！那边都是你们青州、高密来的人。

大家谢了那人,又寻了人再问问,都说阎良近些,富平远些,可头些年来的山东人怕是把阎良附近的荒地全开完了吧?大家商议了一回,觉得还是往阎良走好。

不紧不慢又走了一天,冬莲觉到肚子里不时坠坠地疼,随着大家在坑坑洼洼的泥土路上越走越艰难,心里却似乎不那么想死了,自己死了,孩子不是也就得死吗?那给双林咋交代呢?已经把他的闺女给了人,他在这世上不就只有这么点儿骨血了,活着兴许还真能把孩子生下来拉扯大呢?渐渐她有了希望,就鼓了点劲儿,脚底下却是越来越沉了,被缠裹的半大脚早就走得肿烂了。她咬着牙跟在后面,埋头挣着上了个坡,看谭小头拉着木车,远远地只有一个影儿。冬莲终于一屁股坐在地上喘着气对爱娥说,嫂子!俺真走不动了,容俺歇歇吧。

桂枝说,苦命的妹妹!

冬莲却疼得越来越厉害了,爱娥慌了,妹妹你别是快生了吧?

远远地有个过路人,桂枝便伸了脖子,远远地吆喝着打问路,那人朝西北方向指指说,那边远远有个村,就是高黄村了。又往另一边指了说,这边近些,是个龙游寺,住着五六个和尚,当家的叫德空。

冬莲咬牙说,俺是一步也动不了啦,那村俺是到不了。

看她疼得紧了,爱娥便没了主意,见男人远远蹲在路边,她跑过去问,他爹,咋办?她要生了!

谭大个子也慌了说,这前不着村,后不着店的!

他四处打量着,一片树林里远远露出暗红色的墙,那是座庙。

龙游寺只有五六个和尚,当家的师父叫德空,和他的师弟德法一起管理着寺庙。寺里香火旺盛,方圆的佛教信徒多到这里来朝拜祈福,寺庙小,从不留宿居士。寺里虽是简陋,却自有一种古庙的气派。冬莲咬着牙,在疼痛的间隙被爱娥、桂枝架着走走歇歇,顺了那小路到了半山坡的红墙外。不过节又不过会的时候,龙游寺的门是关着的。听了有人大声捶门,又听说有个女人要生孩子了,主事的和尚德空就赶紧出来,却见一群乞丐一般穿着破烂的男男女女们,操着山东话,扶了个大肚子女人急着要进庙,他便问大家,等等,你们会给她接生吗?

山东人们就慌忙摇头，都说没做过这事儿。一旁的德法就来了气，嚷道，你们不会，我们就会么？咋把大肚婆往庙里领！

德空不去理他师弟，只管吩咐小和尚说，快去！到高黄村把高婆婆请来！

冬莲挣着靠在门外的墙边，满头汗浸出来，咬着牙低声呻吟，疼呀……

桂枝便安慰她说，别怕，师父给你去请会接生的人了！

不等高婆婆到，天上却下起了雨，飘飘洒洒的，地面很快就打湿了。随着风，那雨便淋在冬莲的身上，爱娥想再去求那德空，冬莲赶紧拉了她说，算了，庙里都是和尚，能给这样一块地方已经不错了。

站在庙门外的坡上，能看到前边就是那片没边儿没沿儿的荒野地了，杂草丛生，比人都高，大家就都知道，从山东一路走了快两个月，总算是到了能长出麦子的地方了，于是都来了劲儿。谭小头媳妇催着要走，说男人撞上女人生孩子多晦气，得快找找前两年来的老乡，趁早安下身儿来。爱娥也想跟着他们走，见谭大个子瞅瞅冬莲，挠着脑袋远远蹲着发愁。她看出男人一路上似乎格外关心冬莲，心口有些发酸，觉得自己那时生贵子，他像是也没这么急过。眼瞅着大家顺了坡往那荒地上赶去，她心一横想，人家都走了，俺还陪个啥劲儿呢。他爱管冬莲的死活，俺就偏要走了！

冬莲看出她的意思，就推了她的手，让她带了贵子、祥子和谭大个子走，等自己生了孩子就去找他们，爱娥却又犹豫了。她见谭大个子把冬莲的农具、楸树苗和装种子的口袋从扁担上取下来，就又决定陪着冬莲，不打算走了。谭大个子素来知道他媳妇的脾气，可怜旁人过得悽惶可怜，可又见不得别人比自己强，事事要和自己打别，他早就懒得和她较劲儿了，就啥话也没说，只重新把那些东西又装进担子里。

雨越下越大，冬莲的身上湿透了，爱娥用双林留下的小布裆子给冬莲挡着雨水，一边踮了脚张望着咕哝，嫌那个婆婆咋还不来，急也急死人了。冬莲想宽慰她，自己却疼得越来越急，气也上不来，话也说不出了。

闫老六突然兴奋地喊，快看！从这坡上能看见荒野地了，没边儿没沿儿的！天爷呀！没白跑，都能活命啦！

一直在庙门口候着高婆婆的小和尚圆顺说，前两年有山东人来开荒，荒地还多呢，就是总闹刀客，杀人放火的，没人敢在这儿种地！

桂枝丢下冬莲也跑过去看，果然在傍晚的雨中影影绰绰看见一片广阔的大平地，杂草比人都高！

桂枝颤抖着声音叫，真的！多大一片好地！

谭大个子和爱娥举起儿子贵子："快看！将来爹就在这儿给你开地！"

祥子急得蹦脚跳，俺也要看，俺也要看！爹，抱俺！

冬莲咬牙扶着墙爬起来，大家的兴奋激动感染了她，她挣扎着慢慢走到坡边，一大片平坦的土地便冲进眼睛里，她怔怔看着，突然捂着肚子跪下去泣不成声了，双林！只剩俺……俺一个人来了！

这个世上每个人的命，都是有定数的，有人生来就在大户人家，吃白馍睡大炕；有人生来就恓惶，忙忙碌碌一辈子，贱得像个蚂蚁，死时连个压身的坟头也没有；有人活了上百岁，无疾而终；有人却不过几天的寿命；有的人从生至死都安然得很；有的人却得背井离乡，终老他乡。

这些老话，刘冬莲七八岁时就听娘说了，就在那时候，她没了娘。现在，靠在庙门口忍着疼，她突然就觉出那话里的苦。

冷风冷雨吹打得人衣裳也湿了的时候，高婆婆终于到了，她身上满是跌在地上粘的泥，半条裤腿和脚上都是湿的，她看看靠在庙门口湿漉漉的冬莲，又看看半闭的庙门，便来了气，啪啪拍门道，师父！快出来呀！

德空赶紧迎上来，高婆婆径自进了庙说，德空师父啊，那女人能在雨水里生孩子？

德法对她说，高婆婆，我这庙里全是和尚，女众不能住宿，何况她还要生孩子……庙里没这规矩！

高婆婆却笑了，既想救她，又怕啥规矩？我看让她在那柴房里生下孩子，也坏不了啥规矩！

德空见她这么说，便让谭大个子和小和尚们去把冬莲抬进庙。德法说，他看这还是不行，要么把那女人抬到高黄村好了。冬莲却疼得厉害，锐声大叫起来，高婆婆用手搭了她的额头叫道，天爷呀！烧得厉害，别说生娃，眼看就要出人命咧！德空看见冬莲嘴唇咬出了血迹，不忍心了，挥手让小和尚把放木柴杂物的矮草房打开，又让人们赶紧把冬莲扶到柴房去，腾出个地方铺了席让她生孩子。

大家七手八脚将冬莲挪到柴房的地上，没等大家松手，血水就渗湿了她的裤子，高婆婆慌得叫大家赶紧出去。小和尚们吓得手足无措，拥挤着冲出了柴房。德空在院里的屋檐下低声念着阿弥陀佛，冬莲却不住声地嘶叫着，高婆婆支使圆净快去找些热水，他便慌着冲出柴房往灶屋烧水去了。

德法见一团混乱，气得说，这像个啥样子！

他慌着在大殿外面打转转，德空便冲师弟说，这也是个救人命的事，你心烦就回屋去吧。德法摇摇头直叹气，只管走了。

柴房里堆满了长长短短的干柴，还有几根拆下来的旧木梁，平时没人进出，结了厚厚的蜘蛛网。冬莲抓着高婆婆的手说，俺疼死啦……

高婆婆问孩子怀了几个月，冬莲憋了口气想想说，八个月。

高婆婆叹道，七活八不活！看来这娃命悬着呢。

她小心帮冬莲解开大腰棉裤，冬莲就呻吟了，高婆婆低头只看了一眼便叫，爷哩！是个横生，你这女人咋这命硬呢？

冬莲不明白她的意思，却也顾不上问，疼得闭上眼，只顾得上吸气。高婆婆慌忙打开自己带来的小布包压了声音说，你这娃脊背朝外，够不着头，抓不住脚！我可咋办？你瞅，羊水也破了，你疼呢！

她低声说着，冬莲却还是模模糊糊听见了些，她心一下凉了，便想，但要不生也来不及了，真不如那日和双林一块儿死在黄河水里倒也干脆。正流着泪胡思乱想着，高婆婆说，女子，我给你揉揉肚子，看把这胎能不能换个位置，你啥也别想，肚子也别使劲儿，松着劲儿让我给你揉揉，啊？你不怕啊！

冬莲低低应了，闭着眼睛流着泪，那高婆婆果然有些手段，她手上轻轻重重用着劲儿，在冬莲肚子上来回地揉搓，可那胎就是不动。高婆婆急了，让冬莲别怕，声音却是抖的。冬莲忍疼咬得一口血腥，一声也不敢出，只听高婆婆哎呀叫着，丢下她就三两步跑到院里，慌着说，这女子有麻烦了！

院里立刻一片喧杂，冬莲觉出身下有热乎乎的东西正慢慢流出，钝刀割着的疼痛让她茫然摸索着去摸，手指上沾着红得吓人的血举在眼前，她却瞪着眼想不明白是怎么回事。突然，冬莲醒了神，憋了气嘶叫起来，救命！快救俺的孩子！

高婆婆跌撞着冲进来，慌忙说，女子，不敢喊！血流干了你就没命了！师父让人跑去找费郎中了！人家有洋药，能救你！

冬莲死死抓住她的手说，快！救俺！

高婆婆说，费郎中就住在坡下，你死不了！你得省着点儿力气！你听，师父们给你念大悲咒呢！

冬莲便听她教的那样闭了眼，放松了肚皮，听着庙里的师父们正高声唱念着什么经咒，又肃穆又透着些神秘。她自小在娘家也常和奶奶去寺庙，便在心里来来回回念叨着，观音菩萨呀，俺要没了这孩子，还有什么心劲儿活在这世上？你要么救了俺娘儿俩，要么就让俺们俩一块儿死，孩子没俺也活不成！

不到半顿饭的工夫，院里有了急促的脚步声，高婆婆低声叫，好了！你这女人有救咧！

冬莲听了心里立刻就宽泛了，剧烈的疼痛却一丝也不见轻，一个中年男人被高婆婆迎进来，小和尚圆净在院里轻声说热水烧好了。高婆婆忙去端了大盆的热水进来。

高婆婆突然说，女子，你脑子还清醒吗？

冬莲便忍疼嗯了声。

费郎中洗了手，高挽了袖子，冲冬莲说，那好！你放心吧。

他说着关中话，却压得很低，冬莲羞着不敢睁眼，让男人来接生，这是她想也不敢想的事！费郎中却已经在和高婆婆小声商量什么了，冬莲心里乱七八糟定不下神，一时想着这不是失了女人的贞节么？在娘家时，她听爹讲过烈女传，女人的名声比命大呀！一时间，她又在心里为自己辩护，她要是死了，肚里的孩子不是也得死了？她的命比不过贞节重要，孩子的命可比天大！想着冬莲的鼻子就酸了，大滴的眼泪顺着眼角流下来，费郎中看见了，轻声说，疼就叫出来吧，快生出来了！

冬莲觉出他用了刀，却没觉得多疼，费郎中让高婆婆帮他，冬莲便依照他们说的做。高婆婆让她松气！松气！她便闭上眼睛忍着疼，放松了自己。高婆婆叫，使劲儿！使劲儿！她便赶紧用手紧紧揪了铺在身下的稻草，咬了牙往下用力，她只觉得肚子越来越坠、越来越低，觉得高婆婆的手柔软得像团棉花，在自己的身上揉动。突然她觉得肚子里的那团肉被什么推着似的直往下冲，疼痛使得她终于再也忍不住了，抽着气哆嗦着说，哎呀婆婆！俺忍不住了！

高婆婆叫，那你就用劲儿呀！

孩子冲出体内的一瞬间，冬莲的心一下松了，她闭上眼睛听着孩子清脆的哭声，恍然间在心里低低说，双林！俺对得起你！孩子！俺把你的孩子生下来了！

高婆婆麻利收拾着那孩子说，女子！你命不孬，是个儿呢！别看不足月，还真壮实呢。

费郎中给冬莲嘴里塞了几粒东西，又端了水碗让她喝了几口，把止血药给她放在枕边，便转身走了。高婆婆喜滋滋的，她安顿好了冬莲和她的儿子，出了门见德空和德法两人正为啥时候让冬莲走争执着，费郎中也站在一旁。德空心软，想要留下冬莲，让她缓过这几日。德法却不容冬莲和她的孩子在庙里过夜，他说让远近四乡的人们知道这庙里居然有个女人生下孩子，还不让人笑话死了，得招来多大的闲话。费郎中听了便说，这女人刚生完孩子可动不得呀！

高婆婆也说，这大雨天，不是要她娘儿俩的命么？远近四乡，多少孩子都是我去上门给拾下的，谁也认得我高婆婆。我老婆子和费郎中给你们做个保证，证明这山东女人是逃荒走到庙门口走不动了，你们发善心容留她在这里生孩子的，你们看成不成？

德空点头，德法却还说，闲话没有腿，也不会专门去问问你高婆婆才来传闲话，费郎中不过是临时在这里，说话就要远走了，又去找谁？我说，既已经让她把孩子生过了，就让她出门去吧，留下她我这庙里还咋过嘛。

高婆婆叹口气说，好吧，不成我就和那苦命的山东女人住在一屋，陪她个十天八天，等她能行动了，我们一起出门，这样你们庙里就没啥闲话咧嘛。

德空说，好嘛，这样就好咧嘛，高婆婆真是菩萨心肠！

德法愣了愣，啥话也不说了。冬莲凝神听着，却再没人说话，她听着费郎中被小和尚送着出了大门。

高婆婆进了柴房，就见冬莲惨白着脸，一双黑润润的大眼睛正盯着自己，她呆了呆说，你这山东女人长得怪好看的，咋就这命苦呢？

冬莲挣着身子要起来，高婆婆说，你要做啥？多大的伤口！

冬莲说，俺积了啥福？这辈子碰见你，要不俺和孩子都没命了！俺啥也没有，没有能谢你的……

她挣着要爬起来下跪，高婆婆便使劲儿推她骂道，躺下躺下！做啥精呢，没看身上还出着血，还做这些！你逃荒在外，我还图你个啥啥儿？你男人呢？

他死啦！

高婆婆一屁股坐在地上，用双林的一件旧布褂子把那孩子包起来，女子！别哭别哭！他死咧，你也哭不回来他咧！要是能哭回来，哪怕我和你一起哭他呢！你得给你这娃想想，我想，你们山东人来也是要开荒的吧？

冬莲点头说，是呀。

高婆婆宽她的心说，我那村子旁边多大一片荒地，望也望不到边，时常有山东人来买哩，到时我帮你说合说合，在那儿买块地找人开荒吧。

冬莲摇头说，找人？俺开地得靠自己。

高婆婆停了手，端详着冬莲的双手说，我看那五大三粗的男人开起荒来也是吃力，你想想三五十年没有人伺候过的土地，又有杂草，又有乱石块，可不是耕惯了的熟地呀……你一个女人家，怕是难得紧呢。

冬莲下身疼得剧烈，只好侧身躺着，把包裹好的儿子重新搂在怀里，心里便泛上一些温暖，一股甜蜜和辛酸交集在她的心头。她不错眼地看着儿子的脸，看他鼓了小嘴急急地想吃，她像对自己，又像对儿子说，既是老天不让俺死，俺就得给俺儿子开块地出来！

把她端详了一会儿，高婆婆便笑了说，我看出你是一个心强的女人，到了买地的时候我帮你，我在这里说句话，也顶用呢。

冬莲又突然丧了气说，可俺一个钱也没有！

高婆婆叹口气说，是呀，一亩地一两银子，这荒地着实是不贵，可它不是还得一两银子？总还是钱呀！女子，你闭眼睛好好歇歇，养养神，这事咱们再商议，你可别急！

和儿子肉贴肉躺着，冬莲心口泛起难得的温情。不由得她又想起贞节这事，回想刚才费郎中给她接生的情形，突然就羞愧难当了。

从山东老家来关中时，双林曾给她熬了一小坛猪油，一路就搁在桂枝家的小车里，在寺庙里没有荤腥，高婆婆就偷偷给她每碗饭里拌上一点儿。一晃十天过去，冬莲在庙里吃些小和尚送来的斋饭，时不时又吃喝些高婆婆从家里带来的东西，居然奶水很旺，不过十天的工夫，她竟调养得不像来时那般憔悴了。白天她给儿子喂奶换尿布，晚上生怕孩子哭闹影响了高婆婆和师父们睡觉，便整宿抱着儿子。高婆婆见她抢着要去洗尿布，就生气了，嫌她不知道好歹，又没个男人，落下病也没个人疼。冬莲听她这样说，心里总要紧着一疼。

费郎中来看过她几次，留下些小纸包的东西，说是洋人用的药。冬莲没事和高婆婆说起费郎中，觉得他真是个没法报答的好人，高婆婆就笑着说，你让人家看也看了，又孤单单一个人，不如嫁给他吧！

冬莲急得说，俺咋能改嫁？婆婆，你可别乱说！俺是好人家的闺女！

高婆婆见她真是急了，忙止了她说，我不过说说笑话！人家费郎中一定也是有家有室的人，我见你总说要报恩，才故意逗你！

听她这样说，冬莲才松了气，却又暗自流了眼泪，让陌生的男人看了，这辈子也抬不起头做人了！她的爹是读过许多书的，最最崇敬的就是孔圣人，常常教着小冬莲背的书也多是诸子学说里与仁义道德有关的。记得那时爹给她讲过不少"志士不饮盗泉，廉者不受嗟来之食""饿死事小，失节事大""宁为玉碎，不为瓦全"之类的话，爹说，虽然说的都是知经识理的大男人应有的气节，可是当个女人，也要当大女人，不许贪图富贵失了贞操。现在想来，爹仿佛预知她要面对这困境，竟早早就把话搁在她心里了！那时冬莲并没觉得这些话有什么深意，现在孤零零躺在这远离了爹娘、没有了男人的柴房里，那些话却一下子就从心里跳出来，噼噼啪啪响着，招摇着，活生生在面前提醒着她。

桂枝来找过她一次，说是他们在紧挨着高黄村的地方看好了荒地要买。现在大家都在远远的一个早没了香火的老破庙里，和以前来的山东老乡们群居暂住，也算是安顿了下来。桂枝逗弄着冬莲的儿子，说两三年前来到这里的山东人果然有两户都是青州的，现在每家已经开了十来亩地收了三料收成，而且人家在荒地不远的地方挖了地窨住，已搬出破庙。冬莲见她兴冲冲的，心里也宽泛了不少，就问她荒地咋样买。桂枝说，其实那地早几十年是有主家的，现在要有主还会荒着么？可咱要去种，却得找那邻村的当地陕西人买，一两银子买一亩。有了买地的字据，便不会被当地的关中人轰走了。虽然没有房也没有现成的地，但可以看出来，那片荒地开了以后，能糊弄过日子。冬莲，听说你生孩子时是个男人给接的生？

冬莲不敢接话，桂枝见她变了脸色，赶紧又说，俺也是听说，她们那嘴，没实话！你别往心里去！

冬莲垂头说，是个郎中来接的生……要不俺和孩子就都死了！

桂枝张大嘴，怔头怔脑地说，冬莲！真的呀？怪不得山东老乡们都在传说呢，你等着唾沫星子淹死你吧！那天师父不是让请个什么婆婆来么？

冬莲的心一下子沉到了底，她木呆呆地接口说，那婆婆接不下来孩子，才让人请来了郎中！

听她的声音几乎要哭了，桂枝啧啧着不敢再说什么，两人默了会儿，冬莲突然慢慢地说，老天爷不让俺死，俺就活着！又关别人什么事？！

这话给桂枝解了围，就岔开话问冬莲啥时候去破庙里住，冬莲却发了愁，担心自己抱着孩子，身体还这么虚弱，怎么能在破庙里吃住开荒。

这是个难事，冬莲不敢指望啥，高婆婆便去找那德空师父，回来时却咣地撞开门惊喜道，女子！女子！你命真好！人家师父说，给你在庙后面的菜地里搭个棚，让你暂时住在那里！

冬莲不敢相信地说，真的？那他们还不是一样不方便吗？

高婆婆却不当事地说，有啥不方便，你都已经在庙外头了，不进庙门。再说，不是说暂住嘛！

冬莲说，俺得去谢谢那些师父！

高婆婆问，成么？小心你那伤口！

冬莲摇头，挣扎着爬起身，用指头拢拢披散的头发，便抱着孩子要走。高婆婆给她把双林的一件烂褂子撕成布片包在头上说，小心受风！

从柴房出来顺着矮檐走，经过菩萨殿时，冬莲忍不住抱了儿子进去冲着泥塑的观世音菩萨磕了头，又淌了一回眼泪，被高婆婆催着，才到了德空师父的屋里。冬莲赶紧给德空师父磕了头，谢他收留。她见德法在一边沉着脸，也不敢多说，便和高婆婆抱了包袱搬到庙后的菜地里。

圆净领着小和尚们正给她搭窝棚，高婆婆和冬莲收拾着东西，远远就看见谭小头媳妇一路上了坡往庙里来了。高婆婆说，你们山东人来找你啦。

冬莲摇头说，那可不是个啥地道人！

高婆婆本想进柴房收拾东西，听她这样说，便自语道，那我就陪你，看她有啥事!

谭小头媳妇见冬莲抱着孩子,头上蒙了白布,坐在庙后新搭的窝棚门口晒太阳,便扯了嗓子叫,俺的娘呢!你死了男人倒有福啦,还有这好的窝棚住,俺们挣挣巴巴才在破庙墙外搭了个窝棚,哪儿你这个好!

冬莲强笑了问,嫂子有啥事?

谭小头媳妇说,还不是萦系着你呢!

高婆婆见她说话也不忘扭了腰肢,又看不惯她眼风不时瞟着几个年轻和尚,便把脸扭到一边,撇了撇嘴。

谭小头媳妇瞅了瞅高婆婆,把脸扎在冬莲耳边低声说,冬莲,嫂子有话给你说!儿子这么大了,嫂子给你想了条好路,巴巴跑过来给你说,你往后咋打算呢?

冬莲不明白她的意思,又知道她心眼儿多,便实实在在地说,俺想着孩子既是生了,俺就要好好把他拉扯大,眼看着天也暖了,俺想法子开点儿荒地,不是从老家带有种子吗?可眼看着月子坐不完,这节气又不等人,到了该上种的时间,心里急哩。

谭小头媳妇说,开荒地?你不知道荒地也得使银子买?俺和小头买了两亩地,花了二两银子,那可是俺们变卖了老家的房子和地的钱,你有吗?

冬莲咬着嘴唇说,俺要有,埋双林时还用把闺女送人?

她气了,恨谭小头媳妇专来揭心里的伤疤。见她不高兴,谭小头媳妇又凑过来说,别生气呀,妹妹,嫂子不过就问问,你没有银子咋买地呢?

冬莲垂下头。

谭小头媳妇把声音压得更低了,你还是给自己做个打算……

不等她说完话,冬莲干脆地说,俺从来没想过要改嫁!嫂子要说这个,就回吧,不劳你操心!

谭小头媳妇勉强笑道,你真是个急性子,俺话还没说完呢。俺是想,你愿意给双林兄弟守着,那就守着吧,可你也不能喝风屙屁不是?一路上俺们大家都挤出嘴里的粮食给你,你在这庙里怕是也不能住太长久吧?

冬莲听了又把头垂下来,深深地叹口气。

谭小头媳妇说,俺就想,这孩子没了爹也难养大,不如把他给一家好人家，就和你闺女似的，他有人养活了，你也轻省了，换些钱回来，你买地也好，改嫁也好，不比现在强？现在就算想改嫁，拖个孩子谁也不敢要你呀。

她的话刚说完，冬莲气得全身发抖，握了拳头，差点儿挥在她脸上，滚！你就不是个好东西，你看俺男人刚死没了主意，撺掇着让俺把亲女儿给了别人，俺都快悔死啦！现在又让俺卖儿子，你的心咋那歹呢？

高婆婆呸一口唾沫吐在谭小头媳妇脸上骂道，你个妖蛾子！说的都是啥玩意儿！

谭小头媳妇抹了脸上的唾沫，气呼呼地骂，他娘的！不识好人心！你男人还是俺们给抬埋的呢！你倒装个贞节烈女似的，谁不知道你又开两腿让男人给你接生的事？

冬莲被呛得眼前发黑，瞪着眼硬是一个字也说不出来，心口憋得闷疼。

谭小头媳妇扭着腰，顺着小路走了。好一会儿，冬莲抱着儿子呜咽着哭起来，高婆婆红了眼圈，抹着泪说，哎，活人咋这难呢？女子，想想她这主意其实也是个活法……

没等她说完，冬莲便哭着说，婆婆，俺现在挣着活着，还不是为了孩子？要是把他也卖了，俺就连一点儿活着的劲儿也没了，俺咋去见双林？俺既是让男人接了生，就不该怕人说！只是，咋样才能买一块地去开荒呢，哪怕只有一亩两亩？

高婆婆定了神想了一会儿说，女子，我给你想办法，我去替你说一说，让你先欠着，等来年有了收成再说，就凭我这老脸，在我那高黄村也还是能说得起话的。不成，我就给你当个担保！

冬莲大喜，一把抓住高婆婆的手说，俺这下有活路啦！俺咋觉得你就像观世音菩萨哩，给俺接了儿子，又给俺这么条活路！

她说着就跪下了，高婆婆也不拉她，说，你就该给我好好磕几个头哩，你这儿子长大也得好好跟我叫婆婆哩。

冬莲二话不说，嗵嗵嗵地只管磕头，眼泪便湿了泥地。冬莲说，婆婆，给俺儿子起个名吧，你是有福有寿的人，让俺借些福气！

高婆婆问，你男人姓啥？

冬莲说，俺男人姓谭。

高婆婆沉吟了说，我看就叫个谭守东！你好好守着你儿子！

买了小红的宋轩堂，被两个伙计相跟着，坐车回到了西安城。

宋轩堂是做绸缎布匹生意的，有时也从陕北贩来羊皮羊毛在关中卖，再从关中贩些布匹棉花到陕北，因为生意不错，就常年带了伙计南方北方地奔走，虽然一年倒有大半年在外奔波，却赚下一份殷实的家业。宋轩堂的爹是过去的武举人，宋家世代经商，按说绸缎庄早就不用他亲自出门跑货了，可他还是不爱待在西安家里，实在没有货要跑，他宁可天天在周至县乡下的宅院里陪他爹宋举人读书练武。

宋轩堂并不烦西安城，其实是烦他的媳妇玉凤。玉凤不是宋轩堂自己可心想娶的，这媳妇是他爹给他哥哥说的亲。他哥病死了，他爹不想误了他嫂子，非得让宋轩堂娶了她。虽然这个嫂子是大户人家的小姐，和他哥也没成亲，可宋轩堂却觉得玉凤明明是嫂子，让他和他哥没过门的未亡人见也没见过面，就被安排着得睡一张床上，而且还得睡一辈子，啥时候想想他都觉得别扭。玉凤有几分蠢相，平时低头垂目时，就有了些大户人家女子的平和之气，宋举人对这一点还是满意的，他当然看得出她与儿子站一起是不太般配，可他又咋能愧对亡友的婚约？一个人要是连个信字也没有，又凭啥抬头挺胸在人面前活着？

在宋轩堂眼里，这几分蠢相就难以忍受了，偏偏玉凤这平和相是装给公公看的，过门没多久就显出争强好胜的性子，于是宋举人便私下里劝慰儿子，不妨再纳个妾嘛。

让老头儿没想到的是，一晃儿子成亲四五年，又添了孙子宋麟，宋轩堂却一次也没提出过要纳妾的事。

天天在西安城里守着布庄过日子，玉凤并不觉出男人不在家有什么，嫁在宋家，在她来说是个天大的幸运，她知道男人不待见自己，可她不在乎。他孝顺，爱面子，不屑得和她吵架，生怕别人看了笑话，她便知道这是她降住他的机会，越发好强。虽然宋轩堂也越来越不愿和她多说一句话，玉凤却一心认为自己占了上风，总有些自得。眼看男人和伙计们回来了，玉凤迎上去，却一眼看见男人抱了个三两岁的小闺女，她就怔了。只一下玉凤便涨红着脸愤怒了。这还了得？她非让他说出这是他在哪里找的野女人养下的野孩子。宋轩堂生性仁厚，不爱和玉凤费口舌，他抱着小红进屋，就说了河滩上的事，说这孩子乖巧，咱又没个女子！当成自己的女子养吧，也不差一碗饭。

谁知玉凤气道，你倒疼她？你娘死时都是我给你抬埋的，那时你在哪个女人的窝里逍遥呢？！养下这野孩子倒想爬到我头上？

宋轩堂是孝子，一辈子最大的短处就是他娘死时自己正在外跑生意，全是媳妇一个人在家安排了后事，他也是冲着这个才一直忍耐着没有纳妾。小红坐在地上吓得直哭，他刚想去抱，却见玉凤哭闹着说今天野孩子先来，明儿野女人就来了，明摆着想要休了我！让人欺负得没法活了！她闹着要寻绳上吊，宋轩堂本想甩手就走，可想想自己走了小红还得指望玉凤以后照看，就赶紧拦下她，让随行的伙计来做证明，自己当真是在黄河边上买的孩子。玉凤却不依，说一定是他买通了伙计说假话哄她的。

好说歹说，两个伙计指天立誓，说千真万确，这孩子是东家在黄河边见那女人死了男人可怜才买下孩子，玉凤终于抹了眼泪渐渐止了哭。

小红乖巧也有眼色，她看出玉凤给她的是冷脸，也看出宋轩堂想要玉凤认她，小红却不敢在玉凤面前走动。宋轩堂让她给玉凤叫娘，她便赶紧叫了，玉凤却对小红狠狠地说，别给我叫娘！要不仔细割了你的舌头！

小红吓得瞪着眼睛直打抖，宋轩堂啪地拍了桌子，一把扯了她就往门外走，玉凤只一怔便抢上去挡在他面前问，哪里去？

宋轩堂并不答话，对伙计春生说，快去套车，我和小红回乡下，到老爷那里住！

玉凤眼睁睁看着男人躬身抱起小红就出了门去。

和玉凤怄了一回气，宋轩堂只在宋举人乡下的老宅住了半个来月，又得要去南方了，临回西安城的路上，他心里下了个决心，若是玉凤再不容孩子，他便真要纳妾了！谁知玉凤见了他却一声也没吭，对小红说不上热乎也说不上凉，只让下人去给孩子铺床。宋轩堂想想，便把狠话咽下了。他说，我过两天就出门了，你能把小红照看好不？玉凤呆了呆，好一会儿才说，能。

宋轩堂前脚离了西安城，玉凤便打发人找来了专门说媒贩人的张婆，让她赶紧找个人家把小红儿卖掉。

见张婆发呆，她便说，不图钱多，只求卖得远远的让人心净些，永远找不到就好。

张婆那日见到宋轩堂把小红儿抱回来,心怕他回来找她的麻烦,便吃吃地说,要想远还不容易?只是,我怕你家男人回来见不到孩子……

没等她说完,玉凤淡淡地说,怕啥?我就说孩子在门口玩儿,跑丢了,不就成了?

于是,在黑夜里,小红便被张婆从宋轩堂家抱出来,直接到了城河边上。

陕西人爱听戏,不管是秦腔、碗碗腔还是眉户,但凡是有些年岁的人都能哼唱上几句。扛了锨往地里走时,男人也总要唱上几句,算是给自己做个伴。乡下人日子苦,若再没这些能嘶吼出来的声音,还不生生叫劳苦憋闷疯了?所以,三村五庄里,不管是过红事白事,盖房子过寿,都要请上戏班子唱上一场。有钱人家往往请来省城里的大戏班,名角儿任人家主家儿点戏,能唱上三天日夜不停歇,没钱人家也得叫个小班子,唱上几个折子戏的面子也是要的。

张婆给小红寻下的买家便是唱戏小班子的班主两口子。戏班小,加上班主两口子不过五个人。班主姓吴,两口子没儿女,张婆前几日听过一回戏,打听了老吴两口子一心想有个孩子,却总也生不了。她听了玉凤的吩咐,便立刻想起戏班子老吴是多么合适的买家,天天顺着西安护城河、渭河沿岸的村庄去唱戏,并没个固定地方。有人花钱请戏,他们便找个寺庙搭上戏台唱几日,没人请戏,便挑了装戏服道具的木箱走街串村地走了。

今儿河边上有二十多个人正在听戏,张婆没心听今儿黑唱的啥。她见那河滩上人们只图听戏,也不顾河边水冷。几根长棍搭了个简单的戏台子,一半支在水里一半支在滩地里,长棍上边搭了旧邋邋褪了色的几块布,算作幕布。一碗半明不暗的油灯架在棍上,让风吹得一时有豆大的光亮,一时便几乎失了明。

那点儿灯火影影绰绰,在渭水里便轻轻晃出幽幽亮光。张婆抱了小红站在黑影里低声叫,老吴!老吴!看我给你抱咧个啥!

小红听她压了声音,心里怕得扁嘴想哭,张婆赶紧哄她道,我女子乖,婆给你找个爹娘!你再哭人家就不要你了!回去还得挨打!

小红赶紧憋住嘴,老吴听人唤他,凑到面前才看见张婆正一脸得意地瞅着他笑,你看你多有福,前儿才说想要个娃,这不就有多乖的女子给你送来了!这娃的爹娘都死咧,把娃丢在路上没人要,你领去吧!

老吴惊喜得直搓手,他媳妇也凑了来,听张婆这么说,便瞅瞅小红说,这女子不知道认生不?

她刚一伸手,小红便张了胳膊让她抱,她喜得赶紧抱在怀里,小红一下子就搂了她的脖子。老吴媳妇笑道,这女子和我有缘呢!只是我咋买得起!这日子过得恓惶,怕拉扯不大她呀。

见她要把小红还给自己,张婆赶紧后退了一步说,我说咧这是个死咧爹娘的女子,丢在路上也饿死咧。不要啥钱买……你要看我老婆子辛苦,就随便给两个小钱,算我没抱着她跑了这一晚上路。

老吴媳妇看看男人的脸,又看看怀里的小红,笑着点点头,老吴用手轻轻捏捏她的脸说,多大一对眼睛!这女子长得俊!今儿的戏唱的是王母娘娘跟前的青女,我们就叫她青女吧。

天气越来越暖,渭北平原上的黄土地上长出星星点点的野草,槐树、柳树上吐了绿芽。刚到了关中,又正是青黄不接的时候,山东的移民们便惊喜天不绝人,纷纷揪了来煮在自己的锅里。日头一天比一天热,人们身上的大棉袄便穿不住了。因为开垦荒地的多是山东青州、高密人,好几户都姓谭,附近的关中人们,便给这片地上的人们叫谭家堡子的山东人。

与高黄村大片耕地相邻的却是望不到边的野荒地,密密的蒿草比人还高,野枣刺夹杂其中,杂草丛生的乱荒地里,野狼、野狐的粪便遍地可见,有的地方泥土板结,干硬得难以耕种,有的地方却黄土杂着粗沙,啥也不长。

谭彦章是谭大个子和闫老六他们见到的第一个青州老乡。谭彦章和许多山东老乡一样,从小就按着孔孟之道读过私塾,讲究耕读传家。他用独轮车推了老爹和媳妇儿子到了阎良,已经先后买下十来亩地,连着两三年开荒垦种,那地里已长了三料粮食,也快成了熟地。见大家来问,谭彦章咂着烟袋说,还没能力约人来打井,只好吃饭喝水浇地都指望那两口官井,等老乡们多了,再一起合力打井。大家都见了那两口井,一口离谭彦章的地很近,另一口离他搭的窝棚很近,想必他挨着井才买地开荒的。两口井的井口都很粗,已经用青石箍了井台安了辘轳,看那井绳缠缠得并不太粗,想必井水的水位不低。闫老六问他地里种的啥,谭彦章说和咱老家一样,秋天种麦子,春天种苞谷、大豆、谷子、高粱啥的，虽也是靠天吃饭，可关中这地好，老天爷也给脸，种啥长啥，好活着呢！听他这样一说，后来的山东人们就一下子有了极大的希望。

谭小头两口子便挨着谭彦章的地买下了两亩多，爱娥不让谭大个子挨着谭小头家买地，知道他们是难缠人，可她又怕离官井太远，日后浇地麻烦。在她犹豫的时候，又有一家潍坊来的人家选好地，给附近村里的村长交了钱写了契约。爱娥慌了，生怕好地让闫老六挑了去，就让谭大个子在离谭小头的地不远处买了三亩多，但她还是让男人与谭小头家的地隔了一亩多荒地，才端端正正埋下块当作地界的大石。

荒了几十年的土地又有了人气，大家散在高过人的杂草里去干活儿，就相互看不见了。人们在那荒地上捡拾了石块，埋下界石，每日里天不亮就拖上羊角镐、镢头去开荒，累得厉害了就四仰八叉地躺在杂草还没锄净的土壤上，对着蓝天白云喘着粗气，心里却有说不出的希望支撑着。

望着看不到边的野草，总也挖不到头，谁觉得没指望了，便瞅瞅谭彦章那块已经被整得利利落落的熟地，又见谭彦章领着媳妇和儿子在地里施肥，他们便眼气得不行，互相宽慰着，说等上一二年，咱熬过去了，那地不会比他的差。天黑严实了女人们才拖了孩子回古庙去做饭，男人们还想再多干一会儿，就算谁也吃不饱，每个人的心劲儿却都很大。荒地里时常有狼出没，从开出来的田地得走过大片野地才能到古庙。夜里总听到狼嚎，可谁也没把这当回事，只当这样一群人在这里耕作，狼定是会怕人的，所以谁也没想过害怕。

有一天，天刚黑，一个妇人突然在草堆子里惨叫起来，大家赶紧点了火顺声去撵，见她的孩子已经让狼拖出十几米远，五脏也掏吃空了，女人蜷缩在地上，吓得只会哭，谁也不认识了。满心眼儿里只有开荒，只盼着这土地能活命的山东人们才明白，除了地里的活儿，他们面临的困难还多得很呢。

冬莲听说了这事，吓得腿软，不到天亮不敢出门，天黑了都不敢平躺下睡觉，总是半靠着把儿子紧紧抱着睡，却总也睡不稳，一夜要惊吓得醒上十次八次。在这庙后的窝棚里，她夜夜要用绳把草门帘绑在窝棚上，怕坏人和狼钻进来。德空师父听小和尚说了冬莲的事，就让人给她个破铜盆，让她万一有狼来就敲盆，庙里的师父们一定会出来救她。半夜听着狼的嚎叫，冬莲怕得紧紧抱住儿子，手中那一小团肉虽然啥也不懂，却还乖得很，抱在怀里就给了她一些温暖，她脸贴了他的小脸，就像是有了些保护。

高婆婆想帮冬莲买地，却也没有钱。她带冬莲找到高黄村说了买地的事，原以为人家会买她的老面子，赊欠给她，谁知却不行。高婆婆只好给儿子张了口，儿媳妇噘嘴吊脸说她脑子进水了，要不咋对那山东女人那样好，儿子终于还是没舍得拿出一两银子借给冬莲。高婆婆又去找德空，说了冬莲的难处，说想让香客们给冬莲捐些钱买地，没想到，德空立刻就答应了，很快就给冬莲筹到了一两银子。

荒地里闹狼的事，高婆婆已听说了，就暗地里让她一定别买离官井太远的地，这样一来，可着那一两银子，冬莲能买的只有谭小头和谭大个子两块地间那片狭长的地了。这地的左右两边都被开过了，拔了草，翻松了土，渐渐平整得像模像样，尤其是谭大个子的那块田，田埂笔直，土块细碎。留在中间的一亩多地却依然有着一人多高的野草，乱石土块遍地。高婆婆见冬莲不吱声，以为她不满意，便小声说，女子，这地不错！

冬莲为难道，这块怕有一亩多……钱不够呀。

高婆婆想了想说，别急，咱交上一两银子先把地占下，等他们量了地算了钱再说……不行我领你去找德空再借！

第二天谭小头媳妇来给男人送水，看见冬莲和高婆婆站在地头和几个当地人在看地，她赶紧扯扯男人的衣裳让他看。谭小头便吃了惊说，这女人了不得！竟真要买地啦！难不成她把那小子卖了？

谭小头媳妇不屑道，她那没出息的样儿，怕是守不住改嫁了，要不一亩多地也一两多银子，她到哪里去找？

高黄村的村长高旺生唤来谭大个子和谭小头说，我来给你们说一声，中间这块地我们村就卖给这媳妇了，咱仨对面把这地埋下石头垒上界石，各自开荒就是了。

谭小头不自禁地说，她使多少银子买的？

高旺生说，这你别操心！反正这一亩六分地从今后是她的了。

他说着绕冬莲的地转了一圈，在那地的四角埋下四块大石头便和高婆婆走了。谭大个子埋头帮着冬莲搬荒地上的石块去垒界石。

冬莲对着地打量着，好半天才不敢相信地自语道，俺居然……在这陕西有地了？

听她声音里又高兴又仿佛不敢相信，谭小头媳妇没好气地说，是呀，你没有卖孩子不也照样有地啦？就看你咋种，俺长这么大，还没见女人开过荒呢！

冬莲接了她的话硬硬地说，男人能做的事，俺也能做，你不是爱操心吗？那就请等着看吧！

说是这么说，一个女人开荒实在还是太难了些，先是搬拣那些大石头，对她来说便是天大的艰难。毕竟还没出月子，冬莲头上一直没敢卸包头布，身上的血也一直没有止，肚子饿着，日头地里就总是头晕，她对着大片的荒地却顾不上那么多了。儿子守东被她用烂棉袄包裹了放在地头，怕狼来叼，她拾来个破柳条筐装进儿子，再用割下来的枣刺条缠在筐上。她在自己那一亩多地里忙活，小些的石头她捡拾了堆在一边，挡在和谭小头、谭大个子的界墙边，那地就越来越齐整地呈现一个狭长的三角形。可是，密密的杂草却生着极深的根，野枣树长着坚硬的长刺，她只弯腰挖了一上午，那手便被划的全是血道道，钻心地疼。揪着一丛粗大的野草，使了好大的劲儿，却只捋下一大把枯叶，冬莲吁着长气就想起男人双林在地里干活儿时的样子，他的胳膊上鼓了硬硬的肌肉块，这草若他去拔，哪有自己这么吃力。脸对着土地，她眼窝里湿热着，手却不敢停。

谭小头媳妇坐在地头看着男人干活儿，见冬莲的半大脚在坑洼的地里站不稳摔倒了，就叫男人来看。冬莲累得很了，听出她的幸灾乐祸，却不想示弱，生怕让她看了笑话。

有人性急，打算放火烧了那些杂草和枣刺，被别人赶紧拦下了说，这刚开春的天气又有风，万一满原着了火怎么办？再说，这些野草棵子和枣刺挖回去刚好烧锅，省得到处去拾柴火了。冬莲想想也是，又怕那野草根在地里，土地就板结，便努力想把那野草都连根儿挖出来，这样干了一两天，她才发现野草长得又密又深，两天后望一望远处，整片地仿佛还没动过似的。

又过了一天，重新站在那片荒地里，她觉得自己简直就要被那片野草压倒了，把儿子放在地头，冬莲鼓了勇气便开始埋头干活儿。

谭大个子忍不住了，他从一开始就操心这女人买下的这块地，见她拼命拉扯着草根儿，知道她不光是没力气，原先一定是没太做过地里的活计。他见爱娥到地的另一头去了，就赶紧握着羊角镐压了声音说，冬莲，这样硬扯不行！

冬莲抬头停了手说，唉，这草根儿太长啦，快教教俺，该咋办？过去都是双林做地里的活儿，俺没开过地呀！

谭大个子说，你对着那割过的草茬用镐挖，土刨松了那草根儿就出来了！记得！割枣刺时你小心扎手啊，捆枣刺时用脚踩倒了刺尖，再捆就扎不着你啦！

这话让她立刻开了窍，冬莲笑着说，都说你是庄稼精，真是好主意！俺只会傻干！

谭大个子也笑了说，俺看你这劲头儿倒大呢！

爱娥听见男人教冬莲，见他俩笑着说着，心里突然泛起一股酸意，她没好气地冲男人说，自家的地还没忙完，倒去给别人瞎操心！多早晚见你给俺们有张笑脸？你要舍不得，就替她去开吧！

这话差不多是喊着说的，冬莲愣住了，见谭大个子正笑着的脸僵硬了，赶紧拖着自己的羊角镐往地里走，谭大个子也闷闷地埋头开始干活儿。爱娥见男人不理自己，也觉刚才冲了些，就低声说，俺也没别的意思，就是怕你这样惹人说闲话，没见人家的男人，都绕着她走呢。

谭大个子没理她，起劲儿地把挖出的土块搬着到地头去了，爱娥一个人晾在那里，自顾自地说，难不成还说不得你们了？都给俺脸色看！说着她没好气地摔打着，狠狠把手里的东西丢在地上。

买到地的山东人都把自己的地开出来了，从山东老家带来种子的人们便都侍弄了地等着节气到了好下种子，没种子的想办法去集上买些种子，或问别家借了。稍微闲下些，有人便张罗着想要在堡子里再买一小块地皮要搭窝棚，有些闲钱的人便咬了牙想要挖地窑了。毕竟大家来关中前，都是变卖了老家所有的房子和地才来的，手里还捏着些钱。冬莲当初也和双林卖了房子和带不动的家当才出的门，那钱却都随双林入了水就没了，冬莲就比旁人更愁些，更不用说从种到收这一年多她吃啥喝啥了。

冬莲却勉强自己不去想这些，等大家把地都开好了，她刚刚才把那些草割完，地面的石头也才清理到界墙前，地太硬了，抡起镐头挖不了半天，她便觉得肚子疼。她甚至能感觉到下身还在出血，头上出着汗身体虚弱得厉害，只想躺在地上歇一会儿才好。男人们一镢头挖下去那地就松散开了，挖出来的黄土有小半尺深，她力气小，两只半大小脚在坑坑洼洼的地里又站不稳，便索性跪在那里，握了羊角镐拼了力气去挖，一镐头下去不过两三寸。

不管她咋样焦急，生怕种子下不到地里，胸脯却还是时常胀得厉害，听见守东在远处地头哇哇地哭，冬莲只好丢下羊角镐，冲儿子慢慢走过去，叹口气才一屁股坐在地上，刚想撩衣襟，见谭小头向自己这边张望，就抱起守东背过身给孩子喂奶。别人家的地已经渐渐有了眉目，有的人家已经开始准备下种子，自己地里野草还是那么高，她便看着手上一条条的血口子丧了气。这可咋办，天天累得腰也要断了，照这样的开法，这地得开到猴年马月了，冬莲知道节气不等人，误了农时，这一料庄稼就瞎了。她想起早贪黑多熬一些时辰，可偏又闹狼，自己的身子也不争气。

谭小头支了镢头歇着四处张望了，搭讪道，冬莲，俺们是男人当牲口用，你是女人当男人用呢！

冬莲只专心想着自己的心事，猛然回了神才见他不错眼地看自己，忙把背对着他，拉下衣襟，将守东的脸全盖住。

谭小头却并不在意，伸了脖子想要看得再仔细些，不防谭小头媳妇从哪里冒出来，揪着他的耳朵，尖声骂道，你那眼睛要长疔疮了吧！看啥看！不就是个不要脸的婆娘在喂奶吗？

谭小头嘟嘟囔囔揉着耳朵赶紧走了，冬莲却气极了说，骂谁呢？

谭小头媳妇抬脚跳过界墙，站在冬莲的地里冲她嚷道，俺算是明白了，让你正大光明改嫁，你还装！放着谭家堡子那么多的荒地你不开，偏要在俺们家地缝里开荒，原来就是想敞着怀在这勾引男人哩。

冬莲气得浑身发抖，把孩子放在地上，边系衣襟边站起来说，俺在自家地头里给孩子喂奶，算是勾引谁了？

从在黄河滩上冬莲死了男人，谭小头媳妇就没见过冬莲和她硬着脖子吵，便有点儿愣了。她见远近的人们都停了手里的农活往她这里张望，便想，这次输给你了，俺以后在谭家堡子还咋做人？

她索性坐在地上撒起泼来，天呀，你这没良心的女人，你男人死时不是俺们，你早就和你男人一起死在黄河滩上了……不是俺们，你男人能好好埋在地里？不是俺们，你能一路逃到这谭家堡子有地种？你今天倒翻脸不认人，勾引了俺男人还嘴硬，欺负俺不会生孩子呀？你多脸厚，连孩子也敢让男人给你接生，敞怀也不怕人看，俺可是怕你勾引了男人呢！

冬莲见她提起旧事，知道自己受过人家的帮助，让费郎中接生的事也不假，觉得有嘴也说不清。她呆了呆抹了把泪，弯腰从地上抱起守东，一手拖了镐往地的另一头走了。

谭小头媳妇一个人坐在地上又哭了一会儿，看远近地里的人们忙着干活儿，没啥人看她，也觉得无趣，便慢慢站起来，拍打了身上的土，回到自家地里。她想和男人再吵一场，谭小头早摸透了她的脾气，抡着羊角镐一心一意干活儿，仿佛啥事也没发生过。

谭小头媳妇便憋了一口气，嘟囔道，看俺慢慢收拾你！要不俺在这谭家堡子还咋样活人？

两个女人在地头争吵的时候，谭彦章远远也听到了，他虽然没有听得太清楚，但也感觉到谭小头媳妇想欺负冬莲。他生性爱打抱不平，对女人家的琐碎事却不想理。但是他每天里再带着媳妇、儿子在地里务庄稼，便多操心了冬莲和她那块地。见别的男人都是迈开步子抡起镢头在种地，而冬莲却往往跪坐在地头，抡着羊角镐在开垦，他就觉出这女人的不易，也觉出这女人的劲头儿，等到冬莲忙活一天，也不过开出两张炕席般大小的地方，便暗暗地替她着了急。

谭大个子和许多人也都替冬莲着急，可谁也没有能力再去替别人开荒了，更不用说冬莲是一个寡妇，给她帮忙会招来多大的麻烦。到了别人家的地里几乎全都开好了，冬莲却并不绝望似的，憋了一口气，天天只管埋着头跪坐在地里挖那些土地。

只顾着干活儿，太阳却长了腿一般，很快就从东边跑到了西边，沉下去了。没了太阳光，荒地里就立刻冷了，这一天撅着屁股干出来的活儿却全淹没在土地里，看不出她干了些什么，野风刮起来了，冬莲不敢耽误，她得赶天黑前回到庙外的窝棚里去。

谭家堡子里来的山东移民渐渐多了，从两年前的两三户，增加到十多户了，荒地里的树干都被这些来得早的人们砍下盖成了窝棚。后来的人家连一根比胳膊粗些的树枝也找不着了，又不能住在荒地上，便四处找寻着。离荒地不远的地方有个老庙，荒废很久了，刚到了关中的山东人便把那里收拾了住进去，也不分谁家，用布幔和苇草把那寺庙几大间正殿偏殿都分隔了，虽然不能一家一户住着，但至少刮风下雨都打不着了。但谁都盼着能搬出去，挖不成地窑，能有个窝棚也是不错的。

谭彦章来得早，种的地也赶上了两次好年景，就在自己选定的离官井最近的地方买了块地方开了荒地，挖起了地窑。盖房子对他来说还吃力了些。地窑却一样能防风防雨，又省了几面墙。山东人在老家住的房子都是拱顶，两坡流水形，用麦草遮顶，房子高大又光亮又通风。在关中他们却没法子像老家一般排场，那时，谭家堡子的人们便看着谭彦章寻了个朝阳慢坡地买下，在坡腰挖了个四五米深的坑，坑内三面便是墙了。他用大石头装在木棍上做成打夯用的石夯子，将那三面墙砸得又光又实。他又寻了棵原木割成木板在墙角挡住泥土，买了六根原木横担在两边墙上，上面铺些粗些的树枝和荆枝，上面又盖一些干草。看到他儿子谭兴和媳妇去野地里割来好些干草，把挖出的土回填在上面，铺了有半米多厚，大家只当他的地窑就搭好了。

谭彦章却笑着说，别急！别急！俺看人家关中人在棚上还要用原木搭成人字形的架子，上面再铺了草，这样里头就通风，两边还能排水呢。看到他家的窑终于弄好了，大家都不得不夸他真是个精明强干的人。

要搭这样的地窑得先买了荒地拔了野草，再攒出买木梁的钱，请来堡子里挖坑的劳力。这样的地倒是用不了多少钱，于是先来的几户人家便都在农闲的时候想法子买回木梁，你帮我、我帮你地挖了坑，有些深些，有些浅些，却在屋中间能有个大炕就行了。

爱娥催着谭大个子也赶紧给自家挖一个这样的地窑，窝棚太狭小，山东人个子高，谭大个子倒比一般人还要高出半个头去，住在窝棚里爬进爬出都显得艰难。谭大个子把地里的苞谷刚种上，打算在集上买了锯条刨刃，自己做好木工工具，打出几个大车轱辘卖了钱再挖地窑就从容了。他知道自己媳妇凡事爱和人比，生怕落了人后，就把自己的打算和她说了，爱娥却急得说，等那时，用石头土块围在荒地里打算要挖地窑的地方怕被别人占了去！

谭大个子就没好气地说，多大一片荒地，没边儿没沿儿的，还差你一个地窑的地方，急啥呀！没瞅谁家也没钱买木梁！

说是这样说，他还是被爱娥催着把买木料的钱买成了木梁，他又专门到谭彦章他们几个老户那里去看了人家的地窑，觉得这样又省工又省料，倒真是好法子。爱娥也和他一块儿去了，谭彦章在窑门口蹲在块大石头上，叼着烟袋笑着说，大兄弟来了，也想挖个窑吗？

爱娥笑说，看你过得多体面，俺家大个子太高了，进出那窝棚总碰头哩。

谭彦章媳妇见有人来看心里有些得意，知道自己男人比别人强些，却还谦虚道，体面啥呢，住得跟地老鼠似的，在咱老家里住多高多大的房，现在倒好，钻在地里啦。

谭彦章白她一眼说，就你话多，没让你住在荒地上，也没让你住在老庙里，你还张狂啥呀！

谭大个子两口子便笑了，低头从阳面山墙中间的门里，一路下坡进了地窑，只见屋中间有盘大炕，锅台连炕的地方有一堵高墙把屋分成里外屋。墙头一米多高，被碗口粗的圆柱子固定了，柱顶上放着个点捻子的火油灯。炕是土坯、石板搭成的，在炕梢用了个没底的木桶倾斜着做了根烟囱。爱娥见他门上挂了个厚草帘子，小窗户上也挂了小布帘，便说你可真巧呀，天冷时门开着，冬天这里多暖和呀！

谭彦章说，人嘛，不就比牲口多个脑子？要不是有这脑子，咱跑到关中还能活着？让大个子兄弟先赶紧回去买地买木梁，到打窑的时候俺招呼人给你帮忙去！咱们都把地开了荒连起来，家家都住上地窑，过上三五年，手里有了闲钱，再盖成咱山东老家的大房，日子有奔头哩，到那时看那些周围的关中人再敢欺负咱！

爱娥问，彦章哥，听说咱前后村子的关中人都嫌咱们去拾柴火，和咱们闹得都打仗啦？

谭彦章理直气壮地说，怕他啥？他们凶是凶却是只有那么几个人，不过一家的几个兄弟互相帮衬，将来咱一出门就是一个堡子的男人哩，他打不过咱的！

回到家，谭大个子便去集上看了旧的木梁木檩子，爱娥却早就和所有人说，她家大个子张罗着要挖地窑了。

谭家堡子的人羡慕极了，女人便催自己男人赶紧挣钱，要不总得住在窝棚里，占下的地方被人家挖了可怎么好。住古庙的人就更急了，巴巴地把谭彦章、谭大个子他们的地看了好些回。

在冬莲忙着挖地的时候，谭家堡子的人们大多都忙活着要买下一小块地皮拾石块占地方，准备有钱买梁时挖地窑用。冬莲听桂枝劝说她赶紧占地方，要不靠了官井近的地方就让人家占没了，以后担水就太远了。冬莲说只能等等了，就算只有一百文，她也拿不出来。桂枝凑在她耳边说，她给冬莲准备了钱，让她别和闫老六说就是了。冬莲心一暖，桂枝却不许她说啥感谢话，转身就走了。

拿了桂枝的钱，冬莲买了地皮却还得去开荒，她从自己地头拾了些石头，用担子挑了，挨着桂枝家附近围了个大大的四方形，连将来要盖的牲口圈也都算在了里头。谁知等她摆好了石块，找来堡子里的人们告诉大家这地是她冬莲占上的，将来要挖地窑了，爱娥却没好气地像是对自己说又像是对冬莲说，真是狗皮膏药，甩都甩不掉呀。冬莲问过了桂枝才知道，她占下的地方左边挨着桂枝家，右边却挨着谭大个子家。

全谭家堡子只有冬莲的地还没开完，趁着人们没到地里来，谭大个子便对冬莲低声说，你带孩子早些回吧，俺今天晚些走，帮你把那地挖出来。

山东人讲究礼数，除了母亲和媳妇，男人不轻易和女人搭话的，冬莲看出谭大个子平时像是大家的老大哥，和自己从来没多说过话，猛不丁他说要来帮忙挖地，她心里一热，刚想谢他，却又怕惹下麻烦，还犹豫着，他已经大踏步走了。

天快黑的时候，冬莲又抱着孩子往庙里去了，路还长着，她饿得前心贴后心，头上出着虚汗。靠着在庙里吃些师父们给的素斋，她比谭家堡子的山东人们过得还好些。虽然身体虚弱，身上总也止不住出血，所幸奶水还没累断，她觉得一切还有指望。现在唯一担心的就是这片地，总也开不出来似的，一亩六分地在山东乡下并不觉得咋样大，可现在就像压在了自己心头，永远永远也挖不完似的。

她把圆净送来已经凉结了的稀汤面吃了，叹口气搂着孩子睡下，半夜又梦见双林给她说，自己还是冷，没有衣裳穿，又梦见小红被人打得嘴边流着血，哭着叫她娘。冬莲便一下子惊醒了，摸着黑给守东换了尿布，一边抹了头上的冷汗，一边想，明儿一早就找德空师父说说这事，让他们给男人超度超度吧。

一大早，大殿还没有一个人，庙门都关着，冬莲不敢敲门，就在门外远远冲供着佛菩萨的方向磕头，念念叨叨愿菩萨宽恕她家双林，别在阴间受罪，又祈祷菩萨保佑她赶紧把地开出来，别误了农时，让她能把孩子拉扯大。

她抱着守东，挎了破柳条筐扛了羊角镐，顺着小路往荒地走，不想就撞上了德空。

德空淡淡地问，你那地开出来啦？

对于这个慈悲谦和的和尚，冬莲是当他做恩人的，她忙躬身低头给德空做了个礼问过好才说，人家种子都下到地里了，俺那地还有一小半硬得铁镐也挖不动呢，估计还得三五天才能下种。

德空见守东在她怀里圆睁着眼睛，一点儿也不怕人，便笑了说，孩子还好吧？

冬莲说，托菩萨的福，这孩子真挺硬棒，夜里也不怎么哭，只要吃饱了丢地头儿上就能睡，省了俺多少心呀。

德空笑着说，真没见过你这么乐呵的人，别人到你这样，早愁死啦。

冬莲不好意思地笑了说，俺打小就心大，俺在这里住着，给您添了不少麻烦，这辈子都不知道该咋谢你！

她说着便想起自己淋着雨睡在庙门外的样子，又想起德空和德法的争辩，对德空生出谢意。德空不当事地说，只要你和孩子好好的就成了。买地的钱，你别太上心，那是居士们发心捐的，不用还的。

冬莲见他说完便冲自己点点头走了，她才边走边回味出德空话里的意思，敢情自己买地差的钱并没赊欠，竟是德空师父让大家给她捐的？！德空刚进了寺门就见德法正在寺庙门口张望，他知道师弟看见自己和冬莲说话了，不觉心里一沉。果然德法说，师兄，这个女人在这里住，引来太多闲话了，我看她孩子也大了，你说句话让她走吧，她不是也买地了吗？

德空不快道，她带娃开荒多不易，何必逼她搬走？

德法气呼呼地说，我不敢胡想，可人家都说，师兄你到底是冲了啥？让一个寡妇带娃住在庙后头！

德空愣了愣，终于说，好吧，下个月就让她走吧。

德法还想说什么，见师兄一脸凝重进了大殿，便双手合十念了声阿弥陀佛。

谭大个子到晚上趁自家女人和人们都走了，一口气抡着羊角镐给冬莲挖出两分地来，这齐齐整整的土地第二天就被他媳妇疑心了。冬莲心里却明得和镜一样，她见谭大个子只是埋头干活儿，话也不和自己搭，便心存了感激，依旧顺着那地干活儿，一点儿也没露声色。爱娥仔细观察了自家男人，又打量着冬莲，却拿不出证据，便在心里存下了疙瘩。她见冬莲天天敞敞亮亮地抱了孩子来，埋头在地里忙活一天，又抱着孩子去，跟谁也不说啥。

从那次自己说了她，冬莲便跟自己生分了，这让爱娥更恼怒了，难不成自己过去帮她那么多都白帮啦？爱娥在心里想了个来回，越发觉得谭小头媳妇说得对，冬莲真是个没良心的女人。她不放心谭大个子，生怕他去帮冬莲给自己添了难看，可有时她看到冬莲累得满头大汗，头发披散着，踮着脚在坑洼不平的泥土块里蹒跚地走，她又觉得冬莲怪可怜的。待她想去帮冬莲时，见人家粉白的脸，黑绒绒的眉眼，孩子生下都一俩月了，腰身依然像个闺女似的，她就硬下心想，谁又不欠她的，她也没领过你的情，难不成你男人被她勾引走了，你才甘心吗？

远远见冬莲把儿子举在空里逗着他笑，爱娥简直想啐她了，男人都死了，还能这么高兴！谭小头媳妇说得对，冬莲果然是不要脸的，就是死也不该让男人接生！往后这女人定是要在谭家堡子生出事来的，真该让她早点儿嫁出去就好了，那时自己一心帮她逃到谭家堡子看来是错啦。

冬莲终于把自己的地深挖了一遍，杂草和野枣刺也都捆成小堆，每天晚上她就抱着守东，背着一些柴回到庙后的窝棚里。谭家堡子的人们大都关注着她那地里的动静，见她终于把地整得像个样儿了，便都松了口气。从冬莲那地里过时，谭彦章就格外操心，除了她的地，他还注意了谭大个子的地，算得上堡子里伺弄得最好的地了。谭大个子土地挖得松软，土块敲得细碎，地里的田埂一条条又匀又直，不知他从哪儿捡拾了牛马粪肥晒干了，先撒在地里的坑洞又下了种子，看得出谭大个子是个精细人。

旁边，冬莲家的地，看上去也是土块敲得细碎，田埂却并不那么直了。他心里叹息了一下，女人家没力气，可是能把一块荒地伺候成这样，这女人也真是了不起。冬莲的地旁边便是谭小头两口子的了，那土疙瘩、石块散在田间，田埂歪歪扭扭，粗细不匀。谭彦章想，地就是人的脸面呢，冬莲一个女人硬是憋着口气想把这地伺候成个样子来,倒是这两口子,明眼人一看便是偷懒了,糊弄这地呢。

谭彦章从两年前来到这谭家堡子,便把在山东老家时的习惯全带来了,天刚蒙蒙亮,他爬起来洗罢脸,便挽着柳条粪笼到堡子外走动,把那官路上的牲畜粪拾回来晒成肥,等着下种时用。这地本来是好底子,硬是让撂野搁荒了,好好深挖了,再细种上两三年,不出三年定是块好熟地。这一点谭彦章是很清楚的。虽然他家在山东也没大富大贵过,但论起家风人品和料理庄稼的本事,却从没在别人之下。凭着他这种劲儿,硬是把自己的那十来亩地伺候得在谭家堡子人见人爱,他知道,全堡子的山东人也都暗地里铆着劲儿拿他当样子呢!顺着谭小头家的地头往自家地头走,谭彦章瞅瞅筐里不多的粪肥想,明儿一早得到大路上去拾,往北再走走吧,想是这村的四面都让乡亲们也起早贪黑拾完了。

走了一早晨,他便有些燥热了。谭彦章解开扣子撩起衣襟擦擦汗,把柳条筐丢在地头,坐在田间的土埂上歇息。

天已经大亮了,地里渐渐有了人影儿,远处没被开出来的荒地依然毛毛刺刺,支棱着杂草。谭彦章想,等这两年光景好一些,攒上些钱,就把那里的地再买一些,开了就能长庄稼。关中真是好地方,只要你有心劲儿,手上有力气,好日子它是真要来了!他回头看看谭小头家的地埂,宽得能容下两辆小车,自己的那个便是拉一辆小车的宽窄,便在心里摇摇头。他留心过陕西人,留出来的多是能过一辆大车的地埂,陕西人有地,便不当事了。他从腰里拿出烟袋,用火镰打着抽上,眼睛就搭在谭大个子的那块地上,那地埂做得又直又细,一辆小车刚刚能过,他便在心里赞叹了一句,真是个庄稼精。他远近都看过,庄稼好手谭家堡子有不少,但这么细心下苦,却只数得上谭大个子了。

他抽完一袋烟,歇足了劲儿,捞起钁头准备把那地再收拾收拾。这时他看见冬莲背着孩子从官路上走过来,心里想,这女人现在就到了地里,怕是四五更天便得起床,她还得伺候个孩子,啥时候得让村里人帮帮她,她过得这样艰难,让人多不好受。

谭彦章只瞅了冬莲一眼便埋头干活儿,耳边却传来守东的哭声,冬莲低声哄逗他,看今天多好呀,你也吃饱了,咋又哭呢?娘不能老抱着你,那俺们地里的活儿谁干呀?乖!好好躺着!

那孩子却是哭个不停，冬莲又哄了几句，声音便急了，看太阳都出来了，娘今儿赶紧得把种子撒上呢，好好躺着，快别哭啦。

终于她放弃了，守东的哭声在地头嘹亮地响着，冬莲却不搭声了。谭彦章忙活了会儿，抬头看了眼，见冬莲已经蹲在地头开始细细心心地撒种子，守东却在另一个地头伸张着胳膊大声哭着。他见冬莲给地里点那苞谷种子时并没有撒些粪肥，心想，她是不懂得呢还是压根儿她就没有积下肥呢？他想说些啥，见冬莲埋头干活儿，又没看见附近田地还有别人，便咽下话，稍一犹豫他就收起镢头扛在肩上，又挎了粪筐回家去了。

再来时他那筐里装了自己费心晒好的干粪肥，见地头边还是没啥人，他赶紧把那筐放在冬莲的地头，远远冲她喊，冬莲，下种时得先撒些肥，这地才开好，还薄呢……

他弯腰用指头捏了点儿肥说，看！一个坑里放这么些肥……再放两粒苞谷粒……用完你把筐放地里就别管了，俺自己来取！

冬莲来不及说话，谭彦章早迈了大步绕了闫老六的地头往自家地里走了。她瞅瞅那筐肥，又瞅瞅他的后背，就垂下头呆了呆，轻轻叹口气。

现在冬莲把这地几乎是当成了自己的儿子，甚至比对儿子还亲呢。看着一片荒得不成样的地块，一点点变成眼前这样平整的样子，她心里爱都爱不够。每天上工她几乎是渴盼着去干活儿，那里有她的地呢。她兴冲冲的又劲头十足，虽然每天回去便累得只想一下躺倒，坐也不愿坐起来，可是第二天天不亮她只要是醒来，便盘算着她那地要上种子了，便又一下子来了劲头。她三下两下做了饭，吃一半再给晌午带一份干粮，急急匆匆给守东喂了奶，就赶紧背上孩子迈着大步往地里走。

可她从山东带来的种子却只够种一亩地，她细细心心生怕糟践了一粒，那六分地还是没种子下地了。一边照谭彦章教的撒了肥再下种子，她一边心里宽慰自己，先把这种子下在地里，让它先长着，剩下的再想法子吧。她把仅有的两大碗苞谷粒都下到地里，便向谭彦章媳妇借了一根扁担两只桶，去井里打水来浇她的地。这眼井是官井，早来的谭彦章和后来的这些山东人，在谭家堡子买地开荒，便多是在这眼官井的附近，后来的人把荒地越开越多，离官井就越来越远了。冬莲把孩子麻麻利利捆在背后，守东把脸贴在她的脖根儿上，她将扁担挑在另一个肩上,一连跑了四五趟,下过种子的一亩地也只浇了一半。她扶着扁担在井边歇气,突然觉得背上渐渐热了,她笑着骂,这孩子!俺两件衣裳都让你尿湿啦。

她本想解下孩子,又想,这再一耽搁时间,一早晨这地就浇不上水了,她挑上水桶就往地里走,守东却觉出湿了,张开嘴大声哭个不停。冬莲已经惯了,一手在背后轻轻地拍着他的屁股,一边哼着儿歌,小小子儿,坐门墩……

老孙家媳妇看见了说,啥时候见冬莲都是乐乐呵呵的,看孩子把衣裳都尿湿了,你倒还是笑!

冬莲边走边说,不笑又咋办?先把地种上再说吧,误了农时,俺们娘儿俩日子就难熬啦。

桂枝叫住她,不由分说把个小布包往守东怀里就塞,冬莲便笑问是嘛好东西?桂枝却转身就走了,冬莲手用手捏捏,硬硬的,像是钱,她赶紧喊,闫老六不是要盖房呢……

桂枝却早就一路小跑走远了。

有了这点儿钱,离买种子还是差得远,冬莲却觉得心里不再慌张了。集市她也不知道在哪里,便四处打听,问哪儿能买到种子,又问除了苞谷,还有啥庄稼熟得快。谭家堡子的所有人几乎都知道她一个钱也没有,却都想看她咋样弄来种子,又咋样种在地里。女人们开始说,这女人真是了不得。也有人说,她真是逞能,这地本不是女人一个人能种的。

谭大个子和爱娥已经在地里忙活上了,看着冬莲的地里湿漉漉的,她知道这女人已经把种子下了,又见地只浇了一多半冬莲便收拾了东西要回,爱娥忍不住了。她说不清自己心里咋样想,看冬莲过得不好,她便忍不住想去宽慰她帮她,可冬莲这样一个人硬撑着做这做那,她又觉得好像人家用不着她了,心里就有着怨气。

冬莲给谭彦章媳妇还了扁担和桶,把孩子解下放在地头换了尿布。爱娥看着守东胖乎乎的光腿有力地蹬着,着实爱得不行,忍不住问冬莲,你吃啥啦,孩子养这么胖,这才一个多月,就这么硬实!

冬莲听她给自己搭话,赶紧笑了说,嫂子!这孩子像他爹,身架大又壮实,他再是病病歪歪俺可咋好呢?若说吃啥……俺不过在庙里吃些人家给的素斋饭。

谭大个子像是没听见她俩说话，也像是没看见冬莲似的，低着头只管干活儿。爱娥就满意了说，让俺抱抱，俺那俩小子都跟他爹一样，竹竿一样，又细又瘦。

冬莲便笑着递给她，她逗弄着孩子，守东立刻就咯咯笑起来。爱娥说，俺那俩孩子都长着天王的脸呢，爱哭，哪能这样一逗就乐？

她见冬莲收拾着包袱便问，种子下完了？

冬莲摇摇头道，哪能呢，俺从家里带来的种子只够种一亩地的。

谭大个子听了这话停了手，爱娥说，那可咋好！这地都开出来了，不种上就过了谷雨啦。

冬莲无可奈何了，是呀，俺也正在想法子哩……俺男人在家时有木匠手艺，专做木梳和细活儿。俺寻思着做把小锯、煮些桃木，熬夜做做木梳放集上卖一卖，兴许就把种子的钱挣出来了。

爱娥瞅着她的脸叫道，俺的娘哎！啥时候俺也没碰见过你这么了不得的女人，还想着跟男人一样去挣钱呢！

冬莲听不出她是在夸自己还是在笑话自己，便低了头说，不然又咋办？俺是连一点儿法子也想不到啦。

谭大个子见他媳妇抱着守东玩得开心，便停了手里的活儿说，做木梳得要专门做个小锯，那桃木得要上好的，这都得钱去买呀……俺不知道你会不会缝锅顶排？

冬莲一愣，锅顶排？

是呀，你没看人家陕西村子里，满眼都是晾晒好的高粱秆子，你选上好的梢头用刀割回来，咱常用的锅口有多大，你就缝成多大，用刀把边子切圆切光。俺想你背到集上去卖，兴许有人要，这不是一个本钱也不摊吗？

冬莲寻思了一会儿，高兴地大声说，大哥你太会出主意了，俺就做这个！

爱娥见他俩都笑了，心里又不乐意了。她凉凉地把孩子递给冬莲说，赶紧去做锅顶排吧，俺得干活儿啦。

冬莲接过孩子不知道她咋又不高兴了，谭大个子却知道他媳妇的脾气，不等她说啥，拖了镢头寻了一处地埂便开始干活儿了。冬莲怔了会儿，只好抱着孩子扛了镢头，准备去高黄村讨些高粱秆子的梢头。她不知道自己该不该再谢谢谭大个子，回头瞅瞅，两口子谁也不认识谁似的，都埋头在地里开始忙活，她叹口气就作了罢。

高粱秆子缝成的锅顶排，在山东和陕西家家都在用，不管是面条还是饺子，总得搁在这样的锅顶排上去晾。放在山东老家，高粱秆子遍地都是，可在谭家堡子却是个稀罕物。冬莲背着孩子没有回窝棚，她琢磨了一会儿便想高黄村年年都打着高粱，烧不完的高粱秆子她去求一些上好的，没有被雨浇淋坏的，想是做上几十个锅顶排不成问题。她刚进了高黄村就见两个女人抱着孩子在谝闲话，旁边一个女人在扑扑纳着鞋底。见她进了村，有一个就挡了她说，你是旁边开荒的山东人吧？

冬莲赶紧点头道，是呀嫂子，俺是山东来的。

那媳妇上下打量了她问，那你天天往我们村里跑，踅摸着啥呢？

冬莲不懂她操着秦腔说的"踅摸"是啥意思，赶紧堆了笑说，俺是来找高婆婆的。

另一个媳妇点头道，找高婆婆，你这孩子病了？我知道咧！你就是高婆婆在龙游寺帮着接生下一个男娃的山东女人？

冬莲见她们好打听，只得胡乱点点头，那两个媳妇就说，那你快去吧！

冬莲见她们悠悠闲闲的样儿，心里很是羡慕。自己小时候很受爹疼爱，她爹一个人就做了地里的活计，自己只跟着娘天天学着纺纱织布，到农忙时才去地里给爹娘帮帮忙；大些了给说了婆家，跟着双林过日子，虽然他很疼自己，可地里的活儿终还是要做的，家里的孩子也终还是要管的。可眼见着这些陕西女人竟像是不用下地似的，她便在心里想，这关中的土地就是好，旱涝保收，不像俺们山东不是旱了就是涝了，难得碰上个好年景，这都是命呀！俺算是有命也活在这关中了，只是却没了男人。这样想着，她心里涌上一丝难过，鼻子就发了酸。见天忙碌着，她想起双林的时候就少了些，就算想起双林忍不住要哭的时候也少了些，有时她甚至想不清，是自己因为不想再哭着想男人，就专门去忙忙碌碌呢？还是打心眼儿里就想忘了这让人伤心的现实？干活儿虽然是累些，可那时候脑子里就啥也不用想了，有这一块地，她便有了奔头，她知道自己的日子还长哩。守东不过才两个月,她眼下最着急的就是先要找些好的高粱秆子呀。

高婆婆娘家在周至县,嫁到高黄村时才十八岁,她娘信佛,她便是个胎里素,从小随着她娘吃素念佛、烧香跑庙,总把护持寺庙、帮助别人当成了家常,她是个虔心的居士。高婆婆高个头,瘦身板,性子和声音都很豁亮,她在高黄村生活了大半辈子,虽然不会像郎中一样治病,却有一手扎针、接生的本事。高婆婆对人实诚又热心得很,乡下人便谁家也离不了她,不光远近大大小小寺庙里的师父们赞叹她,高黄村里的男女老少们也都敬重她。高婆婆的男人前几年患了个小病,可他没当回事,也不去寻医,更不肯吃高婆婆给他抓的草药,他只当躺些天就好了,谁知却越来越重,等到愿意花钱治时已经迟了,不过小半年的时间,竟病死了。高婆婆只有一个儿子三个闺女,都成了家,闺女嫁得都不太远,当然也都是家道不错的人家。男人死后她便跟着儿子过日子,帮媳妇引那两个孙子孙女,儿子守着自家那些土地耕种,勤谨能干,一家人日子倒也过得舒心。

自打德空师父那天叫她去庙里给冬莲接了生,冬莲和她那个儿子就被高婆婆日夜都牵挂上了,就总想着冬莲的伤口长住了没?那孩子挺壮实,可那山东女子的奶够不够吃?她担心冬莲那些山东老乡里的害怂欺负了冬莲,又担心冬莲不能总住在庙里,以后没个容身的地方。她和儿媳妇在家没事时叨叨说,偏那个山东女子硬气得很,要买地、要买种子!还要自己开荒种地呢!儿子、儿媳妇都看得出来,高婆婆从心里疼着冬莲,又叹息她的命太苦了些。高婆婆看冬莲的样儿,仿佛是打了主意要自己挣个好日子出来的,便想,这可不是个容易的事!但是眼看着冬莲心劲儿很大地张罗着要自己开荒种地,又真的扑在地里一点点去干了,高婆婆便把想劝说的话全咽下去了。

高婆婆是从心里喜欢上这个山东女子了。

高婆婆见冬莲来了,便欢喜地念了声阿弥陀佛,说你倒能背着孩子找到我家!可她听说冬莲要缝些锅顶排去卖,便摇头说,高粱这东西家家户户都种着呢,粗针大线就缝好能用了,又不用啥手艺……怕是没人买吧。

冬莲就又没了劲头儿,叹口气蹲在院里不说话了。高婆婆的儿子福全却说,来逛集市的人也不都是乡下人,也有不种地的镇上人呢。就算是乡下人,也不见得人家都种着高粱，又愿意费劲儿去缝那锅顶排！我想，只要缝得细致耐用，又不用多少钱，会有人买的！

冬莲听他这样一说，又站起来了，高婆婆便笑了说，这话也对，我们上年纪的人不舍得花钱买，人家年轻人图个懒，肯定有人买！

从高婆婆家背着满满两大捆高粱秆梢子出了高黄村，冬莲很快就抱着儿子走不动了。她坐在地边歇着，心里却高兴得厉害，别看谭大个子不爱说话，又怕媳妇，可他还真是有主意的，这些高粱秆梢子做锅顶排真是好材料。她把高婆婆给的两根大针别在衣襟上，怕扎着守东她重新把针头朝里别好。冬莲想着回去就可以缝锅顶排，明天拿到集市上去卖，种子的钱不就有了？她兴冲冲上了官道，谭小头媳妇不知从哪里游逛回来，嗑着瓜子远远地叫她。

冬莲不愿意理她，她又巴巴地叫，冬莲，你咋不说话呢？俺啥时候得罪你了，都不理俺。

冬莲没了办法，肩膀又困疼得厉害，只得放下那两捆高粱秆梢子，把儿子守东放在地上歇气。谭小头媳妇一路小跑撵上来，吐着瓜子皮说，哟！这孩子养得这么胖了，你还真有本事呀！那时谭家堡子的人只当你们娘儿俩都会饿死呢！

冬莲没好气地说，可不，俺们活得好好的呢。

谭小头媳妇见她说得很冲，便堆了笑脸，只逗了孩子不接她的话。冬莲说，俺得走啦。

谭小头媳妇琢磨着说，你拿这些高粱秆子做啥用呀？

冬莲说，回去烧呗！

谭小头媳妇问，捆得这么整整齐齐是想搭窝棚吧？

冬莲没说话，谭小头媳妇就撇了嘴说，还不说实话，是想在谭家堡子搭个窝棚吧？也是，你用石头占下那块地，再不搭棚，离官井近的地方都让别人搭完了，到时候没有好地方，离村又远，担一挑水得走好久呢……可你这高粱秆割得这么短，又是细梢头，能做啥用？

冬莲听她说得不差，想着眼前七事八事都得自己张罗，就心烦地说，还搭啥棚呀，俺哪顾得上？眼前连地里的种子都不够，俺这不得做了锅顶排去集上卖了才能买回种子？

她不等谭小头媳妇说啥,重新扛了高粱秆梢子在肩上,上了官路,往龙游寺后的窝棚走去。

谭小头媳妇心里一动,赶紧冲着她的后背喊,妹妹!明天镇上就有集呢,你要做了锅顶排就赶紧去卖,等下一次过集呀又得隔十天呢!

冬莲听她声音喜滋滋的便嗯了声,径自走了。这一宿冬莲都没睡,她安顿好守东,擦洗好高粱秆梢子又切割成锅盖大小的长短,就拿出大针穿上粗线开始细细地缝。她嫌第一个缝得有些粗笨,自己不满意,便想,留下来自个儿用吧,你既是想卖些人家的钱,这么粗糙咋用呢?

缝第二个的时候,她便动了心思,从头上取下木头簪子,在那一根一根排着的高粱秆梢子上虚虚画了个图案,又小心翼翼一针一针串缝起来。待那些高粱秆梢子被她缝得平平整整,她才使刀把那四边有棱角的地方都切割成一个光滑的圆形,又从背面藏着针脚细细密密地将那高粱秆缝起来,这下便是个精巧的锅顶排了。因为缝了图案,那高粱秆便显得精心了,拿在手里光滑结实。冬莲瞅着便满意了,自己冲那锅顶排笑了说,这不就是钱了吗?这日子要这样过,俺那种子很快就来啦!

熬了一夜,冬莲将那捆高粱秆梢子做了大大小小二十来个锅顶排,每个上面都用布条缝了挂钩,用线把它们穿上。她想抱着孩子一起闭上眼歇会儿,守东却醒了,哼哼着要哭,她给孩子换了尿布又喂罢奶,再瞅瞅天边,已经有了些红光,天要亮了。冬莲对着地上的那摞子锅顶排出了回神,索性就趁早赶集去吧,听堡子里人说,路上得走一个多时辰呢。

忙活了一宿,她觉得饿,用葫芦瓢在瓦瓮里舀了半勺水咕嘟咕嘟喝下去权当吃罢饭了。挑了锅顶排,冬莲背了孩子顺着小路走到龙游寺的门口,她刚要顺着那路下坡往集市走,就见小和尚圆净从庙门里叫她说,施主!施主!我家大师父找你哩!

平时都是圆净给她送吃的、捎话,加上他又是高婆婆给接生送到庙里来出的家,他就和冬莲比常人更觉亲近些。见冬莲扛着扁担,后边挂了一大堆锅顶排,他就接了她的扁担,低声说,找你怕不是啥好事呢!

冬莲心里一紧,脚下却不敢耽搁,赶忙随他进了庙,见德空和德法都在大殿门口站着,像是一直在等她似的。她赶紧低头给那两个师父作揖说,师父,找俺有事?

德法说,施主,你带这孩子在庙里住了两个来月了吧?

冬莲连连点头说,是呀,托你和师父们的福,不是你收留俺,俺当日就死在路上了,孩子也早没命啦。

她说着鼻子就酸了,眼圈也红了。

德空叹口气,德法见他师兄不吭声,冲他师兄使了个眼色,偏德空不看他,德法便仰起脸瞅着天空说,施主!我们这个庙全是男众,那天收留你在这庙里住也是可怜你,可这太不方便了,我们的小师父们,现在都不敢到庙后面去,怕撞见你给孩子……

他说着及时打住了。冬莲赶紧说,对不起!对不起!俺下回小心些,把窝棚上的布帘挂好!

德法不等她说完便道,我和师兄已经说好咧,再过个十天八天,你寻下住处就赶紧搬走吧,毕竟住在这庙里总会让人说闲话,对你和我们都不好。

冬莲听他这样说,虽是早知道这里不是久留之地,但总盘算着先把种子下到地里再想别的,可没想到这么一早就要她走。她看看德空,他却垂着头不说话,冬莲便咬了嘴唇说,好!俺十天以后搬,谢谢师父们这么多天收留俺,让俺给你们磕个头吧。

德法一摆手说,谢也不用谢,出家人慈悲为怀,只是许多事情不是你们俗家人明白的。

冬莲缓缓点头说,庙里师父有啥缝缝补补的事尽管跟俺说,俺原来寻思着等把地里的种子种上,给师父们一人做双鞋,好谢谢你们!

德空唉了一声便进了殿里,边走边说,别费那劲儿啦,好好种地,拉扯大孩子就好咧。

德法也昂头往后院走,你走吧!记得十天。

冬莲一个人孤零零站在大殿门口,愣了好久,觉出脸上冰凉凉的,顺手抹了把眼泪。小和尚圆净见她可怜,小声说,施主!要么你和高婆婆再说说?

冬莲知道他好心,冲他勉强笑笑,依旧扛了那锅顶排,背了孩子出门往集上走了。

这可咋办呢?十天后在哪儿安身呢?就算古庙里能睡人,可在那露天地里可咋样去做锅顶排呢？冬莲愁得不行，又想起那些关中女人们在门口做着针线，悠悠闲闲带着孩子的样子，她长长地叹口气，低头边走边思量。谭彦章领着儿子谭兴也往集上走，见冬莲挑了锅顶排，便对孩子说，你叫你冬莲婶子，问她可是去集上呢，问她要不要帮忙。

谭兴不过四五岁的样子，却沉沉稳稳地像个小大人，显然是被他爹教导惯了，他跑到冬莲面前叫，婶子，俺爹问你是不是去集上，问你要不要帮忙。

冬莲一时回不过神，她依稀在谭家堡子见过这孩子，却搞不清是谁家孩子。她赶紧点头应了说，是呀！

她抬头看见谭彦章远远在路边站着，就冲他说，俺去集上卖了这锅顶排，想换些种子回来。这些不重，俺能行！

谭彦章一直惦记她那半亩没种完的地，听她这么一说，眼前就浮现出她昨天浇了一半的地。他心里问自己，你咋就对这女人的事这么上心呢？但他还是依着在山东老家的规矩，男人轻易不和其他女人拉近乎，只点点头说，那就好。俺瞅你剩下的那几分地，别种苞谷啦，再种些谷子或棉花。若是再挣些钱，买块地开了荒，夏天种上麦子，你们娘儿俩的口粮就够啦。

他听冬莲应了声就扬起脸朝前走了，谭兴赶紧撵上他爹。冬莲看他爷儿俩一样端端正正的背影，心里生上一丝羡慕，人家孩子都有爹哩，她觉得出谭家堡子的人们多还是记挂着自己的。

镇子的集市逢七即有，四里八乡的人们都挑了自己家的稀罕物来变卖，因是耕种季节，卖种子、树苗、菜籽的便沿着不宽的青石路摆了半条街。冬莲蹲下身，在人家的麦种袋子里抓了两把，那密密实实的感觉多好呀。

卖种子的陕西老乡便说他的种子好呢，又大又饱实，提了秤问她称多少。冬莲赶紧缩回手说，她得卖了锅顶排才能有钱买种子。

陕西老乡笑了，那就赶紧去卖吧，我等着你。

依着那人的指点她往集市的另一头走，听说那里是专卖锅碗瓢盆、笤帚的，过了一家换一家卖种子的，拐过一条小路，便是卖猪娃和羊羔的地方，高头骡马也都拴在树上，牲口的臊臭味立刻扑了鼻。冬莲看那热热闹闹的人们在尘土飞扬里大着嗓子吆喝生意，就想等明年手里能攒上些余钱，也看上几只小鸡娃，鸡长大能下蛋了，守东就有鸡蛋吃了，换个油盐，日子也轻松些。可现在这一切全都指着肩上这一挑锅顶排呢,她觉得自己有些可笑,打那么大的打算呢,又可怜着自己竟是除了卖这几个锅顶排,眼前连一点儿活路也没有,连借住的窝棚也只能住十天了。她心里沉重得不行,从那小路上退回来,重新打问了路人,找到那卖笤帚杂货的地方,见左左右右已经有人在地上铺了油布,摆卖些东西,便也把锅顶排分了大小摆了两摞在地上,从背上解下守东抱在怀里,自己寻了块石头坐在边儿上,等着谁来买她的东西。

她细心看了四周,倒是没人卖锅顶排,便有了很大的心劲儿。离得不远,一溜支着七八家卖布的摊子,染成青蓝、深蓝的粗布和土织白布摞得老高。冬莲便想,自己在山东老家也是个织布的好手,比谁都织得快织得好,若是有些棉花,再有架织布机,那日子不就有指望了么?冬莲痴痴想着,并没看到那好大一片布匹摊子前有个城里男人正在看布,那人却看见了冬莲。

从小红丢了之后,宋轩堂心里就没安生过。那天玉凤指天赌咒发誓说小红是自己从院里跑出去走丢了,宋轩堂和她大闹了一场,从此再没和她在一个屋里过一天日子。宋轩堂没休玉凤,他纳了个妾,才十八岁,他也并不多喜欢她,还是爱在外面奔走,更多是在寻找小红的下落。宋轩堂寻了不少人和地方,也给人家许下很大的酬谢,可一直没什么下落,有人劝他,这世道只要有钱,别说一个三岁的女子,再金贵的男娃也不缺,可宋轩堂却一直没放下要寻到那孩子的心。阎良县城的集市大,这样小镇子上的集市,按说宋轩堂不会来,可他听说逃荒来的山东人聚堆住着,又都织得一手好布,便打听了集市的日子,带着春生来看看。毕竟阎良离陕北近得多,如果从这里批了布运往陕北,光运费又能省下不小一笔。

可宋轩堂做梦也没想到,他会看到小红的亲娘。他仔细打量了,果然是那女人,白净面色,黑亮亮一对杏核眼略略上挑,唇红齿白的。她利利落落梳着个圆髻,身上穿的还是那日在河滩上见过的素黑仿绸棉袄,却生过孩子没了肚子,那衣裳被重新剪缝过了,女人细瘦高挑的身段在集市上就很是显眼。女人怀里的孩子被个粗布小被包着,露出来的小胳膊上却是和那女人身上的衣裳一模一样的面料,想是她用剪裁下来的棉花和布细心给孩子改了件小衣裳。

人群里有个老太婆跐了小脚,头上顶着大方布手帕,被孙女搀扶着,一摇三晃到了她的跟前，自语道，这么细致的锅顶排！

冬莲赶紧抱着孩子站起来，拾起个锅顶排递在老太太面前说，大娘你看，俺的锅顶排都是挑好高粱秆子做的！

老太婆瞅了她一眼说，山东人呀，谭家堡子的吗？

冬莲赶紧点点头，老太婆说，山东人不是爱种地吗，咋也做锅顶排呢？

冬莲说，可不是嘛，俺们从山东来种子带得不够，又没有钱⋯⋯

老太婆就说，哟，这锅顶排咋卖呢？

冬莲愣了一下，从高婆婆家扛回高粱秆梢子又兴冲冲熬了一夜，做到天也快亮了，又一早赶路跑到这集上，她只想着锅顶排能换成钱，钱能换成种子，种子能撒在地里。她却没想过这一个锅顶排到底能够值多钱，她捏着锅顶排愣了愣说，大娘，你看着给吧！

老太太有些意外地笑了说，山东人还真是实诚！我咋能看着给？给你一个钱、两个钱，你必是嫌少⋯⋯

她看着冬莲的脸又说，你要十个钱、八个钱，我又嫌多！

冬莲生怕她不要，失了这一桩买卖，就把锅顶排使劲儿递到她手里说，那咱就折个中，四五个钱都行！

老太太没料到她这么爽快，瞅瞅那锅顶排，摸了摸细线密密缝出来的图案说，那可别说我占你便宜，女子！

冬莲听出她想买的意思，使劲儿摇头说，俺不敢！俺这锅顶排耐用呢，你瞅，这背面还用暗线缝了一遍呢。

老太太从兜里摸了好半天，摸出四个钱，一个一个排在冬莲的手里说，我腰里就这四个，你看你亏不？

这是冬莲从山东到关中两三个月时间里，第一次摸到自己赚的钱，她紧紧握在手心里，激动得一个字也说不出来，只管冲着那老太太边笑边摇头。老太太看她实诚得可爱，便笑了，冲孙女说，咱今儿是占了你这姨的便宜了，多好的锅顶排，这山东女人手巧哩。

冬莲细心把那钱放在腰里，刚抱着守东坐下又觉得不妥，从腰里摸出那四个钱，打开守东的铺盖把钱别在尿布里，这才把孩子重新又包裹了。集上的人多了些，她仰脸等着买主，虽然有些人问，却一个也没卖掉。但有了那四个钱，她心里便安稳了许多，心想不急呢，只要有一个人买，俺就不愁。她远远看见谭大个子拎着根崭新的铁锯条，领着他的大儿子祥子从眼前走过。谭大个子没看见她，她便在人群里缩了脖子垂下头，生怕谭大个子看到自己，那时搭不搭话呢？她怕惹爱娥不高兴，人家帮过自己，不能让人家为了自己和男人老吵架。

快到晌午的时候，冬莲一连卖出去四个锅顶排，五六个钱她也卖，七八个钱她也卖，加上先前那四个，竟有三十多个钱了。她知道这些钱加上桂枝给的，要买种子还差些，就在心里打了个主意，等到晚上快要收集的时候，不管卖多少钱，都一股脑儿买回种子，先撒在地里，哪怕十天后赶下一个集，只要有了这样能卖钱的生意，自己那地里总是会种满的。

守东开始哼哼唧唧在她怀里不安分起来，冬莲知道孩子是饿了，不是拉撒或饿了，他不会闹人的。她背过身去找了件旧衣裳搭在孩子头上，挡住行人的眼，才解开衣襟给孩子喂奶。这时她也觉出饿了，肚子里空得厉害，从昨儿个夜里到现在她是啥也没吃过，只喝了两瓢水。旁边卖笤帚的老汉像是个山里人，穿着磨得发亮的黑棉袄，下面的大裆黑棉裤也被磨得油亮，集上的人多是穿件夹袄，想必山里冷，这老人一早来赶集，才还穿得这般厚实。老人把那一大捆笤帚已卖了过半，心满意足地从馍兜里掏出黑馍来吃，冬莲见他吃馍嚼得很响，嘴里就忍不住冒出许多酸水。她只好又背过身子面向另一边，指望他早点儿吃完，别再引得自己眼馋。对面的街上却是卖蒸糕和凉皮的摊子，戴着小白帽的回民正在给一个男人称羊头肉，卖凉皮的辣子醋水味飘了半条街，山东人不爱吃酸辣，可这眼前的摊子却让冬莲肚子里饿得难忍。

俺当找不到你呢！原来躲在这儿，冬莲！锅顶排卖出去了没？

冬莲没回头也听得出是谭小头媳妇的声音，她低了头装作没听见，花枝招展的谭小头媳妇却跑过来蹲在摊前说，锅顶排卖了没？

冬莲只好应了她的话说没有。谭小头媳妇并不在意她的锅顶排，摸着守东胖乎乎的小手说，俺没本事！连个孩子也生不出来，见你这孩子咋就亲得不行呢！

她的长指甲刮疼了守东，孩子便锐声在冬莲怀里停了吃奶哭起来，冬莲赶紧拧了身拉下衣襟，又将那旧衣裳从孩子头上拿下，哦哦地哄着说，乖，别哭了！

她顺势拉下孩子的袖子盖住那手，又把孩子的胳膊拢在怀里。谭小头媳妇脸上挂不住了，刚好有人来买锅顶排，冬莲便和那人说价，那人嫌贵转身就走，冬莲急了，站起来唤那老人，老人却说，不要了！不要了！

见他只管走了，冬莲只好重新坐下，谭小头媳妇说，俺给你抱会儿孩子吧?

冬莲摇头说，你该忙啥就忙啥去吧。

见冬莲手不离孩子，谭小头媳妇索性解开绳，把那些个锅顶排一个个拿在手里挑着，啧啧地评价这个好，那个有点儿小。冬莲不好制止她，眼瞅着又来了几个要挑锅顶排的人，有的问价，有的选锅顶排，有的和她讨价还价，偏谭小头媳妇还不断地捏着孩子的胳膊和脸逗孩子，引得守东又哇哇哭起来。那些买锅顶排的人们要走，冬莲索性把孩子放在地上的包袱皮上和人家商量价钱。

谭小头媳妇就说，还是俺来给你哄孩子吧！

冬莲一边收钱，一边眼睛瞅着谭小头媳妇轻轻悠晃着孩子，见她倒是小心翼翼，便放下了心。谁知一转眼谭小头媳妇背过身抱着孩子想走开，冬莲发觉了，赶紧丢下手里的锅顶排抢过孩子嚷道，你抱孩子去哪儿？

谭小头媳妇委屈地说，你看人太多，孩子吓哭了！俺爱孩子，想把他抱去个安静的地方。

冬莲没好气地抢过孩子说，用不着你操心！

见谭小头媳妇扭捏着走了，冬莲数数还剩下七八个锅顶排，心里喜滋滋的，儿子的尿布里硬硬实实几十个钱哩。她不敢等得太晚，怕卖种子的人都走了，就收拾了包袱，把那些锅顶排又用绳重新穿起来挂在扁担上，晃悠着担了往街的另一头走。恰好赶上赶牲口的人们从集上过，十来头牛排了队走着，扬起满天尘土。冬莲怕呛着孩子，便挑了锅顶排等在路边，被牛群挡在路上的人和车便挤疙瘩拥在那里，人们纷纷抱怨，嫌这么窄的路，倒被几头牛全占完了，早该等人过去，再赶牛嘛！

赶牛的并不搭话，扬了鞭，把那离了群的牛抽了一下，牛便哞了一声，吓得小媳妇们惊叫了往后退。冬莲被挤得也紧退了几步，突然觉得身后一轻，待她回头看时，扁担上挂的锅顶排都散了绳掉在地上。她慌了神儿，赶紧蹲下，一手抱着孩子一手去拾，她怕别人踩了那锅顶排，便大声吆喝，仔细看着脚下！别踩坏啦！她把那锅顶排收在手里，挤到墙角，把守东放在墙根的地上，重新把锅顶排用线串起来，又绑在扁担头上。在她转了身来要抱孩子时，地下却啥也没了。冬莲一下蒙了，慌着站起来，做梦一样，瞧瞧脚下又瞧瞧自己的手，突然尖叫起来，守东！守东！俺的儿！

她疯了一般，使劲儿把周围的人都推开，可是谁手里也没有她的孩子，大家吃惊地看着这个忽然发疯尖叫的女人。冬莲在人群里似乎看见谭小头媳妇一晃而过，心里便急了，高声叫道，谭小头媳妇！快把守东给俺！

但那人群里却啥也没有，她挤到人群外边，见前后左右都是担了挑儿挎了东西的人们，挡着她的眼。她急了，一下子跳上凉皮摊的桌子，仔细搜寻，眼前却除了牛群便是吃惊看着她大声叫唤的人们，谭小头媳妇和孩子连个影儿也没有了。

卖凉皮的女人急了，一把揪下她骂道，你这山东女人疯了是吧？没看这桌子是吃饭的！

冬莲顾不得理她，呼地跳下来，重新跑回自己刚才丢了守东的地方，依然啥也没看见，就在她觉得背后发凉，心头怦怦怦直跳的时候，谭小头不知道从啥地方冒出来，扯了她的袖子问，大妹妹，咋了？

冬莲见是他一下来了劲儿，丢下扁担，两手揪着他的领口，大声问，你媳妇呢？俺孩子呢？

谭小头赶紧用手想掩住她的嘴，冬莲的眼泪迸了出来，快让你媳妇把孩子给俺！要不俺跟你拼命！你快呀！

她说着使劲儿摇晃着谭小头，谭小头被冬莲摇得站也站不稳，见引来一群人看热闹，他压了声音说，冬莲你别急，这儿人太多，孩子就在那边！

冬莲想也不想，扯了扁担就跟他走，出了人群。在那牛群的后面停了一辆很破的大车，谭小头四处观望了才转身推她说，快上车！俺领你去找你儿子！

冬莲赶紧抬腿跪在车板上，抓住车帮就往上爬。有一瞬间她想，俺咋能跟他上车去找孩子呢？孩子抱也抱不远啊！

不等她想明白，谭小头蹲下身托了她的双脚，一把就把她顶上了车，谭小头冲赶车人大声吆喝，走吧！

赶车人扬起鞭，把那车驾了向一条小路拐去，车身颠簸得厉害，冬莲被摇晃得跪在车里，她死死抓住车帮，看见自己的扁担和锅顶排也被扔上车。谭小头在车后面紧紧地一路小跑跟着，她慌了，大声喊，谭小头，孩子呢？你要把俺往哪里拉？

谭小头却慌张着只管四处张望，并不搭理她。

完了，自己和孩子都完了！冬莲立刻明白过来。她尖声叫着，救命呀，快救救俺！

可那车已经顺着小路奔出好远，拉车的马被那人抽得啪啪响，马就嘶叫着，撒开蹄狂跑，眼看出了那路就是一路下坡，官路就在眼前了。冬莲想，一旦上了官路，那里连个人也没有，可就再也回不来啦！

她定了神儿，下了个狠心，一把抓起自己的扁担，摇摇晃晃地挣扎站起来，见车轮在黄土路上呼呼跑得飞快，腾起好大的尘土。她觉得头晕眼花，赶紧闭上眼，耳边听见谭小头远远在后面边撵边叫着，俺的娘哎！你可不敢跳……

没等他话音落地，冬莲已经扑通一声从车上跳了下来。

谭小头没想到冬莲敢跳车，他吓得腿发软，鼓了劲儿跑到跟前，见她脸朝下摔在地上，一动也不动。他回头看看，只见谭大个子和谭彦章从集市的方向一路吆喝着跑过来，谭小头就吓呆了，谭大个子跑得快，冲过来一把揪着谭小头的脖领子骂道，你在干啥？

谭小头脸涨得通红却一个字也说不出来，谭彦章扶起冬莲，见她满脸都是黄土，泪痕上起了泥道道，额上有血正慢慢渗出来，手上也擦掉了一大块皮，鲜血淋漓的。谭彦章和谭大个子刚才也在集上买农具，见冬莲站在凉皮摊的桌上大声吆喝，就知道出了事。不等他们撵上她，就看见她已经被谭小头推到车上了，两人便一路狂撵，可是谁也没想到冬莲竟敢跳车。谭小头顺着墙边想溜，谭彦章一把揪住他说，你想把冬莲带到哪儿？他支吾着不敢说，拉车的男人是关中人，他见谭小头被他们逮住了，便慌得远远冲他喊，这女人我不买咧！我走咧！

大家才明白，原来谭小头是想卖了冬莲！

冬莲坐起来，依然回不过劲儿来，她额上的血出得多了，顺着脸颊往下流。谭彦章冲着谭小头骂，亏了你祖宗八辈的先人的脸！你先人就是这样教下你欺负女人呢？

他见谭小头不搭话，便猛喝一声，听见没有？

谭小头吓得一哆嗦，谭大个子说，滚吧，再让俺们知道打断你的腿！

谭小头一连声应着，赶紧冲那坡往下跑，冬莲正呆呆在地上坐着，见谭小头被放走了，心里着了急，猛然大哭起来，谭小头！你给俺站住！俺孩子呢？俺和你拼命！

她挣着想站起来，却爬不起来，谭小头已经一路小跑逃了，谭彦章大步边跑边骂撵上他，揪住他的后脖领喝问，冬莲的孩子呢？

谭小头支吾着想挣脱，谭兴见他爹揪住了谭小头，就从地上拾起块石头，冲着谭小头摔过去，谭小头啊地捂了腿，一下跪在地上。谭兴见他爹没有怪他的意思，便上去也冲着谭小头，学着爹的样子问，问你话呢？咋不吭声？

满脸是血的冬莲一瘸一拐提了扁担跑到谭小头跟前，咬了牙，使劲儿抡着扁担冲着谭小头没头没脑砸起来，让你卖俺！让你欺负人！快还俺孩子！

谭小头被敲得满头青紫，胳膊却被谭兴和谭彦章紧紧揪着，他被打急了，腿一软冲冬莲跪下喊，冬莲呀！姑奶奶呀，别打了！俺这脑壳都要让你敲碎了，你儿子被俺媳妇抱到集上去卖了，再不去买家就抱走啦！

冬莲一急，心口堵得厉害，眼前发黑，挂着扁担便站不稳了，祥子拉着她叫，冬莲婶子！冬莲婶子！

谭大个子见她要倒，忙上前揪了她的胳膊扶紧她说，别急！你可别急！咱这就去找！

谭彦章狠狠瞪着谭小头，冲他的屁股踹了一脚说，快说！买人的在哪儿？

谭小头哭丧着脸，摇着头说，俺咋这么倒霉呢？你们去吧，买家是个山西客人，说话就买了孩子坐车走了，说好在集市那头交人。

他用手指了方向，谭彦章推搡着谭小头让他领着带路，谭兴和祥子紧紧跟着他们一路小跑。谭大个子也要去撵，却见冬莲头昏一样闭了眼，满脸是血，便只好扶她慢慢跟在后边。谭小头挣了几下，架不过谭彦章人高马大，胳膊上有劲儿，便叹了气在前边走。

谭小头媳妇从冬莲没了男人那天起，就盘算着把她换成钱了。她在山东老家便跟着男人谭小头做着买卖牲口、给人说媒、买卖童养媳的营生。到了关中，她不指望地里打下的粮食能养活她，谭小头开荒种地，她便在三村五庄走动，来了两三月了，连一桩生意也没碰着。兜里没钱，她急得不行，原指望着把守东卖了，中间赚些钱，谁知冬莲死心眼儿，一心要拉扯孩子长大，又觉得这女人天天在谭家堡子挣了命地干，放着年轻漂亮的身子不会用，她便替冬莲可惜起来。她和男人谭小头商议了一回，干脆连冬莲和孩子一起卖了，这样无本的生意不做，拿啥在谭家堡子买地买牲口？指着开荒种地啥时候才能发财？谭小头媳妇觉着自己脑瓜子聪明，一般人都合计不过她。可她也知道，冬莲不是一个好卖的主儿，但不试一试她却不心甘。

在集市最东头的一个旮旯拐角里，买守东的山西客人已经交了钱，正抱着孩子打开包裹看是男是女呢，没想到从包袱里倒跌下许多铜钱，谭小头媳妇便喜得眼睛也眯了，跪在地上一枚一枚地拾，心想冬莲呀冬莲，你昨儿个忙了一夜，今儿又卖了半天，可不都是给俺忙活啦？俺的运气来了挡也挡不住！

看着谭彦章推搡了男人，屁股后边跟着两个小子冲到她面前，谭小头媳妇的腿都软了，哆嗦着嘴舌头直发硬。谭彦章见冬莲的孩子正赤着身子躺在地上，被那山西客人打开了包袱检查，便上前一把抱起赤条条的孩子，倒把那山西人吓了一跳，慌着喊，抢人啦！

谭小头媳妇见是谭彦章，嗫嚅着不敢说话，山西客人见谭彦章在地上拾了包袱，包裹着孩子一语不发，便知不好，他见谭小头媳妇要溜，急忙扯了她叫道，这是咋回事，孩子不是已经给我了吗？

谭小头媳妇说，你问他吧……

谭彦章冲着谭小头说，快给你媳妇说，把钱退给人家，要不俺就扯你们去告官！没有王法啦！卖了人家媳妇还卖人家孩子！

山西客人听出那话里的意思，又见谭小头两口子哆哆嗦嗦的样儿，心里就气了，嘟囔道，你这山东女人咋那不地道？说是你嫂子的孩子养不起，我见孩子好看，连价钱都没还，你却是拐带的呀！快把钱还给我！

谭小头媳妇不敢耍赖，慢腾腾在怀里摸捏了好一会儿，才打开手帕，不舍地捏出银子递给山西客人。那人骂骂咧咧地转身走了，走出好远还骂，以为这下抱回个孩子呢，白惹人生了一场气，真是他娘的！

谭守东张胳膊伸腿哭得不行，谭彦章收拾不了他，眼看着自己抱的孩子要跌在地上，他便自语道，这孩子劲儿还挺大，跟条大鱼似的想蹦出去呢！

没等谭小头两口子溜走，冬莲就披头散发赶到了，她从谭彦章手里抢过孩子，紧紧贴在胸前，又把自己的脸贴在孩子的脸上，守东的哭声便立刻弱了，张着小嘴唧唧地鼓弄着嘴唇。祥子叫道，俺知道这弟弟是饿啦！俺娘每次给贵子喂奶时，他也总是这样，急着要吃哩。

冬莲的泪滴在孩子脸上，孩子的脸被泪和血染得红了一片，谭小头媳妇和谭小头趁他们忙着看孩子赶紧就走，冬莲冲着谭小头媳妇的脸用力唾了一口，见她边抹了脸边跑，就冲她背后狠狠地骂，不得好死！

谭小头媳妇扭着腰肢，慌慌张张地边跑边骂谭小头，连个女人你都弄不定，还能做啥呀！跟你过日子，窝囊得人要气死啦！

谭小头只是揉着脑袋叹气，谭彦章摇头说，山东人咋有这种货色，冬莲，以后你要小心些！

冬莲哇地哭出了声说，不是你们救俺，俺娘儿俩全都完了，想着都后怕呀！俺可咋谢你们呢！

谭彦章扯着谭兴说，乡里乡亲的谢啥呀，谁见了也会帮你的！天都快黑了，俺在集上定做了一张犁，说好天黑前取呢，你们先回吧！

集上的人已经不多了，谭大个子见祥子拖着长锯条，便替冬莲拾了扁担，她突然说，俺还要买种子呢！

谭大个子没想到她还惦着买种子，就摇头笑道，你这女人心真强，都啥时候了，你还记着买种子呢！

冬莲抱了孩子，把扁担塞给谭大个子说，地里再不下种就过了谷雨啦。她伸手在孩子的包袱里摸，却啥也没了，她急得叫道，谭小头媳妇把俺卖锅顶排的钱全拿走啦！

谭大个子见她疯了似的抱着孩子冲谭小头两口子去的方向撺，腿脚却疼，只一只脚可以挨地，不禁叹息起来，男人也没她心强呢！

爱娥带着二儿子贵子在家里等着男人去买锯和种子。他们在堡子的南边、离官路近些的地方又开了一小片地，想要当作个专做大车轱辘的木匠场子。谭大个子在山东时一家都是木匠，农闲时便做些大车轱辘来卖，他大多不用赶集，只把大车轱辘放在自己家门口，寻着来买的主就会找上门来。会这手艺的人少，只要手艺好，做的大车轱辘又结实又耐用，远远的人都会慢慢来找，这一点爱娥是知道男人的本事的。等过两年男人挣下些钱，再把这窝棚挖成地窑住上，风吹不到雨打不着，那她就真的全满意啦。从冬莲没了男人，她越发觉出自己男人虽说木讷了些，也不太会疼人，可在地里是一把好手，又有着木匠手艺，她便满意极了，和冬莲比比，更觉得自己真是有福气！爱娥和谭大个子的大儿子祥子今年六岁，生下时腿就有些跛，老二贵子不过刚两岁，拉扯着这样一个家，从山东到了关中，男人凡事都听她的，爱娥越发觉得好日子越来越近了。只是有时候看到冬莲总引得自己男人去帮她，爱娥就说不清心里是啥滋味了。这时有人在窝棚外面停了脚，她只当是男人领儿子回来了，她便扯着儿子贵子从窝棚里往外爬，埋怨道，去买根锯条和谷子，竟去了大半天，天天在外边游逛……

她一抬头却是谭小头媳妇，因为这女人总是抢白冬莲，爱娥便对她平生出许多不满，见她到了门口，忍不住问，你找俺啥事？

谭小头媳妇便压了声音说，大妹妹，俺刚从集上回来！

见她说着停了，爱娥便说，集上……你去赶集啦？

谭小头媳妇叹口气说，哎，俺现在满身长嘴也说不清了，冬莲那女人真不简单，俺让她给坑啦！

爱娥一听冬莲便来了劲儿说，是呀，你看她天天去开荒，跟个男人似的干活儿，怕是谭家堡子也找不出第二个了。

谭小头媳妇说，她一直说让俺帮她找个人家，想把守东卖了，让孩子过好日子……

听她这样说，爱娥吃惊道，啥？她把那孩子当命一般，咋会要卖了孩子？

谭小头媳妇叹口气，唉！俺开始也不信，她说她连种子也买不起，给孩子找个好人家不受饿就行，俺寻思她日子过得艰难，就帮她寻了个山西客人，人家肯出大价钱，说好今儿在集上交钱。俺只当好心帮她，她可倒打一耙，不知咋的和你男人商量了啥，孩子都给了俺又反悔，巴巴地撺掇你男人打俺家小头，把孩子抱上不卖了……俺们里外都不是人，还不知道谭家堡子的乡亲们咋说俺们呢！

爱娥正在听故事，突然听到自己男人谭大个子，知道谭小头媳妇来了果然有事，便问俺家大个子和冬莲在一起？

谭小头媳妇说得委屈地想哭，用手在胸口拍着说，是呀！是呀！不知道他们俩在集上说了啥，冬莲才反了悔，就是你家大个子受她指使，才打了俺家小头！她还勾引了谭彦章，那男人从来不正眼瞧女人，俺和他还没说过话呢，竟然也帮着冬莲冲俺要人，吓死俺啦！

在这个堡子里，谭小头媳妇别的谁也看不上，从一进谭家堡子见到谭彦章那天起，她就喜欢上他了，她觉得自己男人太猥琐，总像个跟班似的，不像人家谭彦章长得端端正正，不管是走路还是说话，总有一种派头。她却连一次跟他说话的机会也没捞着过，那男人是见了女人就转脸走开的。她没想到，刚才他竟也会去帮着冬莲找自己要人，太没面子啦。谭小头媳妇说，你不知道谭彦章多么可着心地帮着那女人呢！还有你男人，死心塌地替她打架，哎！俺都不知道她使了啥妖法，咋样勾引的这些男人，谭家堡子都被她搅和乱啦！

她见爱娥气得发抖，眼圈红着想要哭似的，忙压了声音说，妹妹，俺也是好心为你，怕你被她勾引了男人，那你在谭家堡子还咋活人呀，别像俺一样，实心实意的，被那女人不动声色就欺负了。

爱娥骂道，就凭她？一个寡妇！

谭小头媳妇捂了爱娥的嘴说，你小声点儿吧！你在明她在暗，还不知道她等会儿回堡子咋说俺帮她卖孩子的事呢！妹妹，俺走了，你小心就是了。天也快黑了，你不信就等在官路上，看看她是不是和你男人一道回来。

爱娥听了便往堡子外赶，临出门时见窝棚外面的茅坑里有男人沤着的粪肥，她一咬牙心一横，拾起木勺舀了半勺，一路扯着儿子往官路上小跑了去。快到龙游寺路口时，她远远看见几个人，便立在那里气冲冲地等着，心里骂着不要脸的冬莲和自己不争气的男人。渐渐那些人走近了，那高个子的不是她男人还是谁？

冬莲一瘸一拐，仿佛是走也走不了似的，她气得在心里骂这不要脸的女人倒装得娇柔！她迎上去，胸口被恨意充得满满的，待冲到那些人面前，祥子先看见她，刚叫了声娘，就见爱娥手一扬，半勺粪啪地泼在冬莲脸上。

大家都惊呆了，冬莲赶紧捂了脸，粪汁顺着她的脸往下淌。谭大个子惊慌地叫，爱娥你咋了？

没等他说完，爱娥把那木勺儿使劲摔在他头上，粪勺便掉在地上，咕噜到冬莲脚下才停住。跟在爱娥身后的贵子吓得哭起来，爱娥却只管歇斯底里地叫道，你们这一对不要脸的！

她气得发抖,指着满脸满身都是粪的冬莲骂,你勾引俺男人亏良心不?见你可怜俺们处处帮着你,你在俺面前哭穷装可怜,原来是为了勾引他!

谭大个子急了说,你不知道今天在集上……

爱娥便一连声地哭道,俺知道!俺知道!俺啥都知道!整个谭家堡子都知道啦!就你俩还在慢慢走呢!

冬莲哆嗦着嘴说,嫂子你帮过俺,可也不能这样糟践俺!

没等她说完,爱娥便打断她叫道,那俺是不是该给你腾出窝让你和俺大个子过一家人家呀?你当日咋不死在黄河里呢?给谭家堡子寻了多少麻烦!

她冲着男人硬硬地说,你说!你是要咱这个家还是要冬莲?

谭大个子又急又气地说,你说的是啥话?你听了谁胡说?

爱娥说,那好!你跟俺回去,以后不许再理她,要不你就跟她去庙里住吧!

冬莲从谭大个子手里抢过扁担,背着大哭的守东转身就瘸着往庙里跑,丢下他一家四口站在路口。谭大个子气冲冲地向堡子走去,爱娥呆呆地瞅着男人的背,抹了把泪。祥子从地上拾起那粪勺,怯怯地跟着她,爱娥冲冬莲跑走的方向狠狠吐了一口,才扯着贵子跟着男人回堡子了。她的心里却觉得松快多了,至少男人并没有打算和那寡妇走呢。

被爱娥浇了一勺粪,冬莲只能哭。身上和脸上就算洗了好几遍,却还是透着粪肥的臭味,洗过的衣裳搭在窝棚外面,她便只能赤了身子躺在稻草里,盖了些干草。要是双林活着,谁敢欺负自己?眼看刚躲过这一难,又受爱娥这样的侮辱……冬莲边想边呜咽地哭出了声,这日子啥时候是个头呀。守东哭了几次,她都赶紧起身给孩子喂奶,可是孩子却吃了睡着没一会儿就又哭醒了,她明白定是自己生了气,奶水变少了,孩子吃不饱就饿得哭。她越发着急了,这可咋好呢?孩子还没过百天,要真的没奶了,说不定就活不下去了。她想起自己卖锅顶排的那几十个铜子,便想只等明儿天一亮就找去,冲谭小头媳妇要回那钱,买些粮食。她不愿埋怨爱娥,把所有的怨恨都放在了谭小头两口子身上。她昏昏沉沉挨着守东想歇会儿,才发现守东浑身发烫,又赶紧起来用湿布给儿子擦着额头和手脚。

守东,娘的命!你可不敢有啥事!要不娘可咋办?你让娘咋活?她默默流着泪,擦着擦着,竟念念叨叨说出了声。看守东哭累了睡过去,冬莲呆呆地坐在窝棚里,盯着儿子沮丧极了。算了吧,折腾啥也没用了,种子俺也不想买了,地俺也不想种了,那钱俺也不要了,这孩子俺也不治了,都死到一堆吧。

不知过了多久,孩子在她脚边挥着胳膊哭,她机械地抱了孩子在怀里,像没听见哭声似的,只呆呆坐着,眼泪却不停歇地流。有几下那泪水就滴在孩子的脸上和嘴里,守东止了哭,吧唧着嘴,没多久他又放了声音,接着哭闹起来。可她就是回不过来神。太不甘心了,生生被人这样欺负,却受过人家的恩,啥话也不敢说,这不是把人要活活逼疯么?这样想着,冬莲便俯下身子把脸埋在儿子的胸前,放大了声哭起来,没活路了呀,没活路了呀,俺就是不舍得你呀。

孩子以为娘在跟他玩儿,止了哭,伸手揪她的头发,又把一缕含在嘴里使劲儿吮吸,冬莲止了哭,泪眼婆娑地盯着孩子,看着他方方正正的大脑袋,几乎跟男人双林一模一样的眼睛。

看到了冬莲,宋轩堂就没法儿抬腿离开了,他把人家闺女弄丢了呀!看着这女人在集市上就坐在路边,怯怯地摆了一撮子锅顶摆要卖,他想得出她的日子多难,他便想起那日这女人坐在河滩上,对着男人尸体哭的样子。宋轩堂恨恨对自己说,你只当你救了人家,可你把人家的女子弄没啦。依着他的性子,他早该冲过去买下她全部的锅顶排再给她些钱。可他不敢,他怕她,生怕女人冲他要小红。心里缠磨纠结了一回,宋轩堂还是没和冬莲说话,他绕了好大个圈子,从女人身后走,去叫春生来买女人的东西。等他领着春生再来时,刚好看到那女人正疯了一样跳上桌子寻儿子,宋轩堂正待要去帮她,女人却不见了。再打听,就听人说有人要卖那女人,拉上车走着居然还跳下来了。春生催他得回家去了,从阎良到西安不短的路呢,在路边犹豫了一回,宋轩堂从自家的软缎胶轮马车上跳下来,他还是不放心那女人,在路边打听着附近山东人居住的地方,他边走边寻便到了大片荒野地的河边。

儿子全身滚烫,只一霎时,冬莲就下了决心,不活了。

她抱着孩子顺坡往河边走,天还没黑,天边堆着红亮的云,映着她的脸,可她一眼也没去看,她的心几乎要被绝望压塌了,除了死,她想不出还能干啥。河水是从高黄村一路流过来的,并不多宽,却很深,河水清亮亮的,哗哗响着,被红色的云霞照着,闪着些红光。盯着那河水出了会儿神,冬莲慢慢走进河水里,一个男人猛然在身后拉住她叫道,快停住!你还真是要干傻事!

冬莲拼命挣扎,那男人急了,你不想想你儿子?

冬莲挣不过被他拉到河滩上,一屁股坐下大哭着,俺又不认识你,你走你的路!俺没法儿活啦!

那男人说,我那时领走你女子小红,现在倒说不认识?我已经看见你了,咋能眼睁睁看你往死路上走?

冷不丁听到小红,冬莲睁大眼睛看他,高高的个头儿,硬朗朗的脸,不是那陕西商人又是谁?

冬莲想也不想便一头扑在那男人脚下叫,恩人,你把小红还给俺吧!俺们娘儿仨死一堆!

河水冰冷,两个人都湿了,宋轩堂咬了牙,想拉起冬莲,她却不,两手死死拉住他的,只是哀求,恩人,俺想俺那闺女!你让俺看看也成!

守东大哭,宋轩堂抱起守东拉冬莲往岸上走,劝道,想想你儿子,咬咬牙就挺过去啦!你连死都不怕你倒怕活着?

冬莲停了挣扎喃喃重复,死都不怕倒怕活着?

宋轩堂鼓励她,对呀!你跳车的劲头儿呢?你骂人的劲头儿呢?你都拿出来呀!

冬莲软弱地说,俺拿不出来啦!俺没指望了!

在河水里扑踏扑踏着,两人气喘吁吁着地挣扎,宋轩堂使劲儿拖冬莲到了岸上,一屁股坐下,并排和冬莲在河边湿淋淋地喘气。冬莲突然醒过神说,你快走吧,让人看见又是天大的闲话!

宋轩堂说,那你快回去,你要是死了不就白受了?你还有啥亲戚朋友,我让春生赶马车送你去!

冬莲摇头哭道,俺是太委屈了……除了两个孩子,俺这世上没亲人啦。

宋轩堂便心酸着沉默了,扶她往大路边上走,天已经渐渐黑下来,春生和马车只有个灰蒙蒙的影子。

一路走着,冬莲抽泣着扭头看他,发现他眼睛里含着眼泪,她意外了,胸口的憋痛让她重新哭起来。

宋轩堂说，你不如嫁个人，也有个依靠。冬莲怔了怔说，俺当你是个正经人才和你说话……俺这一辈子也不改嫁！女人家不守妇道活个啥劲儿？

湿淋淋的冬莲呆呆抱着儿子走着，突然又冲宋轩堂跪下求道，俺想小红都想疯啦，你就让俺见见她成么？俺啥话也不多说……

宋轩堂心口堵着，也冲她跪下，好一会儿才说，我一定把小红找到送到你面前……你给我些日子！

冬莲听出小红并没有和宋轩堂在一起生活，立时急了，一把揪住他的衣襟问，小红在哪里？

宋轩堂愧道，我对不起你，我家媳妇没看好孩子……小红丢了！

他不敢去看女人，却听得到她的牙齿磕得咯咯响，宋轩堂煎熬着等她骂他打他，等女人愤怒发疯。宋轩堂听到女人在风里剧烈发着抖，仿佛从喉咙里吸着气说，俺该死，俺早该知道你是个人贩子……俺只问你一句，俺家小红还有救没？

宋轩堂依旧跪着，并不答话，只一把就抓起女人的手，在自己脸上、头上胡乱地抽打，他用力很大，女人并不说话，却抽泣着粗重的鼻息，两人听着巴掌打在脸上的闷声，好一会儿，女人虚脱一般叫，好了，你放手吧……

宋轩堂泪流了满脸，他死死盯着女人，她就怕了，用手捂了口，也死死地瞪着他，心想，和他拼了命吧，这禽兽！

宋轩堂站起身，转身就走，你好好活着别死！我去找小红来见你，要不我誓不为人！

黑暗里，女人瘫倒在河边，孩子的哭声断断续续的，让人心碎，男人摇晃着又转回身，从怀里摸出一个钱袋子递给她。冬莲不接，他使劲儿塞给她。冬莲哆嗦着手捏住硬硬湿湿的钱袋。他扭头就走，低声说，好好过日子！

她突然站起身，用尽全力把那钱袋子往河中间丢去，扑通的声响让男人停住了，可他没回头，又接着往他的马车走去。冬莲扯了声音大哭。不多长的时间，春生把男人扶上了车，又把车赶到冬莲旁边。她没有挣扎，任由他们把她和儿子架上车。马车在夜晚的风里哗啦哗啦响着，春生奋力驾着车。

到了龙游寺的外面，男人说，你答应我好好活着，我答应你把小红送回来！

当第一缕晨光透过窝棚的缝隙洒在冬莲脸上时，她渐渐有了知觉，昨天的一切都像做梦一样不真实。她闭上眼睛长长叹口气。

守东烧了一夜，熬到天刚亮，冬莲打算去高黄村找高婆婆给孩子看病了。小和尚圆净开了寺庙后面的门，准备去摘菜，他见冬莲眼睛红肿，又见她的衣裳完全是湿的，明知德法交代谁也不许和冬莲说话，还是忍不住小声问，施主，你咋了？

冬莲低头说，孩子发烧了。

小和尚说，昨天没给你送粮……是我师父不让。

冬莲忙低低地抢了他的话说，不打紧，俺做了锅顶排去卖，有粮吃呢。

圆净看出她没说实话，回头瞅了瞅庙里，把一直揣在怀里的两个苞谷面馍放在守东身上。

冬莲支撑了身子，顺着庙门外的小路往高黄村走。路上没人，鸟儿叫得清脆，路边的杂草细树枝已经有了绿莹莹的叶芽，可冬莲一丝也感受不到。她恍惚着，像是没了魂一般，脚下深一下浅一下地走，儿子在怀里挣着劲儿地哭，她却只下意识用尽全力要抱紧他，心里空荡得连个念头也没有。

她听到桂枝的声音在叫，冬莲！冬莲！

可她回不过神来。

桂枝急了，撵到她面前，喘着气叫，俺的姑奶奶，你装什么聋呢？

可她立刻就让冬莲的样子吓住了。

冬莲空洞洞的眼睛里竟像是没了魂一样，她对着桂枝看，却不说话。桂枝小声说，冬莲，你出了啥事？和姐说说呀！

桂枝一早往地里走的路上，就听到几个山东女人在大声小气说着冬莲，她猜着不是好话，故意不去听，可她也没法子捂住她们的嘴。她和闫老六一前一后地走，就听才从山东来的老锹头和两个上了些年纪的男人说了冬莲的名字，又说什么礼数呀妇道呀，她想，坏了，冬莲怎么了？

她在地里干活儿也干不安生，好几次去瞅冬莲的地，却总也不见她来。桂枝下了个决心，她对男人闫老六说她肚子实在疼得厉害得回去躺会儿。她知道男人除了爱大喊大叫骂人，平日里挺疼她的。果然，闫老六让她赶紧回去歇着吧。

桂枝一下也没敢耽搁，直奔龙游寺就跑，她得找冬莲问问清楚。可眼前的冬莲却是陌生的，突然没了以往的劲头儿，呆头呆脑的。桂枝见守东伸张着胳膊哭个不停，就想抱过来替冬莲哄哄孩子。谁知冬莲却像是被谁咬了一口似的，猛地圆睁了双眼叫，做什么？

她把孩子几乎死死箍在自己怀里，孩子被紧掐着按在她肩上，闷声喊着，气也上不来了。桂枝叫，冬莲，孩子要让你捂死了！

她动手想抢，冬莲骂，死桂枝，你也打俺的主意！你们都不得好死！说着伸出一只手挥了出去。

桂枝被她一巴掌扇在脸上，疼着说不出话。冬莲的手松开了，守东小脸憋得通红，这才哭出声音，冬莲后退着怕了。

桂枝问，冬莲你怎么了？人家都在说你！

冬莲没头没脑地问，说俺什么？

桂枝说，不知道啊，所以才慌着来问你！

她就见冬莲的脸一点点变红，眼眶一点点被眼泪浸满，胸口起伏得越来越厉害。冬莲挣扎地仰起头，冲着天大声说，天爷呀！屈死俺了！

一口鲜红的血从冬莲嘴里吐出来，她茫然闭上眼，一头栽倒。

桂枝赶紧去扶，守东哭声骤然大了，撕了心一般。躺在桂枝的臂弯里，冬莲却不睁眼，只低低地叫，守东！

桂枝慌着把孩子抱好说，守东俺抱着呢！

冬莲低声说，俺活不成了！快找高婆婆来！

桂枝应了声刚要跑，冬莲挣着手说，守东，俺的儿子！

桂枝把孩子塞在冬莲的怀里，这才顺着小路往高黄村跑去。

等高婆婆和桂枝赶来时，冬莲已经靠在路边的大树上坐着了，守东被她随手横抱在怀里，四仰八叉地蹬腿哭着，她却没听见一样，呆傻傻地坐着。冬莲见了高婆婆，突然冲她跪下凄然说，求婆婆收留俺儿子，俺没法儿活了！

高婆婆拽不起她，骂道，你好好给我活着！谁能替你管儿子？说啥疯话？

冬莲却彻底倒在了地上，守东就也躺在泥土里，张着手哭，声音早嘶哑了。桂枝使劲儿来扶她，叫着冬莲！冬莲！你别吓姐！

冬莲紧闭了双眼，任她俩又拽又拉，只是流泪一个字也不肯再说了。高婆婆流着老泪，大声气喘着说，女子，你受不得委屈，受不得欺负！你死就死了，你儿子可就一辈子没娘了，谁来管他？你今天死，他活不了三天！

听了她的话，冬莲咬牙，口里一片血腥，一字一字狠狠说，他爹说死就死，俺现在也顾不得他了！

桂枝哭叫，冬莲，你有啥事和姐说，俺替你去和他们打和他们骂！你要死了那么多罪不就是白受了？

冬莲说，婆婆，这孩子俺只托付给你！是死是活，看他的命吧。

三个人挣扎着喘着，高婆婆见冬莲脸上溅着血，满脸都是泪，又在泥地里滚过，恓惶得好不凄惨，她突然说，女子，我给你找个人家，嫁了吧！

大家都怔着停了。高婆婆又说，有个男人，日子就不煎熬咧！再没人敢说你短长！

冬莲静静地躺在地上，她睁开眼，看着澄净净的蓝天。守东把手里抓到的一根小草放在嘴里，吧唧有声地吮着，桂枝默默从他手里捏出那草，孩子立刻又瘪着嘴要哭了。高婆婆扑打着自己身上的黄土，又从衣襟里抽出自己的大帕子，给冬莲擦她嘴边和脸上的血渍。

冬莲突然说，婆婆，你说有人娶俺没？

高婆婆哽了嗓子说，有！你这样的女子要是没人娶，天下男人的眼都瞎了！

有了要重新嫁人的主意，冬莲就一下子安然了，像是走了许多夜路的人有了盏灯在手里，心也不慌了，气也不堵了。冬莲任着桂枝和高婆婆把她扶回她的小窝棚里，桂枝用布袋子里的一点儿苞谷面，和着在菜地里摘的几棵菜，给她做了锅菜面疙瘩汤，她也慢慢喝了。

在高黄村，高婆婆差不多是包治百病的，她把守东从头到脚看了一回，让冬莲取出针说，我看看！烧成这样子，给他扎一针吧！

冬莲看着高婆婆用针在火上烧了烧，用手捏着守东的中指使劲儿扎了两下，那孩子哭起来。冬莲见高婆婆把那手指轻轻挤出些暗色的血，赶紧把守东抱着摇了又摇问，这顶用吗？

高婆婆说，孩子受了惊吓咧，以后别再抱着孩子在夜里四处走，荒郊野外不干净，别是撞上啥咧！

冬莲赶紧点点头，高婆婆又说，回头让她那孙子送来几包治碎娃们家发热惊吓的草药，煮煮给孩子喝吧。

高婆婆看了眼冬莲，你总这样伤心，气回了奶看你娃咋办？

冬莲便哭出了声说，已经没奶了……德法师父让俺住十天就走，婆婆呀，俺真是没活路了！俺昨天见了那天买走俺闺女小红的西安人，他说孩子丢啦！

啥？阿弥陀佛！这该遭天杀的货！

冬莲听高婆婆恨声骂人，又哭了说，俺们谭家堡子有两口子总想把俺孩子哄走卖了，昨天差点儿把俺也卖了，幸亏让堡子的两个大哥给看见救下来……可那大哥的媳妇听了别人嚼舌根，硬说俺勾引她男人，撵到路上泼了俺一身粪！

她说着说着便放声哭了，桂枝这才明白了。高婆婆见她哭得全身发抖，便轻轻拍着她的背说，苦命的女子！房子还有办法想！小红她有她的命，你是顾不上她了！你们谭家堡子的那对王八孙！你可别示弱，谁敢欺负你就来找我，我那儿子和我那孙子都人高马壮的，能给你做主！冬莲，念佛吧，求菩萨救你！

冬莲点点头。

桂枝也说，下次你就找俺！俺可不饶她！

高婆婆问冬莲，前两天听我儿说，你们山东人四处拾柴火，都拾到我村里来了，和我村的孩子们打了一架，你知道不？

冬莲摇头说，俺没在堡子里住，俺不知道。

高婆婆说，眼看这山东人来得越来越多，村子挨得越来越近，怕是以后闹仗生气的事还多呢……唉！我也不认得山东人，我托人给你寻个关中人，你肯嫁吗？

嫁！

吐了那口血，冬莲的身子就一时虚弱下去了，高婆婆让她别再去地里了，好好养养自己，脸色好看些，也好嫁个好人家。

可好人家在哪里？一连过了五六天，高婆婆托了不少人，却都没人回信给她。冬莲见她天天都来，送了汤汤水水的饭，又抱着守东，夸孩子胖了，夸冬莲脸色也好了，可就是不提说亲的事。冬莲心里就明白了些。桂枝隔天来一次，见高婆婆还没给冬莲找好男人，心里也替她急，就问高婆婆，关中男人不好寻吗？

高婆婆安慰说，咱放出话去，肯定有人娶！

冬莲便想起那晚宋轩堂说的话，轻声说，又能嫁给谁？俺带着个儿子，还让男人接过生……俺这寡妇当得窝囊。

高婆婆不吱声。

冬莲摇着头，低低叹气。

见她闭上眼睛像是睡了，两个女人悄悄出了窝棚门，桂枝小声对高婆婆说，冬莲多好看，又多能干！咋就没人愿意娶呢？

高婆婆也压了声音，为难地说，女子，就算是带着儿子，就算是让费郎中接过生，这都不要紧。我托着说媒的人和我说，要命地是咱冬莲没了好名声，你们山东人都传说她和男人们不干不净！人家都不敢娶她，我们邻村有个男人叫臭胡基儿，四十来岁，没儿没女，媳妇死得早，他倒是愿意，可他日子也过得艰难，我又怕委屈了冬莲，唉，难呀！

冬莲的心一下凉了，她摸索着从窝棚钻出来，正在搓苞谷的高婆婆吓得叫，冬莲！

冬莲平静地说，俺那地里已经种上种子啦……婆婆，俺不甘心就这样嫁了人，一辈子都不清白了！

桂枝劝说，冬莲，别想不开，俺再给你想办法！

冬莲摇头说，俺这几天想来想去心里也清楚了，谁也不指望了，俺靠自己！婆婆，俺熬得过去！

又过了两天，冬莲已经打算要收拾了东西，去古庙里和山东人们群居了，高婆婆却高兴地跑来了，离得老远就叫，女子！女子，你的好事来了！

冬莲一边迎上去，一边心里飞快地想，她说啥俺也不嫁人！

高婆婆说，女子，真的是个好事！我们村祠堂后面住了个孤老太太，娘家姓席，是个绝户头，七八十岁了，躺在炕上就是死不了。我们村是个仁义的村子，多是高姓，不能眼瞅着她死不是？我们就东家一碗西家半升地轮流凑粮送饭让她活命。眼见这两年她不知得下啥病，疼得白天黑夜大喊，小半个村子都能听见，吓得胆小的孩子们晚上总是哭，引得满村的狗都会叫半宿，真是闹人！

冬莲听得认真，见她叹气，便问，那可咋办？

可她就是死不了！这老太太辈分高，和我的族长没出五服，我去和他说说，你带着孩子白天去忙你的，黑咧在她屋里伺候她，你一间她一间。她不是总说怕吗？有人陪着她，她想必也就不叫唤了。我和他们说说，让他们也管你一顿饭，再给你些钱，这样你那买梁的钱不就能攒够了吗？只是不知道你愿意不？那老太太拉撒在炕上没人管，全凭着我们这些可怜她的人隔三岔五去帮她收拾些。唉！恓惶得很呢！

高婆婆边说边摇头，对咧，你去了就暂时有个地方住咧，也有饭吃——你想，你那一亩多苞谷全种上，也不够你一年的口粮！

冬莲高兴地说，俺去！俺去！俺不嫌，你快领俺去说说吧！

这样的事情，村里有家有口的人是不愿意去做的，族长高德天为这事也心烦了很久，见高婆婆给他领了冬莲又出了这样一个主意，立刻便找来村长高旺生，两人商议了一下便答应了。高德天说冬莲可以在这里每天吃派饭，因为之前便是每家轮流给老太太送饭，如今便多送一碗罢了，工钱由他和村长两家出。

高黄村差不多都是高姓，族长高德天就是村里主事的人，人们事无大小总要问他，婚丧嫁娶，事事经他点头，人们便安心了。高德天和两个儿子住一个三进的大院，家里上百亩的好地，是远近有名的大户，他的大儿子高庆生在县城衙门吃官饭，大媳妇管着家里的事，二儿子高满生掌管着地里的事。在高黄村没有人不羡慕族长家的，都说看人家过的才是日子！

冬莲见那族长虽然有些瞧不起人的样子，人却还和气，便鼓了勇气说，俺也不要钱，能把你们村里那些牲口棚上搭着的木梁给俺五六根就成了，粗些细些倒不打紧，反正俺是想搭个地窑。

高德天回头瞅瞅牲口棚说，那些木梁都还顶用着呢！

高婆婆笑着说，冬莲，你好好看护那老太太，我这村子上百户人家，我族长说句话谁敢不听？只要老太太不再闹，几根旧木梁又算啥？

族长也笑了说，好么，高婆婆都说了，到时我这牲口棚上给你抽上几根，不就行咧？女子！你可得对那老太太好些哇。你先看她一个月，就可以把梁拉走用咧。

冬莲千恩万谢了，便开始吃住在那老太婆的屋里。屋里早已是臊臭不堪的，窗户纸全破了，尘土在屋里到处都是，连老太太的身上都有着一层细细的黄土。冬莲见那老人精神倒还好，便斗着胆叫她老奶奶，问她身上哪里疼。

老太婆便把眼张了一条缝，抖抖地说，我这里……这里……全身都疼……疼得忍不住呀……

说着她便号啕着大骂起来，骂她的男人死得早，骂男人没给她留个孩子，让她一个人孤零零了一辈子，骂族里的人都不管她，又骂阎王爷还不让她死，生生受这活罪……

高婆婆便唤了她的名字，打断她说，这女子是山东人，我们专门找她来陪着你，心烦时你就和她说说话，不要再喊咧，这两年村里的人都没睡过囫囵觉，整夜狗都叫，你看行不行？

老太婆闭上眼，只管又叫起来，我不疼我叫啥？也没人管我……

冬莲赶紧把孩子放下，伸手给她在身上揉捏着问，你说你哪儿疼，俺来给你揉，你别叫了行不？

老太婆张大浑浊的老眼，定定地瞅着她说，你这女子长得好看，就像观世音哩……嗯……你再揉揉这边，还有这边，都疼呢……

她放缓了声音微张了嘴，便露出半颗残牙，舒服地哼哼着嘟囔道，我老婆子活到八十岁了，第一次有人不嫌我脏来招呼我呢……

高婆婆趁势说，那你就别喊咧，你要再喊这女子就得走，她不过是照顾你村里人给她碗饭吃，你要是再喊，村里人当然就不管她的饭了，人家可就走咧。

老太婆赶紧说，我知道咧，我知道！可别让她走，你不知道一个人在这黑屋里活得多难受！可怜我死也死不了……

高婆婆见她闭上眼睛享受着，便冲冬莲挤挤眼，两人相视一笑。冬莲看屋里脏乱得不成样，床上的褥子被屎尿糊得结了厚厚的硬痂，脚下十来个吃罢饭的脏碗胡乱堆着，上边架着筷子，里边的剩饭干硬了，想是送饭的人家嫌脏，索性连碗筷丢下不要了。她便对高婆婆说，婆婆给俺找几张纸，俺把她窗户糊一糊，你再给俺指一指路，俺去找个地方把她这铺盖都拆洗拆洗，想是她住得舒服了，屋里干净了，心里也好受，就疼得轻些。

族长高德天领了村里的几个老人，一直掩着鼻子在屋外，听那老太婆真的止了哭叫，又听冬莲果然善良勤快，便都松了口气。有人说，早知道这老太婆是想让人陪，咱各家早该摊些粮和钱，这么大的村，一个月还轮不上一次呢，一次也不过就一碗饭，倒省得天天鸡飞狗跳睡不安生！

冬莲总是操心谭小头媳妇拿她那几十个铜钱，又想她若不给就撕了她的头发和她打一仗，好好出口气。冬莲把老太太安顿好，挑了人们下午做饭的时间回了趟谭家堡子。

她以为谭小头媳妇会赖着不还她的钱，心里准备了要骂她的话，气冲冲进了堡子径自到了谭小头搭的窝棚门口。早听说了谭小头媳妇差点儿卖冬莲和孩子的人们就赶紧跟了她来看热闹。听了冬莲的吆喝，谭小头媳妇连面也没露，谭小头却马上缩着脖子从窝棚里钻了出来，把满满一把铜钱递给她低声说，给你，这是你的钱。

冬莲倒怔住了，她刚接了钱，谭小头就蔫蔫地重新猫腰进了窝棚，她来不及叫住他，就呆呆地站着，想好的那些难听话全都哽在嗓子眼儿里了。围着的人们也默着，冬莲气得红了眼圈，听见窝棚里有窸窸窣窣的声音，她忍了忍终于冲那窝棚大声说，俺知道你在里面！你做了亏心事不敢见俺？！俺清清白白，你昧着良心在堡子里说俺的坏话，明明你要卖掉俺们娘儿俩，倒说俺勾引人？你要遭报应！俺告诉你，俺就是没男人也不是好欺负的！再打俺和俺守东的主意，俺就去告官，和你们拼命！

窝棚里刚传出谭小头媳妇的声音，立刻就让她男人伸手捂住了嘴，两人在里面挣扎着。冬莲说了想说的话，心里就轻松了，丢下看热闹的人们转身就走。

眼看着离大家都远了，桂枝悄悄地叫，冬莲！

冬莲扭头见她鼻梁上一块青紫，半张脸全是肿的，就一下怔住了，桂枝姐，你咋了？闫老六又打你了？

桂枝逗弄着守东笑道，你别管！真有你的冬莲，你骂那娘儿们真解气！

冬莲小声问，挨打是为了俺吗？桂枝姐，幸好钱还没花，快拿着！

桂枝急了，压了声音，别傻啦！小心让闫老六看见！

见冬莲硬要塞钱，她索性一把抱过守东说，反正打也挨过了，俺说钱是俺丢的，他除了打俺又能咋样？快攒了钱买种子吧，饿不死才是大事！这几天地里活儿多，一忙活他就忘了这事啦，别担心！

冬莲又去自己占下将来要挖地窖的地方看了看,见她摆下的用来占着地方的石块依旧没人动过,这才放下心,背着守东往高黄村去了。冬莲拿石头占的那片地离谭大个子挖的地窖很近,但她却实在是没能力去挖那窖,一切都还很渺茫哩。

但她时时到自己占下的地里去看看,装作没事似的,也打量打量谭大个子的窖,渐渐见他挖的坑几乎要挖到自己占的那块地里,心里便急了,可她却不敢说。爱娥心里很清楚,男人一开始是不同意挖到冬莲的地里的,可爱娥哭闹了好久。她逼着男人问,你说!你俩是不是真的有私情?她拿了石头一垒,找来人们一说,那地就算是她的了?她花的钱和咱一样多,凭啥占那么大一块地?这女人心眼儿多,咱没回过神来,她就在离官井那么近的地方占了地。咱家俩儿子呢,加上你这么大的块儿头,不该比她的窖大些吗?你要不挖,俺明天就站在窖门口跟你闹,看看到底你俩有没有关系!

谭大个子便咬了牙,只好依着她的话,往冬莲用石头垒的地方占了快一米,爱娥这才满意了。

冬莲站在自己的地上,呆呆地盯着被摆在一边的一堆石头,这地占也是白占了,她在风里站着,守东在她背上呜呜哼哼的,她却浑然不觉,只是盯着那些石头发着呆,爱娥早看见她回来了,扬了脸当作没看见她一样就走过去了。

谭大个子觉得心亏得厉害,他觉得自己占了这女人的便宜,成了啥人了,心里便暗暗地恨起自己的媳妇,怪她不为占便宜,只为了强欺负人。待到爱娥回家时,冬莲已经走了,那堆挖窖时被丢得乱七八糟的石头又重新挨着谭大个子家的那地窖,依旧摆了一条整整齐齐的界线,爱娥有些得意地想,俺占你三尺地,你不是得乖乖往后退?

在冬莲眼里,关中的村子真美,槐树撑着绿荫,一抱多粗的大树很多。这里差不多各家各户都有着高门楼子,就算没有高门楼,门口的石头门墩也是一定会有的,雕了小兽守着,有的是一对狮子,有的是一对石鼓,上面有枝枝蔓蔓的牡丹和莲花。谁家的大门没掩,迎面的照壁上依旧是雕花描彩的好看,这些在自己的堡子里是看不到的,冬莲总是一路背着儿子走着,就要看看这家的狮子那家的牡丹,心里羡慕得不行,就想起老家也有这样的老物件,却知道这辈子也回不去见不到了。从祠堂门口过时，若是学堂的学生们还没下学，冬莲就听得到孩子们操着秦腔在唱书，有时是先生在讲书。她小时候读过好几年私塾，就忍不住去辨听，大多数她还记得，心里就感念当年爹并不管她是个闺女，一样送她去读书识字。冬莲从小听先生和爹常常说起孔孟之道，到了关中，一样听学生在学这些，她说不清心里是啥滋味，一路胡乱想着就进了那婆婆的家里，要吃要洗洗涮涮的活儿多得很，都堆着等她干，她手不闲地做着活儿，心里却安定了，仿佛忙累了，就啥也不会想了。

陪护了老太婆一段时间，冬莲终于得了族长高德天的允许，可以在那牲口棚上拆下三根木梁带回来。她心里早就盘算好的挖地窑的地方，因为离爱娥家不远，爱娥还和谭大个子哭闹过一回，冬莲也想再换地方，到谭家堡子的人们却越来越多了，冬莲终是没舍得在离官井更远的地方重新占地方。

她想把木梁扛回来，但丢过一次孩子，冬莲就一分钟也不舍得让守东离了自己。三根木梁显然没法一次带回谭家堡子，她便使了劲儿想扛起一根带走，那木梁并没有多么长，也没有多么粗，却沉重得厉害，背着孩子扛着木梁，前后打着忽悠，她便赶紧放弃了。高婆婆说让她孙子帮冬莲扛回去，冬莲赶紧拒绝了，高婆婆知道她怕人说闲话，只好帮她找了麻绳。冬莲把那木梁用麻绳捆了，又拖在肩上，牵牲口一样往谭家堡子拖。高黄村的人都认识她，知道那老太太近来叫唤得轻多了，大家能睡个安稳觉，就都夸她心善又能干。见她拖了木梁出了村，女人们就唏嘘着外乡女人的不易。冬莲一路拖着木梁边走边歇，很快就满头大汗了，进了谭家堡子的时候，田间地头干活儿的人们就都看见了，住在堡子口的老孙家媳妇高声大叫起来，冬莲从哪儿弄来这么大一根木梁！

人们便都跑来看她，冬莲有些羞了，可又不好把那梁丢在路上，便用袖子抹了满头的汗，重新埋下头拖起那木梁。爱娥扯着贵子在人堆里也看见她，吸了口凉气低声说，这女人比男人还泼呢！

有的女人小声说，从哪儿挣的钱，这根梁值不少吧？

就有人小声说，没见她见天到了天麻麻黑就往那高黄村跑，怕是已经改嫁了吧？

有人撇嘴说，谁会娶她，一个寡妇，她可别干下给咱山东人丢脸的事呀！

谭小头媳妇嗑着瓜子说，她算是开了窍，知道给自己挣钱啦，俺好心好意劝她，给她选个好人家明媒正娶过去，她还装着不愿意呢！

没等她说完，冬莲终于忍不住了，丢下那木梁，三两步就到了谭小头媳妇面前，劈头给她一个耳光，骂道，俺打你这不要脸的！你上次寻谋着哄了俺要卖俺和孩子，俺还没找你算账呢！你又说这些屁话，你说的那些不要脸的事，俺这辈子饿死也干不出来！

谭小头媳妇急了，伸手揪了冬莲的头发骂道，人家也说呢，你咋就专打俺？

两个女人撕打起来，便一起跌在了地上，背在冬莲身后的守东被压疼了，放声大哭。大家赶紧拉开了她俩，见两人脸上都有着指甲抓的血道道，头发也都撕乱了，都怪谭小头媳妇没事找事。

冬莲回头瞅瞅看热闹的乡亲们，就委屈得不行，仰脸狠声说，你们都是啥乡亲呀！俺不指望你们来帮，可也别冤枉人！你们去高黄村打听打听吧！

她重新拾起那绳子把木梁往官井那边拖，谭大个子叹了口气，转身撩起窝棚的门帘钻进去，爱娥的眼泪也流下来了，见男人看她，赶紧抹了泪说，她再难，你也不许去帮她，听见没有？

看热闹的人慢慢就要散了，一直在人群里的谭彦章却说，冬莲你停停！

谭彦章的脸色很不好看，他对看热闹的人说，大家既然都出来了，就听俺说几句：大家一直都推俺给大家主事，那俺就当一个大哥，替大家操个心。眼前这冬莲大家都知道，她男人路上死了，一个人拉扯孩子多不容易！咱都是山东人，像谭大个子、闫老六和冬莲还是一个村的，大家都看见了，她为了开荒、下种、挖窑，比个男人还能干，可还有人想要卖了她。大家见她弄回根木梁就眼红了，说了这些难听话！俺想咱堡子里是不是该有个正气，谁好谁坏，谁该帮，谁该被大家骂，人心里总得有个正理，凡事抱成团，咱这堡子才能在关中也兴旺起来！人家陕西人都给冬莲帮忙，咱自己人不帮她谁帮她？俺就带个头，拿出点儿种子给她，让冬莲赶紧把地种上，你们各家看各家情况！

听的人们都点了头觉得有理，谭彦章冲自己媳妇说，去！把咱那谷子给冬莲舀上点，让她赶紧下种。

他媳妇低声应了，老孙就说，冬莲拿布袋吧，俺家还有些苞谷种子没用完，你赶紧种上吧。

有人索性从家里舀出小半碗种子端给她说，给你倒哪儿？

冬莲拉了一路木梁，累得满头大汗，又和谭小头媳妇撕打了一场，这会儿听见大家竟要给她种子，胸口立刻鼓得满满的委屈和感激就怔住了。对着眼前真真正正的种子，冬莲噙着泪说，俺知道这种子你们都是从牙缝里省下来的，俺不能要！

谭彦章媳妇便拉她说，客气什么！乡里乡亲的谁用不着谁呢，等咱把这片荒地都开出来了，堡子里也有自己的规矩了，咱和在山东老家一样，互相该有个帮衬！你把木梁准备好，到时咱堡子里的人一起给你挖窑！

冬莲感激地说，俺这儿子长大了，一定告诉他，是咱谭家堡子的每个人养活了他，让他长大也报答你们！

爱娥在窝棚里听着这话抹了眼泪，谭大个子闷闷抽着烟不吭声。爱娥忽然扯扯他问，咱还剩下有种子吗？

谭大个子不说话，她又说，俺记得还剩了一小把，让祥子给她送去吧。

谭大个子刚要站起来，爱娥便说，让祥子给她，你可不许去！

从宋轩堂把自己从河水里拉出来，又说了小红丢了的话，冬莲便只当再也不会见到他和小红了。谁知在冬莲刚把种子凑够的时候，宋轩堂竟拉了粮食来看她了，这让谭家堡子的人们都大大吃了惊，在黄河的河滩上见过他的人们便都说，冬莲卖个闺女就走了运，这城里的男人真是个善人！

谁也没说冬莲的闲话，虽然宋轩堂长得很端正，穿得很体面，可他没见到冬莲，只领了两个伙计打听到冬莲住在高黄村，就拉着粮食走了，谁又有啥话可说？冬莲见桂枝、谭小头媳妇她们三三两两来打问宋轩堂，又问小红的事，她心里苦着，却不好说什么。她是在宋轩堂从高席氏的家里送了粮食走了后才发现，灶台上有个小布包，打开是沉甸甸的钱。这是啥意思呢？怕是小红并没丢？冬莲心里缠磨着不想花那钱，也不敢声张，她把钱藏好，打了个主意，再也不让那人来了，就算再见着他，这钱说啥也得还给他！

在堡子里，能和冬莲说说话的只有桂枝了。她性子直，心里搁不住话，找了个机会来找冬莲。桂枝一句虚话也没有，搂了冬莲的肩膀就问，俺一直想问句话，你真打算一个人就这样过一辈子？

冬莲默着。

桂枝瞅着她的脸说，俺是好心好意呀，俺觉得你太委屈了，你才二十一岁，说你没成亲也像！

见她好心，冬莲叹道，唉，俺说啥你也不信！

桂枝赶紧说，俺信俺信！你说啥俺都信，俺怕你耽误几年想再嫁也没合适人啦！

冬莲说，桂枝，嫁了那些老光棍汉，俺觉得低贱了自己。嫁了那些有家有口的，俺也觉得委屈，俺从来没想着去给人家当二房，也不想后半辈子天天和人家大房媳妇争长争短是是非非。现在不光是买了地，连种子也有了，俺觉得自己行！俺把小红弄丢了，谭家只留了守东这一点血脉，俺得守住，要是改了嫁，俺以后可咋给双林交代？

桂枝觉得她说得对，忍不住又问，堡子里的人都说彦章大哥喜欢你，他两口子总帮着你，你没动心吧？

冬莲抬眼说，俺不干那丢人的事！

桂枝说，那个姓宋的城里人呢？你也不动心？

冬莲赶紧摇摇头，低声说，不动！俺不想让人可怜俺才来娶俺，俺也不想给有钱人当个二房、三房，活得像他们养着的猫狗一样。

眼看着到了秋收的时候，八月十五刚过，谷子先熟了。家家地里的谷子渐渐黄了，沉甸甸的谷穗顶在谷秆头上在风里轻轻摇晃着，瞅着满眼金黄的谷穗，人人都高兴极了，这是他们到关中后的好收成。说起谭家堡子，属谭彦章和谭大个子开的荒地多，他们把地大多种了苞谷，少半种了高粱和谷子。冬莲也和大家一样，把地种了两样庄稼，眼看着苞谷结了棒子长得挺喜人，谷子也是个好收成，冬莲恨不得天天吃睡在地里，随时能摸到她的苞谷棒子，睁眼就能瞅见她的谷穗。

冬莲算是开荒最少的，又加上她的地挖得不够深，收成并不算太好，可到地里割谷穗，冬莲却是最高兴的。她不管别人地里谷秆子长得多密，穗子有多大，眼瞅着自己开出的荒地上庄稼一天一个样，居然能结出可以下种也可以吃的粮食，她便心里又悲又喜地想着，自己和守东一时是饿不死了，又叹息双林和小红却都没了。

守东抱着一个月比一个月重，冬莲想要收割，也得把儿子抱到地头时刻看着。冒着大太阳，好不容易哄睡了儿子，冬莲在地头用几根树枝搭了个小棚，把守东盖上衣服搁在里头，就算他是睡在阴凉里了，自己用布包紧了头发，备好了凉水，摆开架势开始割谷穗。她没有就手的小爪镰可以用，只有一把大镰刀，割时就显得又笨又别手。可她却顾不得那么多，一口气钻在地里手不停地割，顺手就把谷穗子丢在背后的荆条筐里，等筐子越来越沉，她就提了筐底全倒在地头。再瞅一眼儿子守东，正好好坐在谷穗堆边玩儿，她就不自禁笑了，鼓着劲又钻进地里。累得很了，她抱了儿子坐在地边休息，听着轻风吹在谷子叶儿上哗啦哗啦的声音，冬莲半闭了眼睛，觉得世上再也没有啥比这声音更好听的了。

　　冬莲怕自己急，就劝自己，反正这块地都是俺的活儿。她在心里默默把那块地分了三四块，打算花上几天时间慢慢割。她想，俺不能累倒了，还有打谷粒上碾盘一大堆事儿等俺干呢。这活儿过去她也干过，在娘家时跟在爹后面，她拾过谷穗，扫过碾子。跟了男人双林她再下地也只是拣拾一些没收净的粮食罢了，她知道村里很多媳妇都瞅着她呢，就想，俺反正现在已经是个男人了，就甩开膀子干吧。她麻利地挥了镰刀起劲地割，眼前割过的谷子地便比没割的矮了一头，谭小头媳妇忍不住看直了眼，自语道，这女人了不得，谷子也割得这么好，八成是投错胎了吧。

　　早在谷子快黄的时候，谭彦章就找了堡子里地多日子好些的几户人家一起商议，要在堡子里平出块地来，大家便凑了些钱，在北堡子选了块地买下。没钱可凑的人家便各家出个劳力，把那地上的荒草割了，又刨松碾平，平整成一大块能供大家晒粮食、打场、碾压高粱谷子的地方。大家打听着想要找人打一副碾子，到时候谭家堡子的人家都可以去碾压谷子、高粱了，可堡子里却没一个石匠。谭彦章到南山去拉回来两块大青石，闫老六听人说远近村子的石碾都是一个王石匠刻凿的，便费心打听了，从阎良集上找寻回来，请那人给谭家堡子刻凿一副好石碾。王石匠领了两个徒弟在堡子里住了好几天，谭大个子也忙活着打了副碾杆装上，大家终于把那碾安放在北堡子的平地上了。

　　在谷子地里冬莲一连割了三四天，半亩多熟透的谷穗才让她割完了。桂枝让男人用小车帮冬莲把谷子拉到场上，冬莲这才发现，满眼都是晾晒好的谷穗，在排队等石碾子轮到自家谷子上碾盘，场上一点空地方也没了。桂枝把自家已晾晒干透的谷穗堆起来，让冬莲铺上她的晒上，有人说让冬莲先碾吧，她便抱了守东说，不急！俺的谷子刚好排着队等晒干！你们碾完了俺再碾！

　　谭家堡子的打麦场离荒野地近些，从这片荒地开出来，野地里的狼便少了些，可是晚上古庙里的人和谭家堡子的人时常还是能听到狼嚎，有一回一只狼不知咋的就蹿到了古庙里，将正睡觉的一个女人的脖子咬伤了。闹狼的事冬莲是早知道的，高婆婆也交代过她，让她每天看那老太太，来去时都等到大天亮才行。她说这村里闹过狼，也不怕人，好几次钻在圈里把那猪脖子上咬个小口，碎娃们吸奶一样就喝干了猪血，那猪连哼也不哼呢。

　　高婆婆见冬莲吓住了，又见最小的孙子也凑过来想听，有心想吓住他们，便又说，我听说人家龙游村有一个练武人，喝了酒，夜里从荒地过要回家，有狼从后面搭上肩，他知道那是狼，也知道狼爪搭上肩，只要人一回头狼就会咬断人喉咙。那练武人可不怕，他只当他有功夫，在肩上抓了狼爪，一躬身想把那狼背过来摔死，嘴里还说，碎怂！我跟你玩儿玩儿，我一个下蹲就把你腿弄折咧！那狼却让他背过来没等挨地就把后腿冲他一蹬，几根尖爪子利得和刀一般，竟把肚子开膛了！那练武人从此就受了大伤，身体就垮了，幸好那狼是让他吓住了，一溜烟蹿咧，要是个胆大的狼还不就把他给咬死咧？

　　冬莲听得瞪大了眼，把守东抱得紧紧的，高婆婆的小孙子却兴致很高，让他奶再讲一个。高婆婆见他不怕，便骂着把他轰走了说，冬莲，我村人都夸你呢，说你把老太婆招呼得好，村里人听不见她整夜喊叫咧！你有功呢！

　　听她夸自己，冬莲惭愧道，啥功呀，你救了俺的命，俺去看老婆婆，还是你给俺找下个吃饭睡觉的地方，这几天夜里俺要看那谷子，不能去老婆婆那里去了，俺和她说好了，她答应不喊不闹啦。

　　夜里场上要有人守夜，看着自家谷堆，因为场小人多，谷子也东一堆西一片实在不好分清。总有谁家女人被偷偷抓拿走刚晒透的粮食，在谷场上哭骂，咒偷粮的人不得好死。可是谷场上却谁也没死，大家劝她几句便作了罢。冬莲就多了心，她把那地里结下的谷子一粒也看得很大，比别人更怕丢，见堡子里几乎家家都有人睡在场上，便也卷了铺盖来，抱了守东睡在自家的谷堆旁边，这次她多了个心眼儿，离谭小头和谭大个子家的谷堆远远的。谭大个子家的谷子多，早已干透打出了谷粒，只等上碾子了，前几天是谭大个子带着儿子祥子来看那些谷子，爱娥和贵子在家里住。傍晚时，爱娥见冬莲把谷穗拉到谷场，堆放在离自家谷堆远远的地方，爱娥依然觉得不放心，便对男人说，你忙了几天也累了，今晚俺和祥子住在这里。谭大个子知道女人心眼儿多，懒得和她磨牙，就捞起自己的草帽回家了，贵子却不行，偏要闹着和他娘一起睡，嫌他娘偏向他哥祥子，爱娥就捣了他的头说，好吧好吧，你俩都和俺做伴，让你爹一个人回去吧。

白天忙得困累极了，人们在谷场上裹紧了烂被窝卷，到了后半夜便睡得非常踏实了。谁也没想到那狼却来了，天亮时，人们才看到狼的脚印在麦场里竟跑了一大圈，最后停在爱娥跟儿子身边，祥子睡觉把头钻在被窝里，贵子却爱仰脸睡。

贵子突然被狼咬了脸，尖声哭了出来，爱娥手快，丢了木锨过去，狼便松了口，却还斜着眼盯着贵子，胆大着原地打着转儿就是不走。祥子见他弟弟满脸血，坐在旁边吓得呆住了。这时满麦场的人便尖声叫着，丢着东西掷那狼，有人打着火石点着了谷子秆，那狼才慢慢悠悠跑了。爱娥抱着儿子双手都在抖，见贵子的脸被扯去一大块肉，白森森就露出了几颗牙，她赶紧捂住他的脸，立刻就染得满手是血。爱娥哭着叫贵子的名字，他呜呜地说不出话。谭大个子被人喊来，见爱娥抱着儿子，一松手贵子脸上的肉像布似的，便分成了两片。他的心一下沉到了底，哆嗦着手摸着儿子的头发，从牙缝里骂，挨刀的狼！俺就不该回去……

贵子却哭得背过气去了，大家催他们快到镇上给贵子找郎中止血治伤。堡子里只有几辆小木独轮车，谭彦章让人拉车去了，人们发现祥子只是呆呆地瞪着双大眼，不动也不哭，谭大个子又慌着抱着他叫，祥子却缩了脖子直躲，他硬是让狼和他弟弟给吓傻了。

眼看着乱成了一团。冬莲见贵子一头一脸的血，滴得爱娥的褂子也湿透了，她吓出了一身冷汗，把守东紧紧抱在怀里，心里一个劲儿后怕着。

爱娥回过了神就哭叫起来，这是啥鬼地方，俺在山东也没遭过狼！

她便开始咒骂谭大个子为啥当初不去闯关东，偏要来这关中，又可怜她贵子这下破了相；她骂别人家占了麦场的地方，要不她最早割完谷子，却现在都没法上碾盘；她恨她男人不早些挖好地窖，拖着被狼咬了儿子。她哭哭停停，谁也劝不住她，人们就张望着那车咋总也不来。冬莲从衣襟上扯了块布，让她赶紧给贵子先包上。爱娥看到冬莲又来了气，冲她骂道，还不是你这个扫帚精！从山东一路来给人带了多大晦气，要不是你，俺们家就在这场的正中间，也不会去最边上睡，狼一来就挑上俺家贵子啦！你要是不来，俺家大个子在这里，狼也不敢咬俺儿子！

她说着呜呜哭起来，大家便听出来，原来谭大个子媳妇在麦场角落里晒谷子，是怕冬莲和她男人挨得近。大家看她伤心，又可怜她，便谁也没有说破。谭大个子恼了，低声骂，天天都不安生，陈芝麻烂谷子说那干啥？快抱了孩子看郎中吧……祥子，你看看爹，快别怕了，你说句话，别吓爹呀！

谭家堡子没有郎中，最近也得到镇子上了，天快亮的时候，谭大个子才和爱娥抱着贵子回了家，大家看到孩子的脸上包得严严实实，褐色的中草药汁渗透了白布，只有一双眼睛露在外头，看上去真可怜。祥子却是一副呆傻傻的神气，总缩在大人身后，有点儿动静就小狗一样哼哼着嚷，怕……俺怕！

冬莲便不敢再赌气，越发觉得挖窖的事不敢耽搁了。她知道窖上要铺上好干草，便打算等谷子上罢碾子就挑上扁担到山坡上去割草，等她把东西备齐了，地里的苞谷也熟了，等她掰了苞谷，她打算一定要请谭彦章他们来帮她挖窖了。

可是，她的窖现在还差三根大木梁没处寻呢。

把谷子在场上晾晒着，冬莲让桂枝帮她留心看着，抽空去了趟高黄村，先看了看老婆婆，给她换洗了衣裳又洗净了碗筷，才背上守东到了高婆婆家。

冬莲从布袋里拿出一个碗，里面满满的是新碾下的小米。她说，婆婆，这是俺那地里第一次打下的粮食，俺寻思着一定让你吃头一碗！

她说着声音就哽了，高婆婆见那一碗小米圆圆实实的，就笑了说，你那点儿地能打多少呀，还给我拿了这一大碗，我看看心里就替你高兴了，我不要，我那十几亩地里也都打了不少粮食呢。

冬莲却不依说，不行！要没有你就没有守东，俺也早就死了，要是你连这小米都不收，俺心里不好受呢！俺也想谢费郎中，听说他都离开镇子了！

高婆婆笑着念了声阿弥陀佛说，好吧！好吧！

她将那小米倒了半碗在桌上，细细用手摸着说，冬莲，咱庄户人家，啥时候只要有地，肯干，就缺不了吃喝！眼看你快熬出来啦。你们村里的谷子都打完了？

冬莲说，没呢，俺心里急呢，见人家都占着场排队等那石碾，这碗小米是俺硬用石头轻轻砸了，又用手搓出来的。

高婆婆抓了她的手看，见又红又肿搓脱了皮，便心疼道，你这实心女子呀！

冬莲把手抽出来说，婆婆，俺害怕呢，昨晚上俺们在谷场上睡，有个孩子让狼咬掉脸上一块肉！他哥硬是吓傻了，见谁都说怕呢！俺夜里睡觉把守东抱在怀里也还是怕呀！

高婆婆对着门外的亮光出了回神，突然说，有了，你看那龙游寺，你生孩子时住的屋里不是有很多柴嘛，有几根很好的梁，他们不也闲搁着嘛，你去求那德空师父，他是个善心人，肯定会给你！

冬莲赶紧摇头说，俺可不去！他那时收留了俺，德法师父怕给庙里惹麻烦，让俺搬出来。他若不给倒还算了，他若给了，又引起闲话咋办？

高婆婆站起来说，你说得没差呀！我老婆子去给你做做主，帮你说合说合就行咧！你把你那谷子装上，咱也给他送送礼。

冬莲想想再也没有别的法子，便点头答应了。

从冬莲搬走，德空师父就没再见过她和守东，见她俩来了果然很高兴，逗着孩子玩儿了会儿，高婆婆说了冬莲想挖地窑还缺三根木梁想从庙里柴房拿的事，他一口就答应了。

冬莲赶紧把小米倒出来，他看小米粒金灿灿的就夸她说，收成不错吧？看这小米，长得多好！

冬莲点头笑了，他说，那就让他们把梁给你送去，你在谭家堡子安了家，不怕风雨也不怕狼了。

高婆婆说，是呀，他们堡子有个孩子让狼把脸咬了。我听说年初还在荒地里见了一个被吃了五脏的孩子，也不知道是哪个村的。

德空师父念道，阿弥陀佛，你回去吧，我这就让人搬去。

他见高婆婆也要走,便留她说,高婆婆,我有话给你说,下个月有个法会,还得劳你给远近的香客和居士们通知了。

高婆婆爽朗地说,给佛家办事,我跑得快着哩,你只要吩咐,我就给你把人通知来!冬莲你先走,我和德空师父再说说这事。

冬莲高高兴兴地抱了守东就走,刚出了大殿,德法师父却远远叫住她,冬莲赶紧垂了头,恭敬地叫了声德法师父。

德法板着脸说,不过初一,也不过十五,你来庙里做啥?

冬莲支吾了说,不做啥……俺来看看。

德法哼了声说,看完咧就赶紧走吧!

冬莲刚要出门,德法看见小和尚们打开柴房的门,便问柴不够烧吗,开那柴房的门干啥?

圆净见他给冬莲问话,不敢隐瞒,小声说,德空法师让我们抽上三根木梁,给女施主送到谭家堡子。

德法便恍然道,你这山东女人不厚道!我问问你,你说没啥事!原来是来讨木梁的,这么大的几根木梁,你倒好意思张嘴要!

冬莲自知理亏,没敢说话,德法便更怒了说,你是不把我龙游寺弄得没脸没皮,你就不丢手呀?!是你求的德空?他答应咧?

冬莲心一横说,师父别生气!俺不要了,俺这就走!

德法气呼呼地冲圆净说,既是德空说了,就给她!我在这庙里,根本也不配知道个啥,还不如一个山东女人顶事呢!

他气得摔门走了,冬莲呆在那里,走也不是,想不要木梁却也来不及了,只好眼睁睁见那三个小师父,扛着一根大梁出了门。她在庙门口默默哭了一场,又怕大家看见,便慢慢往谭家堡子去了。虽然得了三根木梁,造地窑的事有了眉目,她心里却紧得一点儿也放不松,让人家师兄弟伤和气,这可咋好呢?她胡思乱想着,看见谭彦章媳妇领着谭兴在前面远远地走,她有意放慢脚步,不防谭兴却看见了她,谭彦章媳妇便笑着叫她。冬莲垂头叫了声嫂子,谭彦章媳妇见她脸上有泪,胸前的衣襟都被打湿了,便问,妹妹咋了,好端端咋哭了?

谭彦章媳妇见她又红了眼睛却不说话,便回头看看她身后的龙游寺,见那寺门还大敞着,就又问,你是去庙里了?谁欺负你啦?

冬莲赶紧摇摇头说，没有……谁也没欺负俺。

谭彦章媳妇却紧着问，俺看见师父们扛了根梁往咱堡子去，是给你的吗？

冬莲说，是呀，嫂子！俺心里乱得很……你别问啦……

她想着德法这会儿不知是不是又去找德空发脾气了，就长长叹了口气，竟丢下谭彦章媳妇，抱着儿子快步走了。谭彦章媳妇满心疑问，拉了儿子回到堡子的谷场空地，见谭彦章正在看脱好粒的谷子，便将手里那几个麻袋递给他说，快装吧，俺领着谭兴刚买的麻袋。她见男人晒得黝黑，便心疼了说，他爹，喝点水歇歇。

谭兴冲他爹说，爹，让俺来装麻袋！

谭彦章爱他儿子这般懂事，便笑了说，去吧，小心点儿！

谭兴欢快地接了爹手里的木锨，手忙脚乱地和他弟弟谭福一个撑着麻袋，一个用木锨铲了小米去装袋。谭彦章媳妇拾起块布，边包了头边说，俺和谭兴一块儿装！

她见男人喝了水，又从腰里摸出了旱烟袋，就突然想起啥似的说，俺刚才可看见冬莲了。

谭彦章听是冬莲，便装作没事人一般没说话，心里却想，冬莲又咋了？

他下意识瞅了瞅冬莲那堆谷穗，正晒着还没有打下谷粒上碾子脱粒呢。他咂着烟袋只等着女人往下说，女人却不吭声了，他终于忍不住抱怨道，冬莲咋了？总说半截话，连个囫囵话也说不了！

谭彦章媳妇把嘴附在男人耳边说，俺刚见她从龙游寺出来，那几个小师父给她扛了根梁，往谭家堡子送来啦。

谭彦章嗯了声说，她在那儿生了孩子，和那德空师父有些交情，虽说那梁值些钱，庙里要不用，给了她也没啥。

谭彦章媳妇瞅瞅四下，见大家都在忙着推碾子、捆扎谷子，便更小声地说，俺见冬莲哭得满脸泪，眼都肿了，见俺问她，慌张得话也说不到一起，撇下俺竟慌里慌张自己走啦！俺看她别是让那庙里的师父占了啥便宜，要不冬莲咋能那样？

谭彦章呼地站起来，龙游寺的和尚？是呀！人家好好的能把那样值钱的东西给她？这女人呀！咋也不该去庙里求人，吃了哑巴亏也说不出来！

他冲媳妇说，走！咱去问问冬莲！

媳妇赶紧拉住他说，你傻呀，这么去问她，她会承认吗？

谭彦章放大嗓子说，管她承认不承认？咱们都是从山东来的，乡里乡亲的，咋能让她受欺负？就算给了她木梁，咱也一样可以去找他们说理！

闫老六两口子正一个推着碾子一个拿着小扫帚扫谷子，听见他大喊大叫，吃惊地抬头说，啥事呀？冬莲咋了？

谭彦章媳妇便支支吾吾把刚才的话又说了一遍，大家便气了。也有人幸灾乐祸道，让踩住尾巴了吧，早就看出来她没那么清白。谭小头媳妇给她男人送了水，正坐在阴凉地里靠着小车打盹儿，听了冬莲的名字也一骨碌坐起来，挤进来问，是冬莲呀，俺看那德空长得挺端正的，真要是这样，不如让他还了俗，娶了冬莲，倒省得偷偷摸摸啦！

她说着挑了声音高声笑起来，谭彦章媳妇便瞪了她一眼。谭彦章说，俺去问问她，要真是这样，咱就去找他说个理，冬莲哭肯定有委屈！

不等谁去拦，他便拉了媳妇找冬莲去了，闫老六两口子也丢下手里活儿，冲儿子长宝说，看好谷子，俺们去去就来。冬莲正在自己要挖地窖的地方坐着，默默流着眼泪，忽然听见有人叫她，不等她擦了眼泪站起来，谭彦章两口子领着大家就到了她面前，冬莲，是谁欺负你了？你说！

冬莲慌乱地说，没有！没有！谁也没有欺负俺！

谭彦章媳妇见她还是不承认，便没好气地问，那你咋就哭了？吃哑巴亏还不敢说！是德空吗？

老孙家媳妇问，冬莲！俺看见那龙游寺的师父给你扛来根大梁，都摆在你地里了。

那木梁就在冬莲身后，她低了头，咬了嘴唇说，人家没有欺负俺，人家给俺了三根梁。

不等她说完，桂枝气冲冲地说，你咋能给咱山东人丢脸呢？你去干了啥？

冬莲气怔怔地说，桂枝你说啥呀？

桂枝没好气地嚷起来，俺错看你啦，把你当成一个了不起的女人，才想啥事都帮着你，谁知道你去干丢脸的事！

冬莲急了，你们……你们凭啥糟践俺？

谭大个子见一群人围着冬莲，又见她委屈得什么似的，他忍不住说，你们让她把话说完，到底是不是，得冬莲自己说了算，你们不能乱猜呀！

冬莲哇地哭出了声说，俺啥也没干！高婆婆领俺去求人家给了三根大梁……别的啥也没了。

谭小头媳妇像是拾到宝贝似的说，哟——俺明白啦，俺帮你找人让你改嫁，你不愿意，高婆婆帮你牵线搭桥，你就愿意！你当俺给你找的人换不回三根木梁吗？

桂枝气冲冲对谭小头媳妇说，闭上你的嘴，多早晚把你从谭家堡子赶出去才好呢！没事也要搅和！

谭小头媳妇不甘示弱地说，俺就说一说，你们都不愿意听，她自己跑到人家庙里做下丢人的事，装作哭模样，你们倒还在这小小心心地哄人家高兴哩。

谭彦章说，咱来到这，都要正正经经地活人，可不能让人家欺负！冬莲，不管是咋回事，咱一块儿去找他们，给你做主！

桂枝来拉冬莲的手，冬莲边往后缩边说，别别……千万别去，人家根本就没有欺负俺，是俺自己不好！

谭彦章不再理她，转身就走，闫老六和桂枝紧紧跟在他后面，谭家堡子看热闹的人远远围着。老孙媳妇见爱娥也跟在人们后面，便道，自己孩子还在炕上养伤，她倒有劲儿操心人家的事。

谭家堡子的人们到了龙游寺，见庙门关着，谭彦章气冲冲砸着门说，开门！开门！让德空出来！

小和尚赶紧开了门，见是旁边谭家堡子的山东人，不等通报，大家都从各自的房子里出来了。高婆婆不认识他们，跟在德空后面出了大殿，就见冬莲在后面边跑边哭道，你们别胡来，没有人欺负俺……天呀，俺惹了多大的麻烦呀！

高婆婆就叫起来，冬莲，这是咋回事，你咋哭成这样子！

谭彦章说，这要问他德空，冬莲早上好好的，到了庙里他给了三根木梁，冬莲就哭着回去了！好端端她咋会哭？俺就想知道他是不是欺负冬莲了，要是那样可不成！俺们虽然说不是本地人，可也不能任人随便欺负，她是个寡妇，可有俺们这乡里乡亲的做主呢！

高婆婆吃了一惊说，阿弥陀佛，都说得啥呀，我和冬莲一起进的庙门，她先头走了,我还在这里说八月庙会的事没走呢,没见谁欺负她呀!不信你们问问那几个小师父吧,他们和冬莲一堆走的,刚到谭家堡子送了木梁回来!

德空并不着急,对着谭彦章做了个礼道,阿弥陀佛!你们都是谭家堡子的吧,冬莲刚才走时好好的呀!她说村子里闹狼,求我把那柴房里的几根木梁给她,我见木梁放在柴房里也没用,她孤身一人带着个孩子着实可怜,就让小和尚们给她送去了。

他转脸问小和尚们说,让你们送木梁都送到了没?

小和尚们点头说,才抬了一根,摆在女施主的地里了,我们正要抬第二根呢。

他又问冬莲说,你说你要走,我就和高婆婆到殿里面说话,你走时不是还高高兴兴地笑着让我尝你的谷子么?咋回去就哭了!

冬莲觉得羞愧难当,她一个劲儿地说,对不起师父!俺给你惹下这么多麻烦,俺是好好的走的。

谭彦章觉出自己有些莽撞了,他却不甘心地问,那你为啥哭呀?

谭彦章媳妇眼见得自己男人没了理,也急了说,冬莲,俺亲眼看见你从庙里出来,抹着眼泪。俺问你话,你慌张得前言不搭后语,不是受了欺负你干吗哭成那样?

冬莲辩道,俺出来时……

她见德法不知啥时候脸色铁青地站在人群之外,心一横,便继续说,德法师父问俺来做啥,又说德空师父把木梁给了俺,把他没有当作庙里的师父,也不跟他商量。俺觉得因为俺做事莽撞,惹得他们师兄弟闹矛盾,心里后悔自己不该张这口。出了庙门又想起就算有了六根木梁还得挖地窖,砸地基,俺又没有劳力……心里发愁,就一路哭了……不承想给师父们惹这么大麻烦。

她说着啯地跪在青石地上,把那头磕得咚咚响,乡亲们对俺好!怕俺受了委屈,碾着谷子都丢下来替俺说理,俺惭愧……对不起大家!

冬莲泣不成声,伏在地上哭得抬不起头来。事是说清了,谭家堡子的人便觉得亏了理,赶紧争着给德空说赔不是的话,德空虽是脸色苍白,却还克制着自己,让他们没事来殿里烧香拜佛。大家灰溜溜地刚要出庙门,就见德法手里拿着点着火的扫把从厨房冲出来,大喊道,被人家撺到庙里来闹了,这个庙没法待了,啥乱七八糟的,让我一把火烧了吧,省得人说闲话!

他激动得差点儿把自己绊倒，伸了胳膊要去点那厢房的茅草顶，大家赶紧拉他说这是个误会，让他千万别在意。德法气冲冲地说，先是这女人要在庙里生孩子，我就不同意，从她来了，这庙里就没有安生过！我师哥让她住在后面菜园里，我们把菜烂在地里都不敢去摘；现在倒好，又来要木梁，给了她还不行，又领了这么一村人来闹事，我们是个修行的清静地方，受不得这样侮辱！

房顶上的干草被点着了一些，便呼呼地着了起来，大家慌了去救火，小和尚们提了桶，端了盆去浇，所幸很快火就灭了，房顶却留下黑乎乎烧焦的稻草，滴着黑色的水，院里便弥漫着焦煳的味道。

谭彦章后悔自己没问清就领人来闹事，冲着德空深深躬了身说，俺看出你是高僧！是俺们鲁莽了，俺给你修屋顶，给你赔不是啦。

谭家堡子的人便走了。冬莲还跪在地上，高婆婆不知该咋样才好，德空却转身进了门。德法还在院里气呼呼地大吼大叫，小和尚们劝也劝不住，突然见德空提了小包袱从屋里出来说，你们好好听德法师父的话，从此德法是这里的当家师父了。

德法愣了，看看德空面色平静，又见他背着包袱便急了说，师哥，你去哪儿？我可没说让你走！

德空看也没看他说，我不能坏了庙里的规矩，不能让这清静的修行地方没了尊严，我一心想去西安城寻高僧听经学法，这你也知道。这次我真的走呀。

几个小师父没想到忽然有这么大的变故，急得围了他哀求，圆净的眼泪都下来了。冬莲也吓住了，仰脸求他，师父！你千万别走呀，俺知道错啦！

高婆婆叹口气说，德空，你可别赌气，这庙修成现在这样，你花了多少心血！

德空说，人到世间，一切不过幻象。这事情不怪冬莲，也不怪德法，要怪就怪我。我既想帮她，就该有更多别的办法，我想去西安求法也不是一天两天的念想了，你们放心，我会给你们捎信来的！

他见冬莲只管跪着就说，别伤心了，我去西安跟你没关系。

德空提了包袱，径自出了庙门就走了。

都说世事无常，谁也没想到有了这样一场变故，冬莲却终于是攒够她那六根木梁，能在那地里挖地窑了。谭彦章选定帮冬莲挖窑的日子，冬莲却只说俺不用你们来挖窑。谭彦章知道自己这次错怪了冬莲，便硬是动员了十来个精干小伙子和他一起帮她挖坑造地窑。冬莲从龙游寺回来那天起再也不愿意理他们了，她默默背了儿子忙活，一点儿一点儿把那谷穗脱了粒，又一个人努力推那石碾。谁都知道石碾太重，她一个人根本推不动，可是不管谁来帮她，她都低了头只默默跟在那人身后扫着谷子，对谁不理也不睬，大家都知道她伤了心，也不敢勉强她。

趁着没人在跟前，桂枝说，妹妹，大家知道委屈你了，也知道伤了你的心，可大家都是为你好呀，至少谁以后也不敢欺负你啦。

冬莲咬了嘴唇盯着她看了好一会儿，叹了气走开了，桂枝才回了神说，冬莲恨俺呢，她那黑洞洞的大眼盯着俺，俺就知道她心里怪俺那天把话说重了！俺心里疼她，可没想着伤了她的心啦。

谭彦章更是很别扭，依着自己说好的，他搁下打谷场的活儿，叫了两个年轻小伙子又带上儿子谭兴，挑了两大担干草去龙游寺修房顶，干到快晌午才算是把烧焦的朽草换完。刚进了堡子，谭彦章就见老锹头在路边等着他，看样子，像是候了好一会儿了。他心里纳闷了，这样农忙的时候，老锹头不去忙活，能有啥急事？

没等他问，老锹头大声说，彦章呀，再这样下去就要出大事了！昨儿个俺一宿没睡安稳，越想越怕，干脆把你婶子丢在谷场来等你！

老锹头姓孙，在山东老家时教过私塾，凡事要查查历书，句句话都要说孔子云。他本名叫啥大家都不知道，因为他本身脸就长，又总是吊拉着脸，那下嘴唇就长长地抻着，像个铁锹头。他凡事爱较真儿，人又特吝啬，刚来堡子时和邻居为了鸡毛蒜皮的事争吵，那人明明有理却不耐烦和他再纠缠，便说算你有理吧，俺不和你说了。他却不行，非缠着要人家说清楚为啥是算他有理，那个"算"是啥意思。那人盯着他的大长脸气得发怔说，你呀，你个老锹头呀！铁锹头在土里只是干铲，这名字和他的大长脸，就立刻传了开，和他的犟头与吝啬一起在堡子里出了名。老锹头读书多，就爱掉书袋子，人家逃荒来都背着粮食、衣裳和孩子，他却挑了两大担的书箱子，堡子里的人们差不多都识字，却没一个像他这般学究。所以谭彦章知道他爱较真儿谕理，总要绕着他走路，谁知今天他竟守在堡子口了。

老锹头说，你不知道？咱们要大祸临头了！

谭彦章看老头儿的胡子也在抖，便说，啥事？

老锹头说，咱们来到关中，风气全坏啦！没有仁义没有礼数，没有德行，哎呀，你还问俺啥事？你看不见这堡子的人只认得粮食？

听他这样说谭彦章倒气笑了，人人都饿着，你让谁不认粮食？

老锹头也气了，依俺看，再不赶紧悬崖勒马，山东堡子就完了！古时候贤人不食嗟来之食，志士不饮盗泉之水，现在倒好，一个寡妇，竟然不顾脸面跑到庙里寻和尚要这要那，天爷呀！廉耻都没了呀，成个啥体统！成个啥样子！你当主事的人，就该管管！

谭彦章说，俺去管了，人家有高婆婆证明，是清清白白的呀，咱总不能让她饿死！古书俺也读过，可活人不能让尿憋死吧！

老锹头一甩胳膊，好！这是你说的，要是你不管，俺就找堡子里的老人一起去寻她，要么她改，要么她别待在堡子里，败坏山东堡子的风气！俺相信堡子里有的是知书达理的明白人！

谭彦章怕他真去找冬莲，赶紧拦住他说，别急呀，好俺的叔呢！俺让俺媳妇去说说她吧！

老锹头的脸色好了些，又说，你只顾着种地，好些事你又不管，堡子里也没个长幼次序，那帮孩子在堡子里跑来跑去，眼里没个老人长辈，路上碰上，竟仰脸就走过去了！刚才谁家孩子一头撞在俺身上连个话也没有就跑了。放在山东老家，谁家会有这样的孩子？这是啥孩子？

谭彦章忙了一晌午，早就饿得发慌了，见他话还多呢，就笑了说，老锹叔，让俺先回去吃饭吧，晚上俺上你屋听你说行不？

老锹头眼睁睁看谭彦章领上儿子走了，又远远冲他说，俺就看不惯，说了谁，谁家大人还不高兴，你家谭兴从刚才来到现在走，和俺问过一个礼没？不是和你争理，是怕这堡子从此没了礼数啦！

谭彦章就怔了，他停了脚，低头看看谭兴，孩子却机灵，赶紧转身冲老锹头做了个礼说，俺记下了！

老锹头一下子就高兴了，抢了几步赶上他们，拉过谭兴的手说，好孩子，你得给他们带个头，俺看得出，你是有大出息的！

老头儿兴冲冲对谭彦章说，晚上你早些来，俺好好给你说说，这堡子不能再放纵了！孩子也不能再放了羊了，咱得让孩子念书，得把孔圣人供起来，女人们还得让她们懂得妇道，要不这堡子真是要完了！

路边的人们见老锹头说得高兴，有的点着头，有的也听见他说的啥，只当他又在掉书袋子，就都散去了。

谭彦章媳妇因为好心却惹了一场事，还逼走了德空，每天都在懊悔自己太多事。这天她见冬莲主动找到自家窑门口叫她嫂子，赶紧高兴地应了。她见冬莲端了碗小米给她，便推了她的手说，整个谭家堡子属你的地最少，你还在这儿耍大方，不用你的小米，你大哥给你张罗人把窑快挖好了，你还要置办些家当呢！

冬莲说，不成！谭家堡子每个人都给过俺种子！

谭彦章媳妇见她说得实诚，便说，那好，这碗太大，换个小些的。

冬莲说，从山东来，俺就这一个碗了。

两个女人你拉我挡的，算是倒了半碗给谭彦章媳妇。谁知谭彦章回来见了，便立刻沉了脸，说媳妇怎么能收冬莲的东西，那女人做多大难，地里才打下这点谷子。谭彦章媳妇平素厚道，耳边也常听女人们或真或假说自己男人喜欢冬莲，她不愿往深里想，自己长得不好看，男人却是又高大又端正的，做事还那么精干。从进了谭家门里，她没受过他的委屈，这还不够么？他要真是由着性子，和那寡妇好上了，她又能怎样？所以一开始谭彦章媳妇心里就有数，男人是个仁义人，越是往敞亮里走，他越是没办法和冬莲做什么。她是明白人，不会做糊涂事，可是，当男人真的生了气，为冬莲的事和她急赤白脸地大声说话，谭彦章媳妇还是深深难过了。她没顶嘴，只是自己默默坐在灶边烧火，火苗一高一低在蹿着，她的心也一高一低地蹿着，她爱她的男人，忍口气又死不了人。突然她想起，那天老孙媳妇和谭小头媳妇曾说过，只要冬莲一天不嫁人，谭家堡子就安生不了，这么个大白馍放在堡子里，一大群饥汉天天看着，总有一天要出事！

大白馍！谭彦章媳妇心烦地对着灶膛里的火叹口气，她们说得没错，要是冬莲真改嫁了,那就好了!

冬莲顺着谭家堡子的路,把那二十来户人家一家一家都送去了大半碗谷子,谁家都不要,但她总是把那话又说一遍,见她眼睛里一直闪着眼泪,谁又都没法再拒绝,便说,俺收就收了,等到你青黄不接时,只要俺碗里有,你再来舀!冬莲便笑着应了。到了爱娥家时,她有点儿胆怯,生怕爱娥给她使脸子。因为贵子的脸一直没有好,还裹着白布,爱娥便一直在地窑里陪着儿子,她在门口踌躇了半天,鼓了勇气叫,嫂子在窑里吗?

爱娥听出是她的声音,便哼了声说,还没死哩。

冬莲怯怯地说,俺地里打了谷子,想来谢谢你,给你端了半碗。

爱娥愣了愣说,你在俺面前显摆你日子过得好呢,不用显俺也知道,你是有本事人!哼!

冬莲急了说,嫂子,俺可不敢那样想。

爱娥声音里带了气,不敢想你还来这门口,看笑话是不?看俺儿子脸上落了个疤,你就高兴啦!

冬莲拼命摇头说,贵子跟俺多亲呢,这一路来俺当他是自己的儿子!

不等她说完,爱娥挑了草帘出来叫道,你这种命硬的人,谁敢跟你有关系?早就被你克死了!俺不稀罕你的小米,只求你没事别在俺门口晃,今天谭大个子也不在,咱就把话说清楚,该给你帮的忙也都帮过了,你也没领过情!不管以后有啥事别来麻烦俺们,要是再来勾引谭大个子,俺可跟你不客气!

冬莲冲口道,俺从来没有想过勾引谁!

她还想说几句,想起自己刚死了男人时,爱娥一路咋样劝她,又让大个子一起抬埋,便叹口气说,俺看你在俺男人死时帮过俺,就咽了话不说了……以后俺不会求你啥,你也不用生这么大气!

她将那谷子啪地倒在爱娥的脚下说,这谷子你要不要,俺都谢的,俺有机会再报答你!

爱娥气得把那谷子一脚一脚拼命踩在土里说,谁吃你这谷子,谁就让活活噎死!没良心的女人!

这时村里突然有人乱哄哄地喊起来,快呀!到官路上去!打起来啦!谭家堡子人快点儿来呀——

　　冬莲听了不对，赶紧背起儿子往官路上赶，爱娥也撩起草帘往叫喊的地方跑。远远看见一群人扭在一起，两辆大马车停在那里，有人正扛了整麻包的谷子往车上扔。从开始秋收起就有西安城和阎良县城收粮的人来谭家堡子收谷子。因为这里是荒地开垦，三年不交租税，大家留了口粮就把多出的想换成钱，开荒种地大半年，油盐接不上，衣裳也磨烂得不成样子，都需要钱来置换，有的想拿钱买了木梁挖地窑。

　　今年渭北平原上大丰收，谭家堡子又开出好大一块荒地来，这粮就比往年价钱贱了些，高黄村的人们交够了皇粮国税，留够了种子，等那往年的老客户来收粮食，却觉得价钱比往年贱了不少。他们见城里收粮的人一点儿价也不给抬，待要咬住价钱不松口，收粮的人便说，谭家堡子的山东人都是种粮的好手，去那里收价钱比这还低些。看着一辆辆马车来了，却又空着去谭家堡子收粮，高黄村的人便急了，三天五天下来，村里的人便随了那马车跟到谭家堡子，站在官路上骂人。山东人哪受得了这气，便和他们厮打起来，这边马车不停地拉粮给钱，另一边谭家堡子人和高黄村的人厮打在一起，好不热闹。

　　冬莲赶到时，架已经打了好大一回，谭彦章和闫老六领着头，堡子里的壮劳力们几乎都上了手，有的还挂了彩受了点儿伤。谭大个子却站在一边，只是劝并不动手，大家知道他怕事，向来躲着事走。果然爱娥赶到了，便低声推搡着他说，这些拳头棍子又不长眼，打了你身上就受回疼，你赶紧回去吧，俺在这看回热闹，也算给他们出了人力。

　　谭大个子说，这是咱村里的事，俺咋能躲？

　　不等他说完，爱娥恨恨剜他了一眼说，你是不是看那女人来了，你想在她面前显能？

　　谭大个子气得骂，他娘的，天天都在这儿折磨人！

　　他嘴里骂得狠，脚下却还是慢慢回了村。冬莲听见他俩的话，只当没听见，爱娥却得意了，拿眼角瞭了一眼冬莲，冲着高黄村的村长高旺生喊，俺们卖俺们的粮，你们卖你们的粮，还跑到俺们村口来闹，真不要脸……

　　她起着哄，女人们便也都闹腾着，男人却实实在在地厮打，高黄村的老族长也赶来了，喝住自己的人说，旺生，是你领人来闹吗？人家愿买愿卖，关你啥事？你只管卖你的谷子就成了嘛！打得一头血，像个啥样子！

旺生气冲冲地抹了嘴角的血说，要不是他们谭家堡子这些山东外来户，今年的粮价能这么低？真后悔把地卖给他们开荒！一年到头就等了个收成，倒把一小半的价都让他们给压了去！他们开荒又没租税，可不咱们在这儿白挨？我们就跟他们商量把粮价提高，只要咱们都咬准了，这些收粮的人他总得收，谁知这帮山东棒子不领情倒还骂人！

谭家堡子的人说，明明是你们挡着不让人家收俺们的粮，欺负俺们是外来户！

两方又争吵起来，有人推搡了桂枝，闫老六不答应了，抡起拳头便打，大家尖叫起来。冬莲看着高婆婆气喘吁吁顺着官道跑了来，她赶紧挤过人群，想要去迎她，就见高婆婆冲在前面，挡住要和桂枝厮打的那个媳妇道，有话好好说，打啥打？

不等她说完，桂枝早一把揪着她的脖领子，推搡她道，你们老的小的都到俺们堡子来欺负人，俺巴巴地开了荒，种了地，就因为是外来户，啥都得受你们欺负？

高婆婆被她揉得说不出话来，只是挣扎，她一松手高婆婆就倒在了土里。高黄村的人们急了，扑上来要打桂枝，冬莲上前赶紧扶起高婆婆，怕她被人踩踏了。眼看着人们越打越厉害，她扶起高婆婆说，婆婆，赶紧到路边去，别让人踩了你！

高婆婆喘了气说，阿弥陀佛，不得了！不得了！那女人好大的手劲儿，要把我勒死咧！

这时谭小头媳妇在人群里尖声叫，大家都看看吧，这个吃里爬外的女人，咱谭家堡子啥事都护着她，到了这会儿，她还帮着那老太婆来打桂枝呢！

她的声音很大，大家便都停住了，只见冬莲背着孩子正扶着高婆婆往路边走，一手还给高婆婆揉着胸口，桂枝被高黄村的媳妇们撕乱了头发，脸上挨了两拳，便慢慢走到冬莲面前，含了眼泪颤着声说，冬莲，俺真是错看你了，俺待你不薄呀。

冬莲呆住了，怔怔地说，桂枝姐，高婆婆她没有打你呀！

不等她说完，谭小头媳妇骂，你真是吃里爬外，你就搬到高黄村得了！

谭彦章瞅着冬莲也气冲冲的，冬莲见大家停了手，便说，你们别打了，都是俺不好。

爱娥哼了一声说，扫把精！

谭彦章止住她说，这事和冬莲有啥关系？别胡拉被子乱扯毡！

收粮的城里人说，行了，别打了，今天这粮就按这个价钱收，我们掌柜的说了，从明天起所有的粮食还按去年的价，不管谭家堡子的还是高黄村的。

然后他转过身去低声说，打啥打！谭家堡子的粮没有皇粮国税，卖低些也是正理嘛。

大家听到明天的粮价高了，刚卖掉粮的人便急了，又撵着要和那人理论，那人扬了鞭，驾了车赶紧走了。

眼看事情解决了，人们便慢慢散了，冬莲扶着高婆婆坐在官路上，委屈得忍不住又哭起来。冬莲说，俺咋过得这么难呢？咋都不对，人家咋都有说头！

高婆婆笑了说，我咋觉得你越来越能了呢，往后日子长呢！看见那地里的粮食没有？越熟越是低下头，你的秆才不会断呢！你没有男人就低头弯腰做人吧，只要孩子长大了，让孩子当个顶梁柱，撑了门面，那时你再扬眉吐气！

冬莲想想也对，你一说俺心里就敞亮啦！俺现在全当是个鳖吧，俺就捂着耳朵捂着嘴做人，看他们能把俺咋样！

高婆婆便说，看刚才那个领头的男人，就是长得挺端正的那个男人，他好像对你挺上心……上次去龙游寺也是他领的头吧，他比谁都急呢！

冬莲抬头看看她说，俺可没觉得啥呀……他两口子在村里挺有威信，外来的山东人想在村里开荒、挖地窨，都得先和他说了，再到附近陕西人的村里去买地，他们挺帮俺的，正帮俺挖地窨哩。

说到地窨冬莲便又高兴了，婆婆！等俺有了地窨，晚上睡觉就像人家似的，关上门睡在炕上，不怕风雨，也不怕狼啦，那时请你来住几天！

高婆婆说，冬莲的好日子快来咧！今天这事你回去要再说起，就给他们赔个不是，就说是我给你接的生，你就对我好，你心里并不喜欢陕西人。

冬莲逗弄着儿子，他就咧嘴笑了，她说，那话俺可说不出，陕西人对俺不薄呀！费郎中给俺接过生，族长还给俺三根梁，庙里的师父也都帮过俺，要不就在野地里生守东了！唉，俺就觉得对不起德空师父！

高婆婆说，你这实心女子呀！

冬莲便笑了说，婆婆，俺把地里的苞谷要是也掰完了，卖上些，俺就打算再买块地，开了荒种些棉花和麦子，俺见你们关中女人都纺纱呢，俺也想织些布，自己做些衣裳还能卖些钱！

高婆婆说，那还得有织布机呀？

冬莲说，哎，到时再说吧，这才是一想呢，但种点儿棉花是必须的，再说一亩多地打的粮食还是不够。

高婆婆点点头说，好嘛！我支持你买地，咱庄户人家活着还不是为了有块自己的地种，死了能躺在土里？

这话却一下子惹出了冬莲的眼泪，俺想着俺男人死得多惨！卖了俺那闺女才胡乱埋了他……俺啥时候能把他挪到堡子里守着，心里就不慌了……夜里梦见总是见他和俺说冷，俺给他捂着也暖不热。也不知道俺闺女在人家那里过得咋样！

高婆婆好半晌才抖了嘴说，苦命女子呀，好好念佛吧，去给你男人做几场超度吧，到清明、十月一给你男人好好烧些黄表烧纸……等日子过好些，你找寻你那女子，说不定能寻见呢！

她见冬莲恍惚着不说话，只是流着泪，便心疼道，先不想那些吧，把你儿子拉扯大是正事！

默了会儿，高婆婆突然说，你上次说你做的锅顶排，我想家家户户都种高粱，都会缝那锅顶排，你当然卖不上价钱，你们在山东见过荆条筐吗？

冬莲说，俺婆婆、公公活着时做过，那荆条扎手呢！

高婆婆说，正因为它扎手，不好编，你才能卖上钱呀！

冬莲赶紧说，俺不怕割手！

高婆婆教她说，那你就得上山去割些荆条，拿水泡上一半个月，再把它阴干，这荆条就有了劲道了，晚上不忙的时候，你守着守东和那婆婆，编上荆条筐出去卖。

冬莲来了劲儿说，那好！俺还想再挣些钱，就去找那德法师父，给他庙里上些布施，也算不白拿他的木梁。

高婆婆笑了说，你这主意打得好，我倒还没想到哩。

不远处落了几只麻雀，叽喳得好不热闹，在地上寻了什么吃食，便争抢着在空里扑扇翅膀，冬莲把那群雀儿指给儿子看，逗着他玩儿。不知怎的，那些麻雀突然一齐飞了，冬莲和高婆婆仰脸瞅着，直到看不见了，两人才都回了神。

长长的黄土路一直伸到远处，冬莲突然没头没脑地说，俺那时就是顺这路来的。

当年高婆婆给冬莲四处找寻，想给她寻个嫁人的活路，却没有结果。后来又有人来回话说，愿意娶了冬莲，冬莲却很决绝地让高婆婆告诉他们，她没有改嫁的心思了。这事放在别人身上，也就算了，可高婆婆邻村那个四十来岁的光棍汉，却害起了相思病。他在集市上见过冬莲一次，听人说她就是山东村子的寡妇，冬莲的样貌让他立刻后悔当年没趁高婆婆说媒马上把她娶回家，这一下竟错过了。

光棍汉姓石，大名没人知道，高婆婆听人说他叫臭胡基儿。冬莲见他来堡子里寻自己，就当面告诉他，自己要守着儿子过日子，不打算再嫁人。他并不多说话就走了，后来却又来找她了好几次。她暗暗怪道，这男人如此邋遢无能的样子，竟然敢上门来找自己说娶亲的大事。关中人盖房多用黄土砸成的胡基儿，想是他脸色总是黄土一般灰黄着，又一丝表情也没有，和胡基儿坯子一样平板，才有了这样的名字。

臭胡基儿来找冬莲并不多说话，只是干活儿，地里的活儿，不管冬莲在不在，他一头扑在田里就顺着田埂忙起来，不慌不忙仿佛那是他自家的地一般。谭小头媳妇和爱娥见了稀罕得什么似的，又见他委实丑陋穷相，都兴奋地相互叫旁人赶紧来看，冬莲一定是招了上门的关中男人啦！

这话让冬莲气得半死，头几次她好言相劝，那臭胡基儿也像是好听好说，收拾了农具就走了。可是过不了多少天，他又惦记着冬莲，扛着镢头重新来了。冬莲发了怒，当着嬉笑热闹的村人们抢过他的东西丢在地上，让他滚！她冬莲一辈子也不会嫁人！

他却平静得很，黄色发灰的脸上并没有生气或尴尬的神色，他收拾了东西，有时会耐心地让冬莲小心身子，别累坏了。有时他会嗫嚅地说，高婆婆明媒把冬莲说给他当媳妇，他什么都准备好了，只差她过门了。还有，她的儿子他也不会嫌，改了他的姓就是一家人了。

显然这话是他想来想去想好的，娶个媳妇把儿子的问题也解决了。大家就哄笑着，当他是个活宝。

这样闹了几次，见他分明把自己当成媳妇一样，冬莲简直要疯了，爱娥却和谭小头媳妇喜得冒烟，堡子里的生活太苦了，没有这样的活戏，还有什么意思呢？如果臭胡基儿是个疯子或傻子，也没什么意思，可偏偏他很正常，这就有趣了。她冬莲不是一直要强要尊贵吗？她和那臭胡基儿说得清吗？

冬莲就想到了高婆婆，央求她去说说臭胡基儿，让他别再来了，她实在受不了他这样三天两头来给大家当笑料。

高婆婆也没想到臭胡基儿竟是一个这样的货色，就跑去找他，骂他是一堆稀狗屎，踩在谁脚上就粘住谁，惹谁一身臊。她警告他别去再找冬莲了，要不就狠狠收拾他！

臭胡基儿不怕，他说他只要能娶到冬莲，啥苦也能吃。

高婆婆骂她的，再难听的话臭胡基儿也不回嘴，最后他只说，只要冬莲高兴，等几个月就等几个月，他不急。老太婆败下阵来，一路往家走，她气得流了眼泪，可怜冬莲一天安生日子也没有过上，糟心的是，这个狗皮膏药是自己一手贴在冬莲身上的。

两个女人坐在冬莲看护的婆婆家门槛上发愁，高婆婆说，都怪我，我天天吃素念佛，为了这事去骂人，伤了功德造了口业！

冬莲知道婆婆虔诚，只好劝她别再理那人了。婆婆说，怪俺给你惹了事。

冬莲摇头说，还是俺命不好。

守东胖得很，小脸鼓着肉，小手也肉乎乎的，抓着高婆婆的手指很有劲儿。高婆婆逗着孩子玩儿，偷眼看看冬莲，她正垂着头，愁得不行。

商量了一回，也没什么结果，高婆婆只交代她来去高黄村的路上一定小心，别让那臭胡基儿占了便宜，那她就完了。

高婆婆叮咛着，冬莲咬了嘴唇听着点头，突然她扑在高婆婆的肩上哭了说，婆婆，怎么办！天天都在油锅沿儿上走着一样，随时就跌进热锅里了！

把冬莲从热油锅沿儿上解救下来的人是谭彦章。

堡子里发生的事情，凡是和冬莲有关的，谭彦章一定最上心，尽管他装得和没事人一样，他的心思他媳妇却明白。女人就在心里别扭着。冬莲被臭胡基儿缠上的事，堡子里差不多人人都知道了，谭彦章自然心里也急，依着他的想法，就该把那男人美美揍一顿。可是这事里有冬莲，他就不敢了。不是怕自己招人说短长，而是怕给冬莲惹麻烦。他次次听说臭胡基儿来纠缠冬莲的事，心里都很气急。恨冬莲软弱，又心疼她没个依靠，竟让这样的赖皮缠上了。

他知道在他面前传说这话的人差不多都没安好心，是故意要看他谭彦章会怎么办的。他不想中了他们的招，就努力克制着性子，生怕自己让大家看了笑话。就算他躲着这事走，这事却几乎撞在了他手上，那臭胡基儿又在地头缠着冬莲，要说一说成亲的事。正巧他就从那里路过，他看看冬莲的脸，羞红得埋着，不敢抬头，围着的人们并不多，却个个都是喜滋滋的，他立刻就心疼了。

谭彦章再也按捺不住了，他狠狠揪了臭胡基儿的脖领子用拳头砸了他的脸，又冲他的屁股踹了好几脚，说他再敢来谭家堡子一步，就打断他的腿！

臭胡基儿流着鼻血，却不擦，他气鼓鼓地冲冬莲瞪着眼睛看，倒像是在示威。

谭彦章骂，还不赶紧滚？

臭胡基儿突然哭了，指着冬莲说，你是我媳妇，咋和别的男人串通来打俺！看来人家说你不守妇道是真的呀！

冬莲急了，拼了命抢起路边谁的铁锨，冲他的头就拍过去。臭胡基儿这才慌了，抱着头就跑，等跑到她追不上的地方又停下冲她喊，除非你真嫁了人，不然我还会来的！

这次谭彦章不饶他了，不由分说跑着撵上他，按倒就打。也没人劝，谭彦章打得解恨，等他媳妇和大家赶到，那臭胡基儿已让打成个烂羊头一般，嘴脸没了人模样，全是血。女人们呀地捂了眼不敢看，谭彦章喘着气问，还敢再来不了？

臭胡基儿终于摇摇头，从满是血沫的嘴里含混地说，知道厉害了，不敢了！

谭彦章往家走的路上，几乎没有一个人和他说话，这在过去是少有的。这冷落让他想，冬莲过去天天也是这样吧，一个女人撑着多不容易！

这样想了，他就打定主意，要是那臭胡基儿再敢来，他就再揍，一定得把他打怕。

晚饭吃得没滋没味，儿子谭兴和谭福知道爹娘不高兴，谁也不敢吱声。

睡在一盘炕上，两口子大半夜都没睡，可谁也不说话。谭彦章给女人个大脊背，她低声抽泣起来，谭彦章心烦了，哭什么？

女人叹气。

谭彦章说，俺知道你的难受在哪里，是嫌俺替冬莲打了那臭胡基儿？你说他是个什么玩意儿？

女人气得说，人家男人都看热闹，只有你去管！人家都说你喜欢冬莲！

谭彦章也来气了，坐起身说，人家是人家！俺就是喜欢了！怎么啦？

这话一说出来，两个人都愣了。

好一会儿，女人低声说，喜欢也是白喜欢，她说她不改嫁！

谭彦章重新躺下，长叹一声。女人的哭声又响起来了。

因为这事，全谭家堡子的人都知道谭彦章喜欢冬莲。对他来说，倒没觉得不好，反而可以堂堂正正去帮她了。天气凉下来的时候，谭彦章帮着冬莲在离北堡子空场不远的地方又买了点地，有两亩左右，因为离官井很远，附近还没人买地开荒，那地就非常便宜，两亩才一两多银子。她把自己地里刚掰下的苞谷棒子卖了一多半，就算加上宋轩堂那次给的钱，那地钱还差一点，她想起高婆婆说起的谭彦章对她好的事，就打了主意不肯借他的钱。谭彦章知道她素来和桂枝好，就找桂枝和闫老六说了，做了保人让两口子把那钱借给冬莲，才算是把地买下了。冬莲在那地里忙了一两个月，要把地开出来，心想着这次反正也是过了农时，她便不急了，每天带了守东到地里开荒，晚上回高黄村陪那老太婆，不比上次开荒那么累了。

在夜里的时候，冬莲哄睡了儿子，和老太婆有一句没一句说着闲话，她便照高婆婆教的那样，成夜编着荆条筐，攒到三五个时，她就想去卖掉，可一想起自己被谭小头媳妇差点儿卖掉的事，便不敢自己去集市了。冬莲在逢七的时候早早候在堡子口，等谁去赶集，若是谁带的东西并不多，她就央求人家把那三五个荆条筐帮忙带到集上去卖了。这样的筐结实耐用，荆条又扎手，愿意花时间编它的人很少，这筐放在集上不等赶集的人买，光是在集上卖东西的人们就买下了。

等在路上，遇上堡子别的人还好，冬莲最怕碰上谭大个子和谭彦章，她看出谭大个子每次都想和她说话，可心里实在是让爱娥给吓怕了，赶紧转过脸提了筐背着守东装作没看见，谭大个子就叹口气自己走了。谭彦章却不一样，待他发现冬莲几乎逢七的赶集日子总要在堡子口转悠着找人，谭彦章就不管她咋样装作没看见他，或是说和别人都说好了，只管从她手里拿了筐就走。

到晚上果然就卖掉了好几个，他让媳妇给冬莲捎了钱来，剩下的筐依旧放在他的窑里，下个集再帮她卖。冬莲见他带回的钱总比别人代卖的多，明白他有意贴补自己，就说啥也不肯把筐交给他了。谭彦章对她说，既然她要守着不嫁人，他就帮她守着，他喜欢她，要是不让他帮，只看着她受委屈，那他还是个男人吗？背过人去，冬莲为这话哭了一场。

冬莲有了这编荆条筐的活路，就有了很大的劲头儿，她挑好天气拿了刀上山去割那荆条，双手被划得鲜血淋漓，荆条拿回来泡在水里备用。夜里她手不闲地编，白天又要开荒，人就累得有些憔悴了，可她心里却是高兴的，特别是她的奶水渐渐没了，守东开始学着吃饭了，看孩子喝着自己种下的小米黏粥长得又壮实又可爱，她觉得一切都很值。

她不太懂得农时，也不太懂得该啥时候给地里施肥，只是学着大家的样子。她见有的人家在地里忙着，有的却把地闲着，冬莲不知道该怎么办，她不知道该问谁，也不知道自己的地该咋样打算。女人她不敢问，男人她更不敢问，她在地头转着，见谭大个子在地边忙活，冬莲看不出他在做什么，只见他在那儿起劲地翻地，把那平整的地挖得更深更松，谭大个子就看出冬莲没主意了。

谭大个子便在自己地头自言自语了，他边刨着地边说，让这地养一养，过两天再上些肥，秋天过罢，啥也不种啦，明年地力旺了，种啥都有好收成！

冬莲明白了他的意思，有些想笑，便装着什么事也没有，拿了镐也挖自己的地，第二天她便把自己攒的一些粪肥挑到地头，见谭大个子和媳妇正在给地上肥，她便也一点点把那肥上在土里。隔了两三天，谭大个子又说得把土翻一翻，让那肥下到地底下，隔年就起作用啦。冬莲看着谭大个子是在给儿子教，自己心里便也点点头，觉得别看谭大个子不爱说话，心眼儿还挺多的，又防着他媳妇说闲话，又给自己出了主意，心里便暗暗地感谢他。

快到傍晚时，冬莲把地翻完一遍，她见爱娥回家去了，谭大个子坐在地垄上休息，便背对着他给守东整着衣裳，冲着自己的地说，这地要想种棉花、麦子，啥时候下种呢？

谭大个子许久没有和她说过话了，心里有些高兴，就也冲着自己的地说了棉花下种的过程。这边冬莲就点头说，俺记下了。

谭大个子见四边没人，便说俺见你做荆条筐呢？

他下意识看看冬莲的手，满手的布条包着，露着的地方红肿着结了痂。谭大个子心里一疼，冬莲把手藏在守东的衣裳底下说，是呀，荆条筐卖不上价，还总得麻烦别人去卖，一晚上得熬不少灯油……幸好俺现在能摸着黑编了，也不耽误看护老人，只要门帘不拉上，借着点儿月光就成，可天冷了咋办？

谭大个子心里其实早有了主张，他说俺看你买了地，过了年种上棉花，不就能纺线织布了吗？

冬莲说，俺也没个织布机，买那地只做了个打算，害怕胡乱买成吃的，把钱就糟蹋了，俺看那荒地也不多了，怕等两年就没了。

谭大个子见谭小头一摇三晃地往地头走来，就站起身扛了镐准备回家了。他说，赶紧收拾回去吧，别理那些二流子们。

冬莲看见谭小头过来，知道谭大个子说的二流子是谁，就赶紧点了头，也去自家地里翻整去了。忙活一天，冬莲就盼着回到高黄村，吃罢饭能睡下好好歇歇了。一路背着儿子往高黄村走，就看见老锹头两口子在路边站着。那天谭彦章媳妇来找她说了，她就知道老锹头是讲究礼数的，可他又是个男人，打不打招呼呢？心里纠结着就走到了面前，冬莲冲他俩点头说，叔叔、婶子好！忙完地里的活回家去啊？

老锹头并不回答，却像是一直在等着看她到底问不问好，冬莲脸上带了笑，老锹头媳妇也赶紧冲她笑，他却高高昂了头，又挺了胸，慢慢从喉咙里长长嗯了声，便扭过脸去，他媳妇也赶紧收了笑，学了他的样子不再看冬莲了。冬莲顺着路走，有些后悔主动和人家打招呼，又想想老锹头的架势，忍不住想笑，放声叫着儿子的名字逗他说话，守东便啊啊地应着，冬莲高兴了，唱着歌给儿子听。老锹头却听见了，回身看着冬莲背着儿子越走越远，他没好气地用下巴指指冬莲的方向，冲自己媳妇说，一个妇道人家疯疯张张，没个体统！

高黄村的傍晚，家家都烧了柴草在做饭，炊烟浓浓淡淡地飘荡，满村都被微微发呛的烟草气笼罩着，可庄户人家都喜欢这样的味道，就算是那味道里混了些骡马味，人们还是觉得这就是日子的味道了。冬莲回到村里就开始忙活，天黑严了，终于伺候着老人吃下了晚饭，还在收拾着东西，守东已经在冬莲背上哼哼唧唧了。

冬莲便一边干活儿一边轻声唱，胖小子儿，坐门墩儿，哭着闹着要媳妇……

守东吱吱哇哇想说话，这歌谣本来挺欢快，冬莲却唱得声音低低的，像在和儿子说话，又像是在给自己说话，高席氏听着，眼泪慢慢流出眼窝，就渗在皱纹里不见了。好一会儿，高席氏抹了泪，听着冬莲使劲儿洗涮锅台的声音，她拍着炕沿儿喊，女子！女子！来和我说说话！

冬莲赶紧应了，进屋坐在炕沿儿上给她揉捏着身子，听她有一搭没一搭说着几十年前的事。她絮絮说着，那声调好不平淡，冬莲困得两眼勉强睁着，胡乱应着，好几次就睡着了，高席氏猛一声高，又猛一声低，冬莲就惊了醒，赶紧点头说是，却支撑不了一小会儿，又睡过去了，两手又不敢停，只一下一下在她身上揉捏。夜深了，高席氏张了没牙的瘪嘴打了瞌睡，终于说，冬莲，我要睡呀。

冬莲早等圣旨一般在等这一句话了，赶紧给高席氏掖好被子，又噗地吹灭油灯，回到地铺上搂着儿子躺下。

只当可以好好睡了，高席氏却在炕上翻腾了说，呀，我睡不着……我还想让你给我揉揉！

冬莲赶紧坐起身，哪里疼？

高席氏说，我……心疼。

冬莲说，那俺给你揉揉心口？

高席氏问，女子，你真是个好心人……你再和我说说，你男人咋死的？

冬莲说，俺和你说过好些次了，过黄河时淹死的。

高席氏叹道，呀，咱俩是一样的苦命呀，可你还比我强，我连个能指望的娃也没一个呢……

冬莲只流泪。

高席氏又问，女子，你哭咧？

冬莲在月光下抹泪说，没有……

高席氏努力想坐起身，俺看你年轻得很，怕是没有二十岁吧……长得又这么好看，你该再寻个男人！

冬莲摇头说，俺男人死了不到一年，俺咋能不守妇道？俺天天都在想着俺男人呢！

高席氏突然大笑起来，妇道？啥是个妇道？哈哈哈……我让这俩字哄了一辈子，快入土时才明白——哈哈哈……女子，我给你说，那是坑人的！

冬莲惊讶地看着，高席氏笑着笑着突然又哭起来，我在这里瘫了十六年，妇道！妇道让我人不人鬼不鬼？妇道！妇道让我连个说话的人也没有！你再别傻啦！想你男人他也替不了你受苦，找个男人帮你养活娃，你就不苦了！

冬莲急得说，婆婆，求你别哭了！你再喊明天俺就不能来陪你了！

高席氏赶紧用手捂住嘴，哎呀，我一心疼就忘了，他们没听见吧。

冬莲摇摇头说，婆婆，俺知道你心里委屈，俺一定好好伺候你！

高席氏瞪大眼睛神秘地压了声音说，别走我的老路呀……等你后悔就来不及啦！

冬莲流着泪呆呆坐在月光下，高席氏躺在炕上也出神地盯着天，月亮圆圆的，却不怎么亮，一大片黑云飘着飘着就慢慢地把那月亮全遮住了，远处，谁家的狗响亮地叫着。

早晨起来，冬莲发现高黄村的老婆婆在睡梦里死了，她并没有害怕，跑到村里给族长、村长和高婆婆报了信，她帮着人家把丧事办了，人埋进土里，她才卷了铺盖回了谭家堡子。可是冬莲为了买那两亩地，把苞谷卖了大半，荆条筐好卖，她却编不出来多少。

老太婆在世的时候，她一直带着儿子在高黄村吃村里的派饭，油不舍得花钱买，连盐也断了，现在自己回到大家帮她挖好的地窖里，虽是住得风吹不到雨打不着了，却立刻心疼起自己一天也不能少的两顿饭了。谭家堡子的人吃的都是锅盔盐，一个几十斤，大户人家买一个锅盔般的盐饼，吃时砸成碎块，能用上好几年。谭家堡子的人们哪有那样的闲钱，便十来户买一个，切割成一样大的块，每人摊些钱，人们可怜冬莲只有一口人，也吃不了许多，便把砸下来的碎块盐末拿手搓给她，她便千恩万谢说足够了。

冬莲吃油也是高婆婆给她些自家的棉籽，她学着用人家的机子榨了些。冬莲知道现在堡子里的女人们都议论她不该去买地种什么棉花，倒会装可怜，她便下了决心，不求他们帮啥忙。

农闲的时候，谭大个子天天做大车轱辘，祥子受了惊吓，总不肯到有生人的地方，跟着他爹做活儿虽是年岁小了些，却比总是被吓得浑身哆嗦更让人放心。因为谭大个子活儿做得精巧又结实，熟客就带来了生客，一副大车轱辘搁在门口，不几天就被人买走了。卖了大车轱辘的钱，爱娥都收着。她见冬莲一个人卖了粮连口粮都不留够，都敢去买二亩地，自己就也想买些地来，心想自己绝对不能输给她。谭大个子见那地虽然便宜，可也是钱呀，自己做着木匠活儿，农忙时种三四亩地，已经很累了，他就劝爱娥别买地了。爱娥心里虽是不愿意，可也知道男人说得都对，只好作了罢，心想看你一个女人家，要种两三亩地，早早累死你！

刚到了冬天，人们就都不太出门了。谭家堡子已经有了些气象，大片的田地连着，远远地看不到边了，山东人们居住的地方顺着朝南的方向开着窗口，又顶着差不多样式的烟囱，看上去好大一片，并不显得寒碜。这天快晌午的时候，高婆婆领着小孙子到谭家堡子来，冬莲高兴坏了，这可是高婆婆第一次进谭家堡子。高婆婆跟她进了地窖，看她把地窖里收拾得光光溜溜，守东围了小被子坐在炕上，哇啦哇啦学说话。高婆婆叫声阿弥陀佛，夸她真是个能干的女人。冬莲只抿嘴笑着，见高婆婆从口袋里拿出个手绢，里面包了一包芝麻，冬莲笑着说，你老来了还不空手。老太婆说，炒一炒，和在野菜汤里香得很哩！

高婆婆见炕上有只正做了一半的布鞋，很厚的千层底子，黑布鞋面，鞋帮上密密实实也纳了双层线。她见是双男人的鞋，便多心了，握在手里看，冬莲却浑然不觉，只忙着要给她烧水喝。端详了那鞋，她忍也忍不住地问，你这鞋是给谁做的？

冬莲只顾烧火，头也不抬地说，给俺男人！梦见他总是光着脚喊冷，他脚大个子大，俺就想给他做些鞋吧。要不总是想他，夜里瞪着眼睛睡不着，又没个法子！

高婆婆一下子感动了，有些过意不去地说，看我心眼儿多小，我当你给你村里的谁做鞋呢！

冬莲一怔，就笑了说，俺咋敢惹那祸呢！

两人就都笑起来，冬莲给她倒了碗水，高婆婆说，我在门口给你带了个东西，你看看去！

冬莲挑了草帘，见地上摆了堆新崭崭的木料，她蹲下翻弄了，立刻就看出那是个纺车和木头织布机的料！看上去只差装好就能用的样子。见她发了怔，高婆婆的孙子笑了说，我奶奶让我帮她给你抬了来，你看我放在屋里啥地方？

冬莲不敢相信自己的眼睛，这是她做梦也想要的东西呀。冬莲吃惊地说，高婆婆，这……这是给俺的吗？

见她不相信的样儿，高婆婆笑了说，是呀，你不是一心想要个织布机，连地都种了棉花，这一下晚上不编荆条筐，就好好织布吧。

冬莲欣喜着摸摸织布机，又摸摸光溜溜的枣木梭子说，这得多少钱呀，你咋能想着给俺做个这！

高婆婆使了个眼色让她孙子出去，说，傻女子，你没看这织布机是你们山东人用的！

冬莲看看机子，还是不明白她的意思。高婆婆指了那织布机上面长长的麻绳拉线说，我们陕西人用的机子是穿梭式的，不比你们这拉线的，我们要把梭子丢来丢去，哪有你们拉一下线就织一排快？你这机子呀，省两三成的工夫哩。

冬莲想起在高婆婆家见的织布机，这才明白了她的意思，是呀，婆婆你居然还找人帮俺做这种织布机。

高婆婆帮她把那堆长长短短的木棍拉绳一起往窑里搬，你傻吧，我们陕西人要是会用你这种机器，早就织得比你们还快了，有这样木匠手艺的，你想想谭家堡子还有谁？

冬莲恍然大悟，俺们谭家堡子就谭大个子一个木匠！

她忽地就想起那天谭大个子让她纺线织布的事，心里生出一些温暖。高婆婆看她出了神，便用胳膊肘戳戳她说，人家媳妇怪不得总不放心哩，他倒真是萦系着你！那天把东西送到我家，把我吓了一跳，他还说是你求他做，怕她媳妇多心让我给你送来。

冬莲解释说，婆婆，俺可真和他没什么。

高婆婆拍了拍她胳膊说，傻女子，看你这手扎得都是伤，别说我疼你，哪个男人看你成这样，谁不心疼你？上次去庙里闹事的那个男人，也是不错的人，你既别做下啥丑事，可也别伤了人家帮你的一片心！

冬莲点点头说，婆婆俺记下了，可这纺织机俺还不会装起来呢！

高婆婆说，那好办，我刚才已经和我孙子扛着那机子游街一般在谭家堡子招摇了一回，让人知道这机子是我帮你做下的，现在你找人来帮你装起来谅他们不会说啥。

冬莲赶紧说，婆婆呀，你咋对俺这么好呢？

高婆婆爽声大笑着说，那天德空托人去给你接生，这孩子就把咱俩连起来了，我敬佩你这山东女人，又勤快又善良还这么好看呢！

庚子年是冬莲来到关中遇上的大饥馑年，这一年有个闰八月。

夏天时关中地区便大旱了，大家便天天指望能有雨水救命，可是，秋粮也绝收了。谭家堡子的人们大多刚开垦了荒地，不过才收获了一两料粮食，谁家也没有隔夜的粮，眼瞅着遇上大旱，天上一滴雨水也没有，便都绝望了。眼见井水下沉，地里干得裂出触目惊心的大缝，人们都哀怨道，要知道都是一死，又何必巴巴地从山东老家赶到这关中，死也没能死在祖坟里啊。冬莲苦巴巴从夏天熬到了秋天，天气一天比一天冷，旱情却总也没有缓解。存的那些苞谷和糠皮，被她每天搅和着野菜节省着也终于吃完了。抚摸着小布袋里的苞谷种子和麦种，冬莲犹豫了好几天，她不知道自己和儿子能不能活到明年春天下种子的时候，又怕真是能熬到明年，却把种子吃尽了，还是个死路。谭家堡子里的人有出门逃荒的了，冬莲觉得哭也没了眼泪一样，见人家都闭门锁户地拖了棍子往县城里去逃荒要饭，她心里寻思了一回，和谁也没说，也找了个筐挎上，装上碗筷，背上儿子守东出了谭家堡子。

堡子里的人出走了一半多，守在家里的都是还能支撑些时日的。冬莲顺着官路走，见路上三三两两都是饿得少气无力的人们，不分陕西当地人和山东人，都拉扯了儿女出门要饭，心里暗暗担心，这样一大群人出来，哪里能有那么多饭呢？

一路走着，冬莲垂着头，觉得出肚子里空瘪得难受，她背着儿子只管往临潼县城走，却见迎面有一群人走来，嚷嚷道，别走咧！别走咧！临潼县城的路都让人拥挤成一疙瘩，再也走不动咧！听人家衙门的人说，慈禧太后在西安城外设了几个舍粥厂呢！赶紧往西安去吧！

没等她听懂啥太后的话，便被拥挤的人流往身后的路上拥去，立刻有人被挤倒了，尖叫着骂人。大家却欢呼起来，有人高呼着太后万岁，兴冲冲往西安城的方向走。冬莲生怕挤坏了儿子，赶紧在人缝里站稳脚跟，见人人都有了希望一样，满怀了劲头儿，顺着官路往南走。往西安的路却长得总也走不到头一样，路上有人支撑不住，便一屁股坐在地上，再也起不来了，人们便绕开那人慢慢走过去。冬莲咬了牙，生怕自己也这样倒下，她下意识拉紧把守东绑在背后的带子，狠狠咽下口唾沫。

走了一天多，人们已经能远远看到西安城的城墙了，大家都指了那墙说，那一定就是西安了，慈禧太后一定在那儿给人舀饭呢！

有人骂他说，胡说啥呢，人家太后老人家在朝廷呢，再说谁不能舀饭，还能劳动人家太后老佛爷？

谁也没有笑，却都加快了步子，冬莲心里急起来，生怕自己落了后就没了饭吃。她双腿困疼得厉害，却不敢停一下，瞅着数不清的人往西安城赶，她算不清得多少锅饭才能够这些人吃。她也不敢想，这一顿饭吃下不饿了，那下一顿呢？日子和天上的星星一样稠呢，肚子却总是会饿的，往后，可咋办呢？

舍粥厂果然在城外，搭了好大一片棚。

按着人家的指挥，冬莲随着人们在一大片空场地上按顺序坐下，四处打量着，除了满满的逃荒要饭的人，却没见到一口锅一碗饭。她便把儿子从背上解下来，见他哭得累了睡着了，小嘴儿还轻轻嚅动着。冬莲悲从心起，把自己的脸贴在守东的脸上，见那脸也冻得发紫，就解开怀，用衣襟裹住儿子的头。

这时，旁边有人让灾民们排了队往一个桌子边去登记，然后给发一个领粥的纸片。冬莲报了自己的名字和谭家堡子，领到张写了字的粗硬的纸片，她仔细看了看，小心捏在手心。她在人群里看到了老孙和他媳妇带着孩子，心里算是稳下来一点儿，咋说这里也有堡子里的熟人呢。

凭了那张纸，冬莲又重新排了另一个队伍，这次她被收了纸片换到个细长的竹签。终于，冬莲和排了队的人们见到了那口冒着热气的大锅！刚才还默默握着竹签、耷拉着脑袋缩着脖子排队的人们，突然被烫着了一般骚动起来，个个都抻了长长的脖子去瞅，锅边的人吆喝道，一人一勺！一人一勺！下一个！

端了粥的人眉开眼笑，不及走出队伍早张大嘴咕咚喝下一大口，却被烧烫得立刻伸了舌头直出气，眼圈也红了。冬莲不由得咽下口酸水，饿得麻木的肚里，忽然醒了似的，饿得直发烧，她正数着自己前边还站了几个人，突然有个女人冲着那热气细弱地叫，饿死俺咧！

她嗵地一头栽倒在地上，大家只怔了一下便跨过她，冲着大锅扑过去，争抢把碗塞在舀粥人的脸边，吆喝着，快！快！

人们一下子乱了，挤在后边的人们长长地伸了手里的碗，撕扯着前边人的头发，红着眼睛喊叫，先给俺舀！大锅被团团围住，盛粥的人吓得手直抖，那大木勺就掉进了锅里的热粥。围在锅边的人们急了，索性用自己的破碗在大锅里去舀，却被烫得直叫，有的人端了滚烫的粥往嘴里倒，被烫出了眼泪。冬莲离那锅还远，伸了胳膊也够不着锅沿儿，她听见守东被挤得在身后骤然大哭起来，却见自己前边的男人舀了粥正往外挤，她怕自己一松劲儿被那人挤出人群，依然拼命往锅边挣着劲儿。那男人被她挤得出不来，也急了，骂道，你他娘的总得让俺出去吧！

不等他说完，他手里高高举着的热粥被人挤得洒了冬莲一头，她立刻疼得尖叫起来，那男人看自己的碗里只剩了大半碗，又见冬莲头上糊了满满的面糊菜叶，他二话没说，回身在那锅里重新把碗舀满，用力从冬莲身边挤了出去。冬莲顾不得去管自己的头，见那男人退出去，眼前就留下个小小的人缝，她忙用袖子胡乱擦掉眼睛上的粥，侧了身子半蹲下，伸出胳膊在那大锅里舀了一大碗热粥。

冬莲刚从人堆里挤出来，锅就让挤翻了，地上的粥被饥民们扑在地上抢吃完了。有人打起来，被踩倒的几个人呻吟着，没人顾得上管他们。见人们抢着彼此碗里的粥，冬莲慌乱地抖着双手捧了大碗，仰了脖子忍着烫，拼命吞咽。菜叶和糠皮划嗓子，她被噎烫得直流眼泪，嘴却不敢停一下。等碗里剩下小半碗饭，她才敢把那碗死死抱着，寻了个没人的地方解下守东。孩子早就哭得声嘶力竭了，她心疼着见儿子的脑袋上也让热粥烫得发红，赶紧把碗沿儿对在儿子的嘴边，守东立刻就止了哭，小手扒住碗大口地喝。冬莲见那稠些的面疙瘩都在碗底，便用手指捞了抿在儿子嘴里，见儿子吃得香，冬莲含着眼泪笑了。冬莲一心只顾给儿子喂饭，突然觉得地上有人在向自己挥手。只见刚才倒下的那个女人，大睁了眼睛，却饿得话也说不出来了，她趴伏成一团，挣着把手伸向冬莲的碗。冬莲忍不住打了个寒噤，这女人的眼睛多像一只狼的！她不敢去看，亏了心一样赶紧收了眼睛，给儿子往嘴里塞饭的手指却抖得厉害，她觉得出那女人一直在死死盯着她，也觉得出她那只挥着的手一直没停，却越来越缓慢。

抢到粥的人们大多吃完了，没抢到的便哭起来，有的就昏过去了。放赈的衙门人在清点被踩死了几个人，骂着这些该死的刁民。冬莲机械地给儿子喂着饭，将他头上的苞谷糁子捏下来塞进自己嘴里，她觉得耳边吵吵着，却像是离自己很远，一切都那么不真实。她努力不去看地上那女人，也不去想她，但糊在头上脸上和脖子里的粥让冷风一吹，却冰冷得让她难受。终于，清点死人的男人们到了冬莲旁边，用脚踢了踢地上的女人说，这个刚死……抬走。

冬莲丢下舔净了的空碗，抱紧守东抽泣起来。

在西安城外的赈灾粥棚吃了三个多月舍饭，冬莲带着儿子到第二年开了春才回到谭家堡子。逃荒在外的山东人大多也回来了，到了春耕的时候，除了回了山东老家的两户人家，谭家堡子饿死了六个人。

开春时终于下了场雨，饥荒算是缓解了些。

冬莲从西安回到谭家堡子不久，宋轩堂就来找她了。村里路不好，马车只好停在半路上，春生扛着粮食口袋跟在宋轩堂身后，这让人们心里生起无数恨虫，这女人卖了个闺女竟像是挖着个粮食口袋，这城里男人三年两年都来送，世上竟有这憨货？

春生喘着气把粮食口袋蹾在冬莲面前，她对着宋轩堂再也说不出不要的话，盛粮食的黑瓦瓮里是干干净净的，肚子饿了好多月都没饱过，冬莲说不出硬话。谁知宋轩堂见了她的面就气吼吼地嫌她胡乱跑，他来过两次都扑了空，这场大灾死的人多，他说他只当冬莲也饿死了！冬莲见宋轩堂虽然在训她，眼睛里却是高兴的，他甚至还有些欣喜地捏捏守东脏乎乎的脸，孩子的清水鼻涕便粘在他手上扯了长长的丝。宋轩堂并不嫌，反而大声笑起来，这鼻涕救了冬莲，她看出他为她着了急了，心里有些热乎乎地高兴，还掺着难过，因为他并没带小红来，也没提孩子的事。冬莲正不知道咋回应宋轩堂的话，这下好了，她便赶紧拿了布塞给春生让给他东家擦手。

忙活了一回，冬莲见春生站在旁边也不说话，猜得出他一定是受了东家的交代要一直陪着他俩，她心里感激宋轩堂细心，有了春生，村里那些女人们的眼睛和舌头便都白操心了。

心里犹豫了一来回，冬莲还是没忍住，她问，宋大哥，俺家小红……她有信儿没？

这话说了，两个人便都觉得凉了，宋轩堂的脸上一下没了笑，他轻声说，我找了些人去找，城里乡下都托了人……可总也没消息……冬莲，我对不起你！

这是宋轩堂第一次叫冬莲的名字，她一直当他不知道自己叫什么，可他却叫得自然，她便忍了眼泪说，俺只怕俺苦命的孩子没熬过饥荒……西安城里也死了那么些人……

宋轩堂不知道说啥好，便把一双大手使劲儿搓着，冬莲的眼泪跌下来，洇在衣襟上，一会儿便湿了好大一片。

要说宋轩堂找小红，竟也找了好几年，在饥荒还没开始的时候，他就从常来常往的客人那里得了信儿，说是周至县城有个富户，从人贩子手里买了个小女子，长得好看还很懂事，人家一家疼爱得很，光奶妈就找了三个。这样的消息宋轩堂已经遇上好几次了，次次都是他怀了好大希望赶去，看到的却并不是小红。有时他就感慨，若没有巴巴寻过孩子，竟不知世上有这么些人要么丢了孩子要么没了爹娘。虽然失望了好些次，这样的消息传过来，宋轩堂还是动了心，想要去寻找。玉凤见男人和谁都在说他丢了个女子，让人家给他操心找找，心里很不是滋味，暗地里哭了好几回。又见男人对她完全冷淡了，还纳了个小媳妇在家里，便在怨恨之外又有了些后悔。如果当初没把那女子抱走送到戏班子，这妾怕是进不了宋家门，想那小红也成不了啥气候。悔虽是悔，幸好城里布庄的生意还是由她掌管，玉凤不管宋轩堂咋样问她，只咬定小红是自己跑丢的。到了有天人家说起张婆病故了，她便完全松了气，再也不怕小红的事出啥漏子了。

  一天也没敢耽搁，宋轩堂坐了车赶到周至，寻到那富户家，谁知人家主家却连门也没让他进，人家听说他来寻丢了的女子，便说没什么女子可以找，闭了门。宋轩堂安排活计秋生私下打问了一回，听说那富户家果然上个月抱回个五六岁的女子，长得好不心疼。宋轩堂听了就来了劲头儿，觉得这次有希望。

  找了个骡马大店住下，宋轩堂早早躺下却睡不着，打算明天不行就找官府吧。想到冬莲，宋轩堂心里就复杂了，他说不清对这个山东女人是敬佩还是怜惜更多些。当年在黄河滩上买下小红，宋轩堂至今也不知道是因为可怜小红还是可怜冬莲，但他知道，他丢了她的小红，她一定是恨他的。这样一想，宋轩堂便在心里重重叹了气。这样的叹息从他娶了玉凤起就有了，后来不如意的事越来越多，他就总也不得舒展，到了小红丢了，他花了多大精力也再没找到，这叹息就完全成了宋轩堂的习惯。现在孩子有了消息，宋轩堂便兴奋得不得了，他终于有机会能给那女人一个安慰，她太苦了，在这世上唯有的也就是这两个孩子了吧，他有些心疼她。宋轩堂不敢想象女人想着她男人和小红哭泣的样子，眼前这富户是有钱人家，又把孩子看得金贵，料是不能轻易给他，就打了主意，不论人家要多少价码，他都一概答应，只求能找回小红，好给冬莲一个交代。

  不知怎的，宋轩堂又想起那日冬莲跪在地上哀哀哭着的样子，他叹口气想，要是当时只给了她钱没领走小红就好啦。又转念想，真要是那样，怕是他宋轩堂一辈子也不会再看见那女人，这样想，他便突然有了些许遗憾，那他除了做买卖还有啥事这样挂心？若不是丢过小红，他对自己的两个孩子也不会像现在这么珍惜，亲自去操心他们的学业，想到这里，宋轩堂又庆幸了。这样想了几乎一夜，天快亮时宋轩堂才睡着了。

  第二天一早，他又去了富户家，打算不行就报官呀。人家这次却把他请进家里，又主动让他观看家里，宋轩堂心知不好，便把自己丢了孩子后的焦急痛苦说了一遍。那主家听他说到小红一口山东话，便松了气，有些高兴地说，呀！我那女子可是地地道道的关中娃呀！

宋轩堂便说想见一见，那主家搔了脑袋笑了说，我们见你昨天来了，只当娃的家人来寻，昨个儿夜黑把娃偷偷用车拉到邻居家了！要知是山东娃，我就不慌了！我这就让人把娃给你抱来看看！

孩子抱来了，宋轩堂见那女子果然长得心疼，又确实说得一口关中话，便立刻灰了心，呆呆坐着竟一句话也不说了。那主家明白他心里不好受，让人赶紧安排茶饭，宋轩堂勉强支撑着站起身告辞。出门上车要走时，又把那孩子仔细看了一回，这才长叹一声坐上车走了。

顺着大路往西安走，宋轩堂觉得心里空落落的，再想想那女人，亲生下的女子，得有多心焦。一路茫然看了路上的风景，心里乱糟糟的，宋轩堂觉得眼睛发酸，抹了把眼泪，他又觉得胸口憋闷得不行，嘴里竟念叨出了声音，看来想寻见这女子怕是难啦，这辈子也没法给那苦命女人一个交代了！唉！

光绪三十二年（1906），谭家堡子里的人们把县城衙门赈的种子都种在地里。种子毕竟有限，不太好的地里人们都种满了棉花，因了这些棉花，又因了这棉花织了布远近有人上门来买，谭家堡子的人们便把这土织布当成了自己换油盐时最重要的东西了。冬莲除了没事伺候她那些地，便靠着宋轩堂送的那些粮食和纺纱织布糊着口，过了五六年，日子渐渐也有了些起色。这时从山东老家不断移民过来的人已经有三十来户，堡子四面都开了荒，和别的陕西村差不多连成了一片。

谭家堡子还是数谭彦章的光景好，他又将荒地开出来了二十来亩，还盖了间油坊，购置了个专门压榨棉花油的铁皮机器，除了自家偶尔榨些够吃够点灯的油，大多数都是堡子里的人拿了地里打下的棉花籽来榨油，加工费很低，大家都乐意来榨。可是那机器很少闲着，大家听他媳妇无意中和别人说，她男人买回这机器当年靠工费就赚回了那机器，便知道这机器居然顶得上个摇钱树呢。油坊实在太忙了，谭彦章也不愿操心油坊耽搁了地里的活儿，就又从外边村子雇了个陕西男娃给他看机器，管吃住，每年给五斗苞谷，这完全顶得上一个好长工的价了。大家才明白，人家谭彦章果然有本事，在家不动声色就把钱赚了。这时堡子里的其他人家也不断开荒种粮，生活都比刚来关中时好多了。

冬莲觉得自己开得再多也种不了，就多操心拉扯孩子，织出布来换成钱，照样可以买粮。她便静下心守着守东，安安分分在家里纺纱织布，宋轩堂本来就在西安城里开着布庄，三两个月就让春生秋生领人收布，到了冬莲家，就格外给个高价。这样一连几年冬莲便少生了许多事，日子过得安稳了，眼看着儿子守东长到了六岁。

　　照着山东老家的规矩，只要日子能过去，总是要让孩子们读书识字懂些礼数的。关中人的高黄村有学堂，村里的孩子们都能在祠堂里念书，再大些的孩子就到县上去了。谭家堡子的孩子却没那机会，谭彦章和大家商议了，决定把已经没人住的古庙整理出来，供上孔圣人的像，也给村里请了个先生，让孩子们都去读书识字。教书先生是从山东潍坊来的郭秀才。他闺女和女婿来了关中谭家堡子三年多，见这里生活强过山东许多，便写了信让郭秀才和兄弟们快些变卖了家里的房子，赶紧到关中来。郭秀才一开始不愿意一把年纪还得背井离乡，便犹豫着，可是老家总是大旱，学堂也没什么孩子，生活实在是艰难，他才狠心让儿子变卖了所有家当，一起往关中来了。这时谭彦章已经在村里第一个盖了大房子，土胡基墙，高门大窗，两进的小院，他便又成了谭家堡子人的羡慕对象，也是暗中想要学的榜样。谭彦章自己找人把古庙的破顶修补了，铺了新干草，让谭大个子打了新门窗安好，又做了好几张长条书桌摆上。用不着谁去动员，三两天的工夫就有了二十多个孩子让父母送来，谭家堡子里也有了念书的声音，这让人们都很兴奋，大家就都夸谭彦章真是做了个大好事，果然是谭家堡子的领头人。谭彦章也便责无旁贷当上了这领头人，他安排家家户户有孩子要读书的，每人给郭秀才平摊着管上口粮，谭大个子、闫老六和他自己六七家田地多的户，每家都有两个孩子在读书，又算是村里光景过得比较好的，便由这几家摊了先生的工钱。

　　祥子被逼着去了几天，总是怕得闹着要回来，爱娥见他吓得夜里还在说梦话，哀求人家都别打他，就哭了骂谭大个子，不许再逼祥子去读书了。

　　谭彦章动员了几次要守东也去上学堂，冬莲问了儿子，见他总是把头摇得像拨浪鼓，她就不舍得让守东去上学了。谭彦章再来问，她总说孩子太小，坐那几个时辰怕是受不了，他知道她一直护着儿子，只好作了罢。谭家堡子的人们都说，冬莲已经把守东惯得太厉害了，桂枝见她总也不肯送孩子去，便问她要把守东关在窝里孵到啥时候，说没见村里孩子都读书识字，将来就守东字也不识，没个规矩。

冬莲却想，双林没了，守东又没爹，他不想去读书便由着他吧，毕竟孩子还小呢。

到了秋天，冬莲下地时不放心守东，总要让他跟着，守东比同岁数的孩子要高大些，见他娘埋头忙着地里的活儿，就说要帮他娘，学着他娘的样子也不闲着。冬莲见儿子孝顺，心里自然高兴，却不舍得守东在地里吃苦，不让他动手。守东就不依了，凡事抢着干，倒让冬莲去一边歇着。虽然儿子啥也干不了，但冬莲心里头总是热乎乎的。冬莲家和爱娥家的院子紧挨着，冬莲这边没啥院墙，谭大个子家那边也只用小木篱笆隔了一下，可两家是根本不往来的，孩子们也不一起玩儿。贵子的脸上结了干树皮一样的疤痕，堡子里的孩子们胆小的看也不敢看，只觉得害怕。胆大的却总欺负他，又怕他娘专会上门哭闹告状，虽不敢打他却总是撵着贵子叫他"狼剩儿"！

守东比贵子小两岁，只比他低矮一点儿，他不会叫贵子狼剩儿，却会打别的主意。因为总遭孩子们捉弄取笑，贵子闲了也不愿意找谁去玩儿，他娘就让他自己边玩儿边看着晾晒的粮食和果子。守东总能趁他看不到的时候，悄悄抓上几把装在兜里偷偷拿回家。好多次贵子来找他要，说他拿了自家晾在院里的东西，守东却比他还有理，当着冬莲的面大声嚷嚷着说他没拿。贵子丢了东西也不敢给他娘说，生怕再挨他娘骂他一顿，守东也知道他这心思，下次照样还去拿。

谭大个子在自己院里种了棵核桃树，结了上百颗核桃。祥子和贵子一直想吃，爱娥却只许一人砸了两个解馋，说剩下的要晾干留着慢慢吃。贵子不想被他娘安排着看那些核桃，还没说两句，就让他娘先训了一回。从前爱娥最疼贵子，说这孩子像她一样有心眼儿，祥子却和他爹一样，连句话也说不囫囵，让她时常觉得好没面子。贵子让狼咬了脸，那脸上就少了块肉，虽然被治好了伤，牙齿露不出来了，可是黑紫色的疤瘌着实让人看了害怕。人人都说贵子破了相，爱娥心里就疼得不行。见祥子天天总是胆胆怯怯，她又恨铁不成钢，渐渐地对祥子就偏向得多些，对贵子越来越有了不耐烦的神气。贵子受了委屈没人可说，有时就蹲在院墙根儿一个人哭，让谭大个子撞上几次，心酸得不行，又拿媳妇没有办法，只好自己笨嘴笨舌暗里劝劝儿子算罢。

贵子的核桃还是被守东摸走了好几个，他知道娘怕他偷吃，当着他的面是数过的，虽然不情愿被娘又在堡子里大声嚷嚷，心里也怕守东又捉弄他，贵子还是犹犹豫豫磨蹭着撑到守东家去要了。守东当然还是说没拿，冬莲便生气了，觉得贵子比守东大，却总是欺负他，便对贵子说，守东说没拿就是没拿，你比他大，别总欺负他！

贵子哭着走了，冬莲把守东扯回家，没转身就见儿子从兜里掏出几个核桃，她登时气住了，扬了手要打他。守东却瞪着眼睛说，娘！你吃，可好吃了！

冬莲见守东想着自己，又想想不过是个孩子拿了人家几个核桃，便低声吓唬他说，这回算了，下次再不敢拿人家东西啦！

守东撒娇说，娘！快给俺砸核桃吃！

冬莲正要训他，就听爱娥在外边叫骂了，说好不容易核桃树才结了那么几个核桃，就让偷了一半，哪个有爹生没娘教的货偷了她家的核桃，让他噎了嗓子拉不下屎来！

冬莲便觉得没了脸，瞪着守东，他却说，娘，别理她，谁让她总欺负你！

冬莲这才明白儿子是为了给自己出气，听着爱娥在外边骂个不停，她脸上涨得通红，心里缠磨了好一回，还是没敢出门去承认。她自己安慰自己，以后不许他再去拿人家东西了，总不能把孩子领出去，当着大家的面挨骂吧。

挨了娘的骂，见娘生了气还流了泪，谭守东就恨上了贵子。他在堡子里跟自己一般大的孩子几乎都打过仗，虽然他才七岁，可次次也没吃过亏。他在这世上除了冬莲谁也不怕，有时孩子们骂他没有爹教养，他却并不当回事，也不觉得没爹有啥不好，但对骂他没爹的孩子却会撑上半个堡子去打人家。有的人家是兄弟两三个，合起来打他一个，他比人家小，打起仗来当然会吃亏了，他却永远没有让打服认输的时候。就算流着鼻血磕破额头，别人吓得尖叫，他也一定会狠狠瞪着人家，发狠说，你欺负俺小，等俺长高长大了打死你！

听他说得凶狠，大人们听了也有些怕，一边骂冬莲这儿子咋这样蛮横，一边扯了自己家的孩子赶紧回家，小声交代以后千万别惹他，没见那守东头上长了三个旋，这样的山东男人头上有反骨，打架不要命呢！这让老锹头那些老人家格外不悦，总说这孩子没体统没教养！可说只是说，冬莲也听不到，守东更是连一只耳朵也听不进的。

　　爱娥在守东家院门口足足骂了半个时辰都没停口，贵子心里别扭极了，却没一点儿解恨的快意，偏娘还让他也站在脚边。贵子见冬莲大娘家地窑的门一直闭着，也知道守东和他娘都在窑里，心里就更别扭了。他看守东见了自己便瞪了眼珠子，心里知道守东不会和自己轻易作罢。隔几天，贵子见守东在自家院外转来转去，猜出他要使坏，就留意了他的行动，见他在自家院门口蹲了会儿，没等贵子看清他做了啥，就听院里有了嗵的一声响动。守东拔腿就跑，贵子赶紧撵到院里，仔细看了地上，啥也没发现。回头见守东跑出不远，还伸头伸脑地回头打量，像是怕自己会追去的样子，贵子想也不想，冲着守东便往北堡子撵去。

　　随着人口增多，谭家堡子分了南北堡子，以官井为中心，往南靠近官路和堡子口，往北就是打谷场和学生读书的古庙，挨着荒野地。许多刚来关中的山东人在这里搭了窝棚暂住下来，等刚能顾了糊口便赶紧攒钱买木梁挖地窑搬出去住，这里便有许多废弃不用的窝棚，有时人们会看到那里有动物的爪印和粪便。

　　贵子一路撵到窝棚堆里，却不见了谭守东，他见脚下肮脏不堪便有些慌了，忍不住叫，守东！守东！你在哪儿？

　　守东的声音从一个窝棚里传出，贵子慢慢走过去，颤声问，你做啥呢？

　　守东没说话，贵子停了停，不见他回答，腿就有些抖了，他犹豫着，突然听守东说，快来看呀！

　　贵子好奇得不行，鼓了勇气一把推开用树枝和枝杆做的窝棚门，只见守东坐在块大石头上，正捧了样什么东西在看，见他进来赶紧双手捂住，才抬了双眼警惕地盯着他。

　　贵子问，拿的啥？让俺看看！

　　守东站起来说，这是俺的，凭啥给你？

　　贵子气得说，上次拿俺家的核桃，这次又在俺家门口拿的啥？

　　守东四处打量了，压低了声音说，你等等，俺去看看有没有人在外边……你别告诉你娘，俺就分给你一半！

贵子忙应了，见守东出了窝棚又关了门，等了好一会儿不见守东再来，便忍不住叫着谭守东的名字去拉那门，才发现那窝棚的门早就死死地从外边拴上了。他大声叫着守东快开门，吓得声音都变了腔调，拼命摇着窝棚的门，外边却一点儿声音也没有了。贵子打量着窝棚，终于抽泣起来。

天快要黑的时候，贵子是让在堡子附近拾柴的当地人送回来的。爱娥见儿子哭得声儿都哑了，眼也肿了，又听那拾柴的老头儿絮絮地说，咋样听了她儿子的哭叫声才寻了声打开窝棚门，又咋样才把贵子放出来的，她便气得怒火立刻上了头，揪了贵子让他说，是谁把他关进去的！贵子却只是盯着自己的脚发呆，拾柴的老头儿原指望把人家孩子送回来能落个谢，就忙拉了她说，没见你儿子一下午都关在窝棚里？快让他吃喝了歇歇吧！

爱娥哪顾上那么多，把儿子推来揉去，终于从贵子嘴里抠出了个"守东"。她更是气疯了一样，捣着儿子的头抖着声音问，啥？人家比你还小两岁，比你低半头……你真不是俺的儿子！让人欺负了还有脸哭！快走，咱找他娘去！

贵子哇地哭了说，俺不去！娘，俺求求你，俺不想去！

爱娥见祥子也吓得缩在墙角，只哼了声，上前扯了贵子的手说，狼咬了你的脸，把你的脑子也吃了么？你不会让人不欺负你，俺教给你！快走！

守东和冬莲正在地窖里吃晚饭，他们早听到贵子家的吵闹声，冬莲没往心里去，守东也没事人一样和他娘有说有笑。爱娥的声音到了门口，冬莲吓得停了筷子，守东却镇定地对他娘说，娘，别给她开门！

不等冬莲问他，爱娥早一连声地叫着门哭开了，俺的娘呀，出了人命啦！俺的那个贵子呀！

冬莲听了贵子的名字腿也软了，她边开门边问儿子，你……你个惹事精，你把贵子咋啦？

她开了门，见爱娥扯着贵子在门外怒气冲冲，慌忙把贵子上上下下打量了一回，才放下些心来，人们却听了爱娥的哭叫早围在了门外。贵子嗫嚅地在他娘的逼迫下说了下午的事，大家都惊异了，看看守东一点儿也没怕的脸，不敢相信贵子竟会被他关在窝棚里。

冬莲努力让自己平静下来问儿子，你说实话，是你把你贵子哥关在荒地的窝棚里了？

大家都等他说不是，可是谭守东却想也没想便说，是俺！

爱娥也止了哭闹，等着看冬莲的反应，守东见他娘没说话便也回头去看，只见冬莲低头进了窑。

爱娥骂道，真是有爹生没娘教！寡妇的儿子就该欺负人么？你当你不说话便结了？俺贵子白白让关在那荒地里啦！

没等她骂完，冬莲提了笤帚从窑里冲出来，对着守东就使劲儿打，人们见她没头没脑咬了牙只是打，却一字不说，怕她打坏了孩子，就都来劝，守东只抱了头不躲也不哭，眼睛却在胳膊底下狠狠瞪着爱娥。贵子听那笤帚打在身上噗噗闷响，自己先疼了一般缩了肩，他偷眼看守东，见他正瞪大眼睛盯着自己，忙躲了眼神。冬莲手里的笤帚被老孙媳妇抢了去，她呜地哭出了声，守东见他娘哭得厉害，这才红了眼圈流了泪。

爱娥并不罢休，见人们都在劝她和冬莲算了，就含了怒气说，打这几下就算完了？你是个寡妇，俺凡事帮着你让着你！可你儿子今儿敢关人明天就敢杀人，你要是教训不了你这没教养的孩子，将来就是谭家堡子的祸害！

桂枝看不惯地说，你这话说的，人家当寡妇就好欺负了？人家把儿子打了你还不行，难不成还把守东杀了你才行？两个孩子玩儿，就算闹仗你当大人的也别瞎掺和！

大家见冬莲哭得伤心，又见守东让他娘打得满头满脸都是红肿的笤帚印儿，知道冬莲从来没打过儿子，这次真是生气了，便也劝爱娥算了。爱娥听出大家都向着冬莲，才扯了儿子往家走，边走边对贵子大声说，以后离那个寡妇家的祸害精远着点儿！

谭守东刚才挨打时一声没吭，听了她的话却突然冲他娘喊道，娘！你为啥要当个寡妇，次次贵子他娘都这样骂咱！

冬莲怔着，却摸着儿子的头一个字也说不出来。人们散了，各自回家去了，女人垂了手仰脸站在门里，天是黑的，一牙很细的月亮就在头顶，她回头，见儿子一脸泪水，正恨恨地瞪着爱娥家的大门，那里什么人也没有了。

这事过去的第二天,老锹头就来找谭彦章,催他一定得让冬莲的孩子去念书了,要不堡子里哪有个规矩。既是他娘管不了他,就让先生去教他,谁家孩子能坏成这个样子?

谭彦章这次没说啥,就和媳妇一起来找冬莲。

冬莲看他们一大早就来说让儿子去学堂的事,知道和昨天欺负了贵子有关。

谭彦章说,老人们的话没错,守东得有个地方学些东西了,你要是嫌交粮俺就去说一声,反正学费俺们包了,你只带孩子去坐着听讲跟着读书就行了。

冬莲说,那孩子跟他爹一样犟呢,俺说让他去,他总说不去,他这样淘,怕是老师还要打手板,俺也没办法。

没等男人说话,谭彦章媳妇就说,冬莲呀,你咋能说没办法呢,孩子是你生的,你就要教他才对!

冬莲苦笑着说,他不过才六七岁,可说的话比大人还老成!俺有时候也说不过他!

谭彦章板了脸说,冬莲,你在这堡子里安了家,又有了地,现在时常见你卖布,知道你日子过得好些了,俺也放心了。可孩子不能耽误呀,咱在山东老家都是耕读传家,再这样下去,守东就瞎啦。庄稼瞎了只是一料,明年还能重来,孩子只一个呀!

谭彦章媳妇也说,你将来不就指望这一个守东?嫂子劝你听你大哥的话,啊?

冬莲没办法地说,那俺再给他说说。

谭彦章叹口气说,不是说说,是明儿就得让他去!这事俺替你做主!

冬莲只好低头答应了。等谭彦章两口子走了,冬莲一回头,见守东正从地窖里伸出小脑袋,冲着人家的背影吐唾沫。她气了,用手戳了他的头说,明天就去念书吧,俺可管不了你了!再淘,就等着先生收拾你吧!

古庙的大殿被谭家堡子的人重新收拾了,供了孔圣人的像,拉来了几张木桌子,个人从家里带了板凳。有的孩子家里穷,就抱一摞子青砖垒起来当凳子,冬莲给守东也在学堂里抱块大石头摆在桌子前,怕那石头太硬硌了屁股,她还专门给守东缝了个棉花坐垫,孩子们都起哄说守东是个月子婆娘,还要坐棉花坐垫呢。守东二话不说，扯了那垫子丢给他娘，冬莲只好作了罢。她给先生照大家分摊的份例舀了苞谷，临出门时她对守东说，你好好的，先生让你听课你就听，先生让你玩儿你才能走，要听先生话！

　　打量了一遍学堂，守东不当事地说，娘，俺可不想在这儿待，你领俺回去吧。

　　冬莲说，小声点儿，别人听了笑你。你看你贵子哥他们不是都在这儿听课哩，你好好识些字，将来也有本事。

　　守东被他娘哄在学堂里，没精打采坐着。冬莲见先生来了，赶紧出了门，她不舍得走，远远地围着古庙打转转，听着里面先生训了话，开始操着山东口音念：人之初，性本善……她便轻轻搓了手，心里满是欣喜对着天空默默说，双林呀，咱儿子能坐在学堂里，像个人似的识字了！

　　这么想着，她就涌了两眼泪，她听不出那高声唱着书的声音里有儿子的声音，就又到窗外去听。记挂着孩子小，会不会要喝水，或是饿了，或是坐不住了，她便又拐回去在门缝里看。刚好见着先生正在前面对着书本大声念着，孩子们摇头晃脑跟着读，守东并没读，他悄悄从桌子下面钻到老师的讲桌下，恰好被先生的大书挡着头，先生只管读书，瞅不见他，孩子们却看得清楚，他做着鬼脸学先生的样子，孩子们大声笑起来。先生听见孩子们哄然笑，读书声便乱了，抬眼看看却没见着怎么回事，冬莲又急又气，她忍不住推了门叫，守东！快坐你桌边好好读！

　　大家都扭头看她，先生看见她在门口叫，生气了，冲她说，没见正上课哩，你咋就进来了！

　　先生啪地关上门，冬莲急得不行，生怕儿子被老师逮着，又怕他还不听话，在门口听了一会儿，没听见里头有什么异样，她也不敢再推门了，就悬着心出了古庙回家了。

　　过罢晌午，冬莲便在家里没心织布了，她知道往日堡子里的孩子们要等到天快黑才回来，可她不放心守东跟着大家走，便早早在古庙不远处一边挖着野菜，一边等着孩子，有人远远看见她说，咋这么早就来接孩子了。

　　冬莲不好意思地说，守东小，第一天上学，俺怕他想俺。

　　那媳妇就笑了说，谭家堡子顶数你最惯孩子了，男孩子嘛，跟着这些孩子一起你怕啥呀？

冬莲脸上挂不住了，又回到堡子，刚好见到谭彦章迎面走来，便问她把守东送到学堂了没有，冬莲赶紧说已经送去了。

谭彦章满意了，点头说，把孩子要教好！

等冬莲又跑到古庙附近，刚赶上学生们下学，她看见谭守东第一个背着布书包冲了出来，刚想迎上去，就见先生在后面大声叫着谭守东的名字，她吓得不敢出声，谭守东却满不在乎回头对先生做了个鬼脸，便顺着路跑了。冬莲不敢叫他，先生在那里气呼呼说了些什么便回去了，她见贵子出来了，赶紧叫住他小声问，贵子，今天你守东兄弟在学堂里咋样？

几个孩子一起围着她抢着说，守东他就是个活宝，把先生气得直骂娘哩。

冬莲一听心都凉了，不甘心地说，他咋能气着先生？俺守东没那么淘吧！

孩子们你一句他一嘴地说开了，啥呀！上课时守东一会儿说他要去茅房，一会儿又说要去茅房。先生让他自己去，他先说不认识路，先生让别人带他去，他就领那孩子在外边玩儿，先生想起他就自己出去找他。守东抓了个知了才开始读书，知了叫个不停，先生让他丢掉，他就不愿意，先生抢了知了扔出去，他就大哭，害得俺们都上不成课！

冬莲的嘴哆嗦了，那……然后呢？

贵子抢着说，好不容易他不哭了，俺们刚开始读书，他又要去上茅房，先生烦了，让他憋住，他说憋不住，先生说那你就拉在裤子里。

冬莲怔着问，然后呢？

孩子们哄然大笑说，他果然就拉在裤子里啦！满学堂都是臭的，先生只好叫来师娘给他洗，他光着屁股，裹着围裙，学女人走路哩。

冬莲一下就落泪了，她咬了嘴唇直打抖，冲贵子说，你去叫住他，你说他再不来，俺就打死他！

贵子见她脸色白得可怕，声音都在抖，就赶紧应了。

谭守东看见娘站在那里，却脸色惨白得可怕，他玩儿着自己的手指，期期艾艾到了娘的面前说，娘，赶紧回家吧，俺饿了。

冬莲举起手想打他，还敢说饿？

守东瘪了小嘴哇地哭起来说，俺说俺不上！你偏让俺上！人家都欺负俺，说俺没有爹……

冬莲便愣住了，蹲下给他擦眼泪说，你今天上课，一直在耍活宝吧？

贵子和孩子们都幸灾乐祸等他回答，守东眨着眼睛委屈地看着她说，俺好好听课，先生还不让俺去茅房，害得俺都拉裤子里了。

见他说得委屈，冬莲气恨恨地说，你跟俺一起去跟你先生认个错，要不人家都不要你了。

守东却露了豁牙笑着说，那不就好了？再也不用坐在那里难受，动也不让动，还让把手放在后面，累死俺了！

冬莲咬着牙说，要不是看着你爹的面，俺就打你了。

听娘提到爹，守东便不敢说了，冬莲说，走！去给你先生认错！

守东走了几步却不动了，冬莲问，脚底下咋那不利落？

守东垂头丧气地说，先生一直罚俺站，走不动了。

冬莲叹口气，背上他低低地说，乖！你要听话，去给你先生认个错，明天改好了，娘还疼你，要不那些孩子们会笑话你，娘的脸上也不光彩，都说娘没有把你教好啊！

不见儿子说话，她回头看看，守东却伏在她背上，张着嘴流着口水睡着了。

夜已经很深了，冬莲还坐在油灯下面织布，她拉着拉线，咔咔织着布，神情却恍惚。守东早早上床睡了，她却心里沉得不行，眼看着孩子越来越淘，上了快一个月学，却几乎没有一天不在学校被罚站，先生甚至去找了谭彦章说，这孩子能不来就别来了，祸害得别的孩子都学不成！谭彦章不相信，瞪大了眼睛说，你说谁？是谭守东么？那孩子不过六七岁，能有那么大的动静？

他又问了自己的老二儿子谭福，孩子便兴致勃勃给他爹讲了守东在学堂里的事，却说也怪了，先生罚他背书，也没见守东咋样看过书，倒都能背出来呢！

谭彦章叹口气说，这小崽子眼看着被他娘惯坏啦，说不定长大真成了谭家堡子的祸害啦。

见男人发愁，谭彦章媳妇劝他说，这回俺去劝劝她，要不孩子长大了，可怜冬莲一辈子拉扯他，还指望不上呢。

没想到她刚和冬莲一提，冬莲就流了泪说，自己这几天也在为儿子发愁哩。她说这学堂怕是上不成，这个郭先生年纪大，脾气太软啦。

谭彦章媳妇同意道，是得找个脾气硬的、能管住他的，到时打他你也别心疼！

冬莲苦笑道，俺是下不去手，能把他治服的人，到哪儿去找？

两人坐着发了一回愁，谭彦章媳妇提醒说，你不是认识高黄村的人么？她那村的人本事大，听说是才请了上过洋学的先生给孩子们当先生，不比咱堡子是个老秀才，你把儿子送去试试？

冬莲说，你说的是关中人呀。

谭彦章媳妇说，俺们天天和他们闹仗，不就你跟他们拉得热乎！

冬莲听出她话里有刺，只好笑了说，那俺明天领他试试！

因为高婆婆和族长一再说好话，村里人便同意守东去那学堂试着读几天。教学的果然是个中年男人，姓吴，个子高大，声音也大，听高族长说，这是他们专门去西安城请来的，在北平读过书的。过去高黄村请的先生教古书，高族长的大儿子让人捎话来说，时代不一样了，得让孩子们学洋书，学数学，知道些洋人的东西，现在学生们出门考学也要考洋书了。高族长一贯相信老大儿子的话，就听了他的话，把旧学的先生辞了，让儿子推荐的吴先生在高黄村安顿下来当了学堂的先生。

吴先生说话干练简单，眼神却严厉，守东见了他便怯怯的，冬莲心里暗喜，儿子这次要被降住了！

第一天放学时她接了儿子就问他今儿个咋样，守东没精打采地说，俺坐了一天，腰都快坐折啦。

冬莲摸着他的脸问，那你今天被罚站没？

守东板着小脸，摇了摇头，冬莲刚要夸他，守东又噘着小嘴说，先生打俺的手板啦。

冬莲心一紧问，那又是为啥？

守东叹了口气说，他让读书，俺都读会了，还让读读读，俺就趴桌子上睡着了。

冬莲恨恨地叫着儿子的名字道，守东呀守东！你把娘的脸都丢到高黄村了！

守东哇地哭起来，两只小手揉着眼睛，娘，俺不想去了，实在要让俺读书，俺就愿意到古庙里去。在高黄村俺谁也不认识，人家都欺负俺，学俺说山东话哩。

冬莲知道高黄村的孩子们说一口纯正的秦腔，守东却是一口山东话，去时她也不是没想过这个问题，可总不能让孩子在古庙里随那好脾气的郭老头儿放了羊吧。

冬莲忽然觉出委屈，鼻子就酸了，你好好去，回来娘给你做好吃的，要不村里人都说娘不管教你，你要懂事些呀！

守东正自己哭着，听到娘的声音里有了哭音，他便赶紧放下两只小手，扬脸看见娘在抹泪，他咬着嘴唇犹豫了一会儿说，娘，别哭了，俺明天去那高黄村就是了。

可是没过几天守东又被打得两手红肿，冬莲几乎每天都在提心吊胆了。事情还是因为他的山东口音，那吴先生是陕西人，读过洋学的，除了教他们唱念三字经、百家姓，还要教给他们一些洋学里的东西，有时会说洋人的蒸汽机能拉车，有时会说洋人的织布机是用气的，这些守东爱听，回来还要讲给冬莲听。她只当先生在说故事，哪有马车和织布机靠水蒸气呢，那不是开玩笑吗？可她不敢冲儿子说这些。这次吴先生说一米等于三市尺，孩子们便一样念了，轮到守东了，吴先生考问他时，他本来见了那先生就害怕的，人家吴先生问他一米等于多少，他便支吾了半天说，你说一米到底等于三尺还是等于四尺？

吴先生就气了说，明明说了等于三市尺，你还问！

大家便哄笑，守东吱咕说，三尺就三尺，四尺就四尺，你却说一米等于三四尺！

回来他把这话给娘讲了，陕西话里，"市"和"四"是一个音，冬莲立刻明白儿子被错打了，她一边用凉水给儿子敷着手，一边说，你说你活该不活该，你要是平时是个乖孩子，就是不懂先生也不会打你，就因为你平时太淘了，先生只当你故意捣乱，不打你打谁？

守东受了委屈，又招了娘数落，就鼓了小脸说，你和人家一块儿欺负俺，俺都不想上那儿读书啦！

冬莲说，就为挨了打？

守东说，俺们学堂有个叫宝娃的，见俺口袋里装着果子、核桃，总问俺要，不给他就打俺。

冬莲气了说，你不是天天打这个打那个，就连贵子比你大，你也敢打，你到那儿咋就不敢还手呢？

守东委屈地哭着说，人家比俺大得多，俺还没有人家脖子高，人家两三个人一块儿按倒俺，俺能打过谁？要是在咱们村，看谁敢动俺！

冬莲见守东小胸脯一鼓一鼓的，脸上流着眼泪，刚掉的门牙漏着气，忍不住也被他气笑了，便用指头戳着他说，你当你是省油的灯啊？在那儿挨挨打，回来就乖些，要不在谭家堡子你还成了精啦！

话虽那么说，第二天冬莲还是巴巴地找那吴先生说了儿子的话，先是道了歉，给先生赔了不是，然后又说宝娃他们欺负守东。吴先生是个爽快人，就说放心吧，回来俺把他们都凶一凶，别让他们欺生就行了，守东这孩子淘是淘了些，脑瓜子特别聪明，真要教好了，将来能成大器！

冬莲被他说得高兴极了，一连声地说，多谢吴先生！俺想他只要能在土里刨食，饿不死就满意了，哪敢指望他那么多！

那吴先生却说，你不懂！他算术做得好，学堂里谁也没他算得快，他的书也背得好。我今天说起古时候打仗的事，问他们长大想当个啥人，娃们家答得都差不多，有的说要当个地主，有的说当个大官。只有守东说，他在古代就不当财主，他要当个将军，要领着人去打仗！我问他打仗干啥，他说他打仗就保护他谭家堡子不受关中人欺负，保护他娘不在村里受气，那些娃都听傻了。

冬莲心头一热，眼圈有些发红，她说，俺没想着这孩子有这么大的心劲儿。

那吴先生又说，所以呀你要多把他管好，这样的娃管不好做下的坏事也是大坏事。

冬莲赶紧答应了，一路走着，心里喜滋滋地直想唱歌。路过官井旁边自己种下的两棵楸树，由不得就站了脚，看看那树干又抬头看看树叶，胸口就冲上些又喜又悲的滋味，心想这孩子这么仗义，心又这么大，倒和他爹双林活的时候一个样儿呢。

山东堡子的人们都知道冬莲一直在寻找她的闺女小红，有人就好奇，那闺女不是让西安城里的阔人买走了么？冬莲并不多说，大家见宋轩堂每年都来看看她，却从来没领过小红，便都猜得出她心里挺苦的，那孩子八成出了什么岔子。老孙媳妇娘家在临潼县城附近的山东堡子，她回了趟娘家，回来时告诉冬莲，有个十来岁的山东闺女被卖在邻村当童养媳，天天挨打，都快要被折磨死了。冬莲听了立刻猜想那就是小红，哭得泪人一样要去找，人们劝她说当初领走小红的是西安城的宋轩堂，咋能就在临潼？挨打的十有八九不是冬莲的闺女小红。冬莲却一刻也等不及了，谭小头媳妇本来正要去那边和男人贩头骡子到阎良来，便说卖小红时她是证人，正好她要去那边，她两口子愿意陪冬莲去找闺女，但她可不能不赚钱白跑。事到了这个份儿上，谁也顾不上和她争辩，只求真的找到冬莲的闺女才好，冬莲就答应真是找到小红就给她两口子谢钱。临出门的时候，谭彦章媳妇让冬莲把守东放在她家，和她儿子谭兴睡一盘炕。想着谭小头媳妇曾经打过卖冬莲的主意，老孙媳妇也决定叫上自家男人陪他们跑一趟，顺便再回次娘家。

在这个小村子，冬莲看到的闺女叫月月。她见到月月时，那孩子奄奄一息睡在乱草堆里连出气也快停了。冬莲蹲下，好一会儿才在黑暗里看清楚月月就在墙根，她小心把孩子脸上乱蓬蓬的头发抚到一边，月月把眼睛挣着张了条缝，又闭上。瘦得失了人形的孩子说着关中话，尖下巴，这并不是自己的闺女。想想小红不知是死是活，冬莲流了满脸泪，心痛极了。小黑屋是臊臭的，谭小头媳妇只瞅了一眼月月就掩了鼻子出去了，在院里扇了风说，冬莲快走吧，这孩子没几天活了，就算是你闺女你也拉扯不活她啦。

那月月的养娘是个难缠人，哪能容她说这话？便抢到她面前说，你倒站着说话不腰疼！你知道我把她从集上领回来时她是啥模样？我不救她她早死了十遍八遍啦！

人们听她说了，才知道这孩子是让人遗弃在集市上的，那时也是快饿死了，不过才一两岁的大小。月月养娘的婆婆惜她是条命，硬是让儿媳妇把她带回家。月月的养娘本来不肯，可听她婆婆说家里这么穷，给孙子说个媳妇得好大一笔钱，这女子比孙子大一两岁，正好当个童养媳妇，孩子不过是饿坏了，吃了饭好起来就能干活儿。她才愿意听了婆婆的话把月月带回来，给吃了饱饭渐渐养活了。

谭小头媳妇听她说得有理，嘴上却不肯饶她，便问，俺看那闺女明明是要死啦！

月月的养娘瞅了眼黑屋，见冬莲正搂起月月在哭，便哼了声说，我婆婆去年过世了，这月月就病得不行，我想怕是我婆婆喜欢她，要勾了她的魂去阴间伺候吧！我家里穷，也没啥能给老人置办的，这女子本来就是我婆婆救活的，我想她的命该绝谁也没办法！

老孙想要骂她又觉得毕竟在人家门口，忍不住说，这闺女真是命苦，你就不怕她死在你家里？

老孙媳妇赶紧拉拉男人，月月的养娘不说话了。

冬莲在屋里听得到院里人说的话，她让老孙媳妇端了碗清水，搂了月月的脖子给孩子喂了半碗，那孩子病病歪歪的，头也支撑不住，就在冬莲胳膊上打着晃。她凝视了冬莲好一会儿，眼泪就从眼角流出来了，两人脸对脸瞅着，月月突然轻声说，娘！

只这一声，冬莲便立刻哭出了声音，她呜咽着把脸贴在月月的脸上说，闺女！俺就当你是小红，娘要领你回家去！

月月的男人才六岁，她养娘也怕月月死了出人命，答应让冬莲领走月月，却张口就要四块大洋。谭小头媳妇咂了嘴只嫌不值，说一个黄花大闺女，能干活儿能下地也不过三块大洋，月月养娘不免又和她磨牙争吵起来。冬莲搜了全身上下却还差两块大洋，老孙媳妇也拿出钱来，却并没有多少。冬莲知道这孩子虚弱得不行，要回谭家堡子得靠车来拉，这也得花钱，她只好硬了头皮给谭小头媳妇张口借钱。谭小头媳妇带了钱本来是要贩牲口的，谭小头立刻说不借，这孩子拉不回山东堡子就死了，那钱算谁的？她冬莲穷得水洗一样的家，拿啥来还？不借！

谭小头媳妇这次却大方，她说借钱嘛，好办，但要冬莲写字据保证，如果月月死了和她没关系，如果月月活下来就得给她和谭小头当闺女。她见冬莲犹豫，便说，你难不成要背她回去？俺们贩了牲口把她驮上，这不也是钱？冬莲看见那闺女瘦弱得只有出的气了，生怕再磨上三两天就要死了，赶紧一口答应下来。

顺着路回到谭家堡子，大街小店的热闹冬莲都没心思看，怀里抱着月月，她硬是哭了一路。冬莲回村细心调养月月，小米粥、面糊糊，一口口给喂饭，肉贴肉和她睡在一处，还真是救活了她。月月乖巧，就冲她叫娘，守东和谁都要打架，却喜欢这个小姐姐，有时还要背月月出窑晒太阳，看他俩很亲，冬莲就越发思念女儿小红，时不时就想哭一场。隔了两个月，那闺女竟然脸上有了红颜色，脸也白胖了，能吃能睡也渐渐能干活儿了，谭小头媳妇却拿着字据让月月给自己叫娘,冬莲只好同意了。临走时,冬莲和月月抱着大哭了一场,想想总还在堡子里,天天还能见到,她就只好松了手。

土地是人的命根子,在这片丰饶的土地上辛苦了十来年,山东人就和关中人一样,渐渐在这平原上立下了脚跟,日子安放在土地里,心就不慌张,谁也不再想着要回故乡了。男人们和女人们像千百年来这片土地上的人们一样,寻到了能安身立命的根子,拉扯着各自的儿女,繁衍生息。谭家堡子的人口每年都在增长,除了不断从山东老家来的,还有新生儿。有时在堡子里走一遭,听着谁家呱呱的婴儿哭声,冬莲就要立住脚听一会儿。她想,人的生命真是不可思议,有时像根线,轻轻一抻就断了;有时却又这样顽强,地里永远会长出庄稼,人也永远会一代一代生存下去,没有停止的时候。看着村里和守东一般大小的孩子们在慢慢长大,冬莲总是突然就感动了,有时眼泪就含了满眼。孩子们时常顺着河水去玩儿,贵子和桂枝家的长宝一般大,就总爱结伴一起去高黄村外边的河边玩儿。因为双林是在水里没的,冬莲决不许儿子到河边去玩儿,所以守东就成了两个村子里唯一不会下河耍水的男娃。

这天孩子们又跑到高黄村的河水边去玩儿,守东放学远远地见了忍不住撵着要去问问,你们跑这儿来干啥?

贵子被他打过,这时见了守东就翻了眼睛不肯回答。长宝却拉了他的手说,守东,俺们在这水塘里扔石子,看见水塘里有一个大鳖,好像是红眼睛哩。

守东一下子有了兴趣说,啥?红眼睛?

长宝说,俺听俺娘说过,这个水塘里有个大鳖。

守东一听便走不动了,他四处看看说,俺咋没见?

贵子没好气地说,那鳖还能天天在岸上?只有到了大太阳天时才爬到岸上晒盖,再说它也不是天天来。

三个孩子便一路游逛着回了谭家堡子,守东却惦记着这事,他一连几天中午从学堂里跑到这水塘边却一次也没见着。有一天大晌午太阳很毒,守东却不愿留在学堂里休息,他想,啥时候大鳖有红眼睛的?便忍不住溜出学堂顺着高黄村的河湾找。这次居然真让他看见了,一只锅顶排大小的老鳖正趴在河岸上,身上是黄绿色的,便和那泥地没有多大分别。守东想这要是烧了,两顿都吃不完呢！他四处看看，因为是大晌午，连一个人也没有，他想起来时高黄村谁家院门口有个烂了底的筐，他便又重新撒开腿一路小跑拾了那筐来。鳖一动也没动，依然在岸上趴着，守东蹑手蹑脚地来到鳖跟前，他见那鳖半闭了红晶晶的眼睛，谭守东对准那鳖举起筐，一下就把鳖扣在里面，他拾起根木棍，将那鳖翻过身，任由它四脚朝天拼命挣扎。谭守东拾起块大石头压在那鳖的身上，寻思着找样什么东西能够把这鳖拾回去。

他又重新跑回高黄村，学堂里已经开始上课了。吴先生见他回来晚了，又见他似乎很乖，低着头垂着眼睛往自己的桌上溜，吴先生便依然读书，没有理他。等吴老师再抬起眼睛发现谭守东又不见了，他往窗户外看，只见谭守东背着他的大布包往村外慌慌地走，他想他明天一定得抽他的手了。

等谭守东到了河湾，却再没见那只红眼睛的大绿鳖了。

收了秋粮，谭家堡子的人便给山东老家纷纷捎过信去，说关中虽是经了场大旱，这几年收成还说得过去，因为地太生，好多种子下到地里都瞎了，庄稼也长得乱七八糟，但那收成还是比在老家的熟地收得多，便让他们赶紧到关中来。谭家堡子围着官井搭了许多窝棚，又渐渐地盖成了地窨，有些家手里有了些闲钱，除了去开荒，就想着把那房都盖成像山东老家的高门大窗的房子。一开始他们住的地方和开荒的地方还离得很近，谭家堡子来的人越来越多，那耕地就离住地越来越远了。待到孩子们在古庙里上学，连古庙附近也都被开了荒，这就离谭家堡子中心那口官井有了三五里路远了。

因为闲下来了，闫老六家就开始修房子了，他心气强，不想住地窨，早就放出话要早早盖房子住。桂枝和闫老六平素人缘好，又想着将来自家必定也要盖房寻帮助，几乎谭家堡子的老少爷们儿都来帮忙了，大家热热闹闹地干活儿，居然没忙多少天就上完了木梁。这一下，谭家堡子一大片低矮的地窨里便突兀兀地有了几个高门大房，除了谭彦章和几个早先来关中的老户的房，闫老六还没完全盖好的房子就显眼得很了。

看得出闫老六走道比平时有劲儿，连说话也比以前大声，老孙羡慕了，闫老六，真有你的，不吭不哈地忙活，马上要住新房啦！

闫老六得意了，嘿嘿！你们不是也都买好地了？

老孙说，俺们哪有钱再置办大梁呀！

谭彦章和男人们嗨哟嗨哟地把好几根檩子抬到了墙根。

闫老六冲谭彦章笑，大哥，多亏你们，张罗这么多人来帮俺！

谭彦章接过桂枝递的水一饮而尽，说啥客气话！都是山东老乡，咱不帮咱谁帮咱？等他们上梁时你也去帮忙不就得了！

大家纷纷说，是呀，是呀！

闫老六笑了，他们的人情俺能还，迟早他们也得修房子用人手，你的房早修好了，怕是俺啥忙也帮不上啦。

见人人都给桂枝帮忙，又知道闫老六家要上大梁，冬莲思来想去就跑了趟集市。桂枝见她来了很高兴，又见冬莲递来个布包，就笑了问，是啥好东西？

打开小布包，里面是一大串红鞭炮。

桂枝大喜道，呀！老六快看！冬莲给送来的鞭炮！

谭彦章也笑了说，冬莲真有心，上梁就该放炮！

冬莲笑着说，桂枝姐前儿念叨说上梁也没有炮放，俺才知道她的心里想热闹热闹的！

可桂枝不管，一把扯了冬莲小声叫，谁让你花钱？

冬莲说，这你就别管啦！

眼看这排场越弄越大，闫老六就兴冲冲的了，长宝，来！爹把你抱到梁上站着，你拿好炮，爹给你点上！

谁知长宝却扭捏，爹，俺不敢，俺怕……

闫老六脸一板说怕啥？你过年时不净想着有个炮放放吗？

长宝直往后躲，俺不怕炮……俺怕高！"

大家哄笑起来说，长宝，这才多高，大小伙子咋连个房顶都不敢上？

闫老六急了，一把抱起长宝往梁上放，长宝快哭了，娘！娘！俺不敢！

桂枝赶紧来拦，老六，不行让他下来你上去！

闫老六眼一瞪说，不成！大小伙子连这胆儿都没有还行，都是你惯的！长宝，快站好！

长宝哆哆嗦嗦被他爹踩了凳子放在高高的木梁上，他闭着眼睛不敢睁，几乎要哭出来了，大家哄笑着逗他睁开眼。

长宝终于哭出来，俺不放炮……俺要下去!

当着老少爷们儿的面，闫老六不许桂枝碰长宝，桂枝只好担心地仰脸看着儿子说，长宝，别怕啊，你爹把炮给你点上，一下子放完就抱你下来!

红艳艳的鞭炮有一米长，长宝在木梁上捏着鞭炮，闫老六点着炮，立刻噼噼啪啪响了起来。

大家都捂了耳朵，闫老六却热泪盈眶了，凑在桂枝旁边说，从山东老家一块儿来的，数咱家第一个修好房子!

炮快响到头了，长宝吓得丢了鞭炮，大家又哄笑起来，突然他摇晃起来，没等闫老六去接，他已经哎呀从房顶上摔下来了。

桂枝慌了，边给孩子撸起裤腿看伤边骂，死鬼！都怪你，长宝说他怕，你还硬让他上去!

老锹头说，怕是没祭神吧？上大梁要祭了土地才行呢……

闫老六摇摇头说，没祭……

谭小头媳妇说，这孩子怪可怜的！哪有寡妇跑人家上梁的地方来的，分明想克人家嘛!

她声音不大，可人人都听得到，有人便恍然哦了声，冬莲觉得血往头上冲，她硬忍了忍才把脸拧到了一边，谭彦章忍着没说话。谭小头媳妇压了声音对老孙媳妇说，她是个寡妇，把他男人都克死了，命硬着呢，她这样不吉祥的人碰啥坏啥！生孩子、盖房这样的大喜事，就怕她这样的人去，谁也架不住克呀。

一时间就静极了，谁也不说话，桂枝瞪着谭小头媳妇，她却转身走了。闫老六突然冲桂枝大吼道，都是你个败家娘儿们！好好的梁都上好了，她一来就出事！都是你让她买那该死的炮!

转过头，他没好气地说，冬莲，俺家的事不用你操心，你快走！算俺求求你!

冬莲一口气憋在嗓子眼儿，她转身就走，大家赶紧躲开她，给她让路。桂枝哭出了声音叫，你个挨千刀的！明明是你自己！冬莲！冬莲！你可别生气，他是吓糊涂了!

从风陵渡埋了男人起，冬莲就当自己是个男人了，没了男人的庇护，她冬莲迅速从一个羞答答甜美的小媳妇变成了敢和人撕打对骂的泼辣货。她要让闺女小红活,她要不死,要生下儿子,要开荒,要挣钱,要和儿子体体面面活在这谭家堡子里,而且要活得好好的。她一天天对着杂草丛生的野地拼命死磕,开出了男人才开得了的荒地,儿子渐渐长大,日子渐渐可以温饱。她谨谨慎慎守着寡没有过一丝杂念,她只当她尽了全力都做到了,她以为凭着她一年年的努力,就挣得了尊敬,可是,这都是些什么人啊,随时就能给她心口上捅一刀,竟然没一个人替她说一句话——她还是大家用来出气的那个不祥的寡妇!一路往回走,冬莲几乎把她到了关中的所有事情都想了一遍,第一次,她没有流泪,却渐渐硬了心肠,只来来回回想,俺不能再让他们欺负了,忍让了这些年,倒把他们惯坏了!俺得收拾了这软性子和他们豁豁利利面对面,从今后,俺要当个想说就说想骂就骂的自在人!

  谭守东被他娘送到高黄村去读书,虽是他很不情愿,每天又要被冬莲心疼着来回多走一里多路,可还是比在古庙里有了些规矩。时时见他脸上和额头有被打的痕迹,有时青紫,有时还有血印子,冬莲心疼得不行,却硬忍着不去高黄村找吴先生质问。她知道自己孩子淘,她也不太敢问守东,怕他趁机说不想去了,便在心里疼了一回,劝他的话,守东次次都应了,但过不了两天又是一脸一身伤痕回来。

  谭守东在高黄村上了两年多学,虽然时常惹事挨打,却也学了许多字,长了不少见识,回家摇头晃脑给他娘背书,引得冬莲又惊又喜的。吴先生对他比对别的孩子凶些,私下里对冬莲说,他心里最喜欢守东这娃,又聪明又仗义,特别有想法,尤其他的算术,真是个好!冬莲总是一再谢吴先生给儿子多操了心,感谢他能管住守东。吴先生知道冬莲一个人拉扯孩子的不易,对守东也格外好。这样一来,守东就爱上了去念书,也学得特别好,越发得了吴先生的器重。

  高黄村的学堂因为有了吴先生,本来已经可以去县城上学的大娃们也都继续在村里念书。族长的孙子高宝娃便是这些娃里年纪比较大的,因为他爷爷是族长,他又比别人都高出一头,在这学堂里,他便称王当了霸。谁带的馍馍、果子,如果不让宝娃先尝尝,就会后脑上挨上一巴掌,被劈头抢走。他忙得很，要上山下河摸鱼掏鸟蛋，领导着一二十个半大小子去疯玩儿，吴先生布置的课他哪里背得过来？吴先生就总是让他站着，他便满不在乎，因他爷爷是族长，吴先生便也不太去和他计较，对别的孩子却非常严厉，那宝娃并不想这些，反倒扬扬自得。

　　守东在这里年龄偏小，却因为个头大，肩宽体壮的，不到十岁的年纪倒有十一二岁的身量。宝娃嫌欺负同村的孩子们没意思了，见守东是外来户，便暗自高兴。不想守东也不是省油的灯，并不学着别人把吃的供给他，就连上茅房他也从不会让宝娃先上，宝娃听他一口山东话，就想你个外来户，不把你治服，俺在这学堂还有谁听话？守东却极有眼色，他看出宝娃总是在找碴儿，便凡事总躲着他走，上课时他的书桌挨着吴先生，那宝娃和他撕扯不上。下了课他便围着吴先生打转，那宝娃就近不了他的身。守东怕宝娃谋着想找事，于是早上守东总是一路小跑进学堂，刚刚赶着上课，下了学他夹了书包就跑。过了段日子，宝娃才看出守东一直在和他绕圈子，他也就多了心眼儿，看到守东下了学往外走，他急步赶上，冲他脑后抽了一记骂道，你娃敢踩俺的脚！

　　守东吃了疼便急了，回手胡乱一挥，小拳头便砸在宝娃的脸上，宝娃趁势大叫，反了你咧，山东棒子还敢打我！

　　守东气急了骂，你才是棒子！俺在前头你在后头，俺咋能踩住你的脚？

　　宝娃被噎住了，他见孩子们都围着他哄然笑了，觉得失了脸面，见守东刚和自己肩膀高，又来了劲儿说，谁不知道你，谭家堡子的山东棒子，你娘和谁偷人生下你这野娃！

　　守东的脸一下涨红了，他一时还听不明白这野娃是啥意思，却知道这当然不是好话。孩子们便幸灾乐祸地看着他，见他可怜巴巴发了怔，就七嘴八舌起哄道，原来谭守东是个野娃！

　　他急了，一头撞向宝娃骂道，你才是个野娃！你全家都是野娃！

　　宝娃被他撞得站立不稳，却发了怒，抡起拳头冲着守东打过来，骂道，你爹呢？你没爹就是野娃！我知道你娘在庙里生下的你！还是个男人给接的生！

　　谭守东赶紧伸手招架，也挥了拳头胡打，却因个子矮没几下碰着宝娃，自己脑门倒挨了好几下，被打得生疼。旁边的孩子们起哄道，谭守东没有爹！谭守东是野娃！他的眼泪在眼睛里打转，却呼呼喘着气还想强忍，宝娃得意地轻笑了说，给我叫声爷！就饶了你，要不打掉你的牙！

谭守东发了狠，见身边桌上放着谁的一个大石头砚台，想也没想一把抓起冲宝娃扔去，砚台和宝娃应声落地，那砚摔成了两半，宝娃和守东身上都溅满了墨汁。黑的墨汁和红的血混着顺宝娃的头往下淌，宝娃伸手哎哟一声捂了头，孩子们炸了窝的蜂儿一般，一哇声地大叫，打死人咧！守东把宝娃打死咧！

吴先生这才听到，赶紧从里屋跑出来，见谭守东和宝娃两个满身溅了墨的孩子一个站着，一个坐在地上，直愣愣相互瞪着。宝娃伸手在头上抹了一把，吓得拖了哭腔道，你娃把我打死咧……我要死咧！

守东心里害怕，却还一字一顿地说，你还骂俺是野娃不？你要死了还会说话？

吴先生顾不得去理论，赶紧伸手捂住宝娃不断流血的头，一边把他领到水盆边去洗，一边让孩子赶紧去找高婆婆。没等高婆婆来，族长已经气喘吁吁赶到了，吴先生小声说，守东赶紧回家！

守东虽是怕，却还机灵，听了吴先生的话，刚想转身跑，高族长早一把揪了他，劈头给他一耳刮子道，你娃吃了豹子胆！吃里爬外的东西，你把我家宝娃打成这样，看我不灭了你！

宝娃就哭着叫，爷爷！他说我是野娃，说要把我砸死呢。

高族长气得头上冒烟，一手揪了守东的胳膊，一手拨开吴先生的手看孙子的头，见那里黑的红的糊了一大片，心疼得老泪都要流出来了。他从桌上拿了谁的书本，照着谭守东便没头没脑地抽了几记，吴先生赶紧拉开说，娃们打架……先看看宝娃的头。

守东却不哭，狠狠瞪着族长说，你是他爷，你向着他，俺要是有爷，打死你们！

族长气得胡子发抖说，你是个啥娃？你把你爷叫来！

有小孩低声说，谭守东没有爹！

族长说，哦，你这山东娃子！你娘哀求我，我才让你在这里读了两年书，你却在这里生事！宝娃要是有事，看我不要了你的小命，以后不许你再来高黄村念书咧！听见没有？

守东挺着小胸脯仰脸叫道，俺再也不来上你们的学堂了！宝娃找碴儿打俺骂俺,你还帮着他欺负俺!

他转身就走,高族长冲着吴先生哆哆嗦嗦地说,这……这……这无法无天的崽娃!

眼看宝娃头上的血止了不流,吴先生把宝娃头上的墨汁、血迹擦了去,族长左右地仔细看了,见没啥大碍才放了心,再要去找谭守东理论,见那孩子已经一路哭一路往回跑了。

还没到下学的时间,谭守东一路嗵嗵嗵地跑回了家,站在屋中间喘粗气,满头满身都是墨汁,脸上红肿着几个大指头印。冬莲呼地站起来,声音都直了,小祖宗你又咋了,你这脸上谁打的?

守东哇地哭起来,便把和宝娃打架,族长抽了他一耳光的事说了一遍。冬莲吸了口冷气说,你连族长都敢骂?不想活了?

守东轻蔑地说,他还护短,因为是宝娃先打的俺!

冬莲气得发抖,推搡他道,你先把俺弄死吧,你咋这么不省心?

娘儿俩都在哭,守东说,你咋也向着别人?他们骂俺是野娃,说俺没有爹,俺不打他打谁?

听了这话,冬莲知道儿子委屈,心疼他脸上鼓起来的大指头印,可想着把高黄村的族长都得罪了,往后别说去上学,还不知给谭家堡子惹来多大麻烦呢!她见守东哭着可怜,又忍不住抱着守东被墨汁染得一道一道的小脑袋哭起来。娘儿俩哭了一回,冬莲把守东洗干净了,说俺领你去族长家给认个错吧,要不你以后再咋上学呢?

守东脖子一梗说,俺才不去呢,俺再也不念书了!

冬莲说,你还不到十岁,不念书可干啥好呢?没看谭家堡子和高黄村像你这般大的孩子都在学堂念书嘛!吴先生总说你是个好材料你忘了?

守东突然大哭道,他们都欺负俺,就是因为俺没有爹!娘,你说俺是不是个野娃?

冬莲的心被刀割一样疼了一下,她喃喃地说,娘对不起你,你爹是好好的人,你爹死了,娘也是好好的人,他们瞎说不懂事……这学还是要上的!

谭守东盯着他娘,停了好一会儿,突然转身摔了草门帘跑了,冬莲叫他不应，便坐在炕沿儿上低声哭起来。

官井旁边是谭家堡子最大的一片空地，山东人把自己带来的树苗都种在这附近，隔了十来年，都已经又高又大满树绿叶了。守东有时陪他娘来这官井里打水，见娘吃力地摇着那辘轳，总要替他娘担水，他娘却总说你还没扁担绳高呢，等你再长长吧。谭守东不知多少次恨自己长得慢，恨自己总也长不大，娘就得常受别人的气，自己却啥也帮不上忙。在他的心里，觉得人家欺负他娘和他时，总说他没有爹，那么自己长大成一个大人，也是男人，不就和旁人家的爹一样了？他只想不让他的娘再受别人的气，可是快些长大的愿望却总也实现不了。背靠了娘种下的楸树，谭守东重重叹口气。小的时候他总喜欢靠在楸树的树干上听知了叫。

这片小树林里，啥样的树都有，可这样的楸树只有两棵，娘几乎每次来官井边挑水，都会瞅瞅这两棵楸树，有时候还要把说了好多次的话再说一遍：这树从山东老家带来时，那树根上的泥还是你爹包上的，俺只当到关中一路走了几十天，这树就死在路上了。你爹一路细心给这树苗根上的泥淋水，休息时就让那树苗晒太阳，走时再用麻包片包好树根上的泥土，这树才活得这么好，这树就是俺和你爹呀！

谭守东知道娘当那棵细些的是她自己，这棵粗些的是爹，他自己就总是模模糊糊希望，自己啥时候能在娘心里顶上爹的位置就好了。天渐渐黑了，守东坐在粗些的那棵楸树下面，远远看着人们去井边打水，谁也没注意到他。他想着娘伤心的样子，又想着刚才族长打他时的情形，便委屈着忍不住又抹了一把眼泪，他哀哀地哭着，伤心得忘记了这世上还有别的事情。

深夜时候谭守东才回了家。从他下午出门，冬莲几乎动也没动只坐在炕沿儿流着泪。他回来了，母子俩默默在地窑里坐着，守东陪着娘落泪，到了天快亮的时候，守东支撑不住，靠在墙角睡着了，冬莲看着儿子满是红肿的脸已经发紫了，仿佛看到男人的脸一般。她把儿子的鞋脱掉，想让他睡得舒服些，守东却醒了，张开眼睛就说，娘，俺以后再也不去读书了！

冬莲瞅着儿子的眼睛，呆了好一会儿才点了点头，叹着气说，由了你吧。

沉默着就过了一夜，天不亮两人都醒了，却谁也没说话。听着村子里渐渐有了声响，冬莲知道到了平时去上学的时候了。她问，你不去念书那你做啥？

守东说，俺想好了，俺跟你下地干活儿，俺去给你摘棉花，俺去给你到集上卖布……娘，俺要让你过上好日子，念书有啥用？还得给人家拿粮食，还得挨打挨骂受人欺负！

冬莲沉沉叹了口气不再说了。

一早，谭守东便挎了柳条筐，到村里村外去拾粪，村里有牲口的人家不多，他就寻思着到官路上去找找。天边刚刚透出些霞光，鸟儿们已经叽叽喳喳在叫了，谭守东走在出堡子的慢坡路上，心里敞快极了。想想以后再也不用去学堂，不用憋闷地坐在那里摇着脑袋听老师唱书，也不用再受那些人的欺负，他便觉得自己以前受的窝囊气都不值一提了，以后就等着自己让娘过好日子吧！看着娘那么操劳，守东早盼着可以替她干活儿，他盼着自己能早点儿赚出钱来让娘去买头牛，鸡娃也是娘一心想要的，他见到无数次娘看到贵子他娘从鸡笼里收鸡蛋时羡慕的神情。他知道自己没爹，但他并不觉得少了啥，反正自己照样能让娘过上好日子。走在谭家堡子的土地上，谭守东觉得自己满胸口都是劲头儿。

谭彦章家的大儿子谭兴已经十三岁了，他在阎良县城读书也已经快两年了，依着谭彦章的意思，就该让他回到村里来务农，在他眼里，还有啥事情比种好庄稼更重要？他自己的油坊一年下来挣的钱，顶得上好几亩地打下的粮食了，可他一样雇人干了那活儿，自己天天下地务农，提筐拾粪。干这些庄稼人的活计对他谭彦章来说，像饿了要吃困了要睡一样自然简单，那拾粪的筐篮像是他的一截胳膊，哪天不挎上去村外转一趟，他就一天也不自在，哪怕转了一大圈只拾回几小块粪，他的心里却就舒坦了，吃啥都觉得香甜。

谭彦章和他媳妇在山东老家便是基督教会的教徒，谭家堡子附近之前就有两个小教堂，随着山东人渐渐地来得越来越多，教会的人便又在这里盖了新的教堂。逢礼拜日农民们就算放下农活儿，也要去虔诚地礼拜，爱娥便也被谭彦章的媳妇领着去了几次教堂入了会。教会在河南偃师有一个军医学校，是专门培养军医人才的，谭彦章他媳妇家的兄弟在那里当着什么小官，便给他姐姐写了信说，到那里就算吃上了官饭，不用再当农民种地了，动员让谭兴去上学。谭兴和他爹一样端正踏实，对于读书，他说不上喜欢，也说不上不喜欢，但是让他离了阎良去河南学医,他又生出许多憧憬,一大早便也兴冲冲地往学校走,他得给学校老师告个别,给同学们也告个别。

谭守东提了粪筐垂了头在路上找寻着,许是路上近来没有什么牲畜,一大早他只拾了那么几块小小的马粪。谭兴叫他道,守东,你小子怎么不去上学呢?

谭守东见是他便笑了说,谭兴哥,俺从今儿起不用去学堂啦!

谭兴说,那又为啥?

谭守东没有给他讲昨天的事,只是轻松地解释说,俺看俺娘一个人在地里太累,忙不过来,俺就寻思俺也长这么大了,该好好帮她忙忙地里的活儿,要不俺娘累也累死了。

谭兴亲密地搂了他的肩膀说,你跟个小大人似的,你这么小能干了什么活儿呀!俺爹都说了,咱山东人传家的本事就是读书和耕地,你没有读书,地怕也种不好哩。你的脸怎么了?

谭守东赶紧用手捂了,摇摇头说,不咋。你要去哪里呀?

谭兴兴致勃勃伸手一指说,俺到学校呀,俺去给老师告个别,从明儿起俺也不来上学了。

谭守东是喜欢谭兴的,在村里不多的几个不欺负他的孩子中,谭兴算是最大的一个,因为有他护着,谭家堡子的孩子稍微大些懂些事的都不太去招惹谭守东。

守东笑了说,你还说让俺上学哩,你不是也不去了?

谭兴哈哈大笑道,俺是要到军医学校去学军医哩,将来给部队的兵看病,一辈子就算吃了官饭,再也不用种啥地啦。

谭守东不明白啥是军医,也不明白啥是兵,可他看了谭兴很高兴的样子,知道是好事,便从心里替他高兴着,含了些羡慕说,谭兴哥你命真好!

谭兴知道他平时爱惹事,也知道孩子们又怕他又要欺负他,他亲密地拍拍守东的肩膀说,守东兄弟,好好帮你娘干活儿,别去招惹那些嘴贱手贱的孩子,谁再欺负你,你去给俺弟说,谭福也会帮你打架的。

从来没有人给谭守东说过这些话,他便噙了眼泪赶紧点点头说,哥,俺记下啦。

谭兴又说,你好好听你娘的话,别惹事,等俺在那学校上了学,将来把你也接去读书。

谭守东却摇摇头说，哥，俺再也不想读啥书了，俺只想赶紧帮着俺娘买头牛，再耕地俺们就不累了。

谭兴默默点点头，觉得心口憋得慌，便故作轻松说，赶紧去拾粪吧，俺得走了。

随着老吴的戏班子在渭河两岸唱戏奔走，青女渐渐长大了些。老吴是唱黑头的，吼得一口好唱腔，人却长得很瘦。老吴媳妇天天跟着他走三村过五庄，帮着男人搭戏台，给班子里的人们烧水做饭。戏班小，除了老吴只有两个乐师和三个唱家，一个唱小生，有时要兼唱老旦，一个唱须生，还有一个唱花旦和刀马旦。来听戏的人都不知道青女不是老吴两口子亲生的，有人见青女长得漂亮，便说这样的人物不学戏就亏了材料了。

老吴媳妇就白那人一眼说，哪有女子唱戏的？又是踢腿又是下腰，我才不让我青女下这苦呢！

青女知道爹娘疼自己，因为老吴给班子里的人都交代了，她并不记得多清楚自己先前的事。她手脚勤快，戏班子开锣了，她就端了小笸箩去人群里收钱。她嘴甜，见年长的叫爷爷婆婆，见年轻的也叫大爷大娘，看戏的人见老吴在台上吼唱得卖力，青女又眨着双大眼睛等着放钱，便比往日大方了些，摸了钱便当着她的脸丢在笸箩里，她总是笑着赶紧给那人做个礼。要是谁没给钱，她等一会儿见那人只管听戏并不理自己，就去先收旁人的，她还记着，不多时依旧会回来，踮着脚尖把那笸箩举着过了头顶，也不说话，只是等着。没给钱的人脸上挂不住了，终于还是摸出个小钱，在她眼前晃晃才丢在笸箩里说，瞅好啊！

青女收的赏钱总是比她娘收的多，老吴媳妇便就乐得把这差事给了她。有时谁家的娃娃见她细瘦，趁她不防备，便从她笸箩里抢几枚铜子儿，撒腿就跑，他们只当青女不敢去撵，谁知青女把盛了钱的笸箩往她娘手里一塞，在地上摸了石头就没头没脑丢过去。她见那娃并不停脚，便能跑着把那娃撵出半里路，也要讨回那几枚钱。别人逗她说看钱倒看得紧，她喘着粗气说，我爹唱戏……戏多……多累！凭啥他敢抢钱？

青女有时见老吴唱戏辛苦,她便上前给爹捶腰捏肩,又是递水又是擦汗,弄得老吴从心里都是喜的。

遇上老吴被人欺负了,唱了戏却拿不上钱,老吴两口子只好忍下气收拾行李走人,她却敢瞪着眼珠子冲那些坏人吐唾沫。老吴媳妇怕惹下人家,扯了她让她走,她却哭着不肯,嫌她爹委屈,白给人家唱了戏。老吴觉得她和自己贴心,私下里总是和媳妇念叨,这女子真是老天给咱的福气呢,不枉咱疼她!

老吴媳妇叹气说,可惜不是咱自己生的!

老吴赶紧掩了她的口说,说啥傻话!这和自己生下的有啥不一样?我就可惜青女不是个男娃,要不和我学唱戏,凭她这机灵劲儿,一定能唱红!

因为老吴时常说这话,青女便也对自己不是个男娃有些遗憾了。有一天有个爱听戏的人对老吴说,他家亲戚从北京回来给他捎了东西,包东西的报纸上写着,北京的戏班子多是唱的秦腔呢,而且,有两个大戏社都在报纸上登着要招女学生学唱戏呢!

老吴不相信,那人嘿嘿笑着从兜里摸出张皱巴巴的报纸说,我就知道你不信,这不给你拿来了么!

老吴略识些字,青女见她爹看报,也赶紧凑上前,却一个字也不认,便急道,我也学唱戏!人家女子都能学呢!

老吴媳妇气道,你当那是个啥好事……快做饭去吧!

青女不敢和她娘犟,赶紧松开她爹手里的报纸,老吴却问她,你想学唱戏,是为了啥?

青女瞥了眼娘,见像是也在等自己的话,才回答说,我看爹唱戏累得厉害,想替你唱,赚下钱多些,你也能找郎中吃药了!

老吴眼里一热,把报纸默默还给那人,冲着戏台径自走了。

渭河边的村落着实多,只要是地里能打下粮食有着收成,就算是租捐杂税重些,人们心里也总还是悦意的。兵荒马乱的日子,能在家门口听听秦腔,便是乡里人最大的享受了。老吴是蒲城人,七岁就能登台唱戏了,人称七岁红,却因为身体不好,又不愿受大戏班的班主剥削,便索性自己组了戏班,沿着渭河两岸搭台唱野戏。虽然苦些累些,却还顾得上自己两口子和三个唱家的吃喝,有了青女之后,他心里越发满足了,自己的身体却是更差了,时常气喘咳嗽，唱罢一场戏总是大汗淋漓，得躺上一天才能缓过来。青女和她娘眼睁睁看着老吴的戏越唱越差，连过去听了他半辈子唱的人们都说，这七岁红真是老了，在台上唱着还喘呢！戏班里三个唱家都流露出想重寻个戏班要走的意思，老吴两口子对他们却又很好，挣来的戏钱大半都分给了他们，这是别的戏班子绝没有的，于是他们便又都张不开口说走的话，唱戏时却懈怠了，这让老吴的戏班子越发少了人来请戏。

老吴心里着急，和媳妇商量了一回，便把戏箱子收拾了，领着大家往偏僻的地方走，盼着找个过去并没太去过的地方，能有人来请戏，因为他手里的积蓄竟是快要全花完了。

在一个小镇子里耍了两三天戏活儿，每天都是看的人多掏钱的人少，青女捧了笸箩转一天，却是到了谁身边谁就走了。那三个唱家都远远坐着说凉话，说老吴脑子进水了，不在唱熟的地方卖自己的老招牌，倒在这穷乡僻壤里寻活路。两天下来，青女的笸箩里，铜钱连底儿也没铺满，老吴急了，心一横，第三天一大早就自己在街边铺了草席，吆喝道，乡亲们没听过我七岁红唱戏，我先给大家练练我的童子功吧，翻翻跟头打打拳，要是看我耍得好就丢几个赏钱，要是想听戏，我们能唱着呢！

老吴媳妇听说男人要翻跟头，心一下子紧到了嗓子眼儿，老吴快五十的人了，又病着，气喘咳嗽天天都在加重，打拳翻跟头是十多岁的娃们练下的基本功，他不是在玩儿命？

不及她阻止，也不及那三个唱家来劝说，老吴便一把甩掉棉袄，在那半盘炕大的草席上翻起了跟头。他的基本功夫果然了得，虽然年岁大了动作略有些生硬，却一连十来个跟头翻得圆满流畅，特别是最后几个空心筋斗，又高又飘却一丝也没翻出席外。没等他停下来，一片叫好声就响起来了，人们拍着巴掌说可是开了眼了，这老头儿有绝活儿！

老吴气喘着却满脸都是笑，青女红着眼圈拾了地上的棉袄帮爹披上，那三个唱家相互看了，便也上前给大家露了些自己的本事。当晚，就有人说要请老吴的戏班子去给唱三天戏，说是他们主家给老人过三年，许给老吴两块大洋。

老吴大喜过望，那三个唱家脸上也有了笑模样，说老吴这主意打得还怪正呢，没想到这小镇子也有舍得花钱的大户。围着看热闹的人们却有人摇头说，可怜这外来的戏班子，还不够恓惶呢……

青女听出那人话里的意思，想是来请戏的人家不是好人，她对爹说了那人的话，老吴却笑着让她别多操心，说只要好好卖力地唱，人家没啥弹嫌的，还会有啥麻达？

老吴带了三个唱家一连唱了两天，他把自己拿手的大戏《列国》《杨家将》都唱了一遍。见他卸了妆脸色惨白，咳得鼻涕眼泪长流，老吴媳妇鼻子便酸了，劝他别花那么大的力气。老吴却鼓了劲头儿说不怕，只等唱完拿了钱日子就能活泛一些，两个老乐师和三个唱家跟着咱唱，都一个月没见过钱的面了，不管咋，这次得让兄弟们拿上钱！还有青女，娃天天跟着咱四处跑，连个可身的棉袄也没有，穿着你的旧衣裳，四面漏风，这次唱完说啥也得给娃做件暖和的棉袄。

老吴想是想得很好，那三个唱家也和他一样卖力，两个乐师也鼓了劲头儿，青女和她娘在台下看着她爹竟像是个好人一样，披挂了戏袍，在冷风里涂抹了红脸，一招一式都威风凛凛。青女盯着爹看得入了神，听着他粗喉咙大嗓子地唱着，心里痴醉了一般喜欢。谁也没想到第二天戏唱罢，主家却很不满意，嫌老吴戏袍里穿得太厚，动作生硬，又嫌戏服太旧，哪里是杨家将，竟是一帮子要饭的叫花子一般。老吴不敢辩解，只好点头说明天一定改。主家娘子说，《杨家将》明天不用唱了，来个热闹些的戏吧，唱个《闹天宫》！

老吴有些怔了，心里暗知不好。在外唱包戏，主家要专点唱家不熟或没唱过的戏，就明摆着要找碴儿不给戏银了。他喏喏地赔了笑脸说，前两日你们听了戏还满意吧？

不等他说完，主家娘子便哼了声说，凑凑合合吧，明天可要唱《闹天宫》，要不……别以为我们是乡下人，胡乱唱些糊弄我们！

老吴还要说啥，早有人指了门让他快走吧，明儿照点的戏唱就是咧！

老吴和大家愁了一宿，这戏大家都唱过，他们这四个人却没一起唱过，这样的戏得大戏班，有着一二十个人才能唱下来的。青女不懂她爹为啥从主家屋里出来竟变了个人一样，眼睛失了神，连背也驼了似的。她娘怕老吴听了心烦，悄悄对她说，你想孙悟空领了猴子们在台上耍，你爹和你那三个叔伯一共才四个人，咋演么！而且那戏是武生戏，你爹这身子……唉……只当咱遇上舍得花钱的主家，谁知……还是白听了咱两天戏！

第三天一早，一宿没睡的老吴便早早起来勾了脸穿了戏装等在那里，三个唱家见他勾了猴脸围了花围裙，因为昨天那主家说了，他特地在戏袍里没穿棉袄，利落倒是挺利落，却冻得缩了肩搓着手。他们知道老吴今天硬要唱《闹天宫》了，心里犹豫了一回，也都勾了脸扮起来。乐师老张头和老王对视了就劝说老吴道，老吴，我们看咱就算了吧，他们不过是想要压些戏价，你去和他们说，咱今天还接着唱《杨家将》，他们给不了两个大洋就给一个也成呀！

老吴见他俩头发也花白了，眼巴巴瞅着自己，知道他们跟上自己吃苦受累却挣不上钱，家里也都有一家子人要活命，便叹气说，他们就是不想给钱呢，明知道唱不成才点这戏，咱去找他们也没用，我想，咱就可着咱这四个人给他们唱，他不给钱，我再想办法！张哥王哥，你兄弟窝囊，让哥们儿跟上我受气咧！

老张头见他眼圈红了，说着又咳嗽着想流泪的样子，忙拍拍他的手说，好嘛好嘛！我们啥都听你老吴的！

四个人忙活着在台上硬是支撑着唱了一天，台上虽是打得热闹，却漏洞百出，连青女也看出爹和三个叔伯时常唱得前言不搭后语。胡乱凑合了一天，老吴媳妇见那主家和主家娘子倒都没有离了看戏的座位，便放下了一些心。

戏台子搭在座破庙里，看的人很多，也多不知道《闹天宫》到底是咋样一出戏，便心满意足地走了。有的和主家相熟，便说，你给老人这三年过得好！这戏班子请对咧！尤其是今儿，那个孙猴子在台上又唱又蹦跳了一天，怕是累日塌咧！

主家只是笑着请乡邻们回家罢，转回头对妆也顾不得卸便巴巴等在身后的老吴低声说，你把戏唱成啥样子咧？丢了我的人！还有脸冲我要钱？我一辈子给我爹才过这一个三年，都让你在台上胡蹦乱跳耍宝给搅和坏咧！不说给你钱，还要你给我赔损失呢！

老吴虽是心里有准备他们要赖钱，却没想到他会这样说，他呆着连笑脸也赔不出来了，忍不住一阵咳嗽。那人转身要走，老吴急了，一把抓住那人的袖子说，老爷！我们唱了三天，饭也没吃上，没功劳也有苦劳吧！你给不了两个大洋给上一个也成！要不，我咋给我那戏班子的兄弟们交代呢！

那人怒了，一挥手，立刻有几个小伙子过来，他指着老吴的鼻子说，你个老戏棍！敢来讹我，也不打听打听我是谁？你当你拿你那几个兄弟就想吓住我？快滚！把戏唱成啥咧，谁有钱给你！

戏班子的唱家们早看到主家和班主的争吵，赶紧围了过来，老张头和老王也丢下琴来劝说。青女和她娘见老吴急得直喘，身子摇晃得厉害，忙扶住他的胳膊。主家冷笑了说，咋，在我面前显你人多呢！以后再来糊弄人，先把本事练好再说，都给我滚！要钱一个子也没有！

见他要走，老吴突然腿一软跪在那人腿边，他哀哀地求道，老爷，我们实在是熬不过去了，拿不到钱，他们跟我白唱了三天，我没法子给他们一个交代呀！你赖好给些钱，权当打发叫花子吧！

那人推开他，只管走，青女见爹在地上跪着，又瞅瞅主家娘子微微笑着的脸，她突然扑上去抱着那人的胳膊，冲着他的手就咬了一口。那人大叫着一把将她甩得跌倒在地上，青女却不哭，睁了双大眼睛只是死死瞪着。主家咬牙低头看看自己的手，牙印咬出深深的一个圆圈，有几个地方正慢慢渗出血来。主家恼了，顺手给青女头上抽了几记骂道，你是狗！敢咬人？！他娘的，咬出血咧！

老吴和媳妇大惊失色，赶紧跪下护住青女，不住嘴赔着不是，求主家别计较，这娃没见过世面。青女却在她娘的胳膊弯里露了眼睛，瞪着主家大声说，前天你还给你村的人说，你给你死去的爹过三年，尽孝心来请戏，你爹知道你假孝顺白听戏，在阴间也不会饶你的！

大家都怔住了，那主家娘子见男人有些恼羞，见戏台子下边还有些没走尽的乡邻们在探头探脑，便扯了他的后衣襟低声说，你和一个娃较量啥，看人笑话你，随便给他们些钱，让他们赶紧走吧！

拿了那点儿钱，老吴一赌气便当下全部分给了大家。老张头见老吴啥也没给自己留下，就没接那钱，只说，你也要拉扯家里过日子嘛，别和那怂人置气！

老吴把钱塞在他手里转身就走，媳妇慌着叫，当家的当家的，你也把脸洗洗把戏袍子换下么！

没等她说完，老吴被绊了一下，扑通一声便脸朝下栽倒在泥地里，青女尖声叫着爹，却咋也扶不起她爹。大家慌乱着把老吴扶着坐起来，见他嘴边全是鲜血，脸上勾画的猴脸早花成了一糊片，他抓了青女的手，咳喘着说不出话，青女哭着说，爹，我错了，以后不再咬人咧！

老吴却微笑了，轻轻抚了她的头发说，我娃有口才有胆量，比你爹强！爹这次还是没挣下给我娃买棉袄的钱……

他见媳妇哭得厉害，便骂道，死婆娘哭啥！

他又咳出血来，大家忙把他往破庙的大殿里抬，他见青女披散着头发哭得泪人儿一样，就努力做了个笑模样冲她说，青女，你看爹是个多没用的孙猴子呀……

老吴在庙里只熬了两天就在夜里死了。他临死前挣着，一手拉住青女，一手拉住媳妇，却大瞪着眼睛只喘着总咽不下气。媳妇见他挣得可怜，便哭着说，你放心走吧，我知道你放心不下青女，我拉扯她！

他脸上缓和了些，他又瞅住青女的脸，她见爹的眼睛炯炯的，一下子有些怕了，老张头推她说，快给你爹说句话，让他放心走！

青女赶紧说，爹，我会听娘的话，长大挣钱养活我娘！

老吴的眼神渐渐模糊了，他喃喃道……七岁红……下辈子……下辈子……再也不吃戏饭咧……

青女和她娘给他洗净了脸，又给他换下那孙悟空的戏袍，却咋也寻不到一件好些的衣裳给他穿。见老吴媳妇只管抱着男人哭叫，老张头在那戏箱子里找寻了一回，拉出件戏袍说，给老吴穿上这上路吧，老衣和戏袍也差不了多少！七岁红唱了一辈子杨令公，让他穿了行头走吧！

从老吴穿了戏袍用纸蒙了脸躺在破庙里，青女和她娘就没止了哭。知道已经没钱给亡人置办棺材了，大家商议给老吴买领席卷了入土，老吴媳妇却哭着不答应，只说老吴可怜。眼见过去了一天时间，老吴媳妇还是不肯让老吴入土，大家便在野地里挖了不深不浅一个坟坑，私下里商量着，那三个唱家走了两个。又过了一天，敲梆子打鼓的老王也走了。唱旦角儿的唱家把老吴发给他的那点儿钱塞在老吴媳妇手里说，嫂子，买领席埋了我班主哥吧……我也有一家子人要养活，得赶紧重找个戏班子找活路去了！老吴走了，你还是让他赶紧入土吧，棺材没有，用领席围着也是没法子的法子呀！

老张头见只剩下自己一个留下，老吴媳妇和青女只是守着老吴的尸体哭，有心也要走，却实在忍不下心。他从怀里摸出所有的钱，瞅瞅地上的老吴，脸上的黄表纸被风吹得不住飘动，露出惨白的脸来。老张头默默把钱放在青女脚边，转身出了破庙。

青女见她娘伏在爹身上哭个不停，便抹了眼泪说，娘，光哭也不是个法子，他们都走光了，爹咋办呢？

老吴媳妇却没听见一样，呆呆拉着老吴早就冷硬发干的手，对着青女没头没脑地说，我还好说，死就死咧，撇下你刚刚十岁……你说娘咋办呀！

青女急得摇晃着娘的身子说，不许你死！不许你死！爹死了还有我呢！你要死了，我在世上就没有亲娘咧！

听她说了亲娘的话，老吴媳妇眼里又热了，她抖着嘴唇说，娘的眼窝里咋像是没了眼泪一样？

她突然大声叫着青女的名字，慌乱地去抓闺女的手叫道，我娃！娘咋瞅不清你咧！

青女惊吓得一下子跪坐起身子，见娘大瞪着惊恐的眼睛，目光却呆滞着，娘！你别吓我！

老吴媳妇用手使劲儿抠揉着自己的眼睛，叫道，青女，娘的眼前只是个影影儿咧！

看热闹的人们便对青女说，快别哭了，赶紧给你娘弄些吃的吧，她再哭下去，眼睛就瞎了，人也饿死咧！

青女赶紧从戏箱里找出碗，按着那几个人的指点，去村里要饭去了。

一连要了两顿饭，伺候着娘吃下，青女见天也要黑了，心里有些害怕，便劝说娘，还是给爹买了席围了抬到坟坑里吧。

从眼睛模糊看不清楚起，老吴媳妇就不再哭了，只是呆呆坐着，死抓着男人的手。听青女说要抬埋男人，她便无声地同意了。

青女便把薄被盖住娘的身子让她睡下，说明儿一早就把爹抬到土里。老吴媳妇见天寒地冻的，破庙的大殿没了半个顶，风吹得墙头的蒿草直摇头，到了半夜，那风便利得吹透衣裳和薄被一样。青女手脚冰冷地缩成了一团，上下牙磕得直响，老吴媳妇懊悔地骂自己，那日咋就没趁着大家都在，把老吴抬埋了，今天我青女也不用受这冻。她摸索着打开戏箱子，把所有的戏袍都拉出来包裹在青女身上。青女觉得了些温暖，便将娘也扯在身边，用两只细瘦的胳膊紧紧搂住她，老吴媳妇见她孝顺，轻轻叹口气。青女把嘴凑在娘的耳边说，娘，我长大一定好好养活你，让你吃饱饭，给你买棉袄穿！

　　第二天一早，不等娘儿俩去买席，老张头就赶了来，说这下好了！他跑了一天一夜，从县城打了个来回，他已经和得意社的班主说好，给人家拉琴教戏，算是寻下了活路。

　　他哆哆嗦嗦地从怀里摸了钱出来说，青女，你爹不用围着席入土了，人家得意社冯老板当你张伯是个人物，让我去给他戏班子的娃们家教戏呢，提前给我领了一年的戏银！

　　老吴媳妇不敢相信，老张头却立刻就发现她的眼睛直呆呆的，便用手在她脸前晃晃。她哀声说，张哥，我没出息，眼看青女还碎着，我可把眼儿哭得看不清东西咧！你和老吴兄弟一场，给他赚来这棺材，张哥，以后的日子可咋办呢？！我想死也放心不下青女呀！

　　老张头训斥着她，胡说啥！老吴也不让你死！

　　他见青女在一边默默叠着戏袍往戏箱子里放，突然有了个主意，嫂子，我昨儿个在得意社见那冯老板才寻下十来个娃让我教戏，我见里面有三个女子，我看青女长得好又聪明，不如……

　　老吴媳妇失声说，我一心不想让娃演戏，再说哪有女子唱戏呢？哪怕要饭！也不让娃唱戏咧！

　　青女却一下扑在娘的脚边，热切地说，我要学戏，我能养活你！

　　她见娘只是摇头流泪，便又扯了老张头的袖子求他，说她能吃下苦，她想学戏。

　　老张头却犹豫了，他嗫嚅地说，算咧，当你伯没说过这话，你娘不愿意也是为了你好，这戏饭真不是好吃的，你伯也是没了主意才一时想出这法子……你想你爹咽气前是咋说的？

　　老张头花钱给老吴买了个薄板棺材，和老吴媳妇儿俩把他算是抬埋了。老吴媳妇扯了青女和老张头告别，青女却指指爹的那口戏箱子对老张头说，张伯，我爹的戏箱子你带去吧，你把我也带去吧！我要是不唱红，养不活我娘，让我跌渭河里淹死！

　　她见娘和张伯还是不乐意的样子，便扑通一声跪在庙里已经塌了一半的泥佛像前，一连磕了三个头说，佛爷爷，你保佑我能学戏唱红，将来能养活我娘和我张伯！你给我做个证，我要是唱不红，也不埋怨我娘和我张伯！

她说着扭头瞅瞅娘的脸，老吴媳妇扶着墙低低地说，我要不让你演戏，你怕也是得饿死，那时也是得怨我……罢咧！你和你张伯去吧！

按着老张头的安排，青女和他去县城得意班学戏，老吴媳妇也跟着去，能在戏班寻个活计最好，若是人家不收留，就在戏班跟前寻个地方吃住，能和青女时常见面就成。老吴媳妇感激老张头出了这么好个主意，便说只要能和青女在一起，啥罪都能受。

得意社是个大戏班，养活了二三十个人，唱家不少，名角儿也有五六个。老张头在唱戏这个圈子也是人人尽知的，他来投奔，冯老板当然很高兴，刚好自己才招了十多个娃想找个懂戏的人教戏，便赶紧给了一年的戏银把老张头留下了。他见老张头领了个细瘦的女子来演戏，一见青女那双大眼睛便喜欢上了，再知道这是七岁红的闺女，便立刻同意让她来戏班子学戏。趁着他高兴，老张头说老吴媳妇现在死了男人，女子又来学戏，只剩下一个光人，不如收了她来做饭打杂，有碗饭吃就成，外人听了冯老板收留了七岁红的女子媳妇，传说出去也是佳话呀。冯老板听了便点了头。

谁也没想到青女却不是吃戏饭的料。

青女长得好看，却没有嗓子。这让冯老板和老张头都失望极了，青女也急了，下了那么大的决心，却是个哑嗓子，还只有小音，她便哀求张伯帮她。张伯劝她说，嗓子就是唱戏人的本钱，本钱大能赚大钱，本钱小只能糊个口，你别急，慢慢喊嗓子吧！

冯老板见她性子强，也知不好立刻轰她走，便也劝她说，咱在乡下唱的野戏，搭的高台，要是咬字不清声音不大，人家没法子听清，谁会给你钱？你爹人称七岁红，还不是七岁登台，一嗓子吼出来的名声？你没嗓子不怕，只怕声弱气短，这得靠你练呀！

老吴媳妇便后悔那时男人活着没让青女随便学学戏，喊喊嗓子，若是练了，说不定现在也不作难了。老张头见青女默着，并不多说话，却下了劲儿练功喊嗓子，便也对她格外指点，让她声音弱些，吐字却一定要清楚有味。过一段时间见青女有了些进步，老张头赶紧给冯老板汇报了，见冯老板并不在意，知道人家不过是为了让自己好好在班子里好好操琴教戏，把青女当作个可有可无的人罢了。老张头不忍心让青女失望，见她总是比旁人练功吃的苦大些，时常想起她在破庙里自己下的誓，心疼这女子心强却命不强。他见班子里那三个女孩子唱得好，冯老板便给她们仨一人买了截红头绳，却偏没有青女的份。老张头心里埋怨冯老板也不差那一点儿钱，硬是空下青女，他眼睁睁见青女没事人一样看着小姐妹们拿了头绳在头上互相比画，她默默到娘做工的厨房去帮忙。

老张头心酸不已，打算自己花钱给她买根头绳，没想到青女却兴冲冲跑了来，差点儿和他撞上，说她娘给她出了个主意，让她对着水缸喊嗓子。老张头见她眼睛亮晶晶的来问自己这有用没有，实在不忍心让她伤心失望，但让女子花了劲儿喊将来没效果，女子的失望怕是更大。正犹豫间，他见老吴媳妇摸索着从厨房里出来，拉了他的手说，她听老吴活着时说，嗓子靠喊呢，对着河水喊出来的嗓子尤其水灵，现在这里没有河，不如让青女对着水缸练声音？

对着娘儿俩老张头只好点点头说，那就试试吧，对着水喊嗓子是个好法子。青女就立刻来了劲儿，一头钻进厨房对着水缸开始喊。

过了两个多月，青女的嗓子似乎大了些，却依然杂着哑音。但她却不当事一般，天天和大家一块儿练功，大家歇了，她还不知累一样自己多练一场，剩下的时间全在厨房喊嗓子。大家都可怜她白费力气，可也有人说，这法子是多少人试过的，应该有点用处。在四个女娃里头，数青女的嗓子差，但她的武活儿却是最好的，而且她扯了些个头儿，身上有了些起伏，做出的身段也比她们好看些。老张头便教青女多利用自己身段好看、表演细腻的长处，弥补嗓子的不好。听他这样说，青女便终于肯承认地说，张伯，我都来了一年了，嗓子也喊了一年，你觉得我的声音除了变大了些，唱时气匀了些，嗓音有没有变好听了呢？

老张头犹豫着刚要回答，她就叹了气说，我知道没多大进步……我没有嗓子，凭啥唱成角？凭啥唱红？过两年冯老板不要我了，我娘可咋办！

她说着便捂了脸低低地哭起来，老张头见她肩头耸动得可怜，便拉她说，乖女子，要么你学好武行，也能混口饭吃……过两年伯给你瞅个好些的人家，嫁了也就好了！

青女忽地把手松开说，张伯，你看不起我！我听班子里的人说，有人靠喊嗓子成角的！

老张头叹口气心说，心强命不强的女子！

青女和她娘在得意社眼看已经两年了，随着冯老板也到了不少地方去唱戏。青女个子快赶上她娘了，长得比那几个学戏的姐妹好看，虽然没好嗓子却也学了许多戏，并有一身武生的本事。可能是冲着这，也冲着老张头在班子里尽心教戏，冯老板一直没有撵青女和她娘走人。

但是，班子里跑龙套的却总是青女，戏里需要有人跪着听主角儿唱，她便扮上了一直跪到戏完，双膝硬疼得揉了也伸不直腿。戏里有人要被斩首，青女便被泼上红颜色一直躺在台上，下了场，浑身让蚊子咬得红肿一片。因为还要在戏台后边打杂，青女便得早早化好妆，便只等着谁叫她端茶，谁叫她帮忙找行头。难得老张头给她个有几句词的角色，青女便早早准备了，一脸的白铅粉杀得脸生疼，她顾不上想别的，巴巴等着自己上场，却才唱上三四句，便声音越来越紧，仓皇下了台。引得冯老板把老张头埋怨好几天。青女却不放松，只要班子里的名角儿上台唱戏，她总要看得发呆，伸手摇头模仿人家的动作，嘴里念念有词，指使她干活儿的小桃红便噎她道，大小姐，别发癔症啦，快给俺把鞋拿来吧……再练得好也没嗓子唱！

小桃红已经是班子里的顶梁柱了，她是让她舅舅卖给冯老板的。小桃红长得并没多漂亮，可她细眉大眼瓜子脸，勾画着扮上妆就显得真是好看，这样的人只要能唱，甭管唱得咋样，往台上一站，就出了彩了。偏她人小心大，早早就学会冲台子下面抛媚眼做身段，引得看戏的乡下人次次都萦系着她，不过十四五岁的年纪，小桃红就走了红。对这些唱戏的孩子们来说，戏班子本来是个苦地方，小桃红仗着戏唱得好冯老板总宠着她，渐渐就生出许多要求，坐车赶路她要坐小车，吃饭她要吃小灶，条件实在不允许她也要比别人多加上两个菜，她觉得这样才能显出自己的尊贵。晚上睡觉得由她挑人，挑上的小姐妹才能和她睡一个屋，冯老板惯着她，给她安排的房间总是最好的，小姐妹们就想着法子讨好她，小桃红不知不觉就成了戏班子的中心。

青女却看不惯小桃红的样子，可她连凑近人家的机会也没有。小桃红多精的人，她就总找青女的碴儿，嫌她唱不成角儿还娘儿俩一起吃闲饭，又怪青女在台上跑龙套还挡在自己前边，三次两次给冯老板告状，这让青女恨得不行。

老吴媳妇胆小，她吓得不敢吃饱，只好偷偷省下饭给闺女，只盼着小桃红别再挑拣。隔了好些日子，青女才发现娘居然天天都在挨着饿，就算这样小桃红还挑拣老吴媳妇把她的戏装没洗净，使着性子当大家的面把那戏装丢在老吴媳妇脸上，让她赶紧重洗。老吴媳妇气得发抖，流着眼泪拾了戏装去重洗，气得青女把那戏装从她娘手里抢了来，嚷着让我去洗！等老吴媳妇撵她到了水房，见青女刚刚丢下剪刀，她居然把小桃红的新戏装铰成了碎片片。

这戏装算是戏班子很贵的家当了，青女一个钱也没有，冯班主没法子让她赔，他气得罚她不许吃饭，可这并不能让小桃红满意，她使着性子地哭，谁也哄不住，这可是会坏了嗓子的呀！心一横，冯老板发了怒，他终于下狠心撵青女母女，赶紧滚蛋吧，这哪儿是个打杂的，明明就是个奶奶么！青女离了戏班子还能有啥活路？老吴媳妇怕了，劝闺女，她却梗着脖子不说话，老吴媳妇便在那冯老板的门口硬是跪了整整一夜哀求冯班主，谁知人家理也没理她。

谁也没想到，青女听了这话就收拾了自己的东西，却不过一个又小又薄的小包袱。她背上小包袱，冲张伯跪下，哽了嗓子哭，戏班子的人们就都可怜起她娘儿俩了，在院里围了好大一群，有人抹了眼泪，小桃红却得意，见冯老板黑着脸不说话，她便曼声叹了口气，挑了门帘回屋休息去了。

青女冲张伯说，伯呀！给你磕个头我就走了！我没本事，唱不出个名堂，让你老白白费心了……可怜我娘儿俩命贱，还不如一件戏装！

她这话让大家都心里一寒，可不是嘛，两个大活人硬是因为一件戏装就让撵走了，就算她娘儿俩勤快，出了这门，谁都知道她俩一定没多少活路了。

张伯瞅瞅冯老板，低声说，冯老板……你……你就再给她一条生路吧，娃是孝顺，见不得她娘让人欺负……

戏班子里年岁大的人们都和张伯相好，又见老吴媳妇这些年真是勤谨，有心想帮忙留下她们。有人就可怜青女，小声说，戏班子虽小也要有个是非公道，咋能一边倒？就有人附和道，就是呀，事出有因嘛。冯老板听出大家的意思，有些发怔。青女见冯老板并不理会张伯，她就哭着站起身，有人小声劝，青女！你好好求求冯老板，给小桃红认个错，要是真走了，怕是要饿死了！

青女知道那人好心，便说，饿死也是命，我不怪谁。她故意欺负我娘，没事生事，我做鬼也不饶过她小桃红！

这话让屋里的小桃红吓得一哆嗦，满院儿的人们也心里一寒，这闺女真是恨心大！

冯老板气得大声骂，死女子，只当吓吓你让你改改你那性子，你倒敢发狠心说狠话！你让我咋留你？

大家听出他心里并没打算真让老吴媳妇娘儿俩走，只等青女回个话，便都上前替她说话。老吴媳妇又是磕头又是回话，冯老板见青女依旧站着不动，却哭得好不伤心，他心一软，转身就走，留下话来，青女和你娘就别走咧！你要好好想想班子里的叔伯大爷咋样帮你，以后好好唱戏，别再做那没名堂的事！

小桃红一直在屋里竖了耳朵听着，没想到最后青女居然不走了，她恨恨地摔打了东西，气得哭，却一点儿也没出声音。

老吴媳妇心疼青女，打算辞了冯老板带青女再寻活路，青女却说，我不走！我从明天起，天不亮到渭河边去喊嗓子呀，这水缸太小声音太憋屈！

老吴媳妇急了说，渭河？离这儿二里多地呢！你一个女子娃天不亮跑到野地里喊嗓子，也不知道害怕？

青女也急了，哭着说，我再喊不出来嗓子，别说唱红咧，咱娘儿俩就要饿死咧！

从此，每天青女天不亮便起床往渭河边去喊嗓子，怕她出事，老吴媳妇也咬牙起床陪她去。花了半年多时间，青女有一天突然对着渭河水喊出了一声高声，老吴媳妇本来正靠着树打瞌睡，冷不丁听到一声清脆响亮的高腔，不禁打了个激灵，她模模糊糊把脸扭到青女的方向，迟疑着问，青女，是你的嗓子不？

青女也被自己的声音吓住了，她对着渭河怔了怔，又张嘴大声喊了几声，却没费多大劲儿，就听那细长的声音立刻划开了晨雾。青女激动得顾不上去扶她娘，便吃喝道，快点儿快点儿，快点儿给我张伯说……他还敢不信！我有嗓子咧！我能唱红咧！

青女把自己学会的戏边跑边唱了一路，她的娘也喜坏了，不管路上跌了多少跌，才远远听着青女的唱腔进了冯老板的院子。

戏班子的人们刚刚起床，正忙乱着在院里洗脸，突然见青女疯了一样撞开院门，头发披散着就高叫着，张伯！张伯！

她一头往老张头的屋里冲。冯老板听她声音又大又急，只当她出了啥事，赶紧边系了扣子边出了自己的门。

大家都不信青女真喊出了嗓子，老张头顾不得洗脸，就敞着怀，赶紧操了琴，边调着音边说，快给伯唱一个，让我听听你的音！

青女便唱起来，屋里屋外都安静极了，人们专心听她用喊出来的新嗓子唱戏。冯老板半闭了眼睛仔细品味，青女的本声低哑，新声却音色甜美，又很有磁性，并不令人觉得腻。他嘿嘿笑着说，没想到青女喊出来的声儿这么好听，又不尖又不哑。嗯，真不错！

老张头也喜滋滋地说，好女子，你可真有毅力！你要学会用本嗓和这新嗓唱戏，可是谁也没有的本钱呢，高声低声你都有，老天爷也心疼我女子下的苦功夫呢！

冯老板兴冲冲说，明天就给青女排戏，我要把她捧红！

大家听了脸上也是笑着，却都在心里别扭起来，青女的娘这才一身一脸的黄泥摸进院子，刚好听见冯老板说这话，一屁股坐在地上哇地哭出声来。

老张头对青女说，你可不敢停，没事还得接着喊，要是不勤用，那新嗓子说不定就回去了！

青女一下子慌了，啊了一声，老张头说，别怕别怕，你只要天天练声，过些时候声音稳定了就没事了……就像剪子见了水，不用就搁锈了，你刚磨出来就得不停地用它，要不可就又放锈了！

大家都哦了声，吵吵道，这嗓子还真是娇贵呢！

老吴媳妇听冯老板叮咛大家给青女定做戏服，又让老张头赶紧帮她排戏，争取让青女早点儿唱主角儿。她心里一动说道，冯老板，你和她张伯是我青女的恩人呢，你们给娃起个好艺名，将来也好叫响呀！

老张头点头说，我知道你是在渭水边有了这女子的。

老吴媳妇生怕他一高兴说出青女的身世，吓得恨不得伸手去捂他的嘴，他却用目光止了她说，这女子和水有缘呢，而今又在水边喊出了好嗓子……这名字还是得带上"水"字！

冯老板接口说，我看这女子眉眼跟画儿一样好看，又有了这好嗓子，唱不红才怪咧呢……她身材细长，又有水的缘分，我看她就叫个"水玲珑"吧！

跟着娘在地里干了几年活儿，守东的个头就蹿了起来，完全和他娘一般高了。守东刚回家的时候，堡子里的人还说，守东匪得连高黄村的学堂也盛不下啦。又说冬莲惯她儿子，将来等着看儿子学坏吧。有人又叹息冬莲可怜，说她男人早死儿子也不争气。这话传到娘儿俩耳朵里，两人难过得把自己关在地窨里，只闷着头，一个纺纱一个编筐都不说话。眼看着守东天天和他娘一起种地，又在地里种棉花、拾棉花，没再生过啥事，两人的日子渐渐好了，说闲话的人少了，冬莲的脸上算是有了些笑模样。她便和守东商量，想攒钱盖个大点儿的房子，过几年好给守东说个媳妇。守东却不容分辩地说，啥房子、媳妇的，俺得赶紧给咱买头牛，到时候再去开荒下地，咱俩就牵上牛拉上犁，乘云驾雾地像人家谭福家一样就把地开好啦。那时再收粮食也不用咱自己背了，牛就给咱驮回来了。

冬莲见儿子说话老成，便笑着说，看把你能的，养头牛除了割草又得搭进去多少粮食，起早贪黑多辛苦！再说养头牛，还得给牛搭个棚，咱这地方多挤挨，牛棚冲着你大个子大爷那边，人家多不高兴呀。

守东说，你总是想着人家，人家啥时候想过你？咱养咱的牛，又没有放在他家。娘，俺就不懂，你为啥总是怕这个怕那个，咱到底做错过啥事？

冬莲叹息说，不是和你说过么，你爹死的时候，娘正怀着你，别说逃荒赶路了，命都顾不上啦，多少次俺不想活了，都是你爱娥大娘和桂枝大娘她们给俺端来水和饭，一路硬架着俺到了这谭家堡子。当初咱刚开了荒，连种子都没有，村里人你一把他半碗的给了咱，算是把地种上了。你想，俺要是听了他们说啥就和人家大吵大闹，那俺成啥人啦？你长大也要记得人家的好，得好好报答堡子里的人们呢！

守东哼一声说，俺知道啦，以后不去理他们就是了。但这牛一定要买的。

他见冬莲还想听他说啥，便又说，俺都十三四岁了，是男人，俺能在这家里做主了，你就听俺的吧。

冬莲看着儿子浓眉大眼的，鼻梁也挺了起来，肩膀也宽厚了些，站起来和自己一般高了。她瞅着儿子越发觉得他和男人双林越长越像，便喜滋滋地说，成！娘都听你的，买牛就买牛！到时候连个媳妇也没有，看你咋办？

守东笑了说，俺一辈子不娶媳妇，就守着娘和牛。

冬莲听了便笑。

贵子那年被狼咬伤了脸，虽然捡了条命，脸上却留下了疤，左脸比右脸少了一大块儿，孩子便一下子沉默了，不敢往人前去，陌生人见了他都要吓得吃一惊。爱娥原先最疼他，见他破了相人就傻呆呆的，连话也说不清楚，爱娥就讨厌他那窝窝囊囊的样儿。老大祥子倒是脸长得好看，却被狼吓破了胆，胆小怯懦没个男人样儿。她心疼祥子，便在人后格外心疼着他，做肉了她会给祥子碗里多放一块，盛饭时见祥子不争不抢，便多盛半碗给他，贵子常常见了这样心里就有了怨恨，跟谁也不好好说话，只默默垂了头把半张脸埋在碗里吃饭，或是推了碗就离了饭桌。

爱娥在祥子的婚事上没太费心。在他十六七岁时，别人都知道她家祥子虽然胆子小，家境却在谭家堡子数得着，便有许多人家上门来提亲。爱娥在几个姑娘里挑了个头大些、能下地干活儿的临潼县张家堡子的老林家闺女春雁。她觉得老林家穷是穷了点儿，人却本分，那闺女又是家里的老大姑娘，下地能干活，进屋能做饭洗衣，还会织一手好布。谭小头媳妇知道她手里有钱，娶一房媳妇只当是娶了半个使唤丫头，做媒时就顺了她的意把那春雁夸了一通。等爱娥给儿子娶回来媳妇时，虽然觉得和谭小头媳妇说的差些，却因为自己儿子祥子本身就怯懦，生怕儿子受春雁欺负，许多时候她就不好再挑拣啥了。

爱娥更多是愁儿子贵子，她越愁面上却越是好强，容不得别人说儿子一个字，回到家却对儿子使脸色说难听话。自己一个人在家时，她便又可怜自己一辈子好强，偏这两个儿子不争气，让她没了面子似的。她更见不得村里的谁家女人说贵子这孩子可怜，急着抢白人家，啥可怜？啥可怜？俺家贵子这脸不仔细看根本就看不出来！又不是姑娘家，脸上有个疤又咋了？谁身上就能没有疤？

别人被她堵了，便叹口气不吭声了，从此谁也不会说贵子的脸了，贵子走在路上，别人见他来了，就赶紧把脸扭一边不敢看他。贵子一天天长大了，能够跟着他爹做木匠活了，却和老大祥子一样，除了干活儿一天就猫在木匠铺子里，加上谭大个子也沉默，三个男人一天连话也说不了几句，像三个没嘴儿的葫芦。整个木匠场子除了推刨子拉锯的声音，安静极了。刻薄的女人们私下里都说，爱娥家的大人和孩子都怕她，爷儿仨的话让爱娥一个人都说完啦！剩下一个春雁，也让她驯服得只会织布做饭了！

见祥子和春雁成了家，爱娥便放下半条心来，却开始操心贵子了。她跟谭大个子商量，咱贵子虽然脸上有个疤，可咱比别人家光景好，咱哪怕多花些彩礼，也要给咱贵子好好找一门好亲事，而且下手要早些呢！

谭大个子当然同意她的话，可是谭家堡子却没有这样合适的人家，她便四处放出话来，除了山东姑娘她家贵子一概不娶。谭小头媳妇早就知道她的性情，自己在给祥子说亲时也赚了一笔，这次见她铆着劲儿要在贵子的婚事上争强好胜，便顺了她的意思三村五庄去打问，竟也找出几个年纪相仿的姑娘。谁知人家一听他的家境都很满意，又听他的名字，便不快地说，原来是那个半边脸狼剩儿呀，俺家闺女又不缺啥少啥，肩能挑手能提，上炕能绣花，下灶会做饭，他家再有钱俺闺女也不去。还有的埋怨谭小头媳妇，怪她埋汰人，把这样的半边脸介绍给自己家的闺女，下次连门也不许她进了。

一来二去耽搁了两三年，爱娥便急了，悄悄给谭小头媳妇说，实在不行，就说说远些的吧，只要是山东人就行。眼瞅着冬莲那儿子也长大了，总不能他先娶了媳妇俺贵子还说不下门亲事吧？

谭小头媳妇当然知道她凡事爱和人比拼，素来恨人有笑人无，就明白了她的心事，安慰她道，她家守东和贵子咋能比呢？放心吧，就算将来她求俺说亲，俺也会把贵子没挑上的说给她家！

听她这样说爱娥就高兴了，觉得谭小头媳妇真是知心。她说她可不能给儿子娶当地人，生怕陕西媳妇爱吃酸辣，和自己吃不到一起，又怕听不懂说话，欺负了贵子，自己又斗不过人家当地人。

谭小头媳妇便说，那你得好好准备些彩礼了，还有俺的，你不知道俺为了你这事，跑东跑西磨破几双鞋啦！

爱娥知道她不好打发，便堆了笑说，俺还能亏了你？只要给俺儿子找了好媳妇，俺当两个说媒的钱给你！

回到家她摔打了东西说自己命苦，养下儿子是个天大的累赘，真不如养个闺女，嫁了人倒干脆利落了。贵子和他娘顶嘴说他不要媳妇，她却骂道，你当是给你说媳妇？俺是怕人家笑话俺！

贵子气得抢了斧子说不想活了，爱娥却不让祥子拦他，说他不过是吓人罢了。这以后，贵子见他娘给他说亲便更沉默了，干起活儿来不要命，整宿忙着干活儿，谭大个子知道儿子心病在哪儿，却又劝不下一句。

守东的买牛钱还在慢慢攒着，可他却越来越等不及了。守东觉得靠卖些苞谷，靠娘整夜整夜地织布，那得攒到啥时候？他的心眼儿便活了些，四处看着堡子里的男人们在做什么。最后他发现除了谭彦章靠种地能过得有滋有味，就属谭大个子挣钱最多了。谭大个子有木匠手艺，他做的大车盘子现在常常是客人们交了钱也得等上一两个月才能取上，他的两个儿子贵子和祥子早就停了学跟着他们爹做大车架子和轱辘。农忙的时候一家四口在地里干活儿，其余的日子爱娥便像陕西女人一般，坐在屋里纳着鞋底，看着春雁给爷儿仨做饭，要么就是坐在自家的木匠场子里晒着太阳，看着男人和儿子们干活儿。这木匠场子是谭大个子在堡子最南边挨着大路的地方开的荒地，这样一来谭大个子的院子便是整个谭家堡子最大的了。守东看出来满堡子活得最滋润的女人就是爱娥，他就下了决心，让娘也得过上她那样坐在家里只纳鞋底不用下地干活儿的日子。

谭守东看到谭大个子家木匠铺子的生意兴旺，便不由自主打了想学木匠手艺给他娘挣钱的心思。可这想法他给谁也没说，只是得空了便在那谭大个子木匠铺子边去打转转，留心着人家做活儿。眼看着人家隔几天把那树桩子买回来，架在木工凳子上拉着大锯，推着刨子忙活。隔三两天再去看时，便做成了又圆又棒的大车轱辘，这不就是钱么？他心急起来，盘算着自己的主意。到了晚上，冬莲家小小的地窑里烧着火炕，外边呼呼刮着冷风，屋里却还暖和。他忍不住坐在泥炕边上发了呆，冬莲正哐当哐当拉着拉线踩着机子忙织布，小木织布机的架子上放了小小的棉籽油碗，燃了一点儿火光。守东出神地盯着娘熟练的动作，冬莲却浑然不觉，一心一意忙活着。

他看着娘脸上白白的，那鼻孔却被油灯熏出两个小黑圈，他知道娘织完布鼻孔边总会被油灯熏黑，他还和娘开过玩笑，但这会儿却心酸了。冬莲见他坐着一直不吭声，便问，打瞌睡啦？想是起太早了去拾粪，你就赶紧睡吧！

守东问，娘！你说为啥，咱堡子里有的人家天天都能吃稠的，还能有粮食吃干饼，咱却为啥只能喝野菜糊糊？

冬莲答不上，便笑了说，那是咱命不好呗！

守东并不理他娘，自顾自问道，那为啥人家祥子和贵子有他爹可以教给手艺学做活儿，挣的轻省钱，彦章大爷家的谭兴还能去当军医，俺却只能在这儿天天种地，饭还吃不好？

冬莲见儿子说得凄凉，便丢下手里的活儿，过来揉揉他的头发说，这孩子，咋这样想事哩？那谭兴不是因为他舅舅当着个小官嘛，咱不要眼气人家，等你长大了，咱日子也一样不会差！

守东却推了她的手说，娘！俺等不及啦！那得到啥时候，俺不想看你天天连日头也见不着，除了织布就是织布！

冬莲觉得自己的腰和肩膀又疼得钻心，便自己用拳头捶了说，那还不都是人的命嘛。

守东赶紧把他娘拉在炕边，自己跪在炕沿儿上给他娘揉。冬莲便半闭了眼睛，享受着难得的温暖说，俺儿长大啦，懂事啦，会心疼人啦。

守东埋怨说，娘，你也不会个啥手艺！

冬莲笑着说，在咱山东都是男人织布，女人纺纱，要不俺教你织布吧？

守东没精神地应了说，成！俺跟你学织布，可还挣的是小钱！

冬莲骂道，死小子！心咋恁大哩？你可没那命！你爹要是还活着呀，他也有木匠手艺，专做那细活儿，什么木梳、雕花，挣的钱比那谭大个子还多哩。

谭守东没说话，娘儿俩便同时叹了口气。

第二天谭守东把自家地里的草锄了，又给水缸里挑了两担水，还是忍不住趴在谭大个子的木匠场子偷偷看。这一次不光谭大个子看见了，贵子也发现了，他便丢下手里的活儿，三两步冲到门口说，老在俺家门口转悠啥？

守东没防着他发现了，赶紧说，俺找你玩儿呢。

贵子从鼻孔里哼了声说，你除了会捉弄俺，啥时候想过跟俺玩儿，明明你想来偷看俺爹干活儿！

谭大个子便过来说，干活去儿！哪那么多废话！

他放缓声音对守东说，守东来了！有啥事？

谭守东咬了牙不敢说，谭大个子说，你要想看，就搬了小凳子坐俺旁边看吧！

守东大喜过望，他没想着谭大个子这么大方，见他总是沉着脸不说话，守东以为谭大个子是极严厉的人呢。他看着谭大个子熟练地在木头上拿尺子又量又画，用小锯细细地把那木条直直地锯开又用凿子在上面挖出大大小小的方孔，守东不禁赞叹了说，大爷！俺看你这手是咋长的，这木头在你手里咋就这么听话！

谭大个子伸了手到守东面前说，那你就瞅瞅……你这小子倒会说话。

守东看那手上厚厚起着茧子，指头肚上也蒙了淡黄色的痂，他拿手捏了捏，又硬又厚，谭大个子见他果然来摸，便仰头哈哈地笑了说，守东想学木匠手艺呀？

守东点头说，俺想学个木匠手艺，就能给俺娘挣钱了，俺不想俺娘天天夜里不睡觉地织布。

他说着伸手摸了自己的右肩说，她这里老疼哩，疼得睡不着觉！她的腰也疼，夜里总是咳嗽！

谭大个子的心便震动了，他没想到这个在堡子里出了名淘气爱打架惹事的孩子，竟有这样一颗懂得心疼他娘的心，他久久没法干活儿，盯着守东说，好孩子，真是好孩子！你娘没有白白守着你疼你！

贵子听到他爹夸人家，想起爹天天对自己横挑鼻子竖挑眼的样子，啪地丢下手中的木条子就走，谭大个子愣了，冲着贵子叫，站住！你去哪儿？

贵子气得说，俺去上个茅房还不行？

谭大个子看出儿子的不满，便又小了声音说，守东，你娘让你学手艺吗？

守东赶紧点头说，俺娘当然愿意。

谭大个子却叹口气说，哎，只怕……

守东追着问，怕啥，俺娘一定会高兴的，你收下俺好吧？

谭大个子为难地说，大爷当然愿意教你，俺也爱你这孩子又懂事又聪明，可是……唉！

他见祥子专心干活儿，仿佛没听见他说话似的，就又压低声音说，俺怕你爱娥大娘不高兴啊！

守东便丧了气，谭大个子见孩子不吱声了，不忍伤他的心，便说，别急！你先等等，俺找机会跟你大娘说说，她答应了不就行啦？

守东只好走了。他知道爱娥是不会答应的，自己从小就见她老是在自家门口摔摔打打说些难听话，娘每次都坐在屋里生气，守东次次要冲出去，都被娘挡住了。那年自己把贵子关在窝棚里，虽是解了一时的气，之后爱娥再没敢在家门口气娘，可她和娘却是再也没有说过话了。守东看得出来娘的身子不如原先好了，一半是累的，一半是被气憋的，他看不惯娘要忍让了这谭家堡子的每一个人，但他却又没法让娘过上像爱娥大娘那样纳着鞋底，只说说闲话就能吃饱饭的好日子。他心里懊恨自己没有本事，他从不会像他娘那样只认为自己命不好，觉得那都是骗人的话，他只一心一意认为只要有了本事就好了。

谭守东每天便巴巴地在谭大个子的木匠铺子门口张望，希望哪天谭大个子叫他，说爱娥大娘同意他学木匠活的事。一连几天过去，连点儿动静都没有，他便心里焦急地丧了气。不料爱娥揣了鞋底过来，见他在木匠铺子门口发呆，就想起贵子那天回家跟她说，谭守东想要到铺子里和他男人学干木匠活的话。她撇了嘴想，定是冬莲这女人心眼儿多，指使她儿子来偷着学手艺，有话还不自己说，最讨厌的就是她这女人玩心眼装可怜的劲儿。

爱娥几年前一直疑心，是男人谭大个子给冬莲做的那个木织布机，因为她眼睁睁见谭大个子背回来一个大树根，过了十多天就不见了，可那织布机子却是高婆婆送到谭家堡子的。所有人都知道是高婆婆托人帮她做了架织布机，爱娥满肚子不满意，却说不出口，这会儿见守东在门口，她便忍不住说，你在看啥？

守东吃了一惊，见爱娥没好气的样子，便想，怕是谭大个子也不敢跟她说，俺就试试吧！他鼓了勇气说，大娘，俺想跟俺大爷学做木匠活，你看成不？

爱娥冷笑着说，你倒想得美，你娘答应不？

守东赶紧点头说，俺娘答应，俺娘答应！

爱娥拖着腔调说，好呀，她撺掇着你来学手艺，那俺们贵子、祥子将来就等着饿死吧。

守东不明白她话里的意思，见她眼睛里闪着恨意，忍不住往后退了说，你要不乐意就算了。

爱娥说，跟你娘一样，满肚子都是心眼儿，满脑子都是主意，说是来学干活，谁知道打的啥主意，俺咋敢教你！

守东气了说，不教就不教，扯上俺娘干啥？

爱娥骂道，你果然是有娘生没爹教！回去给你娘说说，想学人家的手艺，先学会挨骂！

守东哼了一声，转脸就走，爱娥扯了他说，有没有礼数呀，你得给俺说个啥！不让你学木匠活，你就给俺看脸子？

谭大个子闻声赶过来说，算啦算啦，不过是个孩子。

爱娥正一肚子的火发不出来，见男人来护他，不由得哭起来，俺早就看出来你和那寡妇有事，她安的啥心让她儿子跟你学手艺？还不是为了你俩来往能方便！

谭大个子恨道，你……你咋就能想出这么多话来！

冬莲也听到别人传话，慌里慌张赶来了，见守东和谭大个子两口子吵得围了一群人来看，她冲上去对着守东就扇了个耳光，骂道，你长大了！敢和大人顶嘴？俺平时咋教你的！你咋就这样不省心呀？

守东受了委屈，憋得脖子和眼睛都红了，他看着贵子一脸的幸灾乐祸，又见爱娥哭个不停，谭大个子在旁边叹着气，祥子却像啥事也没听见似的，当当当敲着钉锤做活儿。他气得粗了呼吸，转身就走。

冬莲见他要走说，不行！你得给你大爷大娘赔个礼！

守东不敢和他娘顶嘴，回头看看爱娥的脸却又说不出口，大家都围着等他说话，他觉得自己可怜得像只被围着打的落水狗。守东在人群里看见月月急得想哭的样子，他突然跪在地上，仰头对着天吼，爹呀！你咋那么早就死了？你死就死了，还留下俺干啥？谭家堡子是人是狗都能欺负俺和俺娘！

高黄村和谭家堡子的北边有一条小河，顺着那河往高黄村走的方向，有一块小的水湾，到了夏秋雨季时河水充盈，河道被冲得有两三丈宽，那河湾里的水便也多了。但这两年却时常天旱，那河水细得只有一丈多宽，水湾也变得很小。过去那些年，不知啥时候起有了一只老鳖，高黄村的人都说怕有上百年了吧。他们生怕别人知道，便悄悄地把那鳖供作自己村里的神灵一般，每到干旱歉收的时候，他们便在族长的带领下，支了香案，摆上供果，在那水湾前冲着老鳖下跪磕头祈祷。谁家孩子大人有了病呀灾呀的，就也在半夜里到水湾边去哀求，人们都说还挺神的。

逢到太阳天，那老鳖慢慢地爬上岸来晒它的鳖盖，村里见着的人便猜着说，这定是啥吉兆吧。大人们怕孩子们不懂事伤着它，便家家户户都给交代了孩子，说那老鳖是高黄村的神灵，让大家绕着水湾走。有时天旱的时间长了，久也不下雨，水湾便浅了许多，族长还会安排人担了水倒到那水湾里，生怕旱着了老鳖。今年眼看到了浇地的时候，却一场雨也不下，农民们见那土地干巴巴的，官路和大路上都是黄色的干土粉，风一吹便黄云笼罩似的。人们就打算要求求那老鳖爷爷了。

谭家堡子有两口官井，一口在大家住的堡子正中心的地方，一口就在地头。谭彦章和谭大个子还有几个富裕一些的住户，都在自家地头打了水井，但那水井浇地是远远不够的。往年浇田总是顺着河挖了渠，引那河里的水来，不用时便用石头、泥块重新封堵上。河水越来越小，大家便排了队，在谭彦章的安排下商议将那河水按户一家家浇地。水虽小些，但有水浇着，今年本该过得去，可不知道啥时候起，大家发现那河里的水也越细越小了，浇过地的人便庆幸着，还有一大半谭家堡子的人没有浇上地，觉也睡不着，天天顺着那河渠查看，看谁家的地浇完了，又有多少家才轮得着自己。有一天那河水却完全干了，谭家堡子的人便急疯了，冬莲也放下手里的织布机和守东一起到河边查看，见那河水几乎露了底，连河里的石头、泥块都看得清楚。

谭彦章急了说，不该呀，就算没下雨，这河水也不该这样呀，真的这水干了，咱谭家堡子的地就完啦！靠那几口井根本不行，真得靠天吃饭了？

大家这才觉出，前十几年，能在关中渐渐安下家吃饱饭，这一条河有多大的功劳呢。浇地的事，守东家自然排在了后头，冬莲不争，也没啥话说。可是地浇不上，守东便心急了，见谭兴回来了，却都没心说啥话，只是打了个招呼，便都低头冲着河水发愁。见大人们围着引到村子里的那个河渠叽叽喳喳干着急，谭守东便心里一动，顺着河往西走。他记得高黄村那个学堂的后面，便是这条河的上游，那里也修有这样便于灌溉的水渠，他想去看看。

果然不出所料，那一丈多宽的河水在高黄村的北面被人用大石块、石板堵了一大半，一小半的河水顺着河往下游流，那水流自然就细小得多，顺着河渠哗哗的河水正欢快地流向高黄村的地里。谭守东一下子就气了，他想也没想就卷裤腿跳进河里搬那石块，小些的搬开了，那水便挤过石缝向下游流去，大些的却还是堵在那里。守东却高兴极了，他觉得这下谭家堡子那些地算是有救了，飞快地跑回村里，见大人们正要四散，谭兴看见他问，守东！你咋一腿泥？

大人们不当事地瞅他一眼，守东却激动地说，快！快去！高黄村把河水在西面全堵啦！他们找的大石块在河里……快跟俺去！

虽然他说得结结巴巴，大家还是明白了他的意思，立刻就欢愉地吵吵起来，有人骂道，他娘的，只要河里有水就好！他们敢卡俺们的脖子？

闫老六吼道，他们想让俺们等死？没门儿！守东，好样的！咱一起去把水挖开，看谁敢挡咱！

谭守东从来没听谁说过他好样的，猛然就心头一热，鼻子也酸了，他怕别人看出来，赶紧低头赶在前头。稍缓了些，他偷眼瞅了瞅娘，见她果然也兴冲冲地正瞅着自己笑呢，他便跑得比谁都快。

谭兴跟着守东就往那河边跑，大人也都拣拾了棍棒跟在他们后头。河水很快就通畅了，大家站在河道边望着高黄村，有心去和他们理论，又觉得自己人少，全村不过三四十户人家，还有一大半在谭家堡子没来。若是不去，又怕自己走了，他们依然把那河道封上。正发愁间，突然高黄村跑来一群人，边跑边叫，山东棒子在干啥？快看，他们把河里的石头又搬走咧！

守东看见宝娃和几个小伙子正提了棍棒过来，他见宝娃也长高大了许多，就对谭兴小声说，那个领头的是族长的孙子宝娃！

两人就隔了人群相互瞪着眼睛，宝娃比那年被打破头时高大了许多，单眼皮高鼻梁，黝黑的面皮，正是关中男人的相貌。他早就到阎良县城去上学了，依着他爹的意思，是打算让他去西安念书的，可他爷爷和他娘死活舍不得，他也怕到了西安要受学校管制，就缠磨了他娘留在县上。逢上过忙假时他才回来，可巧就遇上了两村人要打仗。其实说起来，这堵河的事还是他领着村里的少年们去干下的。两村的人没说几句，宝娃就耍了横，谭家堡子的闫老六抡了棍棒冲他打过去，宝娃从腰后抽了把刀出来胡乱抡砍着，一时没人能近他的身。谭守东急了，搬块石头使劲儿砸在他胳膊上，谭兴就冲上去踢在宝娃拿刀的手上，宝娃疼得握了手腕丢了刀。长宝见人用棍打了他爹的背，冲那人就抡着木棒连砸了好几下。女人们尖叫着，月月和冬莲相互紧紧拉着，只是死死盯着怕守东受伤。闻声的高黄村人飞快赶来，为了河水，两村的人们很快就打得头破血流了。当高黄村的族长和村长高旺生赶到时，谭家堡子的人一字排开挡在河边，说他们就在这河边扎营住下了！看谁敢再把这河水封了。真要打就打吧，出了人命去告官，河水自古都是大家的，没见过把河独占的！

族长当然知道自己的人理亏，封河拦水的事他也知道一二，便先训了自己村的人们，嫌他们不该挡水。他见高黄村的人们都铁青了脸，尤其是高旺生，简直随时要操了棍棒去打架了，他便又说，谭家堡子的人也太凶悍啦，凡事要讲道理……

谭彦章打断他的话正色说，道理？你们要讲道理，就不该在河里做手脚！俺们跑到这儿来，难道是吃多了撑的？你是族长就该管好你们村的人！

族长摆了派头说，你是谁？

大家便说，他是俺们谭家堡子主事的。

谭兴见大家推他爹，便也大声说，他是俺爹！

守东羡慕地看了他一眼，谭兴看出他的神情便拍了他的肩膀说，俺们村的人都听俺爹的话！

族长笑了说，好吧！好吧！我把我们村的人管好，你把你们村的人管好，都是邻里邻居的嘛！古书里说自古山东出良将，梁山也出好汉呢，别伤了和气！

谭彦章说，这话不错，俺们也知道陕西出皇上，周秦汉唐坐了十几朝天子呢。就是冲着这皇天后土，俺们才从山东来的，只想本本分分种地，不愿惹事。陕西人也该是能容下人的吧，咋连条河水也不容呢！

族长脸上有些尴尬，依然强笑着说，看你也读过书，那就好！那就好！

他冲着宝娃呵斥道，熊娃，就你爱惹事！早就给你们说咧，别在这河水里做文章，你可不听！人家找上门来咧吧？下回再这样，打断你的腿！

宝娃被打得鼻子出了血，正揉着手腕，见守东得意扬扬的样子，只狠狠瞪他一眼。

跟着谭家堡子大获全胜的人们往回走，人人都是笑模样。守东第一次觉得扬眉吐气了一般，心里高兴得只想唱歌。他对谭彦章敬佩极了，顺着哗哗的河水走着，他问谭兴，哥！你回来还去么？

谭兴说他趁放假回来几天，过两天就到外地上学呀。谭守东不懂是啥，谭兴就得意地说，俺舅说俺书念得好，将来能当官呢！

守东觉得谭兴前头有个很大很宽的前景，想想自己，心里不免有些不带劲儿，谭兴说，听俺爹说你比以前出息了，能给你娘帮忙了？

守东今天第二次听人夸他，就笑了说，俺想帮俺娘买头牛呢……谭兴哥，俺大爷肚里咋有那么多东西呢，刚才把那族长老头儿说得一愣一愣的，他说的话你也懂么？

谭兴见他个子长了，还是很爱问各种问题，就说你要是多念书，保证比俺爹懂得多！

谭守东默了会儿说，可俺现在没法子念书了。

听他说得伤感，谭兴一时也觉得守东家的困难不是谁一下子就能解决的，心里也觉得苦恼，就搂了他的肩膀，俩人并排往回走。

快进堡子时，谭彦章突然说，不行！哪有这么容易他们就认了错，别是过两天又使坏，这农时不等人，咱们得派些人在那里看着，有啥问题咱再来找他们！

大家想想便同意了他的话，于是大家便两个一队把村里的大孩子们排了班，日夜在四处游逛着，看那河水有没有被挡上。谭兴和守东是一班，守了那么两三天，谭兴的假就到了，背着行李往外地去上学，眼看着高黄村的人没再堵河，大家便都慢慢放了松。守东却认真得很，到了自己排班的日子，依然一个人要到高黄村的河边去转转。

这天晌午吃罢饭，不知怎的，他顺了河往西多走了点儿路，就到了那个河湾，这次谭守东又见到了那个巨大的老鳖，正趴在干泥上晒盖。他想起那次自己明明用筐扣了它，却又不见了。他见四处没人，便蹲下打量，老鳖却一动也不动，鳖盖和锅盖差不多大，黄泥糊在上面，不仔细看还真是看不出来。它的爪子又尖又长，腿上结了大块的疙瘩，很肥壮。谭守东猛然想起听谁说过老鳖是个大补的东西，要是弄回去给娘炖了吃，保准能补好娘头昏身子弱的毛病。

他一下子有了劲头儿，提了自己拾粪的篮，觉得小了些，可是附近再也没有更就手的东西了，他又找了几根树枝，打算把老鳖弄到篮里后就用树枝扎住口，不让它爬出来。他轻手轻脚到了老鳖旁边，见那鳖依旧睁着红亮亮的小圆眼睛，不动也不跑，便把那篮口朝下，轻轻扣在老鳖上面，一使劲儿，谭守东把那鳖用棍子翻着挑到自己粪篮子里。

那鳖便慢腾腾挣扎起来，不等他在篮口扎好树枝，爪子和头总伸出来，眼看老鳖要爬出篮子，谭守东急了，赶紧使树枝去戳它的腿，不防被那鳖一歪头，一口咬在指头上。谭守东疼得一屁股坐在地上拼命甩手，老鳖脖子抻得很长，却死死咬住他的手就是不松劲儿，眼看血流了出来，指头钻心地疼，他急了，拾起石头照着那鳖头就砸，没几下那鳖就死了，咬在他手上的口却还是不松，他用了好大的劲儿才把那已经死了的鳖嘴掰开。只见手指被咬了个深深的大洞，指头几乎被咬透了，他立刻疼得在地上跺起了脚。

谭守东怕这鳖像蛇一样有毒，自己捏了手指使劲儿挤出血甩在地上，他刚要拾了鳖走，一个老太婆远远走来突然叫住他，那娃在做啥呢？

谭守东吓得退了一步，被石头给绊了个屁股蹾儿，他疼得说不出话来，老太婆紧跑几步大声叫，你在做啥？你手上咋会有血！

她看见从守东的篮子里露出半个鳖盖，大惊失色地冲着那个鳖跪下说，鳖爷爷！鳖爷爷！你咋就死咧！

谭守东见她那么害怕，自己更胆怯了，不等她回过神转身就跑。老太婆抖着声音大叫，快来人呀，这山东棒子把咱的鳖爷爷砸死咧！村里边便跑出许多人来，守东左跑右逃，一心想到了那河边就好了，谁知宝娃领着两个人就挡了他的路，守东见是宝娃，便镇静了些说，赶紧滚开！

宝娃二话不说，抢起镰刀就往守东身上砍，守东忍了疼去抢他那镰刀，俩人就滚缠在地上，沾了一身黄土和草渣。跟着宝娃一起跑来的两个半大小子想帮忙，却没处下手，便喊着让宝娃抠守东的眼睛抓他的脖子。

守东挥起一拳打在宝娃的鼻子上，那血就涌出来，宝娃吃了疼松了手，被守东一把抢了镰刀。守东站起就跑，宝娃急了，从地上拾了石头去砸，守东挨上了就忍了疼跑，见宝娃越撵越紧，索性抡起镰刀回身来乱砍，宝娃害怕了，转身要逃，守东想也没想将镰刀冲着他的后背丢过去，那镰刀竟一下扎在宝娃的背上。宝娃紧跑几步,疼得扑倒在地上,守东呆了,吓得扭头顺着河就跑,心想,完了,俺杀人啦!

没等他跑出多远,高黄村的大人们就追上来,将他按倒在河边,用麻绳捆了拖回了村。

从学生们搬到新学堂去念书,高黄村的祠堂就久不开门了,现在出了这么大的事,早有人把祠堂的大门打开了。高族长听说水塘里的老鳖被砸死了,自己的孙子也让镰刀扎了后背,便拄了拐棍哆哆嗦嗦到了祠堂门前。守东被捆在那里,身上和脸上早被人们打得鲜血直流,看不出脸面。族长哆嗦着胡子,抡起拐棍照着守东的头就打,拐杖应声断成两半截,守东连一声也没叫出来,便被打晕了。族长咆哮着叫,反了天咧!反了天咧!这是一个狼娃!杀了他拿命顶命!

他要去看宝娃,宝娃的娘哭着说,大!娃把血流了一河滩,到现在还没醒呢,旺生赶着马车往镇上看郎中去咧!

老头儿跌坐在地上,别人扶他不起,他一心念叨着,大祸要来咧!这可咋办呢?我那孙子还有我那大鳖!没了这鳖,咱村靠啥保佑呀!

他揪着胡子,啪啪扇着自己的脸,骂自己这族长没当好,他又骂谭守东和他娘都是狼,都是喂不熟的狗,他跪在祠堂门口让祖宗原谅他,不住声地念叨大祸要来了,高黄村的人们都觉得不寒而栗。守东缓缓醒来,见全高黄村的人几乎都在这祠堂门口了,高婆婆也在人群里,却只是拄棍看着他,啥话也不敢说。守东闭了眼睛想,俺怕是要死了吧,他们饶不了俺啦!

他心里忽然有了害怕,娘要是没了自己,在世上就连一个亲人都没了,让她往后指望啥呢?

他便挣着坐起来,有人立刻一脚踹倒了他,又冲他的屁股踢了几脚,高婆婆忍不住说,别把娃打死咧!咱也不能随便打死他,把他押到县衙门去吧!

族长瞪着高婆婆抖着胡子问,难不成还让人把他用车体体面面拉到阎良县城逛逛?为了这不知天高地厚的娃?就该把他乱棍打死,给咱那老鳖和宝娃偿命!

大家一哇声地喊叫,打死他打死他!这娃胆大包天咧!

见大家激动,高婆婆低声劝道,宝娃该是没事嘛,再说,咱的鳖爷爷是咱的神灵，县太爷怕也不会判让人命抵鳖命吧？

刚才发现守东打死老鳖的老太婆，便瞪了眼睛说，你这高婆婆，这娃和他妈给了你啥好处，处处帮他说话！没有鳖爷爷照应着，咱们村能旱涝保收，没病没灾？没见那鳖爷爷刚被他砸死，咱宝娃不就出事咧？不成，不能轻饶他！

人们大叫着让他偿命！有人上去要打守东，高婆婆赶紧护了他，自己身上先挨了好几下，她气了说，就是娃错咧，也得让县太爷处罚他，咱胡乱打死咧倒成了咱的没理咧！

人们见她说得对，也怕出了人命自己也承担不起，便骂骂咧咧松了手。族长沉吟了一会儿说，把碎怂绑在大树上！看宝娃咋个样，宝娃有个三长两短，乱棍打死他，让他顶命！

守东便被高黄村的人七手八脚捆起来，绑在那大槐树上。麻绳不粗，却全勒在肉里，他很快就觉得全身被捆得生疼，血被憋得双手双脚都麻木了。守东心里乱糟糟地想，自己把那鳖随便砸就砸死了，可恨那宝娃总是跟自己过不去，这回要真的杀死了他，倒还解恨了，只是自己就得给人家赔命，那娘咋办？他闭了眼睛想，还不如让自己先死了去！

冬莲赶来的时候，已经下起了大雨。旱了好长时间，大家淋在雨水里都欣喜着不敢相信，只当今年这地里要一直靠河里引水浇灌了呢。族长回家了，只等着宝娃的消息，村人们却慌着赶紧去地里看看田埂好着没，留不留得住这宝贵的雨水。祠堂门外的黄土地被众人踩踏得松软，被雨水冲得成了黄泥水，谭守东让捆得像个粽子似的绑在槐树上。

冬莲跟着高婆婆的小孙子一路跑来滑了好几跤，一见儿子满头满脸都是血渍，便忍不住惊叫起来，守东！俺的儿！

高婆婆一直在祠堂的门槛下站着躲雨，见冬莲来了，忙四处打量着看有没有人看见。

冬莲见守东闭了眼睛不吭声，只当他死了，眼前霍地出现当年男人刚从黄河水里捞上来时的样子，她哆嗦着手，使劲儿搓着儿子的脸，边哭边说，守东让打死啦，俺可咋活呀……俺可怜的守东！

高婆婆狠劲儿拽了她说，快别哭咧！让你把他管好你不听，看惹出大祸咧吧！他是捆得时间久了晕咧……唉，我看他也活不长咧！

冬莲只是哭，高婆婆自己也泣不成声了，他砸死了我们村的鳌爷爷，又把我族长的孙子宝娃一镰刀扎在背上，人现在还不知死活呢！守东可是我亲手接的生呀！

冬莲惊慌无措地说，那可咋好？这不该给人家抵命了吗？

守东被他娘的哭声惊醒了，见那雨下得瓢泼一般，自己的娘和高婆婆满身淋得湿漉漉的，冬莲狠狠地照着他的脸扇了几个耳光，吼道，你呀！你呀！你这回终是弄出大事了吧！给人家顶命去吧，看谁还救得了你！

她说着哭起来，头发披散在雨水里，守东便闭了眼睛哭了说，娘，俺对不起你，俺也不是故意的！

高婆婆见四下无人，便对冬莲说，女子，还说这干啥！

她凑在冬莲耳边说，快把你儿子松开放咧！让他找个地方藏起来，躲些时日再说！要是宝娃不死，官府也不说，过上一两年再让他回来不就好咧？

冬莲和守东都睁大了眼睛，冬莲哭着说，高婆婆你还真是有主意……这也算是条生路吧！

她便赶紧给儿子去解绳，不想那绳捆得紧，又浸了雨水，越发难解。冬莲急了，张嘴用牙去咬，用指甲去抠，麻绳上很快就有了她嘴里的血渍，高婆婆帮着她，又让小孙子给看着有没有人来。不多时守东被松了绑，揉着自己的胳膊，扑通跪在泥水里说，娘！俺不走，俺走了你咋办！

冬莲说，傻孩子，俺活着就是为了你，你要没了，俺还活个啥劲儿？

谭守东慌地说，娘，那俺咋办？

高婆婆说，傻娃！快跑！迟些人家就来逮住你咧！

守东听了转身就跑，两腿却打着抖，刚冲出祠堂门口，他又突然收了脚，冲着冬莲可怜巴巴地问，娘！你说俺去哪儿？

冬莲看着儿子失魂落魄的样子也没了主意，求助地看着高婆婆。高婆婆也慌了说，北边是渭河，你只管往南跑，不管哪里找个地方先待着！再迟雨就停了，可就来不及咧！

冬莲定了定神说，守东，你记得俺和你说过的德空师父么？他说要去西安城修行，俺在这世上除了谭家堡子的人，只认识这个人了！西安就在南边，你快去找他！

高婆婆说，对，就找德空！你去投奔他，在西安城的庙里。你说了我和你娘的名字他一定留你！德空挎了小包袱就能去，想是不远，你快去找他，将来你娘去找你！

守东跌撞着转身就跑，冬莲心里扑通狂跳着低声叫，快呀！儿！快呀！迟了就来不及啦！

高黄村的路上因为这场大暴雨没了一个人，除了地上的黄泥水只有接着天连着地的大白雨，守东放开步子便跑，没几步在地上滑了一跤，冬莲的心扯到了嗓子眼儿，她看着浑身是血的儿子，在雨水里沾了一身泥，很快就爬起来，转眼就跑不见了。

到了天快亮的时候，宝娃被村长护送着坐马车回来了，他躺在马车上不能动弹，精神却还是好的。冬莲没见到他，从儿子守东被她放了，她便一直跪在高家祠堂的大槐树底下，那捆麻绳被她缠得整整齐齐堆在脚边。天亮的时候雨住了，就有早晨的阳光透过树照了下来，冬莲头发上淌着雨水，闭着眼睛跪在那里，脑子里全是丈夫死时那双被石块滑割得满是口子的脚和那双闭不上的眼睛。

十三年了呀，把这孩子从一尺多长拉扯到了十三四岁，眼看着他比自己还高了，能当个男人一般在家里顶用了，却又生出这样一件祸事！冬莲没有别的念想，只盼着儿子能活着找到德空，可怜自己在这世上，她连给儿子指一个能让他活命的亲戚都没有。

族长被人们簇拥着到了祠堂门口的大院，大家早就告诉他，这女人在这里跪了一夜，而她那祸根儿子昨儿个就不见了。因为孙子宝娃活着回来了，虽是得在床上躺上一些日子，却是没什么大碍，族长便放下一半心来，但是那个被全村人视若神明的老鳖怎么办？他一语不发盯着全身湿乎乎的冬莲，愣了好一会儿，旁边有人说，她把她儿子放了，那就让她顶罪！咱把她放在大牢里，让她给老鳖爷爷顶命！

冬莲这才恍惚着睁开了眼，见大家怒气冲冲对着自己，她虚弱地说，俺替儿子给你们磕头……没等她说完，有人骂道，你刚来关中时，我们村里人不收留你，你早就饿死咧！族长还给你三根大梁，你倒让儿子来祸害我们！

冬莲不敢抬头，伏在地上不住声地说，对不起！真的对不起！俺把孩子没教好!

一个老头儿瘪了嘴气哼哼地说,说那顶啥用?没有老鳖爷爷,我们村不知道啥时候就有祸咧!你一个女人家知道啥?

冬莲哭着说,就让俺替他顶罪吧!只要饶了俺儿子……俺守了十三年寡,就守了这一个儿子呀!

一个没了牙的老太婆气不过,推搡她说,那能让我的老鳖爷爷活么?你敢放了你儿子,真好大胆子!

冬莲委屈地哭出了声,那些人却不停手,依然推搡着她,让她给老鳖爷爷赔命,她便让大家推倒在地上,身上和脸上便都是泥水了。高婆婆见大家气愤难平的样子,轻轻叹着气抹了把眼泪。

族长喝道,你这山东女人真是好大的胆子!你儿子无法无天,我们就该送他去县上,你趁着大雨把他给放了,那好!你要么交出他来,要么把你送到官衙去!

冬莲想也没想说,俺交不出人来了,你把俺送去吧!

见她声音里还有赌气,大家便沸腾地争着骂这山东女人吃了秤砣了,让她赶紧交出人来!

冬莲羞愤着便闭了眼睛任由大家在身上腿上踢踩,眼泪慢慢地流在地上,就和那黄泥水和在了一起。

高婆婆忍不住劝道,咱让她给咱重新赔个老鳖,搁在河沟里不就成了?

没牙老太婆啐她道,呸!你说得轻巧,咱那老鳖都修炼成仙了,她赔啥能顶用?

高婆婆抹了脸上的唾沫,气上来了,心一横说,行了吧,要是真成了仙,还能让砸死?谁再弄出人命可要真的偿命呢!咱罚她给咱那鳖好好埋葬不就成了?

人们便怔了,有人小声说高婆婆说得倒不错!

族长想不出法子,见大家乱糟糟的,便问冬莲说,你自己说咋办?

冬莲说只要你们饶了俺儿子,俺愿意好好埋了老鳖爷爷。

旁边的老头儿说,那就太便宜你啦……你得给那鳖爷爷披麻戴孝,在坟上跪上三天!

冬莲委屈地大哭着说,成!俺给你们那鳖办……丧……事,给它披麻戴孝……给它守灵三天……

族长也想不出别的什么法子来处罚她,挥挥手说,那就去吧。

先前发现守东砸死老鳖的老太婆还不甘心,还抹着眼泪说,那不行,让我再想想。

冬莲咬着嘴唇等着她,老太婆想了一会儿狠狠地说,我要把她拿麻绳捆了,从高黄村一路牵到谭家堡子,让他们堡子天天来闹事的人知道,他们对咱干下多大的坏事!

冬莲呆住了,她羞愧难当地说,你们说的俺都应了,把俺游街,俺还有啥脸面活?

没等她说完,族长便打断她说,就这样定咧!算你娃命好,要不是宝娃平平安安回来咧,你当你那儿子能不用偿命?能去游街已经便宜你咧!旺生,你看这样行么?

高旺生是村长,大家就都安静了听他说话,他看都没看冬莲,对着大家说,山东人时常来闹事,找到村里来打人,咱的鳖爷爷是咱村的先人呢,老人过丧事咋办咱让他们咋办!咱让他们谭家堡子出钱给咱请戏班子唱三天大戏!咱这次好好羞臊他们的脸皮,看娃再逞能?

大家没想到村长出了这样的好主意,都夸说不愧是村长,就是想得远,啥披麻戴孝,太小意思咧,这次让他们请戏给咱的鳖爷爷过事,以后他们谭家堡子的人就再嚣张不起来咧!

族长很满意旺生的主意,他不等高婆婆说啥,就摆手站起来走了,大家蜂拥上来,将冬莲捆绑了,一路吆喝着往谭家堡子送去。冬莲垂了头,羞愧难当地边走边哭,湿淋淋的头发、衣裳都还滴着水,顺着官路从高黄村往谭家堡子走,她突然就冲押着她的男女老少们说,给俺留点儿脸吧,俺以后还在谭家堡子活人哩。

老太婆神气地说,你还要啥脸呢,我们那老鳖没让你拿命顶就行了,赶紧走吧!

冬莲不肯,人们便推搡她说,咋不好好走?那就找你儿子来吧!

没等冬莲到谭家堡子,不知是谁早把这消息在堡子里传了个遍,人们便都聚到了村口张望，见冬莲被高黄村的人们拿麻绳牵了，跌跌撞撞正往回走，谭彦章便一下大怒了，啪地把手里的碗扔在地上说，这还得了？这样糟践人，爷们儿都跟俺去！

大家跟着他大声吆喝着，迎了冬莲跑去。谭大个子张望着，爱娥手搭了凉棚眯眼瞅着冬莲越走越近，喜滋滋地对谭大个子说，你别走！你在这儿看着啊！

谭大个子说，俺忙着干活儿哩。

爱娥却不行，拉了他说，也不差这一会儿，让你看看这女人定是做下啥不要脸的事了，被人家押回来。

谭小头媳妇一路小跑，从自家赶了来，生怕错过这场好戏，她见谭大个子要去木匠铺子，便说，大个子兄弟你个儿高，看得远，你看看是光押了她一个人，有没有奸夫？俺猜她十几年前就跟高黄村的男人勾搭上了，现在才被逮住，真是便宜她啦。

谭大个子狠狠甩了媳妇的手，冲地上吐了口唾沫，转身进了木匠铺子。谭小头媳妇并不当事，扯了爱娥说，走，咱去看看，臊臊她的脸皮，真不要脸的女人，谭家堡子有了这样的女人真是倒霉！

押了冬莲的高黄村人和谭家堡子的人在村口遇上，冬莲见谭彦章领着人大踏步过来了，自己便羞得垂下头。谭彦章喝道，快松开！谁把她捆起来的？

旺生大声说，我们族长让捆的，问问她，她儿子把我们村百年的老鳖给砸死了，那鳖是我们供在河湾里的，逢年过节还要摆上香案去敬的，却被她儿子拿石头砸死在河滩上。她儿子还差点儿把我们族长的孙子扎死，你们这山东女人和她儿子一样胆大，把她儿子竟给放咧！我们把她本想送到衙门去，高婆婆一再说情，就饶了她，让她给我们那老鳖下葬，披麻戴孝，守灵三天，你们谭家堡子害了我们村的神物，我们要你们出钱请戏班子唱三天大戏！要不，我们就告到县上，让她儿子坐大牢！

冬莲哭得声也哑了，谭彦章上去就给她解了绳，骂道，一只老鳖也值得这样欺负人？俺还说你到俺堡子里踩死了俺养的蚂蚁哩。

没牙的老太婆气得说，你们这些山东棒子啥也不懂，那鳖是我们村里供着的神！

闫老六气冲冲地说，不是你们堵了河，俺村的孩子会去砸死你们的鳖？冬莲不去，啥唱戏守灵的！

冬莲低声哭道，俺刚才已经答应了，只要……他们别再为难守东。

桂枝上前帮冬莲理了理纷乱的头发说，人被你们欺负成这样，你们有没有人心？

她说着自己便哽咽了，冬莲和她抱在一处，哀哀地哭着。高旺生冲冬莲说，我们选好墓穴，明天一早你过来看着下葬……等你们的钱送来，我请戏班子来唱戏……要是不来，等着你儿子做大牢吧！

谭彦章咬牙看看冬莲，又看看高黄村气势汹汹的人们，将手里的麻绳团了团，使劲儿扔在他们脚下，带了冬莲和谭家堡子的人默默往谭家堡子走，高黄村的人不甘心地说，你儿子以后再来我们村，打断他的腿……明天我们在村里等着听唱戏呀！

听他们欢呼着走了，谭彦章也扬了声音大声说，再敢把河水堵了，看谁的腿先被打断！听戏，听个鸡巴毛！

桂枝一路扶着冬莲，冬莲却腿软得几次坐倒在路上，谭家堡子的人们这时早都挤在路上，看冬莲被人家送回来，谭小头媳妇遥遥看着失望地说，咋好端端又给放了哩？

到了近前，她用眼角瞅着谭彦章问，大哥——她是和谁通的奸？

谭彦章看也没看她，没好气地说，闭上你的嘴！

冬莲听到她的话，却没脸抬头给她应对。爱娥没好气地说，咱这堡子呀，让人家糟践，连这泥土路和这树呀草呀也没脸没皮啦，一个女人活成这样还不如死去！

她说得很轻，冬莲却身上一震。桂枝急了，嚷嚷道，爱娥你咋说话！人家冬莲又没做啥不体面的事，不过就是儿子跟别人打架，砸死只老鳖，用得着你指桑骂槐的？

爱娥遭了抢白，便哼了声转身回了家，冬莲灰溜溜回到自己的地窑，任凭桂枝她们咋说就是不开门。桂枝说，冬莲你可别想不开呀，这又算啥呢？没几个人看见！

冬莲听了便俯在炕头，把头使劲儿在炕沿儿上磕着，呜呜地哭。女人们听得清楚，在门口低声叹息了一回，又猜守东会逃到了哪里，好一会儿人们才慢慢散了。

第二天一早，桂枝怕冬莲想不开，叫了谭彦章媳妇去找冬莲，她们见好久都没人开门，便慌了，使劲儿砸门道，冬莲！冬莲！快开门呀！

月月不知从哪里跑出来，以为冬莲出事了，又怕她娘看见，只敢躲在角落里偷偷哭。爱娥从自己屋里出来，见桂枝和谭彦章媳妇急得跟啥一样，心里咯噔一声，坏了，冬莲还真是想不开了！

她立刻后悔自己说冬莲的那句话了，人竟然说没就没了！爱娥突然对冬莲有了些心疼，这女人一辈子就这么完了，怪可怜的！

门开了，桂枝松口气说，吓死人了！俺们怕你想不开呢！

冬莲头发梳得光溜，脸色苍白地说，嫂子放心吧，俺不死！俺要是没了，守东回来就再也没一个亲人啦！

爱娥一惊，忙掩了脸回屋，却发现脸上居然不知啥时候有泪痕。

爱娥听见谭彦章媳妇和桂枝说怕冬莲吃亏，要陪冬莲一起去高黄村给那老鳖下葬，又听谭彦章媳妇说谭彦章让她带了钱来，交代她只能当作冬莲个人请了戏班，不能让高黄村的人们羞辱了谭家堡子的面子。听着她们说着声音远了，她的心里却恍惚着回不了神，这女人咋就不死呢？

等冬莲赶到高黄村，灵堂已经在祠堂门口搭起来了。

高婆婆让儿媳妇做了四样菜供上，人们从祠堂里拿出烧纸的火盆、供桌上的烛台、黄铜的长命灯、油碗摆上。冬莲默默从高婆婆手里接过麻衣和白孝布穿戴好，见谭彦章媳妇给她备了个破棉花被子叠得厚厚地摆在地上，便感激地冲她点点头，当着大家的面跪在了灵堂前。离祠堂不远的空地上，在村长高旺生家的门口，早搭起了个戏台子，孩子们高兴地追逐打闹，盼着戏早些开锣，老人们拄了棍也闲散地三三两两说着闲话，几乎没有谁再为他们的鳖爷爷伤心了。族长是个老戏迷，年轻些的时候，还时常给大家清唱过，他唤过旺生问请的是哪里的戏班子，旺生忙回他说是有名的得意社。族长听了就满意了，旺生压低了声音说，是他们谭家堡子花钱呢，咱这次就请个贵的戏班子！我专门点名请了水玲珑，今天明天都是她的戏！

171

族长点了头，晃着脖子说，可怜咱的鳖爷爷，也只有水玲珑那样的名角儿才配得上给它老人家过白事！听说那是七岁红的女子呢！

高旺生见族长高兴，便得意了说，我看宝娃回来疼还是疼些，精神还好，那娃爱听戏得很！不如我去给嫂子说一声，把宝娃抬出来也听一回戏？

族长说，成嘛！宝娃和他爹都像我，爱听戏呢。

他让儿媳妇去找人抬孙子。这时远远有大车过来，漫着些黄土，高族长便探了身子抻长脖子张望了说，怕是水玲珑来咧！我去年到县上办事，在县太爷家的堂会上听她清唱过两声！你娃能行，竟把她请来咧！

人们挤着想先看见水玲珑的模样，便前后拥挤了冲到那大车旁边，却见车上的人们纷纷跳下车，开始摆抬戏箱行头，孩子们欢声去拉扯那些花花绿绿的花枪彩旗，引得唱戏的人们一连声劝阻。冬莲一直垂了头跪坐在灵堂的香案边，她把大家的喧闹一个字也没听到心里去，她只愁着她的守东，猜着他现在跑到了哪里。想着她便流了泪，一会儿又想到男人双林那日在黄河滩上赤了手脚，眼睛也闭不上的样子，便放了声大哭起来。有一阵她想着儿子这会儿兴许已经找到了德空，便想得入了神，整个人都呆住了。

大家见车上下来了两个年轻的女子，觉得像神仙一样好看，都猜着谁是水玲珑。赶大车的车把式粗了嗓子说，人家水玲珑，那是角儿，在北京唱过戏的，哪能坐拉行头的大车来？过一会儿我们冯老板的软缎轿车来了，专门送她和她干爹张爷来！

大家失了些望，却更觉得想瞅瞅水玲珑了，甚至人们觉得，若不是鳖爷爷死了，哪有能看到水玲珑的机会！

人们等得心焦，族长抽了两袋水烟也没舍得回去。水玲珑快到晌午才到，却已经是装扮好了的，下了车便登台唱了起来，高黄村里好事的人，知道她来唱戏，早就赶到相邻的村子给亲友说了消息，人们多得把那戏台子下边围了个紧密。等锣鼓声刚响起，水玲珑在后台只长长呀了一声，便立刻获了个满堂彩，待她移了碎步到了台上，一双妙目顾盼了全场，刚唱了几句，人们便疯了一样拍巴掌，一哇声地叫好。后边的想得看仔细些，拼命往前挤，前边的人也都抻了脖子，全然不顾后面的动静，戏台子下面拥挤得厉害，水玲珑却早见惯了这样的阵势，只专心专意唱着自己的词。她咬字声音又低又清楚，唱得声音并不高，却自有引人屏息去听的魅力，有时声音里又夹了俏丽的小嗓，让人不自禁便不敢说话，生怕误了她每一句戏文。大家很快便听得痴醉起来，水玲珑却唱完一折《白蛇传》，要下台了。老少们都踮了脚尖追着她看，临下台时她又忽闪了眼睛回头顾盼了一眼，所有的人这才叹息着松了口气。人人都觉得心满意足，又渴盼她快些再上台，只觉得她专意地瞅到了自己呢。

晌午吃饭比平时晚些，高黄村的人们兴奋着，并不觉得咋样，冬莲却饿得有些头昏了。从儿子被放走，她就没有吃过一口饭，大雨里跪了一夜，昨天一天一夜她只在窑里哭哭停停，根本没有觉出饿来。现在，在大日头底下跪了大半天，她被高婆婆的孙女喂着喝了两口水，便饿得难忍了。她知道大家吃完饭，还要唱一场戏，得唱到半夜的，可是谁也没理她，高婆婆像是听戏入了迷，从她跪下就再没见到，谭彦章媳妇见人们只顾等水玲珑，并没有人为难她，早就回谭家堡子去了。

水玲珑吃罢饭，歇了会儿便又登台唱起来，在家里吃饭的人们赶紧跑到空地上。下午的戏活泼得多，有个老男人描画了可笑的眉眼扮作水玲珑的娘，打诨抬杠说些让人脸红的笑话，大家便时常哄笑，那老男人越发衬得水玲珑扮相好看，台风端庄。宝娃早上没来，听着唱腔时断时续，便心里蚂蚁爬一样焦急。吃罢晌午饭他听说水玲珑神仙一样好看，眼睛水灵得没法说，声音更是与众不同，他就再也在家里待不住了，催着让他娘找人卸了门板抬了他来听戏。因为背上被守东扎了一刀，伤口很深，还在渗着血，他便只敢趴着看。他立刻就被水玲珑迷住了，一时便张口结舌直了眼睛发了呆，好一阵子他才回了神，心里叹道，天下还有这样的人物！要是昨天让那山东棒子扎死了，这样天下少有的名角儿竟是只能给我唱丧事了！

他听得如痴如醉，看得眼睛也不舍得眨一下。水玲珑虽是在专心唱戏，却在一片拥挤的人头中，先看见了宝娃。见他趴在门板上盖了被子在第一排最中间来听戏，又毫不掩饰眼馋的样子，她就察觉了他的专注，便收了目光，再也不往他这边瞅一眼了。

青女起了水玲珑的艺名后，不敢懈怠，每天对着水喊嗓子，老张头帮她排戏，冯老板看出她一定能大红挣大钱，也尽着法子捧她，于是，水玲珑的名字从青女十三岁就开始在关中叫响了，小桃红在戏班子里渐渐没了独占的劲头儿。青女唱罢一折，在后台的棚里休息，见高黄村不少半大的孩子挤在棚外张望，知道乡下人稀罕角儿，冲他们笑笑，引得人们又一阵感叹。老吴媳妇从青女唱红了，就不用再在厨房打杂了，慢慢地，眼睛竟然也好了。冯老板让她专一伺候着青女。她见闺女坐在那里休息，额角有些汗，忙用布轻轻给她沾了沾，又用麦秸秆儿支在水碗里递给青女，让她不用弄湿唇上的红妆就喝得到水。青女问她听自己唱得咋样，老吴媳妇点头笑道，我女子的戏，让我看，谁也比不上呢！

　　青女用手帕轻轻扇了些风说，这事倒怪呢，我听冯老板说这村里过白事，让唱些苦情戏，扮相也最好别大红大绿，我就选了《白蛇传》唱，谁知人家听了一折就让换个热闹些的戏。我看村里人没谁披麻戴孝，一点儿也不像平时那些办丧事的样子！

　　老吴媳妇压低了声音冲她说，我听说这村里死了一只老鳖，是让杀死老鳖的那娃他娘请戏呢！你刚才唱戏时我去打水，见那祠堂门口有个女人披麻戴孝哭得和泪人一样跪着呢。听说她是邻村的，又是山东人，本来人家是要把她儿子送去衙门，她硬是放了她儿子，自己哀求替儿子受罚——人家就让她请戏守灵呢！

　　青女听了急道，真是太欺负人咧！让活人为一只死鳖受屈辱！这是啥世道！

　　老吴媳妇赶紧作势掩她的嘴说，我娃快别说咧，这事咱哪儿管得了？我刚才见那女人披散着头发，像是饭也没人管，哭得奄奄一息的，我怕惹事，也没敢给她拿点儿啥啥吃的！你只好好唱戏，别胡操心！弄不好给自己惹上一身麻烦！

　　青女心里还是愤愤，却怕娘害怕，便笑了笑，被她娘照顾着喝水，这才发现刚才趴在戏台最前头听戏的宝娃正被人扶着，趴在棚外看自己，脑袋抻得老长。她心里不快了，推开她娘的手，垂了眼睛扭转身子给他了个脊背。宝娃忍着疼来看她，见她傲气却并不生气，他瞅着青女窄窄的肩，细细的腰身，虽只是个背影，却也有说不出的风情，他忍不住叫，水玲珑！我来看你，你也不给我个正脸！

　　老吴媳妇见闺女突然转过身去，又见一个十六七岁的男娃子在叫闺女，便赶紧上前一步挡住闺女说，这位小哥，戏快开锣咧，你快回台前去，省得误了看戏！

宝娃却眼睛也不离青女，只管跷了脚从老吴媳妇的旁边打量水玲珑，老吴媳妇给老张头使了个眼色，他便虚张了两臂，对挤在棚外的人们说，赶紧去前头看戏吧！

宝娃被人扶着，不舍得移了目光，这才想起背上钻心地疼，忍不住高声呻吟了，青女在棚里听到了，掩嘴冲她娘笑起来。宝娃的娘见儿子一眨眼就不见了，慌得四处寻找，见他赤了上身，包裹了厚厚的布还不安生，不禁骂道，你这个不省油的灯，命都快没了还胡跑，你有个三长两短，让我给你爹咋交代？他知道你挨了刀扎，急得直骂人，说忙完这几天回来抽你呢！

宝娃却不怕，只说，我爹当官事多，那有那么多闲时间操心俺？娘，我和你说，我长大要娶水玲珑！

宝娃的娘一怔，顺口说好嘛，我娃爱好看么！

宝娃见他娘当他说的是笑话，便急了说，娘，我没开玩笑，我真的长大要娶水玲珑！

宝娃娘打量着儿子的脸，也收了笑说，你胡说啥呢？那女子再好看也是个戏子，你爹当官，你爷是族长，咋能由着你娶个戏子？快别说胡话了吧……难不成挨了这一镰把你脑瓜子吓傻了？

宝娃一把打下他娘来摸他脑门的手，急吼吼地说，我不管，我就看上水玲珑咧！你赶紧把我爷给我说的那门亲退咧！

青女和得意社的人们一连在高黄村唱了两天戏，晚上不管多晚，冯老板也让老张头和她娘陪她回西安城的家里住，生怕她有个闪失。戏班子的人们都说，冯老板当青女是头牌摇钱树呢，青女听了只一笑。到了在高黄村唱戏的第三天的早上，青女和她娘一早就被送到村里，冬莲刚刚披了麻衣戴好了孝布跪下，青女径自去唱戏，她娘闲得没事，见冬莲一个人呆呆地跪在灵堂供桌边。她趁左右没人便说，这位妹妹，今天一早太阳就毒呢，看戏的人都专心听戏呢，你不如先歇会儿，等戏歇下人们休息时你再跪下，我看你脸色不好，今儿天热，怕你熬不住了！

冬莲知道她好心，便谢过她，却不敢站起来，老吴媳妇忍不住问她，看高黄村的人挺和善，咋这样欺负人。冬莲便噙了眼泪把儿子如何杀了老鳖，又扎伤宝娃的事说了一遍。说到现在也不知道儿子跑到了哪里，也不知道是死是活时，她忍不住放声大哭道，俺守了十三年寡只守了这么个儿子，你看俺静静跪在这儿，只当俺受罪，俺心里却指望替俺儿子顶了罪，又操心他的死活，水煎火燎呢！

老吴媳妇陪她抹着眼泪，劝了她一回，见一折戏唱完了，怕青女休息时需要照顾，便慌慌地说，我得去咧，我过会儿趁没人时给你送些吃的！

她回到戏棚子没多久，青女也还在歇着，就听两个学戏打杂的娃慌着跑来说，快看快看！祠堂门口跪着的那山东女人饿晕倒咧，额头在供桌角上撞得流了一地血！

青女顾不得自己身上穿着戏袍，和她娘从戏棚绕到祠堂门口，只见围了一圈人，吵吵嚷嚷得正热闹。高婆婆扶着冬莲打发孙子快去谭家堡子叫人接她回去，那娃便飞一样跑了。有几个老太婆不满意地说，明明说好要守三天灵，这才两天半！

高婆婆气恨恨地说，人心都是肉长的，你听戏时怕是早忘咧鳖爷爷了，人家冬莲一气儿跪了三天三夜没停息，就是铁打下的人儿也受不住！还不让人家回去，人死咧放你家门口？！

那日提出要冬莲守灵的人恼了道，明明是装晕！这女人心不善！

高旺生见大家吵起来了，便说，她儿子做下的事，她硬要来替，说好守三天灵，咋能她假装晕倒就让她走？咱高黄村说啥不顶用，以后哪儿有面子？

青女气得发抖，她见宝娃被人扶着也站在旁边，知道他就是被冬莲儿子扎伤的人，便蹲在冬莲脚边说，自古人都有容人之心，人家戏也请了，灵也守了，这三天几乎没见谁管过她的饭，人饿死在你村，怕是传出去也不好听吧！

大家听水玲珑这么说，便都点了头低声说，人家说得有理，就让她回谭家堡子吧，真出个麻达也不是闹着玩儿的。宝娃没想到青女这样说，便不由自主地说，是啊！

冬莲昏沉沉听见高婆婆和个年轻的女子在替她说话，便含泪挣着想站起来，却腿软得厉害。她感到有人把盛了水的碗放在嘴边，赶紧喝了几口，才见给自己喂水的女子，描画了眉眼，头上插满了珠翠，身上穿了雪白的长袍，眼里正闪着泪光瞅着自己。

她心一惊，喃喃道，菩萨！救俺吧菩萨！

人们听她含混不清地说着，青女和她娘帮着高婆婆把冬莲扶着靠在供桌旁，高旺生见大家都不说话，又见戏台子上面唱得正欢，便转身走了。冬莲却挣着说，俺不走，俺得等天黑再走，你们千万别去抓俺儿子！

这时桂枝和谭彦章媳妇跑来了，身后跟着谭兴。谭彦章媳妇慌张地拉了冬莲的手说，你还硬撑啥？人家就没把你当人，跟俺回去！谭兴，把你婶子背上！

谭兴今儿刚好从学校回来，便和他娘来了高黄村，刚想蹲下背冬莲，不想她却不肯，生怕早回去半天，前边跪的两天半不作数了。谭兴气道，这本来就是欺负人的事，俺背你回去！谁爱跪就跪去！

青女怕冬莲急，就让她娘赶紧给冬莲弄些吃的来，说等天黑了再走吧！谭兴见青女扮装得漂亮，又有颗菩萨心，忍不住多打量了她两眼。青女见谭兴和自己一般年纪，个头却高大，又做事仗义，便对他说，你婶子不愿回就别强她了，让她吃些东西，歇会儿也好。

宝娃见谭兴来了，青女便和他说话商量，心里嫉妒得不是滋味，便抢着说，把她扶到我家里歇歇吧！

青女吃惊地看看他，宝娃一脸得意，谭兴却知道他是啥人，哼了声说，俺婶子就在这里熬到天黑吧，看你们还有啥话说！

青女见他一口山东话，又犟得可爱，便在嘴边含了笑对冬莲说，姨呀，我得去唱戏咧，你要想听只管来听——不知道你喜欢听秦腔不！

冬莲感激地赶紧点头说，俺们老家不是这样唱，但这两天也听你唱得好听！闺女，你真是有本事！

她又对老吴媳妇说，你闺女真有本事！你快去忙吧！

谭兴听了他娘的话，陪在冬莲旁边，只等着天黑。青女在台上唱起了《白蛇传》，人们都觉得，竟比平时的声音要大许多，又更有很多滋味。

只听青女曼声道白：

许仙！许仙！

谭兴听得就痴了，心里觉得仿佛是青女在唤他"谭兴！谭兴！"一般。他凝神再听，就听青女唱：

我二人风雨同舟怜同病，

共诉身世两有情；

我和你一般孤身来如浮萍去如梗，

我爱你温存，

又爱你厚诚；

雨中借伞情意重，

一见如故真知音；

我白云深处苦受尽，

到如今好比衰草又逢春。

…………

宝娃恨不得把青女吞下肚去，兴奋地高声叫，好！人们也一窝蜂地叫好。

远远听着她婉转的唱腔，特别的声韵，谭兴便和人们一样听着戏发了呆。冬莲问他上学的事他也怔着回不过神来，她便看出他和往常不一样了。等青女唱完戏，得意社的班子开始拆了戏台上的布幔收摊子时，冬莲见谭兴巴巴地只往青女卸妆的戏棚里张望，知道他心里惦着青女，便指使他说，谭兴，你替婶谢谢那唱戏的水玲珑，说俺要回堡子了，让人家闲了来玩儿！

谭兴有了这机会，高兴地赶紧应了，一溜烟跑到戏棚，却见宝娃和他娘正带了几包礼物要送给青女，老吴媳妇不敢硬推，只好赔了笑脸接下了。青女却拉着脸，从她娘手里抢过东西丢在桌上，嘴上说得客气，我们唱戏的拿了戏银就行了，从来不敢收人啥礼物！

宝娃笑着说，我带着伤听你唱了三天戏，你连正眼也不看我一下，我以后到西安城里专门听你的戏呀！我爹才去省城当官了！

青女见谭兴站在棚外，只看着自己却不说话，心里不禁一动，她停了手里的收拾等着，谭兴鼓了勇气说，俺婶让俺来替她谢谢你，说她回谭家堡子了，让你以后闲了来玩儿！她让俺送送你！

最后这话是谭兴自己加上的，他见宝娃他们围着青女，便想着要帮她脱身。青女对他笑说，你身上穿的这衣裳，想是个当兵的？

谭兴扯扯衣襟说，俺上的军医学校，也差不多算是当兵的吧！青女点头，又对着他的衣裳多瞅了两眼，才对她娘说，娘，你把东西收拾了就放车上吧，我和这个当兵的大哥去瞅瞅那个姨，干脆让她搭咱的车回去吧！

青女和谭兴出了戏棚往祠堂走，宝娃气得骂，这山东棒子倒会打岔，把人领走咧！当个尿兵神气啥？

说是这样说，却对前些日子爹花钱替自己挡了当兵丁的事后悔起来，心里打了个要去当兵的打算。

他娘拉了他说，小祖宗！你小心你的伤！

他推了旁边的人说，快去问那赶车的把式，水玲珑住在西安哪里？我好了要去寻她呀！

宝娃娘知道他是个愣头青，怕他带着伤着急，就使了眼色给那人说，傻宝娃，他们都是见天走村跑乡地唱戏，你哪里能找见？

宝娃怔着说，那不是再也见不到她么？那我可咋办？我可要娶她呢！

谭兴见青女要用车送冬莲，忙说自己堡子路窄不好走，青女却说，你们一村都是山东人么？我倒想看看！

谭兴闻着她身上透出的淡淡清香，又见她洗了脸上的脂粉，更显得清丽，便忍不住问，你叫水玲珑，想是你姓水？

青女听了就笑了说，我姓吴，那是个艺名，我叫青女！

谭兴听她笑自己，也低头笑了说，俺不懂……俺叫谭兴！

青女让车把式把冬莲和谭兴送到了堡子口，那路窄，车果然就进不去了，老吴媳妇见天黑严了，怕回得晚了冯老板操心，便催青女赶紧回去。她却有些不舍得，拉了冬莲的手非要把她送到家门口，冬莲也紧紧握了她的手不松，谭兴瞅着她俩突然说，青女和婶子倒长得像呢！

冬莲忙惭愧道，人家是名角儿，你婶子多丑，多亏人家不嫌弃，还帮着俺说话！

青女仔细打量了她，倒笑了说，我也说见了姨的脸觉得面熟，原来我和姨真有点儿像呢！

冬莲心里一动说，俺有个闺女三两岁时送了人，要在眼前养着，也有你这般大了！

老吴媳妇心里一惊，不由分说拉扯了青女的胳膊让她赶紧上车回去吧。冬莲对她说，嫂子和大哥都唱戏么？女子真出息呀！

老吴媳妇边上车边说，她爹是唱戏的！

车把式笑着说，她爹是七岁红！你们山东人不知道，那人当年在渭河边有多红!

冬莲笑了便断了心念,冲着车挥手说,好闺女,有空到俺堡子来!

谭兴望着车越来越远,心里一下子觉得空了许多。冬莲低声自语道,也不知道这水玲珑姓啥!

谭兴说,她说她姓吴,水玲珑是个艺名儿。

冬莲摇摇头说,那人却是姓宋的……

守东泼了命地跑,不知跑了多少时辰,那雨却不见停。路上一个人也没有,泥土的官路被雨水浇泡得泥泞不堪,好多次他便顺着那路滑倒了。他只怕那些人来抓住他,让他给宝娃抵命,满脑子乱乱的,路过谭家堡子时他只回了一下头,便慌慌张张想,这里不敢回了,没家啦!

谭家堡子是回不成了,他清清楚楚记得娘说,往南去西安城有个德空师父。虽然没有见过这人,他却听娘和高婆婆时常提起他是他们的恩人,谭家堡子的人当着他面说起德空师父时,还有些神神秘秘,像是和他娘有什么关系似的。天渐渐黑了,双腿困疼得不行,他却顾不上那么多,只是拼命地跑,一心想赶紧找到德空师父,似乎那样自己就有了安全。在大雨里摸着黑跑跑停停,到天快亮的时候雨才住了,守东却精疲力竭了。他看见远处有高大的城墙,豁豁牙牙的城墙垛子上露着黄土,一丛丛野草带着露珠,在晨风里摇曳。顺着城墙根的荒草地,有条清亮的城河围着城墙在流,却并没有多宽。顺着城河边的大路跑了会儿,谭守东看到宽大的城门洞,两扇城门刚刚打开,两拃厚的木头城门靠在墙上,拳头大小的铜钉排在上边,说不出的气派。他忐忑地犹豫着,想想往南就这一条路了,便从那城门洞里进了城。走过一片房子,眼前渐渐热闹起来,早起的人们渐渐多了,守东见到了从来没有见过的繁华,他便有些发呆。

他和娘去过镇子,逢七的时候总要卖些娘织的布匹和自己编好的荆条筐,也时常在那里采买些油盐。很偶尔的娘会在那些摊子上给他买几个水煎包子或一碗凉皮让他解馋,他在那镇上经常提了荆条筐看着些稀罕就忘记了走路,觉得啥也没见过,样样东西都让他惊奇。那时谭守东就以为,世上最好的地方就是镇子,最好吃的东西就是镇子上的肉丸胡辣汤,但就算他娘下了多大的狠心,他这辈子也只吃过一次。

中部

但眼前这样大的城,这样好的气派,所有高门楼上讲究地雕了花的木头门窗,宽阔的青石大路,却让十三岁的谭守东吃惊不已了。他不知道自己咋样跑了一夜,天亮了,雨住了,却撞进这样一个做梦也想不出的地方。谭守东仰了脸,仔细看着所有的一切,脚下却不敢停。他见别人看他,便也低了头看看自己,见身上的血迹被雨水洗刷得只有暗暗的黑褐色,脸还是肿着的,一只眼睛被打得几乎都睁不开,全身也都火辣辣地疼。可这些都被说不出的疲累压住了,他只想一头栽在个角落好好睡上一觉才好。可他知道不敢停,他怕高黄村的人找到他让他去抵命。

一辆大马车哗啦着跑了来,谭守东见那拉车的大白马又高又壮,脖上的鬃毛在风里飘飞着,冲着他就跑来了,他惊呆了,忘了要躲。车夫的马鞭啪地抽了马背,那马车就擦着他的身子过去了。车夫骂他会不会走路的声音传过来,谭守东还站在路中间发着呆,路上的行人吆喝他赶紧到路边走,他才怔怔地赶紧跑到路边,紧贴着墙根走路,心跳得厉害。

穿着绸缎衣裳的阔人拉着小狗从谭守东身边走过,嫌他挡了路,用文明棍把他往边再推了推,他便全贴在了墙上。谭守东没见过这样的世面,心里更惶恐了,瞪着慌乱的眼睛不知该往哪里去。他不敢问哪里才是有德空的庙,他听得出旁边人和高黄村人说的一样,都是秦腔,害怕他们都认识,会抓了自己就去抵命了。他见到有人敲着梆子在路边支着小摊卖馄饨,便立刻觉出自己饿得难忍,他在远处蹲着,眼瞅着摊子上吃喝着的好多人,终于咽了口水鼓了劲头儿说,大爷,俺饿!

没等他说完,那人白了他一眼说,去把那碗里剩下的倒了喝吧。谭守东这才发现,自己手里连个碗也没有,那人不许他用桌上的碗吃饭,说他连个碗也没有,拿啥要饭呢?

守东呆呆地听不懂,那人指了路边说,到那边去,别挡了我的生意!

守东听懂了,便垂了头继续往前走。他见有老太婆端了便盆在倒,他便跟了那人,老太婆看见他,哟了一声说,从哪儿钻出的叫花子,脏得跟个泥猴一样!

守东冲她说,奶奶,俺饿!

老太婆便把那盆放在地上,又上下打量了他说,怪可怜的,你爹娘呢?

守东鼻子一酸说，他们都死啦！

老太婆又哟了声，从兜里摸出两个铜钱给他，去吧，去买个馍吃。

守东垂了头，接了那钱，怔怔地转身就走，老太婆说，看着也不傻，倒连话也不会说！

她摇着头，提了便盆就走了。

守东将那两个铜子换来个黑馍，三两口便吞下去了，渴得难忍，他见路边青石路上积的雨水倒还清澈，四处看看没人，便跪下身把嘴对在那水凹里的雨水，吸溜着喝了几口。一个小孩对他的爹说，大！快看！那人跟狗一样趴在地上喝水呢！

那男人张望了他一眼，便把孩子抱起来边走边说，你要不听话，大就扔了你，你就和他一样，当个当街要饭的叫花子吧。

守东的眼泪在眼眶里打着转，他当作没听见一样，拿手沾了水坑里的雨水，揉擦着自己的脸。在一个路口的角落里，有棵大槐树，和旁边的墙刚好有个能容下一个人的地方，谭守东盯着那个角落，觉得腿脚困得不行，眼睛也沉重得不想睁开，他边往那墙根的树下走边想，可不敢睡，让人家捉去了可咋办？他却困得无法再走了，就缩着身子不由自主坐下，眼睛刚闭上便立刻睡着了。

等他醒来时，已经到了晌午，一站起来他觉得自己又重新精神了，但肚子也饿得难以忍受了。他鼓了勇气问路人这是哪里，那人回他道，你是问这路还是这城？

见守东一口山东话，那人便又说，你是在西安城里呢。

一路走着，每当守东向路边的人问庙在哪儿，人家总是看看他，伸手一指说，端往那儿走！

他便撒开腿就跑，走走歇歇，天要黑的时候，城里的庙都让他跑遍了，却没人见过个叫德空的和尚。再见人时，他问除了他去过的这些庙还有啥庙，他要找个叫德空的和尚。人家便说听过德空这名字，是个高僧呀！守东高兴起来，觉得有了很大希望，那人说，这和尚听说在山里苦修行呢，要找庙嘛，多呢！又让他往南走，他便问还得走多远，那人就说，走到你走不动呗，见到那山就是终南山咧，那里多的是庙。守东远远看得见前面果然有高大的山，虽是影影绰绰，却觉心里有了底，很快就有了指望似的。累了他就在路边歇歇，向别人讨要口水或饭吃，别人见他小叫花子一般，又有礼貌，便总是没多有少地给了他。

天快黑的时候，终于快到山下了，他又找了个路人打听，眼前这山就是终南山了吧？那人不紧不慢地说，终南山的哪个山？

守东听他讲了才明白，终南山很大，眼前黑压压看不到边的全是终南山，要找人得知道在哪个峪口或哪个山。守东忽然觉得自己一直依靠着的棍给折了似的，便急了说，俺要找一个叫德空的和尚，他在西安的庙里修行哩。

那人说，西安？那在你身后呢。俺只知道前面这山都叫终南山，和尚？这山上多的是和尚呢，俺咋知道你找的和尚在哪？

守东默然了，回头看看来的路，一下子便蔫了。他怕那人哄骗他，就顺着小路走，见路尽头有几处房子，远远地冒着炊烟。他顺着那小路寻了过去，是个院子，他见到个中年男人正起劲儿地拉着锯，一个十来岁的小女孩端了一大碗水出来让她爹喝。守东没能跟谭大个子学上木匠活儿，心里却是爱这些木头和刨子的，他见地上堆了厚厚的锯末和刨花，有一个半大的板柜已经快要做好了，只差装上柜盖了。在谭家堡子他从来没见谁家用过什么家具，他只当木匠就是做大车轱辘的，看着这方方正正的柜子，他有说不出的喜欢，没顾得上问终南山在哪儿的问题，就仔仔细细打量起柜子来。木匠看闺女往自己身后看，扭头见守东正弯了腰仔细看自己的板柜，他吆喝道，谁家的娃，进来也没声没息的！要做啥？

他的声音又粗又冲，守东吓了一跳，赶紧低头做了个礼说，大叔，俺是要找庙里的德空和尚的，走岔路了，到了你院子里。

木匠的眉毛粗大，眼睛却小，想是一直在干活儿，汗水正顺着脖子流淌。他弯了腰让留着细细长长辫子的闺女给他擦汗，又接过他闺女送来的那碗水仰脸喝了，才用手背抹着嘴说，庙？啥庙你小子知道吗？

守东说，人家有人说，是终南山里的庙，俺也不知道！

木匠用手在身后从左到右抹了一道说，从这到那，看不见边的都是终南山，进了山，和尚和寺庙多得很呢，你找的是哪个峪口哪座庙？

他和路上那人说得差不多，可守东便更不明白了，他不懂得峪口是啥，就张嘴结舌地看着那木匠。木匠见这孩子骨碌着眼睛很机灵的样子，却被自己给问住了，便爽朗地哈哈哈大笑起来，木匠媳妇从屋里出来了说，啥事这么高兴？

木匠便指了守东说，这娃有意思呢！说要到终南山里找个和尚，我问他去哪个峪口他便答不上来咧！

守东见他和高黄村的村长高旺生一般样子，中等个头，络腮胡子黑乎乎的，他虽是在笑话自己，那声音里却没啥恶意。守东便也挠着后脑勺跟着笑起来，木匠媳妇见他身上破烂又有许多伤口，便问，这娃咋弄得一身稀泥？谁把你打成这样，你是要饭来咧吧？

守东垂了头说，俺不是叫花子，俺是来找人的，路上被人家给打了。

木匠媳妇问，你家大人呢？看你有十五六岁咧吧？

守东没纠正她，依他的想法，把自己年纪说大些，兴许人家都不会欺负他了，他闷闷地说，俺爹娘都死了……

木匠说这娃好体格，多壮实呀！

木匠媳妇知道男人一直为自己没给他生出个儿子抱怨，自己也为男人这一手木匠手艺没个男娃跟着学而内疚。有时候两口子也时常在叹息，现在还有力气做得动活儿，年纪大一些可咋办呢？

眼瞅着天黑了，守东见他们拉着家常，虽然也是陕西人，却像是并不讨厌自己，又觉得他们比谭家堡子所有的人对自己都要好，就鼓了勇气说，大叔大婶，眼看天黑了，俺也找不到德空和尚……能让俺在这院里屋檐下面睡一晚上不？

没等木匠和他媳妇说话，白白净净的女儿香绣便巴巴地看着她娘说，就让这小哥哥住下吧！

木匠瞪她一眼问守东，那你明儿一早往哪里去呢，总还得知道从哪个峪口进去才能找那德空？你找他做啥？

守东眉头皱了疙瘩，细细地想了一会说，俺也不知道啥峪口，只知道他是龙游寺的当家和尚，俺爹娘死了，让俺投奔他呢！明天俺再去找找吧！

木匠媳妇见香绣急得生怕自己不答应，心里一动说，成吧，前面那房是你叔放木料的，你晚上就歇在那儿吧。

守东松了口气，香绣小小的脸上也露了笑容。木匠媳妇给桌上摆了蒜泥、油泼辣子和盐碟碟，香绣帮她娘给一人盛了碗麦仁稀饭，木匠从馍篮里抓了个白面锅盔掰开，瞅瞅香绣又瞅瞅守东，笑了说，你娃运气好，你姨见俺今儿开木料出大力，给烙了白面锅盔吃，你就赶上了，给！你俩一人一半！不够再吃苞谷面馍！

守东从那馍饭刚一端上来就不再说话了，生怕自己的口水流出来，接了那白面锅盔，他迟疑着不敢咬。这么白，哪里像是粮食？他和娘也种了些麦子，却大都卖给收麦子的城里人了，就是自己吃，也是加了麸皮，掺和了粗粮，从没有敢这样浪费着吃纯麦面的馍。这样雪白的硬硬实实的一大角厚锅盔嚼在嘴里，守东的鼻子就酸了。他压抑着自己咽下，又咬下一口起劲儿地嚼着，香甜的麦香味让他觉得又幸福又难过，他终于忍不住哭起来，没来得及咽下的馍便含在了嘴里。

木匠停了手，和他媳妇对视了说，咋咧？

香绣也丢下碗说，你咋哭呢？

守东流着泪含混不清地说，俺长这么大，从没吃过这样的白面馍……除了俺娘，没人对俺这么好……可是俺吃上这馍了，俺娘她……她也没吃过！

木匠媳妇没想到守东这样孝顺，丢下碗拍他的肩说，快别哭咧，吓死我咧，以为咋咧呢！好好吃吧，你陈叔是个手艺人，做活儿出力得吃好，我们平时也不舍得吃这白面呀！

原来这木匠姓陈。在陈木匠家吃罢晚饭，守东不用谁说，便趁着院里的月色帮陈木匠把那板柜抬进屋里，又把院里地上的锯末、刨花扫成一堆，把那刨花用柳条筐拾了，抱在灶房里。陈木匠媳妇见守东手脚勤快，干活儿也麻利，满意地说，这娃，你到房里早点儿睡吧！

守东见院里还有一些细长的小木料，就也细心拾到自己住的房里，陈木匠低声对媳妇说，这娃倒有眼色哩，看他那体格真要学了木匠准是个好材料！

木匠媳妇叹气说，你总还是怪我没给你生个儿子，这儿子再好也是人家的！

木匠一向疼他媳妇，便不再说了。香绣在这山脚下的小村里，难得见到一个和她一般大的孩子，见守东留了，高兴得什么似的，虽然守东早早去休息了，她却高兴地和她爹娘说个不停。睡在炕上，木匠媳妇说，我看明天这娃也不一定能找到他的那个师父，多大的山呢！

木匠闭了眼睛说，操那闲心干啥，早点儿睡觉吧！

木匠媳妇说，俺是有个想法，若这娃真找不到他要找的人，又没个去处，他连爹娘都没有，不如咱就留他在咱这里打个小工，给你做个帮手。

木匠经她这一提醒，也觉得是个不错的主意，便睁了眼睛说，你倒是怪有心计的，那也得看人家娃愿意不？

木匠媳妇说，平白给他碗饭吃，他还有啥弹嫌的？

累了一夜又一天，身上乏得厉害，又吃了平生没吃过的好饭，守东爬上炕就睡着了。堆木料的房里没有油灯，屋里便黑着，等他醒来时，明晃晃的月光照在脸上，他脑子便霍地一愣，霎时以为自己还在自家的地窑里，和娘打着通腿睡觉。他下意识地伸了伸腿，却是空的。

俺现在睡在木匠家里呢，这样想着他便一下醒了神，再也睡不着了。他想着娘现在还不知咋样了，想着高黄村那些凶神恶煞一样的人们，和那只被自己砸死的老鳖，又想起宝娃背上扎着镰刀一下就倒在地上的样子。一样一样想了一遍，守东觉得自己背上凉飕飕的。就算被族长绑在了槐树上，就算被他娘扇了耳光又放走，就算他疯了一样跑了一夜又一天，他到这会儿才真是开始害了怕。回不去啦！守东流着泪在月光下摇摇头。宝娃会死吗？他要是死了，自己怕是再也回不去了，自己得给他偿命，可现在娘咋样了？守东不敢想下去，他忽然抡起拳头冲着自己的胸口砸了一下，真是该死，你抡起那镰刀扔人家时咋没想过他有了啥事，你娘可咋办？

守东想着娘把自己拉扯这么大，自己却跑到外边，他不知道高黄村的人会咋样为难娘，他觉出自己慌慌张张就跑了，丢下娘替自己顶罪是多么愚蠢，他羞愧地呜呜哭出了声音。

山脚下的村里很安静，木匠媳妇便醒了，侧耳听了一会儿就推醒男人说，你听啥声？怕是那娃在哭哩。

木匠不耐烦地说，他哭他的，关你啥事，还巴巴把我叫醒！没见人白日里多累！

木匠媳妇自己对自己说，我觉得那娃真可怜！

熬到天亮守东再没有睡着，下决心找了德空和尚一定要学成有本事的人再回去，但愿那宝娃别死了吧，别让自己的娘真的去给他抵命。有那么一会儿，他突然想，娘和高婆婆都说德空好，自己出了事都想着让自己找他，堡子里的人们说起他时为啥那样神秘？他会不会正是自己的爹呢？那么自己的爹就不是个木匠，并没有死在黄河水里，这样的念头让他兴奋不已，是了，娘生下自己，他却出了家！

　　第二天一早，守东准备出门，木匠两口子见他急匆匆的，就让他先在家里等着，要不外边都是山，连个人也没有，到哪儿找呀。守东便听了他们的话，在木匠家帮着干了三五天活儿，木匠托了别人给他打听，都说终南山里修行的和尚很多，却没有听过德空这名字，想是在深山里苦修行的吧。

　　守东觉得自己在人家的家里白吃白住，就格外长了眼色，细心帮那木匠打下手。终于有一天，陈木匠和他媳妇拉着凳子让他也坐下，问他怎么打算，守东就支吾着说，俺也不知道，你们要是让俺走，俺走就是啦。

　　木匠媳妇便说了想让他跟着木匠做个帮手。香绣生怕守东不愿意，小心翼翼地看着他的表情，守东没想到德空和尚没找着，倒落下这样一件事情，他为难了，犹豫了好久才点头说，那俺再找到德空还能去吗？

　　木匠爽快地说，能！啥时找见你就啥时去吧！你在这里给我打了下手，我管你一顿饭吃，过上一两年真是找不到，你就给我当个徒弟，我把这手艺都教给你！

　　守东突然想，俺那时一心想跟谭大个子学木匠，却咋也没有学成，还被贵子和他娘羞辱了一回，现在竟有这样的好事等着自己，傻子才不学呢！

　　守东便立刻对着木匠跪下嗵嗵嗵磕了三个头说，那俺现在就给你叫师父，跟你学手艺，俺不想等到一年多以后！

　　陈木匠媳妇高兴得什么似的，对木匠说，当家的！你看这娃多机灵！

　　陈木匠第一次有人给他叫师父，却摆了谱说，那你跟我说说，你为啥要学木匠手艺，你喜欢这活儿吗？

　　守东说，俺看见这木头看见这锯，俺就喜欢啦！俺见你能打出那柜子，还会雕这些花，俺就也想学会。俺听俺娘说，俺爹活着的时候就是个木匠，专一做雕花细活儿和桃木梳子。

　　陈木匠点头说，木匠行当也分得清哩，有专做家具的，有做细活的，有做马车架子的，有做大车轱辘的。守东听他说到这儿，就想起谭大个子和他那一副副支在门口的木头大车轱辘。

陈木匠说，想必你爹手艺好，光做细活儿就能挣上钱呢！守东虽是没见过爹一眼，近来觉得德空更像是他爹，听了他这么说，还是在心里觉得骄傲了，在谭家堡子可没有一个人说过他爹的好话。他在心里下了决心说，俺就好好学手艺，将来当了有本事的人，挣了钱就回去找俺娘去。这话他却没敢说出来。

陈木匠媳妇又问他为啥想学木匠手艺。

守东想也没想便说，俺想学会师父这些手艺，将来当个木匠，不愁吃喝，还是个有本事的人呢。

香绣一脸羡慕地看着他，和大家一起笑起来。守东就在陈木匠的家里住了下来，他着实聪明，胳膊上又有劲儿，给陈木匠打着下手，陈木匠就一下子觉得轻省了许多。他说入门应该让守东先学拉锯推刨子，守东便说都听师父的。他又说学会了拉锯推刨子就打算教他做板凳，守东却有点儿不屑了。陈木匠说，这板凳要是做好了，木匠的手艺就全在里头了，那些大活儿看着是大，窍道全在这小板凳里呢！像这榫卯，像这四条腿顶一个面的斜度，靠的就是一个巧劲，你学着做桌椅、做板柜，倒不如先学会做锅盖、做板凳和风箱实用，这些小活儿做好了，就把你技术练了。

守东听他说得有理就点了头。他看着陈木匠截了一块板子，板子的两面和一个侧面刨过画上线，用脚踩了便锯开了。陈木匠用尺子左右打了打，画了线，搭上锯很快就把四条腿锯了出来，又刨光滑，再画线、打眼、开榫，他见陈木匠似乎对那四根腿用了很大的功夫，便问，师父！俺看板凳主要是个面，你咋专一做腿呢？

陈木匠头也不抬只说了三个字，先做腿！

守东见他咬了牙在用力拉锯，便不敢说了，陈木匠把那板凳腿用小刨子刨得光滑，又把那板凳面也细细刨了，先把榫用斜尺定了角度，四个眼只使了二十几下凿子就打好了。陈木匠把那腿一一安上，拾钉锤轻轻地敲敲这里，又砸砸那里，一袋烟的工夫，那四条腿都稳稳地斜斜安在面上。见守东看得张着嘴瞪着眼，陈木匠得意了，把那板凳往地上使劲一摔儿，对守东说，看！你试试稳不稳！

守东便用手按着板凳面四处晃晃，纹丝不动，他看那板凳四腿都微微向外倾斜着，却一个钉子也没用，心里登时便佩服了说，师父！你教给俺吧！俺看这斜度，要咋样才能刚好？你一根钉子也没用，就把板凳腿在这么短的时间装上了，又稳当又好看，你真了不起！

陈木匠爽声笑了说，咱今天先把这根才买来的大梁用锯拉开，剖成板子。我刚接了一批活儿，给一个茶馆做十几条大凳子，你把这小板凳做好了，大长条凳就没啥问题。

木匠媳妇端出才做好的燃面说，守东跟你师父吃饭吧，要干出力气活就得先吃饱！

守东前几天吃的也经常是杂和面的饼子、野菜的粥，但总有硬粮食顶着，今天见着雪白的一碗面条撒了葱花，顶了红辣椒面，浇了热油，他闻着口水便下来了。

陈木匠知道守东是山东人，爱吃葱，便把自己碗里的葱全拨给他说，等会拉锯得使力气，你好好吃，不够让你师娘再给你盛。守东见自己端的大老碗和师父手里的大老碗一般大，自己的面和师父的面也一般多，知道师父家从没把自己当外人，心里有些感动，就埋下头在碗里呼噜呼噜吃起来。

陈木匠让守东跟他学拉锯，他在上锯，高高地坐在木梁上，两腿就悬了空，守东坐在地上拉下锯。陈木匠用圆耙钉把木梁钉在一人高的横架子上，一米多长的大锯被师徒两个人拉出哗哗的声音。陈木匠说，守东！你得记住，拉大锯要用巧力，胳膊得先一带，用惯性再往外拉！

守东按他说的，却总是把锯夹在那木缝里，陈木匠并不急，见守东总是叹气，他先宽了孩子的心说，不错不错！我当初跟我爹学时，哪有你现在这水平！

师徒俩满头大汗拉了一上午，木头不过才开了一尺多长，一天拉下来，守东的胳膊便肿了，晚上睡着躺在床上侧个身都钻心疼。他拿手轻轻捏一捏，觉得胳膊比平时粗肿了许多，便咬着牙想，师父当年学拉锯，胳膊也会疼的，俺要连这都受不了，这木匠手艺就没法学了。

师娘在门外叫他开门，给他递了热气腾腾一大盆热水，让他用布敷一敷肿了的胳膊。守东忙去接，胳膊却疼得使不上劲儿，那木盆差点儿掉在地上，香绣跟在她娘身后，赶紧扶了盆沿儿。守东见她娘儿俩帮自己用热水泡胳膊，就想起小时候自己和人打架回来，娘总是这样一边数落自己，一边给自己洗伤口泡肿起的地方。他眼圈儿红了，香绣见了，赶紧拉拉她娘，师娘便哄他说，别哭啊，等两天就好了！这木匠活儿本来就是个苦差事，你要忍着些啊！

守东没吱声，一滴眼泪却滑进了热水盆里。

第二天一早不等陈木匠问，师娘先心疼了说，娃胳膊疼得端不住碗，今天还是先学做小板凳吧！

陈木匠却说，女人家懂个啥，他不趁着现在胳膊肿学会拉大锯用巧劲儿，啥时候开始学胳膊还得肿，让他拉上三四天，一个礼拜消肿了，这技巧他就会了。

香绣眼巴巴看着爹又爬上了横架子骑在大木梁上，她说，守东哥，你胳膊疼了就多歇歇！

陈木匠便瞅着他闺女说，胳膊肘朝外拐啊！你大啥时候干活儿也没见你这么心疼！守东来了，我女子就长大咧。

香绣就羞了脸，赶紧去看她娘烧火去了。

守东依旧坐在下锯，陈木匠交代说，不要用蛮力，要沉着劲儿，借着我拉锯的方向趁着惯性拉。守东昨天夜里虽是胳膊疼，却也琢磨了一宿，这会儿听师父又教他，就试着上推时用惯性，往下拉时用真力，渐渐地便能把锯拉开了。陈木匠便夸他说，我还没见过你这么聪明的徒弟呢！我那时学了三五天呢。

守东听了他的夸奖，忍了胳膊疼，哗啦哗啦和他师父干开了。

练习了两个多月，守东已经能够和他一起拉大锯了。陈木匠画好线、下好料，守东就能又锯又刨，把那些木料切割得整整齐齐。看他学得不差，陈木匠开始让守东学做小板凳了。

一连做了二十多个小板凳，陈木匠见他锯子、刨子、凿子的本事都练得很像样了才说，要吃木匠饭就得做家家都离不了的。谁家做饭也离不开锅，有锅就得有个锅盖，这有一堆下脚料，我教你做个木锅盖，会做这些木锅盖，我领你到那长安县的集市上去卖了，既能揽些活儿又能换些钱。

守东赶紧点头，香绣帮他在放木料的房里找寻了一些下脚料搬出来，堆在地边。陈木匠正在喝水，见他俩干得有说有笑，又见他有眼色地把陈木匠的工具整整齐齐收拾到箱子里，便回头冲媳妇笑笑说，他娘，你去把咱那锅盖拿来，让守东看看。

守东在谭家堡子并没有见过锅盖，他娘缝的不过是一个挡水放面时的盖顶板。他仔细瞅瞅，又数了锅盖上一共有几根木条、几根抓手。陈木匠喝足了水，抽足了烟说，守东看着。

守东便兴冲冲地应了，见陈木匠选了几块合用的板，先下料再拼缝，在每块板的下面有一道槽，一道上一道下，提槽穿嵌着三根木条，左右用钉子稀稀钉起来，守东见他师父变戏法似的把那些废木料就做成了一个锅盖的样子，发自内心说，师父，俺啥时候才能学会你这手艺！

陈木匠说，这还没有完哩，差得远哩，这里和这里，这一上一下套着的槽，要先算好，太宽了就有缝，太紧了就不平整。你挖的这个梯形槽就把提盖穿过去了，结实合用，又把下面这五根木条连了起来，这样的锅盖不漏气、不存水，就算天天用木头也不会朽烂。

谭守东抱着那个锅盖琢磨了好一会儿，他怕浪费了木料，便选那更小的木料，细细画了线，照着师父说的慢慢挖槽套起来，做了巴掌大一个锅盖，却有些不平整。那梯形的提槽挖得大小不合适，提梁便咋样也装不进去，他鼓着劲儿抡着小钉锤使劲儿砸，陈木匠便吃喝道，木头是死的！人是活的！做啥事情要先想好再下手，哪能用蛮力？你只当做木匠要有力气，其实当木匠没有聪明的脑袋瓜子咋行？你先琢磨好，到底是哪儿绊住咧，就把哪儿重新收拾好，拿钉锤砸进去，那算啥本事！

守东伸了舌头就笑了，香绣听见爹吃喝，只当他要训斥守东，赶紧从屋里跑出来看，见守东认认真真地听着这才放下心。木匠媳妇见守东被男人训斥了，却不生气，心里便喜欢上他这样。陈木匠便说，这娃真懂事，虽然又高又壮，赶得上个壮劳力，这伸了舌头还俏皮的劲儿，一看娃还碎着呢。

从到了关中生下守东，冬莲还没有和儿子分开过，给高黄村的老鳖守完三天灵，她想儿子想得心口疼。在宽大的炕上流着眼泪想了一宿，冬莲天不亮就做了个打算，她得赶紧上西安找儿子去！

庚子年年馑来过的西安城，还是灰蒙蒙的城墙宽大的路，城外的城河滩上依旧是高高的蒿草，冬莲坐在城河沿儿上，心里却苦极了。那时天天见着死人，冬莲却并不多怕，只想着一个吃字，儿子在身后背着，要死一起死就是了，饿是饿，心是安然的。可现在，儿子没了，多大的西安城，竟连个能落脚的地方也没有，她鼓着劲头儿进了城，却渐渐就怕起来，因为他的儿子就像一滴水落进河里，没声没响就不见了。一家家寺庙她都去了，人家都没见过德空和尚，有那么两个给寺庙看门的居士想起，前几天倒是有个山东男娃来寻过德空，可听说没这个和尚就慌慌张张走了。冬莲知道他说的就是守东，扑上去拉了那人的手大声叫，哎呀！俺找的就是他，俺的儿子哇！

那人却遗憾地说，那娃走啦，再没见他来过！

冬莲便相信儿子一定是来过西安城了，她不知道儿子有没有找到德空，便有了希望一样拼命寻找。走得再也走不动时，冬莲就跪坐在地上发着呆流着眼泪，看到的只是一双双各式各样的脚。城里的人多，都不理会她，只是走来走去，当她是条狗或是只猫，当她坐在路边是讨饭的，有人就冲她丢来半个馍。冬莲有时想想怕是再也见不到守东了，心里就猛然一疼，她使劲儿拧自己的大腿和胳膊，她想用更疼的方式把自己从绝望的心疼里叫出来。她怕沉浸在没边没沿儿的害怕里，再没了找儿子的心劲儿。

一点儿消息也没有，冬莲没想到儿子竟失了音讯，她后悔那天自己放风筝一样把儿子放出去，却把线给断了！这样想想冬莲急了，不敢再候在街角，就疯了一般顺着西安大街小巷打听，拉住谁都问。她顾不上吃饭顾不上睡觉，只盼着天天都是白天，她好一家家去寻儿子。慢慢地，西安城里的人都知道，有个山东女人为找儿子几乎沦为乞丐了，她的儿子叫谭守东，个头儿和她一般高，又壮又结实的山东男娃。人们都知道她儿子来投奔一个叫德空的和尚。

可谁也没见过这样一个娃和这样一个和尚。

刚来时，她在一个卖羊肉泡馍的老店的大炉灶旁边吃睡了几天，那是个露天灶，有个不大的屋檐，晚上她就睡在檐下。老店的东家是个回民，人家见她可怜，有时便把热汤给她一碗，冬莲心里已经结了痂一般，竟从来不知道说个谢字，人家也不在意。后来有好心人见她虽然憔悴，却年轻好看，怕坏人来害她，便指点大东门外的罔极寺，说那是个女众出家的地方。冬莲便寻了去，人家见她可怜，又能干活儿，便留她借住在大门以内，二门以外，算是有了安身的地方。在西安城流浪了两个来月，冬莲真成了个要饭的了，她差不多走遍了西安城所有的街巷，却再也没有了儿子的一点儿消息。

渐渐就入了秋，下了几场雨，冬莲有时就想起自己地里的庄稼，怕是全荒了吧？可她一点儿也顾不上了，儿子没了，还想什么庄稼！有时冬莲就在寺里对着佛像哀哀地哭，她对寺里的住持说她的苦，师父就劝她，人在世间就是度苦来了，说不定孩子什么时候就回去了！

冬莲想想，还真是没错，她怕儿子要是回了谭家堡子，找不到自己可怎么办。这样一想，冬莲就又回到谭家堡子，庄稼果然都荒了，儿子却一直没回来过。

隔了些日子，宋轩堂来看她，冬莲披散着头发，正高高挽了袖子在地里挖苞谷秆，桂枝去地里叫她，宋轩堂也跟到了地边，她深一脚浅一脚走到宋轩堂面前。才新下过雨，冬莲两腿两脚糊着泥，憔悴得头发胡乱挽着，竟然很肮脏，人也完全是茫然的，两眼没了神气。宋轩堂惊讶她成了这个样子，桂枝在一边絮絮地说着，他才知道她丢了儿子，还在西安城里找了两个月，他遗憾那时他去了乡下住，竟没遇见过她，又感叹她好强，竟然不曾想过要去找自己投奔。

宋轩堂问，那现在呢？

冬莲缓慢地摇头，他又问，那你怎么办？

冬莲还是摇摇头，突然说，要是你能帮忙找找，就找找……你知道，俺就剩这一个儿子了。

她的眼睛瞅着远远的地方，像是在说别人的事情，宋轩堂心疼这女人的可怜，心里酸楚着。桂枝走了，宋轩堂对着冬莲默了好一会儿，他下了决心，对冬莲说他想把她娶回去。

冬莲醒了神，羞红了脸皮，没说一个成，也没说一个不成，怔了好久，她说，你当俺和你说这事是求你可怜么？

宋轩堂赶紧解释说他心里早就有了她，但她那时带着儿子一心一意要靠自己种地拉扯孩子，咋能说出娶她的话。见冬莲不说话，却开始流泪，宋轩堂知道她误会了自己的心意，便说如果她不愿意他决不会再提起这事。要是她愿意，他会找媒人来提亲，就算是做三房，也让她明媒正娶八抬大轿进宋家的门。

两个人呆呆站在地头，都默着。谭家堡子的人们听说宋轩堂来了，有的想看热闹，却见他俩只直愣愣地站着，看了好一会儿，人们都觉得没意思，又都回去了。

冬莲哭了。她说，谢谢你的心意，可俺没想过为了有碗饭吃就给人当三房。俺一心想活得像个样子，可俺越活越没指望，男人没了，闺女没了，现在儿子也没了，你说俺还有啥？

听她这话，宋轩堂急了，跨了一步就拉住她的手说，你等我娶你！我和你一块找守东成不？

他觉出她的手是粗硬的，低头看，果然指头上有着大大小小的伤疤，手掌还结着痂。冬莲使劲儿挣脱了他说，小红呢？你找的小红呢？俺不敢指望你了！

见他难过得说不出话，她还嫌不解恨，又说，俺有啥？一个乡下寡妇，你凭啥娶俺？就因为你弄丢了小红？这俩事一码归一码！俺不要谁可怜俺！

宋轩堂急了说，我想娶的是你这个人！你不知道你有多好看？你这样善良，你对儿女的心意，只要不瞎，谁也看得出来！你别再苦自己成不？跟我走吧，这地里的活儿会把你累死的！

冬莲张大眼睛，突然说，你知道俺有儿女，就别再说这话臊俺的脸面了，俺死也不改嫁！你快走吧！俺有田有地，用不着你可怜！

她转身就走，扑踏扑踏溅起一路泥水。宋轩堂猛然喊道，你好好想想！

冬莲哽咽着只管走，头也不回，快走吧，再也别来了！

每天跟着陈木匠学手艺，守东便忙碌着，觉得心里很畅快，有时夜里想起娘和谭家堡子他也会呜呜地哭一场。跟着陈木匠学了一两年，守东的个头长得更高了，已经完全超过陈木匠了。到了夏天，他脱了褂子光着脊梁干活儿，连陈木匠也不得不承认这孩子好一身肌肉，赶得上他当年！香绣打从守东来就总是不好意思去和她守东哥说话，却悄悄跟着她娘学了做鞋底，虽然手上没劲儿，纳的鞋底歪歪斜斜，她娘要替她做好那鞋，她还不愿意，却还是让她娘教着，上了鞋面，给守东做了双鞋。守东也趁着自己闲的时候采了山上的荆条，给香绣家编了荆条筐，又用碎木料细细心心给香绣做了缠线的轱辘和板子，上边精心地雕了花儿。见香绣很喜欢他做的东西，守东突然就想起了娘，他想等啥时候闲了给娘也做上这些，她必定也会高兴的。

陈木匠和媳妇见两个孩子好得很，就对他俩动了心思，话虽是没说破，陈木匠媳妇却把守东渐渐地当成上门女婿一样对待。有时邻居家见守东端了大碗吃饭，就问陈木匠媳妇说，他到底是个徒弟还是个女婿？守东和香绣都羞了，陈木匠媳妇却爽快地说，女婿也是半个儿，徒弟也是半个儿，守东就是我的儿吧。

守东在陈木匠家就越发勤快，有了时间就去地里翻地、收菜，从他来后，陈木匠媳妇在地里就多种了一片大葱，守东心里当然知道人家一家对他心重。他见那院里没有井，就远远地天天担了水回来，把那水瓮挑得满满的，连陈木匠也想，老天爷可怜我们一家没个儿子，从天上硬是给掉下一个！

可是，守东却还是时常打听德空师父，陈木匠见他总有着要走的心，便打听他找那和尚有啥事，守东不敢讲自己在谭家堡子和高黄村做下的事，也曾撒谎过说爹娘都不在世，这时便支吾了，不敢在师父跟前再提起。

这天守东正在干活儿，突然见有人抬了担架，急急火火叫着说，快点儿快点儿！边老汉在哪儿？守东听他们声音很急，撵到门口只见一个满身血迹的人被人抬着，正在打听边老汉。守东知道陈木匠的邻居有个边老汉，时常背着篓子到终南山里去采药，也时常有断了胳膊、断了腿的人来寻他医治，但是像今天这样急急火火的还是第一次。

香绣说，守东哥咱快去看看，边爷爷开始给人治病了！

守东见人们簇拥着心里好了奇，赶紧就跟着那些人走了，边老汉正在门口喝茶，见这些人抬了个断了骨头的人，便让人把他在当院里放下。他轻轻撕开那人右边的袖子，只见那人胳膊肘以下被什么东西砸得血肉模糊了，灰白的骨头渣从那堆血糊糊的肉里露了出来。大家都轻声惊叫了，香绣吓得闭上眼不敢看，躲在守东的后面，守东却抻了脖子生怕错过，心想都砸成了肉糊糊还咋样治。

旁边有人也说，怕是这胳膊保不住咧！

躺在担架里的人脸色惨白，几乎要晕过去了，疼得啊啊地叫着，左手的手指在那泥土地上抓出许多道道。

边老汉问，啥砸的？

担架旁边站了一个哭丧着脸的男人说，在山上伐树，被树给砸啦！

边老汉嘟囔道，山上的树都有灵性呢，山神爷怪罪咧吧？

他并不等人接话，用布条把那人的胳肢窝紧紧扎住，又从个小布袋子里捏出几根细长的银针，在那人的胳膊肘和上臂选了穴位扎上，那人就喊疼喊得轻了些。边老汉自己嘟囔道，我封你的穴位，要不你这血就流个不停呢，疼不死也流死咧！

边老汉走到鸡窝跟前，伸手从里边抓出只雪白羽毛紫色鸡冠的乌鸡，守东和大家一起便愣愣地看他，他正纳闷边老汉咋不急着救人，香绣却摇着他的胳膊小声说，快看！

乌鸡拼命扇了翅膀挣扎，边老汉低声念叨，别挣别挣！我害你的命只为救这人的命！以后到庙里给你超度！

守东见边老汉双手捏着乌鸡硬硬的嘴一把撕开，那脑袋被他随便一揪就掉了，刚才还咯咯叫着的鸡，便立刻从那脖子里涌出血来，他把那鸡血滴进一个大石臼里，顺手在鸡身上抹拉着，就脱衣服一般把鸡皮整张带毛地撕了下来。热乎乎流着血的鸡肉鸡骨仿佛烂熟的一般，让他用手随便撕成一块一块就丢在石臼里。

守东看他不过一眨眼的工夫，就将那鸡撕开了，地上只有几滴血和鸡皮、鸡毛、鸡内脏，就和所有人一样惊呆了。边老汉却伸手指了守东说，那孩子你来！你手上有劲儿，快把这鸡肉、鸡骨头给我使劲儿捣成糊！

守东赶紧接过石杵，蹲下便在那石臼里使劲儿捣，只见边老汉从房顶拿下一个晾晒着的筐，在里面找出各种草药来，拣出来随便丢在石臼里，冲守东说，别停！把这鸡肉、鸡骨头、鸡血、草药捣成糊糊！

守东见那人叫得凄惨，吓得手里停也不敢停，双手握着石杵拼命地捣，很快就溅得自己满脸满身都是血汁、药汁。等那鸡血、鸡肉和那中草药捣成了稀糊儿，边老汉伸手捏了点儿用手指捻了捻说，行咧！这娃就是年轻有劲儿！

在守东捣着那草药的时候，边老汉从院里出去了，这时他拿回一张才切割下来的新鲜树皮，把树皮最外一层又硬又干的丢掉，里面薄布一般潮湿的树皮里子被他轻轻铺在地上。他用手将那药糊捧在树皮上，招呼大家说，小心一点儿，把他的胳膊就放在这树皮上。

刚一抬动那人叫得更厉害了，边老汉不当事地说，别叫别叫！等把药给你糊上就好咧！

他小心翼翼帮大家把那人烂得不成样的胳膊放在摊了草药糊的树皮上，用手在那烂肉里轻轻摸着把碎骨头捋顺。因为那人穴位已经被边老汉封住了，竟没有太多喊疼。只见边老汉把药糊均匀摊在那人的伤胳膊上，用树皮轻轻在外边包卷成筒，和他没伤到的左胳膊一般粗细，再用细布条一点点把那树皮包好的胳膊缠上了。

边老汉解开他胳肢窝紧紧勒着的布条，又拔了那几枚银针，那人终于疼得晕死过去。边老汉让媳妇从灶房里端出刚刚熬好的热药汁说，快给他灌下去！

中年男人这才顾得上问，我儿子的胳膊能保住吗？

边老汉不紧不慢洗了手，又冲守东说，洗洗手吧，忙活完咧！

他这才重新捧了茶壶说，要是治不好，我们在这穷忙活啥？这半个月他都走不了啦，我得三天一只乌鸡给他换新药，帮他接骨头长肉哩。

香绣小声对守东说，像这样断了胳膊腿的人，我见了不少呢，边爷爷次次都给人家治得跟好人一样！听说能挣一大包钱呢！

守东看得目瞪口呆，等到那病人被抬进厢房，他才回过劲儿来想，俺的娘哎！俺只当做个木匠就有了本事了不起啦，没想到世上还有这样的绝活儿，能给人看病接骨，能收这么多钱，还能救人！

他看那人的爹娘都跪下给边老汉磕头，心里更是佩服得不得了，心想，俺要有这本事，谭家堡子有病的人找到俺，俺给他们随随便便一治，那谁还会瞧不起俺？俺娘那脸上该是会笑开花了吧？

他没敢把他的想法告诉香绣，生怕她给她爹娘说。但从此后他就对边老汉院里的举动操了心，他想他会把那乌鸡砸成肉糊，俺也会了，只是那些中草药俺都不认识，俺要是跟他上山学着采了药，不是就一样能给人治断骨了吗？

边老汉听守东说要跟他上山学采药，竟爽快地答应了，守东大喜过望，和陈木匠说想和边老汉一起上山采药，见木匠两口子没啥意见，便高高兴兴和边老汉挎了筐顺着村后的路进了终南山。他见边老汉采什么药，他也采啥药，边老汉怎么采他也怎么采，他不时问问边老汉，边老汉倒不瞒他，一一给他讲这是啥药，那是啥药。见守东装成上山采药玩的样子，边老汉笑了说，我知道你跟陈木匠学做活儿，又聪明又勤快，你师父器重你，我可不敢和他抢徒弟，你想要学着识些草药，倒也不是啥坏事，我都教给你。可我得提前告诉你，给人看伤接骨长肉的本事是我祖传的，我家里有儿有女，几代人都凭了这一个方子吃喝，不敢教给你！你趁早不要做这打算啊！

守东当然懂得他是好意，便点了头，心想他就是不教，只要他教给俺用什么药，俺常常去给他帮忙砸药，自然也就知道。

那断了胳膊的人过了一个多月，果然能活动胳膊了，受了伤的右胳膊比左胳膊粗些，虽是还在疼，却能抖着手捏筷子自己吃饭了。守东亲眼见到这样的本事，更是想学，可边老汉除了隔三岔五上山采药时叫上他，多一个字也不肯说了。

守东明白边老汉给他说的是诚心诚意的话，可他总想，俺要实心实意地学，好好给你帮忙，不过几句话的事，说不定他哪天就教了。边老汉见这孩子实诚，也知道他心里打的主意，却总不说透。眼看着那受伤的人彻底好了，走时伏在地上给边老汉又磕头又送礼，守东在一边看着，脸上挂着羡慕。老头儿就笑了，孩子，我看你实实诚诚来给我帮忙，知道你心里是咋想的，你是不是觉得只要学会这几味药，就能给人医腿？我再和你说，这些东西我真不能告诉你。这些药你知道，可是你知道哪个药用多少？接骨容易，你知道骨头在人的肉里是咋样长呢？你接骨时没接好，再好的药也白搭！接骨的时候你不拿带子扎住他的血，那血就流光了，哪儿的伤扎哪儿才能止了血，又不会把那肉扎坏死？血不止，人还照样得死，接好骨又咋样？你接了骨没有止血的药，就是能长肉又能咋样？我给他身上扎的那几针，全是让他止痛止血的，全身的穴位几百个，你不知道咋扎只知道用这些药，又能咋样？

谭守东被他问得目瞪口呆，这才明白边老汉真的不会教给他。可是医术这东西真是太神奇了，让他放弃却实在舍不得。守东突然跪下冲边老汉磕头说，俺知道俺没福气能学您这医术，可俺真的稀罕您这本事，俺也不指望你把这些都教给俺，俺能看着您把人医好已经很满意啦！就让俺给您帮帮忙吧！

边老汉说，好！那咱击掌约定，我不教你，你自己看，学会多少算多少。也不算我坏了在祖宗跟前立的誓！

隔了一段日子，守东便迷上了扎针，忙完木匠活儿就往边老汉的院子跑。被他缠磨得不行，边老汉用笔在纸上给他画了个人，又在人的身上画了很多个点，说这些就是穴位。他没处试，便在自己的身上找寻，有时候找对了，胳膊就麻了，把边老汉吓得直骂他，说傻子娃，这针扎错了，能一针扎死人呢。说是这样说，他心里却喜欢上这孩子的韧劲和好学的劲头儿了。

守东的事陈木匠都知道，见他倒认真做着木匠活儿，可是显然心思用在了边老汉的医术上，心里就不高兴了。他对媳妇说，这孩子没定性，我看他做木匠活是块料，好好教他，他学得也快，做得也好，眼看大大小小的活儿都要难不住他了，他咋又迷上老边那接骨的手艺？他也不想想，人家咋会教给他，全指着这手艺一家人吃饭呢！唉！

木匠媳妇更不高兴了说，吃着咱的饭去给人家帮忙，我得说说他。

香绣见她爹娘生气了，便劝说，守东哥也没耽误干活儿，没见我爹让他做的活儿，他都做得好好的才去嘛！再说呀，守东哥不就是稀罕边爷爷的本事嘛！

陈木匠媳妇见闺女帮着守东说话，用手戳了她的头说，这么大闺女，总帮着人家说话！

香绣不高兴，转身走了说，我守东哥说他想当个有本事的人，这又有啥错？

陈木匠想想，觉得闺女说得没错，便又劝媳妇说，孩子不过十六七岁，见人家有本事好学，也不是啥坏事！我教他的手艺他也没耽误学，吩咐他干的活儿他也没少干，就别再为难他了。

谭守东跟着边老汉在终南山上到处找寻着挖草药，渐渐地便认识了上百味中药，得闲的时候，边老汉就教他识那药性，守东记性好又用心，随边老汉咋样考问，他都对答如流。有一天边老汉便和他坐在大树下，把自己筐里采来的药一一问了他，守东就仔细辨认着回答了他。边老汉叹了气说，你这样聪明的孩子，跟上我学可惜咧，我没啥药方，也不懂得啥药理，祖上传下来的就这一个医治骨伤的方子，除了这病我别的病啥也不会看。我在祖宗跟前发过誓，这方子也不能教给你，依我说，你这么聪明又真喜欢学医，我教给你的东西治个跌打伤、一般的骨折是没问题咧！你该去学学医书，好好背记些药方。常人吃五谷杂粮，得了各种病症，治了那些才真正有用呢！你不是说想将来回你们村，给人治病，一年到头有几个人才会断胳膊断腿？倒不如学会治那些妇女病、小儿病、伤风、感冒、拉肚子、头疼更有用。

谭守东听他说得有理，便发愁道，俺现在想学会看那些病，也碰不见好老师呀，再说俺在师父家吃住做木匠活儿，又能到哪儿去学？

边老汉说，我实在是不该给你说这话，你做一个木匠，再跟你师父学上两三年就出师了，一辈子吃木匠饭也饿不着咧！可我看你这么聪明，又有这样爱学医的心，比我那儿子强多了，我次次让他给我帮忙，巴巴地想教给他，他都不耐烦学呢！逼他急咧，就抱怨说，给人治跌打伤，血流呼啦怪吓人的！

听他这样说，守东觉得自己真是运气不好，便长长叹了口气。边老汉又说，我不想得罪你师父，可我也不忍心看你荒废了。我给你指条路吧，往前走是长安县，县城里有几家大药房，家家都有坐堂的中医先生，个个都有自己专攻的绝活儿，才在那长安县城里坐诊看病。我也认识他们，只怕得从药房学徒做起，没有三五年是不行的。

守东和边老汉聊得深了，忍不住把自己急着要回谭家堡子的事说了出来，边老汉问他，我早就看出来，你不会是没爹没娘的叫花子，为了啥就一个人在这里？

守东就又把自己砸死了老鳖，用镰刀砍了宝娃的事说了一遍，边老汉打量他道，看你一天只知道干活儿，连话也不说，哪想着你还这么莽撞呢？年轻人爱惹事倒没啥，可人这一辈子那么短，做一件错事就把你娃给害咧！再想回头，难呢！一耽误就是好几年！

守东低了头，用手揪着筐里的中药说，唉！俺后悔死了！俺跟着师父学着做了木匠活儿，他总让俺先想好再做事，俺天天出了些冤枉力才明白，俺那时做事咋就不动脑子？害了自己也害了俺娘，俺娘守寡把俺看到十三岁，俺惹下一场祸自己转身跑了！所以俺现在就想学些本事回去，让那村里人都瞧得起俺，让俺娘也在俺们堡子扬眉吐气一回。可……也不知道娘现在咋样了！

他说着就滚下眼泪，虽是他时常在夜里想起冬莲会哭，但这样当着别人的面，大白天落泪还是第一次。边老汉听他这般说，又摇头道，依你这样一说，我觉得你去那县城学医也没有多好，那么五六年下来，也不见能学到真本事，那时你娘不就老了？

守东赶紧点头说，是呀，其实俺学了木匠手艺，也是想回去挣些钱好好伺候俺娘的。

白天说到娘，夜里守东就梦见了冬莲，正坐在堡子口的路边哭，他想去劝，却总也走不到娘的身边去。守东急着急着就醒了，翻个身从窗户往外边看看，天边刚刚才有了些亮光，他出神地盯着泛白的窗户纸，过了好久，听着远处有鸡在叫鸣了。

农村的日子苦得没个边际，冬莲现在算是半个哑巴了。她和谁也不搭腔，谁和她也不来往，她只默默的，要么在她那黑乎乎的小地窖里，要么在她那片田里，这取决于天气。碰上大太阳天，她一定在地里忙活，在阴天下雨的时候，那冬莲一定会在地窖里织布。她的日子今天和明天差不多，这个月和下个月也差不多。不同的是节气不一样,她要干的农活儿也就不一样,也不过是挖地耕种收割而已。冬莲已经熟悉所有的农活儿了。她从早到晚默不作声,只是手脚不闲地忙着。有时她想,人是多奇怪的东西,每天都会饿,就得做灶间的活儿;为了有饭吃,就得天天下苦在地里;为了让别人觉得你活得像样,就得穿戴得体面,就得花些时候来梳洗打扮。

可她现在一次也没想过死,相反,谭家堡子的人们意外地看到,冬莲比村里任何一个女人都收拾得利落,活得更像样子。用谭小头媳妇的话说,她越来越像城里女人了。因为织布的手艺好,又有宋轩堂来收布,地里打着粮食只有一个人吃,她就吃喝不愁了。

在儿子守东还在身边的时候,她怀着希望,身子虽苦心里却还高兴着,现在,她面上故意装得轻松高兴,心却是苦的。她把活着当成了个任务,活着是为了等到儿子,这话是宋轩堂教她的。

你活得越好他们就会越难受,这话也是他说的,冬莲觉得他说得真是对。于是,有空的时候,她到高黄村寻来好皂角泡了,头发又重新洗得干净,不许自己再邋遢肮脏。衣裳还是那些,却洗刷得洁净。后来桂枝给了她一小卷洋布,淡绿色的,这样嫩的颜色按说都是给孩子做衣裳的,可她做成了件长坎肩,很显腰身,边上细细心心绣了小花,盘扣也精心自己缝了,这让她的美丽有了些精致的意味。而这样的女人在山东堡子是突兀的,尤其是她还是个没了儿子的单身寡妇。冬莲知道,大家一定会这样说她,老锹头、爱娥和谭小头媳妇的眼睛和嘴都不会闲着,可她就是要让他们看见,她冬莲没了男人没了儿子,也一样活得滋润。她知道他们差不多是期盼她永远苦下去,永远邋遢绝望下去的。

可是她不,宋轩堂说了她才明白了,她越是小心翼翼,他们就越是得意,越是可着劲儿逼她欺负她。可她不在意他们了,他们当面背面的闲话就全不起作用了。

她努力地吃饭种地,只不过是对找到儿子这事还没完全失望罢了。而女儿小红,早就连希望也没有了。就像男人双林,她眼睁睁看他死在了水里,心念就断了,痛是痛,却痛完就完了,没什么牵挂了。而守东不是,她对他的每一根头发丝都没断了念想,这痛就是实实在在的痛,牵着心肠,真是难受。

谁都知道冬莲难受,可谁也看不出来她难受。从宋轩堂来找过她,第一次说她好看，说想要娶她，冬莲就突然觉醒过来一样，她发现自己其实还年轻，以后日子还多呢。突然之间她意识到，她居然有一片自己的土地，加上织布，她过活得不差于村里任何一户人家。现在的她，没了父母，没了男人，也没了儿女，却有了一个城里男人的关心，甚至他可以并不要她嫁给他，也不要她付出肉体。他只是要看着她渐渐从痛不欲生里走出来。他鼓励她应该更好，暗示她可以不被过去她一直在意的那些人和话所伤害。不知不觉中，冬莲身后就有了个成熟的城里男人做精神后盾，她打起了精神，不再允许自己可怜巴巴地生活了，不再允许人们欺负她。有时想想，要是儿子一直在眼前，她只会从早到晚忙着农活儿，永远也不会听到宋轩堂和她说的那些话，那她一定会永远这样下去。

宋轩堂第二次来，是真打算来娶她的，他带了媒人，也带了绸缎的衣裳。可她还是说她不嫁，但这次她没有再向他讨要小红，也没催他快走。自然而然地，冬莲和他站在他的马车边说了会儿话，说到儿子，说到地里的收成，也说到村里的人们对她现在还好。他和她说得高兴，有几次还一起笑起来。

最后她说，要是下次他来，她会给他做山东大煎饼，卷着菜或鸡蛋吃，那是山东人的上等美食。

她没想到，过了不到三天他就来了，带了白面和鸡蛋，说他天天惦记着她说的煎饼卷菜，没心再想别的，他得赶紧吃到。人活着，别和自己打别，得想法子哄自己高兴。她听出他话里有暗示意思，可她抿嘴笑了，并不接话。

冬莲是在铁鏊子上摊着煎饼时发觉，她心里居然有了宋轩堂，他来，她竟是高兴的，而且，她甚至是盼着他来的。这想法立刻把她自己给吓住了，那她成了坏女人了吗？

桂枝早早就被她叫来帮忙，她注意到冬莲仔细梳了髻，虽然一样首饰也没有，可她整个人都很轻盈，脸上比平时都柔和，她小声说，冬莲，你真好看！俺看那姓宋的真是看上你了！

冬莲抿嘴笑了，她说，是吗？

桂枝兴奋地凑在她耳边说，俺要是你，就嫁了！还有谁比他更体面？

冬莲摇头说，不成，俺和他说了不嫁。

桂枝问，那他还来？

冬莲笑着把稀面糊涂在铁鏊子上说，他说那就把他当个亲戚吧。俺觉得这话没错。小红丢了那么多年了，俺总逼他也不成。他是个实诚人，小红在他心里也是沉沉重重搁着的。守东没个信儿，他那么大的小伙子，想是现在怕官司不敢回来，总有一天会回来吧？俺盼着他别出什么事。俺要是嫁了，他回来俺咋有脸见他？

　　听了这话，桂枝默默点头，觉得冬莲真是有见识。她往火里填了木屑，又担心地说，他不会打别的主意吧？人家是城里人！心眼儿多！而且，你不怕堡子里的人们说闲话？没见刚才他们那些怪样子和怪话！俺敢说，男人女人都在眼红你们！

　　冬莲的脸有些热了，她使劲儿一摇头说，随他们说什么去！宋轩堂是好人，俺不管谁说什么！

　　自从有了这个打算，冬莲就坦然了。宋轩堂什么时候来，又什么时候走，她都敞着院门，任由爱操心的人们监督他俩。每次他来，她都会给他做顿爱吃的饭，春生或秋生，都知道在他们说话吃饭的时候，要坐在院里，省得别人说闲话。有时她会特意叫了桂枝来。谁都知道，这些是为了避嫌，谭家堡子的山东人们渐渐就习惯了宋轩堂来看冬莲。只有两三次，人们悄悄地说，那城里男人来了，俺看见谭彦章要多不自在就有多不自在。

　　在终南山下的村庄里生活，谭守东觉得比在山东堡子要自在得多，很累很重的活儿干一天，就没有太多心思了，到了闲下来的时候，他想起娘，觉得自己真是可怜。天天跟着陈木匠干活儿，有时见他卖了木器挣了钱，一家人都很高兴，他也是高兴的，却总要想，要是他学成了手艺，回到堡子里，也一样能把这钱捧在他娘手里就好了。每次这样一想，守东想娘的心就不苦了，倒像是含了很大的希望在里面。他就更勤谨地做活儿，他得学成个木匠才回去，那时他就是个了不起的人啦，在堡子里该是和谭大个子一样受人尊敬吧。他甚至想，谭大个子和贵子虽然有好手艺，可爱娥那么小气，总是刻薄每个上门求他们帮忙的人，还不是嫌白帮他们修了木器又不挣钱呗。他要是将来回去了，就一定不和他们一样！他娘总说人家都是帮过自己家，就没了高声说话的资格一样。他要是能帮他们干活儿，那娘一定是最高兴的！

这样想着，谭守东就几乎是期盼着干活儿，也期盼着要回去见他娘了，可有那么一两次，一想到宝娃，他就猛地从心里咯噔一声，他不会是已经死了吧？那自己一辈子也回不去了？要是他长大了学好了手艺，他能不能偷偷把他娘接出堡子，在这终南山下过日子呢？他看出这里人很少，该是不会有人能找到他们吧？

这问题沉沉压住了他的心，他就紧皱了眉毛发起呆来，有时香绣看到了，会使劲儿撞他一把叫道，守东哥，你想什么？瞪着眼睛多吓人！

陈木匠两口子有时也看出他心事很重，可见他并不懈怠干活儿，只觉得是小孩子家没有爹娘，就额外对他好些。

见守东天天和边老汉学医，老陈媳妇便让男人带他出去卖些木器，也给他收收心。陈木匠就把守东做的一大堆板凳、锅盖和风箱，捆绑在扁担上，让守东挑了到长安县城去赶集。集市很大，买卖啥东西的都有，守东和师父蹲在一块空地上，把自家的东西摆放了一地，很快便把那些木器活儿卖了一些。陈木匠见赚了钱，心头高兴，让守东等在摊前，自己去给他端了碗羊肉泡馍。守东第一次吃这样的吃食，虽然觉得那羊肉有些怪味，却还是大口吃着掰得碎碎的面饼喝那肉汤，陈木匠见守东对着大老碗大口吃喝，心里也觉得高兴，一个劲儿问他咋样？守东边夹了块肉往他嘴里放边说，师父！你也吃呀，俺可从来没有吃过这么好吃的东西！

陈木匠不自禁咽了口水笑了说，你吃你吃！我刚吃毕咧！没有你帮师父，我也做不出这么多活儿！该给你的工钱师父都给你攒着呢。你看，当个木匠不少挣钱呢，你又何必要去学那治病，人家那是祖上传下来的，哪会真的教给你？

守东心一动，便丢下空碗，犹犹豫豫说，俺，俺现在……

不等他说完，有人来买板凳，陈木匠赶紧招呼人家，守东只好把话咽下了。过了晌午，街上的人少了，守东便对陈木匠说，他想去县城逛逛，师父只当他想见见世面开开眼，便不当事的让他快去快回！

守东径自边走边打问着，找到县上两个最大的药房。因为是大晌午，第一个药房里没啥人，一个白胡子的老先生戴了水磨石的圆片眼镜，正给一个女人细细把脉。靠着墙满满一排全是带小抽屉的柜子，柜门儿上的字他差不多都认得，有一些便和边老汉说过的一样。他知道那里头都放的是中药，闻着浓郁的中草药味，守东心里有着莫名的激动，他想俺要是个郎中有多好！俺就可以给人看病，可以把这些草草药药的让他们煮了喝，治他们的各样病啊。他见药店的伙计们有的趴在柜台上打着算盘，有的提了杆精巧极了的小黄铜秤，边读着药方边称草药，他稀罕那秤杆儿上的称星比芝麻还小，就站在柜台外看得入了神。挨得近了，他才发现那柜台也是一拃厚的好木料做的，漆水早就没了，被摸磨得油光水滑。谭守东看那老先生给女人看病，见他让女人伸出舌头给他看，他觉得好笑，却没敢发出什么声音。老汉向那女人询问了一些，又交代了让她不要吃生冷，便开始埋下头给她开药方，他羡慕地看老头儿握了细长的毛笔，蘸了盒里的墨汁，在那纸上飞快地写字，就抻长了脖子去看，见那字里长长短短的笔画真是潇洒。仔细读了，他便沮丧了，俺要是在高黄村多学几年就好了，真是当了郎中给人开方子，字写得难看会让人笑死的！可又觉得连当郎中的希望都很渺茫，还想什么写字，他便叹了口气，老中医从眼镜片上方打量了他说，这娃也要看病吗？

守东赶紧摇了头，见那老头儿盯着他，赶紧又点头说，俺找你有事！

那妇女拿了药方到柜台上去抓药了，老头儿便让他坐在凳子上问，你哪里不好？

守东便把自己喜欢中医想跟人学看病，要给这老头儿当徒弟的话说了一遍，老头儿从眼镜片上边打量了他，便哈哈笑了说，这娃脑子咋这简单哩，学医那是三天两晌的事？

守东急了说，俺跟着南山下的边老汉学过接骨呢！

老头儿哟了声说，哟！他有祖传的方子了不得！可他哪儿懂得啥医学医理呀，不过是个土方子罢咧！

守东见他似乎瞧不上边老汉的手艺，便说，求你让俺跟你学医吧，俺啥苦都能吃，啥活都能干！

老头儿说，这又不是下地干活儿，哪是一朝一夕的事情！你得先会背了那几本医书，知道药方药理，汤头歌知道吗？

守东迷茫地摇摇头。

《黄帝内经》和张仲景的《伤寒杂病论》读过吗？

守东瞪大了眼睛，老头儿说，看！问你啥你都不知道！那你咋学呢？走吧走吧！到底是个娃，把这中医当成啥咧！没看这么大个县城，就这三两个郎中,要是好学,人人都不用来看病咧!

守东被他说得丧了气,垂着头出了药房的门,回头看看高门楼和青石地板,见老头儿像个老神仙一样坐在红木桌子后面,心里还是羡慕得不行。见他一脚门里一脚门外还是不舍得走,老头儿端了茶喝着冲他摆手道,这娃,去别处玩儿吧!

谭守东又找到第二个药房,坐诊的郎中年纪轻一些,却也有六十来岁了,听他说了想学医的话,那人却没笑,只是说,你这娃没事干就赶紧走,哪儿有时间给你磨牙?下一个!

看病的人奇怪地看看守东,便到那郎中面前,毕恭毕敬给那郎中先做了个礼,才坐在郎中旁边。郎中问他,哪里不好?

那人指了肚子说,这里不好。

郎中训斥他道,说清楚,这里是哪里?

那人赶紧赔了笑脸说,肚子疼……

守东见所有的人对那郎中像对神仙一般恭敬着,便知道自己想跟他学医简直是做梦,他却心里更想当个会给人看病的郎中了。要是自己能给人号了脉,开了药方,让他们都没了病痛,那高黄村的人就不会因为自己打死他们的鳖再恨自己了。俺打死你们的鳖,鳖给你们看不了病,可俺能顶替了鳖给你们看,一样得受尊敬的。

他这样想就鼓了满满的勇气,虽然没有找到师父,可是却有了劲头儿一样,大踏步地穿过县城,到街边去找陈木匠。远远地陈木匠见了他就急得说,守东!刚才从这里过去几个和尚,我想起你总要打听那个德空和尚,就向他们打听,他们说,明儿是四月八,浴佛会,德空从深山里让请了来,就在西安城里的卧龙寺里做法会呢。听他们说,德空可是个有道行的和尚!

守东这才想起,自己先前从高黄村跑来,可不就是要找那德空吗?瞅着地上摆着的板凳和风箱,他犹豫说,俺在你这儿学做木匠活儿觉得挺好,不想去找啥和尚啦。

陈木匠便点头说,我想也是,求佛拜神有啥用,不如自己好好学手艺!

俩人坐在那里继续卖他们的木器活儿,眼看没啥人了,木器活儿也卖了一多半,守东却越发想他的娘了。他想俺总是不听娘的话,这一次眼见着德空师父就在西安，俺要是不找他，娘想要找俺都不知道俺在哪里，兴许他真是自己的爹呢？这样一想，他突然惊醒了，慌忙站起来对陈木匠说，师父，俺想着俺还得去找他，要不他做完法会就再也没消息了！

见他犹豫着，陈木匠便接口说，那你明天一早就快去吧，咱爷儿俩今儿就早点回家了，今天卖得不错，咱给你师娘抱个小猪娃回去！

德空师父自从离了龙游寺，便在终南山里寻了他师父当年下苦修行的地方清修起来，多年都没下过山。他的师兄德宽师父从日本回来，在杜曲镇护国兴教寺设坛讲法，亲自到山里请来德空。他在兴教寺讲经，一连讲了三四天，除了出家的和尚和闻信赶来的外地僧人，许多居士也赶去听，引起不小的震动。

趁四月八的佛诞日，西安城里的卧龙寺也请了他去，已经讲了六天，再有一天法会就结束了。刚刚用罢午斋，德空师父正和师兄德宽在禅房里说话，听说有人找他，只当是供养着他的居士，出门却见一个十五六岁的孩子，就站在太阳底下，仰着脸看他。

德空下了台阶问，你找我？

守东盯着眼前的德空师父，光光的头上烫着戒疤，人很清瘦，那眼神竟清澈得像是能看到底。他看不出德空有多大年纪，却觉得见了他心里有说不出的清静，他说，是俺找你。

德空便问，有啥事呢？

守东便把两年前他娘和高婆婆让他到西安城找他，却没找到的话说了一遍，德空便笑了说，你就是冬莲的儿子呀，长这么大咧，看这身子多壮实！

德宽见是熟人的儿子来找师弟，就笑着让他们进禅房说话。德宽却矮胖，脸色又黑红，一对眼睛圆亮亮的，他的耳垂又大又圆，守东忍不得多看了两眼。

进屋坐下，守东的眼睛也没离开过德空，他心里揣摩着，自己是大眼睛浓眉，他的眼睛却并不大，自己个头高大肩也宽厚，德空虽然结实，却只是中等个头，很瘦的样子。守东心里有些失望，但又觉得德空和娘、和高婆婆都很熟，便觉得这人更亲近了。他说，你这几年见过俺娘么？

德空摇头说，没见过你娘，也没听过她的啥信儿，你咋会到这里？

在德空面前，守东觉得啥也不必瞒，对着他的眼睛，那是啥也瞒不了的。

他便犹犹豫豫地说了他在高黄村的事，他边说边偷偷打量，生怕德空因为他的鲁莽而厌恶他。德空听他说完才说，那你今天才找到我，这两年咋过的？

守东说，俺跟别人学了木匠手艺。

德空点头说，也是个好强的娃！以后咋打算呢？

他觉得德空就像亲人似的，忍不住委屈地说，俺现在就想学会医术，能回村里给人看病，所以才到处打问，却连点儿希望也没有，人家问俺读过啥经没，又问俺背过啥汤头歌没，俺连听都没听过，看来这是没指望了。

德空心里一动，你说你要学看病的手艺，为啥呢？

守东热切地说，俺和俺娘在谭家堡子被人瞧不起，俺想当个有本事人，既能挣钱养活俺娘，又能让堡子里的人不用可怜巴巴跑到镇上才能看上病。俺见害了急症的人都活不到镇上，就算到了镇上，看上郎中，也抓不起那药，还是回来等死……堡子里死过人，就是因为没医没药。

德空接口说，是呀，要不是高婆婆有接生的本事，又请来费郎中，你娘那时就怀着你死在路上咧。你这娃倒心善！

守东没想到他竟然知道自己出生时的事，便好奇了说，你咋知道俺娘的事？你讲给俺听听吧！俺娘只说她生俺不易，还有俺爹，你认识俺爹吗？

他怀了很大的希望，细心观察德空的表情，德空摇头说，我不认识你爹，我认识你娘的时候，她是刚从山东逃到关中，快要生你，下着大雨没处去。

德空把当时冬莲到了龙游寺，咋样生下守东的事细细讲了一遍。德宽听了也念了声阿弥陀佛。守东被德空牵了手，听他讲着这些，就一直流着眼泪，心里默念着，娘呀娘，你咋从来没和俺说过这些！

他恨着自己，握着拳头狠狠砸在墙上，德空静静问他，你都惹了那么多祸，咋还不懂得收敛自己？那拳头砸着打着，你就觉得有本事吗？

守东惭愧地说，俺有时觉得要憋死了，俺恨那些人欺负俺娘，俺也恨自己不但帮不了娘，还光给娘惹麻烦。俺听村里人说俺是个祸害，说俺娘白守了寡，俺就恨不得把他们全都砸死！

德空细细看着他的脸，摇了摇头说，所以你现在还是痛苦难受。我们出家人修行，就是想要让自己的心里安宁。你满心都是仇恨，满心都是怨气，总想着让别人羡慕你，你咋能安宁？

守东想了想问，是呀，俺心里是不安宁，又怕，又恨，又急……俺恨不得那天的事没发生过，俺没有砸死那老鳖，也没有拿镰刀丢宝娃，那俺现在就可以和俺娘在村里高高兴兴过日子了，说不定牛也买了，井也打了。

他说得声音却越来越小，眼泪又涌了出来，德宽拍拍他的肩膀说，过去了就别再想了！那个宝娃死咧么？要是他没事你不是就能回去见你娘了么？

守东摇摇头，娘让俺找德空师父，说她会来找俺。可俺……一直找不到你！

德宽对德空说，国家现在就是这个样子，刚和你说，真要修行就得在乱世里修，你躲在山里就能救苦救难了么？我劝你，你不听，看人家娃因为找不见你，和娘失了联系了吧！

知道师兄和他开玩笑，德空就也笑了说，我这不是来了么？这娃和他娘的难是有定数呢，机缘没到也不成呀。你让你那徒弟跑一趟阎良，打听那娃到底死了没，再给冬莲报个信，没事就让娃回去咧！

守东急得说，俺不回去！

德空说，你不是想你娘在堡子里一个人可怜，咋又不回呢？

守东说，俺现在只会做木匠活儿，还没出师！俺没学下本事，回去一样让人看不起！俺把娘的脸丢大了，俺不能现在就回去！

德空便点头说，是这样啊，你说得倒也是！

听他好强，德宽却有了兴趣，你说你想要学中医，我不晓得你识字么？

守东惭愧地说，俺在高黄村读过两年多私塾。

德空说，那你想学中医，要费的劲儿还大呢。

守东却大声说，可俺不怕，俺现在已经会给人看跌打伤了，师父你能帮俺吗？

德空说，我认识几个中医，他们轻易也不教人，我倒有一个师兄，出家前也是祖传学医，他到现在又去日本学了西医，可我不知道他愿不愿意教你！他天天要干大事，操心的也是国家的事！

不等他说完，德宽就笑着打断了他说，谁说我只关心国家大事？这娃我教咧！就冲他想要给全堡子人治病的心，这不是大慈大悲？这不是救病活人？

德空也笑了说，我要不激你，你能答应？

守东这才明白他俩的话，大喜过望地冲着德宽说，那俺识的字少也行吗？

德宽也有些愁了，不成！学医首先得学医术，那老中医问你的不差，那几本经典你不会就不成，听你说你认识一些中药，也懂得一些药性，可是你不会用也是白搭呀！

德空站起来说，我也爱这娃好学有志气，教他背医书的事有我呢，等他有了基础你再教！

守东没想到只这么一会儿，自己的梦想就成了真的，他兴奋地搓着双手，瞅瞅德空又瞅瞅德宽，突然醒了神，赶紧跪下给两人磕头。德宽问守东，你现在住哪里？

守东说，俺现在还在俺师父家学做木匠活儿呢！

德空问，做着活儿你咋学医呢？

守东想了想说，俺和师父说说吧，那时俺和他学木匠活儿时就先说好了，俺找到你就走了，他答应过的……若是他不愿意，俺就白天干活儿，晚上背书，过几天来城里找您学，只是……不知你啥时候去山里？

德空看了眼师兄说，啥时候你能背下医书了我就啥时候走！他的意思不就是让我在他庙里住下讲经么？我就听他的吧！他又对师兄说，明天一早，你打发个徒弟到山东堡子，悄悄打听了，告诉守东他娘，说他在这里学木匠活儿，再给她捎些钱去！

德宽一直在沉思，见守东高兴得什么似的，便说，我想了想，还是给你找个中药堂当伙计比较好——你有了吃住的地方，天天见的都是中药和病人，得闲了看看坐堂先生咋样看病。开的方子都是你抓药呢么！你一边学医书背方子，一边亲手治病人，不是更快么！只怕你纸上谈兵嘛，等你有了基础，我给你指点着再精进！

和两个师父说得热血沸腾，谭守东有了很大信心。可是回到陈木匠家，谭守东咋也说不出要离开陈家去学医的话。隔了五六天，鄠县的县城里也过会，他便和师父挑了木器去赶集。卖了大半天，挑子里的东西就少了一大半，陈木匠高兴得一路吼着秦腔，到了街背人少的地方，还捏了嗓子学两声旦角儿的唱腔。守东一路跟着陈木匠往回走，背着没卖掉的风箱板凳，踌躇了好久，还是说不出口他晚上想去庙里学医的话。

终于，陈木匠唱完了一折秦腔，头也没回地问他，前几天见咧？

他便低头说，见啦！

陈木匠问，没啥？

他说，没啥。

两人一路没话，一前一后赶路，天黑透了才到了家，把香绣和她娘急得在村口巴巴地张望。守东知道师父和师娘对他心重，他甚至也看得出，他们对他像儿子一样，又说过让他给香绣当上门女婿的话。他便越发觉得要说出离开他们去学医是多么难的事，吃罢饭师娘便问他，守东，看着没精打采的，没事吧？

他便支吾了说没事。

陈木匠便让他早点儿睡了，想他是白天在集上卖东西又一路挑着挑子累坏了。香绣趁着他出门的工夫，悄悄地递给他一双鞋说，这双鞋比上一次做得好，俺细细地连鞋帮都缝了，你试试吧，看合不合脚。

守东捧着那鞋回屋里，更觉得没法给师父说了。他把鞋放在枕下，想想香绣，自己要是走了，她不定多伤心呢。自己这么多天有了这样一个妹妹似的人，天天能说话，真走了他也有些不舍。可想着白胡子老郎中在药房里给人看病时，那些病人捧着药方像捧了圣旨一般，又是鞠躬又是作揖，他却又抑制不住自己想学会给人治病的心思。咋样说呢？到了天快亮的时候，守东打了个主意想，要是师父硬不让走，那俺就留下做活儿，晚上再念书，要不是人家开始收留，现在哪儿能学会这么多的手艺呢？

果然不出他所料，第二天一早，他说了见到德空师父，想要跟德宽师父学医的话，陈木匠就低了头，咬着烟嘴不说话了。师娘愣了愣，有些不高兴地说，我又不是你亲生的娘，你要走谁也没法拦住你。

听她说气话，守东便说，那俺干活儿去了。

香绣见爹娘都没理他，就跟出来说，守东哥你别在意，我娘是不舍得你走。

守东冲她笑着点点头说，俺知道。

香绣轻声问，守东哥，你真的那么想学看病吗？

守东点点头说，俺们住的堡子附近，连一个郎中也没有，谁要是病了，熬得到天亮就让人送到远处的镇子上，有的等不到天亮就硬硬病死了！俺娘身子也不好，俺想俺要是能看病，方圆多少里就再也不怕人生病了。

香绣点点头，忽闪着眼睛瞥了他一眼说，你娘？我知道你的心，知道你不舍得走，知道你想着我爹我娘呢。

守东赶紧点头说，俺不舍得你们，要真是师父不让俺去，俺就算了，只晚上学医吧，虽是慢点儿也不敢惹师父伤心。

香绣怀了点儿希望说，那，将来你还是要走呀？

守东坚定地点头说那当然。香绣急了，那我爹还有我娘，还有我……

守东明白她的意思，可他还是摇摇头说，俺真的得走，俺得回俺村。

师娘从屋里出来就沉着脸，显然她是听见了香绣和守东的话，她没好气地说，要走就走吧，谁也不会强留你，哼，来的时候说得倒好，没爹没娘，只要能有口饭吃就行，现在长大了，翅膀硬了，活儿也会做了，娘就又活了，就觉得给咱干活儿吃亏了呗。

陈木匠止住媳妇的话说，守东这娃没那意思，我知道，他就是看边老汉有了给人看病的手艺，心里眼气，其实这么大的孩子有这么大的志气本是好事！守东，你要是嫌给师父干活没工钱，那从今儿开始师父把工钱按月给你，咱爷儿俩还一处干活儿。你也不小了，我当着香绣的面就把话给你搁这咧。你要留下，我给你开工钱。再等三两年香绣长大，我就把她许给你，你给我当个上门女婿也行，不当也随你！

守东看看香绣眼巴巴看着自己，他又看看师娘也一脸期待，他垂下头说，俺娘还在村里等着俺哩，俺说啥也得回去，再说……香绣这事俺得听俺娘做主。

香绣原先的脸是羞红了的，这回便一下白了，眼泪渐渐涌上来，她捂着嘴哭声却止不住，扭身回了屋，咣当摔上门。陈木匠叹息道，那就走吧，去找你那德空师父吧！找你娘去吧！香绣他娘，去把咱给他攒的工钱拿上。

师娘不乐意道，管他吃喝管他住，还有啥工钱？跟你学的手艺就白学咧？

陈木匠大吼道，再说屁话！让你拿就去拿！

守东站在院里，不知道该说啥好，待到陈木匠把那钱要塞给他手里时，他缩了手，扑通跪下叫，师父，你打俺吧，俺咋敢要你的钱，不是你收留俺，俺那时都饿死了，你还教俺手艺！

他不住在地上磕着头说，可俺娘守了十五年寡只守了个俺，俺惹下大事逃出来。俺村里人都是穷人，俺真的想学会看病，可俺也爱这木匠手艺，俺也感谢你们，俺也喜欢香绣妹子，俺一句假话也没说呀……你说俺该咋办？

陈木匠的脸色缓和了些，拉他起来说，好孩子，你这么上进好学，师父高兴还来不及呢，只是突然间你要走……师父心里舍不得，你要真记挂着香绣，等你学好了手艺找人来娶她，我和你师娘就等着你！

香绣在屋里竖着耳朵听他爹娘和守东的话，守东低声应了，香绣挂了泪的脸就忍不住笑了，听着守东说，好，等俺学了手艺，给俺娘说……只是俺家太穷……

香绣娘气还没消，硬硬地说，那你挣了钱再来吧！

陈木匠瞪她一眼说，咋给娃这样说！

香绣娘不高兴地说，可不是嘛！咱教他手艺，我这么大的闺女，养了十几岁，哪能白白给他？他要当上门女婿，那我就不计较！他要把香绣娶走，那你老了干不动了，咱没有多收点儿彩礼钱，咋能轻易就给呢？难道香绣长这么漂亮，又这么勤快，还怕找不着好婆家？

陈木匠嫌媳妇说得难听，就把手里的烟袋丢在地上，刚想发作，守东给师娘也磕了头说，师娘！你说的话俺都记下了，俺一定好好挣钱！

守东提了他那两件衣裳和香绣给他新做的鞋，又背上陈木匠给他的刨子、木锯、钉锤，跑去告别了边老汉，往西安城的卧龙寺找德空去了。

德宽师父带守东到五味什字的德济堂去。他认识的一个老郎中在那里坐诊，是当年给慈禧太后看过病的名医，精通妇科。为了方便他学医书，德宽就让他在寺里住着，守东每日里从药房干完活儿回来，就跑到庙里，再跟德空学医书。德宽让守东每天晚上和早晨，熟背《黄帝内经》和张仲景《伤寒杂病论》。德济堂的方老板是一位虔诚的居士，和德宽是多年的朋友，他也敬仰德空佛学知识丰富，便交代药铺的伙计们说守东虽是来当学徒，在柜上学着抓药，但更多是跟坐堂的杨先生学看病，让大家不许为难他。

老郎中姓杨，陕西蒲城人，医术高超，家传有秘方，见掌柜的让守东来学，他便叫人在自己的红木桌子旁加了把椅子，谭守东赶紧给他跪下磕头，他却拦住说，掌柜的让你来学你就来学，你甭给我磕头，我从不收徒弟。掌柜的有些尴尬，德宽见守东扭头看他，就不当事地冲他笑笑，出了门才对他小声说，不怕！这臭传统本是老中医的规矩，啥也不传人，有的把个能活人的好方子沤烂在肚子里，宁可带到棺材里也不愿让外人学了去。我就是看不惯才去学的西医。你不管他说啥，让你来不过是图这儿天天有害了各样病的病人能长见识，你仔细搭脉，寻着和他讨论，再看他的方子咋开，用脑子记下，晚上回来我给你教！

杨老先生主攻妇科和儿科，许多怀不上孩子的妇女经他调治，喝了中药便能怀上孩子，许多孩子得了各种疑难杂症，他便用那银针治好了数不清的小病患。他在德济堂坐诊了几十年，门上密密悬挂了写着"济世活人""华佗在世""送子观音""神医"的牌匾，谭守东对他崇敬极了。

杨老先生先问守东读过啥书，又考问了他，便淡淡叹了声，轻视地让他坐在一边。有人来看病，他把完脉也让守东把，却自管开方子了，病人也觉得守东啥用也不顶，倒多了一道手续。守东刚来时每天在柜上忙活着学抓药，他手脚勤快，进了药铺手脚不识闲，每次晾晒草药，或是要把那草药铡短，守东都比别人干得又快又好。方掌柜便高兴了，逢人说来的这个学徒一个顶三个，两个在柜上干活儿，一个还能跟着杨老先生开方子。

守东每天在药铺里卖力干活儿的情形，杨老先生都看在眼里了，见守东稳重好学，又受了掌柜的委托，觉得自己一直不教给他东西，心里有些过意不去。依着他的意思，他的本事只传家人，不传外人，便有心推延，让守东好好背下医书再教他对病人望、闻、问、切。没想到守东不长时间便将那汤头歌背得滚瓜烂熟，时常还将背诵的《黄帝内经》《伤寒杂病论》背给他听，问他里面字句的意思，他便觉出这孩子的心劲儿来。杨老先生见守东对自己毕恭毕敬，努力学医，他便由不得把自己一些看病的方法教给守东，有了疑难的病症，他也把守东从柜上叫过来，让守东搭脉，问守东那脉是浮是悬、是沉是轻，守东便一一说了。他再帮守东分析这脉象，让守东先说方子，自己一点点帮守东修改。那些慕名来看病的妇人多是疑难杂症，不是经血不调，便是腰痛酸疼，杨老先生问的也是月事来了没有，血色咋样。守东不过才十六七岁，哪里听过这些，老头儿便细细讲给他，守东听了脸红脖子粗。

晚上回到庙里，谭守东鼓了勇气找德宽，却又不说话了。德宽便问他咋了，他扭捏了一会儿，才低头说他不想学看妇女病。

德宽怔了怔，见他红着脸便笑了说，这娃倒是羞脸大！世上一半是女人，女人几乎都有女人病，再说我让你操心学五行的相生相克，就是因为不管啥病，医理道理都是一样的，都是要一个阴阳平衡，人的体内如果寒热不平衡，必定有病。你天天背的方子都是看那些病的，并没有荒废！我学的西医，却是另一回事，不过是头疼医头脚疼医脚，你上次说的那个边老汉治好的断腿，放在西医里只能锯了！

守东不相信地说，啥？锯了？！

德宽说，如果没有边老汉的秘方，还能咋样？看着那人的血流干，然后感染，腐烂，整个人死去？所以我不赞成把祖传的方子留着，眼看着多少人能治好，硬是留着方子不治……唉，还是说中医吧，我就觉得中医是治根呢，比西医高明！

守东问，那你为啥要学西医？

德宽笑了说，问得好！西医治得快呀！现在国家连年战乱，多少当兵的在战场上让打断了胳膊腿，打烂了头，等中医？一个个把脉，一锅锅熬汤药？还不都死净咧？这就得上西医咧，腿坏了锯腿，眼睛坏了挖眼，人家西药都是指头大小的片片儿或是玻璃瓶里的水水儿，随时就喝下去顶用了！所以，你可要好好学呀，我看你脑子好使，背东西又快，将来我把西医也教给你，你和中医混合着用，肯定更好！

守东让他说得兴冲冲的，一个劲儿点着头说，你说得也是，边老汉的药真是神，可他不会看别的病，他也说，他不懂得医术教不了俺太可惜！

德宽说，你记得他放的草药有多少种？

守东说，二十一种！

德宽便笑了说，好，你好好学会这五行平衡，跟杨老先生学会了把脉和对症下药，我帮你把边老汉的那个方子琢磨出来，那样能救多少人呢！

不知怎的，臭胡基儿知道了守东的事，居然又跑去找高婆婆帮他给冬莲说媒。他说他过了这十多年，想的还是她。过去她有儿子，不肯嫁人，他就等着。现在她该是可以嫁人了吧？

十多年了，他完全成了个老头儿，头发和胡子茬都花白了，谁知道他娶冬莲的心还没死！

高婆婆见是他，一口啐在地上，哼了声说，你的腿好了？

那次谭彦章揍了他以后，他的腿就受了伤，养好了，却有些跛了。臭胡基儿晃着花白的脑袋，不当事地说，没事，不疼了。你帮忙给冬莲说说，我也可以当上门女婿！反正她家里现在没人！

高婆婆吓得什么似的，生怕他真的去找冬莲，就支应他说去问问，看冬莲怎么说。

看臭胡基儿走了，高婆婆暗暗叫苦，这一摊臭狗屎又黏上了！

恰好这次去，宋轩堂刚带了春生来收布。因为山东堡子几乎家家都织布，布又好，他就上门来收。他有意给冬莲面子，价格比大家在集市上去卖高出很多。这样一来，谭家堡子的人家几乎不再为卖布发愁了，而且，因为这个原因，宋轩堂带着人来谭家堡子，谁都是期待的，几乎没人说什么闲话了。

春生和两个小伙计到堡子里收布，高婆婆本想避着宋轩堂，冬莲没当事，让她尽管说吧，却没想到是那个老光棍又要纠缠的话。冬莲听了默着没了话。宋轩堂见冬莲的脸立刻就起了红。他问，冬莲怎么想？

冬莲指指门后的农具说，敢来俺就打！这不要脸的！

宋轩堂就明白了。三个人说了会儿话，高婆婆要回去了，她叮嘱冬莲一定锁好门，因为那臭胡基儿专门说了，他知道冬莲家里没有人。临出门她又拉了冬莲的手，一个劲儿埋怨自己给冬莲引了个害货上门！

冬莲红了眼圈说，婆婆别总说这样话，俺这辈子都感激您老人家呢！要不俺死了好几回了！

送走高婆婆，冬莲刚进屋，就见宋轩堂站在屋中间，急切切地说，冬莲，让我娶了你吧！明媒正娶！嫁到西安城也不让你受委屈，我给你独门独院过日子！

冬莲从眼角里瞅了他一眼，在木凳上坐了，痴痴地对着门外的光亮不说话，宋轩堂打量着冬莲的脸热切地说，嫁了吧，冬莲！我活了半辈子，没对别人动过心。我稀罕你，想和你过日子。过去你不嫁我也由着你，你要种地织布我也依着你。现在，这堡子住不成了！你就答应了我吧！

冬莲双手捏着帕子，在指头上缠着拉着，心里缠磨着。高席氏说的话她一直都记得，她甚至想起老人的样子心里都会一凛，那是她未来的路吗？要她拒绝了眼前这男人，她也实在不能够，世上还有谁对她这样好？想着她念着她，却从没有想要占她的便宜。就算是现在想娶她，他也是想着要给她独门独院，他多懂她的心思呀。

217

宋轩堂拉住她的手，冬莲不由得站起身，他就把她整个儿抱在怀里了，他在她耳边热切地说，冬莲！冬莲！让我娶了你吧！我不会让你再委屈！将来你得给我生个儿子！

他的怀抱炽热得让她动弹不得，他亲着她，让她几乎瘫软，男人的力量紧紧箍住她的身体，冬莲迷乱地叫，不成！不成！

可他更强有力地抱紧她，大声说，别傻啦！你现在一个孤单单的人儿！让我照顾你！明媒正娶！

冬莲被宋轩堂的力量弄得心神飘摇，她感受到他的手轻柔地抚摸自己的头发，又狂野地揉搓自己的身体，她不由得伸了双臂搂住了他，却胡乱地想，她要真的嫁了宋轩堂，那不是自己扇了自己的脸？多少次她大声大气地说她这辈子不改嫁。不定哪天守东回来，没了娘，她咋能对得起儿子和他爹？

她半睁了眼睛，挣扎起来，宋轩堂却不放松她，两人哧哧地撕扯用力，冬莲定了定神，使劲儿推开他。她说，你疯了！

两个人就都醒了。

宋轩堂发觉怀里柔软的女人突然变得强硬，他松开手，冬莲轻声喘息着，把散乱的头发用手指拢在发髻里。宋轩堂惭愧了。

过了好半晌冬莲说，轩堂，容俺再想想。

就在冬莲和宋轩堂都以为她这次真要嫁给他的时候，谭守东让人从西安城捎来的信送到了冬莲手里。

他问他娘，宝娃还活着吗？他说他想娘想得厉害，盼着能早早见到她。捎信的人给冬莲了一个小布包，里面的钱并不多，却足以让她吃惊了，她的儿子，果然活得好好的，而且很快就能见面了！她高兴极了，她等这消息等了两年多，现在却不敢相信了。待她把那信读了又读，她就一刻也不能等了，生怕捎信的人捎去信，儿子再回来就又多耽搁几天。冬莲几乎没等捎信的人把一碗水喝完，就急着锁了门，她得和捎信的人一起去西安找她的儿子守东了。

冬莲和宋轩堂的亲事就这样没了影儿。

冬莲到了城里的时候，守东正在药铺子里学看病，门口排了六七个病人，有的抱着孩子，有些吵闹，一个小和尚在门外叫他，谭居士，有人找你！

他见是德宽师父的徒弟，赶紧站起说，阿弥陀佛，师父好！

守东看到娘就站在小和尚旁边，穿着素淡的棉布衣裳微微笑着，和他许多次梦里见到的完全一样。

守东没防着猛不丁见到他娘，便愣了，喃喃叫道，娘！

冬莲在药铺门口冲他笑着，他扑着到了冬莲面前，两年多了，他没见过他的娘了！

守东叫，娘，是俺！

冬莲拼命点头，看着比自己还高的儿子，她有点儿不敢认，守东挂着眼泪却笑着说，娘，是俺呀，你快进去呀。

冬莲做梦一般说，守东，你咋这么大的个子？俺一搭眼只当是你爹呢！

药房的人们都稀奇地看他娘儿俩又哭又笑地说话，有人说小谭郎中的娘这么年轻呀。冬莲就羞了，和人家赶紧做礼，就又有人说，都说小谭郎中长得好，原来随他娘！

东家知道守东的娘来看儿子，特意允许他提前下工，让他陪他娘去城里走走。娘儿俩就拉着手，在城里游逛。守东给她说东说西，说着哭了，说着又笑了。冬莲只是听，手里扯着的儿子比走时高了快一头，她总有些不踏实，怕是在梦里。谭守东领她去城里的羊肉泡馍馆吃饭，冬莲知道儿子想孝顺自己，不敢说他太铺张了，也没提当年她来城里找他时，也是在个羊肉泡馍馆安了身子，却每天被这气味熏得要晕过去了。热腾腾的泡馍端上来，羊肉有点儿膻，冬莲把肉就全挑给了守东，自己硬是屏了气息吃了半碗。守东并没察觉，领着他娘在西安城里走着，指着让她看钟楼和城墙，又说有几个老字号，是过去太后写的牌匾呢。有几次，冬莲就想让他找找宋轩堂的铺子，可见到守东高兴得眼睛发亮的样子，她又把话咽下去了。

这一夜，娘儿俩在炕上几乎并排躺着说了一宿话，守东看娘比自己走时瘦了许多，他给娘把头发理了理，非要看她有没有白头发。冬莲便眯了眼睛笑着说，俺儿会心疼人啦！俺该好好打你一顿呢，早也没个信！

守东给娘把逃出去这两年多学木匠和学医的事说了一回，冬莲一个劲儿念着阿弥陀佛，说佛菩萨保佑着，守东才有这样好的运气。

守东说，娘，俺跟俺师父都商量了，俺要学成个名医，救病活人！

冬莲喜得说，都随你！

守东将娘的手捧在胸前，给她把脉说，娘！俺学会开药方治病了，俺要治好你的病！俺师父厉害，光给人开个药方诊费就不少钱呢。

冬莲便看着儿子专心致志把自己的手腕握着，和所有的庄户人家一样，她这辈子没太看过病，见儿子像模像样地皱着眉头，那油灯的光照着儿子粗黑的眉毛和亮晶晶的眼睛，她的眼泪止也止不住，心里却觉得甜丝丝的。这孩子竟没有耽误！自己还能活着看到他成了气候！看这孩子肩多宽呀，她忍不住捏捏，儿子这胳膊疙疙瘩瘩的多壮，他还学会了木匠活儿。她咋也看不够，有时就觉得恍惚了，眨眨眼再看时，儿子还在眼前，便从心底高兴着长出口气。冬莲觉出儿子和走时像变了个人似的，不光是个头大了，那眼睛里也沉稳得多了。

守东把完脉，把脸埋在娘的手心里，手冰冷冷的，他用自己的双手捂着给娘暖手说，娘，你这手脚冰凉，是气血不调，俺都能给你治好！

冬莲欣慰地看着儿子端端正正的脸，爱也爱不够，只眯眼笑着说，都依你……都依你！

临睡前，冬莲见儿子果然就给她装了十几包中草药让她带回家去喝，她自语道，双林呀，你儿子竟然成了个郎中啦，你会高兴的吧！

让冬莲没想到的是，儿子居然打了主意要再在西安学医两年，这一下冬莲像是从美梦里惊醒了，她怎么也不答应，这是她的连心肉呀，咋能就不回家呢？

可是她哭她劝都不顶用，守东见娘苦着脸，也不忍心了，就说明天带她去见见德空师父。冬莲当然想要当面去谢谢他的，第二天一早两人到了寺庙见到师父，冬莲忙不迭地磕了头，又道了谢，守东就悄悄笑了。德空师父果然劝冬莲为了成就谭守东的医术，还是让孩子再在药房学上两年，学医不比其他，方子背得再熟，也得有坐诊的经验。

冬莲知道儿子成了器，想要当个人上人，她自然不能再说什么了，只好点头答应了。守东挎了娘的胳膊，亲热得很，他说娘，你放心吧，西安城离家又不远，俺当时跑了一下午一夜就跑到了，闲了俺就回去看你，要是你想俺就坐个车来看俺！两年，一晃就过完了！

在西安停了两天，冬莲不敢耽误儿子学医，早早打算回家了。

冬莲坐在回乡下的车上，想想儿子高大了会疼人了，一时心酸他这两年不知受了多少苦，一时又高兴自己的儿子将来是个有本事的人。手里把玩着儿子给她买的木梳，冬莲有一时就想起了宋轩堂，她便庆幸了，还好没和他说答应要嫁给他的事，要不守东回来，她可怎么和儿子说？

没过一个多月德宽就和守东试着调出了好几种中草药，给断了骨头的穷人免费试用，守东认真记录病患的恢复情况。到了半年多的时候，谭守东和德宽终于试出了最好的剂量和搭配，为防止天热伤口溃烂，他们把阿司匹林碾成细粉末备用。一时间到寺庙来求看骨伤的人多起来，他们索性都介绍到德济堂去了。

杨老先生以为守东只想治骨伤，对妇女病症没有兴趣，便抽空开导他说，你该知道，女人得病多是气血不调，因为病多才专设了这科的呀。她们除了和男人一样会得下的各样病症，是不是还得每月来月事，怀娃生娃，到四五十岁经血干了还有别的病症出来，女人家大多都是死在这些妇人病上咧！

谭守东仔细想了，便想起娘总是不时说腰疼头昏，自己和她在一个房子住，也见她总是用手揉了肚子说疼，有时竟疼得满头大汗起不了炕，那时自己小，除了着急也只会给娘烧热水喝。现在想来娘那时怀了自己却一路逃荒，死了爹她一定是伤心气瘀，又在雨里生下自己，未出一月就开荒种地，她那样劳累过度，当然得下很重的病了。学了一段时期，他对妇人的病症就有了些了解，回想娘便是气血不足、血滞的症状呀。他把娘身体不好，总是乏力，一年四季手脚冰冷的症状都讲给杨老先生听，老先生说，那你娘怕是生你时受了风寒，血滞住了，按你这样说，她又劳累心里又憋屈，可不就身体越来越差嘛！

守东急了问，那有没有治呀？

杨老先生说，你都这般大个子了，这陈年老病要治当然也有得治，只是治得就慢咧。

守东急得眼睛也红了说，师父！求你教给俺这个法子吧，俺要把俺娘治好！俺娘从生下俺就守寡，十几年来又开荒种地，又夜晚织布，一个人撑着个家，俺没得报答她，要是能治了她的病，让俺干啥俺干啥！

杨老先生说，那时让你学看妇人病，你还倒觉得不以为然，现在知道这病妇女几乎人人都有，有了这样的手艺，你一辈子就端着饭碗哩。

守东点头说，俺也是跟你学了医，天天见那么多的大嫂大娘排着队看病，听她们诉说，又听你给俺讲，俺才知道做女人比当男人更苦得多了！俺真的想有本事能治好她们，别受那么多苦了！

杨老先生深深地点头说，好娃！学医的人就要有你这样的善心！你要只是为了图个饭碗，我听了德宽的吩咐，教给你也就罢了。听你天天念叨要回你村里，当你那方圆多少里唯一能看病的郎中，又听你对那些女人有这样的善心，我就觉得你这徒弟没有收错。你好好琢磨我每次开的方子，琢磨每个人脉象，病症差不多脉象也有区别，药方为啥要差那么多？这就叫因人而异！

守东赶紧就拿笔记下，短短的几个月，他已经记下了一大本，有的他听得懂，有的他听不懂，他都一一记下来，留作回去自己琢磨，实在不行就拿给德宽。

德空被他师兄留下来了，却一心修行，在庙里还是很少见客。隔一些时候谭守东才去看他，讲讲自己学到的东西。德空看他好学，高兴得什么似的，便细细帮守东琢磨了他记下的笔记讲给他听。德空的毛笔字写得好，守东见杨老先生也一手好字，便想自己现在没有机会开药方，待到啥时候真要给病人开个方子，自己那样的烂字，怕是人人都要笑话了，他便也有心要学字。他知道纸贵，便把杨老先生一只秃了头的毛笔讨了来，在寺庙的后院里拾了几个大青砖，在上面一笔一画描画，德宽有时见他用功到深夜，天不亮又要起来背药方，便也心疼他，总是催他早睡。德空见守东隔一半个月便攒下些银钱，托人在回谭家堡子时给他娘捎回去，又见他愈加操心学医，知道他有了志向，心里暗暗赞许。

守东把那字写了些日子，觉得能看得过眼了，便捧到德空师父面前请他指点，德空先夸了他，又给了他本魏碑古帖，让他把字写沉稳些，宁愿拙些也别浮滑，这和做人是一个道理。守东应了，仔细看罢，觉得这字真是让人喜欢，一个个像正襟危坐的将军。他把这话说了，德空便笑道，你这娃天资太聪明了，好！这样理解也好，写出来的字和军阵一样，那就成了个有骨气的文人了！

守东时常听德空师父说起文人这个词，知道是夸他，就高兴了。他说他想当个文人，德空师父点头说，那你要读的书还多呢！

德空虽是在庙里住着，博学的名声却早传开了，总有各界的人士慕名来结识，到庙里寻他。有谈经论典的，德空便不厌其烦地和人家喝茶讨论，有与他说起国事的,他都一概推托掉了。德宽的俗家朋友却多,既有军界政界的朋友,又有开茶馆卖洋面的朋友,他和德空相互并不干预,德空知道他操心国家命运,关注着政治动态,并不去说他。德宽也明白德空不过是对时下军阀混战、百姓受苦的情形灰了心,并不是不想知道国家大事,便一旦得下啥消息,都要说给德空听。有时德空叹息一场,有时便忍不住说些自己的观点。守东对于他说的话只是听着,回去一段时间心里还在揣摩那意思,德宽总是细心听德空说了,不住夸他好见解。谭守东在两位师父那里,渐渐熟听了护法军、护国军、靖国军的名字,知道了袁世凯称帝和张勋复辟的事,也知道了北洋军阀陈树藩是被段祺瑞任命为"汉武将军"的陕西军务督办的事。德宽对德空提起靖国军攻打西安要反陈树藩的事,德空只摇头却不说话,德宽便催他说,师弟,你说怎么陈树藩在城里守着,靖国军总也攻不进来,倒被反扑在城外呢!

守东见德空不说话,忙站起来给他俩都倒上热茶,德空默了会儿,突然没头没脑地说,你昨日说陈树藩把那镇嵩军的刘镇华引来了,这可是个大祸事呀!

德宽说,现如今,陕西各界的人们只是声讨陈树藩,谁在意他刘啥呢!

德空摇头说,袁世凯称帝时,陈树藩打的是"西北护国军总司令"的旗号,宣告陕西独立。袁要伐他,派的人还没到陕西,袁世凯就死了。段祺瑞和陈树藩是师生,让陈树藩当了陕西督军兼省长,只要他在,在陕西要想倒了封建军阀搞革命,难呢!

德宽默默点头说,我和我那乡党杨虎城半个月前在朋友那里见了面,他说了这话,可是没个好法子呀!

守东曾听他说起过,知道德宽未出家时,在蒲城县闹过"中秋会",反过清朝廷,那杨虎城便是他们的头儿。他见德空不答话,便问他,师父把啥都看透了,咋不说说呢?

德空叹口气站起来,边往门口走边说,秀才只是纸上谈兵!看这天上的月亮,只有半个……

守东便站在他身后,见淡淡的月亮光照在院里,一切都模糊着。

德宽若有所思,德空淡然一笑说,我知道你想给你那朋友出主意,其实现在陕西缺一个统领的人把靖国军捏在一起,有了这样的人,原来的护法军从各省声援陕西靖国军，陈树藩很快就在陕西待不住了。

德宽轻轻点着头。

西安城的人们爱听秦腔，城河边上总有小戏班子在唱野场，没钱的人们总要围得里三层外三层。得意社有了青女和小桃红，在西安城演了几个月，捧戏的人多。冯老板是个爱戏的人，专意挑了几个出彩难唱的戏让张伯排，演员们知道事关自家的饭碗，也铆足了劲儿唱，果然得意社一举在西安唱出了名堂。见城里的戏钱好挣些，冯老板就不想再去乡下唱了，他下了决心花钱租下个茶馆，重新修建扩大了，成了个很像样的大戏楼，得意社的金字招牌一挂上，就在西安城叫了响。但凡唱戏的角儿，总得靠人去捧，女人唱戏古时候是没有的，前些年得意社学着北京的戏班子招了十来个女娃学戏，算是押对了宝，女人唱戏本来就少见，现在青女和小桃红唱得好又扮相好，自然引得爱听戏的男人们有了更大的兴趣。男人唱旦角儿得做身段模仿女娃家的行动唱腔，女人们却不用，天生就好姿容好唱腔。得意社着意捧这两个坤角儿，偏她俩从来就是有着仇恨的，上了戏台都卖劲儿地唱，想把对方比下去，下了台两人明里暗里较劲儿。冯老板看出一山不容二虎，人人都听得出青女比小桃红唱得好，可青女天生一副端庄的样貌，只靠实打实地唱，小桃红那样的轻俏风流却是戏班子绝不可少的，于是，就算青女唱得再好，冯老板也是不舍得失去小桃红的。可是，眼看着得意社在西安城越来越有名，两个人的争斗也越来越厉害了，光是个水牌，就让他头疼，谁的戏写在前头？谁的名字排在前头？这还算好办，冯老板让凡是她俩的戏，分别写水牌，谁也不先谁也不后。可遇上折子戏就又成了问题，谁先上场谁后上场？谁都想唱压轴戏，冯老板真是作难。

有个军阀爱听秦腔，天天泡在戏园子，因为高大健硕，又挺着个大肚子，人称刘胖子。他仗着他媳妇的哥在陕西的势力，也当了不小的官。他迷上青女，天天来捧她的戏，有几次他就想把青女娶回去，可青女不肯，他媳妇更是着实厉害，这事就一直扯着。

有一两次，他媳妇听说了他天天花钱给青女披红挂彩，流水一样地花钱，就非要和他一起来看看青女的戏。女人看戏也是没有的，人们都当这下青女完了，刘胖子坐着看戏一动也不敢动，冯老板吓都吓死了，硬着头皮去和那刘胖子的媳妇赔笑脸，人家正眼也没看他一眼。谁也没想到，青女那天唱《白蛇传》，一段戏唱下来，刘胖子的媳妇哭湿一条手绢。戏罢她要去后台见见青女，人们的心又提到了嗓子眼儿，青女正卸妆，老吴媳妇早听说今晚怕是不好，她横下心站在闺女旁边，只等刘胖子媳妇敢碰一下她的青女，就和她拼命了！

刘胖子媳妇把青女上上下下打量了一回，说台上看还凑合，在底下看也没多好看，咋就把人迷得糊涂了？

她说着看看自己的男人，刘胖子接话也不是，不接话也不是，吭吭了两声只好呆站着。

冯老板生怕青女又说出啥噎人话，赶紧替她说，戏班子的也都是一般人，全靠化妆呢！

青女说，是呀，唱戏的是呆子，看戏的是傻子，谁会把戏当真呢？俺刚才唱着唱着唱哭了，你刚才听着听着听哭了，戏罢了，擦干眼泪，你还是你的官太太，我们还是个唱戏的，不过把唱戏当成糊口的营生。

刘胖子和他媳妇都没想到青女能说出这话来，刘胖子媳妇哼了声说，你知道我为啥偏偏要来看你？

青女笑了说，我猜你想，啥样疯张风流的女人，引得男人天天去看，又要花钱？可你见我们这后台不过是个破旧的地方，我们不过是个穷人家的闺女，并没有一点儿尊严，并不为着要在人前显能卖俏，我们也不敢想着过你这样阔太太的好日子，只求能好好唱戏领了戏银养活爹娘。你这样来问我话，你知道我娘吓成了啥样？

刘胖子媳妇见青女的眼泪在眼里转着转着就流了下来，描画的黑色眼圈就成了黑水，顺着脸流下来，粉白的妆就让花成了道道，再看老吴媳妇，果然瞪着眼睛一副惊恐的样子。刘胖子媳妇说，怕啥，不过是看看西安城有名的水玲珑！

老吴媳妇心一横说，我女子只想唱戏，没一点儿怪心思！你当人家送她的披红挂彩是冲着她，她可一个钱也没见过，那是戏班子的钱，她比谁都孝顺，比谁都正派，求太太当我闺女是个好女人吧！

见她说着要跪，刘胖子媳妇赶紧拉住她说，我是爱她的戏，想看看她。以后兴许我还来看呢！让你闺女好好唱！谁敢欺负你，只管来找我，我给她做主，管他是多大的官呢。

人们都知道这话是冲刘胖子说的,就松了气,见她一手挎了刘胖子要走,人们赶紧让开路,前后簇拥着送她出去了。

送神一样送走刘胖子两口子,冯老板又来寻青女,却见后台乱哄哄的,人们都在夸赞青女好胆量好口才,说这下好啦!不光是刘胖子不敢再纠缠了,西安城谁都不敢惹她水玲珑了!青女和她娘却没在,他问了张伯,才知道青女一路哭着回屋去了。

冯老板没想到最麻烦的事居然轻易就解决了,他最怕的就是青女让刘胖子抢走了,现在青女有了这样的靠山,他就心里有了新主意,小桃红身后也有老板支持着,总要他把她当作头牌名角儿。冯老板放出话去,他要在得意社连唱十天大戏,小桃红和水玲珑一人一天轮着唱,根据戏银收入多少来分谁是头牌。

戏班子的许多角儿们都抽着鸦片,冯老板自己的烟瘾就不小,进城之后,钱赚得容易了,他的瘾也就大了。在他看来鸦片真是个好东西,又能提神又能治病。戏班子里的谁牙疼肚疼,头疼脑热,他都会让他们抽上一口,果然就神也清了气也爽了。青女眼看要连唱几天大戏了,却受了风寒开始咳嗽,这可是个麻烦事,票全卖出去了,多少人都是冲着水玲珑的名字来的。冯老板等不及让她吃那草药汤子慢慢好,他把自己太太最爱使的陈年老烟枪拿上,又把上好的烟膏子、烟灯烟刀都给青女提了去。老吴媳妇见他要闺女抽鸦片,吓得摆手说,怕是不敢吧!这东西上瘾了怎么办?

冯老板见青女稀罕地摆弄那光滑油亮的烟枪,就笑了说,上瘾了怕什么,旁人抽不起,水玲珑还抽不起?没见西安城里的人多捧她!这样咳嗽着咋唱么?别倒了牌子,多少年的辛苦就全白搭了!没见小桃红也抽着呢!

他的话句句说在青女心上,她捂住嘴剧烈咳嗽着点头,让他把那些东西留下吧。

天色渐晚,谭守东从南院门往庙里走,路过得意社,就见看戏的人们把路边挤得满满的,再看两张大红的水牌上结着绸缎结成的大花,左边这个写着"水玲珑",右边那个写着"小桃红"。再看得意社门口,有的是卖香烟火柴五香花生的小贩,还有高举了报纸大声叫卖的。突然人们就热闹起来,有人喊,快看快看,水玲珑的车来了!谭守东平素不爱看热闹,从人群里挤着走,也忍不住回头寻着,想看看水玲珑到底是个啥样的人物,可人们一窝蜂一样只是挤着，啥也看不见，他只好继续走他的路。听着人们在议论着谁的戏唱得好，又说起军阀刘胖子的事，他心想，师父们天天操心的是老百姓的事，老百姓操心的却是这些戏子们的事。

一路走着，他想着刚才见到的情形，突然心里就想起德空法师说过的诗：商女不知亡国恨，隔江犹唱后庭花。

入了夏，守东已经不用再在柜上当学徒学抓药了。那些药草他瞅一眼便知道药名药性，他现在只专心坐在杨老先生对面，所有的病患他先搭了脉，望闻问切罢，这才交给杨老先生来看。

杨老先生也切了脉，便问他，今天用啥汤头呀？他胸有成竹把脉象说一遍，分析该用啥方子，要增减几味啥药，杨老先生便赞许了说，好！写！

病人先前对这十几岁的后生还不放心，总是央求杨老先生再瞅瞅那方子，生怕自己被耽误了。杨老先生便说，要让我开也是这方子嘛！

一来二去人们便传开了说，德济堂杨老先生有个徒弟，十八九岁的光景，就和老先生一样能给人看病，救了不少人哩！

也有的人专门找谭守东看，方掌柜的问他们为啥，那女人说，听人说小谭先生年轻，把药下得重，三帖药就见效！杨老先生下药劲儿小……总让人来看两三次病，喝上十来包才治病，我们病人命贱，不是想省下几包药钱呢么！

谭守东知道了心里高兴，杨老先生听了却低头笑了。到了铺子关门的时候，方掌柜的把谭守东叫到一边说，你学得真快呀！好！不过……咱这药铺子请郎中坐堂看病，除了收点儿诊费，还是要赚药钱么，你看杨大夫，不是急症，一时又死不了人，杨大夫就能让人慢慢好。能把人治好是本事，能让人啥时候好，人就啥时候好，那更是本事！

两年的时间果然和谭守东说的一样，很快过去了。守东出了师，他可以留在药铺子，也可以回家，城里也有药铺想请他去坐诊。几乎不用想他就决定，他得赶紧回到谭家堡子去，当年学医还不是为了娘和那方圆多少里没医少药的人们嘛。他给杨老先生磕头，老先生笑着瞅他说，我一辈子只教了两个徒弟，一个是你，一个是我儿子，你要走了，我还怪舍不得的。

守东便给他说，只要有时间，一定来看望他。

前一天夜里和两位师父告别，聊得晚了些，谭守东便住在了庙里。临睡前，守东听德宽讲，靖国军和陈树藩的队伍在关山对峙了一个多月，终于打起来了。曹世英部下杨虎城与胡景翼部下的李虎臣、邓宝珊分别驻守关山东北和西南。陈的炮火轰炸了六天六夜，杨虎城据守界城堡。等靖国军各部来帮助时，杨虎城和王祥生率兵乘胜追击，打退了陈树藩和刘镇华的镇嵩军，占领了渭北地区。

德空却只听着，全然忘记自己上次曾讨论过一样，他见师兄高兴，却长长出了口气，半晌才说，那不是要把陕西打烂咧么？陈树藩现在还是拿着陕西的大事呢，刘镇华当上了陕西省长……唉！打来打去，都是百姓苦呀……阿弥陀佛！

一大早出了寺庙走着，守东心里想着两个师父沉重的样子，心里就沉甸甸的。一时他觉得自己懂得太少，啥时候才能像他们一样坐在庙里就看得穿世事。一时又觉得自己若是还在谭家堡子，怕是永远也想不到这些，心里又羡慕谭兴哥能出门去念书。快走到开元寺的时候，看着扫地的老头儿拖了清鼻涕抢着扫帚，他突然想起德空说都是百姓苦时抿着嘴的样子，仿佛吃了很苦的东西似的。

谭守东回来的消息一大早就传遍了谭家堡子，人们只当他还是原来那个谭守东，有说闲话的，有来看热闹的。但见到谭守东的脸后，大家便都立刻知道，这孩子出去这四五年变了个人，他稳稳当当地给大家问好，大爷、大娘地叫着，不急不慌的样子倒有点儿像谭彦章的派头。大家来看的时候，守东已经支了地灶，蹲在门外又是扇火又是滗药，忙活着给他娘煎药。大家很少看病吃药，得下多大的病也是扛着，这时见中药的苦味弥漫，只当冬莲得下大病了。可人们见她乐呵呵地和大家打招呼，都问她咋了居然要喝药了！

冬莲笑了，她不认为自己有病的，可儿子孝顺，她什么都依他。

谭守东却大大方方地说，俺这几年在外边学了中医，看俺娘身子不好，给她配了些药。

大家便更惊奇了，谭小头媳妇笑了说，一大早堡子里就飘了中药味，只当地主家抓了药呢……原来守东挣了大钱，能吃起药了！

老孙家媳妇却摇着头转身走了，边走边小声说，没出去前就是个淘，回来后还就能吹牛了！唉！

她的声音很小，有人没听见，守东却听得清楚，一时间他只想砸了药锅，让他们都滚开，但他咬牙忍住了，深深吸了口气，继续对着砂锅底下的火吹着，只当没听见。看热闹的人们都走了，冬莲拉了个板凳坐在儿子旁边，娘儿俩却都没了说话的心情。药熬好了，见儿子一脸草木黑灰，却端着碗冲她憨憨笑着，冬莲接了来，屏了呼吸一口气喝干。她心想，俺儿子费劲儿熬好的药，就是治不了病俺也得喝！谁也不信他能治病，俺不喝谁喝？

从守东回来，冬莲就一直想找人给宋轩堂送个信儿，让他别再为儿子的事操心了，可堡子里一直没人进城。好不容易西安城到堡子收布的人来了，冬莲赶紧央求人家给帮忙捎个信，说儿子回来啦！

冬莲并没想到宋轩堂竟然第二天一早就坐车来了。

宋轩堂早就想看冬莲了，她拒绝了他，他不怪她，心里却想她想得越发厉害。有时他就想，眼看四十来岁的人了，怎么会对冬莲这么上心？他早想来了，可谭家堡子的男男女女们太多，光是眼睛瞅着也像要吃人一样，他竟成了山东人们防备的敌人一般，这让他没了勇气。他就常常劝自己，少去几次吧！不为自己想总得为冬莲想想。宋轩堂便克制自己，别给女人惹了闲话，她要贞节、要堂堂正正，而这偏偏是让他最动心的地方，他不想悖了她的心愿。两年前冬莲说儿子寻到了，成亲的事谁也没再说，宋轩堂当然知道这事没了指望，他不敢再强求，已经弄丢了小红，这辈子也是对不起人家了，能来看看冬莲，在他来说，也是挺好的啦。虽然没有可能娶到冬莲，但宋轩堂听说臭胡基儿那货总来找她，还是没忍住，自己带了伙计们去找他，警告他别再打主意，冬莲的儿子已经要回来了，那可是个杀人不眨眼的愣头青。想是臭胡基儿听说过冬莲儿子的事，高婆婆也找他说，冬莲的儿子长得又高又壮，他就再也没找过冬莲了。

再后来，宋轩堂来看她，就再也没提过成亲这事，她也像是努力着做了很大的改变，不再拒绝他带来的钱和粮食，而且总是要给他做顿饭菜，也不外乎是烙饼、黄酱、黏粥之类的山东家常饭。他却爱吃极了，有时吃了还要带些给他爹尝尝，这让冬莲挺高兴，觉得有了回报他的机会。冬莲次次都要叫桂枝来给她帮忙烧火，他和村里的人们都明白，她是怕闲话淹了她。

见谭守东从地窑里出来，宋轩堂没想到，他竟然长得和自己差不多高大了，他笑呵呵的脸对着守东客气的微笑就怔了怔。

谭守东清清楚楚地说，大叔好！

宋轩堂立刻就松了口气，他最怕的是这孩子在外面这几年见了世面学坏了，或者是没见世面成了个窝囊、唯唯诺诺的人。可守东稳稳的眼神，挺得直直的腰，说话时的样子，都刚刚好，他便立刻看出来，这孩子这几年一定是遇上了不起的人，才有了这样大的变化。宋轩堂忍不住就把谭守东夸了一回，冬莲自然是高兴，可当着守东的面，她只是笑，一个字也没和宋轩堂多说。守东听了夸也高兴，毕竟人家是城里人，又时常帮助家里，可他见着宋轩堂对娘说话时的神情，像是很熟稔的样子，他心里不知怎的，就咯噔了一下，再看娘时，便觉出来，娘对宋轩堂必定也是很熟的。他说不清心里啥滋味了。谭守东和宋轩堂对面坐着说话，心里却来来回回转了好几个圈，他仔细想了一回，到冬莲把两碗油泼面端来，谭守东便在心里确定了，娘果然和宋轩堂很熟了。他清楚这面是陕西人最爱吃的，娘过去从来没做过这饭，这当然是自己这几年没在家时她常做给他吃的，要不怎么他来了，啥话也没说娘就下厨做饭？又没问就做了陕西人爱吃的油泼面？

这样想着，对着热气腾腾的面条，听着宋轩堂呼噜呼噜吸溜面条的声音，谭守东却差不多能听到自己心里的狂乱跳动。有一霎，他想把碗砸在桌上，揪着宋轩堂的衣裳让他滚。可他却立刻劝住了自己，这算什么？把娘推到坏女人的地位上去吗？你有啥脸去管娘的事？你逃出去的这几年时间，娘的艰难想来也是靠他才熬过来的，你让一个女人苦巴巴地没一丝指望，还不能和别人亲近些？

这样劝说了自己，谭守东便平静了心情，直到宋轩堂喝完茶离开，他都客客气气的。吃罢饭，宋轩堂和守东说了会儿闲话，便起身要走了，娘儿俩就把宋轩堂一路送到村口，临上车时，趁着冬莲和宋轩堂都在，也趁着村里人都远远的，谭守东终于有了说话的机会。

他对宋轩堂说，大叔，俺头些年不懂事，多谢你常照顾俺娘，现在俺回来了，也能挣钱了，你就放心吧，不用再想着俺娘来看她了……你知道，村里人闲话多，俺不想人家说娘的闲话。

冬莲的心让这话重重砸了一下，宋轩堂脸上挂不住了，他赶紧就上了车，三个人都没话了，春生没听见谭守东说了什么，坐在车前等着宋轩堂发话。冬莲的脸涨得通红,她紧紧捏着拳头,恨不得一头撞在什么上面才好。突然,宋轩堂粗声说,春生,还瓷着做甚?还不快走?

马车哗啦哗啦走了,路不好,颠簸得车上的软缎晃悠着,谭守东瞅着那车渐渐远了,他仿佛卸下担子一样轻省,转过头,却见他娘已经深一脚浅一脚顺着小路往村里走了。

冬莲哭了半夜,守东一直听着,有几次他打算去劝劝,可他不知道该说些啥好,又想,想必娘和姓宋的一定有什么事,要不俩人都这样古怪的样子?谭守东伏在被窝里也湿了眼睛,心里可怜着娘,也恨着娘,就是饿死也不该和姓宋的这样!他打了个主意,要是姓宋的再来,一定不饶他!

一早起来,冬莲慢慢腾腾到了守东炕头,他一夜没睡牢稳,想着咋样和姓宋的斗争,咋样和他娘斗争,天快亮时才睡着,却还是一直做梦。他觉出有人在哭,猛一睁眼,见娘正红了一对眼睛盯着自己。

冬莲说,守东,你当你娘做下啥丢人事了?

谭守东心跳得厉害,他不吱声。

冬莲又说,娘和你说,你娘是正经人,也读过书知道妇道,从你爹过世,俺没行过一件见不得人的事⋯⋯你可相信?

守东犹豫着点点头。冬莲说,你要是不信,娘就死给你看——横竖你也长大成人了,娘见你长得这样体面,又有了些本事,也放心了⋯⋯

谭守东听娘说得很慢,却字字咬得狠,借着一点儿光亮,他看见眼泪正顺着娘的脸流下来,他心疼了,一把搂住冬莲叫道,娘!是俺混蛋了!俺不该胡说!

冬莲摇摇头说,是娘不好,既然不打算改嫁就不该搭理宋轩堂,你是俺儿子都当俺不干净,村里人肯定也这样想,可娘真是清清白白的啊,俺敢对天发誓:俺和他宋轩堂从没胡来过⋯⋯俺真是后悔⋯⋯那年鬼迷了心!把你姐姐卖给他,你姐姐再也没了下落,还惹下这么大个后患⋯⋯可那宋轩堂,他也真是个堂堂正正的正派人,过头话也没说过一句,要不是他接济,怕是好几次艰难咱都熬不过去。哎⋯⋯受了人家的恩情,也不好不理人家,你说俺咋这样作难呢?

谭守东见娘哭得伤心,急得坐起身劝,娘,俺不敢胡说了,以后俺好好养活你,只当俺放屁成吗?

冬莲摇摇头,守东,你说得不错⋯⋯

她转身从炕角抱出个大布包袱，谭守东见过，知道那里都是娘做的针线，他看着娘打开包袱，里面还是个布包袱，又打开，里面居然全是黑色的布鞋，竟有十七八双！他一下就怔了。冬莲抽泣着说，儿啊，这是娘这些年给你爹做的，你说，俺得多大的心才能一边给你爹做着鞋，一边去和别的男人勾搭？你娘受不了冤屈呀！

谭守东拉住冬莲就跪，大叫，娘！俺是混蛋，说的都是混账话，你打俺吧，俺再不敢胡想胡说了！

冬莲挣开他，摇晃着就冲出门去，谭守东光着双脚跳下炕赶紧追上她，冬莲低声哭着说，你让娘到院里透透气，俺在这屋里快要憋死啦！

在谭家堡子，虽然人们并不相信谭守东真的学了什么医术，可他现在的样子还是让人们没啥挑拣的。爱娥见别人都夸谭守东长得高大，便撇嘴说，他是他爹的坯子，高大些有啥了不起？要说高大，满谭家堡子谁比得上俺们家大个子和俺们家贵子？

贵子不愿意搭理他娘，只埋头做活儿，她便叹气说，只是俺贵子脸上落了个疤，唉。

守东回来便和他娘在地里干活儿，他对娘说，俺这几年在外边光学了手艺，也没攒下钱，原想着买头牛能替替你。

冬莲说，不急不急！只要你学回本事，不再惹事，买牛是迟早的事。

冬莲还是靠着那三亩地糊口，棉花地里打的棉花也够她纺线织布。儿子回来了，她便和儿子合计，要不要带他去高黄村走一遭。她打听了，那宝娃早就把伤养好了，族长却还依然当着他的族长。

守东梗了脖子说，俺不去！去了他们又想着让俺赔他们什么老鳖！

冬莲愁了说，离得这么近，人家迟早知道了，那时找上门来便不好了！

守东想想说，他们不就图那老鳖能给他们下雨，能给他们治病？俺现在虽然下不了雨，可俺比老鳖能给他们治病，到时候给他们治好几个病人，他们也就没那么多说的了。

冬莲其实并不指望守东有什么看病的本事，就算喝了儿子配的药她也只当是为了让儿子高兴。她知道郎中都得有着长长的白胡子、满脸的皱纹才行。儿子还不到十八岁，就算学了些书本，哪儿能就给人看病呢？娘这样的心思，谭守东却没想到，他只专心想着自己的打算。在这样的地方立刻开一个药铺是不可能的，就算人人知道他会看病，谁也不敢来找他。谭守东想到这些，便打算先打些木器挣些钱，给人治病的事得找机会，现在先把娘治好了再说。

回来没几天，谭守东在集上买回一些别人拆下来的旧椽子，他一趟趟扛回那几根旧木头时，人们只当他又要挖地窖，便说守东要娶媳妇了，挖地窖呢吧。

人们把他吹牛说会给人治病的话当作笑话传，别人见他除了变得高大沉稳些，依旧家里穷得叮当响，便又不把他当回事了。有人取笑道，就他家那穷样儿，谁会嫁给他？

这话传到冬莲耳边，她便咬了牙只当没听见，她不敢给儿子说，生怕惹得儿子又像原先那般莽撞去找他们闹事。守东听见却并不在意，他默默将陈木匠给自己的木工家具从袋子里取出来，在官井附近的小树林边找了块平地，拉开架势，将那木椽子写写算算了，拉着锯就割成板子。别人见他突然有了这般手艺便吃了惊，纷纷来看，谭大个子见爱娥和贵子也去张望，便说，看啥看？

话虽这么说，爱娥和贵子回来却都沉默着，他便奇怪，忍不住问爱娥见守东做的啥。

爱娥没好气地说，那孩子回来就变了个人，在那里拉开架势一个人割了板子，竟像是不太费力气。

贵子闷声闷气地说，俺看他是想做个风箱。

谭大个子说，那风箱是关中人用的，他八成也想吃木匠这碗饭了。

爱娥叹口气说，盼着他别去做大车轱辘，别抢了咱的手艺就好。俺见他不慌不忙地干活儿，像是手艺不错。

贵子不高兴了，沉着脸说，你就看人家好，见天说俺总靠着俺爹吃饭，这下你就夸人家去吧

爱娥不待见她的儿子，谭大个子丢下手里的活儿慢慢悠悠说，俺也去瞅瞅，看那孩子到底学成了啥样？

他到了官井边的空地，谭家堡子的人围了不少，都在看那守东干活儿，孩子们拣拾着地上的刨花，嘻嘻笑着玩儿得很开心。

谭守东脱了个光脊梁，结了疙瘩肌肉的胳膊和后背露着，人们就都知道这

孩子这几年在外边没吃闲饭。他身上淌着汗，正一下一下刨那木头，谭大个子搭眼看了一下谭守东割好的板子，便在心里先赞了一声，又说，守东！在哪儿学的手艺，看着不错呀！

守东见是他来了，咣地丢下手里的板子说，大爷，你多指点！

谭大个子用脚踢踢地上的木头问，俺看你手艺不错，学的是正路，你想做个什么？

守东不慌不忙指了板子说，这橡子有点儿朽，做不了大东西，俺寻思着做两个风箱，再打几个锅盖，剩下的料做几个小板凳拿到集上卖，不知有没有人要！

谭大个子说，板凳、锅盖、风箱看着小，可都是最难做的，俺看你手艺该是能比他们强！

守东受了鼓舞，便笑了说，俺做不了就去问你！

谭大个子背了手走了，大家见谭守东受了谭大个子的表扬，便稀罕地说，守东了不得呀，会做那么多东西，大娘家有一截木料，闲了给俺做个板凳？

守东便笑着答应了。

桂枝也说，守东！让大娘看看你，长得这么高大，多体面呀，跟你爹真像！大娘的门坏了好些年了，总也合不严实，闲了给大娘修修去？

守东也依然应了。

谭小头媳妇见别人都央求守东，生怕自己落了后，也凑在前头说，守东，你还认识俺吧？俺是你大娘呀。

谭守东当然记得她，便垂了头说，记得。

谭小头媳妇说，你看大娘家的木桶总也漏水，你月月姐次次去挑水，担上一桶到了家就只有小半桶了，你给俺也修修！

守东不及点头，却见桂枝急急火火叫守东去修门。忙活了一会儿，那门就补得开关自如了，桂枝便在谭家堡子大声宣扬守东手艺真好。她端了几个刚蒸好的窝头到冬莲家说，守东这手艺真不赖，俺那门多少年都关不好，他抡起钉锤三下两下就修好了！冬莲！俺看你的福气来了，你为这孩子吃的苦没白吃！

冬莲接了那几个窝窝头，心里说不清啥滋味，她啥时候也没有想过别人会当着她面来夸她儿子，又送了礼来谢她儿子。守东见她娘捧了那碗久久也不放下，张了嘴想要笑，眼睛里却噙着眼泪，他有些惭愧地说，娘，你放心，儿子将来给你挣钱，养活你的日子还长哩。

冬莲便笑说，只求你安安生生别惹事，俺啥心都不操了。

谭小头媳妇见别人家请守东做活儿，总要端些粮食拿些窝头来谢，她不舍得花那些钱，便给月月说，你去给他打个下手，就说咱家没收上粮食，没啥东西给他。月月恨他娘小气，她知道守东不在意那些东西，但是能和冬莲待在一起，她心里又觉得美极了。

谭小头媳妇这几年依旧是走东串西，给人做媒说媳妇，有时和谭小头一起帮人买卖田地和牲口挣些钱，谭小头的地是谭家堡子种得最差的。谁家在谭家堡子的地里没有收拾得很光净，人人都瞧不起的，但他那样的人家，别人却从来没有要求过他们，只当他们是一对媒婆子罢了。谭月月见她娘天天头发梳得油亮，时常脸上还要抹粉，说话疯张总是被人耻笑，自己脸上也没有光彩。平时她娘三天两头打她，扯着嗓子骂她，半个堡子都能听见，她便觉得羞愧极了，在人前头也抬不起。她也没个可以说话的人。她娘是三句两句就要抢白她的，她小时候忍着，大了也敢跟她娘硬着脖子顶几句，气得谭小头媳妇总是骂她，说养了个白眼儿狼。眼见月月越来越大，谭小头媳妇看出男人谭小头时常对着月月的背影发呆，又见他隔三岔五趁自己不在，背着自己和月月说话逗趣，惹得月月低了头，或是不好意思地红了脸，她便猜出男人又不安分了。谭小头媳妇当着面把谭小头训斥过几次，月月也渐渐明白，她这个后爹不是个啥好东西，便格外小心。

谭小头媳妇见月月越长大那脸就越发好看了，整个人细瘦窈窕，担上水走在路上，大辫子一摇一摆，引得堡子里的年轻小伙子总是回头撑着看，她就又嫉妒又得意，觉得她当初养下这月月是押对了宝，这闺女果然是棵摇钱树。她怕月月让男人占了便宜，那就不值钱了，早早就打下要把月月赶紧嫁出去，给自己换回大彩礼的主意。女大不中留的道理她当然懂得，把月月这块大白馍放在自己男人那样的饿汉面前，谭小头媳妇总怕哪天自己一疏忽没看住，这么多年的打算就全完了。

冬莲有时挑水去，在官井边见了月月，总要和她说几句，月月羞脸大，和别人总是红了脸说话，声音很小。因为是被冬莲救活的缘故，月月心里就把她当成了亲娘，对她格外亲，啥心事都想和她说。有时是因为谭小头媳妇打她了，为了她爹给她买了根头绳，她娘跟她爹闹了一夜的仗；有时是因为她娘骂她了，嫌她没眼色，她娘出门去说媒，她竟敢和她爹谭小头在一个屋里待着，不是想勾引他还是想干啥……听了这些冬莲便替她担了忧，她不敢说得太明白，生怕谭小头媳妇来找她闹。可她看着月月可怜巴巴的样儿，时常让自己看她身上被擀面杖抽的一条条红肿，又忍不下心，便暗暗提醒她，小心她的爹。月月便点头说，她每天都小心着呢。冬莲揪心这闺女，毕竟不是亲生的，月月长得那么好，在谭家堡子算得上最好看的姑娘，可她却帮不了月月，只能眼瞅着那闺女受委屈。有一次在官井边，许多人等着绞水，谭小头媳妇在家里见月月出门担水好长时间不回来，等不及就撵了来。她见地上放了许多空桶，有五六个人在等着，月月却和冬莲有说有笑没看见她，便骂月月死在外边不回家，只知道和人闲扯。月月见井边围了许多人，脸上挂不住了，顶嘴说，没见这么多人嘛，急啥？

谭小头媳妇就大吵大闹起来，说不要脸的谁挑唆她闺女和她闹仗。冬莲正和月月说话，这话不是骂她又是骂谁？她见大家都在看她，便压了气说，谁会和月月说这话？

谭小头媳妇见她接了话，立刻更来劲儿了，大叫道，俺没说你倒来接俺的话，是不是心虚了？你是想勾引走俺的闺女？

月月急了说，俺大娘从没有这样说！谭小头媳妇见她帮着冬莲说话就急了，骂道，吃里爬外的东西！你也不是啥好东西！你觉得俺不是你亲娘就气俺？俺虽不知道你亲娘是干啥的，看你这张脸和你会扭的腰，还有你那揣了俩大馍一样的胸口，俺也知道你亲娘不是啥好东西！

月月气得脸上红一片白一片，丢下水桶大哭着跑了。

官井是自己打不起井的人家每天都要来打水的地方。担着那两桶水，虽然极沉，月月却还是喜欢每天出门打水的这段时间，至少不用听她娘让人心烦的唠叨，不用在家躲着她爹猫等老鼠似的眼光了。在堡子里，唯一能和她说说话的只有冬莲了，可是怕给人家惹下麻烦，月月也都有意疏远了。

自家门口没有地方，儿子只能在官井跟前的空地上干活儿。冬莲看到儿子给谭家堡子许多人都修理了木器，心里高兴极了，觉得儿子终于有了手艺，多少年以来都是别人来帮她，现在终于能让儿子给别人做点儿啥了。她见儿子中午都没有回来，知道他想早些打出东西，到集上去换钱，不舍得回来歇着，她便提了篮，盛饭给儿子送去。正巧谭小头媳妇拉着月月来取她那木桶，她让月月在井里用辘轳绞了两桶水放在地上，见那桶严丝合缝不漏水，便高兴了说，守东还真不简单哩，冬莲你等着跟你儿子过好日子吧。

  冬莲难得见她说句人话，就赶紧笑说，哪能呢？这不在堡子里，人家都盖了房，就俺还住地窑哩。

  谭小头媳妇说，住地窑的也不只你一家，俺们不是也在地窑里吗？

  谭彦章媳妇路过看见她俩在说话，便也凑过来说，俺看呀，这月月和守东年岁也相当，金童玉女似的，不如合成门亲得了。

  冬莲赶紧看着谭小头媳妇的脸，守东和月月心里咚咚跳着，只听谭小头媳妇扯了嗓子说，你胡说啥哟，人家守东是冬莲守了大半辈子的宝贝，俺养着月月是替别人白养的吗？俺指着她要招上门女婿养老哩，守东给俺当了上门女婿冬莲也不舍得吧。再说，他家连个房都没有，月月住哪儿呀？俺月月长得要人样有人样又会做活儿，不该找个好人家吗？

  她说完冲冬莲笑着问，你说是吧？

  守东气得拿着铁锯的手就抖了，月月拎着那木桶跟傻了一般，再没听见她娘后来说啥。谭彦章媳妇打着哈哈说，俺就开个玩笑，说个闲话。

  她偷眼看了下冬莲，见冬莲脸上挂不住了，便有意扯开话题说，你天天给人说媒，没给月月瞅一个？

  谭小头媳妇说，这堡子里呀，俺就瞅着谭大个子家光景不错，他有俩儿子，上门一个还有一个。就算他们家舍不得给俺上门，他也姓谭，俺也姓谭，生下孩子姓了谭也是一回事！人家有房子又有木匠铺子，你要这么爱管闲事，俺就托你去给爱娥说说，说俺愿意把月月给她，也省得别人惦记！

  月月回过神来，狠狠对她娘说，贵子？他那脸！要嫁你嫁！俺不愿意！说完，月月便跑了。

  谭小头媳妇瞅着她的背影说，你不愿意，你嫌他贵子脸上有疤，不是俺养你，你早就饿死了，那时候你咋不说不愿意？俺养你这些年，那饭喂成猪也卖不少钱了,你再能找出堡子里谁家光景比贵子家还好,俺就由着你去嫁!

月月边哭边跑了。

谭小头媳妇这样一说,整个谭家堡子便都知道了她的打算,大家知道她对月月不好,也知道她养月月是打算给自己招女婿养老,可谁也没想到,她竟瞅准了贵子。爱娥听人这样说了,便不屑道,月月这闺女倒不错,俺贵子虽然脸上有疤,可有木匠手艺呢,他们俩巴巴指着来占便宜,俺可不敢和他们结啥亲家!

听她娘这样说,贵子急了,他平时对娘爱答不理,到了这时候却忍不住对娘说,他愿意娶月月,他甚至还对他娘说,只要他娘让他把月月娶了,他一定好好在铺子里干活儿。谭大个子见娘儿俩为这事商量,便停了手里的活儿说,娶的是他家闺女,又不是娶他家媳妇。

爱娥就听出来男人对月月也是满意的,这爷儿俩都相中了月月,爱娥心里就不是滋味了,还没过门儿呢,家里这俩男人便都喜欢上她了,真让人窝心。

她有意要在儿子跟前拿捏一回,便说,俺可不主动去找她攀什么亲,实在是她要把月月给咱,那他家找咱说!

贵子急了,便有些结巴地说,那俺……那俺托人去给她娘说!

爱娥含着酸意说,你咋就那么主动,猴急啥?还能把她跑了不成?

架不住贵子三天两头央求,爱娥见儿子从来没这样对自己心平气和说过话,就被他撺掇着去和谭小头媳妇拉家常。谭小头媳妇说,俺就喜欢贵子这孩子,俺看满谭家堡子这般大的孩子没人比得上贵子,跟他爹一样个头又高大,人又本分还有礼,次次见俺不叫婶子不说话。嫂子!俺都想好啦,俺那月月虽不是亲生,可俺也把她心头肉一样供着,你看那月月的小模样也是谭家堡子……不,就是放在方圆几个村没人比得上吧,俺觉得他俩多合适呀。你可先记着俺,咱定下了啊。

等她走了,爱娥吐了一口在地上,心说就你们这两口子,不是俺贵子死心要娶,俺咋也不会愿意。果然谭小头媳妇没两天就提了亲事,爱娥一口答应下来却说,她可不许儿子到谭小头媳妇家去上门。谭小头媳妇满意地笑着说,亲家看你说的,俺就是那么一说,俺还不知道人家贵子跟他爹在木匠铺子挣着钱,你家里有高门大户的房子,咋能跟俺们去住俺那破地窨?俺只是指着将来贵子手艺更好了,挣些钱也接济俺一些,让俺能从那地窨里搬出来,你不知道呀，俺在那又黑又潮的地窑里窝着，天天这腰都疼哩。

爱娥不动声色地笑了下，便说，那咱哪天选个日子，给孩子们把事办了吧！

谭家堡子不大，贵子和月月的事便传开了。到了夜里，守东和娘睡了，忽然有人来敲门，冬莲便问，谁呀？

月月压了声音说，大娘是俺，月月。

守东坐起来说，是月月！

冬莲慌得去开门，月月满脸泪冲进来，看看冬莲，又看看守东，呜呜地低声哭起来。冬莲哄她道，好月月可别哭了，跟大娘说，咋了？

月月抬起头，腮边有着红红的指头印，她哭得更厉害了。

守东道，你别光哭呀，快说，咋了？

月月哭着说，俺娘让俺跟贵子成亲，俺不愿意，他们就打俺，大娘！俺不想跟他！俺看了他的脸俺就难受，俺怕他……怕他看人时候的眼睛！

冬莲当然明白她的心思，便陪着她流泪说，可怜的闺女呀！

冬莲家的地窑紧挨着谭大个子家的房子，冬莲家呜呜的哭声传了过去，贵子看他娘给他指了门外，便怀疑着站在门口去听，果然听到月月的声音在守东家。他便心口发急地想，这算啥事，她一个女儿家咋跑到人家屋里哭？

顺着那哭声，他想也没想便走进了守东家的地窑门，因为脸上有那块疤，大家就叫他狼剩儿，他平时见人几乎是没抬过头，他那背就总也是驼着的。第一次见他仰了脸进屋，冬莲便吓得啊了一声，守东赶紧迎上去。

月月也被吓得张着嘴，赶紧自己拿手捂上。贵子用可怕的神情死死瞪着月月，她看了眼他少了一块的右脸和瞪得可怕的眼睛，吓得慌忙垂了眼睛，止住了哭。贵子一字一顿地说，你不想嫁给俺，还跑到别人家哭，俺就那么不行？不管你愿意不愿意，这亲俺是娶定了！

他丢下三个发呆的人转身便走，月月一头扑在冬莲的肩上，放声大哭道，大娘，大娘！俺活不成了！

冬莲心里却有了主意，她让守东关了门，把月月扶在炕沿儿坐下，说，闺女，大娘和你心里一样难受。

守东也说，月月，别哭了。

冬莲示意守东，让他出去。谭守东到了院里，仰脸对着天空无声叹气，听着谭大个子家里也乱糟糟的，贵子正在屋里拼命摔打东西，爱娥尖声问她儿子发啥狂病。

没过多长时间，月月开了门出来，守东赶紧迎上去，月月却神情恍惚地出门就跑了，守东看着她的背影呆呆望着，直到她已经没了影儿他才回了神。进了地窑守东只默着，心里塞了把麻一样乱扎扎的。见他瞅了木桩上那碗油灯恍惚着，冬莲叹了口气。

守东脱鞋坐在炕上，突然没头没脑地说，娘，月月要真是俺姐姐就好了，谁也别想逼她！

谭大个子和谭小头家的这门亲事在谭家堡子惹了很多人说闲话，大家倒不说贵子脸丑，只说月月真是亏了。却也有人说，一个拾来的孩子，能嫁到谭大个子家这样殷实的人家，也真是命不赖哩。

冬莲在婚礼上没太看见月月，她强打了精神随着那些人去吃酒席，生怕人家争她的理儿。酒席摆了十多桌，大家吃得热闹，爱娥笑盈盈地扯了贵子和月月，非让他们来给冬莲敬酒。月月脸涨得通红，眼睛也分明是哭过的样子，冬莲见她一看见自己眼圈先红了，赶紧把脸扭到一边，没等贵子把酒举起来，她便把自己那一杯赶紧倒进嘴里。爱娥偏不走，对冬莲说，你看这月月多好的模样，你看那身段哪像是从小干粗活儿的样子，俺觉得月月就是咱谭家堡子的一朵花，俺家贵子还真有福，就把这花给摘上啦！冬莲你说呢？

冬莲强笑道，是呀，月月这闺女长得真让人心疼。

爱娥又问，咋没见守东呀？

冬莲说，在屋里忙着哩。

爱娥笑了说，你呀，当娘的，也该给儿子操操心，找人给说门儿亲事，守东八成是看见俺家贵子娶媳妇，心里不得劲儿了。

冬莲咬了嘴唇没有应她，爱娥便笑着扯了儿子和媳妇去给谭彦章两口子敬酒了。

因为听了这话，贵子和月月的婚事办完没多久，桂枝瞅机会给冬莲说，冬莲呀，年轻孩子得给他赶紧说门儿亲，心就稳了。让爱娥天天仰着脸在堡子里扬扬得意，俺看了就来气。咱给守东也说门儿好亲，钱不够俺借给你！

冬莲说，彩礼俺也准备下了，那不是守东要准备买牛的钱吗，闺女可咋找呢？堡子里没有什么合适的人家。

桂枝说，不管咋样，你要找一个山东闺女，陕西人吃的那酸辣，住的房子一面黑，将来不知多麻烦哩。再说堡子里谁家也没娶陕西媳妇的习惯。

冬莲发愁道，要想说山东媳妇，就得找一个媒人，到远处山东人住的村子去打问。托谁呢？

桂枝说，会说媒的，只有谭小头媳妇，俺去跟她说，咱给她些钱，让她跑远些，临潼那边不少咱们山东人单独住的村子，合适的闺女总还是有的。

冬莲想想再也没有别的主意，就点头说，这事还是嫂子给操心吧，只要她给俺家说了好媳妇，俺就把守东买牛的钱给人家当彩礼，也不少谢她。

谭小头媳妇听了桂枝捎的话，一口答应了。她知道除了她，堡子里再没有能帮冬莲说媒的人了，便让冬莲把礼钱先给她，说要不她跑得辛苦说好了，冬莲家穷得厉害，要么拿不出彩礼让她白说了，要么还得赖她的说媒钱。桂枝只好又给冬莲回了话，说人家担心你没钱出彩礼，白给你说了媒，不如就给了她，她拿了钱也就安心跑着给守东去找媳妇了。都在一个堡子住，俺又在中间说合，谅她不敢赖账！

谁知守东听了他娘要给他说亲的事，吞吞吐吐地说，娘，俺没敢和你说，俺刚逃出去时，俺那木匠师父收留了俺，他有个闺女叫香绣……俺离她家去跟德空师父学医时，她爹让俺当上门女婿，俺没答应，他娘让俺挣了钱就去娶她。

冬莲惊喜道，你倒嘴真紧！那闺女好看不？性情好不？

守东想着香绣总是笑着的样子点点头。

冬莲兴冲冲地说，那你早咋不说呢？对了……你那木匠师父是陕西人吧，会把闺女嫁给咱山东人么？人家会让闺女过咱这样的穷日子么？

守东把头埋在膝头上，重重叹了声。

好一会儿，守东小声说，娘！要是让俺娶亲和别的女人过日子，俺从心里不愿意。俺想挣上些钱再去找香绣。

守东并不操心他娘张罗着给他娶媳妇的事。他专心做那些木匠活儿，用扁担挑了到集市上去卖，又给他娘抓来各式的草药，每天晚上蹲在自家门口点了火去煎那药汤。大家不信他会看啥病，有人就说，守东在外边待了几年，学会了木匠手艺却也学呆了,他要能给人看了病,还要那些郎中做啥,别吃不好反而把人吃坏了。冬莲却信她儿子,见儿子孝顺地给自己天天煎药,就忍着苦一碗一碗地喝了。她不管旁人咋说,见儿子说他开的药并不贵,就想,连俺都不喝儿子给熬的药,那还有谁相信俺儿子有这本事?

一两个月以后,冬莲腰腿疼的老毛病轻了不少。她到处给人说儿子的本事,大家便笑了,有人看冬莲脸色红润得像个大闺女,又像是胖了一些,便对守东的医术有些半信半疑了,却谁也没有找他看病。逢有集市的时候,守东用扁担挑了他做的锅盖、风箱和板凳去卖,因那风箱是关中人离不了的,他那锅盖又得了陈木匠的指点,做得尤其合窍,用过的人家便左右四邻介绍了来买,往往守东的木器活儿在集市上刚摆上,不到下午就能全卖光。他就时常给他娘买些零嘴回来吃,又给他娘扯些布料,让他娘做衣裳,除了把买木料的钱留下,剩下的钱全给他娘。冬莲次次都要责骂他,嫌他乱花钱。

守东从集上牵了牛回来的那天,谭家堡子的人便都围着来看他买的小牛犊,冬莲喜坏了,脸上堆着笑,把那牛从头到脚恨不得都摸一遍。别人就开玩笑说,冬莲这么高兴,像是守东给她娶了个媳妇回来呢。

说到媳妇,冬莲又忍不住和儿子商量,谭守东便说,娘,俺本来想把事干大了,钱挣多了再成亲,你可老是着急!那俺就去趟长安县,看看师父,把香绣尽快娶过门吧。

冬莲喜得说,你那次说过怕人家不愿意让闺女来咱家过苦日子,现在又愿意了?俺去给你准备!

等冬莲一样样的礼物备好给儿子看的时候,她发现守东站在院里对着天发呆。她见眼泪含在他的眼里,心里大大震动着,不敢说话。守东突然说,娘,俺把香绣娶回来,你就有面子了吧?家里这么穷,香绣娘说过让俺把钱挣够了再去的!唉!

冬莲突然也憋闷得要哭了,她扭脸进门摔打了手里的东西说,你只当你委屈?你娘就没有委屈过?活个人本来就是受苦来的,谁能事事随心如愿?从你爹死那天,你娘就没如愿过!不也活到了今天?

听着娘在屋里压抑着声音哭泣,谭守东闭上眼蹲在地上,双手紧紧抱了头。有些呛人的柴草味弥漫了冬莲家的院子,家家都开始做饭了。

守东第二天一早便进城到南山下去找香绣。谁知陈木匠两口子已经给边老汉家留了话，说他们到陈木匠媳妇的娘家去住些日子，走时给边老汉留下个地址。谭守东拿了地址，心里突然焦急起来，香绣真的嫁了人，那他这辈子多遗憾！谭守东不敢停歇地去找到香绣的舅舅家，见到陈木匠便一头跪下，说他想娶香绣，不知道香绣有没有许配人家。

陈木匠见面就骂道，你这个没良心的货！两三年咧，从走了就没再来过！

他骂完眼圈先红了，守东垂了头不敢应声，陈木匠又说，你让人给我送钱捎东西来，你当我稀罕那些呀？我家香绣还不就是稀罕你这个人，都等成老姑娘了，你再不来我可不管她愿意不，早点儿就把她嫁出去啦。

守东听了这话，一颗心才掉在肚里，赶紧冲那陈木匠磕了头说，俺回去时和娘说了，打算娶香绣回去过日子。可是家里穷得住在地窑里，俺怕香绣去受苦！

陈木匠摆手，让叫闺女来，香绣一见到守东眼睛立刻红了，谭守东知道她委屈了，想要劝她，却找不出一个字来说。香绣见守东盯着自己，低声带了些撒娇叫道，守东哥！

陈木匠媳妇说，你算是来了，我天天为我说的气话后悔呢！你师娘舍不得你走才说让你挣了钱再找香绣，你这死心眼儿的娃，要是你不来，我香绣和她爹还不把我埋怨死了！

过了一个月，守东就带着谭家堡子的人们来迎娶了香绣。

婚事差不多是谭彦章一手给他操办的，花钱并不多，却非常热闹。虽然守东挣了些钱，可他想要赶紧盖成高门楼的大房子，不想铺张。香绣也懂事，把她爹给的钱全部交给守东。冬莲听说了，就握了香绣的手说，娘没敢想守东能娶你这样一个通情达理的好闺女！

守东过意不去，想要给她添置些什么，香绣却说盖房子是大事情，那样胡吃海喝了，不是过日子的打算。

冬莲见那香绣长得壮壮实实，便在心里喜欢了，又见她性格敞亮，干活儿很麻利，越发疼爱她。村里人便都夸守东真是好命。香绣在娘家就是个织布的好手，她手脚麻利，织布比冬莲还快还好，冬莲便叹息道自己老了。话是这样说，她心里却很高兴。香绣脾气也好，手脚也勤快，她和守东时常聊着天便哈哈大笑了，有时两人想起当初守东去学木匠活儿时的事，说得冬莲一会儿抹着眼泪，一会儿就跟着他俩大笑。冬莲让守东给她再做个织布机，因为香绣织得好又织得快，她不想让自己占了机子。香绣却干脆利索地说，娘，你织了一辈子了就别再织了。守东又能做木匠活儿，又能给人看病，这屋里的活儿你就全交给我吧，你要怕我干不好，就多说说我！

冬莲却闲不下，见守东不给她做那机子，便说那俺把纺纱的事揽下，俺来给你打下手。可她还是不如香绣手快，她不断纺纱，却还是供不上香绣，守东见娘忙得不敢休息，便埋怨媳妇说，你也织慢些呀，让娘天天巴巴地纺线还供不上你。香绣便笑了，一连几天只纺纱，冬莲接着再来干，那活儿就能够供得上香绣织布用了。到了晚上，香绣和她娘点着油灯忙着纺纱织布，守东也在炕头点一盏油灯，仔细读德空师父给他的那些医书，有些看不太懂的，他便抄出来，留着将来看望德空、德宽师父时，顺便让他们讲解。对于看病的事，他越来越喜欢，晚上不看会儿书，他便觉得少点儿啥。找他看病的人越来越多，他就发心要当个医术精通的人。

嫁到谭家堡子半年多，香绣就有了身孕，这让冬莲骄傲极了，专门让守东去卧龙寺找德空请尊菩萨回来供奉，并让他到寺里磕头许愿，只等能给他生个儿子就去还愿。守东在堡子起早贪黑忙着，好久都没进城见过两位师父了，心里也一直惦念着杨老先生，还打算看看陈木匠和师娘，便让娘收拾了些自家地里打下的东西，进西安城看望大家去了。

从当年到了西安城，德空师父就再没离开寺庙，他见守东来了很高兴，夸他长得黑了也更精干了，亲手泡了好茶给他喝。守东见师父像是没经过时光一般，样子和自己走时根本没有变化，心里暗叹了一回。他把给师父备好的供养钱放在了桌上，又把娘给两位师父带的核桃、小米和做的棉鞋取出来，让德空试那双细窄些的，刚刚合适。德空打量着自己的脚，说他记得守东走时，曾拿纸让他和德宽踩了鞋印的。守东嘿嘿笑着说，您的鞋是俺娘硬要自己做的，德宽师父的，是俺媳妇香绣做下的！

德空听说守东来庙里请菩萨像，又来给怀了身孕的媳妇求子，便笑着让小徒弟从佛龛上取了个枣木菩萨像，不过指头肚大小，让他带回去给孩子戴上。又指了自己供在案上的那尊玉石白衣观音，让守东给他娘请回去。守东摇头说不敢，德空笑说，你娘诚心，就请去让她供奉，俺这寺里佛像众多，俺心里都供奉着呢。

谭守东这才敢磕头谢了师父，他见德空高兴，便说孩子还没取名字，娘让他来求师父取个好名字。德空便微笑了问，你娘还好吧！守东说回去给娘调治身子，现在冬莲已经脸色红润得多，腰腿疼的毛病也轻得多了。

德空听了念了声阿弥陀佛。

德空说，你们山东人到关中不容易，你那时几乎把你娘急死，高婆婆给你取名守东，就是让你娘守着你。现在你算是过得好了，可国家却总是战乱！你那娃生来就要做大事的！

守东知道这些年师父一直没有停止对时局的关注，便说乡下娃，能做啥大事！德空轻叹口气说，要是你媳妇生下儿子就取名叫谭振国，小名铁娃，好养些！要是女娃，就叫个谭国花！

守东念了那名字便喜欢了，点头说，谢师父！振国这名字好！

说话间德宽听了小徒弟通报，也进了德空的屋子，见了守东先嘿嘿笑了说，只当你娃没良心，忘了我们呢！

守东赶紧笑着给他做礼，他见桌上放了双新鞋，知道是给自己的，便踢了自己脚上破了洞的旧鞋说，刚好我这鞋踢了个洞等着补呢！你倒有心——还怪合脚呢！

守东把自己受了娘的安排，来请菩萨并看望师父们的话说了一遍，又把自己供养他的钱给了师父。他和两位师父聊着，不由得说起了自己刚才进了西安城，往卧龙寺来时，在文庙外边见到学生和市民们正打了白布旗游行呢。

德空并不意外地说，娃们可怜，一心想救国呢！

德宽便收了笑说，是呀，俺也见了，娃们游着行都哭着呢，上千的人喊着要誓死救国呢，有的娃举的旗上写的是"亡国不如丧家之犬"！唉！

守东问，那陈树藩不是已经让撵出陕西了么，学生们咋还闹得厉害？

德宽说，娃们闹的是几个月前太平洋会议上签订的"九国公约"，人家要瓜分了中国呢！我那乡党杨虎城请了于胡子当靖国军的总司令，南北方原来的护法军都计划要来陕西支援靖国军呢！姓陈的算是完咧！可那河南的刘镇华竟当上陕西的省长！唉！比陈树藩还黑！学生们当年驱陈，今年可忙着驱刘呢！

德空接话说，我当年说下的话你们还记得不？我说那刘镇华不是个省油的灯，我看他往后还要祸害陕西呢！

德宽对德空说，师弟，我那姓杨的乡党早就听说你的大名，想要和你相识，说了几次都没机会，你看明儿成不？我去请他来！

德空赶紧推托道，人家是大人物，我是个和尚，不弄那事！

德宽赌气说，次次你都推辞！人家想认识你，也是听说你有学识，他虽是行伍出身，却爱向有才学的高人请教呢！没见他常来和方丈聊天呢？刘镇华当省长，直系的军阀又要收编他，我想他也心烦呢，想找你和他说说！

德空沉吟了一回说，成么，听你把你那蒲城乡党说了不下十次！你就请他来吧！不见得能给他出啥主意，只图你以后再别为这事说我咧！我想他这时处境不好，不如找个地方休养着，等着机会再说，要不和人家硬对硬，他又没后台，只一心爱国，怕是命也要搭上！

德宽一拍手说，你真是神咧，也有人给他出下这主意咧！他也在想着这话，心却还是想做些事，听说请了我另一个蒲城乡党李仪祉到陕西任了水利的官，要把泾河的水引了灌田呢！

德空念了声阿弥陀佛，才说，我那时听你说去年大旱时，于胡子的靖国军总司令部设赈，杨虎城在渭北放赈救了不少人，他这么有善心，倒真是百姓的福呢！

德宽点头说，他娘也是天天烧香拜佛的人呢！

谭守东本想留下，看看听了无数次的杨虎城到底是个啥样的人，谁知德宽晚上跑回来说，人家这几天忙得厉害，说三天后来拜访德空。谭守东只好和师父告别回了阎良。

谭贵子跟爹学做马车轱辘早就出了师，每当远近的陕西人来买那马车轱辘，他便去帮人家安装在马车上，试试那轱辘大小合不合适，那车轴做得合不合窍，让马拉了车看看。他讨厌和人说话，人们也总当他是个难看的哑巴。

贵子看得出月月厌恶自己，从把她娶了来，他连一天舒心日子也没过上。头一个月里月月不让他沾着，他便丧了气，自己一个人赌气去睡，爱娥指桑骂槐，又骂他道，你难道给家里娶了个娘娘，还能由了她的性子走？要是养着她在家里白吃饭，俺还不如雇一个长工，省得她天天像个吊死鬼一般惹得人心烦。

她不知道儿子还没和月月圆过房，只说，你要赶紧让她怀个孩子，女人呀，有了孩子心就定了，没瞅守东他娘，要不是她当时怀了守东，她能守到现在？

贵子恨月月不把他当人，他娘又总是在找时机敲打他，说打到的媳妇揉到的面，他被说得心烦，却觉得他娘说得有理，便晚上喝了酒，不管月月咋样挣扎还是强行将她睡了。可他心里并没有觉出得到啥快乐，他甚至也觉得，自己这样活着真是窝囊。后来见娘让月月又重新挑了水桶每天去担水，他原想说那是自己干的活儿，不想让月月去担。可到了夜间见月月对他还是不理不睬，只用被子把自己裹了个严实，他又恨恨地想，活该，你这般把俺不当人，俺娘咋样对你都是该的。

自从守东娶了香绣，冬莲家的小院里就总是有欢欢喜喜的声音，贵子恨不得把门重新开到另一面墙上，就不用对着守东家的门，看着他们一家人和和气气。更可恨的是，香绣过了门，居然才几个月就怀了孩子，她挺着微微隆起的肚子在院里走来走去，爱娥和贵子的眼睛都要恨出刺来了。

爱娥回过头便问月月有没有怀了孩子，月月总是垂了眼睛摇摇头。

爱娥嫌她不争气，说就是种地，也该有点儿动静，俺见你天天总是熬着不肯去睡，是不想和贵子睡吧。俺可给你说，再过一半年，你还怀不上孩子，你就到木匠铺子里去干活儿吧。

月月见天抹着眼泪，脸色就憔悴得多，谭家堡子的人看着月月时常眼睛肿着脸色干黄地来担水，人们便开始心疼起这苦命的闺女。冬莲一开始还在官井边等着和月月说说话，却有几次撞上了谭小头媳妇或者是爱娥，她便生怕给月月惹了麻烦，连那几句宽慰的话也没机会给月月说了。守东却并不知道，他只是一天到晚努力想多做出些木匠活儿，好攒到过集会的时候去卖掉。

这一天，两个山西客人拉了自己的马，到谭大个子的木匠铺子里来拿定了的一驾大车。大车是贵子打的，那马车轱辘却是谭大个子早就打好的，一般安装时爷儿俩会一起上手，偏谭大个子那会儿没在，贵子晚上和月月又哭闹撕扯了一夜，早上起来头疼欲裂，眼泡肿着。他见那山西客人催得急便说，你给俺打个下手，俺给你装上你就走吧！

轱辘装上了，贵子拉那马想试一试轱辘装得合不合窍，那马却不动，贵子憋了一夜的闷气，便挥拳在马的肋下敲了一记道，你他娘的也敢和俺犟！

他天天做着木匠活儿，手里劲儿大，那马就咴地叫了，扬蹄抬头拉了车就跑，一侧的辀辘还没装紧，那车便倾倒了，冲着贵子轧过来。没等他躲闪，他的腿便被马车架子砸断了，仰头栽在地上。山西客人刚要抬起车架子，贵子就疼得昏过去了，地上一大摊血。堡子里的人闻了讯都慌着跑来了，却围着马车和躺在地上的贵子没了主意，山西客人慌着说，是他打的马呀，我也不知道他把那马车辀辘装上了，咋就掉了呢？

大家商议着要把那马车架子抬起来，还没有抬，贵子便惨叫着说，快别动！快别动！疼死了！

爱娥便说，千万别动！

谭大个子赶来，见儿子躺在马车架子下面，也慌张了说，好歹把腿拉出来呀。

他叫着村里的小伙子们来帮忙，谭福、长宝便帮他把那架子抬起来，他托了儿子的腰把儿子轻轻拉出来，贵子却惨叫起来。

谭守东听人说，贵子被马车架子砸了腿，犹豫了一下便也丢了手里的工具跑了来。贵子见他来了，强忍了疼，死死瞪着谭守东，他不想让守东看见他狼狈的样子。月月也来了，见男人躺在地上，那腿被砸扁了，流了一摊血。她惊叫着赶紧蹲在贵子腿边，她哭着仰脸看着贵子的脸，贵子却有了一丝快意。月月在他的脚边手足无措地说，你咋不小心呢？

没等贵子说话，爱娥哭天抢地骂道，扫帚星！还不是你克的，天天在家里哭丧着脸，看把你男人克成啥啦？

桂枝见她不讲理，便大声说，没瞅啥时候啦，你还找邪碴儿！快赶紧给儿子想办法，没看贵子那腿流着血，脸都白了！

大家商议着把贵子抬到马车上，拉到阎良县城，贵子哆嗦着嘴说，俺疼死了，俺熬不到阎良了，千万不敢碰俺的腿！

大家便又说，是呀，到阎良得多远，不等到那里，别说流着血，这颠簸着疼也要把人疼死了。

月月见贵子头上冒着冷汗，忍不住用自己的袖口去给他擦，她的手碰到贵子结了疤的脸，心里一阵哆嗦，贵子闭了眼睛呻吟着，疼呀，俺疼呀！

谭守东一直在心里暗暗下决心，他想给贵子治，可又没把握。显然贵子的腿是骨折了。他那接骨的医术还没有试过，而且眼前也没有乌鸡。那些药材的比例用量他和德宽商量过几次，虽说是德宽很有把握，他却还是心里没谱。盯着贵子疼得变了形的脸，他鼓了勇气对爱娥说，大娘，俺学过给人接腿，你让俺给俺贵子哥试试吧。

大家都惊呆了，贵子的脸抽动着说，俺……俺不让你治，你赶紧滚！

爱娥也说，你安的啥心？俺贵子就是腿断了，也用不着你来。

冬莲赶紧扯了儿子说，你赶紧回去吧。

谭守东便转身走了，边走边说，再不治，你那腿就彻底断了，你看你那血止不住，你就完了！

谭大个子呆了一会儿，猛然转身撵上守东说，孩子，大爷求你，去给俺家贵子治治吧。

爱娥要制止男人，被谭大个子喝住，都这会儿了，还逞啥强？死马当作活马医吧，反正腿也要断了，治总比不治强，总不能让他躺在这里等死！

大家都默着，守东蹲下身，轻轻撕开贵子的裤腿，见骨头茬已经露出来了，血肉模糊。大家便都捂了眼睛吓得尖叫了，贵子也紧闭了眼睛不敢看。守东顺着伤口摸着那腿，贵子就惨叫得更厉害了，爱娥哭着叫道，守东，大娘平时不好，可你不能现在对贵子报复呀！

谭守东却不理她，他摸了心里就有了数，胸有成竹地说，还好只是折了，只要接上骨让他好好长肉就行。

他说着把贵子里面的衣裳扯着，撕下两根布条，学着边老汉的样子，在贵子的大腿根儿找了穴位用力绑上了，月月见了赶紧用牙也在自己衣襟上咬了，撕下几条给守东用。

守东又让他娘把他包袱里的那个小布包拿来。

爱娥便半信半疑推搡月月说，还死在这里干啥，快去拿呀！守东又说，赶紧让谁驾了车，到镇子上买上两只活的白色乌骨鸡，俺要用，越快越好！迟了就来不及了，再有，俺给你开个方子，去抓些中药回来！

去抓中药和买乌鸡的人过了两个时辰就回来了，守东早已经用那几枚银针在火上烧了，扎在贵子腿上的穴位上，那血果然就流得少了些。大家见那小布包里插两排长长短短的银针，还有两支小巧的柳叶一般的小刀，知道那可不是凑合事的好家当，都惊奇谭守东居然真会看病。他不想让别人看见自己咋样去调那药糊,他知道边老汉手上有气功,能够飞快地将那鸡活着就撕成块,他却得用刀把那鸡杀死,又用大力气扯下那鸡皮和鸡毛。他让人寻了个石臼,使劲儿把那中药和乌鸡块捣成了鸡糊,又亲手切割了新鲜的薄树皮包在贵子的腿下,将那药糊放在已经接好骨的腿上,再细细包起来。大家见他一心一意埋头给贵子治,背上的衣裳也汗湿了,便知道他是真心的。守东给贵子细细捆扎了伤口,让人们卸下扇门板将他抬回家去了。守东把中药交给爱娥说,把这煎了吃吧,早晚各一碗,隔上两天俺再来给他换药。

爱娥哭着接了那药,递给月月说,快去煎吧,从你来了俺家,俺家贵子就没安生过,俺贵子咋命就那么苦呢!

贵子听见他娘哭,心烦地闭上眼,嚷道,滚!都滚!

过了两个月,贵子的断腿长好了,他服着守东的药竟真的能下炕走路了。但他却跛了,他爹给他削了一根枣木的拐杖,他便出入都挂着。谭家堡子的人知道守东真是救了他,便也吃惊守东竟有这样了不得的医术。于是远近就有人知道他有这接骨的本事,常常抬了断手断脚的人来求他医治,守东便也在自家院后安了个鸡笼,养了几只乌鸡,又备好了接骨必备的中药,给那些人治病。守东便渐渐有了些名气,开始能赚钱了,这让谭家堡子的人们真的开始羡慕了。

这天,谭小头两口子挑了行李在谭家堡子里大声说,他们把窑卖给谭彦章,要走啦!

人们就问他们要去哪儿,谭小头媳妇说,她兄弟给她捎了信来,让他们到宁夏去,说那里是鱼米之乡,钱也好挣,那河里用箩筐一捞就能捞上半筐鱼,过着神仙一般的日子,哪里用得着在关中这样辛辛苦苦下地干活儿。

人们半信半疑,知道谭小头媳妇素来会添油加醋。可见谭小头媳妇不光是在说,也果然整了行李要走,大家便劝她说,都说关中八百里秦川旱涝保收,啥地方还能有这儿好,眼看日子能过了,闺女也嫁了,咋就跑了呢。

谭小头媳妇叹气说,月月是白养活了,指望不上她给俺养老啦!这不是跟贵子成亲一年多了,一分钱也没给俺拿回来过,倒是她自己天天被爱娥欺负得落了一身病。

爱娥听了她这么说,便急红了脸说,你那月月天天自己哭丧着脸,谁倒是惹她了？她天天坐在家里，除了做饭洗衣裳，只是挑那两担水，你还指望她能给你带回去多少钱去？占着窝不下蛋，不如个母鸡！

谭小头媳妇想反正要走了，便豁出去撕破脸骂道，俺那月月给你时，你们家贵子长着鬼一般的脸，不知占了多大便宜！这回倒来说俺家月月，你嫌月月生不出孩子，只是骂她，也没看看你儿子，一副窝囊胚子，现在还是个瘸子，他有没有男人的本事？俺月月再好的地，没有好种子咋能只怪她？

贵子挂了拐杖和月月来送他丈母娘，听她这样一说，气得发抖，他一个字也说不出来，哆嗦着嘴将那拐杖狠狠砸在墙上，拐杖应声断成两截，月月也哇地哭出了声，转身跑了。

谭小头媳妇叹口气说，俺这张嘴呀，把人都得罪完了，反正俺走了，眼不见心不烦。人倒霉了，放个屁都砸脚后跟！

桂枝说，你倒是眼不见心不烦，你让贵子和月月还咋过？

谭小头媳妇哼了声。

人们围了看笑话。谭彦章说，俺劝你们不要去，你们再合计合计吧。

谭小头赶紧说，你可不要反悔。俺那地窖和俺那两块地，虽然不咋好，可也算是卖给你了，你要反悔俺可不退钱给你。

谭彦章是个仗义人，并不生气，只说，俺既是买了就不会后悔，只是怕你们在那里活不下去，到时候还记得回来呀！

谭小头媳妇抹了泪说，俺这辈子算完了，嫁了这样一个没本事的男人，俺想俺那兄弟不会哄俺吧。俺去宁夏看看，要真的是有鱼吃，能吃好的穿好的，就给你们打了信，咱谭家堡子的人都去啊。

大家便不再劝她，看着她跟谭小头担了扁担，挑了锅碗慢慢地往官路上走了。冬莲和守东俩人默不作声往家走，忽然听到爱娥在自家屋里大声喊，你咋就吊上了？快来人，快来人，月月上吊了！

守东撞开贵子家的门，见贵子正呆呆站在灶房的门边望着。守东和冬莲扑上去抱着月月的腿，守东赶紧踩了凳子去梁上解她。月月解下来了，冬莲哭着边揉着她的胸口边说，傻闺女，你娘她们说那几句，你咋就还能当事呢？

她见月月张着眼只是流泪却不说话，虽是心疼这闺女却放下了心说，月月，你可不敢再干这傻事了！

月月摇着头哭着说不出话，贵子只是望着月月，爱娥见月月没事，摔了门到自己的屋里去了。

经了这场事，贵子对月月就和她娘一样了，时常骂她推搡她，月月几次想要寻死，都被人挡下了。开始爱娥还有些怕，后来就烦了说，死就死吧，只是别死在俺屋里，俺贵子还要在这屋里娶新媳妇哩。

冬莲找没人的时机劝月月说，你死了，空下房子，人家重新娶一房，你不就白死了？你好好给他生个孩子，腰杆不就硬了？

月月哭着说，俺生不了，俺几个月身上也不见红……大娘，俺是要死在他家了。

冬莲便说，你不知道，你守东哥在外边学了医，他那师父专会治女人的病，俺原先和你一样。守东说这是生了气，身体便越来越差。俺让守东给你把把脉，配上药你喝了就好了！你只管高高兴兴，别总是这样天天抹泪，身体就会好了。

月月叹口气说，俺不想再麻烦守东哥，俺也不想让俺婆婆有了借口打岔欺负人。

冬莲便说，你趁她不在的时候来俺家，让守东给搭搭脉，你只说俺给你了个方子就成。

守东便给月月看了病，又问了些她的情况，月月虽然羞，却都认真想想告诉他。不想她吃了那药又被冬莲劝慰着，身体竟比原先好一些，脸色也比原先红润了。爱娥见她自己每天晚上坐在灶房熬中药，知道是守东给她开的方子抓的药，便时常指桑骂槐摔摔打打。月月只当听不见，也不去回应她。谭大个子见月月被爱娥欺负得可怜，就在没人的时候劝说她，祥子的媳妇春雁嫌人们都说婆婆刁蛮，虽不敢帮月月说话，却很少和婆婆搭腔。爱娥见家里的人一天到晚也没个声音，也怕月月真的死在家里，便收敛了些。

找来看病的人多了，谭守东把地里的活儿全包给了别人耕种，他凭着做木匠活儿的手艺和给人看病的医术，又加上香绣的私房钱，渐渐就攒够了盖房子的钱。守东回来不过两年光景，终于给他娘盖了土坯墙的高门大房子，带着个小院子，东西有厢房。冬莲爱花草，就和香绣到处寻来花苗花籽种上，很快就满院花花绿绿，成了谭家堡子数得上的漂亮院子。可这院子就离村中心的老地窑子远了些。守东又攒了些钱，在老地方填了那地窑，原地起了房子，有门有窗又光亮。那里离官井近，算是谭家堡子的中心，他便在院里种了花草，当作自己时不时有人求医看病的地方了。

这年的冬天特别冷，谭家堡子便被那雪盖得一片雪白。眼看过年了，谭守东自己裁了红纸写好对联贴上，又写了好几张"福"字贴在门上。他在那院里没法再做木匠活儿，便把东西收拾了在屋里看书，香绣在一边慢慢织着布，屋里热乎乎的。

大年初一，本来乡下人也没什么讲究，冬莲只剁了一盆肉馅包饺子，又炸了一点儿面果子，就当过了这年了，谁知天快黑时宋轩堂竟来了。见他脸色不好，冬莲猜出他一定和媳妇玉凤又闹了仗，因为他有时也有意无意间说过，大房媳妇好强，一心霸着城里的买卖，爱在人前和他争吵。宋轩堂怕人笑话，总是忍让，她却退一尺进一丈，他就烦了在家里和她共处。想必过年了，他和媳妇不得不在一起吃饭过几天日子，矛盾就又出来了。

冬莲让儿子支了炕桌，和宋轩堂说起当年在黄河边遇上的事，就感慨着小红总也没个消息。冬莲和面给他包饺子，不让香绣动手，宋轩堂看着冬莲忙活，突然说，这才像个过年的样子！

守东见他来了，娘就变了个人一样，整个人都活泛了，脸上有了笑模样，他丢下手里的活儿，别别扭扭在院里生闷气。香绣看出来男人不得劲儿，就也到院里来劝他，说人家从城里大过年的来看咱娘，你倒好，一直拉着脸！

他用手捂了媳妇的嘴，就听屋里宋轩堂压了声音说，冬莲，天也快黑了，路不好，守东两口子也在家，你要是同意我今儿就不走了。你那厢房不是空着吗？

冬莲刚想说话，守东嗵地在院里踢了脚木桶，她咬着嘴唇说，别说玩笑话⋯⋯快回西安城去吧。

守东怕宋轩堂听见，示意不让媳妇说话，香绣当然明白他是想让自己进屋看着他俩，就叹口气往屋里走。临到门口，她又扭头小声对他说，我觉得婆婆真可怜，我看得出来那个姓宋的有多喜欢你娘！你连他俩好好说个话也不容许，太过分了！

说是这样说,她还是被守东的眼神逼着进了屋。

这次宋轩堂走冬莲就没去送他,谭守东陪他到了路口,俩人寻不到啥话题,就只踩着咯吱咯吱的厚雪闷头走路。眼看快出了堡子,宋轩堂说,这雪下得可真大!谭守东赶紧说是呀,这雪真大!

白茫茫的天和地,空得竟像是一个活物也没有了,冬莲站在自家窑门口想,人的心里要能这样空空荡荡,啥也不想有多好。看着儿子顺路慢慢走回来,在雪地里就像个大黑点越来越近就越来越大,她转身抹了眼泪,撩起门帘进了屋。

庄户人家到了冬天便没了什么活计,女人们只在屋里织些布,男人有时也能上手织。谭大个子却闲不住,每天做着马车轱辘,有些人上了门来买,有些他做不出来,便让人家留下钱和地址,等他做好了让贵子送了去。贵子的腿脚不好,却不想在铺子里待,爱娥知道祥子只能做活儿,不敢出门,就一再劝他说,大雪天你这腿脚又不利索,年还没过完,西安城里时常闹兵乱,让你爹去送吧。

贵子偏把那马车轱辘用麻绳捆了扛在肩上,挂了拐杖理也不理他娘,便要进城去送了。临出门他丢了话说,俺送了,晚上就在那城里住上了。

一连六七天下了大雪,谭家堡子外的官路上铺了厚厚的雪,啥车也进出不了,人们便都窝在自己家里不出门了。贵子一瘸一拐顺着官路走着,路上不好走,又冷得厉害,他却裹紧棉大氅毫不在乎。在自己那个家里待着,贵子越来越觉得难以忍受,他只能白天埋头干永远也干不完的活儿,耳边听他娘没完没了的车轱辘话。累到晚上,一家人沉默着吃罢饭,进到自己屋里,又是月月不情不愿的样子,从娶了她那天起,他甚至没见她笑过。自己砸了腿那天,他见月月哭得什么似的,心里有了一丝暖意,可是等自己活过来,她依旧是过去的样子。贵子重重叹口气,他在家里憋得要疯了,就算路再难走,他也想要丢下那一家子烦恼,透透气了。

贵子在官路边上搭了辆马车,就进了城。

西安城里也下着雪,城墙垛上积雪很厚,满是蒿草的城墙被雪盖得厚厚实实。路上没啥行人了,他缩了脖子,扛着马车轱辘到西安城的西门跟前,给人家送了货，又取了工钱。他见天也黑了，便想找个小铺子歇下，旅店的看门老头儿见他佝偻着肩又垂着头，只当他是一个老头儿，便招呼他道，这位大爷来住店。

贵子只当他招呼别人，见他说的一口秦腔，便操着自己的山东话说，给俺来个最便宜的。那老头儿见贵子抬了脸，竟少了半边脸，那脸上还布满了可怕的疤痕，受了一惊，竟忘了说话。

贵子知道吓着他了，却不当事地说，最便宜的床铺得多钱？

老头儿见他穿得并不烂，就堆了笑说，大通铺一宿十个铜子儿。

贵子心疼钱，问有没有再便宜的。老头儿便呵呵笑了，说在那灶房贴着灶也暖和，打个地铺一宿五个铜子儿。贵子便要住五个铜子儿的。可那灶房却狭小，老头儿给他铺了铺盖，他发现不管横竖他的个子都太大了，腿也伸不直。灶房虽是贴着灶，那窗户却没有窗户纸，呼呼地漏着风。贵子想俺成年不来城里，卖了马车轱辘俺也挣了钱，就花他十个铜子吧，他又重新到了那大通铺的房间，却只有他一个客人，想是下了大雪，路上行人少。房子因为只有他一个人就没有烧炕，冰冷得像在街上一样，他没敢脱衣服，将那漏着棉絮的破被子裹在身上，躺了好久腿脚也不见热。贵子冷得哈着热气暖手，突然觉得自己过于窝囊了，想必是人家觉得自己脸丑腿瘸，那老头儿就欺负了自己。他甩下被子出了门，拍打那老头儿的房门叫道，开门开门！俺十个铜子一个也不少你的，你大雪天让俺睡着冷炕，又那么薄的被褥，你太欺负人了吧！

老头儿见他丑脸狰狞，个子又高大，虽是没有太听懂他的山东话，却还是赔了笑脸说，天爷！这就不错咧，十个铜子儿睡一宿，你还想要啥呀？

贵子说，你去把炕给俺烧着，给俺把褥子铺上，再给俺来一床被子。老头儿说，十个铜子儿我没法给你烧炕，现在下大雪，西安城里的柴火多贵呀。大冬天的，你那十个铜子儿还不够两根硬柴钱！要么你睡单间，我给你烧个火盆，暖暖和和的——得五十个铜子儿！

贵子想想他说的也是，自己又不舍得花钱了，他便扯了嗓子喊，那俺不管，你去给俺加床被褥。

老头儿嘟囔道，横啥横呀，想要睡热炕头怎么不去窑子院呀。

贵子没听明白，问他，说的啥？

老头儿没好气地说，我这店小只有这些，你想要那热炕头、厚被窝，我那院后面也有窑子院，三十个铜子儿还有姑娘陪你睡一宿呢，我这里却是没有那热炕！

他把那十个铜子塞进贵子的手里说，你去别家找吧！

贵子见他锁了门，自己站在大雪地里愣了一会儿，想要和他争吵，又怕人家是当地人，自己也没理，只好算了。他想，俺不如就摸了黑走回去吧。可他腿脚不利落，夜里黑，地上又上了冻，他便滑了一跤。贵子爬了起来，听到那老头儿和他媳妇在屋里说着话，见那窗户里透出暖暖的油灯光，突然眼睛里就蓄了眼泪，自己咋就活得没个人样儿？

贵子往出走着，下意识回头看看，见那老头儿的房子后院，果然有房门口挂着破旧的红油纸灯笼。他心一动便止了步子，心想，俺从娶了月月，也没过上过什么舒心日子，俺可怜巴巴天天在那里埋着头做活儿，也没有一个钱轮到俺花，这冰天雪地的，也没一个人心疼俺！那老头儿说得对，俺凭啥不能找一个暖和的地方？

他心一横，冲着那后院挂了灯笼的房子走去，到了门口，见那屋里有着微弱光亮，却安静得没一点儿声音。他便又怯了，鼓着的劲儿就泄了，他想这种地方怕就是人常说的窑子吧，让谭家堡子的人知道俺到过这地方，还不笑死俺了。

他便重新回了头，心里却又暗暗想，那天月月她娘不是也当了众人的面羞臊了你的脸皮，那堡子里的人早就看不起你了。正在心里缠磨着，他身后的门却吱呀一声开了，有个女人靠在门里冲他说，我听着有脚步，大哥咋不进来呢？

她见贵子呆呆地背对着她，便伸了胳膊，扯了他的后脊梁上的衣裳，轻轻地说，大哥快到屋里暖和吧，看在院里多冷呀。

贵子不由自主被她扯进了屋，借着灯光他看见，眼前的女人却不是他想的那般年轻好看。这女人怕是有三十来岁了吧，脸上已经不那么细腻了，却还抹着粉，头发梳得光鲜，眼角却早有了皱纹。他想，这女人怕是比俺还要大十来岁呢，便心里别扭了，转身要走，那女人看了他，也着实吓了一跳，本想给他拍打身上的雪，见了他那脸就赶紧缩了手。贵子恨恨地想，连这没人要的老妓女也嫌弃俺。他默默拉开门，外边的风便把雪卷进了屋里，那女人冲上前一把挎上他说，大哥别走呀，看外边多冷！

贵子使劲儿甩开她，瘸着到了院里，女人撵出来，却没拉他，带了哭腔说，大哥别走！我……两天都揭不开锅了，你随便在这儿睡一宿，随你给多钱，能给我换碗稀粥喝就行！

贵子心里震了一下，他还发着呆，那女人便挎了他的胳膊，把他搀扶着重新进了屋。贵子坐在炕边，那女人默默蹲下给他脱鞋，又帮他脱了那早就湿透的棉大氅，挂在门闩上晾着。贵子摸了摸那炕，并不热，那女人看出他的意思，赶紧趴在灶边给那灶坑里丢了两根柴。她很快烧了热水递给贵子，他看也没看就喝了，他突然觉得这女人在屋里忙忙活活给他烧水，给他脱鞋，比月月还像他的媳妇。他粗声问有吃的没有，那女人抬起眼皮看他一眼，撒了娇说，我不是说咧，我两天都揭不开锅咧！

贵子见她瞟自己时，那眼睛里竟有些妩媚，心里就酥了一下，他说那咋办，俺从早上出门就没吃过啥。

那女人停了手，用眼角瞅了他一眼，停了停才说，大哥没啥，没有钱我也不会撵你走，我看你腿也不好，这大冷的天儿你喝过热水就上炕睡吧。

贵子没动，她只当贵子没钱，就又说，下雪天我一个人在这屋里也害怕，你能在这待着，我心里就有个依靠。不管有钱没钱你就上炕睡吧，两人挨紧些也能暖和些呢，只是咱俩都得饿着咧。

贵子见她说得凄凉，心里却立刻觉得温暖了，他借着昏暗的油灯瞅了瞅屋里，啥也没有，炕上和灶上却收拾得干净利落，那地上也被扫得光溜溜的，他便从怀里摸出钱递给那女人说，你去买些吃喝。

女人怔了怔，赶紧接过钱便笑了，大哥，我当你说没有吃过饭，只当你……你等着，你等着！

贵子见她拉了门欢快地走了，又听她到前院敲了那老头儿的后门，低声说要买上点儿粮食。贵子摸那炕渐渐地热了，见那屋里又低又暗，便叹了口气想，这世道人人都不容易呀。他想着刚才人家当他没钱也竟然没撵他走，就对那女人平白生出些好感来。不多时那女人推了门，贵子见她虽然年岁不小，身段却还好，有心想讨她高兴，便鼓了勇气说，这么快就买到吃的了，你腿脚倒灵便，你叫啥名？

那女人听出他是想装成一个老练的客人，便在心里笑了说，我叫海棠。

贵子便冲她笑了，那海棠也笑了说，看我比你大呢。

贵子又鼓了勇气说，俺可没觉得你大。

那海棠说，我看得出来你不常来这些地方，你不用装我也知道你在说假话。

贵子默了，用手摸了那光溜溜的炕席，又拉拉上边铺的薄褥子，低着头不说话了。海棠便在屋里忙活起来，他觉出自己的嘴边是挂着笑的，心里便奇怪了，自己的心口平日里总是憋闷的，这会儿在这黑屋里，和这一个半老的妓女待着竟这么安然。海棠给锅里舀了水，又把那面和了，对贵子笑着说，我看你是山东人，怕是吃不惯我做的这燃面吧，可我们陕西人最好的吃食就是这燃面了，我给你做一碗你好好咥！

贵子见她手脚麻利，便丢了拐杖一瘸一拐到她身后，看着她做活儿。她挖了碗面在那黑瓦缸里添水和了，醒在瓦缸里又舀水在灶上的大锅里烧着。贵子便说，你们陕西人吃饭真是浪费粮食，这么白的面只和了这么一团，才够两个人吃一顿。

海棠喘着气用力在那案上使擀面杖擀面，贵子听了她的声息，觉得酥麻麻的，装作不经意地瞟了眼她不停晃动的胸脯。她早知道了，却故意挺了胸撅了腚，拿眼睛斜他一下说，天爷呢！我不是看了你给的钱，又见你饿了一天，才去买来人家的白麦面，平时杀了我也不舍得这样吃呀！

贵子知道她好心，就壮着胆说，那吃完你睡哪儿？

海棠便掩了嘴笑道，我要睡炕上呀。

贵子急了说，那俺呢？

你嘛，你想睡哪儿就睡哪儿！

贵子从来没和女人开过玩笑，就是他爹娘也总是天天垂着头闷着。他见海棠看他，便想自己这有了疤的脸正好冲着她，她却不怕哩，心里就感激了，见她笑着，就觉得被鼓励了似的，冲口说，那俺要跟你一起睡！

海棠便笑了说，那你还不赶紧上炕，摆了炕桌，咱吃了早早睡，没看天都黑成啥咧。

她把面下到锅里，水蒸气就漫了小屋，她又蹲下身在灶膛里熟那小勺里的清油，衣裳短，露出一截细白的腰身。贵子看着呆了呆，她发觉了，一手伸到后腰里抻了抻棉袄，催道，还不快去收拾桌子？贵子觉出自己像和她过成一家人家一般，就兴冲冲瘸着腿把那小炕桌挪到炕中间，炕桌因为旧已经裂了好大的口子，边角上掉了一块，他便说，你拿个家伙，俺帮你把这桌子重新修修。

海棠把热油吱啦一声浇在碗里，白面条上的葱花香味就立刻扑了鼻子。她头也没抬地说，你随便看地上啥能用，随便去拉了修吧，没看我手里忙着哩。

贵子便笑了说，人家白白给你干活儿，你还指使俺找东西！

嘴里虽是这样说，他心里却乐呵呵地在案上拾了刀，将那桌面的几块板重新撬起来又重新排好，用刀背把老钉子重新钉在桌架上，见那缝子虽是小了，却还在。他又在柴火堆了翻寻了，找了块木头，用柴刀细细削成长条，敲进桌缝里。他干得很快，海棠端了满满两碗燃面放在炕桌上，惊叫道，天爷呢！大哥你还有这好手艺，你可真了不起，快先吃面吧！

贵子见海棠实心实意地夸他，心里便得意了，闻到那面被油泼了葱花，香味直冲鼻子，便挑起面吞在嘴里嚼了，冲海棠炫耀道，别说你这桌子，就是马车轱辘俺也照样能做，俺家开着木匠铺子呢。

海棠早也饿慌了，边吞着面条边说，真的呀，你们山东人……就是……有本事，我听说，这街上的大车都是他们在那谭家堡子里求人做的哩。能有大车的人家都不是一般的阔人呢！

贵子便骄傲地说，那就是俺们家呀，俺这次到城里来，就是给人家送定做的马车轱辘，不巧雪越下越大，天又黑了，俺就回不去了。

海棠却丢下筷子，两手合十闭着眼睛念念叨叨道，感谢观音菩萨让下了这么场雪，要不你咋能到我这小屋里来？

贵子见她那动作轻巧可爱，又见她把自己当作一个人物，就嘿嘿笑着，大口吃着面条说，俺从来没吃过这么好吃的面条！

海棠白他一眼，哄我高兴呢吧？我会做啥呀，你家里怕是有媳妇也能给你做燃面吧？

贵子心被割了一般疼了一下，他摇摇头道，俺没媳妇。

海棠不相信道，你家开着大车铺子，咋会给你娶不起媳妇？

她见贵子埋头吃饭，不再理她，便乖巧地溜下炕，去灶上又盛了碗面汤，放在贵子面前说，大哥，喝碗面汤，甭管你有没有媳妇，只要你不嫌弃，你啥时间来了我都能伺候你！

贵子心一热，见她在油灯下说着这些话，脸上有了些羞涩，就轻轻揽了她的肩膀说，俺跟你睡，你不嫌俺脸丑？不嫌俺腿瘸？

海棠张大眼睛看了他说，我第一眼看了害怕，可我跟你说了话就知道你是个好人。不怕你笑话，我从十一二岁让拐卖到窑子里，一开始给人家烧烟泡、洗衣服、做饭、倒尿盆，十三岁我被卖到这西安城里，成了任人骑任人睡的……我年轻时也在这西安城里有些名声，来找我的也有不少当官的和有钱的男人，我啥人没见过？可像大哥这样本分的男人，在我心里太金贵了，我碰也碰不着！

她见贵子不说话，便叹口气说，你不会嫌弃我吧。

贵子摇摇头赶紧说，俺哪敢嫌弃你，俺觉得你那么亲呢！

海棠便笑了说，那赶紧歇下吧，我没钱买柴，这炕过会儿就凉咧。

两人钻到被窝里，贵子小心翼翼搂着她的肩膀动也不敢动，海棠等着他，见他没有动静，突然意识到这男人是多么实诚的一个人，她便感动了，扭了身轻轻抚摸着他，低声问，你怎么？

她发现贵子在轻轻发抖，便在黑暗里摸摸他的脸，贵子的眼泪弄湿了她的手，她被吓着了说，大哥，你在哭吗？

贵子说，别给俺叫大哥。

海棠便在他怀里轻轻笑了说，是呀，给你叫兄弟才是呢。

那贵子便被她说笑了，把嘴凑在她耳边说，俺骗了你，俺在家里有媳妇，可俺跟俺媳妇总是做不成，怎么也不成！俺只当俺做不了男人了，可是抱着你俺就发现俺想呢，俺又成男人了。可俺不敢，怕你瞧不起俺。

海棠被这话感动着，她没有回答，却把手轻轻伸到他身下摸了摸，笑着贴紧他说，你比我见过的男人都强呢！

贵子不相信地说，俺不信，俺从小都窝囊，俺啥事都不如别人！俺娘给俺娶了个村里最漂亮的闺女，人家也看不起俺，俺把她娶在屋里却没用过几次，俺没那本事，只求她别说出去就好。

海棠不等他说什么，把他轻轻往自己身上拉，贵子不等她用力，猛地翻身压在海棠身上，她赶紧脱他的衣裳，贵子也胡乱帮她撕扯，俩人在黑暗里就喘息着，海棠见他总也脱不下来，就噗噗笑着，轻轻咬在他耳边含混地说，快呀！贵子被她黏糊的声音弄得冲动起来，他叫着海棠的名字低声叫，俺真的行了！不等海棠回答什么，他便粗鲁地将海棠的衣服全扯了去，海棠边搂紧他，边扭动了身子迎着他的力量，笑着说，你骗我呢吧，我没想到你这般……厉害……呀！

　　天亮的时候，贵子默默地穿戴着自己的衣裳，海棠也早早起来用昨天剩的那些面汤给他搅了些菜糊糊，又给里面放了油盐，做了一锅咸拌汤。雪光映得屋里又亮堂又冷清，贵子默默喝着汤，坐在炕上不动了，并不急着走一样，海棠和他经过了昨晚的激烈，这会儿却觉得陌生了。海棠说，咋不走了，不是说你家人等着你回去吗？

　　贵子叹口气，眼瞅着亮堂堂的窗户纸说，舍不得你。

　　海棠心里一震，她回头看看贵子，知道他没有说假话，她突然流了眼泪说，贵子，我只当我再也不会为男人哭了，可你……你把我这心……回去吧，好好跟你媳妇过日子，像昨天那样她一定高兴。

　　贵子摇头说，你不懂，她瞧不上俺，俺看她就不像俺媳妇，俺看你倒更像俺媳妇。

　　海棠便含了眼泪笑了，可我却没有那么好的命，你回去吧，啥时候等你再来送马车轱辘！你来，我就好好伺候你，昨天夜黑天也晚，吃罢饭没睡多久，没有把你伺候好。

　　贵子突然下了个决心，他拉了海棠的手说，海棠你等着，俺回去给你送钱来。

　　海棠赶紧摇头说，你肯定是正经人家的儿子，又有媳妇，千万别胡来。你啥时候来看看我就行！我虽说年纪大些，不比原先能挣大钱，却时常有人来找我，你放心吧！我饿不死！

　　贵子赶紧摇摇头说，俺不许别人再来找你！你等着，俺回去就给你送钱来！他说着把自己怀里的钱全掏出来，一股脑儿塞在海棠手里说，你先花着，你记着俺的话，俺不许别人再来找你，要不俺就杀了你！

　　海棠挑了眉毛怔了怔，妩媚地笑了，瞅着贵子转身就走，赶紧抓了钱撵上他说，你留着路上买些吃喝！路远呢！

　　贵子却把钱都塞到她怀里，见她仰脸看着自己，心里就生出了一种温暖，低下头轻轻亲了她说，俺这辈子都没有像昨天那么高兴过，你等着，俺说了来看你就一定会来！

贵子从西安冒了大雪回来，就像变了人似的，衣裳也不换，在铺子里就冲着爱娥要钱，爱娥便吃惊说，你昨天送了马车轱辘的钱也没拿回来，咋又要钱？

贵子垂了头说，那钱俺住店用了。

爱娥说，住店才用几个子儿，那么一架马车轱辘剩的钱呢？

俺丢了。

爱娥见他没好气，便说，你问俺要钱，俺也没有！见天养着你还养着你媳妇，家里哪有什么闲钱，你要钱做什么？

贵子恨恨地说，俺天天在木匠铺子里给你干活儿，挣的钱你一个子儿也没给过俺。昨天大雪天，俺走了一天腿多冷！俺看上了一件羊羔皮的大氅，俺要钱去买那大氅！

爱娥疑惑地看了看儿子，不相信儿子会舍得买羊皮大氅，可是儿子提到他的腿冷，她心里一下子不忍了，便说，你腿冷也用不着买大氅，俺买块羊皮，给你缝一个腿套就是了。

贵子却直愣愣瞪着他娘说，俺不要腿套，俺要大氅，给俺钱！

爱娥被儿子可怕的眼神吓住了，她赶紧哆嗦着手摸出钱递给贵子，儿子看了看转身便走，她回了劲儿转身见月月坐在灶边，便骂道，让你做饭，多长时间了，水还烧不开？

月月一惊，赶紧往灶膛里扔柴，爱娥便又骂道，用柴也省着些！

知道爱娥要拿自己撒气了，月月慌忙拖了扁担和水桶去挑水，路上虽然泥泞又滑得不行，水缸里也还有半缸水，可她却想早点儿离开爱娥。她现在最爱干的事情就是去官井挑水，一路走着，啥都能想，也啥都可以不想，绞上水，也可以在小树林边歇会儿。

贵子拿了钱便奔城里去找海棠，路上地滑，他却觉得自己像是等不及了，早早拦下一辆车，说好了车钱便搭车进了城。海棠没想着他这么快便回来了，只当他还没有走，便说，你还不赶紧回家，在城里胡逛，再不走天就黑透咧！省得你媳妇和娘着急！

贵子并不说话，使了劲儿便将海棠抱着举起来，海棠抻了脖子咯咯大笑了说，快把我放下来！我可不比那小闺女身子轻。

贵子亲了她的脸说，你就是俺的小闺女，俺看你比谁都好看。

海棠见他从怀里掏出钱，吓得说，天爷呀，你从哪儿弄来的钱，你干啥去了？

贵子说，俺回家要的。

可是海棠不信，这么快你就回了家？

俺在家里都没有待，要了钱就来找你啦。贵子说着又亲了她的脸，觉得像是和她认识好多年一样，心里亲得不行。

海棠还是不信，你娘咋能把钱给你？你不是说她只让你干活儿，不给你钱？

贵子说，哼！俺给她干了这么多年，一个钱也不给俺，俺说俺要买件大氅，说俺腿疼，她只得给俺了。

海棠咬着嘴唇突然就哭了，贵子，我上辈子烧了啥高香，竟碰见你这样的男人！

贵子一瘸一拐把她往炕边抱，急得说，快别说了，俺现在只想两件事！

海棠撇着嘴慢慢去解大襟上的盘扣，笑道，才一天你就学坏咧。

贵子却等不及了，只一把就扯开了她的棉袄，他把脸俯在她软绵绵的乳房上，沉醉地呼吸了说，呀！真美！俺一路上只想先把你睡了！再吃碗燃面！

最后几个字贵子几乎是咬牙切齿说出来的，他迫不及待地扯掉自己的裤子，海棠就也帮他拉扯。因为刚从外面进屋，手脚冻僵了还没暖过来，他刚摸了海棠她立刻冷得尖叫了，贵子便更兴奋地抱紧了她，一下子就进入了她的身体，两人在炕上激烈了一回，像兽一样地撕咬着、撞击着。不知过了多久，贵子才满意地叹息了，抚摸着海棠的背说，海棠呀，要不是遇着你，跟神仙一般的感受，俺这辈子竟没试过！

海棠便笑了说，你先歇着，我去给你擀面。贵子搂着她说，俺不让你离开俺，你就贴着俺睡，你身上热乎乎的，又软，棉花也没你软呢！

海棠把脸贴在他脸边说，我也喜欢被你抱着哩，你这样高大，我就啥也不怕咧！

贵子觉出海棠的脸贴在了自己右脸那疤瘌上，他试着动了动，生怕海棠觉察出来，谁知海棠却索性一手搂了他的脖子，一手细细摸着他那疤。她仔细看了说，那天看时觉得真可怕，我现在才看出来，这里竟是少了一块肉！

贵子恼了，把她的手打下说，你也讨厌俺了？

海棠赶紧说，才没有呢，我是想人家有钱人用那兔子皮做成护耳，耳朵就不冷，我看你这疤冻得发紫，像是这里受过伤，我那里有一卷别人送的兔子皮，我给你做一个围脖，把那脸遮挡了，又暖和，别人又看不着！

她说着便用手捂住贵子的脸，端详着说，你把脸遮了，只留一双眉眼，瞅你这双眼多有神，看你这眉毛多黑呀！

不等贵子说啥，她便凑上去使劲在他鼻梁上亲了一下说，我看你好看，才不管别人咋说。

贵子便揽了她默了会儿，海棠，俺下了个决心，你一定得答应俺！

海棠闭了眼睛说，你说！你说！啥我都答应！

贵子说，俺抱着你，就觉得世上没啥事比这更好了，俺回去就想你，你让俺时常来好不好？

海棠便点了点头说，好。

贵子又说，那你不许再找别的男人好不好？

海棠呆了呆说，好。

他把海棠细心地抱在怀里，使劲儿搂着说，那俺就放心啦！

海棠觉出他的怀抱有珍惜自己的感觉，而这种感觉已经是多少年也没有过的，她便喃喃地说，贵子，我总觉得我是在做梦呢，我只当世上的男人都是没长人心的。只有你不嫌弃我，我要不好好疼你，我就真对不起你啦。

爱娥见贵子隔三岔五就主动张罗着要去西安城里送马车轱辘，只要不许他去，他便暴跳如雷，在木匠铺子里摔东摔西，连谭大个子也察觉出儿子的异样。他发现，儿子在做活儿的时候，时常就盯着什么东西发起了呆，又时常一个人边干着活儿，边微笑起来，他便悄悄对爱娥说，这孩子不会是因为和月月过不到一起，给气疯了吧？

爱娥说，俺看不会，没见他们俩近来再争吵呀，月月吃中药呢，不光是气色好多了，也不太哭闹了。哼，那么贵的药，她当水一样地喝呢，冬莲娘儿俩倒供着她喝药……贵子老吵吵着要去城里，别是城里有啥东西绊着他的心了。

俩人猜测了一回，却没说出个啥结果。

到了过年时，贵子是在西安城里陪着海棠过的，她让他回家，生怕他的爹娘怪罪他，他却硬不回。她便赌气不许他碰自己，贵子就不碰她，却舒舒服服睡在她的炕上，觉得从来没过上这样好的年。海棠没办法，天快亮时又忍不住搂上他劝说了一回，他才终于答应回家去，但他却要她保证，他走了不许别的男人来，海棠便笑了骂他憨，说天下男人只有他谭贵子过年才和窑姐儿一起过呢。贵子就又生了气，重新脱鞋上炕不走了，说海棠就是他正正经经的媳妇。

天气渐渐暖了，贵子总是从城里回来不到四五天又说要去城里，谭大个子和爱娥都怕他到城里染上了赌钱，爱娥有意在钱上控制了他，发现他虽然总有花销，倒不像是耍钱的样子。谭大个子担心儿子抽上了黑膏子鸦片，就默默地日夜观察了他，见他干活儿和平时一样有力气，也从没有染上毒瘾的痕迹，就略略放下点儿心。他和爱娥早就想过西安城里狐妖女人多呢，可他们却没把贵子和这事往一块儿想，他们只认为，贵子这辈子和那花花事，定是没啥关系的，他是在堡子里待得太憨闷了才想到西安城去逛吧。

开了春化了冻，谭家堡子外的官路便好走了，那些定了大车轱辘的人们就都自己上门来取了。贵子再想进西安城，连大车轱辘也没有可以送的了，他依然隔几天就一定要进城去，说他可以在西安的集市上卖掉。谭大个子便忍不住说，人家要了会来取，你偏要去送，来回还总要搭上车钱，晚上又回不来，在西安住店也要花不少钱，算一算一架大车轱辘只挣了半个的钱，你腿脚不好就等他们来取吧！

贵子便着急了说，爹，你让俺去吧，不去不行。

谭大个子奇怪了，为啥不行？

贵子丢下手里的刨子，赌气一般说，俺必须去，俺今天就必须去。

谭大个子站起来说，这孩子是咋了，俺看你怕是丢了魂了吧。

贵子垂了头说，俺不能给你说，但俺今天必须得去。

谭大个子看着贵子一瘸一拐走了，叹了口气，接着又摇摇头，便接着坐下干活儿了。爱娥见贵子又来要钱，便发了怒说，天天要往城里跑，西安城里有啥勾着你的魂儿呢？没钱！再没钱了！

贵子说，咋能没有钱，俺一年四季不歇气地给你干活儿，钱呢？

爱娥哭着说，你天天在家里吃喝，你媳妇也得俺养着，你倒来问俺要钱，你说！你去城里干啥，你要钱干啥？

贵子愣了愣说，那好，咱就分家吧，俺分出去过，俺挣的钱自己花。

爱娥吃了惊，什么？你要分家，是谁要你分家的，是月月撺掇的你吧，俺就知道她不是个好东西！

她冲到月月的房子，一脚踢开房门，月月正坐在炕上纳鞋底，她冲上来对着月月就是一个耳光，骂道，看你一天不声不响，却满脑子阴歹主意，俺贵子耳根子软，你就挑唆他来闹分家！

月月被她打得捂着脸说不出话来，贵子并不来劝，他对娘说，快把钱给俺，俺要进城了！

月月捂着脸对爱娥说，他要进城，关俺啥事？凭啥要打俺，他要分家俺连知道都不知道！

没等她说完，贵子便冲她咆哮道，你拿俺不当人看，俺也不把你当人，这个家里没你说话的份儿！

爱娥见贵子转身要走，便撵上去说，贵子，你为啥要分家？

贵子一字一顿地对他娘说，俺在这个家里待得够够的了！俺不想看见你这张脸，也不想再看见她那张脸。

他说完就走了。

月月看着爱娥走到她面前，仰起脸说，你和你儿子天天作践俺，你看见了吧，他要分家，跟俺没一点儿关系！你要真的看俺碍事，俺就不在你家里住了。

爱娥冷笑道，不在俺家住，你能到哪儿去住？你不觉得你是一个扫把星？生不出孩子的扫把星！

月月被她逼急了，大喊道，你儿子才是扫把星，你去问问他，他是不是男人，生不了孩子怪谁？

爱娥大吃一惊，追问道，你胡说！俺贵子那么大的个子咋会不行……他真的不行？

月月捂着脸哭了起来。

贵子到第二天也没有回来，爱娥便急了，一直守在村口去看，月月在房子里只是哭，村里人便慢慢都知道贵子要闹分家的事。冬莲几次想要去看看月月，怕她哭得厉害伤了身子，守东都把她阻止住了，说这样的时候你去了，月月只会再挨打挨骂。香绣有心想劝劝，守东也拦住了，冬莲就只好作了罢。到了晚上，香绣和守东在自己屋里睡觉的时候，香绣小声说，我觉得你娘有时候很厉害，我看她做事那么麻利又总是腰板儿挺得直直的，我就有些怕她！可她在你跟前倒总是很听你的，就像刚才吧，你去拍拍她的手，她就觉着更委屈了！

守东想想觉得她说得没错，就躺在炕上说，你倒爱想着俺娘的这些小事！书里不是说"夫是妻纲，子为母纲"嘛。俺娘是念过书的人！

香绣啧啧地说，你娘真是了不起，那么好看，又那么好心！要不宋轩堂总来找你娘，巴巴地跑来只图说说话？我知道堡子里的人肯定说我没你娘好看！

听她这样说，守东知道她其实想让自己夸她，就笑了说，你和娘比什么！

隔了有五六天，爱娥已经张罗着让谭大个子丢下手里的活儿，去西安城里找寻贵子，却见贵子扶了一个城里打扮的陕西女人进村，大家便一下明白了谭大个子家这几个月天天闹仗的原因。大家悄悄议论着说，谭贵子领回来这女人虽是穿得不错，模样也还好，但年纪却是不小了吧，像是能大贵子十来岁呢。

贵子戴着灰兔子皮的围脖，把那有疤的脸就挡上了一半，他仰脸挺胸地走着，他见海棠胆怯，索性一手替她提了小包袱，一手拉了她的手。男人在外边拉着女人的手，这在谭家堡子是没有过的，大家挤在路边低声议论着，说要是老锹头他们几个老人见了，不定会气死呢！眼瞅着贵子满脸骄傲地从眼前过去，便都低声说，俺可从来没见贵子仰着脸走过路！

爱娥见贵子领了个女人回来，大吃一惊，她便立刻守在门口冲着海棠骂道，原来是你这个臭女人，敢勾引俺儿子，还挑唆着让他分家！

海棠被她吓着了，赶紧摇头。贵子大声说，你敢再对她大声喊你就试试！

围观的人们便哄笑了。

爱娥气得发抖，大声叫着月月的名字，月月不知道发生了什么事，赶紧就出来了，她看见海棠和贵子也掩了嘴愣怔了。

爱娥对海棠说，你看看！这是贵子的媳妇，是俺们给他明媒正娶来的，你看她多好看，你看你自己倒像是贵子他娘！

海棠被她说得涨红了脸皮，贵子握了拳头冲娘跨了一大步，爱娥抖了声音说，你咋？你还敢打你的娘？

贵子慢慢地说，俺不敢打你，俺是来给你说，俺和海棠打算过在一处了。

爱娥说，那月月咋办？

贵子说，她爱咋办就咋办！

月月的脸变得苍白，全身抖得像风里的树叶一般。爱娥骂月月道，你这个扫把星，你逼走了俺儿子，你倒是说呀，你再不吭声，你男人就要被这不要脸的陕西女人骗走了！

贵子对他娘说，打小你就没对俺好过，总想着在村里要个面子，只盼着让人眼气你，现在好了，你儿子破了相又瘸了，你可有面子了吧？俺要跟你分家！

爱娥斩钉截铁地说，没有钱！

贵子倒笑了说，海棠，屋里你看上啥拿啥，这屋里这东西，都是俺和俺爹俺哥挣下的。

爱娥赶紧去挡门，贵子轻轻一拨就把她挡到了一边，对她说，俺只拿俺的锅灶，啥也不要你的。

谭大个子和祥子闻讯从木匠铺子赶了来，门口围着的人们见他们来了，便自动给他让了条路。谭大个子冲着贵子的脊背说，贵子，你……你给爹留个脸吧！

贵子一回头，看见他爹满是痛苦的眼睛，雪白的头发在风里飘着，祥子在他爹后边突然说，贵子……不要分！

对着几乎从不说话的哥哥，贵子呆了呆，无声地拍拍祥子的肩。他对他爹突然有一丝愧疚，压低声音说，爹，俺知道你心里也苦，俺对不住你！可俺现在已经没有脸了，这世上只有海棠把俺当个男人看！这个家俺不要了，你们容不下俺，俺就到村子那边开块荒地，俺不愁把日子过不好，你要愿意，俺还孝敬你。

爱娥骂道，滚吧滚吧！一对不要脸的！

贵子和海棠在屋里收拾东西，大家却没有散去。只见月月突然从灶房后面摸出了扁担，大家不知道她要做什么，便给她让开路，只见她慢条斯理地用扁担前后勾挂上木桶就出了门。

冬莲突然冲香绣大叫道，快叫守东来，快拦住她！

不等大家抓住她，月月快步跑到井台，丢下木桶，一头冲高高的井台撞去。

现在，谭家堡子的人们有头疼脑热都会立刻来找谭守东，小孩子们老人们夜里得了急症便会到他住的院门口，啪啪地拍门，求他赶紧救命。越来越多村外的人们来寻他看病，很多陕西人和山东人得下妇女病，或是断了胳膊腿，也会跑到他这里。于是他便在远近有了些名气，靠着治病挣了些钱，便在谭家堡子又先后买了十多亩地，虽不算是谭家堡子的大富户，光景也算是比较好的。

对于买地这事，是冬莲和儿子几乎没有商量就想到了一处的。土地是能活命的，也是人的命根子，如果当初没有那一亩六分地，或是没有冬莲开了荒种出了粮食，她就根本算不得是谭家堡子的人。那她除了改嫁，就连一点生路也没有了。对着关中肥沃的黄色土地，冬莲是从心底里感恩的，所以等儿子有了些钱，她便和儿子顺着北堡子的路四处走着看，要买下几块谁家的熟地。好几次守东看到他娘在她那两棵大楸树下面，靠着树坐着纳鞋底，和桂枝说着闲话晒太阳。谭守东就长长吁口气，有时眼窝子发热，这样舒心的日子是他爹没能过上的，现在凭着他的本事，让他娘终于过上了。这不就是他一直以来最想做到的吗？

人们现在爱议论的人是贵子和海棠。大家都看得出来，那女人不是一个平常人家的女人，却见她和贵子在离北堡子远远的地方开着荒，日子过得很苦，却恩爱得很。有时人们见贵子大白天就背着他的媳妇在地头撒欢跑着玩，有时又见俩人互相搂抱了在他俩搭的窝棚前休息。大家便都叹说，世上这两口子果然都是命里注定的，谁该跟谁配，王八对绿豆是一定的。

桂枝总爱没事来找冬莲说闲话，把大家议论海棠的话说给她听，冬莲却说贵子和海棠挺可怜，幸好他俩遇上了。

桂枝不平地说，明明是他和他娘一起逼死了月月！

冬莲摇头说，就像锁头和门鼻，他俩本来不是一家人，可不就打架？可怜月月这孩子来这世上竟只是受苦的。俺到龙游寺给双林和月月都挂了牌位，盼她得些超度。对了，昨天贵子那媳妇一个人跑到堡子里，寻了守东给她看病，说是想怀个孩子！守东给她开了药。她急得很，怕怀不上孩子对不起贵子。所以她一个人来的，怕是不想让贵子知道。

桂枝就问，香绣啥时候生孩子？冬莲说快啦！她笑着告诉桂枝，守东媳妇梦见她怀的孩子是个穿着盔甲的将军，和门神一般的打扮。桂枝惊喜着说，这可是个好兆头，咱谭家堡子出了守东还不算，还有更大的人物？

这话说了没几天，香绣给守东生了个儿子。冬莲和守东高兴得什么似的，就把德空起好的名字用上了，大名叫个振国，小名取了铁娃。陈木匠两口子听说闺女生下儿子，也巴巴赶到谭家堡子给香绣买了一堆吃喝。守东夜里抱着孩子在屋里哄睡觉，总要冲香绣笑着说，这孩子真会添乱，俺刚要忙他就来了！

在关中平原上，时常有带了关中刀子的刀客出现，这些刀客们渐渐便盯上了谭家堡子的山东人。这些山东人日子光景好，在他们来到关中平原二十多年的时间里，渐渐成了公认的。因为山东人地种得好，往往到了收割时，有陕西的麦客们在外揽活儿，听说是谭家堡子的地，一亩便要多加上一倍的钱，因为那地实在种得密，麦秆儿结实麦穗子沉重，有的地方熟透的麦子一窝旋风倒。山东人出去赶集或是走夜路，就有了被抢的事情，刀客们像是并不图害人，只是图财，被抢走的除了地里的收成，更多是这些人身上的衣裳和攒的一点儿小钱，人们便都知道刀客们的光景其实也并不怎么样。

谭家堡子里的老孙和媳妇被抢了还让人家打了，渐渐地这事就多了。大家听了谭彦章的安排，尽量不单独到堡子以外的地方去，可是竟有胆大的刀客们夜里突然就骑了马举了火把，冲到村里来了。他们像是摸得出谭家堡子里的大户在哪里，抢了有高门大户高院墙的富户，那些住地窑的人家也会被刀客踹开门抢走口粮。谭彦章、闫老六和一些土地多的人成了他们次次来抢劫的目标。他们到了村里便吆喝着让那些人赶紧把粮食装到马背上。人们正睡着还没清醒，他们突然就出现了，稍迟一点儿，刀客们便举了火把去烧那房子。堡子里多是麦秸铺就的屋顶，很快便噼噼啪啪着起火来，就算住得再远些，人们也立刻知道堡子里又来了刀客，赶紧锁门闭户，被烧了房子的人家却在屋里再也躲藏不住了。刀客们便在门口瓮中捉鳖一般，一个一个都捆绑了起来，让手下从从容容把那整麻包的豆子、苞谷或麦子都扛了走，有时谁家屋檐下挂了腊肉或者咸鱼，也被他们顺手就带走了。

谭彦章家损失最大，因为他不舍得被人抢了刚卖了粮的钱，便被刀客拉过他的小孙子，说要割耳朵，谭彦章媳妇立刻腿软了，就给人家跪下，指了粮仓的地方，算是活了小孙子的一条命。每次刀客到村里，被抢劫的都不止三户五户，就算谭家堡子的人再心齐，可谁也不知道土匪啥时候会来村。就算大家恨得想和刀客打一仗抗争了这样的窝囊事，可等到人们得了信聚到一块儿时，土匪们早骑了马，拉了粮食抢了钱财，走得远远的了。

于是，谭彦章把堡子里几个年纪大些的和田地最多的人们请在一处商量了，大家都想，唯一的办法就是修个寨墙。人家没叫谭守东，他听说了，就自己去了。大家觉得，让那些刀客们祸害着，总也没个出头之日，不如自己把自己围起来，关上城门，不是一切就安全了？这想法他们先在堡子里挨家挨户去劝说，有钱人家立刻便答应了，没钱的却摇头，觉得那得花多少钱呢？自家的东西犯不着去花钱花力气修什么寨墙，可是谭家堡子有钱人家渐渐多了起来，一连几年粮食都丰收，却总被那刀客劫了去，谭家堡子的人们便有了两种打算。

冬莲一开始觉得修寨墙跟她没多大关系，但是谭彦章张罗的事她却从来不会拧着他，大多数谭家堡子人和她心情差不多，因为谭彦章一贯张罗的都是好事，他们便打了主意，只要不用自家拿钱，谭彦章愿咋样就咋样。没隔一个月，谭彦章见堡子里几乎家家户户都知道了他打算集体修寨墙防土匪的打算，他和闫老六、老孙、谭大个子他们便召集了大家到自家门口的空地上去听戏，说是给他娘过周年。谁都知道他娘死去不知多少年了，也没来过陕西，但是看戏可是好事，家家的人们便拿了小板凳，早早就候在那里。戏台是早搭好的，戏班子也请好了，大家看得见戏班子的角儿们脸上画了红红绿绿，穿着戏服在台上台下忙着做准备。

山东人到了关中，时常和关中人来往，出门赶集过会也能和他们对上几句挺地道的秦腔，但说的家乡山东话一些不改，就这谭家堡子里却从没有一个山东戏班子来唱过，谭家堡子请戏请的都是唱秦腔的戏班。谭彦章隔一两年都会花自个儿的钱请了戏班来唱戏，大家便也愿意听他的号召，这一次眼看着来看戏的人几乎已占了堡子一大半。谭彦章又让大家去叫没有来的人，说除了躺在床上动不了的，就连抱孩子的女人们也都得来。他在看戏前要和大家合计一件大事情，这事和每个人都有关系，是咱谭家堡子里的人到了关中这二十多来年最重要的一件事，要不咱们就被人欺负死了，这口气咱们不能咽！

　　有人便猜出他是想说闹刀客修寨墙的事，在下边纷纷讨论着，不赞成修寨墙的人就打算溜走了。谭守东听他这样说，心里暗暗高兴，因为从谭彦章来和他娘说这事时，他便表态说，大爷，这是好事，俺觉得这寨墙早就该盖了，要不咱就成关中刀客的长工了！咱自己开荒，种了地，打了粮食就被他们抢走了！而且家家户户总是在睡着的时候被他们突然蹿进堡子来，烧房烧树烧牲口圈，这日子太窝囊了！俺支持你，要钱俺虽不多也能捐出一份，要人力俺也能去干，也能去花钱雇人干，俺都听你的！若是你人手不够，俺也能去帮你张罗这事！

　　谭彦章高兴地捶他了一把说，好侄子，俺看你现在已经快成了一个人物，心里替你高兴哩！有你这样帮着大爷，还有啥事干不成？你说得真好，到时候大爷要是张罗起这事，你就是要管事呢，等到大爷让大家举手投票的时候，你就把你刚才的话说一遍，让那些脑子里想不通的人们也打消那些怪念头。

　　他又对冬莲说，你看守东多成器，你现在跟着他享福喽！

　　冬莲立刻决定要帮着儿子了，她也立刻认定修寨墙是件好事，就赶紧笑了说，是呀，现在地也不让俺种，可不就享福了？天天吃着喝着，把俺当个孩子惯呢！

　　眼看着谭彦章和闫老六他们上了那戏台子，说想给大家商量点儿事，守东便兴奋地想，这是多大的好事呀，彦章大爷就是行！三村五庄出一个这样的人物，村里人都有福了！

　　谭守东还想着要是谭彦章真的叫他说他该怎样说，就听谭彦章叫，守东也上来。他听谭彦章对大家说，守东对这事有很多想法，咱等会儿听他也说说，他在咱村里给大家又看病又修理木器，年岁虽小做的贡献不小，又有能力又有热情，这事少不了他！村里人便都起着哄，笑着叫他赶紧上戏台子。他看着他娘冬莲和香绣有点儿吃惊，却高兴得脸上喜滋滋的，就赶紧跳上那戏台子。谭彦章早就规划好这寨墙该咋修了，他说大家商议的意思是，把村里这五十多户人家，沿着最外边的住房修起一道寨墙。他说他们已经量算了，绕着谭家堡子的南堡子和北堡子，长宽都是一里多地，要是花时间花人力绕着堡子修一道寨墙，就刚好把这二百多口人全围在这寨墙里了，那土匪们就是架了大炮也不能轻易就进了堡子。

有人在人堆里问，那俺们出堡子咋办呀？

闫老六粗着喉咙说，平时寨门只管开着，上边修上寨楼，咱家家轮班值班，一家两个月也就轮上一回。早上出去种地时把寨墙打开！

谭彦章见大家都安静听着便接了话说，绕着村一圈，这寨墙就有五里路长，咱们南北各修一个大寨门，用那树粗的木梁做成门闩，看他娘的啥土匪能来祸害咱，除非他们长了翅膀！

听他说得过瘾，大家都哄笑了，有几户不赞成的人却撇嘴低声道，说得是好，人力、时间，俺们家可没有！

谭彦章问，大家有啥意见就说说！

真让人说说了，大家偏就又静了。冷不丁有人在人群里说，那得花多少时间多少钱呀！谁家花得起！

立刻大家就应和道，是呀，是呀，几里路的墙，你修得薄些矮些起不了作用，修得厚些高些，哪是咱堡子二百来户人家能做成的？旁的村子也有人来闹事，不都是自己把粮食藏好点儿，谁能架得住刀客呢！

谭彦章便说，这事咱得心齐，谁家被刀客劫了去都不是好事，那些刀客这几年越来越凶，等他们成了气候，不光是钱和粮的事了！谁家的闺女长得好看些，怕是也保不住，他看谁不顺眼就能把你拉了走，到那时可咋办？

大家也问他，那你说咋办？他便有把握地说，让俺谭福给你们讲一讲，俺爷儿俩已经合计了很长时间了。

谭福有点儿紧张，他拿出自己早准备好的纸照着念：大家先放心，修寨墙花不了大家多少钱，就算有些花费也由村里地多房多的富户们掏钱，掏多少钱俺们几家私下都商量过了。只需要各家出劳力，工具大家集资买，工地上吃饭大家交粮平摊，给工地上做饭也算出了工。谁家的地多，摊的劳力就多！谁家的地少，或是实在没有劳力，就不用他掏，但他得出点儿钱请劳力！实在困难也能商量。现在最重要的就是占地，墙从谁家门口过，谁家都不能挡，你都得让路！

听他这样一说，底下就吵吵开了。有的说，哪儿有钱去请劳力，俺家不参加，你们随便修吧；又有的说，俺那屋就在堡子最外边，盖的时候又没这样说，将来寨墙肯定得从俺门口过，俺还能把房子给拆了去么；也有人叽咕道，一年到头又得种地又得织布，哪儿有那么多时间给修寨墙，这墙不就是给有钱人家修的吗，他们有钱就自己花钱修墙得了。

眼看着大多数人都点头说没啥意见，那少数人却都不同意，谭彦章便皱了眉。谭守东低声说，大爷，俺有话，让俺给他们说两句。

谭彦章和闫老六点了头，谭守东不慌不忙走到中间，大家渐渐安静了，谭守东说，俺年纪轻，本来轮不着俺来说啥，可一来彦章大爷给俺个机会，让俺把俺心里想说的说出来，二来俺觉得这修寨墙真是个大好事！为啥说是个大好事呢？你们听俺一条一条说，第一，彦章大爷和老六叔他们愿意为这事张罗，这是咱们山东人心齐的原因，为啥咱们山东人到了这陕西，就要住在一堆呢，还不就是图个心齐力量就大，外边的人不容易来欺负咱嘛。来谭家堡子扰乱的刀客们，都是听到咱地种得好，又能织布，比旁的村光景好，抢了几次见咱没对抗就尝了甜头，只等了收获就来闹，拉粮食抢布。咱为啥愿意下死力气在地里忙活，就不愿花力气保护咱的东西？听说要修寨墙，大家觉得跟自己没关系，不愿意做，可咱在地里忙活一年，打下的粮食都让抢了，咱不成了刀客的长工了？俺觉得修寨墙虽是让大家出工出力花了点儿钱，可从长远来说是好的，这是咱的家，咱在这儿还得住几十年几百年，子孙后代也多呢，修了寨墙谁家都有好处！

大家都点头说，是！是！有人就说，守东说得有道理，闫老六一开始不同意谭彦章把谭守东算进来，但他没想到谭守东想得这么多，便说，让守东再说，守东接着说！

谭守东冲他笑笑说，第二，俺想着寨墙也不能急，到农闲的时候再修。咱要是一口气修起来，谁家也没那个劳力，咱农闲时修，农忙时大家忙着干活儿，就算有气也再忍上两三年，俺觉得咱把眼光要放长远点儿，要修就修宽些高些，真正能顶用，就算大家花钱、花时间、出劳力也值得！

大家都说没错，就该这样干！

见场子里热闹，谭彦章点头说，对呀！那大家举个手通过吧！

到了举手的时候，冬莲差不多是踮着脚尖站在人堆里的，她恨不得伸出两只手去举。谭彦章看着底下密密麻麻举起来的手，心里便高兴了，谭福却看到还有些人并没有举手，他刚想让他爹给那些没举手的人再动员动员，谭守东赶紧拉了他的手。

谭彦章看着那些不同意的人，悄悄从人群里退到后面，都回家去了。他便沉了脸说，好吧，俺知道了，看来是一大半都同意，那俺就通过，这寨墙咱就修，提前说好啊，墙从谁家门口过，谁家都不能挡，都得让路，农具工具集资买，田地多的多摊劳力，田地少的少摊劳力，特别困难的困难户，俺个人掏钱替他请劳力，现在就听唱戏吧！

急促的梆子声当当地敲响了，秦腔开始唱了，还在纷纷讨论的人赶紧住了口开始看戏。老锹头挤过人群叫谭彦章，戏台子上的黑头正在吼唱，谭彦章没听见，老锹头急得扯住他指指人堆外边的小路。谭彦章知道堡子里有七八户人家不同意修寨墙，都是地少的穷户，他心里早就盘算了，大不了将来自己多替他们认些工就是了。但老锹头却和大家不一样，他来关中早，也开了六七亩地，两儿一女都成了家，老两口的光景说不上太好，但绝对过得去。谭彦章知道，他就是个长着犟筋的人，这事得和他磨牙了。谭彦章听他絮絮叨叨说谁谁家不愿意，谁谁家有意见，这修墙的事应该再等一等，谭彦章没好气地说，谁爱等谁就等！四十七户同意六户不同意，你说该听谁的？

老锹头气得说谭彦章态度不好，说人家都说闲话呢，都说要是没便宜占，谭彦章、谭守东和闫老六他们又不傻，咋非要去修墙呢？出的工便算了，收的粮和钱没个公正人管着，怕是说不清白！

闫老六见谭彦章和老锹头说得激动，赶紧过来，他性子急，立刻大声说，你知道是闲话还来传？这墙是修定啦，你不同意到时就别来！

谭守东听出老锹头的意思是怕他们贪了收的粮和账，他忙赔了笑脸把老锹头拉开说，您先看戏！这修墙还得些日子，咱们再商议！

老锹头吊着长脸走了，闫老六埋怨道，就该把他一口气否了，你还和他商议个啥劲儿？守东对谭彦章说，俺想这是全堡子的事，要是有人不愿意，咱当然是能把墙修起来的，可他在下边乱说话，军心就乱了，让人家猜疑着总不是好事，俺听老锹头说了，心里倒有了个主意！

谭福说，你就是有再好的主意，他也只当他吃了亏，就算咱不要他的钱和粮，他也觉得咱会贪了钱，一样会犟着说闲话！

谭守东说，咱这墙一开始修，钱和粮收上来就得有个账，记上谁家出了多少用了多少，经得起大家查问。堡子里能识字的人挺多，可是不太好让壮劳力干这个不是？俺想老锹头爱操心，人又精细，虽是犟些却很合适当这个管账先生，俺想让谭福兄弟和他一起干，相互监督着，钱和粮再找专人去保管。大家都知道他一直反对修墙，见他来管记账，不是更相信咱们真心只为了给大家修墙？

闫老六捶了他一拳说，嘿！还是你小子脑袋灵光！依着俺就不理他！俺看守东这法子好！

谭彦章也高兴了，笑骂道，对！让他娘的老锹头记账，看他老东西再说啥？大家也就更信服咱们了，只是咱都准备好唾沫和他磨牙吧！守东出了好主意！

修寨墙的事就这样说定了，老锹头当了账房不用出工，又能管着谭彦章他们，让他们不会偷拿收来的钱和粮，心里当然是满足，不免在堡子里把守东夸赞了一回，说他比旁人多长了一副脑袋，又有本事又公正，谭家堡子有他就有了福气。

这话传到谭彦章耳边，他便搁在心里了。他把谭福叫来，把那话说了一遍，谭福不知道他爹的意思，谭彦章媳妇也说，可不是谭守东挺本事的，地里活儿顾得好，又给人治病又操心着堡子修墙。

谭彦章说，你们没心眼儿，守东那孩子心眼儿多呢。谭福，你爹在堡子里挑着头呢，你哥在城里做着大事情，看堡子里有谁比你哥的事弄得大？你呢？咋就不长个心眼儿，眼看守东在堡子里有那么大的威信，你只指靠着俺，你就不急？

谭福这才明白爹的意思，他不高兴地说，俺记下你的话了！可……可还是你让他来管修墙这事的，要不……

听儿子这样说，谭彦章气了说，你当那孩子是谁能挡住的？俺不叫他来他就不来了么？人家出门学了木匠手艺又学了医回来，堡子里谁用不上人家？再说俺修墙，也得有人帮扶，你往后多操心，这堡子里的事你掂量你和守东咋担当呢！

谭福见爹动了怒，忙道，俺知道了，你一直说耕读传家，俺给你孙子传宝也时常说呢！咱家的地在堡子里没人比得上，俺看他守东地里的活计很平常。俺在修墙时再多主动些，多操些心，爹你就放心吧。

听儿子说到自家的田地，又提到了孙子，谭彦章心里缓和了些。虽然老大谭兴一年也回来不了一次，他媳妇梅枝倒还争气，给他生了一儿一女。老二谭福也有个儿子传宝了。把这几个孙子孙女和自己在堡子里的那些地放在一起，谭彦章便想，守东这辈子在这两件事上咋也赶不上了，庄户人家，还有啥比种地生孩子更重要的？就算俺老了，俺儿子也一样在这堡子里挑头主事，没人能超得过！

他默默背了手，踱到院子里，见院里的槐树根深叶茂，又见天空蓝得透亮，心口终于觉得松快了些。

对于修寨墙这事，冬莲一开始就觉出儿子的上心，她当然知道这是儿子铆着劲儿想为堡子做些事，没怎么想，冬莲就决定好好帮着他。安顿好家里和地里的事，谭守东便把自己几乎全投在了这修寨墙的事里，冬莲就想别绊着他，除非有病人来，一律不打扰他。

谭守东对修墙的事比谁劲头儿都大，谭彦章觉得他很热情，见闫老六也很高兴的样子，觉得不好阻了他，便让他和谭福、闫老六他们去做实际工作。谭彦章天天忙着领堡子里的年轻人去测量，又从西安城请来有经验的人，让谭守东一起仔细设计那寨墙的图纸。依着他们的商议，最终决定绕着谭家堡子的住户修一个五米多高、绕着堡子五里多长、把所有住户都围在里面的寨墙。他们计划先挖坑，把地基打夯实，堡子里不少人来找他们说，觉得决定地基的宽度很重要，他们就专程跑去看了西安的城墙，又请人照着画了图纸回来，觉得依着自己堡子的情况，寨墙的底座宽五米比较合适，渐渐地往上修着，顶端两米多，再修上女儿墙，城门留大些，弄上七八米宽的城门。大家合计着在堡子的南北两头各留一个城门，这样两头的住户都很方便，早上就近出了城门便能下地干活儿了。

谭彦章见守东做的图又细致又实用，便夸赞他说，没想到你还有这手艺。

守东笑了说，俺把它当成一个木匠活儿来做，可不它就变小了？俺小时候在高黄村念书，书馆的吴先生教的洋书，就有这些呢。

谭彦章赞同说，那木匠活儿多精细，寨墙咱们也那样做，保险不比西安城的城墙差。守东，俺见你出息了替你娘高兴呢！

谭守东说，彦章大爷，俺小时候真是太淘了，给村里人惹了不少麻烦。俺出去那几年，俺娘在堡子里全是你们照应着。俺听俺娘说过，俺娘那时咋样开荒，你张罗着大家挨户给俺娘送了种子。那一年，俺娘儿俩才没饿死。俺不瞒你，俺学医时就想，要用俺的本事给俺娘挣个脸，也给村里人做些好事，要不俺再没机会报答大家了！眼瞅着你领俺们做这样的大事，俺当然不能落后！

谭彦章见他居然没忘记自己的恩情，便赞同说，越说越觉得你这孩子出息了！你谭兴哥给家里来信，总是说你将来是有本事的，让俺照应你，看来真没错！你谭兴哥说话就从河南回来了，他说杨虎城在耀县成立了啥三民……军官学校，人家是校长，亲口点他让他回来当教员呢！

谭守东听了杨虎城三个字，立刻来了劲儿，又听说谭兴竟是人家亲点的人，不禁羡慕地说，大爷，俺谭兴哥把事弄大啦！人家杨司令现在虽是在陕北，可是个大人物呢！

谭彦章笑了说，是么？俺倒听谁说过！谁知道那教员是个多大的官，听他高高兴兴的样子，信里写得那么高兴，定是提拔了！俺不懂，只说让他别贪财，咱谭家可丢不起那人！

修寨墙对谭家堡子的这些人来说，真是个大工程。谭彦章和谭守东他们商议了，从城里请了几个常年给人修建大工程的技师，领头的人姓方，人称方师，把那寨墙的图纸拿回去用十多天全部完善了。谭家堡子的人们又开了个大会。这次会上大家踊跃得多，提了各式各样的问题，有的事关寨墙，方师都一一回答了，有关堡子里用工用料问题的，谭彦章让儿子谭福回答了。不赞成的人们听说老锹头也改成赞成了，还要管修墙的钱账粮账，都吃惊了。老锹头听了人们叽叽喳喳说，他咋又愿意修墙了的话，却仰着脸背着手偏不说话，他的下嘴唇依旧往下垂着，那脸也依旧很长，人们却看得出，他心里是高兴的。他媳妇见男人受了大家重视，也在一边嘿嘿地笑着。

会刚开完，有三户人家来找谭彦章，说他们家也同意修寨墙了，摊工没问题，摊粮就太吃力了，谭彦章一口答应，代替他们交上那些粮，到时候只管好好出工修墙就是了。这样一来，不同意修墙的只剩下张双水老两口和谭拴住一家了。

秋收刚罢，人们藏好自己家的粮食，谭彦章让谭福跑到镇上找到风水先生，选了个宜动土的黄道吉日，领着谭家堡子的人一起摆了香案放了炮仗，又祭过土地爷，这才开始动土修墙了。

谭家堡子外的荒地是杂草丛生的，修寨墙的第一锨土是谭彦章挖的，大家接着就操起铁锨抡起羊角镐，开始顺着方师让人用白灰画好线的地方动工了。依着方师他们的话说，修寨墙主要是取土，一大半土是从地基外边挖出来的，这样取了一米高的土夯在墙上，那墙也就自然有了两米。

人们天天忙着挖土，干了三个多月时间，就到了阴历年，谭家堡子的人们只在家歇过了大年初五，没等谭彦章去召集，都各自扛了家伙去挖地基了。天寒地冻了，大家热腾腾忙碌着，黄土飞扬的工地上，男人们在地头唱着号子，嘿哟嘿哟打着夯，谭彦章不断到几个工地转着看看，随身带了木尺杆丈量。有时一天竟能绕着谭家堡子跑一圈，他媳妇总怕累坏了他，让谭福和守东操心看着他，又劝他悠着些。他却兴奋地说，咱要放在古代就能去打仗啦！俺肯定是个将军！

谭守东把这话学了给娘听，冬莲就把当年她听吴先生说谭守东长大要当将军的心愿给儿子也说一回，香绣就捂嘴笑，守东也笑，说，俺从小就那么大的心了？可惜俺和宝娃那货打架了，要是多和吴先生学几年，俺现在就了不得了！

大家把四米深当作个目标，起早贪黑，绕着堡子起了五六个工地一起干活儿，终于赶在清明前把那五米宽的地基挖好了。谭家堡子的男人们四人一组分了小组，用绳拉着装了石夯的木桩子在那地基里打夯，女人们便用柳条筐和篮子去提土、送水，打些下手。大家提了石头桩子打夯，把那地面砸得光溜溜闪着亮，用手一摸又硬又实，那方师便满意地点着头说，这样结实的地基，俺觉得不比西安城的城墙差，你们山东人果然心齐呀。

依着他的安排，大家把那挖出来的土又回填在地基里，每铺上几十公分便又重新举了石桩子去把它夯实。快到该挖地下种的时候了，那地基刚刚砸出地面。村里许多人家便泄了气说，忙活了半年，累得要死要活，把地才算是砸平，要修个五米高，还不知道得有多少工呢！

　　农忙要开始了，谁也不敢懈怠，地里打了井的人家还好说，没井的人还得花时间去浇地。谭彦章见大家有了懈怠，又见忙着工事、疲累得厉害的人们，一天也顾不得歇就得忙地里的活儿了，他便让老锹头算了算，给那些特别困难的户安排了工，用村里集的资从附近村里请了人来给帮忙，那些怨言才算是平息了。

　　谭守东他们却看着夯砸得实实的地基很高兴，因为那方师给他们说了，建地基就占了三分之一的工作，墙高一共五米，却越来越不好盖，所以出了地平，第二年的农闲时间就能盖三米，再往上那两米就是第三年的工作，三年以后谭家堡子的寨墙就能盖好了。

　　谭彦章媳妇找到冬莲说，俺看守东越来越出息了，你还真有福呢！俺家彦章昨天回来说，那时圈地的时候贴着张双水他家的后墙量好的，前几天动土前，咱请的城里技师方师领人去画线，人家张双水媳妇居然在后墙外又垒了个灶房！她就是不让城墙从她房里过，眼看着要绕过她家就得把那城墙修得拐个弯，你彦章哥拿出当初写的协议，谁知张双水媳妇说，那是她男人写的，她不知道，不算！把你彦章哥气得冒了烟，那人就是不松口。闫老六便拿了那协议说，村里人只有你家这一户不让过，那就把你家留在城墙外边吧。张双水媳妇居然说，那就把她家弄到墙外吧，可不许动她家的一点儿地方，后来眼看着那事就僵在那里，真得让那城墙拐个弯得费多少劲儿呀，她不就是故意么？不知守东后来给那人咋样说的，她就来找了你彦章哥，说她愿意把自己搭的灶房拆了，让墙过去。后来俺听她说，守东私下里掏自己的钱给了张双水。

　　其实这事冬莲早就知道了，她是支持儿子的，只要他想做的事，她就觉得对，他为了村子里的事掏自家的钱，她也没觉得不舍得。钱本来就是儿子挣下的，他能成了堡子里的领头人，她还有啥不高兴的？

　　因为是在农忙时节，寨墙刚夯出地平，大家多在忙着春耕，种上地的人家都在家歇着，只等谭彦章召集，全堡子的人就一起开始修墙，所以谁也没想到刀客会来。不知怎么，耕种快要结束的时候，刀客们到了晚上又来了谭家堡子。大家便想，这也没到收获时节，也没有粮食囤积，这些刀客们咋就又来了呢？那些土匪却没有挨家挨户像往常去搜刮财物，他们径直来到谭守东家门口，砸了门让他出去。冬莲吓得不许守东开门，谭守东听那叫声越来越大，知道躲也躲不过去，便心一横说，香绣你看好咱娘，俺看他们能把俺咋样？

香绣不敢拦他，便挡着娘说，娘，你到里屋坐会儿，俺去看看。

冬莲便又扯了她的手，把孙子交给她说，傻媳妇，不敢去！那土匪看你长得漂亮，把你也抢了怎么办？

两人在屋里担着心，听见守东开了门，土匪叫道，你就是那个会看病的谭郎中？跟俺走一趟吧，俺家当家大哥受了伤，现在烧得厉害，俺请你去治一治。

大家各自在自家屋里听，便放了心，他们听守东说，请俺？有这样请的吗？

有一个声音叫道，别给你脸不要脸，说是请你，你就把自己当客了，赶紧跟俺去，要不烧了你们堡子！

谭守东自知躲不过，便问，你们在哪儿？得多长时间才能回来，俺得给家里交代一声。

刀客着急了，一把揪住他说，说什么说，离得不远，天不亮就能回来，再耽误一会儿，俺大哥出了事你可就回不来了！

谭守东被那些人抢了去，村里人便都听嘈杂的声音渐渐安静了才敢出了门，远远见守东骑在马上，被那些人蜂拥了顺着官道向东去了。果然到了天不亮的时候，谭守东就被人送回来了，同时送回来的还有两只鸡和去年曾被牵走的谭拴住家的那头骡子。堡子里的人听谭守东说，那刀客头子受了刀伤，肉都烂了，人已经烧得说胡话了，被他扎了针，又服了药，当时便感觉轻松很多，知道他医术高，便拿了这些东西谢他。谭守东把那骡子让谭拴住家依旧牵了去，拴住媳妇千恩万谢道，俺这老东西没脑子，孩子你别计较！那时你说要占俺家地修寨墙，俺不答应，让你也着急为难了一阵子！你可别往心里去，等到修墙时，你就算从俺家炕头上过，俺也不计较了。

谭守东没想到，一直让自己为难的事就这样给解决了，高兴极了。冬莲却一夜都吓得坐在炕边念观世音菩萨，她不敢停口，生怕儿子的命没了。香绣却说，给人看病，还得担这么大的风险，你要当个木匠哪有这么多事？长宝埋怨谭守东不该把那刀客的大哥治好，将来还会来抢！谭守东却不当事地说，不管他是土匪，还是穷人，咱都给他治，不管咋样，俺都只把他当成个人罢了。

农忙过罢，谭守东见村里人们也歇得差不多了，便和谭彦章商议重新请来了方师和他的助手们，沿着路开始修寨墙。

修墙用的土基本上都是在墙外挖的土，这样从寨墙以外看，那墙就平白又高出了一两米，轮到谁家出工时，他们便就地取土，拉着牲口把那撒在地基上的土一层层踩平，再用牛蹄子踩实，拉着牲口用石碌碡去碾平它，最后四人一组合力打夯砸实打平。谭守东和谭福是一组，他们也是四人拉着那绳，努力在黄土地里打着夯。因为不久前才被刀客们来闹过一次，虽然没抢啥东西，却让大家都铆足了劲头儿，希望早些修好寨墙，早些能高枕无忧了。方师让人们用檩子圆木，依着五米宽的地基、五米高的墙头、两米高的墙顶宽度设计了倾斜度，这才搭成夹板，让人们开始把那墙外的土填在夹板里，再砸实夯平。一连干了两个多月，到了一米多时，那牛却上不去了，在墙下用土给牲口修好的坡道也都用不上了。这时大家便把那土堆在地上修成慢坡，依旧用筐挑了土撒在上头，像当初打地基时一样依然四人一组，用麻绳拉着石柱子去打夯。修到快三米时，果然和那方师说的一样，足足用了一年的光景，这时寨墙已经有模有样，方方正正的好不气派。眼看又到了农忙，得停了这工程，大家便说，赶紧先装上城门，这样就算墙不够高，却能挡些刀客了。

谭彦章和守东、谭福拉上那老方师傅跑到阎良县上，托陈木匠买了两根一米多粗的大杨树，足有十几米长，谭守东和谭大个子、谭祥子一连干了半个多月，才将那木头削刨得光滑，切割成城门扇子。虽然城墙不过三米高，这城门却是按三米宽、五米高做下的。等到农忙又要开始，谭彦章觉得大家辛苦，便直接用那城门扇子先搭了个戏台唱了一场秦腔，这才让大家把这项工作停了，重新去忙自家地里。

第三年盖这城墙时，虽然只剩下两米的高度，却艰难得多了。因为那墙要打夯，他们就用木椽子搭成架子，依着那斜坡的墙面用夹板搭好了，再把土倒在模子里，拿石夯砸地，再用石碌碡去碾实轧平。牛已经上不去了，拉碌碡的就只有人了。再往上走，打夯时没法两人一组了，只有一个人提了碗嘴大的石夯底座去砸实它，等那土砸得厚实了，这才拆了墙外当作夹板的木椽子。因为椽子是圆的，又是横着架在墙面的，那墙好了后，上面满是横的弧形的凹槽。

等那寨墙门安装在修好了女儿墙的寨墙上，已经花了整整三年时间了。谭彦章便把自家一头大肥猪宰杀了，又把那城墙门拆下来，要分别在南堡子和北堡子的城门口各请一台戏，说是白天晚上不停，连唱三天，谭家堡子的人喜坏了，盼着从那往后，再也没有刀客进入谭家堡子。

这是谭家堡子多大的喜事，远近的山东村从来没有这样的成就，谭彦章就让守东和谭福去请戏班子。守东家也有个大喜事，香绣给他才生了老二儿子振兴。守东和谭福本来打算到阎良县城去请戏，谭彦章却嫌不够气派，说，寨墙修了三年，咋不该到西安城里去请个大戏班子来？全堡子的人都忙累了三年多，又要顾地里的活计，又要出工修寨墙，该是好好听听大戏！

于是守东便和谭福搭了车到西安城去请戏班子。

谭守东忙着修寨墙，来往西安几次，也没太顾得上看望德空和德宽师父，一进了西安城，便觉心里想念得不行，先扯上谭福奔卧龙寺去看师父。德宽出门没在，德空正设了坛讲经，剃了发修行的出家人和穿了海青的居士们都静静盘腿坐在那里听他讲经说法。谭守东和谭福也脱了鞋坐在人群里听了一会儿，见一时也完不了，心里有事没办，也不敢多待，便按着谭彦章的安排，打听着找得意社去了。

自从几年前得意社在西安城连唱了十天大戏，青女凭着比小桃红赚了多出一倍的戏银和披红挂花的钱，当上了得意社的名角儿。这几年青女一下子唱响了，乡下的戏基本不出去唱了。在西安城里唱出了名，就有不少当官的有钱的人来捧她。冯老板当年和她娘签了个唱二十年的契约，虽然青女时常收到些贵重的礼物，却并没挣上多少钱。冯老板生怕她嫁了人便不能再唱戏了，时刻小心派人专门观察与她交往的人，但凡有人动了要纳青女为妾的心思，冯老板早就把那人了解得清楚，想法子不让他单独见到她。从他给青女置办了吸食鸦片的烟枪之后，青女就渐渐染上了烟瘾，越来越离不开那口烟了。有时临上台唱戏，必须得抽一筒才行。这几年她的烟瘾更大了些，有时一天得抽半两多鸦片。冯老板觉得青女这瘾恰好成了他能挟制她的办法。虽然权贵和有钱人家吸食鸦片习以为常，和纳妾一般，算是个风流却不下流的爱好，可一个当红的唱戏女子，还是最好不要让人知道有这个瘾。抽大烟最是花钱如水的，如果她一直能在得意社唱下去，这个烟就是他拉住她的一根线，而有了这看不见的线，她总会乖乖听话的。

于是，一来二去，青女的岁数就大了，除了必不可少的堂会应酬冯老板不敢推辞，其他的场合是见不到她的，这就让青女愈加神秘了些。

青女明白自己的处境，却也不想自寻烦恼去抗争，比起有些戏班子的姐妹们被老板当成挣钱的工具，半戏半娼地唱几年戏，就被卖给军阀财主们当小，她很满足目前的生活。能让自己和娘在这乱世里有碗安静饭吃，她早就求之不得了。但是，夜深人静时，偶尔想起自己眼看把戏也唱了十多年，却像树叶飘着一般没个着落，免不了也时常心烦意乱，一个人哭上半宿。但她却连个可以说说心里话的人也没有，她娘是只盼着她多挣些钱，别出啥意外就好，对她的烟瘾虽然觉得很怕，可一个字也不敢说她什么，怕闺女生气。老吴媳妇想，戏班子里的角儿们抽烟的也不只她一个，人家都过得去，青女也能过得去。

直到有一天，青女听一个熟人来说小桃红死了！

大家都惊奇来问，怎么死的？

青女才知道，小桃红已经嫁了个山西富商，却因为烟瘾太大，几房太太都嫌她开销大，在家里闹个不休，那富商就让小桃红必须戒烟。小桃红多强的性子，怎么会听他的话，她早就抽得从早到晚只躺在烟榻上了。富商就把她强行送去洋人的戒烟所，小桃红是个红角儿，她发了烟瘾不能抽烟，鼻涕眼泪流着跪求人家给她抽一口，然后再戒烟。别人就都指着她说，那就是小桃红！抽成了鬼样子，看那牙黑成了啥样？小桃红就从楼上一头跳下去了，她张着眼睛哆嗦着死不了，有人给她抽了烟她才咽了气。

说闲话的人知道青女和小桃红是仇敌一般的，就说他见了小桃红那时的样子，真是鬼样子了，脸上青黑，身体瘦得不过六七十斤的样子，真是可怕。青女听得手都在抖，想想小桃红原来的样子，她突然觉得后背发瘆，全身发麻，心里打了个主意，再不敢抽了！

连着两天她硬忍着不去想抽烟的事，让她娘把她的烟桌烟枪全收走别让她看见。老吴媳妇见闺女要戒烟了，自然高兴，配合她把那一烟桌的家当和大烟全收拾了。一天过去，青女头昏眼花的，把自己关在屋里不见人。第二天她就鼻涕眼泪流着，全身猫抓一样难受，老吴媳妇劝她不如算了，这样太受罪了，青女不说话，狠狠把她娘推出门去。到了第三天，青女觉得骨头缝里痒痛着难以忍受，便在屋里撞墙碰头，她娘快要吓死了，守在门口只是哭。冯老板听说青女把自己锁在屋里戒烟，赶紧跑去了，见青女在屋里披头散发地发狂，他骂，胡闹，这样戒烟要戒死人的！

老吴媳妇怕了，抖着手却打不开闺女的门，冯老板一把抢过钥匙，开了门，扶了全身战栗不止的青女，又让老吴媳妇取出烟枪，自己就着烟灯点了烟泡，对着青女的脸轻轻吹了几口。青女蒙眬了青紫的双眼，恨不得把那烟全吸在肺腑里，她活了。

等她有了点儿意识便抢过烟枪，手却抖得捏不起烟泡，冯老板叹气给她装上，点上。青女凑上去深深吸了口，又陶醉地闭了眼睛，才对冯老板说，我恨死你啦！你真该去死！

重新吸上大烟，青女就再也没舍得断过。她清楚，就算再多的戏迷喜欢她的戏，就算再多的男人痴迷她，却没人敢真心娶她当媳妇，天天死缠烂打来戏院里捧场的，却都是打着要把她纳成妾的主意，想必那家里三五个妻妾早就成了群。可是谁会相信，她水玲珑是个黄花大闺女？

这天冯老板正在屋里和青女商量，说有个姓梁的商人，天天到戏院里来捧青女的场，出手大方得令人咂舌，金条金表随手给，弄得冯老板不敢轻易得罪，又不敢接受人家的东西，因为那人秃着大脑门儿、肥肚子，五十好几的年纪，显然不是要明媒正娶青女的打算。冯老板找人打听了，知道那人是一个什么司令的拐弯亲戚，在秦豫两地做生意，爱听青女的秦腔。冯老板暗地里叫苦，教青女躲让些日子，那人却专门找冯老板，说他愿意花大价钱把青女纳为第九房太太。青女气得啐了，冯老板知道她心气高，咋能看上这样的老头儿，又见那人财大气粗，知道是个惹不起，只好让社里减了青女的戏。

那人这几天又提起纳了青女的话，冯老板慌了，一天到晚只知道重重叹气，整天和青女坐在房子里发愁。

谭守东和谭福要请水玲珑，门房的人听他们说要请戏到阎良唱，便一口回绝了，说水玲珑早就不再到乡下唱戏了。因为听娘讲过当年和水玲珑的事，谭彦章又专门交代了，谭守东和谭福商议了一回，觉得带着银子腰板儿挺硬，就让那门房的人给老板通告一声，说过去和水玲珑有过交情，想见面说说请戏的事。

冯老板听说两个山东小伙子一定要请水玲珑去唱戏，正心烦着，便没好气道，我不见，让他们请别人吧，水玲珑不到乡下唱！没见人烦成啥咧——没事和人胡攀交情！

青女正靠在椅子上发愁，听到是山东小伙子，又听说是阎良来的，突然想起那年在高黄村认识的冬莲和谭兴，她赶紧叫住门房老头儿说，等等！我去见他们！

不等冯老板明白过来，青女早跑出了屋。她见了谭守东和谭福却失望了，便怔了怔说，你们……是谭家堡子的呀？

谭守东见她打扮得像个女学生，两条大辫子垂到腰际，一对大眼打量了自己又打量了谭福，像是有些失望。他觉得她说不出的亲近，忙笑了说，是呀大姐！俺娘说她听过你的戏，这次俺们堡子花三年时间盖好了寨墙，让俺请你去唱三天大戏！可是听说你早就不去乡下唱戏了？

青女见守东不像一般的乡下人一样木讷，浓眉大眼里透着精干和一股子正气，听他叫自己大姐，她抿了嘴笑着，心里便有了不少好感。她突然说，哦，我知道了！你就是冬莲姨的儿子，专会打架，杀了鳖又差点儿扎死人的！

谭守东不想她对自己知道得这样清楚，就红了脸说，那时俺小不懂事……让大姐笑话了！

青女笑着问他，我记得有个叫谭兴的，还在村里么？

谭福赶紧答道，那是俺哥，现在在军官学校教书呢！

青女哦了声，他俩都看出她有些遗憾，谭福赶紧说，俺爹说俺们修了寨墙是大事，得好好庆贺！上个月托人给他捎信，说话他就回来了！

青女立刻就笑了说，真的呀！太好了！我记起来了，你们邻村那个叫宝娃的，这两年来听过我不少戏，我恨他们欺负你娘，不愿意搭理他！我见他穿了军装，身边总跟了些人，像是个部队里的官呢！

她没说宝娃时常缠着她的话，谭守东没想到水玲珑和自己这样投缘，平易地和自己拉了这么多家常。冯老板见青女和他俩说得热闹，也知道青女多少天第一次这样高兴，便踱过来说，要请戏我有别的角儿，水玲珑现在不出去唱戏了。

守东看出他是掌柜的，便笑了说，俺们专门赶了远路来请她，俺娘以前请过水玲珑的戏，现在时常念叨她，想她呢！老板就破个例吧！

青女不等冯老板说话，便看了他说，我要唱这场戏！我真想到那谭家堡子透透气去，我咋觉得这个兄弟的娘那么亲呢？我也想她了！在这西安城真把我要憋死啦……冯老板，我出去三五天，晾晾那人，不是两全其美？

冯老板巴不得青女心情好一些，听她一说，便说这是个好主意，立刻点头同意了。

水玲珑到谭家堡子来唱戏，堡子的大门敞开，立刻就吸引了远远的人们，高黄村离得最近，有些人明知两个村有过节，却还是不舍得错过这难得的机会，也混在堡子里的人中间听戏。谭彦章却并不在意，私下里对自己堡子的人说，他们来了就算是客，让他们也见识见识俺们山东人的气量，听吧听吧！

青女和冬莲相抱着淌了一回眼泪，听说守东会木匠手艺，还能给人治病，把那些断了胳膊腿的人都医治得和好人一样，她便惊讶地夸兄弟果然出息了！冬莲听她说还没成亲，也叹道，还是早日寻个好人家，唱戏虽好，可总是没个依靠呀。说得青女眼圈又红了，陪着的老吴媳妇生怕她俩又说出长得相像的话，小心翼翼地听着。

水玲珑唱得卖力，看得人时常给她个满堂彩，晚上依旧由冯老板的车接回西安城，第二天一早再送来。谭兴却是青女唱到第三天才赶回谭家堡子的，他背了行李刚一出现在戏台子下面，青女就看见他了，心里紧跳了几下，差点儿唱错词。借着梆鼓的音调，青女赶紧调整着自己，暗自奇怪自己竟是这样在意他。她装作不经意地瞥了眼谭兴，见他热切地抻了脖子正看着自己，在人群里尤其显得高大。青女突然间就明白了，这些年她总也看不上那些缠着自己的男人，是因为她心里总是拿谭兴的样子去比，可不所有的人就都被比下去了？

谭兴见青女在台上注目看了自己好几次，引得旁边的人都看他，谭兴却毫不在意，只被巨大的幸福感动着。他已是久没有回谭家堡子了，若不是谭家堡子修好寨墙，他兄弟谭福在信里说要请青女来唱戏，他是不想回来的。谭彦章早些年给他说了个临潼县城蒋家的大女子，也是山东人，家境却好过一般人家。人家也是听说谭彦章在谭家堡子是个人物，才答应把女子说给他。人家见谭兴十五六岁就到河南去上那军医学校，便催着要给两个孩子把亲事办了。谭彦章知道人家怕谭兴见了世面将来悔婚误了人家闺女，就不管谭兴咋样绝食大闹，硬是逼他把蒋家大女子梅枝娶回了谭家堡子。谭兴把媳妇娶了，却不愿圆房，谭彦章媳妇也觉得儿子委屈，年纪也小，便按事先说好的条件，应许他去念书了。

过了两年，谭彦章见儿子毕业了，却留在河南军医学校当上了教员，隔三两月只捎些银子回来，人总也不回来，媳妇在家里白白养活了两年，却再没见过儿子的面。他生怕堡子里的人看了笑话，也怕梅枝的娘家人说啥，便让谭福不断打信给谭兴，终于叫回了老大儿子。他私下里逼儿子赶紧和媳妇圆房，说无论如何得让儿媳妇怀上个孩子，要不一家人在堡子里简直没法子活人了。要不就到他那军医学校去闹，让他这教员当不成。谭兴大哭一场，终是没犟过他爹，一连几晚把自己灌得大醉，才和他媳妇睡觉。熬了十来天，他爹终于许他背了行李往河南教书去了。过了一两个月，他兄弟谭福便打信给他说，嫂子有了喜，爹娘高兴得什么似的。谭兴没有回信，却对着自己在西安时寻下的青女戏装照片喝了一夜闷酒。等到媳妇给他生下第二个孩子，别人都贺他一儿一女活神仙时，谭兴才长长叹口气自语道，俺的任务算是完咧！活着竟只是个人种！

谭兴在河南军医学校学成留校当了教员，他的老师姓魏，是三民军官学校的主任，便积极介绍了谭兴回耀县来当教员，说他人精明又稳重，懂得军医事务，在河南当教员时便很受学生爱戴。谭兴不想离家太近，怕他爹总叫他回家，被魏主任劝说了一回，也觉得自己一身本事没处用一样，便答应了。他到学校才发现学生不过一二百人，却秩序井然，学员们多是成年人，有的已经在国民军里担任了职务才来念书，大多思想敏锐。谭兴看到这里果然是培养军队领导人才的学校，便一再感谢魏主任给他找了个能施展才能的好地方。

这次他回到堡子，一看到青女，心一下子就动了，见青女唱罢一折到后头去歇着，忙绕过人群去看她。堡子里的人才看见是他回来了，都争着和他说话，说他穿着军装真是体面，夸他越来越有派头了，想是当了大官了吧。又有人说谭兴媳妇好福气，这样一个体面又有本事的男人让她给撞上了，谭兴便不爱听了，只好堆了笑脸，心里急着只想见见青女。

青女见谭兴进了戏棚一点儿也没意外，倒是嫌他来迟了似的微微斜了眼角打量他。他就笑了。冬莲见他兴冲冲的，便说，你看戏时就扛了行李卷挡着人们看戏，现在还依旧扛着，怕人不知道你刚回家一样！快看你还认识人家不——隔了好些年了！

谭兴笑了，也不说话，眼盯着青女把那行李丢在地上，青女就一直静静瞅着他，见他冲自己笑，心里一暖，觉得像是认识了许多年一样熟悉，便慢慢走了来也冲他笑着。

谭守东看出他俩有些异样，冬莲也一下子想起在高黄村初见时，谭兴多么热切盼着和青女说话。

围着来看青女的人们拥得要把戏棚子挤倒了一般，守东拉拉谭兴说，谭兴哥，看你这一身土，赶了多远的路呀！

老吴媳妇便让大家散开些，让青女歇会儿，说还有一场戏要唱呢！

青女听了，只看着谭兴，轻轻地说，只剩一场戏了……

谭兴盯着她的眼睛，默了会儿说，俺知道你要来唱戏，赶啊赶……怕误了你的戏，搭了车，又走了一夜才回来！

青女的眼睛就热了，她想忍住眼泪，声音却抖了，我一定好好给你唱这最后一场戏！

乡村的夜晚是格外安静的，因为水玲珑的戏，今儿却很热闹，人们听罢戏慢慢往回走了，却还意犹未尽地低声哼唱。青女唱罢戏就和她娘坐了冯老板的黑软缎轿车要走了。守东和冬莲跟喜欢青女的人们围着她们送到了堡子的城门口，都说让她闲了来玩儿，算是散散心。青女也一一和大家告了别，谭兴趁她上车时才压了声音说，你等俺，明天找你去！

青女就等他这话，低头笑了，听他又问，听俺婶子说你还没出嫁？

不及她回答，车已经走出好远，车把式赶着车上到了官路，青女一直回头看着谭兴，见他默默看着自己，心就疼了。她虽是一个字也没问过谭兴的媳妇和家人，可她见谭福领着媳妇抱了孩子就站在他旁边来听戏，便明白按谭兴的年纪和家道，一定也早就成了家。青女一路哭着，老吴媳妇明白她的心，又没话劝她，只是不住声地叹气。快到得意社的戏院时，青女突然没头没脑对她娘说，娘，我要是自己寻个人家去当小，你说冯老板会要多少钱才能放了我？

老吴媳妇知道青女心里做的打算，掐了指头算算说，人家冯老板和你写了契约，说是他捧红你，你给他的班子唱二十年，现在过了十六七年，你还正红着，他咋会放了你？

青女犟着说，我回去就和他说价钱，我要嫁人了！

老吴媳妇知道青女打小就有主见，心里却怕她胡来，便吓唬她说，别胡说！你是说刚才那个山东人，叫谭兴的？你也没问他家媳妇和娃的事，他也没说要娶你的话，可不敢轻易给冯老板说了，万一他不娶你，那时看你咋办？

青女不当事地说，我知道他一定会娶我，他当然是有媳妇的，我又不让他家花啥钱，愿意给他当小，依旧在西安城唱戏，不好么？

老吴媳妇听她说得有把握，不由得也点点头说，你说得倒是，可我还是觉得等他提了亲才好！

青女气了说，我等人提亲都等到二十七八了！再等等就成老太婆了，我不能唱一辈子戏吧？！除了给人当小，还有谁会娶我当正房？没人给我操心，我遇上个喜欢的人，你还来阻挡——我早就喜欢他了！

老吴媳妇赶紧哄她说，都依你！娘也知道你这些年唱戏心里苦……恨娘帮不上你的忙！

青女自语道，他说明天就到西安来寻我，等我和他商议了，我就找冯老板说去。娘，刚才我上车前，他悄悄问我嫁了人没有呢！

这一夜青女几乎没睡着，翻来覆去回味着和谭兴在一起说的那几句话，想他看着自己的眼睛说话的样子，她就笑了。回想谭兴一直在戏台下热切地看着自己，她心里就暖着，鼻子却发了酸。在炕上躺到快天亮，一想到天明就要见到谭兴了，她便没了睡意，盘算着和谭兴见了就要给冯老板谈这事，她烦得更睡不住了，索性推了被子坐起身。就算她和她娘说得有理，青女还是知道冯老板哪儿会那么好说话，要是打算把她换成钱，早就换了，还不是为了让她多挣几年戏银，最后把她换个大钱！她突然就担起心来，自己出门唱戏，那商人还不知道和冯老板说得怎样，自己一心想着谭兴，他家人不同意可咋办？

青女天不亮就起了床，换了几身衣裳都嫌不满意。穿得太学生气，她怕谭兴不喜欢，打扮得时兴些，又怕谭兴嫌她风尘。在床上丢了一大堆试过的衣裳，青女在那一柜子衣裳里，挑了件素净的斜纹洋布紧腰旗袍穿上，对着镜子照照，这才满意了。她先过了烟瘾，才让她娘把炕上的烟桌烟枪全收掉，又怕屋里有自己觉察不到却会让谭兴闻出来的烟味，让她娘赶紧点了好几炉熏香。屋里上好的檀香袅袅着，青女坐在窗下捧了书看，又怕谭兴看出自己识字不多，就把一页的字努力认识了，想着要是他来了，真要讨论起来也不尴尬。静静地坐着看书，青女觉得自己和大家闺秀一般，心里很满意，不时照镜子，看自己果然姿容出色，想是那谭兴一定会喜欢，她就在心里也笑了。有一时，她觉得她在演一个新角色，一个她一辈子都想当的好女人，有家世有修养，她想让她最中意的男人看到，她有多美好。

可她却等到天快黑也没等到谭兴来找她。老吴媳妇见青女巴巴等了一天，却啥也没等到，心里说不清是高兴谭兴没来，省却许多麻烦，还是替青女伤心。

谭兴是从青女的车一走就和他爹谭彦章闹起来了。他毫不掩饰对青女的喜欢，从一回来就站在戏台子下面看戏，一直到天黑送她走，他竟是连家也没回一趟，只在戏台子下面对谭彦章两口子叫了声爹娘，招呼了声说他回来了，就再也没见他的人影儿。满堡子的老少们都看到他比谁看戏都认真，但凡青女休息，他就到台后的戏棚子去看她，就算人们围着青女看稀罕，轮不上他说话，他也当所有人不存在一般，只看着她。等他目送着青女的车到官路上，他媳妇扯着儿子抱着闺女就哭起来，堡子里的人当然都看出来谭彦章两口子脸上挂不住了，没人和谭兴搭话，都在堡子口就散了。谭彦章黑着脸背着手回了家，谭兴娘示意让谭兴去给他媳妇抱孩子，谭兴也回过神来，意识到自己这一天眼里心里只有青女了。见媳妇低低哭泣，他不忍心了，默默把媳妇怀里的闺女抱过来。梅枝就让他抱走，自己低了头拉扯着儿子的手，跟在他身后一起回家。谭彦章一见谭兴进屋就发了怒，骂道，谭家的祖宗先人都让你给羞了！你见了那唱戏的女人，巴结得像条摇尾巴的狗！你把你爹娘的脸当啥呢？你把你媳妇的脸当啥呢？你还让俺们在这堡子里混不了？谭兴放下闺女，低头盯了自己的脚不敢说话。谭彦章见他没敢还口，骂了会儿便消了些气。他问谭兴啥时候去耀县，说不如回堡子算了，谭兴怕让自己回来天天守着梅枝过日子，说学校忙呢，正要让自己当主任，多少人都巴不得呢！

谭彦章知道儿子能干，便哼了声说，主任？多大的官，不如在家门口好，或是干脆回堡子来。你在外边疯张也没人知道，今天看你那没见过啥的样子，俺就后悔不该把你送到外边念书，全堡子的男人，没人像你一样见了女人就走不动了！丢人！

谭兴低声辩解说，他早在十一二年前就见过青女了。他娘便恍然说，哦，俺想起来，那年冬莲替守东顶罪，俺带谭兴去了高黄村，他俩就认识了。他后来还托他西安的同学到得意社讨了水玲珑的大相片呢！

谭彦章重重叹了口气，谭彦章媳妇听男人嘴里虽是在训他，却听说儿子要当主任了，声音里透着高兴。她怕男人把儿子说烦了，便打圆场说，行了，谭兴下次记下了就是了，还没完没了地说？快吃饭吧！

一家人围了桌子吃饭，梅枝和谭福媳妇照例不能上桌，只在灶屋里吃喝着。谭彦章让儿子倒了些酒，说起修好了寨墙的事，便忘了儿子今儿给他添的尴尬，得意地说，你爹在堡子里弄成了大事，谁看见这墙也要想想是你爹的本事！咱家现在有了几十亩好地，都是你爹和你兄弟谭福开出来的！你只一心当你的教员，硬是一次家也不回，多亏谭福和守东给俺帮忙，哼！你在外边，给堡子做下啥事了？摸着心口想想吧，人家守东小时多捣蛋，现在却多出息，你倒好，只为个戏子就啥都忘了！明儿和俺一起到寨墙底下，把那没收尾的活儿干上几天，也算是给堡子做了些事！

谭兴听说让他干活儿，忍了忍没说话，他娘看出儿子的犹豫，便说情道，娃从那么远回来，累得要死，歇几日还要去耀县，那活计有人干，也不差他一个！

谭兴赶紧说，俺愿意干，明天俺有事要进西安城……把那活儿给俺留着，俺回来做完再走！

谭彦章不满地把杯里的酒抿了一口，却又突然问，你进城做啥？

谭兴放下筷子看看爹又看看娘，低声说，俺和青女说好了，明天进城里看她。

谭彦章大发脾气，摔了筷子磕了碗，几乎想冲到儿子面前去打他了，谭兴不管他娘咋劝，却一语不发，不肯给他爹说不去了。一家人闹到半夜，谭兴急了，终于说他要娶了青女，这让谭彦章更无法忍受了，他把脸凑到谭兴的面前，让谭兴先杀了他罢，要不，他明儿一早就去替谭兴把学校的差使辞了。

谭兴也发了怒，怨他爹不管他愿意不愿意就给他娶了亲，他的事自己会料理，不用他爹再操心。谭彦章气得直抖，指了门让他滚，见儿子真要滚出去了，他又变了主意，挡了门让他把媳妇儿女都带走！

谭兴看梅枝吓得直哭，就指了自己的房门说，你去收拾行李，俺带你们走！

谭彦章终于承认儿子的翅膀真是硬了，一屁股坐在椅子上张着嘴说不出话来，谭彦章媳妇见男人只是喘气，便推搡了儿子说，你要带他们走就先要了俺的命吧！

让他娘这样一闹，谭兴没法子说走了，进了自己屋倒头就睡，给他爹娘撂下一句话，说他明儿一定要去西安城。

第二天一早，谭兴还睡着，谭彦章让媳妇悄悄把梅枝叫出来，把谭兴一人锁在屋里。他给家里人交代了，谁也不许放谭兴出来，也不许和他说话，只能到了饭时给他端些饭。他说让那中了魔的不肖子好好反省反省。他本想立刻去学校替儿子辞了工，媳妇却劝他说，儿子好不容易有了那么好一个前程，哪有自己爹毁自己儿子前程的？谭兴一时糊涂，过两天就好了。

谭彦章也觉得儿子突然间变了个人一样，过去儿子可是堡子里人人敬重的人啊，他想等儿子在家关上两天该是就清醒了，他依了媳妇的话，到寨墙的工地去忙活。临出门时，谭彦章怕媳妇心疼儿子靠不住，寻思了一回才郑重地把房门钥匙交给了梅枝。

他咋也没想到，等他晌午回到家，梅枝却一下子跪在他面前，他赶紧让她起来。对于这个孝顺懂理的儿媳妇，他一直是格外宽待的，他以为她要为男人求情，便提了声音，半是对她半是对屋里的儿子说，你跪啥，快起来，等他啥时候想清楚啥对啥错，俺就放他出来！

梅枝却哭了说，爹！俺把谭兴放走了！你罚俺吧！

谭彦章媳妇也怔了说，啥？你把他放走了，俺咋没见到？

梅枝不敢抬头，不安地抠着手指说，他说他一定要去西安，要是俺不放他走，他以后再也不回谭家堡子了！

谭彦章盯着她气得说不出话来，她婆婆叹道，你看你这窝囊的媳妇，你当你放了他，他找了那水玲珑还会回来？

梅枝却点点头说，谭兴他和俺保证了，他娶了那女人，俺还是大房，他每年都会回来住些日子！爹，谭兴是好人，俺信他的话，他那么有本事，俺降不住他，俺想也只有水玲珑那样的城里女人能配上他，他眼看当上主任了，求爹别去他学校闹吧！

谭彦章哆嗦着嘴唇听儿媳妇说完，许久也没有说话。

天渐渐黑了,得意社今儿晚上没戏,大门就关得早。青女等了一天也没等见谭兴,到了娘催她吃晚上饭,她才终于承认,自己这辈子第一次下了决心要嫁的男人居然把她给骗了。青女在屋里不肯吃饭,冯老板要见她,老吴媳妇生怕他给青女提那商人的事,忙说她在乡下唱戏累住了,人发了烧,在床上睡着起不来。

冯老板不高兴地说,不行就让她抽两口,我们这里有上好的烟膏。快请个郎中瞧瞧,别误了后天的戏,票都卖完了!还不知道那商人会来闹不呢!

老吴媳妇赶紧应住,冯老板才走了,直说真不该让她去唱这三天戏。

天都黑严了,谭兴搭的车只停在城外就不肯开了,他顾不得再找车,直跑得汗水湿透了衣裳才赶到得意社。谭兴见大门紧关,犹豫着不敢敲门,正在门口着急时,见几个穿军装的男人也往得意社门口走,赶紧转身回避了。只见领头的人说,这么早就关门了?原来今天没戏呀!娘的,白跑了一趟!

谭兴回头看,见说话的人竟是宝娃,人比几年前高了些,却依然是瘦得精干,单眼皮里亮闪闪的,显得挺意气风发。

宝娃冲自己的弟兄们说,走!走!走!喝酒去!哥请客!

那些兵们就笑道,高哥这次从韩城守黄河渡口立了功回来,没听上水玲珑的戏,心里咋得劲儿呢?上次就是听了戏才去立的功,下次仗怕是没劲儿打了!

宝娃嘿嘿笑着说,放屁!哥不是那软蛋,营长选我们连的人跟着杨司令阻拦刘镇华重新进陕,那是我们的荣幸!果然就把那镇嵩军打得过不了黄河!

大家听他得意,便起哄道,你总吹牛说和水玲珑有交情,我看她见你并不比谁热乎,你次次等她唱罢给她披红送花钱,也没见她给你个笑脸!你立了这么大的功,她该单独给你唱一个!

宝娃没面子了,伸手抽了说话那人的头说,你懂个啥,人家是个角儿,当人面当然要装个样子么,你不知道,我俩十六七岁就好上咧!

他说得高兴,大家便都惊呼着羡慕起来,纷纷打听水玲珑的事。谭兴心里塞了把草一样乱,恨不得捂了他的嘴。这时宝娃却看见了他,叫道,这不是谭家堡子的山东⋯⋯

谭兴只等他叫出山东棒子就要挥拳揍他了,宝娃却见了谭兴的军装怔了下笑道，你也吃了军粮咧！在谁手下呀？

谭兴不想多理他，那群人里却有人认识他，凑上来赔了笑说，是谭老师呀……

他对宝娃说，这是三民军校的谭老师呢！

宝娃听了轻蔑地说，老师？没听过！

谭兴被他一激，忍不住说，宝娃兄弟是没上过军校吧，没事你过来玩儿吧！

宝娃怔了怔，冲他拱拱手说声告辞，领着兄弟们走出好远才说，啥鸡巴军校，老子不上啥军校，一样上战场打仗！尿！

谭兴听出他是孙蔚如的部下，有些遗憾那么有声名的人物，手下竟是啥人都有。他没心和宝娃斗气，见他们走远了，重新到了得意社门口，想想青女一定等急了，鼓了劲头儿却只敢轻轻敲了几下门。

谁知老吴媳妇立刻把门开了条缝，见是他忙一把拉他进去说，你咋才来！我青女快哭死咧！

青女见谭兴来了，并没有和他说一句废话，只问他，你家里有媳妇么？

谭兴没想到自己巴巴从晌午跑到现在，水也没喝一口，就被她审上了。他见青女脸色发白，眼睛红肿着，知道自己来晚她着了急，忙回答说，家里有媳妇，还有两个孩子。

青女咬咬牙问，那你来找我干啥？

谭兴犹豫了一回便实说，俺那年见了你，就一直没再放下，可那时俺敬你是个神仙人物，没敢想着能娶你。这些年，家里逼着给俺娶了媳妇又生了孩子，俺心都死了。可是……听说你来唱戏，俺这心就活了，又听说你没嫁人，心里悔极了，俺知道让你做小是委屈你的，如果你愿意，俺一定好好对你……要是你不愿意，俺就是能时常看看你，和你说说话也是好的！俺知道你一定是吃了许多苦，俺跑了来，真想能疼着你护着你！

青女听着听着眼泪就跌下来了，她觉得他简直句句都说在她的心尖子上，她赌气说，说得倒好，可你家里能容你娶俺？

谭兴赶紧说，俺娶你是俺和你的事，只要你愿意，谁也做不了俺的主！

青女心里顿时一松，她从眼角瞟了眼谭兴，轻声说，那我可要明媒正娶！

谭兴一怔，想起给梅枝承诺不休她的话。青女说，别怕，你的媳妇和娃

295

娃,我不会让你休了她,你得在报纸上登个明媒正娶的声明,说你谭兴要娶我水玲珑……我不是要为难你,不过是想要个名分,现在不少人要娶我,这也是挡住他们的法子。

谭兴见她想得周到,赶紧点头说没问题。青女正色说,你想娶我,心里不怕么?多少歪人打俺的主意呢,这两天就有个司令的啥亲戚,逼得紧呢。还有我戏班子的冯老板也不会放过我,不知要提多少条件,收多少损失费呢!你有钱么?

她问得直接,迎着她的眼睛,谭兴也没含糊,他清清楚楚地说,青女,俺想娶你就啥也不怕!俺说了要疼你护你呢!钱俺这几年攒了一些,不知你那冯老板会要多少?真不行俺找朋友还能想想办法!

青女见他爽快,便说,那好,你明天一早就去报社把咱俩的结婚消息登报,再去西安城里僻静的地方找个小院租下,我明天和冯老板谈谈,要是他答应我嫁给你就好,要是他不答应,你就赶紧来接我出去,俺只怕他让那商人把我强抢了去!

谭兴见青女安排得有条有理,便赞许地笑说,俺看你带兵打仗也一定行,该让你去给俺们的学生上课呢!俺明天找人盯在得意社门口,以防不测。你说的那司令的亲戚怕没那么大的胆量吧?

听他这样说,青女立刻就笑了,她见谭兴不眨眼地看着自己,脸上就淡淡红了说,你取笑我!你只说你上了军官学校,咋不回西安呢?

谭兴说,俺不想离开耀县,你不知道杨虎城将军对那些学员抱了多大的期望,他是真想爱国救亡的!俺过去是学军医的,现在俺老师介绍俺来管教务,俺才找了两个老军医来,想要培养些懂医的战地医院人才……现在有了你,俺心里作难呢,又想把杨虎城的愿望实现了,又想能常来看看你!

青女若有所思说,这样呀,戏里也说男人忠孝为先,你为我已经不孝了,我咋敢再叫你不忠?你那老师一定是大官了?真是冯老板不许,你请他来压一压,说不定也行呢,这两年战局紧,不是镇嵩军,就是靖国军,冯老板怕都怕死了,只要我结了婚还给他唱戏,他少挣些钱也不敢得罪拿枪的!

谭兴却说,你还唱呀……俺不想让你再唱了!

青女笑了说,我和他有契约,再唱三四年就好了!人家在我和我娘走投无路时收留了我们，又把我捧成角儿，虽是他靠我挣钱，昧心的事我也做不出来。谭兴，你可别辜负了我呀！

谭兴眼圈红了，拉了青女的手说，俺这辈子要是负你，让俺不得好死！

青女却并不阻止他发誓，半真半假地说，你当你负了我会有好死么？我自己就不会饶了你！

谭兴直直盯着灯光下的青女看得恍了神，青女就让他痴痴看着，他叹道，青女，俺是在梦里吧？俺跑了一路来寻你，也没敢想着咋有福气能娶你！俺先人一定在山东时就烧了高香了！

谭兴和青女商议了一宿，临分别时又指天为誓了一回，才各自安下了心，天快亮时，老吴媳妇送谭兴出门走了。

远近十里八乡都知道山东堡子有一个厚实的大寨墙。能修起这样的寨墙，这些山东人便在远近的山东人里头摇了铃。谭家堡子的人口越来越多，外来的山东人却没法再进到寨墙里，便只能在外边挖地窖、开荒，可那荒地也渐渐地被开得没有了。许多远来的人穷得连盐也吃不上，却依然被那些刀客时常骚扰，谭家堡子的地便变得寸土寸金了，许多人想在里面买一块，哪怕只能挖一块地窖的地方，有的人家便图了那便宜，将自己在谭家堡子的地卖了出去，一个地窖的地便能卖出三四两银子，这顶上他们当初来这里时开三五亩荒地的钱了。

这时谭小头两口子却风尘仆仆从宁夏回来了，大家看他俩衣裳破烂得和叫花子差不多，便纷纷问他，不是到宁夏鱼米之乡吃鱼拿篓捞吗，咋这狼狈样子回来了。

谭小头媳妇便哭诉了说，俺那兄弟生怕俺不去，专挑好的说，俺去了那里天天都刮大风，河里有鱼，可哪轮得着俺们去捞呀？

大家便把他们劝了一回，心里却都当笑话说。谭小头媳妇走时房子和地都卖给了谭彦章，这次回来见堡子外边竟修起了寨墙，便稀罕了感慨个不停。他们听说月月已经死了，便到爱娥家去大闹，爱娥一肚子委屈说不出来，从贵子和海棠去开荒，她不光是少了一个好劳力，自己年年还得下地，村里人对她的议论指戳让她抬不起头来，她便一下子嘴也钝了，人也老了，变得没了心劲儿。

现在谭小头媳妇来跟爱娥要闺女，她便说，明明是你闺女自己去撞的井台。

谭小头媳妇便撒着泼，掐了她的脖子不肯松手说，俺把你掐死吧，掐死给你抵命，咱一块儿去找月月，看到底是她自己死了，还是被你逼死的？不是你家贵子找了那破鞋，俺家月月能去死？

谭大个子便止了爱娥的哭闹，赔钱给谭小头媳妇，拿了这钱，她便答应再不提此事。可她还是没有地方住，便又巴巴去找谭彦章，央求他把房子重新卖给他们，谭彦章不愿和她纠缠，说当时买房子时，是你来求俺，俺怕你没个路费，才买了你那地窑，现在俺依旧卖还给你吧。

谭小头媳妇却说，当年走时，村里的地多便宜，这几年你就白用了那窑么？你那么有钱还在乎赚俺这点儿便宜。

谭彦章忍了气说，那好，俺按买你房子的七成给你。

谭小头媳妇还待说啥，谭彦章媳妇便说，赶紧拿来钱走吧，俺这屋里不待见你。

谭小头媳妇边数了钱给她，边笑呵呵地说，等俺啥时候日子过不下去，俺还把房子依旧卖给你呀。

气得谭彦章媳妇冲着她那背影恨恨吐了一口。

谭兴在报纸上登了结婚的声明，又在南院门附近租下个干净的小院，家具齐备。青女和冯老板说了她和谭兴的事，只说求他成全。那商人果然已经在逼冯老板了，见冯老板犹豫，青女就说那人真来娶，她就是死也不会去的。那时人们都知道她和谭兴已经登报结了婚，得意社却逼她嫁富商，谭兴不会饶过得意社的。青女见冯老板低头沉吟，就说谭兴现在是军官学校的教员，校长就是杨虎城，他的老师们可都是军队的大官……我嫁了谭兴，也一样按着契约来得意社唱戏的，你逼我嫁了那老头儿，立刻我就不能登台了，你是多收了些礼金，得意社没了水玲珑行么？

冯老板点头说，我知道让你跟了那老胖子是委屈了你，所以才一个劲推脱么！你们登了报纸倒好了，只是怕他找碴儿，说咱故意对付他！

青女怕他动摇，忙劝他说，他不过仗着刘镇华的势，我听谭兴说，现在各路人马都反刘呢，已经把他撵出陕西了，你又怕啥？现在这世道，没见今天你打他，明天他又得了势，指望他们就指望到沟里了。咱谁也别得罪，好好唱戏就是了，我受了你的大恩还没报完，还要好好在得意社唱戏呢！我和谭兴的事全靠你成全。谭兴说他也备下了礼钱，等着谢你呢！

冯老板在心里权衡了一回，又说，你那烟吃的，他能养得起你？

青女最怕的就是这一桩，神色凝重地说，我只要能跟了他过日子，怎么都能成，烟就戒了又怕什么！

冯老板终于点头答应让谭兴拿出钱来娶青女，她二话没说就应了。她生怕冯老板反悔，当天晚上就催着让谭兴去送了钱，把原先的契约撕毁重新写了新的。青女和她娘谢过冯老板，谭兴租了车，接了她们娘儿俩往新租的小院走了。

出了得意社的大门，青女和老吴媳妇都松了口气，谭兴才顾上问她说，给冯老板的那几根金条是你的么？你不是让俺想法子吗？

青女怕她娘听见，压了嗓子说，别问了，我想和你过日子，命都能搭上，还可惜那几根黄货？

谭兴这才知道青女对他的一片心，默默把她的手握在手心里，紧紧地捏着，她立刻就觉出了难得的幸福。老吴媳妇抱了包袱坐在谭兴雇来的车帮上，眼瞅着青女和谭兴长得都体面好看，拉着手一路走着，一路脸对脸瞅着，看也看不够一样，也不怕路上人们看见。她想想青女终于有了这样好的归宿，眼窝子也渐渐湿潮了。

在刘镇华的队伍还没打到西安时，谭兴和青女在南院门的家里也只过了一个来月的日子，他便回耀县三民军官学校了。

从得意社出来，两个人就没分开过，他们恨不能时时刻刻都在一处，哪怕只是你看着我，我看着你。虽是终于过成了一家人家，随时睡在一张床上，吃喝在一个锅里，却还是时时遗憾前些年竟是都错过了。青女全忘记了她的得意社和她的戏，谭兴虽然记得托人给学校请了二十天婚假，却也完全沉浸在和青女的厮守里。老吴媳妇见青女多年存下的值钱东西都不见了，知道她一定是为了嫁给谭兴，全变卖了交给冯老板赎身用了。她怪闺女心太实诚，但又见他俩过得恩爱，就心疼着青女难得遇上心爱的人，把话全咽下去了。

两人住在一起的第二天，谭兴就看出青女的烟瘾了，青女怕他讨厌自己，先说她是一定要戒了的。谭兴当然也知道这事要戒，岂是三天两天的事，就要她去吃洋人的戒烟丸，据说能治住烟瘾。青女就撒娇说，好不容易良辰吉日，你只有那二十天的假，烟还没戒完你就该走了！等你走后我就去戒！

　　她做了甩水袖的动作，眼睛却水灵灵盯着谭兴，等他来拉她的手时，她又笑着躲闪着不让他碰到她。谭兴见她呵欠连天，不住擤鼻涕，却不提要抽烟的话，知道她为了讨自己高兴，是在强忍着烟瘾，也觉得她可怜，心疼她乖巧，就让她别顾忌了。青女有些羞涩，又有些扭捏，想想谭兴还要和自己厮守二十天，总不可能一直忍着吧。青女让她娘把那烟桌给她拿出来支好在烟榻上，又把她的大烟和老烟枪都一一拿出摆在那里，谭兴这才看着大大小小的玩意儿、各式各样精致的物件发了呆。

　　青女让他出门去转转，等她吸完再叫他回来。谭兴默默出了门，在院里心神黯然地踱着步子，这是他没想到的。这时他才想起，虽然青女非常漂亮，可她的脸色却是灰暗的，气息也是阴郁的，和他多年前第一次见到她时明净的脸色、气息完全不一样，原来她早就让烟毒给害了！谭兴想着心疼得不行，想他爱上她就一定得救了她才行！他急匆匆冲进房子，青女正半倚在炕上厚厚的被子上，握了烟枪，对着烟灯吸鸦片。她被他的脸色吓得丢了烟枪，呼地坐起身，嘴里含了口烟不敢吐出来，大大睁了眼睛不说话。谭兴扑上去半蹲半跪在青女榻前，一把将她的身子抱住，猛地摇晃着道，青女！青女！你戒了吧！俺要和你过到老，不想看你把命送在大烟上！你知道不？所有人抽上这烟，最后都是一个死字！

　　青女觉出他的声音里满是痛苦，他的怀抱剧烈颤抖着，她没想过，这个才和她做了一天一夜夫妻的男人，会这样爱自己！她羞愧了，用手指轻轻抚摩他的头发，谭兴渐渐平静了说，你戒吧！

　　青女无声地点点头。

　　谭兴又说，你得和俺过一辈子！

　　青女眼睛里含了眼泪说，好，一辈子！

　　两人商量着等谭兴回了学校，再多方打听青女这烟该怎么戒，因为确实有人因为强行戒烟活活戒死了。青女说冯老板给她买了些好鸦片，等她真戒掉了，就全丢在城河里去！谭兴说，那也是好药呢！

青女摆手说，快别说是药了吧！我那年就是因为咳嗽，怕耽误了上台唱戏，才让冯老板哄着吸上了！

谭兴托人给学校请的二十天假很快就过完了，见青女不舍得让自己走，便硬是豁出去一样多住了三四天。这时从学校来了人找他，说校长派人催他，让他即刻回校。这校长可不就是杨虎城么？谭兴一下子惊得醒了神，生怕误了重要的事情，赶紧给青女交代了一番，说眼前战事频繁，说话就要打仗了，让她若是在西安城里待得难受，就到谭家堡子去避避。青女却知道谭兴的爹娘并不赞成他娶自己的，便说自己难得自在，不愿去他家，只在西安等他就是了，让他一有空闲就回西安来。谭兴把身上的钱全留给了青女，和她依依不舍缠绵了一夜，第二天怕她要哭，谭兴一早不等她起床就出了门。

急火火走到一家粮铺跟前，谭兴见买粮的人拿着口袋和笸箩排了长长的队，只当是粮价涨了。不当事地又往前走，见茶叶铺子和点心铺子门口也挤了人抢着买东西。谭兴忍不住打听了，才听人家急急地说，你咋像是外地人一样？没听说刘屠夫领兵要打西安，家家都囤粮呢，去年关中麦子大丰收，粮铺都存的有粮，见人抢着买，钱涨得厉害呢！

听了这话谭兴赶紧撒腿就往回跑，青女刚刚睡醒，见床上没了他的人影，正一个人坐着伤心垂泪。她见谭兴进门，脸上还带着泪，却一下子跳下床，脸上笑得灿烂地搂着他脖子说，你不去了么？你就待在西安吧，你走了我怕呢！

谭兴苦笑了，心疼她空欢喜一场，便说，俺还得走呢！快让咱娘拿上钱跟俺排队买粮去！西安城到处都排着长队抢一样买粮呢，青女，怕是真要打仗了，咱前些天只顾上在屋里过咱两人的日子，也不知道外边闹成啥样了！俺不放心你，要么也甭买啥粮食了，你赶紧收拾，俺去给你寻个车，到谭家堡子住住吧？

青女不当事地说，真要打起来，阎良和西安才多近呀，你说哪里不打？你又不回去，我带着我娘去你家，你爹能让进屋么？

谭兴听她说得有理，便使劲儿抱了她发愁说，俺可咋放心你呀！真要打起来，你可一定别犟，去乡下，俺爹他们总还是顾大局的！

青女哀求道，你可早早回来，要么你带我去你那学校去！

谭兴说，那学校是杨虎城花钱办的，学员吃住和教员的薪水都是他自己出，俺刚和你成亲，还没和他们说起，等俺去了安顿了就来接你！实在不行，俺就在学校附近给你和娘租个房子住，可也得等俺先去了才能办呀！

两个人又流着泪分别了一回，老吴媳妇跟上谭兴去买粮，眼看到了晌午还没排到自己。谭兴急得直冒汗，老吴媳妇说你快去学校吧，我买了能拿回去，误了你的大事可就麻烦了！

谭兴瞅瞅前边排队的人，也真怕走得晚了，今儿到不了耀县，误了事责任就大了，他硬了头皮对老吴媳妇说，娘，真对不住了！俺虽是个教员，也是个军人，军令比人命大呀！

老吴媳妇笑了说，快去吧，我都明白，青女也明白！只是你有机会找人给你家里说一声，你在城里娶了青女的事……总该给她个名分！

谭兴从怀里摸出一个月前那张登了他和青女结婚消息的报纸说，俺早让人给俺爹送了一份，这是俺的，青女那张她留着呢。娘，俺走了你俩多小心！俺得空就回来了！

老吴媳妇可着手里的钱全都买成了粮食，又把些家里不太用的东西换了些红糖油渣之类的吃食。青女先还笑她自己吓唬自己，没过几天，听说城里拿着钱也买不到吃食了，她去街上看了，这下才算是信了谭兴说的话并不是为了吓她。她有心想要离开西安，先去得意社找了冯老板，门却闭着，打听了她才知道从她离开，得意社就关了门，冯老板早带了剩下的人回乡下老家了。青女听人说现在出城还来得及，却心里想了一回，也想不出可以投奔谁，她见没人可以指望，赶紧拿了跟冯老板赎身后所剩不多的一点儿金货，又把自己柜子里的衣裳找出值些钱的，干脆全去换成了鸦片。对她来说，饭可以一顿不吃，烟可不能一天不吸的。

老吴媳妇见别人都小心收藏那些东西，担心一旦打了仗让别人看出她家里只有两个女人，便在青女床下挖了坑，用几个大瓮藏埋了一多半粮食。从此两人商量了，深居简出，尽量别引人注意就是了。

耀县的三民军官学校却丝毫没受影响，年轻学员们见谭兴回来了，都高高兴兴和他打招呼。魏主任并没顾上责怪谭兴回校晚了，他拉着气喘吁吁的谭兴说，你算是来了，上头下了命令，让你赶紧加些实战救护的课，你从河南请来的老军医教得真好，你给他们说，多让娃们上手试试！

谭兴小声问，有风声了么？魏主任点头说，怕是要打了，听说刘镇华带了十万人往陕西来了！

谭兴就把自己在西安看到的情况说了一遍，魏主任沉重地说，其实这样也好，准备些东西，总比老百姓啥也不知道强呀。你不敢在学校讲这些，只在课上加紧些。杨虎城交代了，他随时派人来下命令，这些娃们就要真枪实弹和刘屠夫的镇嵩军打了！

谭兴心里压着这秘密，在学员们面前却没敢吐露。一连忙了几天，他把学校的事情和课程都安顿好了。因为这些军官们的吃住都是杨虎城自己花钱，学员也都有着报效国家的心，老军医就来汇报说，学员热情很高，进展很快。魏主任便满意地对谭兴道，杨虎城专门交代说一旦挑了学员去打仗，就让你守着学校和剩下的学员呢，他还真是没看错你！

听他这样一说，谭兴却立刻想起了青女，那不就没法子去看青女了么？更不要说去接她和娘来住了！

谭兴心里焦急，学校的事却多得他没空多想，天天学员都有事要他处理。他突然想到这些学员进了西安城，学校里留作上课用的医药器械和药品只有一点儿，他便赶紧催魏主任派人在西安先联络了管军需药品的部门，只等学员进城就能领出药品。刚把这事安顿好，从三原县来了一连的人马，捎来杨虎城的命令，说让魏主任和谭兴赶紧在学员里挑出一队人来，立刻从耀县往西安赶。

天呀！西安城竟真的要打了！谭兴惊了醒，却见那领头的连长是宝娃！

宝娃见了他，远远就叫，谭老师，你原来在这儿呢！快点儿挑了人给我，我们不能停歇就要去西安哟！

见他像个老熟人一样，魏主任只当他俩早就相熟，忙自顾着去拿学生名册，给宝娃挑人。宝娃压低了声音说，你真有本事！哼！

谭兴一怔，不知他这话的意思，宝娃压了更小的声音说，你在报上登的那结婚消息我见到了！没想到你娶了水玲珑，那天我在得意社门口见你时，咋没想到你有那本事呢？

谭兴听他声音里有恨意,便说,赶紧挑人吧,听说马上就得走?

宝娃从桌上端起水一仰脖子就喝干了,他用手背抹了嘴说,是呀,马上就得往西安走,杨虎城催得急,他怕你这些学员年轻,让我们把他们夹在我们连的人马里一起进城……怕是西安说话就打了!你咋安排?

谭兴心里的担心被证实了,他想着青女就心烦地摇摇头说,俺得在这儿守着学员,继续上课!

宝娃有些急了,你不在城里,水玲珑咋办?

谭兴也急了,骂道,他娘的!俺的媳妇,用得上你操心,快挑了人走吧!

魏主任让人拿来名册,又介绍了情况,宝娃便在里面选了一百来人,让立刻收拾行李往西安城进军。等在学校门口,谭兴和学校的教员们送宝娃和魏主任他们走,宝娃突然对谭兴说,你真的不走?

谭兴心里一震,狠了下心才对宝娃说,俺知道你也喜欢青女,可俺走不成!事关杨虎城的大事,也事关陕西的大事。要是真打起来,你在城里照应着青女行不?

宝娃没想到他会把水玲珑托付给自己,瞪了眼睛就怔住了,谭兴从他眼睛里看出吃惊,他便叹口气说,俺现在不能丢下这些学员自管自走了,他们是杨虎城花了大心思招了来培养的。你要是不愿意管就当俺没说吧!

他等了等没听到宝娃的声音,觉得心口堵得厉害,转身往学校里走,宝娃在他身后突然喊道,山东棒子!你放心,只要我能活着在西安打仗,就一定照顾水玲珑——我不是为了你,是为了你刚才那些话!

谭兴把青女住的南院门的院子告诉给宝娃,又威胁他说,你要打啥坏主意,俺知道了,要你的命!

宝娃咬了牙骂道,你让我替你照顾媳妇,还要用狠话吓唬我,当我是个瓜怂呢?我不管咧!我不管咧!

谭兴把他拉到一边说,她有烟瘾,要是你顾得上,帮她买些,将来俺把钱还给你!

宝娃叹气说,她咋也染了那要命的玩意儿!好吧,我想法子给她去弄!我劝你还是要她别沾大烟的好。

谭兴见学员们收拾好行李站好了队伍,冲宝娃喊,快走吧!任务完成得好，俺好好谢你，请你喝好酒！

宝娃见他给学员们交代着，和大家一一告着别，那些学员有的忍不住和他拥抱了告别。宝娃跨上马要走时的时候，回头一看谭兴，眼圈红着，他突然有了生离死别的感觉。

从谭兴让人把那张印了他和水玲珑结婚消息的报纸捎回家，谭彦章家就一天也没太平过。梅枝不懂得印了报纸，谭兴答应她当大房的话还算不算数，想想人家是西安城有名的女人，又漂亮又有钱，她就觉得永远失去了男人一样害怕，天天哭个不休。孩子见娘伤心，也都跟着哭，谭兴的娘哄了孩子又哄梅枝，怕她想不开。谭彦章见家里一团乱糟糟，却只能心烦意乱地在家里生闷气，他不愿声张了让谭家堡子的人知道。谭兴是他家最大的骄傲，现在出了这样的丑事，他说什么也不能让别人戳他的脊梁说他的短长！他埋怨自己那时竟听了谭兴他舅舅的话，让他去河南上那该死的教会学校，学那该死的军医。现在全堡子的人都安安心心在堡子里过日子，只有他硬要去西安娶那戏子。

他埋怨自己媳妇没把儿子捎回的报纸烧了，他本来不想让梅枝看见，让她知道自己的男人登报娶了另一个女人，她还咋样平平静静在家里洗衣做饭带娃娃？

想来想去，谭彦章披上衣裳就出了门，他要找守东说说这事。

刚进了冬莲家，谭彦章就急着说，守东呀，你谭兴哥出事了！

冬莲和儿子都瞪大眼睛，谭兴回来听戏那天还好好的呀。

谭彦章恨声说，哼！他和那个唱戏的水玲珑混到一块儿啦。这是报纸，他说他俩成亲了。这一对不要脸的！大爷想让你帮个忙！

大爷，你说！

谭彦章无奈地说，守东，你替俺去趟西安城，把那个货给俺们弄回来，就说他不回来俺自己可就去了！到时候俺和他俩拼死一堆！

谭守东见他真是生气了，赶忙扶他坐下，谭彦章却犟着不坐，压低了声音说，俺怕让谭福去说不动他！只好来找你！想着你在西安熟，又和他打小感情好，亲兄弟一样——这事俺谁也不想让知道，太丢脸了！谭家竟出了这么个见了女人就不管爹娘老子的货！

冬莲问，是水玲珑？那谭兴就和她住西安不回来了？

谭彦章长长唉了声说，要是他肯回来，俺还急什么？顶多算咱纳个妾，咱也不是养不起！可那女人有心计得很，居然也不要明媒正娶就过在一处了！俺怕谭兴从此学了坏，只知道和女人厮混，耽误了前程。

守东见他到了这个时候还惦记着谭兴的前程，不由也叹了气说，大爷，俺明天就去西安！你别生气，谭兴哥也是一时糊涂。

冬莲也劝说，就是，谭兴多懂事的孩子，水玲珑多招人喜欢，俺看他俩也是真心相处，你好好和他们说说，真把她娶回堡子，也是个喜事，谁也不会说什么！

听她这样说，谭彦章脸色才好看些，他从怀里掏了钱说，谭兴也没钱，那唱戏的女人八成是看上谭兴的人了。你叫他回来，那女人要是也跟着回来就好，要是不回来，你把这钱给水玲珑，咱也不欠人家的。

守东应了。谭彦章就把钱放在桌上要走了，临出门他又回头说，那天也没见他俩怎么说话，她就把谭兴的魂儿勾没了！守东，你去了就把事往严重里说，他俩要过日子俺就依了他，他可必须回来，把祖宗拜了，把爹娘认了！要不俺一家大人孩子都在堡子没脸活人了。

下部

西安城里的人只当刘镇华和他那专会剥削百姓、杀人性命的镇嵩军们被杨虎城逼出陕西就好了,谁知刘镇华却赴山西投奔了阎锡山,又去会见吴佩孚投靠了直系军阀。没隔几个月,刘镇华作为豫陕剿匪总司令,带了数万人马,沿着陇海铁路线东进,攻击了从河南撤回陕西的李虎臣的国民二军。一时,挫败的国民二军陕西兵们逃回陕西,路上被河南镇嵩军设的关卡拦挡屠杀,躲藏的陕西兵也没能幸免,只要被发现,立刻就让杀死了。人们传说着,说有的地方,只容许河南人通过,陕西兵便想学了河南话混在里面逃生,守着路口的河南兵只在纸上画一个圈,让过路口的人们读念,凡是读作"圈儿"的是河南人无疑,便放行了。陕西人却一律都读作了"圈圈儿",便不由分说送了命。

过罢阴历年,到了刘镇华带着他的十万大军从灵宝过潼关进陕时,陕西和河南的交通竟已是全断了的,路边陕西兵的尸体时能看到。

杨虎城任陕北国民军总指挥,为了不被军阀收编,刘镇华在陕西期间,杨虎城便率领部队离开西安到榆林休整,同时在三原重镇驻了兵力,又在耀县成立了三民军官学校,培养爱国学生。杨虎城部下多是共产党员,三民军官学校的魏主任便是创建了中共西安特支和西安地委的共产党员,他在军官学校发展教员,并在学员里挑选思想先进的青年,陆续发展成了中共党员。谭兴是他一直看中的,也写了入党申请,所以在重要时刻他急着把谭兴召回,又把学校和学员全部托付给他,自己才随着宝娃的连队往西安城赶去。听说刘镇华要犯陕,西安城内却只有两千官兵,杨虎城便在三原紧急开会研究对策,决定分兵西安、咸阳、三原,无论如何也要守住西安城。

杨虎城部的国民三军即编为国民三军第三师,他率着他的五千人马从西安北门刚进城,魏主任也和宝娃带了一队军医学员紧随其后进了城。此时,刘镇华的人马刚刚开往西安东郊,一心认为空无官兵的西安城里,一定早有士绅开了城门在迎候自己的镇嵩军。

从刘镇华攻城的枪炮声在西安老东关外响起,杨虎城便从北门进城,直奔东关守城迎战,并下令赶紧关闭西安城的所有城门。从此,西安城的人们听着轰隆的声响就再也没有了安宁。镇嵩军在西安东郊、三桥和南稍门强势攻城,本以为很快就能进城,没想到一连打了半个多月。河南兵们围着城墙,每天都时有激战,死伤了不少人,连城墙也被炸塌了好几处,城里的兵和老百姓却死守着豁口，城总也攻不下来。刘镇华又让人试着从城墙外挖地道，想用炸药轰破城墙，不想让老百姓看到了，守城的陕军立刻就在城墙头上开了火。刘镇华让人用三个棺材装了炸药炸城墙，也没成功，不管他强攻还是利诱，守着城的陕军铁了心一样毫不放松。刘镇华知道吴佩孚让自己当这个"讨贼联军陕甘总司令"，就是让自己消灭了陕西地区的国民军，再攻占了西安，就能一举夺取了关中。吴佩孚若收了秦陇，就进可南伐广东，退可据守陕甘要地，所以打下西安，是当下最大的事。刘镇华听人说杨虎城和李虎臣都在城里守城，便对着自己曾经当过八年省长的西安城琢磨着想，杨虎城在城里，不过几千人，加上李虎臣和城里原来的守军，怕也不过一万人，城里又不长粮食，还怕围不死他们？

有了"围"的打算，刘镇华并没放松攻城，在南稍门外的小雁塔、老东关、西北城外的红庙坡、大白杨这些重要的地方，布置重兵，反复争抢血斗。以至老百姓们虽被围关在城门里，却也天天听得到远远的厮杀声、枪声，战战兢兢知道这仗是一直都打着的，也知道为了这一城的人，每天不知有多少人要丢了性命。镇嵩军的"围"却不仅仅是重兵围城而已，河南兵们绕着西安城墙挖了深壕，又筑起土墙，在城门城角的地方，筑起炮台，重点围攻，一时间虽是西安城西门方向并没有被攻打，却是留着投降交城的人出去的。从此再无人能轻易进城出城，西安几乎成了被捆了炮仗轰炸却又一时打不烂的洋铁桶了。

西安城让围住的时候，谭守东正在城里的卧龙寺和德空师父说话。前一天他到了西安城先去得意社寻水玲珑，却见大门从外面锁了，门口灰尘很厚。打听了旁边的人，谭守东才知道，得意社好些天没唱戏了，人人都传说西安要打仗，那冯老板早就带了家眷回老家去了。谭守东就问水玲珑呢，人家上下打量他说，你不是西安人吧，她嫁了个军官还登了报纸呢！

谭守东问，人呢？

那人白他一眼说，不知道！人家俩过小日子去了，也没和我说！

谭守东见一下没了谭兴的消息，得意社又完全人去楼空，他就没了着落一样，在街上打了转转，想来想去没一个人能打问。天色渐晚，他就顺着钟楼往卧龙寺走，他想念他的师父了。反正今晚也找不到人，不如去庙里和师父喝茶说话，明天再做打算。

西安城里城外早就一派混乱，人心惶惶着。虽说西安这些年一直不太平，可守东见了路上人们惊恐的样子还是有些慌，心想，明天一早再寻不到谭兴下落，俺也得快回去了！

可是等第二天谭守东知道西安城竟然让刘镇华的队伍围攻的时候，已经任何人也出不了城门了。谭守东急得什么似的，和德空师父告了别就跑到城门跟前，却只能望了紧闭的城门着急，那门已经让许多石柱和石门墩、石碾、下马石、拴马桩完全顶挡住了。他不甘心，又跑着到东面的城门去看，也关得死死的，拉着石墩石鼓和各种石料的马车排着长队，军人们正嗨哟喊着号子，把那些石料堆在城门里头，已经小山一般高了。谭守东头里嗡的一声，心狂跳着发了慌，完了！他让关在城里了。

谭守东去了趟德济堂，药铺还在，东家和杨老先生却都在十来天前就回了老家。

在西安城被围得无人能进出的时候，西安城外远近的县里，许多投靠了镇嵩军的地痞恶霸都趁机横行霸道起来。他们中不少是刀客，有的是镇嵩军的河南兵，便在各乡各村去抢劫杀人，稍有不顺从便杀人放火，一时间，关中平原被烧杀抢掠得人人恐慌。

谭家堡子却因为当年防刀客盖了高大的寨墙，竟意外地躲过了许多可怕的抢杀。有人还正庆幸着，堡子里的人却早就盛传了刘镇华的人马还没围西安时，先血洗了长安关里村的事，那里也有个寨墙的！

谭彦章见人们传说得害怕，知道西安老城正被围着打得悙惶，就让把寨门紧锁，任何人也不许出入。他心里比谁都焦急，因为谭家堡子的人是山东人群居，娶来的媳妇也多是山东人，和那西安城没多大关系，而谭家堡子只有他家的儿子谭兴和冬莲的谭守东没在堡子里，他俩正是在西安城里的！

冬莲刚知道西安城让围住就急了，慌着跑去找谭彦章，谭守东去西安三天了，现在都没回来！

谭彦章心里火烧火燎一般难受，后悔自己竟然让守东去找谭兴，冬莲这辈子不就是守了这个儿子吗？

见冬莲完全乱了分寸，谭彦章不敢看她的眼睛，吭哧着说不出话来。他拿什么赔给人家呀！

看看冬莲又看看自己的媳妇，谭彦章抓上自己的衣裳就往外走。她俩赶紧拉住他，谭彦章说，俺去西安城！把守东找回来！

谁也拉不住像犍子牛一般健壮的谭彦章，他一挥手，对自家媳妇说，好好陪着冬莲！

冬莲说啥也不松手，谭彦章眼睛瞪得发红，大声说，冬莲呀冬莲，谭兴他真死了就死了，俺们还有谭福！你守了二十多年就守了个守东，俺偏偏让你那孩子去找谭兴，活活把他推进火堆里了！俺不去找，俺这心能愧死！你丢手！你丢手！

冬莲也扯了嗓子喊，俺不怪你！你要去了就是送死！说不定他俩就回来了！

香绣抱着孩子也赶来了，她见他们撕扯得混乱，哭着叫，娘！娘！

谭彦章被死死拽着，急得发狂一样大喊，让俺走！

谭彦章的门口很快围了一群人在看，大家就都明白了，谭兴和谭守东竟然让围困在西安城里了！

冬莲突然就松了手，对香绣说，你好好看着家和孩子，俺去找守东！西安城俺去了好几次，俺不怕！

她看也不看谭彦章和大家，转身就走。香绣急着小跑撵上她叫，娘！别走，我怕！

铁娃不知怎么了，紧张地看看奶奶，又看看娘。冬莲无奈地把铁娃抱过来，仰脸喊道，天爷呀，为啥呀！为啥呀！一天安生日子也过不成！

谭彦章硬是要去趟西安城，憋着口气就出了堡子上了官路。可是一路走着，他看到许多逃难的人们，他们惶惶凄惨的样子和已经被烧杀过的村庄让他立刻警醒了。这两个孩子已经在城里了，是死是活只能听天由命了，而他的谭家堡子，还有一大群人等他去安排去照顾呢！堡子的大门得守，真有乱兵们来了，他不能让乡亲们被活活欺负，他得领着男人们和他们干仗呢。这样想着，谭彦章就冲着西安城的方向深深看了一眼，转身又往谭家堡子跑了。

谭彦章回到山东堡子，立刻就大呼着让赶紧关了寨门，说外面真的杀死人了！冬莲听说他回来了，正要出门找他，就见谭彦章满头满脸的汗水冲她走来，走近了她才看见，他居然眼里有泪。她害怕了，以为儿子怎么了。

人们都以为出了事，谁也不敢说话，只围着看。谭彦章不管别人看不看，他把她的双手握在自己的手里,看着她的眼睛说,冬莲,俺给你发个誓,要是守东真有个三长两短,俺让谭福给你当儿子!俺的家产,谭兴那一份,俺全给守东的儿子!

这话是当了谭家堡子老老小小的一群人面前说的,冬莲听了却只是摇头,她想把自己的手抽出来,谭彦章却不许。他说,你原谅俺,成不?

冬莲终于哭出来了,俺从来没怪过你!那是俺的命!

谁知隔了一个多月,谭兴让人捎信说他没在西安城,却是一时也不能回谭家堡子,让他们放心。他又说西安城这仗一时半会儿完不了,让一定留好粮食,关好寨门。谭彦章说不出心里啥滋味,他让谭福看了那信,给堡子里的人传说了一遍才算罢。

他又去找冬莲,说了谭兴的信,他看见冬莲真心为谭兴好好活着高兴,心里就惭愧了。不等他说什么话,冬莲说,大哥,这是俺和守东的命,那时他才十三四岁就跑出家门到西安,不也活着回来了?还学了手艺和医术。俺总觉得,守东这次也没事!

眼瞅着西安城到了五月中就被合围得一时间动弹不得,麻老九本是陕西叛军,便在渭北由镇嵩军师长梅发魁的指挥下,向渭北三原重镇进攻。六月底,麻老九到了三原城下,不到两个月便包围了三原,泾阳和高陵一并失守,杨虎城在三原留防的人马被困。除了耀县的三民军官学校,西安与外界完全断绝了军用物资和粮食的往来。麻老九一时便成了渭北的土皇帝,昼伏夜出,疯狂地烧房杀人,淫掠女人。不管村里怎样一片火海,怎样哭号哀啼,麻老九谈笑风生,饶有兴致地教他的手下,咋样用扫帚蘸了油去点那屋顶,咋样只一刀就取了人的性命,还少见流血。他让他的手下把家道殷实的人吊在村里的大树上,教手下用热油滴烫那人,或用板刷把蜂蜜涂刷在人脚底,任猫狗舔食,不管那人惨叫得多声嘶力竭也不停歇,直至那人或那人的家人说出自家值钱的东西藏埋在哪里。没钱赎命的,他便让手下挖坑活埋了。一段时间,渭北的枯井里、人迹少见的荒地里,没人敢去行走,因为有时一场雨水,就冲刷出一堆被刀客们浅埋的腐化了的尸骨。

一时间,麻老九的恶名妇孺皆知,他凶残的事也家喻户晓了,镇嵩军的麻老九在渭北渐渐有了势力。

战祸不断，关中平原到了夏季却又是一个大丰收。麦子长成了，并渐渐黄了，刚刚灌了浆的麦粒还没饱满，农民们生怕这麦子在地里多长一天便多出一天危险，就不用和谁商量，纷纷下到地里把那还泛了些绿的麦穗收割了。可他们还是迟了，麻老九依了刘镇华的命令，要抢在麦收之前把农民家里的粮食抢走，防止他们送到西安城里。对于地里的麦子，实在抢不走，便放火烧了。若西安城里没了粮，都能挣扎着守了好几个月，要是他们有了粮食进城，那这城怕是一辈子也攻不下了！

连天的大火在渭北平原上着起来，农民们跪在地头捶了胸口长哭不起，眼睁睁看着烈日下的大火慢慢吞噬了一年的希望。满眼的麦浪噩梦一样被烧焦，成了黑灰焦炭，老人和女人们抱着娃娃在地头呆呆流泪，男人默默对着自己耕种一年的土地，把铁锨把儿几乎攥断，对着镇嵩军河南匪兵们手里的枪，却只好松了劲儿。

人们像鳖一样忍着气。

满原都成了死一般的焦黑色，大火在关中平原上吱吱啦啦烧了十几天，十多万亩的麦子终于全被付之一炬。人人都没见过这样烈焰翻滚火光冲天的场面，孩子们见到大人们眼里的绝望，却吓得连哭也不敢大声。麻老九领的人走了，苦涩难闻的焦煳味在平原上弥漫了许多天，人们觉得不光空气里是焦煳苦涩的，连每个人身上的头发肉皮也都是焦煳苦涩的了。人们整夜不能睡着，睁眼闭眼全是大日头下无尽的火光和燃烧着的麦子。老人们痛哭着哀叹，遭天谴啦，庄稼人眼睁睁看着把粮烧了。

没活路啦！

谭家堡子也没能躲过这样的劫难。人们的房子、地窖都在寨墙里，那田地却在寨墙外，麦地和麦地是一气连接着的，那火就一路蔓延着烧到了谭家堡子的地里。

谭家堡子田地最多的是谭彦章，他噔噔上了寨墙城门楼子，人们也都不由得跟上他，他冲着满眼的火光急促地呼吸，突然他就扑通跪倒了，大家就慢慢地在他身后跪倒了一大片。

对着拿枪的匪兵们，谭家堡子的人们一样也只敢缩在寨墙里，有谁登上寨墙上去看，呛人的烟雾里，成片的麦子正烧出几丈高的火光。谭彦章劝阻住要出寨墙抢收麦子的人们，让谁也不许开放寨墙大门。他说早就来不及了，没见拿了枪的兵就在外边，只等着进了堡子抢劫呢！麦子让烧了，明年地里还长呢，头让割了就完了！

人们虽是心疼，却还是明白保命要紧。他们看看谭彦章，也是不容商量的样子，便都咒骂着寨墙外的兵们不得好死，让他们下一世当饿死鬼才好！

夜深的时候，在寨墙上轮流值班的小伙子突然大叫起来，快点儿来呀，北堡子外边着火了，谁家的房子让点着了！

白天里心疼快熟了的麦子被烧，晚上闻着刺鼻的煳味谁也睡不着，大家很快就跑到寨墙上去看，果然见明晃晃的月亮光下，远处谁家的房子被烧得噼啪作响，火光在黑夜里很亮，冒着长长的黑烟。谭大个子眯了眼仔细看了，见那里竟是儿子贵子和海棠的房子，便急了，让赶紧开门救火。大家慌了手脚去开城门，城门闩又粗又长十分沉重，得两三个人才能抬起，人们正在忙活，谭彦章一路小跑赶到了。他赶紧止了大家说，怕是那匪兵们想要进堡子抢劫杀人！开了门他们说不定就进来了，堡子外那房子已经烧了，去也来不及了，哪怕咱们改天帮他们盖房，现在可不能开门！

见大家吵吵得厉害，闫老六说，外边烧起来的也不是一家两家，都是山东人，咋能不管？不行就把寨门开个小缝儿，让他们进来就行了！

谭彦章却坚持道，他们能进来，匪兵也就进来了，堡子里五十多户人家呢，人家打不进来，咱自己倒先开门了，就算咱都出去，一个人也救不了，还得搭上命！

爱娥便急了说，谭彦章你不能只顾自己，那房里住着俺儿子，眼看出人命了，你咋这么心狠！

谭彦章被她骂急了，见大家都要去开门，便扑在门闩上说，那房子已经被烧毁了，出去也来不及了！匪兵进来了，不光让抢走东西，一定会出人命的！

大家听他说得有理，见那房子说话间已经被烧塌了，知道这时出门也来不及了，便在那寨墙上观望。有个眼尖的小伙子说，幸亏没开门，你看那边！大家顺着他手指的方向看，远处挨着官路的地方竟密密麻麻有上百口人牵了马在那里埋伏，想是只等大家开了门便冲进来。老锹头一直扶着门闩，便松了气说，多亏谭彦章有主意，要不还不知要死多少人呢！

谭彦章让大家赶紧回家吧，小心他们往寨墙头上打枪！

大家还在观望，他又说，各家把各家的粮食都藏好，看这样子，河南人想把西安城围死饿死呢，咱离西安近，日子怕也就越来越难熬了，省吃俭用些吧！

大家知道他比堡子里的人都更有见识些，想想他说得没错，便都叹了气下了寨墙。爱娥哭得不行，还在闹着要去救儿子，谁家女人在人堆里说，闹啥呀，还不是自己把儿子活活撵走的？

第二天一早，人们在寨墙上看见贵子在堡子外面徘徊，他被打得满脸满身都是伤口，显然是和河南兵干了一仗。大家便在寨墙上叫他，谭彦章见那群人还守在那里，便让大家用绳把贵子吊上寨墙，爱娥哭着在墙头让贵子快抓住绳子。贵子却并不打算进堡子一样，他用奇怪的神气打量着墙头的人们，突然说，你们都高兴了吧，海棠死啦！

爱娥见儿子眼里全是狂热的仇恨，便冲他哭着说，贵子，快回来吧，娘再也不撵你走了！昨夜娘看见你的房子让烧了，要他们开城门救你，谭彦章硬是不让！你身上流着血，快回来吧！

贵子听了咬着牙一字一顿地说，谭彦章！你咋不死！你等着！

没等人们回过神，贵子便慢慢离开寨门走了。

过了几天，麦地里着的火全灭了，只留下乌黑的焦地被烧烤得干裂。谭家堡子的人们在寨墙上看到一直守在堡子外的匪兵们都撤走了，便在心疼之余有了不少庆幸，说多亏堡子里还有个谭彦章，要不和附近的高黄村他们一样，让河南兵们早抢杀得不成样子啦。

谭大个子和爱娥记挂贵子被烧的房子，寨墙门刚一允许被打个缝，他们赶紧去找儿子，见那天被烧的房子果然就是贵子家的，旁边还有几个茅草庵，也只剩了几根焦炭一样的黑棍子支着。而他媳妇海棠，却被着了火就塌了的木梁砸着烧死了。

那天贵子的肩上中了一刀便晕过去了，醒来时河南兵已经走了，只给他留下满眼正慢慢熄灭的残房，和被烧得面目不清的海棠。贵子在谭家堡子的寨墙下没走出多远就被河南兵们用绳绑了，驱赶着到了西安城外，和那些强拉来的民夫们一起挖深壕筑围墙。他忍着伤痛只默默干活儿，似乎行尸走肉一般，一起干活儿的人们见他脸上那疤可怕,一条腿还瘸着,整日除了挖壕也不说话,都叫他疤脸瘸子。

西安围城的这场灾祸,宋轩堂却侥幸躲过了。

围城前西安城里早就有了各种传闻,不少富商大户们得了可靠消息,赶紧离开西安城。在城外乡下有产有业的西安老户,就携带了家眷细软出城避乱去了,有的竟去了平凉或川地。城外许多郊县的人们却想西安城有个城墙,又纷纷携儿带女来城里投奔。一时间西安城里城外一片混乱,人人不知所措,只求活命。宋轩堂还在观望,他家的伙计秋生来寻他,说是爹娘带着一家人从灞桥来投奔,哀求宋家收留,因为他们那里是豫军进陕的必经之路。宋轩堂看形势确实不好,可怜人人为寻一处安宁之地,日夜不宁,他就心想要早做打算。宋轩堂老家在西安城西面的周至县,往年六月,宋家要出城到乡下避暑的,他让儿子在学堂告了假,带上两房太太和一儿两女,坐上春生赶着的大车,回到他爹在乡下的老宅院。走时他安顿秋生一家和内院、铺子的五六个伙计都留在城里看着家和铺子。

玉凤当然还是想雷打不动地在城里照应绸缎庄的生意,宋轩堂也不强她。到了临走那天,玉凤听二太太秋华说想回娘家看看爹娘,她从来都把宋家的财产看得贵重,就多了个心眼儿,怕那秋华和她的两个女儿把宋家的东西卷带回娘家,而那宋轩堂平时是一点儿也不管事的。她放心不下,便也决定一起回老家。

宋家老小回到乡下不过四五天的光景,就听说西安城让河南兵们围得铁桶一般了,里面的出不来,外面的也进不去。玉凤就庆幸她还真是有福。宋轩堂放心不下,想去看看,却还没走多远就见路上的许多村庄都紧锁房门闭户了,偶尔见到行人也是慌张惊恐不堪的,人人都传说刘镇华这次是要把关中人杀绝了!宋轩堂只好返回自家的村庄,让把家当细软重新藏匿好,从此过上了惶恐不宁的日子。

一等平静下来,宋轩堂就想到了冬莲。城里的铺子是不怕的,不过是些钱财丝绸,身外之物罢了。秋生他们毕竟是些伙计,就算是多年的交情,在这场灾祸面前,人人也只能认了命了。他不知道西安城往北的几个县有没有战事,也不知冬莲的堡子是不是平安,他就天天忧虑着,总惦记着她是不是平安无事。有时想想所幸冬莲有个人高马大的儿子，还有个厚实的寨墙挡着，宋轩堂的心里就稍稍能放下一些。

村里的人们只怕镇嵩军的兵们来杀人，宋轩堂却比别人更怕些，因为偶尔有传言来时，他就听说渭北的三原、泾阳和阎良最先被刘镇华打过占据了，那冬莲的村子不是就在阎良吗？宋家老爷子又整日担心，恨不得一家人打个地洞藏进去，因为邻村的一个乡绅来告诉他，各地最先受到抢劫打杀的人家，全是有财产和头脸的。那些河南兵不就是想要升官发财才来陕的吗？

于是，宋轩堂几乎日日都在他爹的唠叨和提心吊胆里过日子了。

西安的卧龙寺是西安城里重要的禅宗大寺庙，慈禧太后来陕西那年专门给卧龙寺拨了银子重新修缮了一回，她自己亲笔书写了"慈天悲日"，寺里把这手迹刻了匾悬在大雄宝殿的大门之上。

德空从那年被师兄德宽请到卧龙寺讲经就没再离开，一晃也在这里待了十多年。早在镇嵩军围城之前，德空便被德宽和方丈安排着见了杨虎城，两人一见如故，德空便说了许多对佛教和国内战争大局的看法，颇受将军赞许。西安名士康寄遥居士和卧龙寺方丈相熟，听过德空讲经论法，知道他有不少好见解，便也陪杨虎城来过几次。眼看城里被合围起来，城里不少士绅便有了开城交降的心思。西安城里十多万人口，城里粮食本是可以支撑半年的，谁料西安刚被包围，除了一万多守城的兵，又有几万附近灾民逃躲镇嵩军抢杀，竟也逃进城里。合围之后，再没一粒粮食进城，过一天城里的粮食就少一天。想要投降的人当然被他杀一儆百了，杨虎城也和守城的司令李虎臣一起盟了誓，若是刘镇华打开西安城，他杨虎城就自杀于钟楼之下，绝不苟活！

这话鼓舞了士气，却完全没法子退了兵。看着城外每天都在强攻，镇嵩军的人马并没减少多少，自己的国民军虽然瘦饿却依旧奋力守城，人们心里沉重极了。

东关自始至终都是镇嵩军进攻的重点，双方先后几次有过激战。镇嵩军的大炮连续轰击东关和大东门，炮声轰隆得震天响，西安人在城里吓得只当就被破城了。镇嵩军又筑了临时炮台，用麻包粮袋和棉花包掩护着，架着迫击炮和机关枪向城头上的陕西守兵猛射，一时死伤惨重。杨虎城赶紧调来他的卫队防卫东郭门，在城墙上挖了战壕，在城下也挖了深沟，这样国民军的死伤才算是减少了一些，镇嵩军的攻城立刻就没了杀伤力。

谭守东在德空的庙里住着，心里烤焦了一般急慌，却动弹不得。他干惯了活儿，闲得难受，就在庙里寻了要修的门窗板凳，摆在院里，一件件都修理好。过了十来天，庙里再没什么可修的时候，城里已经有了许多守城的伤兵，谭守东突然想，得赶紧去药铺子买些草药备着，闲着也是闲着，能治些伤兵也不枉被关在城里了。

德宽见他用小车拉回几车草药，赞许他想得周到。谭守东用的全是谭彦章让他捎给谭兴的钱，他受了鼓励，看见卧龙寺的外院里渐渐搬运来些伤兵在养伤，他见那些兵的伤口都是自己能治的，而这仗不定打到什么时候呢，他就索性把剩的钱全都买了药材。乌鸡是不可少的药引子，城里早在围城前就经过了多日抢买，街上很难买到吃的东西。谭守东让小和尚替他满城寻找，说是要养些备用。小师父们都守了杀戒，坚决不肯去，他好说歹说也不行。谭守东就急了，领他们看他正在医治的一个守城时从城墙上摔下来的兵，他的胳膊断了，因为谭守东给他糊了药，现在已经不太疼了。

谭守东让小师父们自己想要不要帮他寻乌鸡，德空师父见他和小和尚们说道理，他们却犹豫着不愿意去，就笑了说，你逼着修行人开杀戒，真是罪过！不如试试没有这个活物药引子，那药还有没有效果？

谭守东只好试试，明显有很大差别。小和尚们见伤兵们着实疼得可怜，便只好答应想法子去帮他寻。花了好多天的工夫，也只寻到了两只，谭守东当宝贝一样让人好好养着，不敢轻易就用。他看到小和尚们跪香忏悔，也觉得自己让出家人造了杀业，他就和他们跪在一堆，念念有词说，自己是为了救人才害乌鸡的性命，将来这药救了人命来抵鸡命吧！全抵账了！

和尚们就都说他说得不对，善业结善果，恶业结恶报，哪有抵账的说法呢？

受了谭兴的委托，宝娃从四月十八日随杨虎城进了西安城，虽是萦系着要去看青女，却根本没一丝时间能走开。他一直领命带着自己的兵在城墙上修挖堑壕，一直忙了一两个月，才在南面城墙上挖好了壕沟，能让步兵们藏伏在里面攻打城下的镇嵩军了。城墙上白天晚上不停歇地干着工事，他却得一直去监督，军鞋也比别人费得厉害。等工事结束，他才腾了半天时间请了假，到南院门去寻找青女。

谭兴给青女租下的小院，东家是老林两口子。老林家院外带一个不大的磨坊，是西安城里的老户。西安城里进出货物都靠骡马拉大车，用得起大车的人家都算是阔人，赶大车的车把式拉货总要停车歇脚，把骡马喂一喂，天晚了有时还要住宿一晚。老林还有铺子，开在西安城里的热闹地方，有很大两个院子，门也大，进出牲口和大车都方便，每天几乎都有几辆大车卸下骡马在院里休息，老林专门雇了几个小伙子照应那些牲口。老林的儿子小林靠给西安城送水为生，天天拉一匹大马，从甜水井里打了水，嗒嗒地顺着西大街、南院门、北院门和钟楼去送水。西安各家院里大多有井，却是只能洗衣的苦水，小林这营生做了多年，他和他那匹大马啥时候来，基本上人们可以用来估算时间的。

老林在院里开这个小磨坊，却并不是当生意做的，他家除了自己几口人，还有雇来的几口人，加上进店的车把式，天天都要吃饭，也就天天都要把麦子磨成面。可是，从围城起，天天热热闹闹卸了骡马让喂草料，再给自己来碗面的车把式们少了，后来就完全绝了迹。而来磨面的女人们，也越来越长时间才来一次，拿来要磨的粮食也是越来越少了，人们都一再要求，让老林想法子把磨出的麸子全混在面粉里。老林再没有麸子留下了，而且，不知从哪天起，热热闹闹的骡马车店和小磨坊里全都没了声息。一个人站在空荡荡的大院子里，瞅着那一溜光光的大通铺，老林觉得自己真想哭。

河南兵把西安围住，开始天天攻打的时候，青女才叹息着，老天竟也给她了一个月的幸福，才让她重又面对这困境。而她不久之后就发现，她竟怀了谭兴的孩子了！

可青女已经不能再去谭家堡子避难了，因为西安城连一个人也逃不出去了。有人告诉老吴媳妇说，刘镇华刚攻城时，还有人往城外逃，却都被抓住了，男人让抓了差，被河南兵们押着挖西安城墙外的壕沟，女人们都被那些狼一样的兵们拉去糟蹋了。青女吓得更不敢打逃出城的主意，她在屋里听着城外时松时紧的轰炸声，连门也不敢出了。

在隔壁的小院子里，青女和她娘天天紧门闭户在屋里，不敢出门。有几回,呼啸的炸弹就打在附近的人家院里,那炮和墙倒屋塌弄出好大的声响,吓得她俩抱头缩在床下,看也不敢看一眼。这样过了些天,青女就惯了似的,听着枪炮的声音,也一样坐在屋里,心烦得厉害时,她就让娘锁好门,在屋里轻声唱上几声戏,伴着隆隆炮弹声,算是排解了一些憋闷。

青女家对面的老关爷家虽然也是西安老户,还开着杂货铺子,却把日子过得紧掐得多。城里人家不比庄户人家,本来就没有囤积粮食的习惯,几个月围城下来就慌了。他一家人重男轻女,觉得闺女总是赔钱货,又比男娃饭量小,孙女闹着说饿也没人理,给她盛饭时只给一点点,那孩子竟给饿死了。老吴媳妇偶尔出门买盐,见老关爷家的门上挂了烧纸和纸钱,又听老林媳妇说了,才知道这事。她回去给青女学说了,俩人看到街上死的人也是老人和小孩子多些,觉得像是老人和孩子更不经饿一样。说着说着,她们更怕了,觉得存粮本就不多,见这城又围个没完,她们就都尽量吃得稀些。开始一天三顿饭,隔了一两个月就改成两顿,馍和面条也都基本停了,稀拌汤是青女和她娘天天重复不变的饭,就连咸菜丁也是数着切上几粒。老吴媳妇见青女天天只是惦记着谭兴,知道城不解围他是进不了城的,便劝她多吃些,别亏了肚里的孩子。青女却反应很大,吃些什么都要吐酸水,她自己时常也去厨房看看面口袋里的苞谷糁和瓮里的咸菜还余了多少,虽是知道自己床下还埋了两瓮苞谷面,却还是自嘲道,幸亏怀了孩子吃不下饭,要不这存的粮还真不够吃呢!

青女给自己备下的鸦片,尽管她省着吸,也是快要没有了,她就几乎总是没精打采的样子,实在难忍时,她才吸上几口,只当是压一压那瘾就好了。

老吴媳妇见她总是不想吃饭,只靠烟维持着,脸色渐渐发了黄,人也更细瘦了,她担心得不行,便鼓了勇气用小布袋装了些粮食,去老林家或是对面开小铺子的老关爷家换了些干鱼咸肉鸡蛋之类的稀罕物,给她补充营养。青女虽是怕她娘出事,却吃了那些她娘精心给她做的好吃的,一点儿也没有吐,倒把胃口打开了一样,天天总是饿。老吴媳妇这才放了心说,这就对了,要是怀了娃倒连饭也不想吃咧,别说娃,就是你也不知道咋活呢!

她俩都担心青女的烟瘾,怕这瘾会耽误肚里的孩子。从守城开始,青女就刻意减少吸食大烟,实在难忍的时候才抽一筒,她实在怕孩子生出来就和她一样有烟瘾,又怕那烟不节省着吸,哪天断了,她的命也就差不多断了。

青女越是怕自己吃得多，存粮没了就只等着饿死了，越是嗓子眼儿里像养了馋虫一样，时时都想着吃，常常娘刚收拾了碗筷，青女就觉出饿了，巴巴跟到厨房看她娘洗碗。饭里没啥油水，碗也几乎被她俩舔过了，就没啥可洗的了，老吴媳妇见青女的眼睛在空锅里瞅着，知道她又饿了，便后悔自己刚才该少吃几口，省也该给青女省出几口来。青女不许她再去换鱼换肉了，老吴媳妇到了做下一顿饭，还是不舍得多舀一点儿粮食，依旧照平时的量做好，却给自己碗里少舀些，青女多吃了小半碗，依旧是早早就饿，却没有那么馋了。老吴媳妇便渐渐饿出了胃酸疼的毛病，她不肯和青女说，生怕她发现自己在饭里做的手脚，闺女不是亲生的，却已经支撑她多活了这十多年。她这辈子最亲的人就是青女了，能让青女好好活着，过得高高兴兴，老吴媳妇觉得，哪怕自己把命搭上也是高兴的，又何况小半碗饭？

听着从未有过响声的大门竟被一连声地砸响着，青女先是一惊，不等娘说话，突然就叫道，谭兴回来咧！

青女打开大门，却大出了意外。只见宝娃穿了军装，戴了军帽，正满脸汗水站在门外。她呆着不知和宝娃说啥好，宝娃却依然是他那大大咧咧的样子，笑着就从她身边挤进了院门，踱着步子打量着打扫得干干净净的院子，又看见墙角堆着的一堆墙砖灰土，想是院墙被炸塌了一角，她却没劲儿弄出去了。老吴媳妇赶到院门口，见宝娃自顾自打量着院子，青女却手拉了门闩发着呆，便大声问道，你是谁？来找谁？

宝娃见她不认识自己，便笑了说，姨，我是水玲珑的戏迷呢，去得意社看戏，没少给她披红送花钱！你不认识我，她认识！

青女没好气地说，我现在不唱戏了！你没事请走吧！

宝娃摇晃着脑袋喷喷道，西安城得意社的名角儿，看看！竟藏在南院门的小院子里过小日子呢。男人不在，你倒真能收了心！要知道你图得不过是这些，我咋也要娶了你，也轮不上他谭兴咧！

青女正要翻脸，听他说起谭兴的名字，忙警惕道，谭兴咋咧？

宝娃见她突然紧张起来，心里嫉妒，却道，他不放心你，怕西安城打起来你没依靠，让我看看你！

青女听了和娘对视了，老吴媳妇问，我那女婿咋会让你来看他媳妇？

宝娃便把自己那日和谭兴在耀县分手的情形说了一回。他说，谭兴是条汉子，西安城围上了，他在耀县军官学校管的是大事，急得要死也绝不可能回来看你们咧，我虽然恨他先娶了你，可我答应替他照应你就来咧！

他说着把手里提着的小半口袋粮食放在老吴媳妇手里说，赶紧腾倒出来，我还要这口袋呢——我好不容易弄下的粮！杨虎城在城里搭了粮台，专供军粮，这是我用军饷买下的高价黑市粮。平时把院门锁闭好，别让歪人把粮抢咧！下次有人叫门，问清楚再开门！

见他像个主人一样交代着，青女突然对他有了些好感，特别是他带来了谭兴的消息，让青女几乎绝望的心里一下子充满了希望。老吴媳妇犹豫了一下，又看看青女，才接了那口袋到厨房去倒粮。青女慌着让宝娃进屋里坐，宝娃笑着在院里的石凳上坐下说，谭兴他狗日的倒会享受，弄这么好个院子……还娶下这么好的你！他倒是敢下手！

青女嫌他说得难听，便说，谭兴信任你，让你帮我，你可别在我面前说他的坏话！

宝娃说，他不信任我，兵荒马乱他又能找谁？你倒护着他，他也想着你，那我是个啥么？我早就说要娶你，你都不愿意，是我比他谭兴长得低，还是比他长得丑？

青女看他黝黑端正的脸，高大的身板，虽不及谭兴肩宽体壮，却也瘦得精干，便忍不住笑了说，还说那话做啥？看你这脚露着趾头，我给你量个鞋样，抓紧给你做双鞋，也算谢谢你给我们送吃的！

宝娃惊喜道，鞋？我天天在城墙头上转着看他们挖战壕，脚不停地走，铁鞋也能穿烂！好么！做鞋就做鞋！谭兴不在，我也享受他媳妇给做下的鞋！

老吴媳妇见他人倒是好心，却嘴里爱说闲话，便赶紧止了青女说，你不敢蹲在地上，我给他画鞋样吧！

宝娃这才发现，青女竟是怀了身子了，他默了声音，重新坐下，青女觉出他心里不好受，便找话说，这仗打得咋样？啥时能完？

宝娃摇头说，不好说，人家在外头围着打，咱已经断了把粮食和弹药运进城的路，兴许啥时候有人从镇嵩军的外围打他狗日的，咱就能解了围，凭咱在城里打，唉，打不出去呀！

宝娃和青女坐在院里说了一会儿话，心里萦系着城墙上的工事，便站起来要走了，说他啥时候有空了再来看她俩。

城被围了三四个月的时候，就到了七月，西安城里已经有了饿死的人，走在城里的大街上，路边三三两两伸了手讨要吃喝的人，蓬乱着头发，虚肿着双眼，只求活命。上个月，谭守东去找了军医院，人家见他懂医术，立刻留他治伤。忙了许多天，他带去的草药用完了，就回卧龙寺去取。在路上经过时，听那些人哀求着说饿，他的眼泪也想要滴下来。早晨天气就已经开始闷热了，谭守东顺着城墙根走着，突然见到路边倒伏着一个人，尸体早凉透了。谭守东蓦地怔住了，盯着那人黄瘦的脸竟转不开眼睛。

难道这城是早就不该守的么？自古以来，无论是谁来占领，百姓们都只是求活下去。若国家兴盛君主英明，便是难得的盛世，逢上老天照应风调雨顺没有战乱，老百姓的日子稍强些，交了租税，还能混个肚子饱，这便是难得的好日月了。若是君主昏庸奸臣当朝，再赶上旱涝不匀、战祸不绝，老百姓除了逃荒要饭又能怎样活命？可眼前这饿死在街头的男人，却让谭守东的心绪乱得厉害。

守一个死城值得么？

老百姓要的只是个活字，图的不过是一口饭食，苦心巴巴硬要让他们磨耗了生命一起守城，到底是功还是过呢？

谭守东一路苦苦地想着，心里纠缠得不行，一抬头，已经回到了卧龙寺。寺庙里却比街上还热闹，抱着婴儿的女人大声吆喝着喊饿的大孩子，让他们别踩到睡在地上的老人。谁家的孩子哭个不休，她的奶奶却靠在墙上，大张了双眼对着天空发呆。寺庙的院里有几棵大树，树叶早就让师父们断断续续摘了熬在稀面糊涂里吃完了，德空见徒弟们剥刮树皮，正在劝阻，说树活皮人活脸，树没皮明年就得死咧！再想想别的法子吧！

谭守东招呼道，师父好！

德空见他来了，丢下那几个徒弟来迎他。谭守东随他进了禅房，德空笑说，城里柴火紧张咧，我也没热茶水招待你咧，你就喝凉白开水吧。

和师父对脸坐下，谭守东便想起路上见的那倒伏的尸体了。他默默喝了口水说，师父，现在守城也有四个月了，要是开始就不守，不过是刘镇华重新主政陕西，老百姓却死不了这么多。你说俺这样想对不？

德空师父说，杨虎城真是磊落，豁出命就冲进这是非火汤里受煎熬，西安城里的百姓遇上他和李司令，是多大的福气！他们不守城老百姓就不死了么？佛家说，人都有宿命因果，各人尽各人本分就是了。我看这城再围下去，要解围，从西安城里是不太可能了！

谭守东点头说，是啊，得靠外围才行！俺懂了，俺回去呀，赶紧给伤员治伤重要！

两人默默走到寺门口，德空突然说，古人说得好，兴，百姓苦；亡，百姓苦！你好好救人就是了，想来这就是你学医的机缘和宿命呢。

西安城南的南稍门外，是千年古刹荐福寺，大唐时修建的小雁塔就在这里。这里是南门外的制高点，对攻守西安城都有着重要意义。于是从镇嵩军开始攻打南稍门，陕军就死死地把守着这里，激战了好几次，寺庙也从陕军手里到镇嵩军手里来来回回争抢了五六回。原来庙里香火旺盛，僧人很多，现在却只幸存了二三十个和尚，眼看两军把这里作为必取之地，他们依旧天天念经做功课，不肯离去。陕军占领小雁塔时，和尚们在残墙破门的庙里不走，一场仗打下来，镇嵩军又控制了这里，和尚们依旧在漫着硝烟战火的庙里不走。被枪弹打死的和尚和两军军人便被他们不分别地堆在一起，每日做完必修的功课，就是给眼前的亡灵、城里饿死的饿鬼做超度。

守城的官兵远远看到小雁塔反复被两军争夺，使大唐时期的古塔上被炮弹轰打得满是眼儿，不禁觉得罪过深重，可这塔已是被镇嵩军在十来天前就占领了的，陕军不得不强攻重新把塔抢回来。听着瓮城外响着炮弹声，腰粗的老树被炸得失了火，路上行人被流弹打得挣扎惨叫，高宝娃和他的营长气得重重呼吸着。营长让炮兵、骑兵和步兵各两个连的兵力守备南稍门，另派兵力守瓮城东侧和西侧。通过种种观察，国民军的首领们都分析说，今天贼兵怕是要攻城了！

营长瞅着城墙上的官兵都忙碌有序地准备战斗，对高宝娃说，今天一定拿下荐福寺！等他们一旦攻打，就加强火力一边死守，一边派你的骑兵连抢下小雁塔！

宝娃赶紧给他行了军礼，营长！骑兵连副连长高宝娃保证完成任务！

营长说，上次在黄河渡口硬顶着没让刘镇华打回陕西的骑兵排排长，就是你吧!

宝娃见他记得这事,高兴地点头说,是我!那次你说给我记个功,让我当了骑兵连的副连长!

营长也笑了说,宝娃,待会儿好好打!等攻城的贼兵和城墙上的守兵打得热火,你就赶紧领人去抢占了小雁塔!占了塔,这场仗就算是赢了!到时我好好奖你!

宝娃兴奋得脸通红,双脚使劲儿一并,大声喊道,宝娃记下咧!营长放心!

正午时,镇嵩军对着南稍门发起了进攻,顿时,掩护进攻的火力如织,四公里长的拱城立刻被炮火和枪弹的硝烟笼罩了。国民军们一早就有准备,见城头被炸得尘土飞扬,马上按照部署投入战斗。青壮年市民们也拥上了城头,排成人梯传运石头,不断有人受伤倒下,立刻就有人顶上他。攻城的镇嵩军一心要拿下攻了多天未能占领的南稍门拱城,在一轮又一轮的炮轰枪击中,镇嵩军的河南兵们渐渐攻到了城下。古老的城墙被炸毁了许多地方,裸露出干黄的硬土,上面布满大大小小疮疤一样的枪洞。有时一阵猛攻强轰之后,从城墙上掉下几个被打伤打死的兵。国民军修挖的深壕便炸坏了,被埋的伤兵被人挖出来,黄土人一样,身上慢慢渗着血。可是还击的枪声一直没有停歇,近处的贼兵便被从上而下砸下的石头直接要了命,一时间,远处的炮声不停,却没人再敢靠前了。

这场仗打得艰难,停歇了三两次,又骤然开始,一直打到下午,镇嵩军才抬了众多的伤兵,终于放弃了进攻,全线撤退了。宝娃一直和他的骑兵连整装待发,趁着贼兵撤退的烟雾未散,他等营长一声命令,便带领着一队快马骑兵迅速往小雁塔赶去。留守的镇嵩军正在关锁寺里的和尚们,宝娃骑在马上远远对着他们打了几枪,那些兵便仓皇着要跑,宝娃挥手一指,身后有弟兄们早拍马撵上用枪上的刺刀把他们都捅死了。

因为这场仗打得漂亮,宝娃果然得到了他想要的嘉奖。营长说,你想要啥就说,尽量让你满意!

宝娃笑着说,我想要两个热忾忾肉夹馍吃!

营长一怔,也笑了,只当你小子要官当呢,你倒实惠!去吧,去灶上领去吧!就说你打下小雁塔,奖你的!

宝娃怀揣了那两个肉夹馍,下了城墙就往南院门跑,他闻着肉香和馍香,几乎能馋死,却努力着强迫自己不去闻那味。走着路,宝娃却觉得肚子饿得发烧,而嘴里全都是酸水了。路上的店铺大都闭着门,坐在街头的老头儿饿得只有一口气了,斜靠在墙边,宝娃不敢看他,生怕自己忍不住把馍给了他。宝娃寻了个没人的地方,怕引得路人来看,把手伸进怀里,摸索着在那馍上揪下一块,赶紧丢在嘴里细细嚼着,立刻肉香和馍香就盈了满口。他突然想起,从今早喝过稀面拌汤,吃过一个锅盔夹咸菜,他打了一天仗,竟是啥也没再吃!嘴里的馍几乎没经他嚼几下就没了,他犹豫了一回,口水很快就蓄得要流下来了,他忙咽了,下了个决心,才把手伸进怀里又撕了一块肉夹馍。这块却比刚才那块大些,他丢在嘴里大口咬嚼着想,吃了两口,那馍怕是只有半个了吧!宝娃见路上有人看他吃东西,知道这对饥饿的人是多么大的煎熬,宝娃迅速把馍吞下。快到南院门时,他想,我吃也吃了半个了,不如全吃了吧,这样的仗我打了也该奖赏自己的。宝娃站在青女家的门口,把那剩下的半个馍三两口就吃完了,他心满意足地抹抹嘴叫,青女,快开门!

青女隔壁是房东老林的院子,老林的儿子拉了水车刚要出门,见了他骤然变了脸,慌忙退了几步,咣地关上门,压了声音对家里人喊,门外有个当兵的!别是来抢粮的!

宝娃却听得分明,他有心砸开那户人家的大门解释清楚,却听那人院里像是翻盖东西一样乱作一团,还听见女人叫了一声却立刻被捂住了。宝娃突然想到,前一阵子,有不少守城的兵实在饿得难忍,就偷抢了大户人家的粮食,被发现阻拦的,还打伤了人家。人们见守兵抢粮的风气越来越厉害,就告到军营,被严罚重管了才算是刹住了那风气。宝娃听那院里没了声息,想想人家一定是让抢东西的兵吓怕了,便重新敲了青女家的门。

这次宝娃攻下小雁塔再来南院门,是西安城七八月的天气,正炎热,青女显了怀,穿了她娘给她改制的衣裳,坐在院里看书。院里的树叶早让老吴媳妇揪光了,树梢上嫩些的树皮也被剥下来吃了。西安城里的树都是这样子,被饥饿的人们捋光了叶子,因为没有烧火的,许多人把树枝砍了去晒了当柴烧。宝娃瞅了那树,知道青女和她娘过得艰难,便默默从怀里摸出肉夹馍,递给青女说,白天听见南边打仗了吧?我去占下的小雁塔,营长奖给我两个,我吃了一个,给你留了一个!快吃!趁热!

青女不敢相信地盯着他手里的馍,他便笑着塞在她手里,青女咽了口水,声音却很大,她羞了,掰了一半给他说,我和娘吃半个,你再吃半个!

宝娃不敢看那馍,赶紧推辞道,我真是已经吃过咧,你俩吃吧!你这身子,应该吃些好的……唉,能给你的只有这了!我们军里也改成一天两顿饭咧,饭也越来越稀咧。

青女把那半个馍递给娘,她却接了说不爱吃肉,还是留着给青女明天吃吧。青女咬了一口,宝娃立刻笑了,赶紧问,香不?

青女边嚼边笑着点点头,宝娃心里美滋滋的,咽着口水说,快吃快吃!

青女忙把馍递到他嘴边,宝娃一怔,便轻轻咬下一口,小声说,我只当和你吃了个交杯馍!

青女见他省下这馍巴巴跑来送给自己,心里感激着说不清啥滋味,听他爱开玩笑,一时觉得自己委屈了。又觉得谭兴没个音讯,自己怀了孩子竟也没法子告诉他,大颗的泪滴便滴在馍上,宝娃只当自己开的玩笑惹得她不高兴了,忙摇了手说,青女,我是开玩笑呢!你可别哭了……你这一哭,我就慌了,再也不敢乱说了行不?

青女却哭得更大声了,老吴媳妇慌着来看她说,咋啦?哭啥?

宝娃深深低下头,不敢说话,青女抹了眼睛说,想起谭兴,我心里害怕,说起来就想哭了!

她娘说,谭兴他没在城里,该是没事,怕也急着进不来看你呢!宝娃在这时候还能记挂着你,真是不容易!我去给他做碗燃面咥,在队伍里怕是也吃不上白白面了吧!

宝娃知道粮食紧得厉害,哪儿舍得吃她们的饭,赶紧说吃饱了,回去灶上还有饭,别浪费了粮食。

青女让她娘别忙活了,自己慢慢给他端来碗水说,你喝水!

宝娃接了碗问,近来没啥事吧!

青女笑了说,只是饿!别的没啥!你听说谭兴的消息了么?

宝娃摇头说,没有!我在城墙上打仗,没见过谁。你别急,他在外边比西安好,也不会饿着!

青女不好说她想谭兴想得厉害,只低头笑了笑。宝娃见青女的娘脸色黄得很，比上次瘦得多，而且她眼泡肿着，像是虚肿了一样。他暗暗吃惊，见青女的脸色还好，便趁老太太进屋去，低声对青女说，你娘病了么？我看她气色不如上次我来时了！

青女被他一提醒，等她娘出来时忙仔细看了娘的脸色，果然是大不如前了，自己一直和娘待在一起，竟完全没注意到。她慌了，赶紧问，娘，你身体没啥吧，宝娃说你瘦了！我也觉得你脸色不好！

老吴媳妇用手摸了自己的脸说，现在城里都有人饿死咧，还管啥瘦不瘦呢？

宝娃便笑了，又闲聊了几句说，我过些天再来吧，得回去咧！

青女送他到门口，他压了声音说，你可小心些，城里饿死的人都是先像她这样黄瘦下去，人再浮肿起来，便麻烦了。家里是不是没粮了？

青女吓得说，粮倒是还有，可这城围得没个日子，谁也不敢就把粮吃尽了！我也看出来了，她总是说不饿，吃得越来越少，我从今天就盯着她吃饭呀！

宝娃仔细打量了她说，天天看的都是死人，看你还是这样好看，我心里还好受些……青女，你知道我天天在想啥不？

青女怕他胡说，赶紧推他出门说，快走吧，打仗小心些，别老挤着往人前头钻，人放松懒些，子弹就打不上你！

宝娃被她推出门外，那门就关了。他听着门闩插上的声音，有些不舍地说，我学不来那奸懒的样子，那样的兵，我早就拿枪把他毙咧！你家谭兴在军官学校管着大事呢，你咋不教他学懒？我走呀，有他的消息我就找你咧！

八月上旬，在南稍门一战失利的镇嵩军配制了几十部云梯，在重炮的掩护下又想从东北城角登城，杨虎城部的第二游击支队司令孙蔚如，率领官兵和贼兵近身肉搏，血战之中，双方死伤都很惨重，镇嵩军受了重创，刘镇华一时不敢再做强攻的打算。

城里的伤兵越来越多，谭守东就再也没休息过一天了。德宽师父也被请到军医院去治伤，他就让谭守东专门来医治骨伤的伤员。谭守东把自己带来的中药让帮忙的几个学生分类保管，又让几个学生找来石臼泡中药砸药。对于需要接骨的伤员，他并不搬动，在原地用针先扎了伤员止血和止疼的穴位，才用手在伤口里摸索着接对上碎骨。他没有乌鸡可以用，便按自己试验的新法子，只用那二十一味中药细细砸成稀糊，包在树皮内膜里，包扎在伤处，外边用小木棍包扎上，伤员都觉得疼痛顿时减轻了许多。见他和自己问着受伤时的情况，双手却迅速在自己伤口里摸索，伤员都吓得只想推开他，却没有多疼便听他说骨头断了还是碎了，都接好了，只要别乱动，一半个月就长住了。

一连忙了几天，被谭守东治过的伤员都觉得有了好转，疼得也轻多了，他用和德宽师父商量出的方子也试着治了几个重伤员，各家医院便都传说有个山东中医，专会接骨治外伤，和德宽师父一样医术高超。于是，许多医院都来了车要接他去给伤员治伤。于是，谭守东让接到城南被征做军医院的一个大院子里，据说是专门给军官们医治伤痛的地方。

又过了一个多月，刘镇华的队伍已经围了五个月了，西安城里的存粮和弹药都越来越少，西安城里饿死的人越来越多，街上再也看不到一条狗了。早在前几个月，所有的猫狗和鸡都被人们打杀后吃了。有的人家挖开屋里的老鼠洞，挖出也是饿得干瘦的老鼠，当作宝贝一样也吃了。所有的树木，都被人们剥了树皮砍了树枝煮了吃下，那树就白森森只剩下几根干硬的老树干，突兀地挣着伸向天空。人们存下的真正的粮食早吃尽了，中药店的药材、油渣也成了抢手的东西。青女和她娘早就把地下埋的那些瓮里的苞谷面挖出来，省着也吃完了。算算肚子里怀的孩子已经五个来月了，她的肚子却依然并不大，人却瘦得厉害，倒像个细瘦的枣核。她娘心疼闺女怀着孩子可根本没吃饱过，而且眼看屋里就要断了炊，她不敢再在家里等，便把青女留在家里，一个人出去走走，打算找找有没有舍饭的棚，给青女要些饭回来也好。幸好青女的烟还没断，老吴媳妇担心哪天青女受着饿，再没了烟，可怎么活。

老林现在常常在自己的大车铺子里或磨坊里发呆。以前他以为开个磨坊自己家就方便了，远近人家图近，也常来磨面，老林更多是图磨面筛出的麸皮能喂骡马。所以老林家院里靠着墙的地方，常年都有骡马吃不完的麸皮装在大麻包里，一二十个堆得小山一般。

西安围城时间不长，老林的大车店便基本停了生意，小林送水的活儿也少多了，磨坊却每天还不断有人来磨粮食，却都让把麸子掺在里面。老林的骡马被守城军征买走了，不用再喂了，倒也不在乎磨不出麸子，可是随着镇嵩军在城外挖了沟注了水，又修起围墙，像是不把西安城的人围困死就不罢休一样，老林就开始惦记他那十几麻包的麸皮了。

他是西安老户，家里存粮多，但还是让媳妇每天做饭时搀进些麸子，说是细水长流。后来西安城的街上乞讨的人多了，还有了饿死人的事，他便下了决心，让儿子赶上送水的车，把那装着麸子的麻包往儿子在甜水井的家里运了几车，又在院里挖了深坑，埋了大瓮，装了十来袋。又过了一两月，街上饿死的人渐渐多了，许多人家粮食绝尽，老林家却还有粮食，他并不打算把这些东西当作买卖，只是怕这城没完没了地围下去，他家也有断粮的那一天，这些麸子还能派上用场。

老关爷知道老林家的麸子，他见青女家快要断粮了，已经把青女的棉袍也拿来换了一捧红苕干，他便指了老林家的门提醒她可以去要些。老吴媳妇知道老林家有麸子，虽然以前那是喂牲口的东西，现在却也能卖钱，她在老林家门口犹豫着，却终是张不开口。正要转身走开，老林媳妇却在院里见了她，叫住她说，老吴媳妇，你有事么？

老吴媳妇便鼓了些勇气说，家里没啥吃的了，我……我闺女怀着娃，我想着，能借些你磨坊的麸子不？

老林媳妇早猜出她意思，平时见她娘儿俩在院里从不出门，知道是正经人家，不是饿得紧了绝不会开口求借的。她笑了说，那麸子倒有，也给了几家街坊了，可那吃了划嗓子呢，你闺女是个细致人，怕是吃不下吧……小林媳妇，去给你婶子装上些！

老吴媳妇强笑着一个劲儿谢人家，嘴里说，说啥细致人的话……还不知道往后日子咋办呀！

她看老林媳妇好说话，忙慌着跑回家拿了个口袋，小林媳妇给装了小半袋子麸皮让她背上走了。青女见了，怪她不让自己去。老吴媳妇说，你是个人物，咋能去借吃的？再说你怀了娃，也不敢动劲儿！这下好咧！这些麸子掺和在粮里能顶些日子咧……可咱现在剩的粮还没麸子多呢！

过了一天，老吴媳妇觉得自己体力越来越差，想想还是得给青女多找些吃的才好，她又出了门。西安城里的景象却让她胆战心惊，早先路上有饿死的人时，还有人去抬埋。后来死人多了，因为那时天气炎热，当天尸体就胀起来，死人很快烂了肚肠，发出令人掩鼻的恶臭，人们便怕传了瘟病，虽是饿得无力,还挣扎着把那些尸体拖到角落没人的地方,堆作一堆盖上灰土。可现在入了秋,天气渐冷,镇嵩军在城外围了六个多月,竟像是永无解围的希望了,人们都知道自己早晚也和那路上的人一样会死,不过多活上三天五天罢了,街上的死尸就再也没人去管了。只有谁家门外的尸体挡了门,才会被拖拉到一边,顶多给身上盖半张烂席。老吴媳妇一路走着,眼泪淌个不停,她已经半饥半饱地熬了几个月,心里并不把死看得可怕。老吴那日死在庙里时,她只当自己就走到了绝路上,没想到青女硬是寻下活路,唱成了个名角儿,让她也跟着吃香的喝辣的,穿过好些料子衣裳。她觉得这辈子值了,并不觉得自己屈,心里却禁不住替青女难过,那闺女这辈子算是找下个心爱的人,却只过了一个月可心的日子,就要怀着孩子自己熬这苦日子。她听青女夜里哭过好几次,劝却没法子劝。家里绝了粮断了炊火,青女怀的孩子不过六个月大,就算她竟活下来,孩子也生下来,这城不解围,她和孩子往后的日子咋办?

老吴媳妇没知没觉一路想着心事,流着泪走到钟楼,心里只是放不下青女。她到得意社去了趟,见大门关闭得严实。她知道自己时日不多了,走着路头昏着脚下轻飘得像踩在软稀泥里,她也知道,自己的腿脚浮肿不是三天两天了,近来时常眼睛也看不清楚,这些都不是好兆头。见路上没多少活人在走,她便心急起来,只盼着自己死之前,能给青女寻下一丝生路,往南门方向走时,她便想起了宝娃。

宝娃见她巴巴找来,含了泡眼泪絮絮说了家里绝了粮食青女可怜的话,他并不意外,略一沉吟便让她先回去,说自己忙完去看她们。老吴媳妇见宝娃也瘦了许多,便叹口气,后悔自己明知道他也没啥办法,却硬是来为难人家。

回家的路上,她已经累得只想立刻躺着了,却觉得胃里的酸水直冲嗓子,她摇晃着扶着墙站住吐了几口,心口才觉畅利了些。她闭眼歇了会儿,见脚下有具尸体,便忍不住多看了两眼,见是个老太婆,头发花白,一只鞋穿在脚上,另一只脚却没了鞋,缠脚的布带脏污得不像样子,长长地拖着,老吴媳妇突然就怕了,自己要是死了也一定是这样子罢?她一下子来了劲儿,赶紧挣着往家里走,生怕自己走着走着就倒下死了,她不想让青女着急,她死也得死在家里。

青女正在家里生了火熬谭兴的牛皮带,她见实在找不到吃的东西了,便翻捡了谭兴的包袱,见里头竟有两条上好的牛皮腰带和一个牛皮枪套。她一下子来了劲儿，忙用热水泡了，用刀刮洗了上边的漆字，放在锅里熬煮。她听人说纸是草浆做的，便把自己留作写信用的好信纸和包东西的草纸早交给娘，混着杂粮煮吃完了，这下子又找到这几个宝贝，虽是只能顶个三五天，却总比硬硬饿着强。

她正在忙活，听娘进了门，就兴冲冲说自己竟找出谭兴的牛皮带和枪套，老吴媳妇却提不起劲头儿一样，只往自己的屋里走。青女见她走路摇晃得厉害，上台阶进屋时，竟抬着腿却迈不过去，忙扶住她进了屋，这才发现娘浑身打着抖，眼睛全看不见了！

青女慌着把她扶上炕叫，娘！你别吓我呀！我熬了牛皮带，过会儿就能吃了！

老吴媳妇摸索着拉了她的手，微弱地说，我娃不哭，听娘有话说！

青女忍了眼泪说，娘，你歇歇气吧，你不该出门去！

老吴媳妇指了自己枕的木凳枕头低低地说，这里有个小暗抽屉，你拉开……

青女拉开那暗屉，里面有个暗红的布包，老吴媳妇哆嗦着手接过来，却抖着咋也打不开，她递给青女说，这里是你给我买的金戒指，还有个小银锁。

青女哭着说，还管啥戒指！我只要娘呢！娘！你可好好的，支撑些，我这就给你盛汤喝！

老吴媳妇用眼神止了她说，来不及咧！拿上戒指去换些吃的吧……我托你的福，比你爹多活了十多年，早就值咧！可我放心不下你，怀着孩子……谭兴也不在……我还有个事要给你说……说……

青女见她说话气力越来越小，知道娘真的要离开自己了，心疼地哭着说，娘呀……娘！

老吴媳妇摸着她的头发说，我娃别哭，当心肚里的娃……娘对不起你，一直没和你说，我不是你的亲娘……我……我是和你爹在渭河边唱戏时……有个姓张的媒婆把你抱来，说是知道我俩没娃，你爹娘都死咧，那时你说的一口山东话……我知道她说的是骗人的鬼话。可我和你爹喜欢你，就留下你当自己亲女养，这小银锁那时就在你脖子上挂着呢……你那么争气，唱成了名角儿，我也跟着你过了十多年好日子！可我……可我心里……愧得不行！我怕你找你亲娘不管我，我就没和你说这事……你……你不恨我吧？

青女听得怔了，喃喃道，娘你没说胡话吧……

老吴媳妇凄然一笑说，我青女比谁都亲呢，我没那命，生不下你这样好的娃，可……可老天爷倒把你送给我们咧！你记得谭兴那堡子的山东女人么，人们都说你俩长得像的……我……我觉得她怕是你的亲娘！

青女顾不得细想，见娘出气越来越重，眼睛也渐渐没神了，她伤心地哭叫道，娘呀，我的亲娘！你可不能撇下我，你走咧我咋办呀！

老吴媳妇渐渐闭了眼睛，嘴里却还絮絮地说，我走咧，我娃可别抬埋我，别动了……胎气……你看你长得多高……我想……你和你男人谭兴一样，也是……是个山东人……

宝娃又忙了两日，突然想起大前天老吴媳妇来找他的事，赶紧把自己平时省下的干粮包了，又见杀了匹战马，给每人分了块马肉，便到青女家看看，打算送了马肉给她。

他却没想到老吴媳妇已经死了，一直停放在她那西屋的炕上。宝娃把青女劝说了一回，她却只木木地发着呆，瞅着她娘出着神。

宝娃劝道，再熬熬吧，谭兴他肯定也急呢！我媳妇怀娃的时候，老人都说不能生气哭，要么孩子不好生下！

青女哑声问，你媳妇给你生下几个娃？

宝娃强笑了说，生了三个……我要知道你肯嫁人，说啥也等着你！倒便宜了谭兴！

青女没嫌他说这话，叹口气说，我到现在也不后悔嫁给他！可我……我后悔……

宝娃问她后悔啥，她只摇头，把头在墙上使劲撞，对着她娘在炕上躺着的地方又哭起来，宝娃说，你这样没完没了地哭，自己早早就先完咧！我过会儿走咧，你一个人可要想开些呀！

青女说，宝娃，我娘说……说我是她和我爹抱下的，说谭兴他们村的冬莲姨，像是我亲娘！

宝娃摇头说，你这样好咋是她的娃？你不知道她儿子谭守东多厉害，我还没报那一镰刀的仇呢！

青女忙说，你可别想着报仇了！人家为了你离家出门好几年，过得多可怜，算了吧！你不觉得我和他娘长得像？

宝娃细细一想，不禁也说，是呀，你这一说我就觉得你俩是长得像！而且，你和那谭守东也像呢，特别是眼睛！你的个头儿和性子，倒真和谭家堡子的人一样呢！青女，你看你在城里只是一个人了，不如我想法子把你送出去？

青女怔了怔说，我听说河南人在城外围得紧呢，出去也是个死吧。再说，又咋出得去？

宝娃说，有人出去过，河南兵也有贪财的，要想出还是能想法子的，一两个人说不定能走。

青女摇头说，我不走，我怀着娃，能走到哪里呀！

两个人唏嘘着，宝娃算算老吴媳妇死的日子正是来找过自己那天，他心里也不好受，便找了床破被子把她的尸体包了让青女帮自己背上。青女问他把娘的尸体往哪里背，宝娃说，西安城东北角有个荷花池，近来都把死人往那里抬呢，也没个坟，倒是比在家强呀……我出门找个车拉上，把你娘拉去，你一个人好好的吧！

青女一脚门里一脚门外，送宝娃背着人出了门，她看着宝娃吃力地背着人的背影，突然哭出了声音，大声说，宝娃，我下辈子只盼还能碰见你！

宝娃没听清，往前走着喊，快锁门吧！不敢再哭咧！

老林媳妇在门口正给一个老街坊装了麸子，送那人出门，听那人絮絮地道谢，她说别说谢的话了，也没真正的粮给你，倒只是些麸皮，你还谢啥！

她一抬头，见青女大着肚子扶着门在哭，便吃惊道，这女子咋咧？那人背的是谁？

老关爷在铺子里见青女只哭不说话，便叹气说，省些劲儿别哭了……现在人人都是过一天算一天，一早醒来先想想是活着呢还是死咧呢，不过一口气的事情！唉！

老林媳妇对青女说，是你娘么？

她见青女哭着点头，便红了眼圈说，唉，她不是前两天才借了麸子说掺了粮吃呢？

青女失声痛哭道，我娘……不舍得吃，硬是……饿死咧！

老林手抄在袖子里，从屋里出来，叹道，现在都啥时候了，还不舍得？

第二天，宝娃不放心，又抽了时间来看青女，谁知青女正在发烟瘾，头发面色枯槁得可怕，眼泪流着，鼻涕吊着。她哆哆嗦嗦靠在墙上，指甲在墙上抠出好些道道。宝娃猛地想起谭兴那日说过她有烟瘾，便问，你的烟还有没有了？

青女摇头。那烟就算她再节省着吸，也用完了。宝娃见青女憔悴得很，便劝说她小心肚子里的孩子。

可青女连听的劲儿也没了，难受得使劲儿撕扯了自己的头发，手指缝里就抓下一缕毛绳一样没有光泽的头发，她哀哀地哭着说，难受呀，这烟瘾要把我活活磨死了！早知道我一个人受这罪……

宝娃按住她的手说，这烟早晚得戒！

青女突然挣着跳起来，推他快走！宝娃知道她怕发烟瘾的样子被自己看到，可他担心她出意外，又怕她用了力会伤了胎气，只好顺着她。青女把他搡出门去咣当关了大门，又上了闩，宝娃隔着门缝见她顺着那门就溜着倒在了地里，像猫一样啊呀地叫着，用头撞着门。宝娃急了，拍门叫，青女！

青女挣扎着说，滚！

他在门外煎熬得不行，可他再叫青女也不理他，只听里面"叮叮咣咣"乱响。晚上宝娃又来了，青女听说是他，哑着声音让他走，他说他有个东西，给了她就走呀。青女以为是吃的东西，他却小声对着门缝儿说，是烟！

青女惊喜着开门去看，手却抖，一把抢过，急得把包的纸都撕烂了，宝娃替她打开纸，里面是块黄油纸，再打开，果然是鸦片！

那烟顶多不到一斤重，青女却恨不得把鼻子全塞进烟里，她急切得声音都直了，快！快！快让我吸一口！

宝娃看她挺着肚子，瘦得像个细枣核，双手捧了那烟就慌忙跑进屋跪伏在炕边，等不及去铺摆那些家当，赶紧搓了烟泡去烧。他不敢再看她，怕青女在他心里的美好全完了。青女只当他不存在，跪在炕边吞云吐雾，好一会儿才想起他，却见宝娃已经走了。青女落寞地把烟榻慢慢收拾好，重新侧身躺下，却不舍得再抽了。这城不知围到哪一天，这些大烟不知撑得到哪一天。她想到了小桃红，又想到谭兴，赶紧闭上眼。

可是，宝娃怎么弄到大烟的呢？他竟然会有钱？

到了十月，国民军不得不打算突围了。李虎臣和杨虎城一起坐镇城西北角的广仁寺，亲自指挥国民军千人与镇嵩军激战三日，一度占领了大白杨和潘家村，最终还是因为弹药用尽死伤了无数国民军，又退回了城里。

宝娃也在这场突围战斗里受了伤，头上身上腿上好几个地方流着血，却还不太要紧。他的右上臂被炸得几乎要断掉了，骨头也断了，只有一半皮肉还连着。他带的兵知道他时常到南院门去送东西，又见青女她娘来找过他，只当他的家眷在那里住，便去通知了青女。她吓得赶紧披了衣裳挺着肚子跟着那人去看他，见他疼得不行，浑身都在流血，脸皮像白纸一样没了血色。青女知道失了血的人都怕冷，把自己的棉袍给他披了，宝娃挣扎着对他的弟兄们笑说，看！这是谁？

大家见是大名鼎鼎的水玲珑，虽然瘦得不成样子，还怀着孩子，可都吃了惊，宝娃得意地说，和你们说过我和她有交情吧！

他见大家都羡慕地看青女，就嘿嘿笑着对她说，我没事……就是……就是这胳膊疼得厉害……怕是这胳膊要断咧！

青女见他那胳膊出着血，血人一样虚弱却还不忘向人炫耀，便顾不得旁边的人，只管哭着说，你还说笑话呢！还不让人快治！没了胳膊可咋办？你要疼死了！

宝娃冲旁边的人得意地说，看，女人就是这，见啥都哭！

他说是这么说着，见青女伤心着，心里却觉得温暖，便犹豫了一下，把手轻轻放在青女肩上说，好咧！你小心你的身子，现在城里没药也没几个能治伤的人……只有忍着排队等咧！

青女却突然说，我去谭家堡子找谭守东！

宝娃一怔，眼窝子就热了，他忙扭了脸，怕自己忍不住眼泪，现在谁能出了城？你有这心我死也甘心咧！

有人说，连长！人家说南门里的军医院里有个山东中医，有秘方，要抓紧送去看看呢！不敢耽误了！

青女立刻要去，宝娃却凑近青女，没伤的手搂在她肩上，小声哀求说，不急着去！你给我个面子，给他们唱一段吧？

她回头看，见伤兵们都是破旧的衣裳肮脏的脸，有的包着绷带，有的伤口正流着血，连个药也没有，只在活受疼，心里就软了说，行嘛，那你说唱个啥？

旁人早就等她同意呢，不等宝娃说话，大家就七嘴八舌点了戏名，有的说唱个《穆桂英》，有的喊唱个《白蛇传》，青女听人人喊的都是自己的拿手戏，就知道他们早就听过她的名声，心里更难受了。

宝娃说，别吵别吵！让我巴结一下我营长，看他想听啥。

他的营长头上中了一枪，一条腿断了，血也止不住，这会儿正躺在角落里的床上，一会儿昏迷一会儿清醒，大家都知道他怕是活不过今晚，不过是在熬时间罢了。宝娃让营长点戏听，其实是想让他临走前得些安慰，大家不忍说破，都说好呀，就让营长点戏，人家水玲珑能来给咱唱，多大的福气！

营长疼得只是抽气，迷迷糊糊听人们叫他，便呻吟着说，……啥……事？

宝娃让青女到他面前，营长强把眼睛睁了条缝看见了她，却不认识，他发着呆。宝娃便说，这就是得意社的头牌水玲珑呀，人家专门给你唱一个，你想听啥和她说！

营长没见过青女，却听过她的名头，就说，水……玲珑呀！我……我……

青女见他挣扎，忍了辛酸轻声说，你想听个啥，我唱给你听！

营长微弱地笑了说，快……死了，我还有这命！听说你断桥唱得好，就唱个……《白蛇传》吧？

青女便调整了情绪唱起来：

  旧地重来到，

  叙事难追索；

  官人不见面，

  恩爱如刀割；

  冤家若分娩，

  何处是巢窝；

  仰面把天怨，

  天哪！天哪！

  你杀我白云仙太得绝情了！

人们听得专心，有人流了泪，青女在房里轻轻踱步，门口的人赶紧让开了，门外居然满满的都是人，谁也不说话，都退在墙角，把路给她让出来，青女默默哭着，挺着肚子唱道：

西湖山水还依旧，
憔悴难对满眼秋，
霜染丹枫寒林瘦，
不堪回首忆旧游。
想当初，
在峨眉，
一经孤守。
伴青灯，
叩古磬，
千年苦修。
久向往，
人世间，
繁花锦绣。
弃黄冠，
携青妹，
佩剑云游。
按云头，
现长堤，
烟桃雨柳。
清明天，
我二人，
来到杭州。
览不尽西湖景色秀，
春情荡漾在心头。
与官人真乃是良缘巧凑，

> 谁料想贼法海苦做对头。
> 到如今夫妻们东离西走,
> 受奔波担惊慌长恨悠悠。
> 腹中疼痛难忍受,
> 举目四海无处投,
> 眼望断桥心酸楚。

她把满心满胸口的痛苦全唱在了戏里。陕西兵哪个能不爱听秦腔呢,随着她的唱腔,人们都入了戏,差不多就忘记了伤口的疼痛,而青女,大家早以为她就是那多情善良的白蛇了。

一出戏喝完了,大家还静默着,宝娃高声吼道,好!真好!爷给你披红挂花!

大家都知道他是在开玩笑,过去他在得意社听戏也总是这样大吼着给青女捧场,那时他有真金白银。可今天,这声音却悲壮了,人们都哄地笑了,说他还当自己是大爷呢,宝娃就也笑,却听有人猛然叫,营长!营长!

青女赶紧去看,只见营长脸上浮了笑容,闭着眼睛一动也不动了。

青女见军队里伤兵虽有碗饭吃,却根本没人照管,宝娃伤口疼着,伤兵们也都疼着,总有不停的呻吟叫疼声让人心烦。她和宝娃商量了,又和人家说了,把宝娃接回家去照顾,让人送些他份里的粮食。回去了一天,宝娃就发起了烧,伤口的血止了些,却渐渐流出黑水,青女急了。

宝娃就拉紧她的手,直直看着她说,别傻了,我活不长了,你好好陪着我,我这辈子就值了……只怕我哪天死咧,就断了送粮,你可咋办?

他说着就哽咽了,青女哭着说,你那天问我后悔啥,我不肯说……我后悔过去错看了你!

宝娃有些意外,却又得意地说,那你能嫁给我不?我是说,我要是能活着!

青女见他真是爱自己,心里也觉温暖,便噙了泪笑了说,那你再也不会花钱听戏去了!我少了个大买主。

宝娃说,谁娶了你还让你去唱戏,只在家给我唱就好了,谁也不许看你一眼!

他做了个凶狠的表情瞪了眼青女,她就装作害怕的样子,靠在他肩上,两人都笑了。宝娃脸上又抽起来，青女知道他疼上来了，连忙止了笑，宝娃说，我不想看你穿成这丑样子！我想看你穿好看些，脸上画上些，多漂亮！

青女笑了说，那又有什么好，你是喜欢那戏装呀！回头给你一件就是啦。

宝娃摇头说，那多没身段，我对女人很挑的！你上次登在报纸上的照片里那件黑旗袍就不错，我把报纸买来，把那姓谭的撕掉，天天都能看！

青女见他说着却全身都疼得发抖，就凑在他耳边小声说，你上次拿的烟我省着吸，还有一点儿，你要疼得忍不住，我给你吸上一口？

宝娃瞪了眼睛看她，青女见他的意思是责怪，就小声说，我看你疼得不行……这仗打也打不完，多少人都饿死了，横竖早晚是个死，我想让你少受些疼。

他摇头说，不成！那玩意儿我不碰！我那天看你受罪，心都疼碎了！我把半年的军饷都搭上了才求爷爷告奶奶买了那些大烟……你知道不，要是让人知道，我的脑袋都得掉！军里有规定，碰大烟者，死！

他的那个"死"字是咬得恶狠狠说出来的，又斜了眼睛看她，青女赶紧捂了他的嘴，怕了说，呀，那咋办！

宝娃疼得咬了牙，却呵呵笑着说，你还是想办法少抽！往后没钱再给你弄那东西了。你要不想死，别抽了！

青女站起身说，我不能看你熬疼，我去南门里的军医院寻寻，你不敢再耽误了！

镇嵩军的人马在西安城外围攻了六七个月，三民军官学校的政治部魏主任赶到泾阳、渭南、华县去组织农会，和镇嵩军斗争，配合西安守城。等魏主任回到耀县，谭兴早就要急疯了，魏主任见学校里的学员走了三分之一，剩下的一直没有停课。他见谭兴不过半年时间，竟是苍老了似的，知道他费心支撑学校，便问他学员们的口粮咋解决的。谭兴急着想听西安城里的情况，说他让学员们分批回家取粮，有的学员见西安城让围得严密，竟没再来校。

魏主任说，不管他们，这样不坚定，将来也靠不住！你把留下的学员管得这么好，真是有功劳！这可是杨虎城司令在西安城外不多的力量了。现在形势太紧，办学的钱和粮都成问题，杨司令让我赶紧回来把学员解散了，怕刘镇华的人知道了，这些人便危险了！

他把西安城这几个月的情况说了一遍，谭兴听说城里的国民军突围总也不成，死伤了许多战士，缺医少药，凄惨得很。近两个月，城里几乎每天都饿死几十人，街上死尸遍布，街巷里许多家里都有死人无法抬埋。西安城已经快要成死城了！谭兴早知道西安城的情况不好，却没想到竟成了这样。他无力地坐下，觉得自己的膝盖也在打抖，青女和她娘靠那点儿粮食哪能支撑到现在呢？

他含了眼泪说，魏主任，俺求你让俺进城吧！俺再也等不及了！

魏主任怔了怔说，你这时竟要进城去？李虎臣司令和刘镇华在城头交涉，求刘镇华让城里的百姓出城去求生，刘镇华都不许，有自己逃出城的，全用枪射死了，没死的也让吓得重新进了城！现在要进城，得靠花钱买通河南兵，弄不好说不拢也得丢命！

谭兴说，让俺去吧！俺一天也不等了！俺不怕死！主任，你那时说了共产党的好处，让俺入党，俺信任您，觉得那是救国救百姓的，俺就写了申请！你那时让俺从河南回陕西，说这里共产党人多，要成立军官学校，俺立刻就回来了！你和宝娃走时让俺守着学员留下，俺也听你的，现在俺只求你让俺去西安，你倒不答应！

听他说得几乎眼睛发红，魏主任便说，你咋这样激动？我并没说不让你进城！我有任务让你办呢！

谭兴立刻高兴道，俺一定完成任务！

魏主任便说，现在任何物资也进不到城里，受伤的国民军战士都在活活忍受。有条路可以试试，有人进去过，城北边修堑壕的民夫，看他们河南兵贪钱，给了钱差不多就能进城了，有人买了路进去过，你可千万小心！现在城里一斗麦子值一百二十多块大洋，连油渣也三十块大洋一块！你做好挨饿的准备！尽量带些粮备上。

按着魏主任的安排，谭兴停也没停就赶到了西安城外。天还亮着，他不敢到那城壕跟前，远远见城外已经修成个围墙，绕在西安城外，便在附近找了个废磨坊待着。苦熬到天黑下来，谭兴把怀里的饼都藏好，只带了一条咸肉，装作要卖的样子往城墙边走，见远远过来一队人。他以为是当兵的，忙躲起来，那些人过来，他才看见只有两个河南兵，押着十多个陕西民夫，扛着铁锨和镐，满身疲累地正走路。河南兵呵斥他们道，娘那脚！脚底下拌蒜，还不快点儿！

谭兴本想等他们过去，没想到黑暗里那河南兵却看见了他，慌忙叫起来，是谁！快出来！还藏得怪好哩！

谭兴只好慢慢从大树后出来，赔着笑脸说，大哥，别打别打，俺是山东人！过路的，怕挡了你们的路！

河南兵听他一口山东话，便骂，过路哩？在城边过路？你胆还怪大哩！山东棒子，你知道这是啥地方？

谭兴忙从怀里摸出一盒香烟递过去，河南兵高兴了，一人抽出一根点上，顺手把烟盒装进兜里。谭兴突然看见被绳捆着连成一串的陕西民夫里，有一个高个男人正抬起头来看他，借着河南兵点火的光亮，他发现那蓬头垢面的男人竟是谭贵子！

他赶紧扑上去拉住贵子的手问，贵子！你咋在这里？

贵子像是好久没说过话了，瞪着他的脸，低哑地说，谭兴哥……俺让抓来了！

谭兴一把握紧他的手腕，对那河南兵说，他是俺兄弟！俺得带他走！

河南兵骂道，你兄弟咋啦？不想活了，快滚！要不连你一块儿捆上挖壕！

谭兴一手拉着贵子不敢丢手，一手拉着那河南兵，赔着笑脸说，兄弟！俺做个生意吧！你说他值多少？

两个河南兵对视着笑了说，你倒是个聪明人，俺们得收工回去了！

谭兴看出他俩不想当着陕西民夫面商量这事，便心一横，跟着他们边走边说，那好，兄弟！俺们等会儿说。

贵子见他危险，就挣了手说，谭兴哥，别管俺，你快走！

谭兴却犟上了说，不成，俺见到你了，咋能让你一个人和他们走？

到了那些民夫们的住处，两个河南兵和谭兴商议了贵子的价钱，谭兴不敢嫌钱多，便掏了钱，让赶紧给贵子解开腰上和脚上的绳子。趁着两个河南兵高兴，他凑上前小声说，俺们再做个生意，俺想进城，你有法子没？

河南兵怔了怔，警惕说，你是做啥的？

谭兴装得没心没肺说，俺们山东人只是爱兄弟爱朋友，做些生意混口饭吃！城里现在缺吃的，俺不过想贩些饼和肉进去发点儿小财。等卖了东西赚了钱，俺出城时还能孝敬你们呢！

见他说着撩了衣裳，露出怀里藏着的咸肉，河南兵低声笑道，你还怪精哩，有这打算还不早说，快点儿掏钱吧，趁今儿黑没月亮，俺们又有闲时间，就和你做个生意——可得先交钱啊！俺们多长时间没见过肉的面啦，割下一块吧！

他们不由分说掏出刀子切下一大块肉，谭兴赶紧从怀里掏出钱来塞给河南兵，趁黑就往城墙的拱城跑。

他见贵子已经让解开了却还傻站着，就边跑边对贵子说，快跑！回堡子去！

在来之前，谭兴已经听说这些看民工的河南兵有时也不守信用，拿了钱照样会把人打死。他就拼命往城墙根儿的黑暗里跑，紧紧悬着心，随时等着子弹要了他的命。突然，身后枪声砰砰响起，谭兴全身汗毛都竖起来了，他听到谭贵子闷声大喊着什么，回头看，见贵子正和两个河南兵撕打在一处，陕西民夫们也围了上去。谭兴不敢耽误，一路狂奔到了城墙根，紧贴城墙冲城头的国民军兵用秦腔喊，快拉我上去，我是国民军的人！

城里的伤兵都分散在西安的几个医院里，却根本没有药治，能治伤的医生很少，忙着的多是护理的人，不过给他们喂些水，喂些饭，根本治不了他们的伤。谭兴进了城，到了魏主任说的医院，见许多伤兵的伤口都臭了，有的人疼得直嚷，哀求战友给他一枪送他上路。奄奄一息的兵们浑身是伤，失神的眼睛呆呆盯着窗外，身上爬满了苍蝇。他解开一个伤兵包在肚子上的布，一股馊臭味儿立刻扑了鼻子，那人的肠子已经从溃烂的伤口冒出来了，细小白蛆正爬出来。谭兴见了那人的肚子，对负责照顾他的女学生说，他得做手术，有地方没有？

女学生说没有。

陪他的军官拉他到一边说，哪儿有药呀？啥也没有！再说伤员多呢！要做手术也得挑重要的人先做！上面昨天派了人，也带来些药，专门交代一定节约用药！

谭兴把魏主任交给自己的提药单交给负责医院的人，让他去军需库领药。一切安顿停当，谭兴这才出了医院大门，疯了一样往南院门跑去。

西安城的街上萧条得厉害，路边随处都有饿死的人，谭兴早听魏主任说了，进城时只顾找医院，并没仔细看，现在却觉得心惊。过粮台的时候，他见有车马拉着粮包在交军粮，忍不住停下脚看了，稀奇城里的富户和粮行到这会儿还有整车的粮食交军粮。赶大车的人对围着的老百姓说，走吧走吧，这是上头下的命令，商会的人拿长安县的粮仓做信物，拿几个会长的人头做担保，打下白条，按围城前的粮价收军粮呢！都是给兵爷吃呢！全凭他们守城呢！快散了吧！

谭兴听了心里才松泛了些，一路跑到南院门，他用手摸了摸怀里的那条咸肉和一大包烙饼，心里激动得直抖。等他绕过个小花园，往自家院子赶时，却一下子怔住了。那个虽然只住了半个月、早烙在他心里的青砖小院却不见了，原地上却只有一片废墟。他慢慢走到那堆烂砖跟前，看得见断墙破房顶里，露着贴了门神的木门扇，也看得见门口那对小石狮，虽是都破碎了，却和他梦里见到的是一样的。

可是他的青女呢？

谭兴茫然了，他看看四周，好几个院子都一样倒塌得不成样子，连房东老林家的院子也只剩了半院房，他突然大声叫道，青女！

不等谁应声，他顺着路来回转了一大圈，心里沉重极了。突然，谭兴看到那堆烂砖墙下边有一片暗红的衣裳，他识得那是青女穿过的长袍！谭兴扑上去拼命搬开堆在上面的烂墙和破门板，他的手很快被划得出了血，右腿也让没搁稳的一大块墙砸得失了知觉，可他却不管，只是拼命地挖。

青女，俺害死你了！

谭兴喃喃叫着青女的名字，哭着，他不停歇地挖着，心却越来越凉了，他试着揪揪那团暗红的袍，却依旧拉不动。他继续去挖，十根指头磨出了血，在烂墙砖上抠出一条条的血道道。谭兴的眼睛也被眼泪完全模糊了，终于，那衣裳显露出来，并没有人。他绝望地哭出了声音，呜呜着，哀叫着青女的名字，跪下去，把脸贴在那长袍上，胡乱地说着，青女，俺对不起你！你死时咋样怨恨俺呀！俺拿啥给你还命？！

一个人在废墟上哭一会儿，又发一会儿呆，天渐渐就晚了，谭兴摸着黑又回到医院。西安城仿佛已经睡着了，也或者快要死了，家家户户几乎没什么光亮，路上也没什么人在行走。谭兴抬头看看天，也是闷闷的青灰色，他从心里想，完了，这城守不住了！不如和青女一起死了呢。

回到医院里，谭兴才觉得有了些人气，有人在说话，有人在走动，也有人在呻吟哭泣。许多人在零乱地走来走去，可他觉得都和他谭兴没啥关系。他只听着耳边像是谁一直轻轻地总也不间断地说，青女死了！青女死了！

这像个钝锯在一下一下拉着他的心，谭兴靠在墙角，扑簌簌落下泪来，有个女学生从他面前走过，多看他两眼，他却一心沉浸在自己的悲痛里，动也没动。

从他手里拿了提药单的军官对他说，谭主任，药都领回来了！要是能弄到中药就好了！

谭兴没说话，那人又说，后院有个山东人专治骨伤，简直是神医！他只用中药。

谭兴本身就是学医的，听了这神医两字心里一动，就说俺去看看。那人指的房子亮着灯，有些温暖的意味，他不由得从门缝里看了，正挽了袖子专心给伤员治伤的男人又高又大，浓黑的眉毛紧紧皱着，不是谭守东又是谁？

两个人都没想到会在西安城里见面，更没想到是在这样躺着伤兵和尸体的军医院。谭兴吃惊地问，你咋会在城里？

谭守东抬眼看看他，又耷拉下眼睛，一边给伤员上药一边说，今天累得很，说起来话长。

谭兴也累得很，又想起青女，就木然坐在谭守东后面的凳子上，过了一会儿，他默默流了眼泪。谭守东包完了伤口，示意让人抬出去。新的伤员抬进来，大声呻吟着，谭守东老练地按住他说，骨头断啦！俺有好药，接上就能长肉，三天就不疼了，你喊也得疼三天，劝你省些劲儿长伤口。

那人果然声音就弱了许多。

谭守东回头看看谭兴说，俺是你爹派来的，叫你和水玲珑回堡子。

谭兴回了神，却不懂他的话什么意思，谭守东加重语气大声说，俺！是为了你和水玲珑成亲的报纸来西安城的！从围城那天起俺就一直在这里！

这话谭兴懂了，他听出谭守东话里带着脾气，就蔫蔫地站起来说，这城不定啥时候能解围，俺拖累了你！

谭守东不把这话当回事，手下忙活着并不停，自顾自地说，谭兴哥，你爹要急疯了，他说你要不回去他就来和你俩拼命死一堆了！现在过了好几个月，俺不知道他来找你没！

谭兴意识到自己确实惹了麻烦，轻声叫，天爷呀，俺爹真犟，他让你找俺做什么？俺和他们说了要娶青女了！

见他埋怨着，谭守东突然停了手，大声骂，你他娘的风流去了，俺让围在这城里，俺娘和俺的媳妇孩子怎么办？

谭兴从没见过他发怒的样子，伤员也吓得小声叫，长官！小心伤口！

两个人眼睛瞪眼睛对视着，谭兴突然脸色苍白地冲谭守东行了个军礼，谭守东怔了怔，哼了一声，重新埋头工作，又小声嘀咕，少给俺装大头蒜！

谭兴埋头说，兄弟，俺让人回去看过，谭家堡子有寨墙，人都没事，就是让把麦子全给烧了！

谭守东红了眼圈，长出口气说，幸好！你这句话算是俺这几个月听到的最好的消息了！

谭兴默了会儿又说，青女，她怕是不在世了！

谭守东有些意外，随后就说，满城都是死人。

谭兴自顾自说，围城前一个月俺和她成了亲，后来俺去耀县了，她让围在城里。今天俺刚进城。守东，俺对不起你们，俺害了你们所有人！俺真该死！

见他说得低沉，谭守东有些过意不去了。想了想没话可说，他让人给谭兴拿饭，谭兴却哑着声音说，俺还有脸吃饭？那房子塌了，俺只挖出她的袍子！俺对不起她……他说着便撕着自己的头发"呜呜"哭起来，他的手指全烂了，流着血。

谭守东便让人端走那碗，自顾自去看那些伤口已经烂掉的伤员，依着医院那些人的想法，这些人只有放弃了。谭守东一一检查了，用手从那些人的伤口里挤出发臭的黑水，他有把握地说，他们骨头没受伤，俺能治好！

可他却没有足够的药，谭兴脸色发白地跟着他，不出声地看了伤口说，你成了个军医？你一直在给他们治伤？

谭守东没好气地说，对！一直！俺顶替你当军医，你在城外！这么多人躺在这儿，你再看看你这鬼样子！

谭兴见他说话中气很足，虽然浑身都透着疲劳，可他的手一直没停。他就羡慕了，深吸了气说，俺好了！咱俩联手治吧——俺在教会军医学院跟牧师们学的都是做手术，你那中医是治根本的，咱现在西药太少，得想个法子，能用最少的药救命！

谭守东不屑地说，俺可从来不会给人家锯胳膊、锯腿！

谭兴说，洋人的西药，打一针下去发烧的立刻就退了烧，要做手术时打一针立刻就不疼了，任你锯胳膊、锯腿，就像切木头似的。

守东说，那些人被锯了胳膊、腿，就不会坏死？

谭兴说，西医叫感染，俺不是说了有那让人麻木的针，打了针做了手术，疼得不行还有止痛针，就怕他们感染、发烧。

守东说，怕的就是这，你们有没有中药？

谭兴说，谁要中药呀，人家有西药，一场仗打下来几十上百的人躺在你面前等着医治，锯了胳膊、腿就保了命了，不然出血也把人出死了。

谭守东打断他说，说得再好，你没有药也是白搭！

谭兴说，俺想着烂肉干脆挖掉，撒上些西药止血消炎，上面再糊上些你那长肉止疼的药。俺见你给人扎过针，那很重要，他们不能再流血了，吃的跟不上，会死人的！

他说，等等，俺去给你拿药，教你用！

谭守东见他又有了劲头儿一样出门去取药，就等着，突然外边有人喊，人家谭大夫正治伤呢！等等！

有个女人猛地从外头跑进来，冲着守东说，兄弟！快救救宝娃！

眼前的女人黄瘦得厉害，脸上只一双大眼睛依稀有些青女的样子，头发胡乱挽了，披一件烂棉袍却掩不住高高隆起的肚子。谭守东对她看看，却不敢认，怔了怔才叫，是青女姐？

青女紧紧拉着他的胳膊，牙齿磕得咯咯响着，她哀求说，求求你，先救宝娃，要不他就死了！

谭守东见谭兴去找青女，满身是土双手稀烂地回来，他只当青女死了，谁知她却挺着大肚子让他赶紧去救宝娃！她溜到谭守东脚下要跪，他赶紧拉住她叫道，青女姐！别哭，俺去！俺马上去！

他不及多问，青女拉了他的手就领他走，她的腿却发着软，全身也在打抖，谭守东赶紧一把搂住她，扶着她往另一个院子走，她就完全瘫在了他的身上，守东能感受到她又瘦又弱全身都在发抖。他俩拐个弯，进了个旧房子，依旧到处是军医院的伤员们，青女哭着说，快！你快看看他！

谭守东便到了宝娃床前，宝娃却已经昏迷得连人也不认了。谭守东把宝娃的手腕抓在手里给他诊脉，见他脉象虚弱得已是命在旦夕了。他端详着宝娃满是胡子茬的脸，瘦得几乎没有多少肉，那手腕也骨瘦如柴，暴着粗粗的血管。

他见青女哭着便说，青女姐，你怀了孩子，千万别哭了！宝娃伤得重，时间长了吧？

青女轻轻把宝娃的衣裳拉开，露出伤口上黑紫的绷带，她哭着说，他的胳膊断了！都五六天了！先前人还清楚，这两天一直发着烧，连人也不认，也不知道疼了！你一定救他！

谭守东让人剪开他的绷带，见那断臂只有一半肉还连着，骨头也断了一半，骨头茬露在外边，那肉已经发臭了，青女不顾那味，哭得声音大了说，我知道宝娃害过你，可你得救他，没有他我早死过了！

谭守东安慰她道，让俺想想他这伤该咋办！

青女点头说，我昨天找到那德宽师父，他那里伤员太多，说让等两天，我听说你在，才来求你！

她盯着守东微微皱着的眉头和沉思的眼睛，果然和自己的一模一样，她突然想，这可能真是我的亲弟弟啊。这样想着她心里又酸又疼，忍不住就哭出了声音。谭守东一心想着宝娃的伤口，觉得他的肉已经大块烂掉了，骨头也发黑了，凭自己的法子不一定有把握治好他。他说，俺得想想他这伤咋治！你说德宽师父也在医院？

她赶紧说德宽在另一家医院，也是守城的伤员多，全凭那师父治疗。守东让人给宝娃打了消炎的西药，对青女说，你别急，俺去找德宽师父！俺得和他商量了再治！

德宽从围城开始，就给守城的伤兵治伤了，一连六个多月，他几乎吃住在各家医院里，经他治好的病人有的又上了战场。除了给人治伤，他要求每个被他治过的人都要心里默念南无阿弥陀佛，要不就不灵验了。可是伤员太多了，他哪里治得过来？德宽师父正忙着，猛然见谭守东进来就笑了，可他手上却停不了，谭守东就帮他给正包扎的伤员拉住绷带。终于把那兵的手全包扎好了，那人站起感激地说，多谢师父！

德宽就笑了摆手说，感恩菩萨吧，你这手保住啦！他转头对谭守东说，天都这么晚了，你还来找我！

伤兵问，师父，你说这城，咱能守住吗？

大家就怔住了，相互看了，德宽爽声说，各人操心各人的事，你只管好好打仗守城，手受伤咧就好好治手！我只好好给你们治伤，抬伤员的好好抬伤员，做饭的好好做饭，那守城是杨虎城和李将军的事，让他们操心去！

那兵就点头哦了声。

青女心里一沉，见大家好生失望，德宽又说，我想这城能守住！

那兵已经快走出门了，听了这话猛地转身问，真的？

德宽点头说，没听人都说众志成城！

谭守东没说话，他不忍伤了大家的心，谁都知道外围没救援，这城肯定守不住的。那人眼里突然有了些泪光，却有些激动地重新谢过他们，出门去了。青女一直急着在等，见这人终于治完了，赶紧小声催谭守东快点儿救人，谭守东便拉起德宽师父说，师父！快和俺去看个伤员！

德宽师父和谭守东对着宝娃的伤口商量了好久，德宽师父决定要锯掉那断臂，要不宝娃一定会丢掉命的，谭守东却用针试了，觉得宝娃的小臂到手腕还有知觉，虽然伤口腐烂了，有乌鸡和草药却是能长好的。两个人争执着，青女看看这个又看看那个，觉得都说得有理。

正在这时，谭兴赶了过来，却一眼见到正哭着的青女，他瞪着眼睛，只怔了一下，就冲进屋里，一把将青女紧紧抱住。青女被他搂得喘不过气来，她感受着他剧烈的心跳和浑身发抖的力量，突然就委屈地叫道，你还要我呀……我只当就饿死了！

谭兴流着泪说，俺要！俺要！俺见那墙里压着你的棉袍，听人说前天镇嵩军的炸弹炸了南院门，只当你死了！天呀……俺还能活着见到你……俺再也不离开你了！俺送你回家！

青女使劲儿推开他说，不行，没有宝娃，我早死了，我娘也是他抬埋的……我放不下他！

谭兴这才发现她竟是怀了孩子了，抖着手想要摸她的肚子却又收了手，他问，你怀了孩子？这是……俺的？

青女狠狠抽了他一记耳光说，我真想没你的孩子！那我早就嫁给宝娃了！我娘饿死时，你在哪里？我要饿死时，你又在哪里？

人们赶紧来劝，谭守东也说谭兴在军官学校做了多大的事，只当她死了，双手在断墙上抠得稀烂。青女捂脸哭着说，宝娃省下口粮送给我，天天打着仗也没吃饱过，他又图个啥？

宝娃清醒了些，听青女在哭，便急了说，俺是受谭兴委托去看你，你可别哭了！

谭兴从怀里默默摸出在断墙下割下的一角棉袍，抖着手捧在青女眼前，她哇地哭了说，那天咋不塌死我？倒也干净！要不是宝娃，我早塌死在墙下边了，他挣着用一只手挖我，伤口流了好多血！要不他也不会加重了！

德宽念声阿弥陀佛说，人是苦虫，先治了伤保了命再说吧！你受了苦，他在外边受的煎熬就少么？让谭兴好好给宝娃治好伤，你也算是报答了他！

青女见他说得有理，又见谭兴憔悴得不行，双手果然血迹斑斑还没结痂，便点头应了。谭兴看了宝娃的伤口，也和德宽的想法一样，觉得截了胳膊更保险些，保命要紧。谭守东没了话说，只好让谭兴赶紧准备了手术，自己准备树皮和中药糊备用。宝娃虽然烧得厉害，却还有些意识，他对守东低声说，兄弟，对不住了，让你那几年逃亡在外……我不想割了胳膊，那样就拿不起枪打不成仗了！真要有个闪失，我认命，你试试吧！

谭守东受了他的鼓励，便又止了谭兴的准备，用针重新试了宝娃小臂和手腕手指的知觉，这一次，谭兴和德宽也看出他虽然骨头断了，伤口的肉也坏死了，筋脉还通畅着。三个人兴奋地顺着宝娃的伤口画了个圈，决定先让谭守东给他扎了针，封了穴位，止住流血，再由谭兴把烂肉挖掉，糊上药糊包上树皮膜。德宽在现有的西药里给他配好药，再加上谭守东给他开的中药，争取让他活命并保住他的右臂和右手。

这场手术一连忙到天渐渐放亮才算完，人人都累得站也站不住了，就靠着墙坐下，谭守东还嫌不解乏，又顺着墙根躺下。

宝娃几次疼得失了知觉，谭守东却说这样也好，没多少止疼的药，他少忍些疼！虽说设备简单了些，但手术却很成功，第三天胳膊消了水肿，宝娃自己就觉得伤口疼得难忍，手指却还能动。他的高烧也随着不断用的西药和中药，到第四天上竟完全退了。大家知道他的命终于算是保住了，都说他真是命大呢！谭兴把自己带进城的白面大饼和咸肉悄悄给青女，让她自己补养身子，青女却顿顿给宝娃做了吃。她又借了锅灶，把那咸肉给他煮了一锅汤。几乎满医院的人都闻到了香味，虽是不舍得，她还是给几个重伤兵一人送了点儿。谭兴见她瘦得脸上只剩下双大眼睛，便悄悄叫她别管别人，自己多喝些，她不肯，一定要自己给宝娃喂汤。宝娃看出谭兴心里难受，说自己左手能行，她才算罢。

青女的大烟已经全吸完了，谭兴就和谭守东商量怎样让她戒了烟，他主张用吗啡，因为洋人多是用这个法子，他在上军医学校的时候读过资料，可惜当时没太当心鸦片这件事，没仔细研究一下。谭守东不把洋人的东西当回事，他说那吗啡本身也是麻醉人的，幸亏咱的吗啡断了供应，要不伤员们一定上瘾了。饮鸩止渴罢了，这法子行不通！

谭兴好奇他懂得饮鸩止渴，谭守东笑骂道，俺跟着德空师父读了多少书，你知道不？

商量了一回，谭兴还是坚持用吗啡，说他要和青女说好，为了得救，她得忍耐些。谭守东说，她怀着孩子，现在戒烟说不定就要了她的命了！

可是她的大烟已经吸完了，每天都在痛苦，怎么办？谭兴说，幸好俺手里有吗啡，先用这法子治住吧。青女当然也想好，就听话地让他每天注射吗啡，居然真有些效果，难受依旧是难受，可却能忍耐住了。谭兴和青女大喜，谭守东看她有了谭兴照料，吃饭有了保障，又控制了烟瘾，身体有了很大起色，也只好承认，吗啡果然是可以帮着戒掉毒瘾的。

有了宝娃这个病例，谭守东和谭兴便时常对一些重病人用中西医结合着治疗，一时间治好许多守城时被炸伤、打伤的国民军战士。他们一天到晚忙个不停，不断有人被送来，也不断有人重新去守城打仗，也有许多人正治着就死了，可是都不及西安城里日益加剧的饥饿造成的死亡严重。到了十月底的时候，城里每天饿死的人几乎有上百人了，这让努力想救活每个病人的谭守东、谭兴和德宽他们，在又累又饿的同时，心里承受着难以忍受的煎熬和绝望。

这一年的大雪也比往年下得早，清晨时人们发现，夜里风雪里冻死的人们都缩成了一团，或是趴伏在地上，或是斜坐在墙角，身上都盖了厚厚的白雪。不多的行人裹紧身上的衣裳，不敢多看那成堆的尸体，匆匆而过。青女每天从谭兴住着的医院动身，去宝娃住的地方看护他，谭兴怕她怀着孩子在雪天里摔倒，却犟不过她。青女走在街上，把谭兴的大衣紧紧裹在身上，租住的南院门的房子让镇嵩军炸塌后，她就没再换过衣裳。突然，有人在路边呻吟着叫，唱戏的女子！

青女在街边蒙了厚厚一层雪的人堆里寻找，只见一个躺在地上的人在微微抖动，一只枯干的手正向她巴巴地伸着，女子，我饿呀！

她仔细辨认了，见那堆尸体里说话的竟是老关爷！

她赶紧蹲下拂去老关爷头上的雪，见他冻得脸上白纸一样，鼻尖上吊挂着的鼻涕已经冻住了。青女哭了说，我一点儿吃的都没有，你等我去取！

他张嘴，只有嘶嘶的声音，女子……冷呀……

青女知道老林家和老关爷家都让镇嵩军的炮弹给炸塌了，自己是让宝娃用一只没受伤的手挖出来的。她见那里成了一片废墟，只当人们都死了，没想到老关爷却躲在马路上了。见他瑟瑟打着抖，青女赶紧把老关爷的手握在自己手心里，觉得那手完全是一坨冰块一般，她盯着老关爷嘴边呼出来的淡淡白气，哀哀哭着想，这人世间和地狱一样了！

有人从她身边走过，咯吱咯吱踩着雪，她对老关爷说，你等着，我找人抬你去医院，给你弄吃的！你等着我呀！

她见老人不说话，便凑近了刚想再说一遍，却见老关爷的眼珠子已经呆呆地定住了。

她一步一滑往医院走，眼前全是娘和老关爷死去时的样子。她听得到城外很远的地方又开始打炮，城里的人们却高兴极了，有的人简直是激动得语无伦次，光着脑袋站在街上倾听打炮的方向，猜测着打仗的地方，觉得援军像是比昨天又向西安近了些了。人们大声嚷嚷着，说援军已经在城外和镇嵩军打了好几天了，快点儿解了围吧，这城里的军民就要全饿死了！

青女心里默默重复着那话，城里死的人已经没法数出来了，她不知道自己啥时候也倒在这雪地里，不等西安解围，就成了一具谁也不会注意到的尸体。

被困在农村里，宋家的生活其实比西安城附近那些县城村庄里人家的情况好得多，因为他家离县城远，村子又小，来往很不方便，有那么几次，镇嵩军的人马过路，却都没有什么太大侵扰。宋家的家宅并不张扬，他们谁也看不出宋家居然家产殷实，在西安城开着绸缎庄。宋轩堂庆幸地里的粮食都收割回来了，不必担心一年两年会饿着，一家人谁也没少，都守在家里。大太太玉凤回来就一直在闹病，虽然不重，却意外地收敛了平时的脾气，家里竟是比以往任何时候都和睦。

唯一让宋轩堂念念不忘的就只有冬莲了。

世上的事都是有定数的。谁也没想到，镇嵩军居然在大雨天来了他们的村庄。

镇嵩军来搜抢的时候，西安被围已经快七个月了，几乎所有的人都以为他们只想攻打西安城的。那天是个大雨天，谁都当那群吊儿郎当的兵是路过，也都当他们和以往那些兵一样，搜刮些东西就走了。河南兵来家里的时候，宋家的老少都被宋轩堂安排着在村后山坡的柏树林里躲着，那里是宋家的祖坟，有着一大片高大密集的柏树和一个并不太大，却刚好可以挡了风雨的宋家祠堂。因为雨是下了好几天的，天冷得厉害。也幸亏这雨，地上的脚印都被模糊了，方圆多少里的村庄都是这样子，兵们就懒得四处搜寻。村里有不少人家也都来了宋家祠堂，静静地待着，人是喜欢聚堆的，只要能有一堆人在一起，害怕就少一些。

大家盼着那十几个兵快点儿走，除了宋轩堂，大家都披着棉袄和棉被还在瑟瑟发抖。可能是天太冷了，也可能是天已经快黑了，那些兵们在村里不想走了，他们在几个大户人家的院子里点了柴火取暖，大家期待他们明天一早就能走。

也是命该玉凤出事，有谁家的孩子多嘴，说他从坡上看得到，那些兵们点火取暖的地方是宋家的大院子。宋轩堂眯眼看了，果然像是那里正燃了些火光，宋家老爷子见儿子只是叹气，也抖着胡子叹了声。玉凤却急了，站在坡上冲着自家的方向看了会儿，突然说，不成，我得去！家里柴火不多，他们这样的烧法儿，早早就烧完了！

宋轩堂和儿子宋麟见她果然要去，赶紧拉紧她叫道，什么时候了还心疼那些柴？

玉凤挣扎道，柴火烧就烧了，我怕他们没柴火就要卸下门窗家具去烧了！

宋轩堂连声说，那也任由他们去烧！

她本来有病，体力就弱，又被男人拉住，只好作罢。宋轩堂的儿子宋麟安慰他娘安心睡觉，大家便蜷缩在四面漏风的祠堂里，听着哗啦啦的风雨声过了一夜。

第二天一早，大家见村庄里一片宁静，又远远见昨夜点火的地方已经没了火光，便猜着那些路过的兵要走了，玉凤几乎一夜也没睡，她比谁都焦急想要回家。宋轩堂依旧不让她离开祠堂，说到晌午再看看情况，玉凤冲他发了脾气，说他果然胆小，她一个女人都不怕，他倒只会躲着！她冻也快要冻死了，连一星火也不能点，不是活受吗？她说得回去看看家里让那些王八蛋糟蹋成什么样子了！就是死她也得躺在炕上的棉被窝里，她已经冻成一个冰疙瘩了。

这是她一贯的样子，宋轩堂闭上眼睛随她说，宋麟以为他娘是被冻了一夜，病得难受发了脾气，他们都没把她的话当回事。外面的雨还在下，祠堂里却昏暗，大家见宋家大太太发了脾气，都不敢吱声了。有人渐渐扯起了呼噜，煎熬了一夜，人们终于撑不住就睡着了。

不多会儿，突然的两声枪响把大家惊醒了。宋轩堂第一个从地上跳起来，他拍拍儿子宋麟，他们看到宋麟旁边的被窝散乱着，玉凤不见了。

事后大家才知道，玉凤命还算好，那十几个兵其实已经走了，她悄悄回到自家院子的时候，有个落在后面的兵正往出走，和她就面对面对上了。她转身就跑，那兵冲着她的背影开了两枪。两枪都打空了，玉凤却被积水下面的石块绊得扑通倒地，那兵只当她死了，骂骂咧咧赶紧撵他的同伴去了。

这两枪并没有要玉凤的命，她的腿却摔断了，不能动弹。等大家从坡上回村看到她时，人躺在水坑里都快要冻僵了。宋轩堂打发春生去县城找郎中，春生怕得吭吭哧哧不敢去，玉凤迷迷糊糊在屋里炕上发着抖，听着宋轩堂在院里给春生许下很大一笔钱，让他快去找人给大太太治腿，并说要是那郎中不肯来，他自己就要去了。这得多少钱呀，玉凤心里不舍得，可腿真是疼，挨也不敢挨。她咬牙忍着没吱声，听着男人安排春生驾车出门去了。

下午的时候春生回来了，抱怨郎中怎么也不肯来。郎中说兵荒马乱的，命也保不住了，再多的钱他也不想出门。但春生带回来十几包草药，又捎回话说，如果没见出血只是肿胀，服用草药消了肿就好了，到处都在死人，断骨接不上，能保住命已是万幸了！

这话没错，命也没有了，还只想着家里的门窗家具与粮食，除了她玉凤，还有谁会这样？玉凤躺在床上再也起不来了，说话也困难，更别说大喊大叫了，她才在心里悔了。宋轩堂听她哭着对自己这样说，有些意外，却听玉凤又说，真是后悔她总是打别，竟从来没顺着宋轩堂过。

宋麟埋怨他娘真是惜财不怕死，二太太的两个闺女不说话，玉凤觉得除了儿子和宋轩堂，所有人都在看笑话，二太太没有表情地在旁边端茶倒水，玉凤疼得心烦，让她滚出去吧。二太太倒乐得轻闲，回自己的屋里嗑瓜子儿。玉凤在炕上躺了好几天，那腿就肿得两个腿粗，明晃晃黑里透着紫，整个人都昏沉沉说着胡话。

见大太太这个样子，虽然和那郎中说得不差，只要喝着草药汁，等那肿消了就好了，可见她日夜不停受苦，宋轩堂就忍不住了。他守在她旁边，想起玉凤的种种好来，这些年来，家里家外的琐碎全凭她去耐烦，母亲也靠她伺候抬埋，自己没给过她一天好脸色。可她把宋家的大小事情都当作天大，一根草也仔细经管，最终竟落到这样的下场了。

宋轩堂想起冬莲提过谭守东有治骨伤的秘方，可想想实在路途太远。他重新去请那郎中，甚至拿出金货塞给那人。最终郎中让他接了来，给玉凤接了骨摸了脉，又开了方子，宋轩堂当作宝贝一般，让送他回去的春生从他家带回草药。果然玉凤很快有了起色，腿渐渐消了肿，人也精神起来，宋家上下这才松了口气。

玉凤从来都当男人是讨厌自己的，见他冒着死去找郎中，又舍得拿钱给她买命，心里大为感动，发誓这辈子再也不悖逆男人一个字了。宋轩堂被她叫到炕前，听她这么说心里也觉黯然，便摆手让她好好养伤睡觉，多想那些没用的做什么？随时那些兵痞来了，还得要逃命呢！现在是过一天算一天，吃了这顿饭不知还有没有命吃下一顿，这时在炕上睡着，下一时不知能不能活到晚上。

玉凤放声大哭，抽抽搭搭拉了男人的衣袖哭个不休，只说对不起他，宋轩堂劝她，老夫老妻二十多年，提那些伤心做什么。玉凤说，轩堂，许多事情有命在我还能改，这辈子只一件事我是真的亏了良心没法补救了！

宋轩堂猜她要说冬莲的闺女，心就立刻悬在嗓子眼儿一般，看着玉凤哭哭啼啼的脸等她说，只听玉凤叹气说，唉，我后悔我那时太年轻好胜，把你领回来的女子弄丢了……我实话和你说，我把她让张婆抱走，给了在渭河边上唱戏的老吴两口子了!

宋轩堂说,老吴?

玉凤点头说,听张婆说,那人唱戏红得很,都叫他七岁红!

宋轩堂当然知道七岁红,可他真是没想到自己苦心寻了二十多年的孩子,当年会被抱到戏班子,也更没想过,在这兵荒马乱到处兵痞横行的时候,他竟意外知道了冬莲闺女的下落。

他呼地站起身,玉凤止了哭问,怎么?

他又泄了气坐下说,没什么。

玉凤说,这疙瘩是我亲手结上的,你恨了我半辈子,又总爱去找那山东女人,我知道都怪我这事做得不好。我在西安城里一直打听,人人都知道,七岁红的闺女就是得意社的红角儿水玲珑!你看,她唱得大红大紫了……轩堂!我知错了!

从她嘴里说出这个错字,是天大的稀罕事,宋轩堂却沉重得只是摇头,什么话也不说。冬莲亲生的女子就这样找了二十多年没个下落,突然有了着落,他的心乱纷纷的。想起冬莲,宋轩堂再也坐不住了,这仗打得没边没沿的,不知道啥时候是个头,冬莲一天不见她闺女心里就会疼着悬着,宋轩堂撩起门帘出了门。他听到玉凤号啕着大哭,儿子赶紧来问,他摆手让他别管,说他娘心里难受,哭哭就好了。

等玉凤哭完想起让人找宋轩堂时,她听到儿子慌着告诉她,他爹一个人驾了马车出门去了。

玉凤吓呆了,她让人把春生叫来,问他那山东女人叫什么,又问她住的地方叫什么。春生受过宋轩堂警告,迟疑着不肯说,玉凤急了,厉声说,还不快说!你那东家八成去寻那山东女人咧!

可是宋轩堂已经出了村子,驾着他的马车,往冬莲住的地方赶去了。他找了二十六年,终于有了那女子的下落,这是他半辈子以来最重要的事了!欠冬莲的竟然可以偿还了,他得立刻告诉冬莲,她的女子活得好好的,不光是没死,她还唱成了西安城有名的角儿!

镇嵩军在西安城外围了八个月的时候,已是十一月底了。

早在九月时，冯玉祥在绥远、五原誓师，就任国民军联军总司令，率全军加入国民党，参加国民革命。这时中共中央和李大钊都认为，陕西和国民军联军生存息息相关，进军陕西可以解西安的围，也可出兵潼关，进军中原，策应北伐。到了十月，国民军联军攻打到陕西兴平，刘镇华为保东退之路，从三原撤兵。十一月下旬，援陕各路大军同时发起强大进攻，城内守军也立刻出击回应，终于使镇嵩军全线溃退。吉鸿昌旅长率众由西门入城时，西安市民和守城军人多饥饿得无力相迎，只好举起手里的枪和棍以示感激。

西安围城算是解了，杨虎城在冯玉祥的队伍进城之时，便依着原先商议的，悄然离城了。

城里的伤员却还得医治，谭守东和德宽师父依旧在医院里忙活着。谭兴听宝娃说等痊愈了就要回部队，知道他将来还是要去打仗的，心里竟有些轻松。谭守东托人捎信给娘和香绣说，还得给伤员治伤，要她们千万别来找自己，城里才得了救济接来粮食，到处是尸体，惨得很，他忙完就回了。冬莲和香绣接了这信儿就算是接到天大的好消息，香绣不停亲着孩子们的脸说，你们的爹还活着！还活着！

她们一心一意等着谭守东回来，甚至想着他一定没个像样的衣裳和鞋了，就手不停歇地为他做穿的。冬莲又想着儿子一定总饿着的，她猜守东会馋肉和鱼，也央人帮忙去买了用盐腌了挂在屋檐底下，又和香绣赶集去买了两只老母鸡养在院里的墙角底下，只等儿子回家。

谭兴在西安围城里立了功，解围没两个月，冯玉祥成立西北军事政治学校，因为学校在西安，他一心想和青女厮守，就被魏主任介绍着到学校当了个教员。国民革命军第二集团军总司令冯玉祥按武汉政府的军事计划，率师东征，参加北伐战争，不到一个月的时间便实现了与北伐军会师中原的战略计划。为了解决军饷，冯玉祥发行不兑换的军用流通券几千万元，地方公债合白银数百万两。青黄不接的时候，军粮的摊派却没少，加上保甲税、差捐，竟有几十种，国民军征收了粮食、布匹、草料、鞋袜和各种差役，组织车马队运输粮草，关中的孩子们都会唱，说是军队不发饷，说是土匪不见枪，老百姓就是舍饭厂。

在西安城解围了一个来月的时候，玉凤让春生带她到谭家堡子找到了冬莲。

当冬莲见春生怯头怯脑在院外的时候，心里先是一喜，以为宋轩堂来了，她不自禁就笑了，却见他身后是个不认识的妇人，五十来岁的样子，挺富态，穿一身黑绸袄绸裙，鬓角边别了朵小小的白绢花。冬莲再看看，只有他们两个人，她突然就明白了什么，心里猛地一痛，吸口气憋在胸口对着他俩站直了身子。她看着那妇人仿佛忍着腿疼，瘸着慢慢进了院子，那妇人说，你就是冬莲？你这村子倒没事？

香绣从屋里出来，见娘和个陌生的城里女人在说话，就替娘回她说，多亏寨墙结实，寨墙外的麦子让烧了，幸好人没事。

可是玉凤却并没在意她说的话，她对冬莲轻轻说，轩堂没啦！

冬莲脸色苍白地重复道，轩堂？

玉凤看着她的脸，见她耳边头发也是白的，人却年轻，眉眼和画的一般耐看，不过四十来岁的模样。乡下女人少有这样的细致和相貌，她从心里叹口气。

她说，有两三个月了。我知道他和你的事，本来想让春生来报丧，可我欠你个债，就自己来了！

香绣见她眼里也蒙了层泪，赶紧撩起门帘请她和娘进屋说。

冬莲和玉凤隔着炕桌坐下，一时都没了话。香绣泡好一壶热茶送进来，冬莲提起壶给玉凤倒茶，那茶水却一大半倒在了桌上，玉凤帮她把那壶接过放下说，是轩堂爱喝的龙井茶。

冬莲自语道，前两个月俺还梦见他呢！见他和守东在城里搬石头，俺叫他，就冲着俺笑……俺以为只要城不攻破，他家里有钱，不怕断粮！俺担心这个又担心那个，偏偏最不该出事的人……

她扑在小桌上哭起来，玉凤流泪看她大恸着抖动的肩，就任由她哭着。

好一会儿玉凤说，他不是饿死的，我们在围城前就回周至老家了。

冬莲止了哭，玉凤说，我欠你个债，那时我见他抱回来个女子，就气得发了狂，以为他长年在外做生意，是和不干不净的女人生下的。我恨他不把我当回事，恨他对那女子特别疼爱，我就找了个媒婆把那女子抱走给人了！

冬莲哀痛地叫，是俺的闺女！

玉凤哽了声音说，是你的女子。我见轩堂急疯了一样要找那女子，反而心里在高兴。你可能不知道，他为了要恨我，又娶了个二太太。后来我知道他常来找你，猜那女子果然是你和他生下的，他才会从来不停歇地去找……

冬莲急得叫，俺那闺女抱给了谁？

玉凤紧紧盯着她的眼睛问，那女子是你和轩堂生的吗？你回答了我，我就告诉你！

冬莲从炕上跳到地下，大声叫道，不是！不是！不是！俺男人叫双林，小红三岁多俺们才从山东来关中逃荒，满谭家堡子的人都可以做证！你冤死俺和轩堂了！可怜俺那小红才三岁！

她放声大哭，玉凤却长长松了口气说，那好，我告诉你，张婆把她抱给了唱戏的七岁红两口子，现在你那女子在西安城唱成了红角儿！得意社的水玲珑就是！轩堂就是想把这消息赶紧告诉你，急着赶了马车来找你，再也没回来。我让春生去找，他已经在路边躺了两天，身上让打了几个枪眼儿。

霎时，所有和青女见面的情形，和宋轩堂见面的情形，全拥到冬莲眼前，她闭上眼，喃喃说，天呀！

玉凤抹了泪说，我想他那么急着想来和你说女子的下落，命都搭上了，我就替他来一趟。我欠了你的债，对不起你们……

她慢慢地一瘸一拐往门口走，又停下说，我也想看看，你到底是什么样子，让轩堂这辈子都放不下。有几年，他为了想娶你，还买下个院子，那时我以为他不会再理我了。

冬莲却没听见她说的话一样，跌坐在炕沿儿上。玉凤走到院里停了停，冬莲的屋里静得没一丝声音，她冲春生招手道，走吧，回城里去吧。

谭守东回来那天晚上，冬莲还没睡，盘腿坐在炕上做针线活儿，油灯里几乎熬干了油，却还昏黄地亮着。听着院里的门闩被轻轻拨开了，她想，守东回来了！

听着脚步从院里进了屋，冬莲的心猛地跳快了，可她却不动，静静听儿子走进来。谭守东压了声音却高兴地叫，娘！

冬莲笑着应了，就坐着伸了双手，守东把那手握了。冬莲端详着他，见儿子整个人都瘦了一大圈，个子还是那么大，骨架倒像柴火棍一般干硬。脸上没了肉，下巴颏尖瘦瘦的，两眼还是那么有神，眼窝却塌成了两个坑。她抚摩着儿子手背上鼓着的青筋，心疼地说，瘦得不成样了！让人的心要操烂了！

守东笑着摇头说，娘，俺要救他们的命，都紧着把好吃的给俺呢！依俺看全西安城的人都没俺吃得好！

冬莲含笑看着儿子，不去揭穿他的假话。守东怪她道，这么晚不睡觉！气血都不足了。总爱替人操心，不是让人给你捎话了！

两人压了声音说了会儿话，守东和他娘说城里的事，冬莲见儿子已经是个多有本事的人了，却和小时候一样，爱和自己说东说西。她让儿子快去睡觉，明天再说吧。守东却站着不动，说不舍得去睡，握了娘的手说，明天再做！

她从他手里抽出自己的手说，香绣哄孩子们睡了，难得清静些，俺想一个人待会儿！俺给你轩堂叔做个坎肩。

过了一会儿，冬莲又轻声说，守东，娘这些天煎熬得不行！一半身子在火里烤着一半身子可在冰里冻着！一个喜事、一个丧事，你姐姐有下落啦！可怜你轩堂叔急着来报信儿，让兵们打死在路上了。

谭守东弯腰握了娘的手坐在炕沿儿上，他的手热乎，娘的手却冰凉，又枯干纤瘦，他就从心底涌上了心酸。

好一会儿不听他说话，冬莲从儿子手心里挣出了手，重新拾起针线，她正给宋轩堂做个五福灰缎子面的棉坎肩。谭守东见娘在炕桌上去摸剪刀，手抖得厉害，摸了几下才抓住了剪子，对着线头却几下也铰不断。她就丢了剪子用牙去咬，线断了，她抖着手去捻濡湿的线头，捻着捻着就慢慢哭了，眼泪扑簌簌落在缎子坎肩上，那料子光滑，泪珠滚下去，全落在冬莲的炕上了。他知道娘给爹做了一柜子的鞋，现在又见她不停地缝棉坎肩、棉护膝，不由得想起当年自己让宋轩堂别再来了的事，说不清心里是啥滋味。

谭守东坐下来，陪着他娘。冬莲垂着头说，你轩堂叔的媳妇来报的丧。俺盼着去认你姐姐，可俺不敢去城里找……俺怕她饿死了！俺受不了。

姐姐？

冬莲说，那女人说，她当年因为和你轩堂叔闹仗，就把你姐姐抱给了一个唱戏的。

那俺姐姐呢？

冬莲看着儿子迫切的眼神说，你认得，就是那年来唱戏的水玲珑！

谭守东呀了一声，惊喜道，原来是她！她现在嫁给了谭兴哥！你看多有意思！

冬莲带了丝笑意说，是呀，俺和你彦章大爷说了这事，他们不敢相信，水玲珑居然是俺的闺女！守东，俺打算明天去看看她！

谭守东犹豫着说，娘，明天俺陪你去！可是，听谭兴哥说，她才流了产，孩子是个死胎！

这是个噩耗。

冬莲把头埋在手里，被坏消息压得透不过气来。

孩子，俺的闺女！冬莲在心里一遍遍叫着，小红小时候的样子就又在了眼前，却模糊得没了眉眼，只是个身影。她抬起头，对着儿子哀求说，让俺去吧！能伺候她一天也是好的！俺把她抱在怀里，她就不疼了！

她想着小红的样子，虚虚在空里搂着，对儿子比画说，那时她才这么大！

她突然悲从心起，不可抑制地痛哭起来，俺那可怜的小红！

哭了一会儿，她突然从炕上溜下地，守东问她做什么去，冬莲说，俺去杀了那只老母鸡，给你姐姐炖锅汤，明天一早咱就走！

守东从来没见家里养过鸡，香绣坐了两次月子娘都不肯杀生，全是香绣她娘给送来。他以为他娘想姐姐想糊涂了，却见他娘真的从院墙根的筐里拖了只鸡出来，她说，俺早就买了鸡，本想着等你回来吃的。你姐姐多少年都那么瘦，俺就给你们俩都好好补补！

听着院里咯咯咯鸡叫，谁家狗也跟着在叫，谭守东恍惚着这是不是真的。听着娘打开灶房的门开始忙活了，他觉得娘真是可怜。从屋里走到院里，谭守东呼吸着空气里的清新和凉意，没了困意。天还黑着，灶间却点着了昏黄的灯，他走进灶间，见他娘在灶膛前坐着烧火，火光映着娘的脸和眼，显得很年轻，仿佛并没有那么多愁苦的事压着她的心。谭守东对娘轻轻地说，你吃素那么多年，俺替你杀生吧！

西安城刚一解围，谭兴就想要把青女送回谭家堡子，青女的身子需要好好调养，可是，她却坚决不肯离开西安城。谭兴以为她还念着想唱戏，劝说她身子好了比啥都强。青女担心的却是她的烟瘾，她怕她在乡下就断了大烟的来源，因为自从用了吗啡戒烟之后，她对吗啡也产生了依赖，虽然谭兴可以弄来这药，可她的胳膊和腿上满是针眼儿，她不敢想她离了谭兴，或是谭兴离了这个管药的差使她该咋办。

谭兴也愁了。青女对吗啡的依赖是他没想到的，回到堡子那不是所有人都知道了？不说爹和娘怎么说，光那些天天想盯着别人看笑话的人们就足以让他害怕了。这事就这样拖延着。青女依旧注射吗啡，谭兴依旧发愁着。他俩都在心里暗自有一个担心，就是青女怀着的孩子。她经常肚子疼，八个月以来一直是害怕，一直是伤心，又总是在饿着，还一直吸着大烟，谁都害怕这孩子难以保住。果然，一天早晨，谭兴还在睡觉，听到青女在惨叫，睁开眼，只见她赤裸着身子，身下都是血，她早产了。

谭兴救活了她，可她忍了剧痛却生下个死胎。

第二天，冬莲一早就和守东往西安城赶，路上并不好走，许多村庄被烧杀过，依旧是败落荒破的，谭守东看了就叹气。可冬莲的心思却没在这些上，她一心一意想着她的小红会多高兴地抱着她的脖子，叫她娘！她小时候就最爱那样，她一定会又哭又笑，冬莲想着就笑了。

当冬莲见到青女时却完全吓住了，眼前的小红瘦骨伶仃，在城里城外见到的人们也多是这样饥饿煎熬得消瘦，可她的脸却是灰乌乌的，眼窝也塌着，眼圈黑紫着。冬莲对着炕上的闺女不敢相认，青女陷在宽大厚重的被窝里，几乎缩成了人干。冬莲看看守东又看看谭兴，青女却一个字也不说，她一动也不动，像是没看见冬莲捧着黑瓦罐，就立在面前。

谭兴轻声说，青女，看谁来了？

青女依旧不动，她闭上眼睛，仿佛很累。大家以为她没听懂，冬莲叫，小红！娘来了！

这话让她自己立刻哭起来，青女死死咬紧嘴唇，别过脸去，谭兴看到她也流了泪。谭守东兴冲冲地大声说，姐！俺才知道你是俺的亲姐姐！

谭兴想帮青女坐起身，他说，你知道不？你的亲娘是冬莲婶子！

青女使尽全力挣开他，猛地嘶喊道，我只有一个娘！早死了！

谭守东从冬莲手里接了瓦罐放在桌上,他只当青女不明白,冲她说,娘也才知道,你是她当年丢的闺女!

冬莲可怜巴巴冲青女跪下说,小红,娘对不起你!当时你爹才死,俺怀着守东,以为俺也要死了,想要给你找条生路,就把你给了人。二十六年,娘一直找你,一直没下落,俺现在才知道,你是让抱到了戏班子!

听她说得凄惨,谭兴和守东都红了眼睛要扶她起身,冬莲却跪着挪到炕前,摇晃着青女的手说,小红,你看看娘吧,咱俩一样苦命呀!

青女拼命丢开她,缩在被子里,又用被子蒙了头。她闷在里面模糊不清地说,都出去!出去!我爹我娘都是戏班子的,我从小到大就是个下贱的戏子!

冬莲见她恨心大,就号啕着拉她的被子叫,小红!娘知道你恨!可俺又恨谁去?那时俺怀了多大的肚子,在关中死了男人,一粒粮也没,脚下没一块地,头上没一片瓦,俺咋办?让你和俺一块儿饿死?俺只当俺活不成了才把你送了人,那人是个有钱的好人,也费心找你了二十六年。就是为了给俺送你的消息,他让兵们打死了!要是知道你在戏班,娘当年就是拼死也不让你受那罪!

小红在被窝里大哭,不肯让冬莲看她。见她两人都激动着大哭大叫,谭兴对守东使了眼色,劝说着把冬莲扶出了屋子。他说,这样闹下去,两个人都受不了。

谭守东扶着他娘,先安顿她休息,谁知她却一直哭,还念念叨叨从小红小时候的事情说起来。他怕了,担心他娘承受不住这打击。这几个月以来,他娘面对了太多意外了。

从懂事起,青女就记得爹是七岁红,娘是那个永远在收拾着戏箱子做饭的娘,戏班子走哪儿,她就到哪儿,从来没想过她还有另一个娘。就算她真不是亲生的,老吴两口子却真是疼她,好吃的紧她,好穿的紧她,一想起娘是饿死的,而且是为她死的,青女就生起悲心哽了喉咙。突然间,二十多年的娘竟不是亲生的了,一开始青女总是不肯相信,是不是娘临死前犯了糊涂?光亮亮的小银锁就在脖子上挂着,被她掖在贴肉的衣裳里面。现在想想,冬莲就是狠心丢弃自己的亲娘!谭守东就是自己的亲兄弟,那山东堡子里的人本来都是她的乡里乡亲,她突然觉得,人这一辈子真是荒唐。几次在死路上绝境里打了个来回,她都只想挣着活下去,却从没想过,她活了,可以躺在炕上衣来伸手饭来张口了，竟又处在这样两难的境地。从西安围城的死人堆里爬出来，青女便打定个主意，她这辈子只有一个娘。她觉得，要是她认了冬莲，会是多么对不起她娘呀！

不管谁，她都不认了。

可是冬莲却找上门来了。她哭得伤心，说她是她的娘，这算什么？那她受了多少年的罪就白受了？她青女被叫成小红，就成了冬莲的闺女，那她自己的爹和娘呢？他们死在破庙和小院里的时候，还是把她当命一样疼的。青女的心越想越凉，越想越硬，不成，她要是认了冬莲，那她就对不起为她而死的娘了。青女从一开始就知道冬莲多疼爱谭守东，可她压根儿就没把自己当回事。

谭兴劝她，说他从小就知道冬莲的不容易，这样的娘能找了来，不管咋样都该认。青女不理他，说她永远不想看见冬莲。

谭守东来了，他说他替娘说几句话。青女不说话。看着她的亲弟弟，她总是心里充满了悲痛，本来可以一起手拉着手长大的呀。

谭守东从他刚刚记事的时候讲起，说他怎样顽皮，怎样让冬莲熬神，可他们的娘却硬是把土地开了荒，把房盖起来，又把他拉扯大。他以为他是在打动他的姐姐，可在青女看来，这更让她伤心，这样的回忆她没有。她的回忆是在戏班子，和她的爹娘在渭河边上赶路，在搭场子卖艺，在被所有的人欺负。冬天冷死，她娘抱着她取暖，一抱一宿。夏天热死，多大的蚊子往人头上脸上撞，她娘给她扇一宿扇子。

他说着哭起来，她也哭，为她爹七岁红的死，为她娘的死。她说，别说了，我不认识她，我不缺娘。你让你娘回去吧！要是你愿意，我就认你当个弟弟！

谭守东把她的话说给他娘听，劝娘先回去，和青女都好好歇歇，以后渐渐伤心淡了，说不定就好了。

冬莲却说啥也不愿意离开小红，她瞪着泪眼问守东，俺找了二十六年！你知道俺还有几年活头？要是没和你姐姐相认，俺死也闭不上眼！你让俺和你爹咋交代？

谭守东突然觉得，这事真是个麻烦事，他的娘和他的姐姐，居然都是他遇上的最犟的女人！

这事就僵持着，冬莲在离青女不远的地方住下，她顾不上她的儿子和孙子们，一心想要伺候她的闺女，她以为小红是饿瘦的。听儿子说，闺女竟然是因为有很大的烟瘾才这样虚弱，她心里咯噔一声，这不是往死路上走吗？

可这可怕的字她不敢说出口，怕她一旦说了就成了真。她对着儿子发脾气道，那你快给她治呀！你不是学了那么多年的医吗？

谭兴和谭守东无话可说，只能一声声叹气。

想断了烟瘾，一时没有好办法，冬莲只好在吃的上面做文章，青女却坚决不见她，也不肯吃她做的饭。冬莲听了，心里委屈了，自己抹了眼泪。她让谭兴对青女说她回堡子了，她听守东说青女身子弱得很，得汤汤水水滋养着一天吃五六顿饭才行。她就高兴有这机会可以伺候小红。守东说吃啥好，她就让他赶紧去买，做好让谭兴送去给青女。青女见冬莲果然不再来了，怀疑那饭是她做的，谭兴就找来个老妈子送饭，青女这才放了心。一个多月下来，人果然胖了许多，脸色也好了些，可那吗啡还是一天也不能断。

青女失了孩子，心里肚里都空落落的，对冬莲的怨恨就又添了十分。

这时宝娃的伤已经好些了，回了趟高黄村，又来城里看过青女，她当时还在炕上躺着，两个人当着谭兴的面，你的眼睛看着我，我的眼睛看着你，话也没说上几句，就只好告辞了。临走时他说他守城立了功，升了官，不久就出陕西打仗去呀。他还没想好去不去，也没人可以商量。他的话里像是有问她愿意不愿意让他去的意思，可她什么也没说。青女眼睁睁看宝娃走了，听他趿趿地出门，又穿过院子，觉得心里小刀划着一样疼，背过人去，她哭了好几场。谭兴看出她和宝娃感情很深，也就装作相信她是为流产的孩子伤心，劝劝就算了。

可是宝娃的队伍是快要离城的了，青女听了这信儿，就在炕上躺不住了。她回想那天他来看她时的情形，黑瘦着，眼睛却很亮，胳膊打着绷带，军装就一半穿着一半在肩上披着。后来他站在炕边低了头，仔细地看着她，只是在唇边笑着。到他走，她都像做梦一样。她和他都怕谭兴看出他俩亲近，可他走了，青女清楚地觉得，她一直在想念他。

她得去看看宝娃。

宝娃还在医院住着，一个人住了间小房子。青女看到桌上的行李已经打了包。他见到青女仿佛一点儿也没有意外，用他没受伤的手拉了她的手，青女有些羞，他笑着说，水玲珑！还是那么好看！

青女被他看得不好意思了，甩了他的手说，你们都要走了，想见一面就不容易了！

宝娃依旧笑，那你跟上我走吧！天天都能见！

青女早知道他爱说这话，也不去理他，自顾自说，要是你们还得打仗可怎么好？子弹又不长眼睛，你家在高黄村也有地有钱，不如就回去算了！

宝娃松开她的手，盯着窗外，那里一群兵正穿戴得整齐地和医生护士们告别。他伤感地说，当年我是为了能常看到你才来西安当兵的，为了打仗和家里全闹翻了！这次回家看看，家里荒凉得很，我爹埋怨我，我爷临死也没见上我！现在你和他过成一家人了，我想见你也难。要是我回家去，守着老婆娃种那些地，我得憋闷的多难受。现在国家乱成这个样子，哪儿有安宁日子，我还是去打仗活得爽快些。

青女找不出话来安慰他，却又觉得不舍得他去冒死打仗，就长长叹口气。

宝娃收回目光，见青女神色凄然，故意笑得轻松说，你要舍不得，不如和我走？你要我种地就种地，要我做什么都听你的！

青女看他的眼睛灼灼地盯着自己，心里却想谭兴怎么办？宝娃看出她心里在犹豫，就哀求地说，我只等你一句话……

俩人面对面站着，却都默了，他等着，房子静得几乎能听见心跳声，突然青女说，宝娃，我下辈子一定嫁给你！

宝娃愤然叫道，下辈子？这辈子我就想和你在一起！明明我和谭兴是一天认识你的！都怪你那兄弟谭守东！

青女见他怪来怪去怪在守东身上，知道他气极了，就争辩说，我和谭兴是登了报纸结过婚的！我也不知道后来你来救我！

宝娃瞪她说，当我不能登个报纸来娶你！

她委屈了，声音就有了哭意，宝娃见不得她伤心，便抱了她说，好了，你别为难！我那天见你在炕上躺着，他在旁边，我心就凉了。我走啦！以后只要活着，就来看你，要是死了，你过节给多烧些纸钱，给唱上几句戏文，也算我没白疼你！

听他说些不吉利的话，她就瞪了他要骂他胡说，宝娃却突然就用了力，把她抱紧在怀里小声说，我还没亲过你呢！

青女被他抱着，觉出他在她脸上嘴上亲着，他的嘴唇热乎乎的，胡子楂微微扎了她的脸，她沉醉地想要去回应他，就小声叫着，宝娃！宝娃！

宝娃来解她的衣扣，偏那盘扣紧得难解，他只有一只手，便急得边亲她边求道，我的心肝！你让我疼疼你吧！我爱了你多少年！

青女双手捂住领口的盘扣，觉得心扑通跳着，几乎要跳出来了！她低声说，不！

宝娃拼命亲吻着她，用牙咬她的嘴，又在她耳边说，水玲珑！这辈子说不定再也见不上你了！要是我围城时就死了，你想也要不到了！

青女渐渐就酥软了，自己解开扣子，立刻露出一片莹白，她半闭了眼睛盯住宝娃，他一把抱起她，放在床上，又哗啦一声拽上窗帘。他对着青女慢慢跪下，抚摸着她的脸和头发，俯身埋头在她的胸口，她轻轻叹息了。他热烈地搂紧她，用尽全力扯她的衣裳，咬牙切齿地亲她，狠狠地说，我要让你永远记得我！

青女被剧烈的疼爱包裹着，他的力量和热情让她舒展开，成了一朵最怒放的美丽的花。不知缠绵了多久，天色渐渐暗下来，青女不得不回家去了。宝娃久久抱着她不肯放开，有那么一霎时，青女突然想忘了谭兴，就和宝娃走吧，他有多爱她呀。可是谭兴的脸却总是在那儿晃呀晃呀，她睁开眼睛，窗外已经黑了。

她刚动一动，宝娃就把脸贴在青女的脸上，身体也贴紧了她的，她感觉他身上有汗，热乎乎的，她停止动弹，努力想记住这湿漉漉的肉体的感觉。宝娃小声说，再问你一次，和我走吧？

青女双手抱住他的头，他的头发很浓密，她的手指在头发里绕着绕着，又流着泪小声说，下辈子吧，我投生个好人家，等你来娶我！

他把头埋在她的怀里，喃喃地说，青女，我死也不惦记啥了。

在城里住了一个来月，冬莲再没见过闺女，她一个人落寞得很，谭守东没见娘落过泪，心里却知道她背过人去一直在伤心，因为她一个字也不肯说，眼睛却一直是红肿的。他看着娘手不闲地做饭，要么擦洗锅碗，要么给青女用自己手织的棉布缝衣裳，他劝她歇歇，冬莲只说不累。

谭家堡子的媳妇孩子要照看，而娘仿佛要一直在城里住下去了，谭守东只好两头跑，他不敢劝说他娘回谭家堡子，幸好谭兴每天来看看冬莲，他才和香绣放了心。他开始到处找人打听戒烟的法子，只要他和谭兴觉得有些眉目的，他就试一试，青女虽然不认冬莲，却对他很好，知道他诚心诚意想救自己，不管怎么样都愿意去试。她配合谭兴他们的计划，把她一个人关在屋里，不许碰到大烟，也不再注射吗啡，只是吃饭。可不过三四天，他俩就发现，青女虚弱的身体根本撑不住这样的办法，偏她自己很急切，让他俩别担心，说自己好不容易坚持了几天，要是放弃了，不是白受罪了？她找了绳子让他们捆上她，可他俩都下不去手，这次又失败了。

怀了这问题，谭守东去找德宽师父。他摇头说没什么好法子。他只好回了家。

隔了半个月的样子，德空师父派了人来，给谭守东捎了个方子，说是个高僧从居士那里得到的专门戒烟用的，基本上试过的人都有效果。那位高僧发心助印了许多份，说当今中国烟毒是一大害，国不富，民不强，就有这大烟的祸害：

戒烟神方（千万不可加一味药，加则不灵。）

鸦片流毒，受其害者，不知凡几矣。有志同胞，每欲戒而苦无良方。近来市上所售戒烟丸药，多掺以吗啡毒质。虽可抵瘾，受害尤甚。今此神方，简便易办，有利无弊。务望有志戒吸鸦片诸君，从速照服。百发百中，万勿轻忽。

甘草八两　川贝母四两　杜仲四两

此三味药，用清水六斤。熬至一半，将药用布去渣。加入好红糖一斤成膏。每次服三钱，温水冲下。

（服法）初三天，每药膏一两，加入烟一钱。第四、五、六天，一两药加烟八分。第七、八、九天，一两药加烟六分。第十、十一、十二天，一两药加烟四分。第十三、十四、十五天，一两药加烟二分。第十六、十七、十八天，一两药加烟一分。十八日后，每两药加烟一分，再服七日。以后不须加烟，服完此膏，其瘾自断，并无难受，及一切毛病。真奇方也。断瘾后，切忌再吸。爱惜光阴，保养精神。至祷至祷。正戒烟服药时，忌食酸味。

（防法）倘戒烟期内，发生别种毛病。每两药膏，照期多加烟一分,不可过多。自然病愈,万无一失。此方治好多人。有每日吸二三两烟者,均服一料断瘾。不但不生毛病,而且精神强健。极灵极有效。

谭守东细细地研究了那药方,觉得应该可行,就和青女商量,要按这法子试试。青女见要重新吸食鸦片,胆战心惊,害怕再次陷入大烟和吗啡的双重毒瘾之下。谭守东说目前只有这一个法子了。青女叹息道,人命天定,真该绝了我也没办法!守东,给姐试试吧。

德空师父给的方子却真是灵验,冬莲按方子所说照着守东的安排做好了药膏,青女每天严格按那方子所述服药,一个月的工夫,她的烟瘾果然没了。想想这烟瘾害了她好几年,现在竟然好了,青女悲喜交集。冬莲听说她好了,也是高兴,也怕她发现自己一直在做饭,反而生气,就答应儿子,回了谭家堡子。

在青女看来,这城里全是伤心。宝娃走了。得意社的戏班子重新组起来,青女却听说老张伯围城时并没和冯老板出城,一直待在西安,一家人都饿死了。她感念老人就是她和她娘的救命恩人,让谭兴陪着去他家里找了,房已经空了,她就跑到城里边的万人坑去祭奠了几回。那里埋着所有在围城里死去的人,人人都没有棺木,青女想着她的娘和老张伯,次次都哭得几乎要昏过去,而和她一样在为缅怀亲人的人们,从早到晚都挤得满满的,哭天喊地,满是凄凉。

西安城这次灾难,多少家都少了人口不再囫囵了,谭兴却庆幸他从此和青女就能厮守了。这次差点儿失去了她,又在围城时见到死了那么多人,他打定主意只要能和青女活在一起,把什么都看淡了。他就没有了过去那些抱负和雄心,渐渐怕起事来。他只想要和青女在一起,给她买各式各样的东西,想让她高兴。从谭兴又找到青女,她就总是很怕一个人睡觉,有时惊叫着就醒了,有时又会在梦中哭着叫"娘!娘!",她流着眼泪痛苦地在床上翻腾,却醒不过来。谭兴心疼地把她抱在怀里,小心地叫醒她,哄她说这辈子也不再打仗了。青女茫然地在他怀里睁着眼睛抽泣,会失眠到天亮。谭兴让谭守东给她开些药,吃了有些好转,可她的噩梦却时有发生。

到了夏天,西安解围不过半年多,冯玉祥突然在河南将部队里的共产党员和大批政治工作人员解职,并通知陕西方面,陕西国民党各级党部一律解散,各群众团体立即停止活动。并且，从此不准共产党员跨党加入国民党，不准以共产党名义活动。谭兴立刻惊呆了，他往家走时，见西安警备司令部张贴了布告，说是严禁共产分子活动，要各县火速清党反共。谭兴和青女商议了一回，决定还是和魏主任说说，谁知魏主任先来找他，让他赶紧离开陕西，否则难保性命。谭兴犹豫了一夜，第二天便去找魏主任，说他想撤回当初的入党申请。魏主任震惊了，问他为啥这样决定，谭兴低了头说不出话来。

谭兴就留在了西安的学校里，青女问他不怕吗，他说他已经是国民党员了。

用了两年多时间，冯玉祥集中力量肃清陕甘豫境内杂牌军，统一了陕西。

西安城经过那么长时间的围困和战争，城和人都伤了元气，衰败得不成样子，老人们就说，要好好养着才能恢复呢。可戏还是想要看的，要不这城的魂不就断了么？得意社的班子重新组了起来，原来的茶楼已经让炮轰得断墙残壁，只能扒倒重修，班子就在城墙根儿搭了台子唱戏，说是为重建得意社筹款。得意社想要重建，不光是要花大钱，更重要的是像样的角儿一个也没有了。冯老板到处找青女，谭兴知道了，让她不要再去唱戏了。青女应了。

就算是躲藏着不见，青女还是让冯老板找到了，她和谭兴一直就租住在城里，那么大的西安城，她是多少西安人眼里大名鼎鼎的水玲珑，谁见到她不认识呢。冯老板上门来请，见她犹豫着，又见谭兴说得坚决，他就知道，水玲珑不打算再唱戏了。可他手里还有谁？小桃红早就没了，水玲珑要是也不唱了，那他捧新角儿也得些时间，西安人眼睛和耳朵刁着呢，他们会认谁？那得意社不是真的就要倒了吗！

冯老板眼看没了希望，他也知道谭兴现在是不敢惹的人物，可他还是很婉转地找上门说，得意社没了水玲珑还算是啥得意社？只想着青女能记得他当年收留她们母女的事，能让得意社重新开了张，哪怕青女只唱两年，给他个重新捧角儿的时间呢。

谭兴却只说不唱了！

谭兴说，戏是不能让她再唱了，她才戒了大烟，孩子也没了，她得好好歇着。

冯老板见他坚决，再看青女点头，知道他们在大烟这事上恨着自己，就叹气说，也好，看青女有个好归宿，我们也替她高兴！我看着她从十来岁长到现在，比自己闺女还亲些！青女，我待你不薄吧！哪怕青女去挂上名字，西安人认她，我们就好办了！

青女说，我记着你收留我们娘儿俩的恩情。谭兴说得是，我这身子得好好养呢！现在弱得很，一个折子戏怕也唱不完全了。

冯老板苦笑了说，得意社要重新盖楼重新捧角儿，都得大把花钱！一个班子几十口子人，再加上他们的父母儿女，上百口人指着我养活，我也不怕你们笑话，我手里的钱真是紧张，也就不顾什么脸面了，哪怕你来给孩子们教教戏也行呀！

青女笑了说，成！

民国十八年（1929），因为前一年大旱，谭家堡子的人到了开春就已经断了粮食。过了下种的时节，人们把自己省下没敢动的种子都下到地里，可那地是干裂得不成样子的，勉强挖出下种的畦，种子下到干黄土的地里也没下一滴雨，等过了好多天也没见长出一棵苗，扒开土，那种子还干瘪瘪地在土里，用手一捻，便和那土一样成了粉末。

人们扫光了瓦瓮，再没有饭吃，就都绝望了。谭家堡子最先饿死的是老郭秀才，人们怕着，却觉得人终有一死，他也算从此给儿子家省下粮食了。紧接着，堡子里一连死了几个老人和孩子，年岁最大的老华爷死了，他儿媳妇才哭着说，家里明明还有粮，他却让人人都等等，硬是省下了一点儿粮，自己和一个小孙子却饿死了，老人终于还是死在了旮旯上。人们见许多家门口都挂上了白纸钱，便知道这才是开了个头。春天没种上，秋天就没了收成，就算秋天老天照应下了雨，种下的麦子也得到明年夏天才能长成，这一年的嘴，难不成要用绳捆起来么？于是，堡子里许多人外出逃荒要饭，去吃舍饭。谭彦章家凭着儿子谭兴在城里的军校当主任便有了接济，谭守东能给人看病，也挣着钱，见粮价不断上涨，料到今年的饥馑是躲不过去了，有了那年西安围城的事当作教训，他不敢疏忽，也买回许多粮食藏起来囤积着。

大批的人外出逃荒要饭，到了夏天，本该长满庄稼的关中平原却是黄秃秃一片，连一星半点儿的绿色都没有，井水的水位下沉，原先可以行船的渭河竟干涸得裸露着河床，有的地方还能行走骡马大车。因为这奇异而不见一丝好转的干旱，再加上突然就开始了的蝗虫，灭绝了人们所有的希望，西安城里的商户纷纷抬高了囤积粮的价，一斗粮从几角钱涨到了几十元，街头重新出现了西安围城时饿死人的情形，并一连三年都不绝。因为死的人太多，所有的地方都没了生命的活力，树木干枯，树皮树叶被揪吃干净，河水井水干涸，陕西的天和地都成了死气沉沉的，连人也完全没了活气。

谭兴听说堡子里许多乡亲们都往山东逃荒去了，就带着青女回了趟家，堡子里几乎人去房空了，家家房子都荒得可怕。谭大个子带着爱娥回了山东，他儿子祥子却和媳妇回了媳妇的娘家。闫老六带着一家人也回去了。谭彦章不肯和儿子进城，他说他离不开这堡子和他的田地。

谭兴见谭守东也和家里人守在家里，便仰天长叹说，谭家堡子快死啦……陕西恓惶死了！

冬莲见青女给家里送了些吃喝，她怯怯地看着自己的闺女，看她脸色已经恢复了粉嫩，心里宽泛了些。可青女始终垂着眼皮，不肯看自己一眼。她叫冬莲婶子，这一句婶子把冬莲立刻叫出了眼泪。香绣给冬莲递来擦脸布，青女却转身就走了。

又一次回来送粮食时，谭兴告诉谭守东，冯玉祥在中原大战中被蒋介石打败了，他原先的地盘就全部成了蒋介石的了。十七路军总指挥杨虎城已经进驻陕西，就任了陕西省政府主席。

谭守东帮他娘在小石磨上慢慢磨着树皮，准备掺和在豆子里吃，他听了这话，淡淡地说，地盘……中原大战……呸！俺看，都不如一个窝头更实在！

谭家堡子附近的村庄不知什么时候起闹起了狼灾。许多关中人家，因为出门讨饭求生的都是青壮年，留在家里的都是老人和女人带着孩子。饿极了的狼从深山老林里跑出来，竟一点儿也不怕人，大白天就敢蹿进村子叼走孩子，小脚的女人们被狼在自家院里咬死的事越来越多。谭家堡子的人就庆幸着，有了这个宝贝寨墙，大家算是能躲过了狼患。

关中自古都是皇天后土埋了多少皇帝的地方，这样的灾难使过惯了旱涝保收安稳日子的关中人们都惊慌了，总期盼着兴许哪天就下雨了，一切都好了。可这雨竟然盼了三年！谁家的家底再殷实，也经不得这样三四年的绝收，渐渐所有人都成了饥苦的样子。

在饥荒才刚开始的时候，高婆婆还来找过冬莲，领了个高黄村的媳妇求谭守东治病。从守东有了医术远近有名了之后，时常有车拉了重病人来找谭先生，有的却走错路到了高黄村。但是高黄村的人大多都欺负过冬莲，谁也不好意思自己来，病却把人逼得顾不得许多，他们想冬莲一定会念高婆婆的恩情，总要她陪送来。谭守东对每个病患都会认真医治，那些人回去好了，就加倍夸他医术真是高。

谭守东对高婆婆总是又恭敬又羞愧的，虽然他已经成了个人物，能救病活人，可她救过娘和自己的命，他在她面前就总也不敢不尊敬。他永远记得自己在高黄村才闯了祸，神都吓没了的时候，高婆婆和他娘给他解了绳子，让他快跑去找德空师父的情形。

灾情越来越严重了，人们总是阴沉了脸传说哪个村又死了谁，有些时候没有高黄村的消息了，冬莲就操心高婆婆，让守东和香绣拿了些粮食去看看。谁知他俩还真去的是时候，高婆婆家已经绝了粮，儿子出门到耀县乡下的丈人家去寻接济，一个多月也没回来，不知死活。而高婆婆和儿媳妇、孙子、孙媳妇都饿得连门也出不了。

谭守东带的那点儿粮食能支撑多长时间呢？他和香绣看着高婆婆的儿媳妇撑着去烧水做饭，高婆婆却在炕上只有出的气了。谭守东握了老人的手，那腕子只比筷子粗一点儿，手指枯瘦得可怕。他摸到了她的脉象，脸色微微一变。高婆婆却很高兴，她强睁了眼睛打量了守东，问他家的孩子还好吧，又怪冬莲让他来送粮食。

她说她梦见佛菩萨了，说好要接她走。再吃也是浪费了，不如给孩子们留下。

谭守东当她做了什么梦，就安慰她，说话间见她媳妇把熬的咸面糊糊给高婆婆喂，她却只喝了两口就硬是推开了。大家劝她再喝些，她很安然，还是那话，再吃也是浪费，不如给孩子们留下。

谭守东出了高婆婆家的门，只是叹气，香绣说，咱家的粮食还撑得了多少天？我怕得很！

谭守东没说话，从祠堂旁边走过，见那时自己被捆过的大槐树没有了树叶和树枝，连树皮也让人剥得干净，他绝望地想，所有的一切都要死了！

沿着高黄村往回走着，谭守东突然没头没脑地对媳妇说，高婆婆过不到明天下午了，俺摸到她的死脉了！

回到谭家堡子，守东没敢隐瞒高婆婆的情况。冬莲早就料到一样，她没哭，也没发愁，只爬上炕，打开几年前守东亲手做的大板柜。谭守东和香绣就在地上站着看她，见冬莲从里面拿出个蓝灰色粗布包袱，打开来，是一双寿鞋、一块盖脸布和一套寿衣。冬莲在炕上把那有单有棉、有长有短的寿衣一件件重新叠了，守东看到，竟有内衣、夹袄、棉衣、大衣好几身！冬莲一声不吭，把包袱重新结了，又让香绣去舀些苞谷面装在刚才带回来的布袋里。

香绣听说是要面，有些不舍得，就在门口磨蹭着，见冬莲一边换衣裳一边看她，才小声说，刚才已经拿了那么多豌豆面了……娘，咱家也不多了，高婆婆已经不吃东西了！

冬莲瞪着她，香绣垂下头，却并不去舀面，冬莲突然爆发道，说的什么话！俺们和守东的命也是人家给的，舀点儿面你就不愿意了？高婆婆不吃了，俺得给她蒸几个苞谷面馍供在灵前吧？现在人都饿得没劲儿，她儿子不在，俺只当是她的闺女，让村里人抬埋总要给人家吃顿饱饭吧？

从香绣进了谭家的门，冬莲几乎没和她高声说过一句话，总是和和气气，和亲娘儿俩一样。今天见冬莲一直不说话只是收拾东西，突然就大声训她，香绣委屈地哭起来，守东一把抢过她手里的空布袋说，高婆婆救俺们多少次！这粮得给！

他去装粮，香绣见冬莲坐在炕边不说话，便愧了道，娘，我见饿死的人多，害怕了，怕咱家也绝了粮，那可咋办？你别生气，我以后听你的！

冬莲摆手说，俺明白你的心，看你天天不舍得吃稠的，把饭省着盛给守东和俺们，娘知道你孝顺！可高婆婆不是一般人呀，她的恩情拿多少粮食也报答不了！你在家看着孩子们，锁好门。俺和守东去高婆婆那里，要是情况不好，兴许晚上就不回来了。

香绣吓得说，娘，我害怕！堡子里没多少人了，人家都知道咱家还没断顿，要是谁来抢粮食咋办？

冬莲沉吟了说，那俺让他送俺过去就趁早回来！

等冬莲和谭守东赶到高黄村的时候，高婆婆还没咽气，她已经看不清冬莲了，就伸了干枯枯的手去摸冬莲的脸，她叫，女子！你来送我走呀！

冬莲知道她一世念佛，做人善良，该是有善报的，她只当高婆婆竟要活活饿死了，谁知老人瘦却是瘦，脸色却还好。

她的慌乱和不舍就被婆婆的安然给感染了,她小声说,婆婆,是俺!

高婆婆满意地露了点儿笑容说,好嘛,我早知道咱俩是有缘分的!师父们总说要念佛往生,你来了就好,让我停灵三天。你帮我助念吧,等佛来接我去极乐世界。我教过你,还记得不?南!无!阿!弥!陀!佛!

她一字一顿虔诚地念道,声音绝不像个垂危的七八十岁的老人。高婆婆的孙媳妇和孙子对视了,高婆婆的儿媳妇却叹口气。冬莲便想起她过去曾听高婆婆喜滋滋地教高席氏说,她得到一个高僧教她往生西方极乐世界的妙法,从早到晚专心只念"南无阿弥陀佛"这六个字就好,临死的时候,佛就会来炕前接引到佛国去。当时的冬莲只以为高婆婆在说哄人的玩笑话,是为了让高席氏有了些指望就不再觉得苦痛了。

那时她才二十多岁,没想到高婆婆一句佛号就念了几十年!

高婆婆闭了眼睛,侧身躺了,嚅动着嘴唇不再说话了。冬莲辨听她在念着佛号,就示意守东回去,两天后再来。她在高婆婆炕沿儿上放好自己带来的寿衣寿鞋,又给高婆婆的媳妇和孙子们交代了要轻手轻脚,等高婆婆走了也不要高声痛哭,免得乱了她的心思。他们说,他们的奶奶交代上万遍了,他们早就记下了,可真的有佛来接她吗?咋能证明她真的去了那好地方?

高婆婆媳妇小声说,你奶早说过了,只要她咽了气,全身都凉了,头顶还热着,那就是到了那佛国了!快出去,别扰乱你奶!

高婆婆的儿媳妇把他们撵了出去。冬莲把自己带的馍布袋放在身后,又端了碗水放好,就在炕前寻了个地方坐下开始念佛。她的声音不大,高婆婆听了就微微笑了笑。冬莲的心总也不宁静,总是很焦急,怕自己不能好好帮助高婆婆得到佛来接引她。高婆婆的儿媳妇也过来助念,却饿得无力,就半躺半靠在炕边,冬莲示意她吃馍去,她饿慌了,顾不得面子,大口嚼咽了,才小声对冬莲说,她也想和她婆婆一样早些死,要是真有佛,她就盼着也能接她走。

冬莲点头,小声说自己也想去。

她是为高婆婆才念的,婆婆说佛要来了,她就按婆婆教的去念。半夜的时候她又困又累又饿,已经神志模糊了。高婆婆的儿媳妇就让冬莲和她在屋里站着念或慢慢走着念,她说她婆婆有时成晚上在念佛,总是这样。好多次冬莲把那六个字念不清楚,就自己咬了自己的舌头。她见高婆婆一动也不动,嘴唇也不再蠕动了，可还有呼吸。冬莲知道她心里必定没停了念，越是这样，越是需要自己大声念佛引导她。冬莲就打了精神再接着念。

高婆婆是在第二天晌午的时候走的。她走时冬莲真的闻到了奇异的香味，也真的见到高婆婆果然是绽开了笑容才咽了气。她不敢相信世上真的有佛，能把人从苦海里解救出来，但她多么希望，高婆婆真的到了那个师父们总说的西方极乐世界！

又过了一天，冬莲才试着去摸了老人的头顶，果然全身柔软头顶还温热着。她不敢停了那佛号，一边念着，一边和高婆婆的儿媳妇一起帮老人换上自己做好的那些衣裳和鞋，发现老人居然手脚柔软。高婆婆的棺木是多年前就备好的，守东和高婆婆家的孙子们一起，把老人抬埋了。

送走了高婆婆，冬莲走在回堡子的路上，心里空静得很，就只想一直念着那六字佛号。世上的人忙着要活，却总是要死，忙来忙去，唱戏一样热闹得乱糟糟，临死时才发现都是假的。冬莲觉得，她见了那么多人死去，只有高婆婆这样从容，又这样解脱，这恐怕就是老人家说的福报和佛缘吧。

经过饥馑和逃荒，关中平原上又闹起了"虎烈拉"（霍乱），没饿死的人大多染上口吐绿沫、狂泻黑水的急症，不几天就死了。谭守东听说德空师父在卧龙寺支了大锅发防治瘟疫的药汤，便和自己学医时的德济堂商量了，又跟几个城里的老中医商量了方子，熬制防治霍乱的中药，在药堂门口支起一口大锅发放舍药。谭守东从城里回来带了一大担中草药，在山东堡子和高黄村舍药，可是能来讨药的人却很少，人们都怕染上疫病，门也不敢出。

谭守东想起当年他学医时下的决心，就把药送到了高黄村。高旺生明显老了，压根儿不认识谭守东了，整个村子完全和山东堡子一样，衰败，荒芜，没有多少人气了。

直到春天的一场大雨才把连续四年的灾难终结了，幸存下来的人们叹息着，人在做，天在看啊！

到了来年快清明的时候，不约而同，各家各户早早就开始准备上坟祭祖的事了。这一场年馑，山东堡子就少了五六十人，除去回了老家生死不明的，光埋在北堡子外荒地里的亡人就有三十多个。多少年以来，冬莲都想把双林的坟迁回山东堡子，也算不是个孤魂野鬼了，可她没法子说清楚男人当年埋的地方，谭守东也只能劝她想开些。她想双林了，总是在大楸树底下伤心一场就算罢了。谭守东惦记着他娘的心愿，又见一片新坟跟前总有人跪在那里哭泣祭奠，他深思熟虑了好久，决定在山东堡子做一场隆重的祭奠。这主意立刻得到了谭彦章的同意，闫老六回山东了，他就把这事交给了谭守东和谭福去办，谭兴得了信，答应到清明时候带着青女和刚刚一岁的闺女家宝回来参加。

为了写祭文，谭守东几乎熬费了所有的心血，白天他就待在北堡子外面的荒地里，对着那些新坟旧坟发呆。这些坟都是山东人来到关中这几十年里修起来的啊。谁都是为了活着才背井离乡，怕是谁也没想到，大片的荒地开成了田地，儿孙们能在土地里劳动着生活下去了，他们却老死病死或饿死了，再也不能回到老家山东，像片树叶一样，就飘落在关中大地，竟埋在这黄土地里，渐渐就化成了土。这样一想，谭守东悲伤得不行，想想他没见过面的爹，竟让娘给他守了一辈子，能替他埋进黄土里的只有娘给他做的那些鞋了。谭守东就下决心，一定要写个好祭文，给这些坟地里躺着的乡亲们一个交代，就算是给他们立了块碑吧！

寒食节这天照例不动炊火，前一天就开始下起蒙蒙小雨，人心里更沉闷了，老人们就念叨着，果然是鬼不走干路呀。人们煮好鸡蛋烙好饼当作一家人第二天不点火做饭的干粮，又给祖先蒸了馍馍做好面鱼，把果子点心和水果也去买了来，只等第二天上坟。

一早，人们就用篮子挎了自家的东西往北堡子走，却见谭福早找人在古庙门口准备好了香案，摆放好供果和祭礼，庙里孔圣人的像前也供了果子，只等时辰到了就好行祭奠大礼了。祭文是谭守东花功夫早就写好的，他先请谭彦章看了，又找老锹头给他改了，谭兴提前回来等着寒食节扫墓祭祖，谭守东也和他一字一字推敲了。大家看出他心重，都说写得真是好，他才松了口气，说只怕不能表达堡子里乡亲们的心愿。这场祭奠令山东堡子的人在多年以后还能记起，因为人人都沉痛地祭奠了祖先，在那坟地里跪得满满的，跪不下的人就顺着田埂一路跪到了大路上，这样的情形是多年没有的。谭兴带着青女也回来了，这是她第一次以谭家媳妇的身份来到谭家堡子。许多人已经知道她竟是冬莲多年前送人的闺女，有的为冬莲高兴，也有的却奇怪，她从进了谭彦章的家到祭祖离开，压根儿没进过谭守东的家门，甚至和冬莲连一句话也没说。有好事的人却说，他们看到青女和谭守东的媳妇香绣倒很亲热，对守东的老三闺女国花简直爱得不行。

而谭守东写的那个祭文，引得所有人都流了泪。隔了没几天，几乎全堡子的人都要了那张祭文抄写了留在家里，说这是给山东堡子的亡人们做了公正评价，算得上一个碑了。

　　维己巳年，清明正当。
　　祭缅祖先，拳拳赤心。
　　背井离乡，离鲁赴秦。
　　孔圣礼纲，教化子孙。
　　开荒数载，富庶太平。
　　…………
　　天灾人祸，呜呼哀哉。
　　叶落大地，生生不息。
　　…………

民国二十三年（1934），堡子里的山东人一连过了几年有收成的日子，到山东老家逃荒的人也渐渐回来了，谭守东略略一算，从围城那年起，这几年的时间里，谭家堡子竟少了上百口子人！可也奇怪，就算日子再紧巴，家家也都还织着布，逢集过会的时候，便各自把织好的布拉到富平和阎良的集上去卖，山东人织的布，远近有名，压根儿不愁卖。

谭小头依然和他媳妇胡乱种些地，那地也乱七八糟长些粮食，当然不够他俩吃喝。谭小头媳妇老了，个头儿缩了，不知害了什么病，头发脱得只有几缕了，却费心要把花白的头发挽个小鬏，还不忘别上朵油晃晃脏腻腻的绢花。她一年到头嘴里零嘴是断不了的，日子拮据着便又重操了过去给人买卖牲口说媳妇的营生。谭小头和他媳妇去了趟山西，回来时用驴车拉了一大堆铁器，想在村里把它卖掉换成钱。可是谭家堡子谁也不敢要，因为那些铁东西堆在地上好大一堆，却不像是废铁，大家知道它的来路不正，疑心他是偷来的，都不敢要。谭小头便急了,又是指天发誓又是赌咒,说这东西干干净净,是他赌钱赢来的,但他也说不清这堆铁家伙是个啥。他开始说要五个大洋,见没人买就不断减价。

谭守东跟着大家一起看了,回来对冬莲说,俺看谭小头拉回来的那堆铁疙瘩倒像是一架织布机,又不是木头的,哪有那么大的铁织布机?娘,你天天织布,去跟俺瞅瞅,看那是不是织布机,要是真有用,咱就花点儿钱把它弄回来。

冬莲便跟着他去了,他俩蹲在地上,在那堆铁里看到有踏板,有机轴,当她看见挂纱线用的轴时,便心里有了谱,悄悄对守东说,没错,那绝对是架织布机……连穿梭用的轴都在呢。

守东心里有底了,打发媳妇陪娘回家,装作不经意的样子对谭小头说,这到底是个啥东西呀?

谭小头说,俺要能说清是啥东西,还急啥呀,守东你见过大世面,不像谭家堡子这帮土包子,你也有钱,你就买了吧。

谭守东说,俺知道你这人反复无常没信用。

谭小头被他说得脸上挂不住了,便回头瞅瞅他媳妇,谭小头媳妇不愿意吃亏说,不就是没给你说媳妇吗?

谭守东气了说,只说这堆铁疙瘩,你要是想卖,好好给俺写个字据,省得将来找俺,俺可不像彦章大爷,买了的房子赔了钱再卖给你。

谭小头见守东愿意买他的铁疙瘩,高兴地说,那成!那成!俺现在就写,俺得要二百斤黄豆!

谭守东将那堆铁疙瘩拉回家,搁在自己诊病的空房子里,一件件摆放在地上,发现果然是织布机的样子,但是却比他们的木织布机要大得多,也不知道是缺失了零件还是啥原因,这织布机根本装不起来。冬莲便说,俺看你不如到城里看看真的织布机啥样,回来也就有数了。

第二天一早谭守东便去城里找人询问,听说山西多有这些织布厂,他想谭小头不就是从山西弄来那些东西的么?他就有了劲头儿,当下让伙计备了吃喝往山西走,三四天工夫才寻到一家织布厂,看到外国进口的大织布机。他仔细揣摩了,把自家的那些铁零件和这机器一一对比了,发现零件倒还不少啥,但自家那个却简陋得多,他将那城里的机器打问了下价钱,吓得掩了嘴。谭守东想，这机器一天要织出多少布呀，比全堡子人一块儿织布的本钱都大，俺把机器好好琢磨琢磨，真是弄出来了，织的布多了也能挣大钱！

心里有了数，谭守东回到村里，只和冬莲、香绣说了打算，就把全部心思用在这堆铁零件上，他拆拆装装，却发现无论如何都没法组装成织布机。冬莲琢磨了说，俺觉得有的地方光用铁也不行，装不起来的地方，咱就用木头把它们连起来试试！

有了这样的一个想法，这一堆机器零件就活了，谭守东在屋里写写画画了一个多月时间，又装又拆地忙活着，终于把那大铁织布机安装成了。香绣和冬莲都是织布的好手，便也拿了自己的线用枣木梭子来织，却发现自己那线根本不够这机器织的。谭守东便又跑了一趟山西，这才发现人家织的那布是洋布，用的纱是洋纱，他们用棉花纺的纱只能织土布。守东发现了事情的根源，回谭家堡子时便直接买回好洋纱运了回来。见他拉了两车大麻包，村里人不知道他买的是啥，又见他还请了两个山西人来，便都急着要看，守东怕他们泄了密，便说还没有弄好，等成了一定请你们来看。洋布厂的师傅被谭守东安顿了住下，他们见了这铁织布机便吃惊道，这是洋人的机子，你们从哪儿弄来的？

守东便把谭小头弄来铁织布机，他们试着装起来，又买了洋纱却咋也织不出布的事情说了，那人赞叹道，这机器也是洋人做的，可是能从一堆零件装成这样，真不容易，这上面少了一个最重要的零件，就是经线和纬线交织时推动的那根杆。

冬莲便恍然大悟道，可不是吗，俺们织布时每天都要推动那杆，俺就瞅着它少个啥，可又想这是个洋机器俺可没敢说。

守东便笑了说，娘！人家说了你才说，咱都愁了两个月了。

冬莲只好笑了。

那人说，这机器上少了好些东西，你们还真是能行，都用木头的代替了，可这根杆却没法代替，是这样吧，我们说个尺寸，找那铁匠照着你这机器打一个，装上试试。

冬莲不明白地说，费那么大劲儿，非得装个这，俺原来手工织布也一样能赚钱呀。

那山西师傅便笑了说，你那土织布只有一尺宽，拿棉花纺纱，你一夜里才能纺多少纱，这大机器用的是洋纱，织的是洋布，这机器得男人上机织布，而且同时得两三个人干，一天就能织出两尺八宽的洋布，手上利落的人一天能织三十米。

冬莲和香绣惊叫道，娘哎，三十米！

那人便瞅瞅她娘儿俩笑着说，是呀，三十米！

冬莲喃喃道，娘哎！三十米的洋布就能买三百斤麦子啦！

大家的眼睛瞪得圆圆的，不敢相信这铁织布机竟能有这样的能量，香绣催着守东说，那你明天赶紧去城里找铁匠，把咱的机器赶紧弄好，咱改天就织。

可是守东把那机器完全照那山西人的设计重组了，那洋纱也拉了回来，却还是不能立刻织，因为这洋纱织起来一天要用好几十斤。他们按照那人的指导，用上好的麦面熬烫成稀糊，细细把纱浆了一遍。谭守东在自家门口做了几十根一两米长的木杆，搭成中空的木架子，在自家门口把那洋纱晾挂面一样搭在四方架子上。他让香绣勤翻晾着，早上晾晚上才能收回。依着山西师傅的话，香绣要按照一斤线二两面的比例，打好了糨糊，冬莲便心疼道，啥时候也没听说织布还要给那线上用白面，这几十斤线得用多少白麦面，俺过年也没敢这样吃，真是糟践粮食！不织了不织了！

守东便劝她说，这机器织出来的布平整，能卖得上好价钱，到时候呀，一天卖的钱就能买三百斤麦子，你还愁啥？

冬莲相信儿子的话，可她还是心疼那些面，就给香绣说，俺觉得一两面也就够了。

香绣却是听守东的话，不敢短斤少两，便依着她的话按一斤线一两面的比例倒在盆里，等她满意地转身走了，香绣又把剩下的面重新用秤补足倒在盆里。可是第一次还是失败了，纱线不停断头，香绣和冬莲只好手不停地去接线头，大家找不着原因，又不舍得再用那贵得要命的洋纱去试，便只好停了工，山西师傅来了捏捏线说，给你说了这稀稠要合适呀，而且这糨糊要打熟，里面一星半点儿的生面粉都不能有！糨糊没打好，浆纱时又没沾均匀，可不这纱线就会断头呀！

冬莲指了断头说，这哪是织布呀，只是忙着在接线头呢！

听她这样说，那人说，织大机布，女人就不行了，女人只能把这线倒在线碌碡上，这大机器得两三个男人才能干得了，女人劲儿不够，这纱就被硬撑着扯断了。

守东这才明白了，不敢再让山西师傅回去，给人家包了谢钱让人家守着给指导。他在村里找了两三个好劳力，说好了工钱，请他们帮着来织布，试了好几天，买回来的洋纱费了一少半，就算是布多么不平整，那洋布终于织了出来。

出布那天，村里人都挤在门口来看热闹，只见那洋纱竟有两千多根线，樾子上的线是一大把，把这一大把两千两百多根线，像用箆子梳头一般箆得一根根放开，再放在轴上，抬在织布机上才能织经线。纬线和木织布机一样，还是在梭子上。布织出来大家都激动坏了，人们见那机子像吃线一样，不到大半天的工夫就把十来斤洋纱都织成了细密的洋布，人们纷纷想要过来摸一下那布，冬莲便慌了说，可不敢乱动，这线细，怕是不结实。

那山西师傅就笑了说，这比你那土布还结实，你撑一撑，断不了！

大家便上来摸着说，谭小头弄回来的居然是一棵摇钱树呀。

谭小头也得了信来看热闹，见他收回来的那堆铁疙瘩居然是这样一个吐布一般的机器，他便红了眼，冲谭守东说，俺把那二百斤黄豆还给你，你把这机子退给俺！

不等谭守东说啥，大家便嚷嚷道，你太不地道了吧，你那废铁堆着没人要，你千求百求地让大家买，都没人要。守东一家子花了多少时间，花了多少钱，算是装成织布机了，你倒来摘果子了！

谭小头媳妇便坐在谭守东的门槛上，拍着自己的膝盖大哭大闹道，可怜俺没个孩子，也没人给俺做主，俺老两口被人欺负，好好的机子被人骗走啦！俺早说这是个织布机，能发大财的呀！

不等她说完，冬莲便拿了当日谭守东和谭小头写好的字据说，你好好瞅瞅，你们当时是咋写的，就怕你们后悔！

谭小头媳妇伸手要来抢那字据说，这铁机子是俺的，谭小头写的不顶数！

守东从他娘手里接过那字据，叠了叠放在口袋里说，俺跟你啥话也不想说，要想去告官就去告吧，俺不怕你，这机子俺不可能给你，赶紧走吧！

谭小头两口子见村里人都向着谭守东，便商议了一会儿又来找他。谭守东不愿意见，只忙着领小伙子们在那里哐当哐当织布，谭小头媳妇悻悻待了会儿，又堆了笑脸说，守东，俺知道你是大人不记小人过，俺也知道俺当时对不起你。

守东背过身不理她。谭小头媳妇接着说，月月死了，也没人给俺养老，地里的活儿俺也做不动了，俺就想着那铁织布机俺不该要就不要了，你赖好再给俺点儿粮食，让俺过了这个青黄不接的春天。

谭守东还在沉吟，谭小头说，你爹那时死在河滩上，俺们还去抬埋了！

守东一摆手说，香绣，去给他们再舀上两斗苞谷。

老两口没想到谭守东这么大方，刚要走，冬莲冲他们说，以后再别来了，你们自己做的事俺提也不想提，以后再来俺啥也不会给啦！

俩人赶紧跟上香绣去舀粮食道，那是那是！

铁织布机织布速度很快，守东买回的洋纱不经织就用完了，他就打算要把那洋布拉到外边去卖。他去和谭兴说了这事，谭兴说，这样的布太贵，几乎是土布的两三倍，穷人穿不起，俺倒看这布染了色可以做军装，俺去问一问，看部队里做军装、军被需要这些布吗。

从围城结束，谭兴在五味什字的军需局已经工作了十年。

他在围城时立过功，上过军校有资历，人又谨慎精干，就一直管着军需药品，算得上大权在握。那时青女被谭守东医治着身体渐渐好起来，第二年就怀了孩子，谭兴把她当心头肉一样供着，直到她生下闺女家宝，他几乎没离开过她，更不用说让她去唱戏了。可是这两年眼看孩子也上了学，青女少了行走和练功，越来越富态，嗓子也不亮了。她急了，天天总想去唱戏，谭兴却还是不许。随便哪个戏班子的人介绍了学生们来，说要请她去给排排戏，她高兴得什么似的，赶紧答应了。谭兴拦也拦不住，只好顺了青女的意思。

有时冬莲想青女，让谭守东给青女说说，她还是那话，她娘早死过了。守东不敢把这话捎回去，就只好哄他娘说，他姐忙呢。冬莲次次都很难过，也不说话，就点点头自己走开了。

好不容易织出了洋布，谭守东只当谭兴会很高兴帮他的，谁知他说，守东，军需品不是一般人能做主的，弄不好让人抓了把柄就麻烦了，你不过只有一台机器，生产那点儿布，也不值得让人担风险呀。

听他说得有理,谭守东沉吟了说,那咋办?织好的洋布只能做军装,老百姓谁买得起?

　　谭兴犹豫了说,俺就豁出面子去找他们说一说?可你得知道,现在他们采买东西,都在里头要扣些好处的……俺管着药品,平时小心翼翼就怕惹事,这浑水俺不想蹚。兄弟,你别怪哥哥俺胆小怕事,这军需局……你哥哥干到这份儿上不容易!

　　听他这样说,谭守东便站起身来说,哥,你这前途大呢,咱能为了这事让你担沉?

　　谭兴不好意思了,第二天领着守东去找军需局专管军装的刘处长,他让守东把洋布拿出来给那刘处长看,说他兄弟想给党国做些贡献,让刘处长给点儿机会。谭守东看出他俩是多年的交情,也看出刘处长是个极圆滑的人,那人看了布便笑着对他说,进谁的布都是进,大织布厂少这点儿活也没啥,只要质量都像样品,我就把你的布全包了!这事好办。

　　谭守东见那人好说话,心里想着得说愿意给好处费的话,可却不知咋把话说出口,生怕说错话误了大事。谭兴轻描淡写地说,守东,一年到头,不知道多少人在后边等着巴结刘处长呢,你可得长心眼儿,挣钱别忘了刘处长!

　　谭守东赶紧给刘处长敬了支烟,笑着说,处长大哥,俺以后全靠你照应了!有钱大家都赚,俺以后就认识处长大哥了!

　　刘处长见谭守东活套,有心给谭兴个面子,便说,你细心织,织出来就能卖,你织多少俺就收多少!

　　见他真心帮谭守东,谭兴大声笑了说,老刘呀,你还真够意思!等会儿俺在西安饭庄请你,来人,快去订个雅间!

　　吃罢饭谭守东回了住处,却见谭兴坐在车里正等自己,他不让守东住店,硬把他扯到自己家。青女和孩子已经睡了,守东只当他安顿了自己就要去睡了,谭兴却脱了军装说,咱兄弟俩一年到头也见不着,俺看你也不困,咱哥儿俩好好说上一夜话吧?

　　谭守东就和谭兴在床两边坐下,谭兴半靠在床头上说,俺看你脑子好使,也懂得咋样去挣钱,你非得费那么大劲儿,用铁织布机自己织?

　　谭守东说,你只当俺就那一台机子,其实谭兴哥你小看了俺,俺心胸大哩。

谭兴就收了笑，打量着他说，你说来听听。

谭守东说，咱们山东人到了陕西也都三十多年了，除了谭大个子他们会木匠手艺能挣钱，你爹和俺娘他们那一辈人都在地里头打粮食。到了咱这一辈，要是还这样，日子也不会有多大起色。俺发现贩布比织布挣得多。说到织布，铁织布机比木织布机赚得多，俺听师父说要实业兴国，你说对不对？

谭兴点头道，你说得不差，俺同意！可是你知道不？俺在村里没出去念书时，俺爹就说咱山东人祖上传下来的就是耕读传家！俺是让俺爹失望透了，一辈子没摸过几天锄头把，你再织布贩布，也别荒了田地！

谭守东点点头，你在部队里当大官，这辈子也不用种地了，可你倒还记得耕读传家这老话！

谭兴吸了口烟说，啥官！混日子呢……唉，国家这么乱，当兵当官都靠不住……有钱有地才是真的！咱都三十多岁了，你想挣钱俺想也是对的，只有钱和粮靠得住！

守东见他说话颓废，便说，现在俺也能救人的命，也能救人的病，可俺觉得现在咱们堡子里最重要的问题不是病，而是饿！

饿？

谭守东说着来了劲儿，对！眼瞅着一家家不停地从山东老家来开荒，谭家堡子方圆多少里的地都被种上了，哪儿还有荒地？前几年修好的寨墙，修时里面有五十多户人家，二百多口，现在见缝插针又住下了一百多口，人越多地就显得少了，地里刨食只够个糊口。这十来年，麻老九的兵、民国十八年的年馑、民国二十一年（1932）的瘟疫、冯玉祥征的粮……人都饿怕了！俺想当木匠只俺一家不饿，当中医几个村的人不病，让大家挣上钱可就全堡子人不饿了！大家织那土布，赚的都是小钱。这铁织布机真是个好东西，以后人力肯定是要让机器代替了，咱得和洋人学，不能只盯着两只手！在高黄村念书时，俺那吴先生就说洋人靠水蒸气拉车，咱那时傻，以为先生说玩笑话呢，可不人家早就用铁织布机了，咱还靠着木机子？俺联系了销路，就想在村里领着大家有钱的也买铁织布机，织大机洋布，没钱的人家织小土布，俺帮他们卖到陕北……

什么，你说什么？

谭守东的话被谭兴打断了，谭守东自知自己说漏了，便只笑却不说话了。

谭兴说，俺听俺爹说，你帮他们把布都卖到阎良县城了？他压了声音说，你说句实话，是不是把粗布都卖给他们了？阎良可通着陕北！

谭守东迎了他的眼睛犹豫了一下说，这俺不知道，俺是把布交给收布的人，俺猜着他们是运到陕北了。

谭兴更小声音说，这事你可要小心，弄不好掉脑袋的。俺那时要是跟着魏主任他们共产党走，哪儿有现在的差事，怕是命都保不住！

谭守东突然心里有些不满意他这样了，可又说不清楚自己这想法对不对，总不能劝谭兴那时候跟着共产党走，让冯玉祥杀了他的头吧！他也压了声音说，你放心，俺从来也没有见过他们，不过是个买卖。

见说得沉重，谭兴有意引开话题说，你把事越弄越大了，俺就不知道你咋有这么大的心，自己挣了钱还要想着一堡子的人呢！

谭守东也笑了说，有了这样的买卖，谭家堡子谁也饿不死了。

兄弟俩说到快天亮，却还没有困意，就躺着发呆。谭兴心里一动说，明天别急着走，给你姐说说话，也劝劝她别再去参加啥妇女会了。俺当着处长，她领着学生开会，让俺下不来台呀。

谭守东问，俺姐还是那脾气？俺娘天天盼着能认她，就想让她叫声娘！

谭兴摇头说，俺从来没见过你姐这么犟的女人！这事简直不敢提！

谭守东就苦笑了说，俺猜俺姐受的苦太多了，所以心里恨呗！

第二天一早，谭守东操心他那机器，也盼着早点儿生产了军布能卖成钱，便打算要走了。谭兴拉上他，要给他见见最新的西药。他拿出一个个小盒子，里面全是小玻璃瓶，都是透明的液体，守东对着灯光仔细瞅了说，这是治啥用的？

听谭兴说了功用，谭守东说，这是好东西，俺就不推辞了，你多给些，都是给咱们堡子附近的人用的。你不知道病人越来越多，天天有人来看病，俺又想弄着织布机，都忙不过来了！

谭兴给他装了很多盒针剂，给他写上药名，又给他拿了酒精和碘酒，一再交代他说，和围城时一样，这个针用完了不能再给另外一个人用，要把针头取下来放在蒸盘里搁在锅上使劲儿蒸，用时得酒精擦洗，西医怕的就是感染！

谭兴又拿出许多纸药包，在上面一一写上治拉肚子的、治发烧的、治呕吐的给了他。谭守东说，你看你现在把事弄得多大，这么大个陕西，你就这么有权。要是那时你管着这，咱在西安围城时就不作那难了！你记得宝娃那时差点儿死了，还是西药救了他！

谭兴便说，宝娃现在神气了，成了孙蔚如的得力干将，手里有兵权呢！那天还来看青女，俺见他把青女惦记得比他娘还亲，念他那时救过她，也没好意思挡。

谭守东知道他在青女这事上心眼儿小，便劝他说，堡子里谁不夸你有本事，家里梅枝嫂子给你管着孩子伺候老人，把两个娃娃都供到县里上中学了。你城里还守了个官太太，当年响当当的水玲珑，西安人谁不知道？你过的才是个日子呢！

谭兴听了便长长出了口气，仰着脸道，你不知道哥混到这地步，多不容易！好几次摸黑过桥差点儿跟错人站错队丢了命……还好，现在还活着，能给你和堡子的人办些事……谁知道往后是啥日月？

他压了声音说，老蒋逼着让围剿陕北都四五次了，眼看把张学良和杨虎城都逼急了，还不知道往后咋办呢，哥也是过一天算一天呀，兄弟，你好好挣些钱，哥在军队混不下去了，跟你混饭呀！

谭守东见他半真半假说着，便点头说，哥干的是大事，只要你哪天用上俺，只管招呼俺！

谭守东把那药都拿回去，碰上特别紧急的病患或是发了高烧的孩子，他用上一支两支，果然很快就退了烧，他便在心里更信服那西药了。有天气炎热来治骨伤的，他依旧给那人先用老方子治伤，怕感染他便再给病人打上一针，果然伤口不再感染，就好得很快。冬莲听说儿子竟然和部队的人谈下了买卖，不由得夸他能干，可她担心误了看病，就说只等把布真的织出来，儿子就不必管了，她来领着雇的人织布。谭守东就高价请了技师领人一连干了一个多月，熬得眼睛也红了人也瘦下来了，才算是把第一批军布织好了。

那天夜已经很深了，月亮却明晃晃的，把那些布包好，摞成一堆，冬莲和谭守东对着布，久久不说话，只盯着看。好半天，冬莲担心地说，守东，这行吗？这把咱们家所有的钱都搭上了，这布要是卖不掉，可咋办？

守东说，放心吧，有俺和谭兴在，你就请等着数钱吧！

第二天谭守东没回来，冬莲便和香绣巴巴地等着，冬莲几乎一宿没睡，操心布卖不掉，担心人家军需局的人说话不算数，又怕儿子带了钱路上出了啥事。第三天一早，冬莲就到堡子口去看，快晌午了，才远远看到辆马车在黄土地里腾着尘土慢慢到了近前，冬莲叫声，阿弥陀佛，俺儿子算是回来了！

　　守东回到家关了大门，果然就拿出装了满满大洋的小布袋说，娘，你看看，每个都是大洋！听这声儿，多亮！

　　冬莲在那银圆上轻轻摸着说，呀！俺眼睛快被这银圆晃花了，这是真的吗？俺这辈子还能见到这么多钱？这一个银圆怕是能买一亩地吧？

　　守东笑了说，这可不全是咱的布卖的！这里有谭兴的钱，谭兴哥说，他替他家给咱出些钱，让俺拿着钱过两天去武汉买棉纱，有了好棉纱咱就能多织布，到时候给他谭兴哥分钱就是了。

　　香绣赶紧说，那得花多少钱！这一台机器就把人累的！再说，这一路从那么远拉棉纱过来，出了啥事咋办，都说现在刀客和兵们凶狠呢！

　　谭守东摇摇头说，你哪懂呀，真是有了几台机器，雇人来织，咱们只管进棉纱出布，反倒不这么累啦。谭兴哥说好了，他手里有权，布是军布，运布运棉纱他给咱派军车——你说有多牛，刀客再胆大，敢抢军车？俺俩把谭家堡子整个村子都带起来，让大家来织布，都过好日子！

　　冬莲才明白这两个孩子有这么大的心胸，便说那你赶紧给你彦章大爷也说说这事。

　　谭守东便答应了。

　　第二天谭守东就到了谭彦章的家里，谭彦章也没想到守东有这么大的抱负。守东对他说，自己先试着用那铁机器再织上一两个月，摸索些经验，把销路也拓展了，到时候让有钱的人家也自愿买机器，织这些布。守东说，谭兴和他商量好了，他愿意帮大家去卖布，那些没有钱买大铁织布机的人家，只管织他们的小木机土布，他也一样会帮他们。谭彦章说成嘛，你们哥儿俩能做事了，俺就给你们帮帮忙！

　　就这样，不等两个月过去，眼见着谭守东不停拉了布出去卖，又不停拉了洋纱回来织，听那被雇来的小伙子们描述，大家便知道谭守东真的是挣了大钱了。闫老六早从山东回来了，这会儿最先下手让谭守东带他去买机器，于是那谭家堡子里就一口气有六七户人家凑钱，和谭守东一起去买了铁织布机，在自家腾了大房子开始织布。

到了第二年的时候，谭家堡子一多半以上的人家都有了铁织布机，谭彦章和谭守东两家最多，谭彦章已经有了十二台，谭守东有三十多台，连最犟最吝啬的老锹头也让儿子们买了三台。每天谭家堡子里除了鸡鸣狗叫，便是各家各户咣咣不绝的织布声，人人家门口都吊挂了浆好的纱线在晾着，满堡子都是白色的纱线。南堡子口时常有拉棉纱的大车和装满布的大车进出，从谭家堡子通往西安官路上的大车，多是拉着布或棉纱的。农忙时，谭家堡子的男人们都领着雇来的工人在忙着织布，女人们领着寻来的麦客在地里收割、下种。全村人几乎都因为织布攒下了钱，堡子里就渐渐有了染坊，白布都在堡子里染好色才晾干拉出去。杀猪卖肉和卖牛肉的都在堡子里支了肉案子。谭彦章的油坊也扩大了，山东人爱吃鱼，堡子里多出好几家杂货铺子，家家都挂满了咸鱼和成袋子的干虾。谭彦章便觉得这样暴利的营生怕做不长久，便时常来谭守东家串门。他说，织上一年布，顶得上老辈子人在地头干一辈子，俺咋觉得心里不踏实呢？

守东便安慰他说，咱又不偷又不抢，织布本来就是咱山东人的手艺，耕地咱也没耽误，咱有这个寨墙哩，就不怕啥！

谭彦章说，才听说日本人炸了卢沟桥，人们都抗日呢，你说咱天天往出拉布，不会惹下啥事吧？

看得出他是一直在担着心，谭守东也知道堡子里不少人也都这样想，他就宽谭彦章的心说，堡子里大半的人都买了机器挣了钱，外边的人见跟给国民党军需局做生意，出入都是军车，谁还敢打咱的主意？咱织布不是当兵的穿？谁敢说咱没支援抗日？虽然挣了钱，也是抗日呀！

听他这样一说，谭彦章便彻底放了心，满意地笑着说，你和谭兴真给堡子做了大好事，俺从堡子走一圈，家家门口支着浆纱线的架子，一路只听见咣当咣当的机器声。往地里走，庄稼都没耽误，绿莹莹的，咱堡子的孩子们连闺女也有上学的，你那振国、振兴、国花和谭兴、谭福的两个儿子一个闺女天天去县上念书，个个长得人高马大的，都快赶上俺了。

他见冬莲只是笑，便说，你瞅这寨墙是俺那时领头做下的，算是个大事情了，现在他们哥儿俩倒把事做得更大了！眼瞅着俺们老了，哪跟得上守东的脑瓜子？

冬莲也说，是呀，俺咋就觉得从山东来到关中，像是一眨眼的工夫，就有了这样大的堡子和这么多的人了！

谭守东见他们心满意足，自己心里也感慨了一回。

这天谭兴回到谭家堡子，冬莲和谭守东只当他是在城里闲得没事来串门看织布厂，谁知吃罢饭他要到守东看病的地方看看。坐在红木带软缎棉垫的太师椅上，又捧上扑鼻香茶，谭兴仔细看看，地上水磨青石漫地，门口的花草摆了一大堆，靠墙一排排医书、古书排得整齐。

谭兴对守东说，多好的地方，你活得神仙一样——进可攻，退可守，不错！

守东笑着，谭兴又说，哥哥说个事，怕你就笑不出来了！前年西安城外筹建了个能发电的大华电厂，听说是河北人出钱建的，现在了不得了，成立了长安大华纺织厂，全是自动织布机，有好几百台，工人也有好几百，人家可是从棉花开始加工，直到出布，光厂房也有好多亩地！

这话把谭守东一下说得惊呆了，西安城就这么大，这样大的规模，这样大的厂子，不是要把谭家堡子挤垮了吗？毕竟堡子里只能靠进来现成棉纱直接织布，这利润本来就比人家少了一大截，人家是洋机器，用电，织得肯定又快又好，这往后的生意咋办？

谭兴看出谭守东脸上变了颜色，忙劝他说，这事也没想的那么可怕，俺告诉你是想让你有个准备，想是啥生意也没有能一手遮天的！人家做大些多赚些，咱少赚些就是了！

听他这样说，再看儿子只默着不说话，冬莲也劝道，你哥是好意，也没说生意就没了，世上的钱赚也赚不完，各人有各人的活路！别急！啊？

守东勉强点点头，心里却还是不得劲儿，他小声说，俺倒不怕啥，只是这营生是俺给大家伙寻的路，现在家家都把钱投在织布机和布上，要是没了活儿和销路，在家对着机器还不得把俺吃了？他们一定不会想一开始挣钱时有多高兴了。

他便要去看那大华纱厂，冬莲劝说不下，只好让他去了。她只当儿子去了心里会好受些，谁知守东回来竟话也不说，只一头倒在炕上就躺倒了。冬莲急了，扯了儿子的手非让他说说咋回事。守东叹气说，人家那才是厂呢，好些工人都是南方来的熟练工，随便找人问一问，人家一天出的布顶得上咱全村忙一个月！咱靠的是人出死力，人家是用电，唉，咱怕是真要让人家挤倒了！看来吴先生说得真没错，洋人先进靠的就是机器！

没想到这竟是多虑了。谭守东从军需局接到的订单一点儿也没有少，他一直等着，却一直都和过去一样。又过了两个月，谭守东找谭兴约了刘处长吃饭，才明白，人家大华纱厂的布是供着全国的大市场用的，西安军需局，人家多点儿少点儿都没啥在意的，可不谭家堡子的布就一点儿也没受影响嘛。

谭守东心里立刻松了劲儿，想想谭彦章前几日也来找他说起过大华纱厂的事，知道他一直看着报纸，爱关心国家的大事，虽然他看的都是谭兴从城里过一些时候才让人捎来的旧报纸，却算得上谭家堡子的消息通。谭彦章听说自己堡子的生意没啥影响就放了心。

发觉卖布其实比织布重要得多，谭守东跑西安城就比以前勤多了，有时办完买棉纱卖军布的事情，他还要请刘处长出来，让谭兴陪着一起吃饭，闲聊间便把好处费交给了刘处长。每次吃罢饭，谭兴都不让他急着回家，总要和他说些心里话，次次都说到了后半夜。自从张学良和杨虎城两位将军在临潼兵谏了蒋介石，发起了西安事变，并发表了八项救国主张，还邀请了陕北中共中央派代表共商救国大计，时间就引起了全国震动。陕西军界几乎人人自危，因为日本和美、英、苏及国内各界对这件事有着不同看法，西安事变和平解决后，蒋介石撤走了进攻西北根据地的国民党军队。谭兴让青女做好了准备，只等风吹草动，便离开西安走人。

谭守东知道德空师父素来和杨虎城有交往，听了这些消息，就赶到卧龙寺，刚说了"西安事变"四个字，却见师父神情凄然，他惊道，全城的人高兴呢，说张少帅和杨虎城做了多大一件好事呢！刚才俺见学生们游行，都说抗日则生，不抗日则死！

德空摇摇头。

谭守东很少见到师父这样担心过，便劝他说，别担心了，吉人自有天助！杨虎城在冯玉祥解围时，不是就离开过陕西，这不一晃也回西安主政了七八年！

德空默默坐了会儿突然说，这样的乱世，本来就不是出家人能救得了的，杨虎城将军那样的英才大志都无能为力，我也还是回到山里修行吧——算算，从你十三四岁要学医我就出了山，现在也有十九年了！

谭守东看师父像是早就下了决心似的,知道劝说也没用了,便点点头说,也好,你老人家好好修行,别为这凡间的事情烦心了,俺也挣了些钱,算是发的国难财吧!俺就给你在山里修个庙……

不等他说完,德空盯着他的眼睛说,要那空壳子做甚?你跟了我那么久还不知道……我看这仗,是没完没了要打下去的了,杨虎城已经让走了,明天我就走呀!

谭守东在德空师父的眼里看到了悲悯和平静,他慢慢闭上眼睛,突然觉得渺茫极了,师父,你说,俺该往哪里走?俺现在把土织粗布卖给陕北的共产党,和陕西的国民党也做生意……俺也想帮了谭家堡子的人,也想帮了老百姓,也想救国,可眼看着心里没了底!

德空漠然看着前方,眼睛里清澈得不像个六旬老人,等谭守东已经以为德空不会再说什么了,他又轻轻说,你跟着你的心走,你是有善根的,走不错的。

多年以来,谭家堡子就在渭北远近有名,最先是他们的土地,后来是他们那道有名的寨墙,再然后,就是他们在这片土地上,自然而然从耕地转成工业生产。这在当地是少见的,所以,只要提起谭家堡子的山东人,在渭北几乎没人不知道。

因为这些山东人可以把荒地开成最肥沃的田地,而关中的麦客来此处揽活儿,只要是谭家堡子的麦子,都要额外多收三成的收割钱。他们传说这些山东人太舍得在地里下功夫,那麦子多是又密又实,麦粒饱满。有些地方完全长成了一窝倒,一亩地倒比旁人的地多长出二三成。自从谭守东把铁机器弄成了样子,可以大把赚钱之后,谭家堡子的人们都仿佛半工半农了,自家的地自然还种着,却差不多都指望了麦客。而他们很快就从农耕进入了机械化的生产里,家家户户分工成织布的、浆线的、搬运的,成了许许多多小工厂。谭家堡子又一次成了方圆多少里的富村,许多附近的关中人便来寻活路,来给他们当工人织布。

谭家堡子的织布机,数谭守东和谭彦章、闫老六家最多。可谭守东家能做活儿的人少,就都靠雇人。谭守东平时要去城里跑销路,又要不时给上门求医的人看病,就顾不过来了。香绣要做饭带孩子,其实谭守东的"鲁秦织布厂"

基本是冬莲在掌管。一开始谭守东只雇了三四个人，活儿越来越多，机器也越买越多，一台机器得两三个人才能织布，他就渐渐雇了四五十个关中小伙子在厂里干活儿了。他把寨墙里的几户人家的院子高价买来连成一片，修了门和院墙，就成了他的工厂。等别人也想在寨墙里建个小工厂，却根本没一点儿空地了。谭守东让香绣把她娘家的亲戚，不管是叔叔家还是舅舅家的，只要愿意来的就都请来，毕竟是自家人放心些。

冬莲已经五十多岁了，可她却劲头儿很大，让儿子只管把城里的事情弄好，机器是现成的，棉纱是现成的，工人是现成的，连给工人们做饭的几个中年妇女也是从高黄村请来的现成的，她还能织不出好布吗？

可谭守东却心疼他娘实在是太累了。每天她是第一个起来的，拿钥匙把厂子门打开，等工人们来了，她再打开放了棉纱的库房门，给小伙子们领材料。他们去做工了，她才闲下来，看着生产、检查质量的事情，由香绣的几个表兄、表弟们来管着。到了晚上收工时，她又拿了钥匙，把织好的布和没用完的棉纱收进库房。发棉纱、收布都是她自己记账，又给每个工人记录每天做的活儿，每月她和儿子一起给小伙子们算好工钱，从来不会错。棉纱怕火，谭守东便不许工人们在厂里住宿，他在堡子外面买了地，给他们盖了有人通铺的大房子。工人们早来晚归，忙完就走了，冬莲却不得完，总要熬得比别人晚些，她得操心油灯熄灭了没，浆纱的面粉有没有浪费，机器上卸下来的布别让老鼠咬坏，哪台机器需要上油，哪个工人下月结婚，她都心里有数。谭家堡子几乎家家都织着布，谁都知道要管着那二三十台机器和五六十个工人，又几乎每天都有大车拉着布往西安运送，是多么不易，竟然让冬莲都办到了。大家就都在人前背后夸她真是难得的麻利精干，这话传到她的耳朵里，她自然是高兴，就笑说，谁能看着钱不去挣？俺看还是因为俺爱钱呗。

就算再忙，冬莲依旧很讲究自己的衣裳打扮，她并不像堡子里上了些年岁的女人们一样，不再管衣裳的样式和干净。她的头发总是光洁的，脑后的发髻总是盘得端正，用根小银簪子插了，胸襟旁边披着的手帕永远是雪白的，衣裤也总是干净的。鞋是她自己做的，时兴什么样子，她都能学了做出来。冬莲抬着头挺直背从堡子走过时，年轻的孩子们冲她叫着婶子或奶奶，她笑着应了，和他们说着话，和气得很。他们说她的气派像个城里人——这算是堡子里的年轻人对人最大的夸赞了。

桂枝来和她说体己话，说她忙成什么了，还有时间把头发梳那么光？都已经是三个孙子孙女的奶奶啦！冬莲只是笑。桂枝又抱怨儿子闫长宝和媳妇为了织布分钱的事，天天明里暗里和她闹仗，真是过去穷有穷的苦，现在有钱了，又富有富的麻烦了！

冬莲便说，你一辈子都心大，怎么老了倒糊涂了？你当这钱是能带到棺材里的？还不是得给了他们！早给他们也高兴，你家里就和睦些，晚给他们倒成了仇，又何必呢？睁一眼闭一眼，这事本来就是个糊涂事！

这话让桂枝一下子开了窍，她回去就改换了对儿女的态度。闫长宝的媳妇知道是冬莲劝说了她婆婆，便在堡子里说了不少冬莲和她婆婆桂枝的好话，桂枝自然也高兴，又来感谢冬莲。

有时想想，除了青女总不肯认她，冬莲认为自己在这世上，几乎没一样事情是不顺心的。

现在来堡子里找谭守东看病的人，除了堡子附近的，有谭兴介绍来的，也有自己寻来的。德宽师父介绍来的人不多，却每个都是真正的共产党员。一开始冬莲并不知道，可她天天给儿子帮忙，就看出点儿不对劲儿的地方。冬莲悄悄提醒，谭守东就劝她放心，他一概不问病人姓名和来处，看了病开了药方就让人走了。人家丢下诊费他就收上，人家没给，他也不会问。他见许多病人是骨伤，有的却是枪伤，有时子弹还在伤口里，一路冒着血就抬来了。他在西安围城的时候治了不少枪伤和炸伤，那时缺少药品，只好凑合。这几年他一直在琢磨枪伤的治法。听德宽师父说刀客们都有治枪伤的偏方，便自己翻找医书，把古书里治白炸药伤、黄炸药伤和黑炸药伤的方子仔细读了，自己试了许多次。他托人买来上好的云南白药，加上十多味中药，研制了暗紫色的细粉末，平时装在瓷瓶里，用时先取了弹头，挤了血水，用小银勺取一勺塞进枪眼里就能堵了伤口，再糊上他配制的草药，专门止血长伤口。谭守东知道，他们到他这里来，虽然是图他有治枪伤的经验，却要冒很大的危险，特别是娘提醒了自己，他便担心那些受了伤找自己医治的人有了别的危险。

人能来的，往往是伤还算轻些的。来接他出去诊治的，却已经伤得很重了，也不管白天夜里，只管站在他院外，唤几声，谭先生！谭先生！有病人找你治呢！谭守东问了来人的住处，便会让香绣整了他装银针、药粉的小包袱，跟上那人就到了堡子门外。那里总有驾大车等着他，人家恭恭敬敬请他上了车，车把式驾着，赶紧走了。

这几年守东在城里和堡子都有了出息，冬莲就在人前总是高兴的，桂枝算是真心替她高兴的人。闫老六和桂枝的大儿子长宝和谭兴一般大，也在县里上过学的，并且给县太爷当过文书。他一心想回谭家堡子谋点儿事做，可谭彦章却几乎撑着谭家堡子的天，几次都阻了他。闫老六见谭彦章一心支撑儿子谭福，又有谭守东帮忙，后来更和冬莲成了两亲家，平时不把任何人当回事，他就来气。闫老六知道儿子长宝难有机会，便给儿子下了话，只要他能寻下门路，自己几台铁机器织着布，挣下的钱就是为了给他铺前程的。长宝费了很大气力，花了不少钱，终于当上了联保主任，闫老六才算是长长出了口气，觉得自己家也有人吃了官粮，和谭彦章算是扯了平。

闫长宝和他爹一样，也看不惯谭彦章在堡子里说一不二的派头，他不敢和谭彦章明着斗，平时和谭福时常为了小事就戗戗起来。凡是谭守东和谭彦章的事，他总要一波三折想着法子拖延，他是上面派来的正儿八经的官，虽然人人见他都觉得头疼，可有些事情却绕不过他。桂枝劝长宝谦让着些，长宝就噎桂枝，你怎么总是胳膊肘儿朝外拐，不是守东他娘带来晦气，那年俺会从房上掉下来？你帮他们家多少次，落个啥好处？气得桂枝骂他和他爹一路货。长宝却和他爹火燎毛的脾气不一样，心里盛着事，虽然平时见谁都客客气气的，可谭家堡子的人都知道，他做事阴着呢。

谭家堡子的人时常卖着布，通往西安的路上便时常跑着拉布拉棉纱的大车，那官路就被碾压得更加坑坑洼洼，大家就都想修修路。可这事有钱也不行，得和联保主任说好。谭彦章来找长宝说要修路，长宝没打含糊，立刻就答应了。他说，大爷，俺听你的，俺来张罗人给你们修路，一直修到通往西安的官路上，大家卖布谁都不吃亏，一人摊上点儿钱，你们生意大就多摊些。

谭彦章立刻同意道，行！俺们按着织布机的数量，有钱的多摊，没钱的少摊。

长宝又低声说，俺这里靠上面拨款，一年也不富裕，你们把修路的钱好歹也多收些，拨给俺们，俺找人去给你们张罗修路也有劲儿，俺这是个清水穷衙

395

门啊！

谭彦章知道他的意思，冲谭守东看了一眼，谭守东笑着说，那你再买上两个铁织布机，不就都有了。

长宝嘿嘿笑着说，俺说的是给俺这衙门里搁点儿钱。

谭彦章挡住谭守东说，没问题，就这么定了，到时俺们把捐的钱的十分之一留给你们，都是自己人嘛，给堡子里做事，不能让你们亏了！

见他稀泥和的好，谭守东出了门便对谭彦章说，长宝算是不给咱打别扭了。

谭彦章说，别把他当省油的灯，时时刻刻还得防着他。

不光是修路的事让闫长宝尝了甜头，大家都看出来了，谭守东在谭家堡子做的所有事，他都想沾点儿光。可谭守东却不在意。私下里，冬莲怕儿子和闫长宝闹别扭撕破了脸面，就把自己和桂枝多年的交情弄没了。当年桂枝帮了自己多少次呀，整个谭家堡子，真心真意对自己好的女人，怕是只有桂枝一个人，要记恩！谭守东听他娘说过无数次这话了，他让他娘把心放在肚里吧，能拿钱办好的事，其实就不是个事了。他闫长宝不就是眼红咱的钱么？给他些好处就是啦，这叫宁得罪君子不得罪小人。

冬莲见儿子做事稳当，说得一套一套的，觉得守东和城里人一样，真是有见识。

虽然有寨墙，可是没在寨墙里住的山东人，却还是时常被土匪抢了洋纱或者布匹，一旦出了事他们便纷纷跑到村里捶着城门来报信，小伙子们大多都在织布，眼看着人家抢了洋纱跑了，挡也挡不住。第二天住在寨墙里的山东人知道了，除了庆幸却也没办法。长宝接到人家来汇报，不紧不慢地说他也管不了，你们又没有在寨墙里住，总不能为你们再修个寨墙吧？

那些人被抢白了，又心疼被抢了东西，只好来找谭彦章和守东。守东便说，咱们带东西去卖，紧赶慢赶想趁天亮回来，还时常被人抢了钱。俺想，咱们得把大家组织起来，一旦出啥事，小伙子们就该冲出来，平时织布，有事了能和他们打架！

谭彦章听了他这主意吓了一跳说，咱能组织他们去打仗？

谭守东说，没见人家土匪人人都有枪，保长那里不过才有两杆枪，还在柜子里锁着，出了事也用不着，不过是个聋子的耳朵当个配饰儿！咱要是有上几杆枪,看那些土匪再敢来抢!

人们知道谭守东是个胆大的主,也知道他差点儿杀过人的事,闫长宝听他的建议,把头摇得像个拨浪鼓,这可不成,啥时候敢买枪?那不就乱了?都不许在这上面打主意。

听他这样一说,大家便没了主意,四下散了。过了不到三五天,突然有刀客在路上抢了拉洋布的车,押车的是老锹头的大儿子秦生,赶紧追着那人去抢,刀客便骂道,胆子大得不想活了,拉你点儿布,撑得死去活来!他便举了手里的关中刀子,把秦生只一下就砍落在地上,连马车上的马也被人家拉走了。那尸体就在官路上躺了一下午。天快黑时,从城里回谭家堡子的人才发现,大车上没有一片布,马也没了,秦生却死在地上。他们把人抬埋了,老锹头和他媳妇哭得可怜,谭守东气得不行,说再这样下去,就被人欺负死了,咱也不少啥,怕着他们?

他听附近地里干活儿的人说看见那群人跑的方向,便报了官。官府的人却怕,说杀人的当时你们不来报,现在去找人家又没个证据,人家肯定不认,去也是白去,不肯跟他们去找人。老锹头犟了一辈子,却犟不过官府,气得躺在床上起不来了。

谭守东平息不了怒火,他儿子振国、振兴和谭兴的儿子瑞宝、闺女喜宝结伴从县上的学校回来,见他在堡子门口气得骂人,都问他咋回事。谭守东挥手让他们赶紧回家,好好念书,别管闲事。儿子振国却不回,说谁惹了他爹,他和他爹一起去打架!

谭守东看看儿子,见振国才十四五岁,已经快和自己一样高了,虽然喝他赶紧回去,心里倒很高兴。二儿子振兴却很听话,规规矩矩冲他爹做了礼,才和他哥一起回家去了。闫老六在堡子门口听见振国这样说,话里有话地对谭守东说,振国一看就是你的种!和你当年一个样儿!打架不要命,还挺会说话!

谭守东听了这话便心里觉得惭愧了,摆摆手说,老六叔,快别臊俺的面子了!

香绣见守东一连几天都在操心闹土匪的事,便劝他说,咱把咱家的门都修好,放洋纱的地窖挖深,每天你早早回来,出门就找人跟陪上,不要单独走夜路,村里几百口人你能操心过来呀?

冬莲摆手不让媳妇再说下去。她比谁都清楚她这个儿子,只要他想做的事，谁能拉回头？

谭守东约了谭彦章又去找闫长宝，堡子死了人，闫长宝这两天正心烦，见他俩来便想躲，说俺家里有事，明天再说！

谭守东便拉了他说，俺说的几件事要是早做了，都能止了这场事，平白无故就死了人，剩下那孤儿寡母怎么办？

长宝说，俺这里就两杆枪，也不会使，要不就从村里挨家找个劳力轮流在村里执勤。

谭守东摇头说，那不行，一个人也不顶用，咱得抱成团，平时里织布，咱经常训练着大家，有了事集体跑出来和他们斗，不怕打不过他们！咱又不缺钱又不缺吃！

长宝见他说得气势汹汹，便说，你说得好你去组织吧，俺做不了那主。

谭守东却不依他，要收钱时俺们都给你，要你说话你就不敢？你要不管，俺们就家家都买枪，家家都去打架，到时候可不要怪俺去惹事。

长宝气得话也说不出来了，谭守东从腰里掏出一支枪来，用袖子擦拭着，慢慢地欣赏。

谭彦章惊说，守东可不敢乱来！

闫长宝也惊道，你想干啥？

谭守东压了声音说，这枪呀，不过咱一截布的价钱，咱买了来，他们刀客有枪，咱也有枪，还怕个啥？你们不让买，俺自己就买了来！

长宝吓得发了抖说，让俺再合计合计，可不敢乱来，可不敢出事！

谭守东出了门，谭彦章便问他说，你这枪是哪来的？

谭守东笑着说，人家都给咱这叫西北银行，说咱这有钱了，那不就在这方圆多少里成了人家的目标靶子？现在做上寨墙也不顶用了，咱又不能天天圈在这里不出门，俺这枪是托人买的。你知道那冯玉祥的部队，有的兵偷来枪，很少的钱就卖了，俺这手枪还贵些，要是长枪才便宜哩，俺劝你也买两杆搁家里，教你那织布的长工学会，让俺谭兴兄弟给你买一把手枪放在身边防身，那土匪见你有了枪，都绕着你走哩，谁再敢玩儿命给他一枪！

谭彦章摇头说，俺老了，不中用了，你买就买吧，俺不敢惹那事。

可是闫老六很快也买了几杆枪。被抢的事情越来越多了，大家便托着谭守东或者自己去找那冯玉祥部队的兵们买枪，有一次真的就在混乱中打死了两个在官路上抢棉纱的土匪。眼瞅着土匪慌张地抬走了人，谭守东知道那些土匪不会轻易把这事撂下不管，便让人们天不黑便关了寨门，让人站在寨墙上，瞅着官路，见是自己堡子里的人回来才给开门。

等到半夜，刀客们果然举着火把就来了，围在堡子外面叫门，吵吵着要烧了谭家堡子。谭振国挡在他爹前边说要用石头砸那些人，谭守东问他，石头能打得到他们吗？

谭振国说他们敢堵在门口嚷着烧房，太猖狂了！俺们不能怕了他们！谭守东见儿子有胆量，心里便赞许了，见闺女国花也不怕，伸了头数那刀客有多少个，他不慌不忙掏出枪来说，看爹的，俺不图打死人，只图吓破他们的胆！

他冲那方向伸了枪，谭彦章赶紧来拦他，谭守东笑了说，俺说了俺不图杀人，只吓吓他们！

他说着冲着空中打起了枪，土匪们被吓得骑着马跑了，人们便喊，别跑！站住！

振国见土匪们跑得更快了，也扯了嗓子喊，谁敢来闹事！俺村里几十杆枪，打死你们这兔崽子！

有人便一时兴起从家里拿出枪来，在空中啪啪放着，像是过年放炮仗一般，刀客们慌得骑了马，很快便在官路上不见人了。

这一下，谭家堡子人的凶悍就渐渐有了名。现在高黄村的人也有买了铁机器织布的，过去谭家堡子和高黄村还常为河水、拾柴的琐碎事情争吵闹仗，现在，都知道他们是有枪的，两村人的争执就渐渐绝了迹。

山东堡子很安然了，谭守东却总还揪心时局不太平，可那样大的一个中国，到处都是混乱，又哪里是自己能操心过来的？他便劝了自己，又时常对香绣说，过去见德空师父为国家的事愁，俺还不懂，现在有了些岁数才明白，师父愁得对呀，可又顶啥用呢？

香绣不太懂他的话，男人在她心里和天一样，说啥她都觉得是对的，她只是觉得男人紧着眉头的样子让她真是担心。

这一天谭守东正在坐诊，谭福却来找他，说他听儿子说，因为国民党政府不抗日，马上放暑假了，西安的学生团体确定当年暑假是救亡暑假，振国在学校里和许多同学相约了要一起去西安城里游行，再到农村去宣讲抗日救亡活动。他怕谭守东不知道，特地来告诉他。谭守东却怔了，他没想到自己的儿子已经大了，能像他时常在城里看到的那些学生们一样去游行了，他问，谭福的儿子去吗？

谭福气得说，那货和谭兴哥的瑞宝都让俺锁家里了！俺专门来和你说一声，听说你家振国还是县中学领头的呢！

谭守东送走他，一边给病人诊着脉一边想着谭福的话，脸上竟笑了起来。病人说，谭先生，人家别人知道孩子去闹游行，不知道多害怕，你倒还能笑出来！

谭守东忙收了笑容说，俺从城里过时，见学生游行骂政府骂军阀，俺就觉得解气，恨不得年轻些，当个学生，也去游行闹事骂一回！俺一直当振国是个娃娃呢，可没想着俺那儿子竟有了思想，也能闹着去西安城里游行呢！

说是这样说，谭守东还是尽快让人驾了车，赶到县中学把儿子不由分说拉了回家，他知道儿子这脾气得顺着毛揉，便说他那诊所天天病人多得看不过来，需要振国帮忙。谭振国哪肯回家，谭守东便发了脾气说，日本人在前线打呢，你在西安城里举举旗，就当能抗日了？俺那会儿在西安围城时给国民军的伤兵治伤，那才是真的报效国家呢！

儿子说不过他，便使气说，你当俺不敢上前线？

吓得谭守东赶紧一路拉着他，手也不敢松开，直接把儿子塞上了车。

谭振国和他弟弟、妹妹很小时就被他爹教着背熟了《黄帝内经》《汤头歌》《伤寒杂病论》，谭守东的意思是，他小时候没学到，长大费了大劲儿才学到的东西，一定让他的三个孩子都学会。三个娃娃都很聪明，尤其是振国，完全和他小时候一模一样，又捣蛋又机灵，却被谭守东一直强压着。他书念得好，又是长孙，这让冬莲高兴不已，不由得就很惯他。谭守东却时时要锻炼他，趁他学校放农忙假，明明放着请的麦客，也要他和振兴一起学着收割，意思是让他俩从小吃些苦，知道活人不容易。谭振国小时候就常听他爹说当年在西安围城时救治伤兵的事，他也常见家里时有病人来求他爹看病，心里就把当一个能救病活人的医生，作为自己的一个愿望。他十二岁到县城去上学后，守东见他稳当多了，每隔十来天振国回家时，就许他和振兴在身边学着把脉，有治骨伤的病人来了，逢他在家，也让他砸药帮忙，告诉他止血的穴位和止疼的穴位，这让国花羡慕不已。她娘却劝她说，你是个闺女，不能学的。害得她眼泪汪汪只能看她两个哥哥学着他爹接骨。在心里犹豫了一段时间，谭守东终于下了决心，反正这手艺也不是祖上传的，能救人就行，还分啥闺女、儿子，他便把闺女也当成了弟子。

谭振国被谭守东弄回家，虽然遗憾不能和同学们一起去闹游行，悼念抗日阵亡的将士，但和他爹天天学着给病人们看病，也觉得很有意义。他学着开方子，给病人找穴位，有时还能给弟弟妹妹教点儿东西。谭守东见他学啥像啥，又胆大，就心里高兴着，却又怕只学自己这些耽误了他，有心想送他出去学西医，想想谭彦章时常抱怨谭兴一年到头也不回家，后悔当初把他送到外边学了军医，他就犹豫了。毕竟世道太乱了，到处都是日本人在打仗，学了西医不就得上战场了么？想到杨虎城将军和张学良将军的下场，谭守东就心寒了，他不舍得儿子，他娘和媳妇也一定不舍得吧！这样想着，谭守东便放下了要送振国出去读书的心。

谭守东在西安的生意越做越大了，随着战争形势的严峻，武汉、广州等纺织重地没有了棉花来源，又没了生产能力，一时布价飞涨，不只军用布资源缺少，连普通老百姓穿衣服的布也紧缺起来。谭家堡子的人不用租场地，又不用交付工钱，他们在军需局按合同底价买棉纱，有的就连钱也不用付，领了棉纱交了布，便直接被领到军需局付给加工费，他们的这些优势是那些大纺织厂没有的，渐渐地，谭家堡子便成了陕西市场上重要的生产军用布匹的地方。

这天谭彦章来找守东商议，他说，俺有个主意，你可得支持俺。

谭守东便点头说，行呀，啥时候俺不支持你了？

谭彦章说，眼瞅着这布织得越来越多，要运出去除了马拉车没有别的办法，俺就瞅着咱前头有那条咸铜铁路，也打咱门口过，俺合计着得搭上它那车，咱运布运纱不都方便了？得省多少钱和时间呢！

谭守东说是呀，你这法子好，咱干脆找他们，让在咱谭家堡子附近设个火车站，咱只用把布拉到那车站，不就上了火车？

谭彦章说，那你去找谭兴，就说俺说了，让他给你帮忙。

守东笑着说，凡是咱谭家堡子的事，谭兴哥上心着哩，俺就是不说你，他也一定会尽心尽意地办。外边人传"穷蒲家、富官路，不穷不富是川堡，凤凰岭出财主，西北银行谭家堡"，人家都这样说咱，俺谭兴哥也有面子。

在谭家堡子附近设火车站的事，居然很快就办成了。虽然连个站台也没有，只竖了个白底黑字的站名牌，可谭家堡子和高黄村却真是得了方便。谭守东因为一直忙着这事，就好久没再去过西安城。

可他的名气确实越来越大，而他在西安围城的事迹竟像是给他做了宣传一般。德宽师父介绍了许多人找谭守东，除了治伤的，更多是来买粗布的，有时他们会想买些他的药。虽然按着秘方不外传的想法，他不愿意把药让人带出门去，可有德宽师父的面子放在那里，他就次次都把自己配的药给了他们。有的人见他居然有青霉素，就惊喜地打听怎么弄一些。谭守东立刻就怀疑，他们一定和那边有关系。谭守东对时局有着关心，愿意听人说说当下的什么事，虽然一个字他也不回应，却知道了很多谭家堡子以外的事。现在国民政府一直围剿陕北，封锁那里。现在想来，他们需要那么多粗布，怕是给陕北八路军送的吧。

这样一想，谭守东心里一下子便亮堂了。是呀，就算是个大布庄，也不能有多少布就用多少，可不是这些布拉去是给人做粗布衣裳用的？他早听说陕北的人，缺吃少穿，当地的布和粮跟不上。下次再去见德宽师父的时候，他便多了个心眼儿，装作不经意地说，听人说陕北不产棉花，那儿的共产党没衣服穿，想要的就是咱织的土织布，又便宜又经穿，染成灰蓝色就能做军装。

他说着打量了德宽师父的脸色，德宽师父一点儿也没慌，只问，谁给你这样说的？

谭守东不说话了，德宽师父默了会儿说，那人快来了，你既然问了，就见见他吧。

德宽法师说的人叫王老实，时常赶了骡马大车从延安到富平，一路相熟的人很多，别人只当他是一个贩布贩粮赶车的人，他却早就是个地下共产党员。王老实和守东是老熟人了，他到谭家堡子拉了好多布，算得上守东的大客户。见了他，守东并不意外，王老实说，山东人的布织得好，谭家堡子数你家的布最平展。得谢谢你！

守东说，自己人，谢啥！

王老实看看德宽师父，又对谭守东说，你怕不？

谭守东知道他问啥，便也看了眼德宽师父说，怕啥？布是你拉走的！

德宽师父大笑了说，你倒推个干净！没错，谁问你就这样说！

谭守东说，俺知道你做的是大事，在西安围城时俺认识些你们的人，那时俺也没怕过。放心吧，俺一定好好帮忙！

王老实说，那我也不客气了。他从自己赶的大车上拉出个稀烂稀脏的被窝卷，在里头抠抠摸摸着拿出个布包，又把谭守东拉到屋里才递给他说，守东，还有事托付你！

谭守东干脆利落地说，你尽管说！

他说你打开看看。谭守东觉得手里沉甸甸的，捏了捏里面硬硬的，打开布包只见两根金条包在布包里，他赶紧将那布包盖好说，哪来这么多钱？

王老实压了声音说，现在药缺得厉害，又没有布没有粮，不管咋样，把这交给你，你想办法采买些，只要别暴露了。

谭守东赶紧把那钱塞还给他说，俺弄一点儿西药倒还有办法，多了也没处找呀！

王老实问，你怕了？

谭守东沉默了好一会儿才说，俺不怕！

见他说得犹豫，王老实正色说，你要怕我就走，绝不勉强你！

他说着从谭守东手里拿过布包，转身就走，见他大踏步地越走越远，谭守东急促呼吸着，终于下了决心，小声喊，大叔！别走！

谭守东撵上王老实，见他脸色严峻就伸出双手郑重地接了那钱。德宽笑了说，好样的！听说谭兴还在军需局？你要是能慢慢活动了把他转变过来，让他给咱帮忙就好了。你觉得有希望吗？

谭守东想想谭兴的样子，便沉吟着说，倒是也有希望，西安围城时，他在杨虎城的军校时，好像就是共产党员，俺试试吧。

谭守东驾了车往谭家堡子赶，忽然他就想，那俺现在不也就成了共产党？给他们看病、给他们送布，现在还要给他们买药呢。可这药想从谭兴手里弄来，他知道，难呢！

全国抗日的呼声很高，有时谭守东去西安，就要去看看他姐青女，虽然她并不认冬莲，可是从围城之后的十年间，有守东隔三岔五把西安的东西捎回堡子，又从堡子捎些地里的新鲜瓜果到西安，冬莲和青女差不多一直算是联系着的。谭守东几乎每次去都要和谭兴聊一聊，有一次在谭兴的桌子上看到国民党陕西省党部发出的成立陕西各界抗敌后援会的倡议，他就好奇了。他听出谭兴对眼下的局势也很不安，便劝他别总是闷闷不乐的。谭兴摇头说，穿着军服，吃着军粮，眼看着日本人张狂，战局总也不利，唉，俺真是越来越觉得自己没用了，原来当兵时的一腔血性，也不知道跑哪儿去了。

谭守东便说，自己来西安时，逢了日本飞机轰炸，在西大街上见炸毁了几院房子，死了好几个人，幸亏他的车把式技术好，还没让炸到。谭兴狠狠地说，该死！日本飞机炸西安城，隔几天就听见天上轰轰着跑飞机，真是欺负到人的头上了！

谭守东也气得说，就怕真的亡国了！俺怕振国总要挑头闹着想抗日，怕他去惹事，俺干脆让他回来和俺学医，刚才他见人们都趴在地上躲飞机，就给俺说，爹！俺要好好和你织布挣钱，将来买飞机，在天上和日本人打！

谭兴摇头笑了，你儿子倒和你一样，他只当飞机是纸叠下的，唉，也可怜孩子一颗心呢！守东，你往后少到西安跑吧，生意再好，丢了命可不划算了，这边的生意俺替你盯着，你好好给咱多挣些钱！娘的，日本人真要打过来，西安一定最先要打的，俺就回堡子养老了！

谭守东见他说气话，便揶揄他说，你倒就这本事？党国培养你这么多年，你只一心想养老了？只要打仗，你管着药品，咋也不会闲下来！

谭兴一笑说，那是当然，咱没有领军打仗的本事，只是说说罢了！

见他脸上有了笑模样，谭守东压了声音说，谭兴哥，俺想从你手里贩些西药！

谭兴脸色一下变了，啥？你直接要了俺的命吧！军火和药是军需局最重要的东西，你倒敢打主意！俺看你是贪财贪疯了吧！你贩布还不够么？

他见谭守东不说话，突然也压了声音问，你没开玩笑吧？你是给谁贩呢？俺手里的药都是有数的，作战时才有调配，用一批药，不知道得多少人通过，趁早别打主意！

谭守东见他只一说，谭兴脸已经吓白了，知道这事果然难，便哼了声说，谭兴哥别生气，俺知道了！

本来谭兴已经和他说好，一起到家里和青女娘儿俩吃晚饭的，说了这话就没了兴致，两个人静默着好一会儿都没话说。谭兴从桌上拾了自己的帽子说，俺想起来还有个事要去办，你呢？今天回不回堡子？

谭守东也觉没趣，站起来说，俺回去呀。

他刚走到门口，谭兴又叫住他说，守东，俺和你比亲兄弟还亲，俺知道你一直和那边有联系，你给他们治病送布，俺不拦你，只当没看见，那是你爱国的志向。俺现在端着这碗饭呢，你可别砸了俺的碗！要不咱兄弟俩可没见面的缘分了！

谭守东沉默了会儿，点点头便拉了门走了。

谭兴坐上车就回了家，他心里沉重极了。青女见他回来得早，脸色也不好，赶紧摸了他的额头问他身体还好吧。

谭兴拉着青女的手，看着她说，青女，俺心烦得很！俺真想带你回了谭家堡子种地去算了！

青女听他这话也有几十次了，便笑了说，又咋了？你咋舍得你那处长的头衔？是不是战局有变？听说日本人在打山西，想过黄河呢！俺们正在排抗日的新戏呢！

自从青女开始练功，就渐渐恢复了身材，她努力练着声音，天天到城河边去喊嗓子，终于把嗓子重新喊得脆亮了。谭兴那时只当她是闲着没事，没想到她在城里的戏班子里寻下教授学生的事，天天去给学戏的娃们说戏，竟越干越有劲儿一样。原来三五天去一趟，变成两天一去，到了西安事变前后，天天都要去了。那时谭兴劝不住她，也从心里想让她高兴，便随她去了。谁知有天主任找他，说了半天闲话，走时才说，听说你媳妇是当年的水玲珑？

他赶紧说是，主任点了头说，她一心想唱戏呢，别让人家利用了，听说她排的戏都是新戏，她的学生不少都去了那边！你劝劝她，别给你添了麻烦！

谭兴吓得出了一身冷汗，回家和青女说了，她和他争执了一番，最后算是答应以后少去些。

谭兴正心烦着，回家又听青女说排新戏，便长叹一声说，日本飞机见天炸着，你们唱那戏又顶啥用？你能不能省些心，别去跟着那些娃娃们胡闹了！哪天俺丢了饭碗丢了命，看你还唱啥！

405

青女只当人家又说她唱戏的事了，知道他一心想保住自己的那个官，平时小心谨慎得话也不敢轻易说，有心顶撞他几句，见他皱着眉头盯着自己，只等自己给他答应。青女低声应了说，你天天只是怕东怕西，就怕谁说你过去当过共产党，看人家宝娃，跟着孙蔚如上山西打日本人去了！

没等她说完，谭兴大叫道，知道你一直后悔没跟宝娃走！不就是围城时他给了你一个肉夹馍么？俺要在城里，命也会给你！俺小心怕事，还不是为了和你厮守着？俺那时在城外你在西安，那心悬成啥了你知道不？俺见你活着就发誓，这辈子也不离开你了！要是打仗俺早也去了，官不比现在大？丢下你连个亲人也没有，你可咋办？你说俺越来越胆小，还不是为了你？俺去当兵时，就没怕过死！打仗本来就是光棍汉的事，儿女情长英雄气短，俺也觉得俺现在窝囊得可怜！

青女大惊失色了，男人从来没和她高声说过话，从西安解围到现在过了十一年了，自己早当他是个好好先生了。他怕打仗，怕军需局内部调整，怕日本人要打来，又怕青女上街上戏院唱抗日新戏，原来他心里一直有着这样的委屈！

她哭着说，谭兴……你心里这么苦，咋从没说过？

谭兴绝望地说，俺报效不了国家，那时冯玉祥清党，俺怕不能和你守在西安城里，就咬定俺是国民党党员，魏主任对俺失望透了，当俺面把俺的入党申请撕成了片片儿！俺也想救国，可俺啥也做不了！今天守东来找俺，想要买西药……

西药？

对呀，他不是一直给那边的人治伤么，他要买西药，俺哪敢给他？

那你咋说的？

俺说让他再别提这事了，俺不会给他的，要不兄弟也没得做了……俺心里还是佩服他的，这时候他还敢给那边帮忙，也不怕丢了命，俺心里觉得自己真是窝囊，唉！

青女去拧了个毛巾递给他，谭兴问，青女，你说守东他咋啥也不怕呢？下次见他，你劝劝他！

青女却轻声说，俺才不劝他呢，俺还想帮他呢！

谭兴一下子怔住了，青女笑了说，你又怕了吧？守东和俺说过，要不是因为他娘守寡养活他不容易，他早就当兵打仗去了。他那么聪明，俺想他要这样干，命也不怕丢，一定有他的道理。俺见城里让日本人炸得可怜，陕北一定更糟，缺医少药，他想买药送去，俺觉得没错！

可俺会搭上命的！谭兴暴跳了。

青女赶紧拉了他说，谭兴，别急！你帮他再想想别的办法吧！

虽然谭兴说没别的办法可想，他还是在心里为谭守东想买药的事琢磨了好久。青女见守东好久没到家里来了，也见谭兴心里烦得总要发火，便劝他闲时回趟谭家堡子，也算散了心。他却不去，说忙得很，青女只好说过两天自己去看看公公婆婆和梅枝。他见她要走了才说，你见了守东给他捎话，让他进城时来找俺，俺给他想了个好办法。

青女听了高兴极了，忙问他啥办法，谭兴被缠不过，只好说他想军需局的药从出厂到入库，都是层层经过严格审查的，做不了手脚。谭兴说他倒想着，杨虎城在陕西主政时，办下个药厂，现在做大了，成了化学制药厂，有几十种药呢。谭兴给介绍了，任凭守东花钱去买药，随他谭守东送给谁，只要能过封锁线，就算他谭守东有本事，反正自己只是介绍药厂！

青女夸了他，当下就坐上车去了阎良，下午时就又和谭守东一起回了西安。她心里很得意谭守东是自己的亲兄弟，虽然她并不想认冬莲。谭守东那天见谭兴把话说得绝，只当再没了机会，想着和他从小一起长大，却为了这事几乎闹翻，他后悔自己去找谭兴，一直在盘算怎么和王老实回信儿。谁知青女却带来这样好的消息，便立刻和她进城去找谭兴，他怕振国乱跑，让他也跟着上车进城，算是看住他。

西安城的大街被从山西战场上拉来的伤兵占了路，许多医院和剧院都腾出地方，收留这些伤兵。谭守东的车把式赶着车一进西安北城门，就见从火车站方向来了许多人，提篮拿碗的老百姓们挡住了路。车把式去打听了回来告诉谭守东，今天从山西战场下来的伤兵多，正从火车站往城里运呢。青女见他犹豫，知道他想运送那些人，便说她不急着回家。谭守东便让车把式驾车往火车站去，还没走多远路就堵得走不动了，他怕骡子伤人，让车停在一边，自己和青女下了车。路边能走的伤员都还伤得不重，拄了棍低头在走，他让车把式把车上的水倒给那些兵喝，见那些人脸上说不清是侥幸活着的庆幸，还是打了败仗的阴沉,便打听那些兵是哪个队伍的,打的哪一仗回来的。那些人喝着水,吃着馍,便纷纷说了自己队伍。有人见谭守东打听,便给他描述战场上的事。青女突然听说有人竟和宝娃是一个部队,忙挤过去问道,有个高黄村叫宝娃的,听说过么?

那人看她一眼说,那是我营长!在黄河边打仗时阵亡了!那可是个人物!

旁边也有人说听说过这人,青女却再也听不见一句话了,只呆呆站在路上,傻了一般。谭守东见她哭也哭不出来,忙拉住她,可她失了魂一样,随他扶她上了车。谭守东和青女坐在车上,她突然低低地哭泣说,我还没报答过他,他就死了!

她说着就伏在谭守东肩上放声哭起来,长长流着眼泪。谭振国一直跟着他爹在拥挤的人群里听着,见青女哭着,他也红了眼圈。谭守东也不去劝她,就默默陪着她,不知过了多久,她抹了眼泪说,俺真不该去问那人,要是不知道,只当他还好好在打仗,那有多好!

谭守东见她说得伤心,便留她在车上,指挥着振国和街上帮忙的学生们一起,扶了五六个伤兵坐在车上往城里走。

西安的医院都让伤兵挤满了,医护的人却不够了,谭守东和青女见那些人或躺或坐在地上,吃喝着老百姓给送来的东西。谭守东便说,青女姐,这倒像当年西安围城时的样子了!

青女却又淌下泪说,那时宝娃有你,熬着还算是活了!现在他可死在山西了!

谭守东重重叹口气。

振国东张西望着,紧紧跟着他爹,医院的人一下子见了这么多伤兵,就忙乱起来,会治病的医生们都在忙着照顾重伤员,给他们止血治伤。来帮忙的学生和妇女很多,却没头没脑只是围着伤兵,地上堆了带了血的棉纱也没人管。青女心里想着宝娃,神情恍惚着,却见到处乱糟糟的没个头绪,忍不住张罗着把学生们分了组,让接待的学生给伤兵造名册,打扫卫生的只管打扫。有的伤兵伤势重,还不断在出血,她就让人赶紧腾出床位把人抬上去。谭守东本来只想着用自己的车捎几个伤兵帮忙送到城里,可是耳边都是惨叫声和呻吟声,满眼都是包了血绷带的伤员,他就忍不住揭开一个兵的纱布看看。他立刻就看出那娃肩上的枪眼是个暗眼,子弹还没取出来,那兵不过十六七岁的样子,并不知道自己的危险，还忍着疼给一个送饭的大娘讲他受伤的经过。

这还是个娃呀！谭守东见那娃比振国并不大多少，还没振国个子大，心里就震动了。他问那娃说，疼不？

那娃点头说，疼！我说我能忍住，我排长还是硬让我回来了！唉！我听人家说要是治不了，就麻烦了！

谭守东鼻子发酸，他按住那娃说，你等着，俺给你取出来！

他给青女说他要给这兵做手术，她并没意外，就和管事的人说了，人家当然求之不得，立刻给他安排了空房子当作手术室。可是那娃被抬进来时，他才发现，除了一包止疼药，他连一把手术刀也没有！

谭守东自己去找那管事的人，那人正被无数人围着在解决各种的事，他听谭守东要药和手术刀，就怔了会儿才说，啥也没有，医院里的药几天前就用完了！医院所有的器械都在用，正在和上面申请呢！

振国悲愤地说，他们要是知道打仗受伤连药也没有，还不如死在战场上！

谭守东突然失去了耐心，他重新回到手术室，门外已经等了十几个伤兵，被青女安排着等他做手术。那娃正光着脊梁等他，谭守东把烂着洞的破棉袄看了看，看不出那军布是不是自己织的，他把棉袄给那娃搭上说，等着叔！

穿过医院门口空地上慷慨激昂叫着抗日口号的学生和老百姓，谭守东拉着儿子出门坐上车直奔谭兴的军需局，他一个人闯进门见了谭兴便急急地说，不管你还把俺当不当兄弟，俺现在马上要那些药！

谭兴见他这样胆大，怒道，你出去！没有药！

谭守东指着窗外说，你在这里喝着茶，外边的伤兵正在死去！他们可不是共产党，他们可是你们的兵！有的还没有振国、瑞宝大，受了伤，只有止疼片！你学的军医，管的药品，眼睁睁看他们疼着死去！那时你爹让俺进城找你，俺眼也不眨就来了，现在俺求你给些药，你咋就只想着保你的官帽子？

谭兴见有人在门外探头探脑，忙一把捂了他的嘴说，咱出去说！

两个人气冲冲出了大门，站在街上，谭兴松口气说，你青女姐给你说没说俺的打算？

谭守东说，可俺等不及了！你跟俺去看看！

他不由分说拉谭兴上车，谭兴忙挣脱了说，俺都知道！几天前第一批伤兵到西安时俺就知道，他们的药还是俺批的呢！

可是不够呀！

谭守东气得喊起来，振国从车里伸了脑袋出来，谭兴也急了说，你有钱就去买药吧，俺跟你一起去都行！军需局的药，是要按计划调配的，你只见了这些伤兵，他们还能活着回来，从山西战场上回不来的，才是真正的重伤！掉了胳膊用袖子绑着，肠子打出来塞肚子里！俺的药还要给他们！

谭守东不说话了，他眼前都是那些伤兵的伤口，可谭兴说的也是现实。振国的脸色却苍白了，使劲儿咬了嘴唇，谭守东上车说，俺用自己的钱去药厂买药，你管不管？

谭兴没好气地一边上车一边说，管！

两个人找到药厂，谭守东可着身上的钱开了单子，买了消炎、麻醉、止疼的针剂和片剂，把药都装在了车上，谭守东才高兴了，他见谭兴扯着脸，心知他也为难，就故意赔了笑脸说，你还真是有关系，你不来，俺拿着钱也买不出药呀！

他见谭兴不搭理他，又对儿子说，看你大爷多本事！

谭兴没有表情地说，别来这一套了！你别当这药买了就完了，你敢送到那边，一旦过封锁线的时候让逮住，咱们都完了！

谭守东只当他吓唬自己就笑了说，放心吧，谁也不会说出你！

谭兴摇摇头说，每支药上都有批号，顺着号一查就知道是你买的，是俺领的你！药在你手里，你用在那些伤兵身上倒没啥，你要往那边送，咱俩的命就都在线上悬着了！

快到医院时，谭守东突然说，谭兴哥，宝娃死在山西前线上了！

谭兴像是并不意外一样，车停在军需局门口，他用手拨拉了振国的脑袋，就跳下了车。直到车开走，他都没说一句话。

带着那些药，谭守东重新回到医院，便开始给那些兵做手术，他让青女给他挑选最重的伤员。青女见他出去了一下午，天快黑了才回来，竟带回这么多药品和器械来。医院管事的人见谭守东这样大的本事，便专门来和他道歉。他说他儿子也会治伤，你们给他安排简单的手术，让娃也做些事！

父子俩忙着给那些人治伤。青女夜里才从医院出来，找了个专卖花圈明器的小店，买了些冥币香烛和麻纸钱装在包里，才一路恍惚着回了家。谭兴听说谭守东和振国正在临时医院救人，就沉着脸说他也去呀。青女猜他一直阴着脸，怕是和谭守东带回来的药有关，也不去问他，就见谭兴换了衣裳出门去了。

　　家宝已经睡熟了，青女便把她的房门关好，拿了个碗装上白米，从包里取出香烛插好点上。她没有宝娃的相片，就在心里默默想了他的样子，鼻子酸着哀哀地低声说，宝娃，你总说死，这次真是死了！让我咋办？

　　只说了这一句，青女就扑在桌上哭起来，又怕家宝听见，只好呜咽着全憋在嗓子眼儿里。埋头哭了会儿，青女把手指咬在齿间哭道，再也见不到了！再也见不到了！

　　蜡烛忽闪着，她哭着对那火光说，你能看见我想你不？你让我烧钱给你，我就买了这一大包！你要听戏我就唱给你！可你在哪儿！

　　那火光忽闪着越来越小，比黄豆也大不了多少，青女屏了呼吸看着那对烛火，却见那火竟灭了。

　　青女止了哭，定定地瞪着蜡烛，好一会儿，她才说，你还是恨我？我唱戏给你听好不好？

　　她站起身，洗了脸，想起他最爱她穿了黑色旗袍，贴上片子扮上相再唱。她就找出自己的家当，慢条斯理地把头发梳了高髻，又画了眉毛勾了眼睛，脸上细细用油彩涂抹了。她很认真地做这些，像是宝娃就在门外，只等她装扮好了就能见到他，又仿佛马上要登台演唱，而台下有几百上千的戏迷一样。渐渐地，青女在镜子里看到了过去红遍西安城的水玲珑，那个让宝娃一眼看见，就一辈子也没放下的绝世女子。她对着镜子挑了挑眉毛，看到自己眼睛有点儿红，她闭上眼睛，在心里对宝娃说，你那么多次来捧我，给我大把花钱，为我披红挂花，我都没为你好好唱过一出戏，今天，我专门唱个《白蛇传》的《西湖》给你听！

　　那件被宝娃夸赞过好几次的黑绒高领旗袍，围城时埋在被炸毁的院子里了。她重新做了一件新的，还一次也没穿过。她比量做衣裳时胖了些，领口和腰身都紧绷着，她便松了盘扣，重新点了香烛要唱起来。烛光却亮堂，火苗蹿得很欢，青女对那火光惨然笑了说，你还是那脾气，喜欢好看的！

她闭了眼睛，凝神想着，便轻轻唱道：

旧地重来到，
叙事难追索；
官人不见面，
恩爱如刀割；
冤家若分娩，
何处是巢窝；
仰面把天怨，
天哪！天哪！
你杀我白云仙太得绝情了！

青女哽咽得再也唱不成句子，泪眼婆娑，对那忽高忽低的烛火痴痴看着，她又继续唱：

西湖山水还依旧，
憔悴难对满眼秋，
…………

第二天一早青女赶到医院，见谭兴和守东、振国还在忙，就心疼了，把自己在回民坊上买来的几碗肉丸胡辣汤端给他们吃，谭守东见儿子眼睛里也有了血丝，精神还好，便说，你累了就睡会，这儿伤兵多呢！

谭兴顾不上吃，要去上班。振国却边吃边说不累，他说有个只剩半条腿的伤兵，在战地医院做过锯腿手术了，现在却依然发烧，伤口肿得直发亮，让他爹看看。谭守东吃着去看了，说手术没做好，伤口已经坏死了，还得再锯一些，现在有好药，应该不会再恶化了。那个兵听着就哭了，捂着脸像个挨了打的狗在号叫。谭守东不忍心听下去，给儿子丢下话说，等做手术时来喊他，便撕下半个饦饦馍又倒了半碗汤去看昨天肩上才做了手术的娃。那娃正睡着，谭守东嚼着馍，犹豫了一下没叫醒那娃，他看了娃的伤口，见纱布上渗了些红色的血迹，知道伤口在长，才放了心，让人等会儿把那娃叫醒给他吃饭。

青女见他这样，忍不住说，守东，我有你这样的弟弟，真是高兴呢！

谭守东大口吞着汤，含混地说，咱娘多想认你这闺女呀！姐，别硬撑着了，她那么大年岁了，天天想你，俺可怜她，你就真的舍得吗？你想想家宝，要是不认你，你能行？

青女委屈地说，我不会把家宝卖掉！她对你多好，到处找你，她可从来没找过我！

谭守东说，怎么没找过？他把他娘为了寻她跑到山里，把月月救活的事说了一遍。他又说到了宋轩堂，说他为了帮着找她，多少次在乡下奔走。

青女好奇道，那人是谁，为啥他卖了我，又来找我？

谭守东又把宋轩堂的事说了一遍，说着说着就沉重起来，他叹口气说，俺后悔啦，可来不及啦！俺以为不让娘和他来往，就保住娘的名声和俺的面子了。现在他死了，俺才想明白，要不是他一直撑着娘，俺跑到西安那几年，娘真不知道怎么熬下去！娘找你的希望和等俺的希望全在他身上搁着呢！天天等他带来好消息。可俺把他撵走了。在围城里看了那么多人死了，你就不觉得，人死了，再想怎么都来不及了。要是能再来一遍，俺一定让娘和宋轩堂过口了，谁都不苦了。姐，你要是等娘死了再后悔没认她，就得后悔一辈子了。娘她真是了不起，俺长这么大，没见过一个女人像她这么有劲头儿，从来没让压趴下过。姐，只有你，让娘真正伤了心了。你没见到，娘的头发全白了。她太想你了。

霎时，青女就想到了宝娃，想到他和她的那个下午，他热乎乎的汗贴着她的感觉还很真切，可他已经死了。青女突然冲动着想说她愿意认娘，在医院乱糟糟的人来人往中，她又忍住了。

谭守东和儿子振国跑了几个地方给伤兵治伤，在西安忙活了四五天才回了谭家堡子。因为见了爹给许多人治伤的本事，谭振国知道他爹真是了不起，他却并没有和妹妹国花炫耀他也治了许多人，给十来个伤兵做了手术取了子弹。谭守东见儿子只是埋头吃饭，只当他在医院忙了好几天累了，便没在意他。谭守东操心着把没用完的西药赶紧给王老实送去，等他回到家，却听他娘冬莲哭着说，振国回来只待了一个上午，就和她说找谭瑞宝去了。他妹妹到吃饭才发现，他留下纸条说他要去山西前线治伤兵，等把日本人打走了再回来！

413

冬莲便骂谭守东把孙子领上死路上了，让儿子快点儿找回孙子还给她。谭守东见媳妇香绣也在哭，心也慌了，气得骂，这个不省油的灯！

冬莲恨恨地说，天下谁像你，只知道治伤治伤！这下把儿子搭上了吧！

谭守东就怕他娘生气，忙劝说道，他走不远的，才十五六岁，人家一准让他回来，那么远，他咋去呀！长那么大，他只去过西安！

国花却挥了信纸说，俺哥说他带了两块大洋，当路费用的！

冬莲见没了指望，便放声大哭道，娘哎，他有个三长两短，俺可咋活？不成，俺得去找他！

见她溜下炕要去找振国，香绣忙拉住她说守东去找！

她才坐在炕沿儿哭着说，娘哎，听说去山西还得过黄河，你爹就是在风陵渡丢的命！俺振国可咋办？这个小祖宗和你一个样！胆大不要命！

守东只好赶紧出门，往西安找振国去了。

其实，谭振国想要参加抗日队不是一天两天的打算了，只是家里一直把他看得紧。春天时谭福的儿子来寻他，说八路军南下关中，在集会上给群众宣传抗日救国呢。振国想去，他娘和他奶奶却看着他不得脱身。过几天他听同学们说，有学生们参加了刘庚领导的抗日义勇军第十六支队，他得了信儿赶去，人家已经走了，得知人家给编进八路军里了，他悔极了。他本想暑假就参加学校的抗日救亡活动，却被他爹逼着回家学医了，他知道要想在战场上救人得靠本事，他便装作听话，认真和他爹学着治病，心里却一直没有断了想上前线的念头。他听谭兴说前线重伤员胳膊断了拿袖子绑住，肠子打出来自己塞进肚子的话，先是觉得瘆得慌，在医院给伤员治伤时，见了那么多伤兵，又觉得都比到谭家堡子找爹看伤的人伤得轻。他听那些伤兵说山西战场上重伤员来不及抬下战场就死了，能回到陕西的都算是轻的，就想，不知多少重伤员还在活活等死！

振国不知道自己算不算一个医生，他没在学校学过治病，但他爹教给他的却也足够他给伤兵扎穴位、挖伤口、取子弹了。他爹的秘方他也有，他爹取了枪子后给枪眼里塞的药他也偷了来，从谭家堡子南门出来时，他回头看了看高大的寨墙和寨门。这都是他爹的功劳，他爹能十三岁跑到西安城里活下来，还学会给人治病的本事，他十五岁去山西前线抗日，也不用他们拦着挡着！

十五岁的谭振国怀里揣着他爹所有的西药和药膏，出了谭家堡子往西安赶去，他知道去往山西的火车晚上就要开了。

抗日战争全面爆发，到次年底武汉失守后，陕甘宁边区又被重重封锁线包围，谭守东没找到儿子振国，很快就忙着织布的生意了。他见娘失魂落魄地时常到堡子的寨墙上去张望，对织布厂的事完全不上心了，吃点儿啥好东西，总要惦记她的振国这时怕还没吃饭吧，有时又自语，念叨振国不知道还在不在世上啦。

这些都让大家伤心，谭守东虽然并不太反对儿子去山西，甚至内心里还佩服着他居然有这样的勇气，可他却从越来越衰老的娘的伤心里想得出，他自己当年惹了祸就跑出去，几年才回来，娘一个人如何熬受过来的啊！

一想到这些，谭守东就自责得不行，自己没守好振国，让娘重新受这伤心煎熬，他觉得自己不孝。有时冬莲见他只忙着卖布，便催他再去找找振国，他不敢说他已经找了所有的地方，振国的确已经到了山西。他不敢说前线打仗，军布和民布都供不上用，也不敢说他倒贴了钱让堡子里的人多织粗布，去供给急着要用粗布的陕北边区。他只好耐心劝说他的娘，说当兵的娃娃多呢，好些都比咱振国小呢，碰上这战乱的年代又有啥办法？振国是见了医院里那些伤兵才去的，他多有血性呀！咱该骄傲呢！

冬莲为了这话赌气不再理儿子，她恨他现在只认得钱了！

青女听说振国自己跑到山西前线去了，心就揪紧了，又听说冬莲天天想孙子，闹人闹得厉害，还居然病倒了，她就忍不住想跑到堡子去看冬莲。可她想想，要和冬莲面对面坐着，那她该说什么？所有人都知道，她青女多坚决地说过不认冬莲的。想着，青女就别扭了，打消了念头。十一年了，她知道她的娘就在谭家堡子。她也和她娘有过相见的机会，总是自己先决绝地走开了。她对她的娘，又生分又熟悉，有时候她知道，她心里是盼着她的兄弟或谭兴说说冬莲的事的，不管是她娘说了什么有意思的话，还是她多伤心地让他俩来传话想要见她，青女都不回答，但她却仿佛满意了。她默默地折磨了丢弃了自己的娘，又其实很高兴知道了娘现在的消息。

在心里天天都纠结着，青女终于还是没去谭家堡子。娘有她的儿子和媳妇呢，又不差她一个。

活泼泼的振国不在家里说话、走路，不再讨冬莲高兴，不再呼噜噜大口吃饭、大说大笑，全家人都受不了。尤其是冬莲，觉得家里一下子安静了许多，也没意思了许多。只要一想到孙子是去了子弹不长眼的战场，可能一辈子也回不来了，冬莲的心就一下子沉了底，又怕又慌。她落寞得很，在织布厂没个笑脸，倒像是来给她儿子做工的伙计，记账总会因为忘记而漏些什么，很多材料渐渐和账本上的数字差得多。谭守东便婉转地劝他娘回家歇些日子，把管账的事交给香绣她爹来干。冬莲似乎也对厂里的事没了兴趣，把钥匙和账本就交给了陈木匠。可她在家也一样总是没精神，烧火常常忘了给灶膛里填柴火，只盯着火苗发呆，香绣正做着饭才发现火已经快要灭了。要么她给灶膛里一下子填太多的柴，满灶间都沤着烟，呛得人咳嗽，她却回不过神来。香绣也想儿子，就哭着和守东说娘的变化。谭守东见不得他娘委屈，就丢下手里的事陪着他娘，冬莲渐渐才愿意搭理他。守东劝说，就算在前线，你孙子也是给人家治伤，离打仗的地方十万八千里呢！你见过哪个军医受伤？

　　冬莲确实不懂得打仗的事，她只抹着泪说，俺就是想看看俺振国！又不耽误他治伤！谭兴不是当着官么？你让他托人打听打听，不行，俺就自己去找他！

　　人们只当她说说就算了，谁知没几天，冬莲竟真的不见了。谭守东听香绣说他娘从晌午就不见了，天黑也没找到，他立刻就慌了，跑到南堡子去问值班的人。人家说冬莲大娘挎了篮子，背了包袱，一大早就出了堡子，俺问她去哪儿，她说她给振国送大饼和黄酱去！

　　香绣这才想起来，冬莲一早起来就让她烧了地锅，支了铁鏊子，和了一大盆面糊，坐在院里烙大饼。她只当婆婆给织布的工人们做饼子，谁知竟是给振国烙的。顾不上责怪媳妇，谭守东赶紧问那人，他娘咋走的，那人说，俺也觉得奇怪，多少年没见大娘出过门，咋像是要看亲戚一样！她乐呵地说去看振国，还问俺西安火车站在哪里，俺只当她开玩笑呢！她往官路上去了，俺见过来个大车，她搭上就走了！

　　香绣听了哭得不行，国花听说她奶奶走了，跟着她娘哭起来，老二振兴听说他奶奶找他大哥去了，就闹着也要去。眼瞅着一家人乱成一锅粥，谭守东一边让车把式快驾车，一边说，快回去等着吧，说不定她就回来了！俺进城找找她去，怕是她也要坐火车去山西了！

　　国花撑上她爹说，俺大哥拿走了你的药，俺见你又配了两瓷瓶，现在只剩一瓶了,俺奶奶一定拿去给大哥送了!

谭守东叹道,娘呀,咋说走就走?!国花,快去把那瓶也拿来,俺这次撵到山西也要把你奶奶和你大哥撵回来!

那药果然是冬莲拿上了,她把那一大摞子大饼包在包袱里背在身上,篮子里装上黄酱和干鱼咸肉,又把阔大的裤腿用绑腿布细细绑好,就拄着棍迈了半大脚搭车到了火车站。她是准备了钱的,她说她要去山西,到日本人打仗的地方,人们只当她说疯话,见她拿出钱来买车票,大家才知道她居然真要去前线,便纷纷来劝她,说那是不可能的。

冬莲见人家不让她坐火车,便挎了篮子在人群里着急。民国十八年年馑的时候,闫老六领着堡子里的人回山东逃荒,来去都坐的火车。冬莲虽然没坐过,却知道火车是可以买票坐也可以没票坐的。她听桂枝说过,闫老六和大家那时哪有钱买车票,到处都是逃荒的难民,几天才通一次车,人们饿得眼都绿了,很多人便扒着火车或是混着挤上火车到了山东。冬莲心里寻思了一回,人们都不肯卖票给俺,俺那时从山东逃荒都能走到西安,还怕有火车到不了山西?俺过去走路都走讨,为了振国俺就混着坐趟火车吧!

谭守东深夜赶到火车站,听说去山西的火车傍晚就走了。他打听有没有人见到他娘,就有人听了他的描述说有这样一个山东老大娘要去山西,人家不肯帮她买票,后来就不见了。谭守东正怔着,有个老乞丐却说,我见她和那些人挤着进去上车了!

听人们说着,谭守东在火车站里里外外徘徊着,却没见到他娘的影子。累得蹲下休息时,他眼里突然涌出了眼泪,对娘有了深深的歉疚。他从没想过他的娘是这样坚持的人,竟忍不住想念要去看她的孙子,她这辈子操了多大的心啊!他记得他娘说过她当年到西安去找自己的事,肯定也是这样的劲头儿!他又连夜赶到谭兴家,给青女交代了他打算坐明天的车去山西,他怕万一娘没去山西,流落在西安,让她和谭兴多操心着。青女一听就急了,说她这个娘真是胆子大,日本人天天打着大炮在山西轰炸打仗,她竟敢一个人跑去!

她哭着就突然发现,她的心里一直是想着娘的,她虽然没有叫过一声娘,可娘所有的事都在她心里搁着的。谭兴知道这是她心里的一个结,就任由她去了。现在她娘不见了，青女就一下子失控了，要是娘出个什么意外，她可怎么好？她再也没有机会搂住她娘叫那个字了！有了家宝，青女疼爱自己闺女到了少见的程度，一会儿不见她在眼前就急忙去找，心肝肉叫着搂在怀里，家宝也乖巧，搂了青女亲热得很。女儿家宝一天天长大，青女越来越对她娘有了同情。她一定和自己一样，天天想念着自己的闺女，却苦苦想了二十多年，自己不认她，她有多伤心呀。

这样想着，她忍不住冲出家门，在人来人往的路上就哭起来，有人看她，她也不管，一心一意哭着想她娘。谭兴劝她，她哭着说，完了，我真的再也没娘了！我得找她去！

谭兴劝她也劝不住，便说，俺现在知道你和守东这样有胆量，原来是随了你娘了！

青女没心应他，谭守东却说，她当年怀着俺，不就是走过来的？她当然不怕！可她不知道，现在日本人天天盼着强渡黄河进占关中呢！她只当她孙子就在南堡子，她从北堡子走到南头就找见他了！唉！都是振国那个货，找见他俺才收拾他呢！

第二天谭守东便坐上火车到了潼关，却没听说谁昨天见过一个山东老太婆。他在黄河边上站着，见那河水浑浊奔腾，河风吹着他的脸，谭守东便想起他娘说起他爹死时的情形。人们候在河边等着渡船，远远听得到对岸的炮声，伴着河水声一起轰隆着，谭守东犹豫了一回，最后一个上了船。他想，振国都有勇气去战场医治伤员，俺那老娘都有勇气给她孙子送饼送药，俺谭守东还没勇气去找他们？多少伤兵等着治，俺既然过了黄河，就好好给他们治伤吧。

船上有部队的人，有从西安志愿来晋抗日前线的学生，也有抗日救国救护队的医护人员，听到他打听野战医院，又知道他就是前些天在西安靠着秘方和自带西药救治了许多人的谭先生，都争着和他握手。谭守东突然觉得自己早就该来了一样，他兴冲冲地和那些人握手，不觉就自己笑了，心想，他们都是狂热的年轻人，俺却也一样了！下了船谭守东和那些人被车接了，一路往战地医院赶，见了伤员便立刻忘了累，也忘了他要找的老娘和儿子，只顾看每个人的伤口。他带去的西药远远不够用，便挨个儿仔细看了伤员们的情况，急需做手术的他便让人编了号，受了枪伤子弹还没取出来的，他把自己瓷瓶里的细药粉倒出来，教大家使用。

他每天都在忙碌，经他手锯了许多人坏死的胳膊和腿，他不善于解决伤员内脏的伤口，便认真看别的医生治疗。他治好的伤员有的上了战场，有的回到了后方，而他已经顾不上他在谭家堡子还有每天都织出来的军布和粗布了，他也完全顾不上他的娘和他的儿子了。他只记得注射、穴位、截肢和手术，没有治好的人死了，他每次都很伤心，他时常抱怨他该多带些药来的。他写了方子，让医院的人去想办法买草药，教他们做成药膏，这么多人要死了，还要守着方子，不是太浑蛋了么？

有一瞬他就想起他的娘还没有找到，她到底上没上火车，过没过黄河？他突然就担心起他的儿子，不知道他是不是还活着。可他顾不得多想，因为病人太多了，而战场又总是在转移，他满脑子里全是各式各样的伤口。

这时他却突然听到了儿子的消息。

谭守东听从前线刚抬下来的人说，这几天一直在给他们治疗的医生也姓谭，却年轻极了，绝不超过二十岁。他立刻就知道，那一定是他的儿子，他几乎是揪着那人的胸口问他儿子现在是在哪里的。所有人都知道，谭先生跟着救护队快一个月了，一直要找他儿子了，却从来没时间去找谁问过，但他们听他说他儿子叫谭振国。

救护队决定给他派辆车让他去找儿子。谭守东在一个村庄的破庙里见到儿子振国时，振国正在给一个被炸掉三个手指的人包扎伤口，那人疼得咬着振国丢给他的破布，汗流得顺着脖子直淌。谭守东在昏暗的光线里只看得清振国的背影，他听到他儿子对那伤兵说，再忍忍吧，你运气不好，要是俺爹配下的好药还有，俺一定……

谭守东觉得鼻腔和眼睛渐渐发热了，他从怀里摸出瓷瓶，从振国身后递到他手边说，他运气不错，这药还有！

振国瞪大眼睛回了头，谭守东啪地扇了他一记耳光骂道，你好大的胆子！你比你爹还像男人？！

其实冬莲并没去成山西。她挤上了火车，却被人在半路上就送下车，第二天被送着坐上火车回了西安。她在路边等着，居然搭上了回阎良的马车。

坐着从山西开来的火车被人们送回西安时，冬莲知道这次是见不上振国了，她见车上满满腾腾都是逃难的难民和受了伤的兵，便忘记了自己一肚子不满了。她知道这样背井离乡绝望的艰难，见难民们饿得可怜，便心酸地直掉泪。伤兵们大都还是娃娃，却受了伤流着血，穿着稀烂的衣裳，有的一声不吭，有的却呻吟着一路不停。冬莲不敢想她的振国了，这生和死竟只隔了层薄纸一样，她赶紧解下包袱，把大饼分给饥民们吃，又拿了一个掰成碎块喂她旁边的小伤员。到了西安时，有两个伤员在车上已经死了，抬着尸体的人们从冬莲身边挤过去，她吓得闭上眼不敢看，心却嗵嗵直跳。顺着人群走着，她知道车上的难民大多和她当年一样，并没有一个家，还不知道咋样的生活等着他们，只是想要活着，想要躲开饥饿和日本人的枪炮，他们蚂蚁一样慌慌着就跑到了陕西。

　　冬莲一路想着一路流着泪，她突然急迫地想要回到谭家堡子去。她想她的家，想她的儿子媳妇和孙子孙女，她想她堡子里的山东老乡和她那些土地了。她并没见到青女在人群里找她，她虽然还是悬着心，却自己安慰自己说，回去吧，守东说得对，国家成了这样子，振国不光是俺的孙子。刚才车上要是有他，那些人不就都能治了么，他生来就有那么大的志向，俺成全了他吧。

　　这一次，青女一点儿也等不及了，接到冬莲回家的消息，她让谭兴马上送她回谭家堡子去，青女急着进院冲到屋里，见了她娘却又站住了。

　　冬莲太意外了，却立刻笑了，她丢下手里正做的棉活儿搂住闺女，青女果然就使劲儿搂紧了她的脖子。冬莲鼻子酸着，闭上眼，却笑着喃喃地说，俺天天想着你会这样抱着俺给俺叫娘！你小时候就爱这样，把人搂得喘不过来气！

　　青女这才松了点儿，却还是不说话。冬莲笑着说，俺这一辈子都在找你们，先是找你，又是找守东，现在又找振国！你们都是不省油的灯！

　　见谭兴看到自己和娘抱在一起，青女难为情地笑了，松开了冬莲。

　　冬莲拉着她的手，让她赶紧脱鞋上炕，说早就想青女了，埋怨她也不来看自己。青女见她明显老了，头发几乎全白了，眼珠上也蒙了层雾似的没那么光亮了，最令她难受的是，冬莲没了过去的利索劲儿，突然变得很依赖人，仿佛从一个很柔韧刚强的女人变成个一肚子委屈的孩子。而青女和谭兴都看得出来，这委屈和依赖是只冲着青女的。冬莲一个劲儿对青女说谭守东不好好找振国，香绣只好冲娘叹气，又冲青女无奈地摇着头。她却不管，又撩起衣襟让青女看她的肚子，那里瘪下去，干巴巴的皮肤皱成了一堆，她说她吃不下，当年谭守东逃出去时她也这样睡不着觉吃不下饭。青女嗓子就哽了，她以为她恨冬莲，可她心里却真正地疼了。冬莲见青女眼里有了泪，就受了鼓励，开始数说当年青女的爹死在黄河滩上，为了给闺女一条生路，也为埋下死去的男人，她失去了心爱的闺女；守东十三岁就离开她，多少次她都当再也见不到儿子只想一死，又劝说自己，万一儿女都没死，回来见不到她，那儿女们在世上就再没一个亲人了；现在，又是她心肝一样的孙子了！

冬莲说，那时她一直都盼着死，她只放心不下她的儿子闺女，青女和冬莲一样哭着，她突然就喊着说，娘！我只当我一辈子都要恨着你了！我只当你一点儿也没疼过我！娘！我的娘……闺女对不起你！

青女扑在她怀里哭着说，娘呀，你打我吧，我以为你不疼我卖了我，我在戏班子和爹娘受了多少苦，我那个娘为了我饿死了！我就恨你，知道你是我亲娘，我也忍着没认你，觉得我认了你就对不起死去的娘了，可我这心一直都在刀尖上滴血呢！娘呀，你原谅你的闺女吧！十一年啦，我的心一直滴着血呀，多少次我梦里给你叫娘，醒过来枕头都哭湿啦！

冬莲上上下下把青女打量着，抖着手摸着她的脸说，青女，娘委屈你了！

听到"委屈"，青女就越发哭得止不住了。冬莲双手捧了她的脸，流着泪水，却努力笑着说，好闺女，俺活着能见上你……俺能闭上眼睛死去啦！

青女埋怨她说，别说死！你还要好好等着见你孙子振国呢！

一个多月之后，谭守东回到西安时，只有他一个人。

冬莲见谭守东回来了，默默打量了他的脸色，生怕自己问了，孙子振国就万一有了意外。谭守东把他娘仔细端详了一遍，慢慢跪在她脚边，冬莲问他，你累了？寻俺累的？

守东含着泪摇摇头，冬莲慌了说，你哭啥？是不是振国他……出了意外？

守东赶紧摇头说，人家好着呢！你孙子能得很！他又没在战场上，有伤员抬下来，才送到他那里治呢！人人都夸他有手艺，哼，还不是俺教他的！

他故意说了这些，冬莲却笑了笑就怀疑起来，那你咋没让他回来？你不是骗俺吧？

谭守东没想他娘越来越警惕，便苦笑了说，你看俺这么高兴，要是他有事，俺能装出来这笑模样？你孙子真的有本事，也不怕血淋淋的，不管是锯胳膊，还是取子弹，他都下得去狠手，又利落，人都夸他，俺也有面子！

冬莲仔细看了他的脸，这才相信了，却又哭着埋怨他，不把他带回来，让人多操心！

谭守东想想说，俺估计只要他不死，日本这仗一直打下去，你孙子是不会回来了，求娘别逼俺了！其实，他这样出息，俺倒觉得没白养活他！

他说得直白，连香绣也瞪了他，冬莲却慢慢点了点头说，你说得也对，俺振国没给他先人丢人！俺和你说好了，振兴他可再不学医了！

振国去了山西的第二年夏天，河南开封附近的花园口被炸了，一时黄河决堤，淹了数不清的村庄，淹死数十万百姓，上千万人成了饥民，失了家园，顺着陇海铁路线逃难求生。这些难民大多是河南人，辗转数日才过潼关到了陕西，破衣烂衫面无人色，令人惨不忍视。渭河两岸的许多村庄，时常能见到三三两两的饥民，衣裳也掩不住多少身体，饿得头昏眼花，想要讨口吃食。有时在路上，就看到有饿死、病死的难民，竟缩着死去多时了。

谭家堡子因为有个寨墙围着，河南难民来得就少，附近村庄的人家，见这些人拖儿唤女着实可怜，都知道天灾人祸，躲也躲不过，也都愿意给他们一口饭吃。

这些事冬莲多少听说了些，见堡子里并没多少难民，就没往心里搁。这天冬莲听她家在寨墙外面住着的工人们说，那些河南难民真是可怜，也没个地方住，天天在附近要饭，把那老的弱的都安置在他们的房檐下面。有时孩子们哭个不休，他们就想是大人没要到饭，孩子饿得难受吧。冬莲听说了就要去看，让个工人带路，她出了寨墙就到她家的大房子跟前。这时天已经黄昏，果然就见屋檐下坐了十来个老人和孩子，一个头发也全白了的老太婆抱的孩子正在哭。

他们见了冬莲便不安了，一个年轻女人主动冲冬莲叫了声，大娘！

她说的是河南话，冬莲听了，便问他们怎么到了这里，孩子哭得厉害，是怎么回事。

那女人见冬莲善良，就捂着脸哭了，说家里遭了大水，房子都让淹得漂在水上了，一根线也没从水里抢出来，多少人都让淹死了。她和男人带着公公婆婆，还有丈夫的两个兄弟一起逃了命出来，听人说关中好活命，就往陕西来了。

冬莲见她说的那公公婆婆和几个老人耷拉着脑袋坐着，没有表情，仿佛这女人在说别人的事。冬莲又见除了那个抱在怀里的孩子，还有几个孩子坐在大人旁边，两个五六岁大，一个不过八九岁。冬莲问，你男人呢？

那女人指了远处说，和几个老乡去给人家盖房子的打胡基儿，晚上回来。俺猜这房子是你家的，俺们是一个村逃来的，好几家人，孩子多，发大水的时候是夏天，都没什么厚衣裳，天越来越冷，俺们怕孩子冷，才在这屋檐底下避避……

见他们可怜巴巴地看着自己，只怕要让撵走了，冬莲赶紧摆摆手。那孩子一劲儿哭着，她就哄他说，别哭啦，和奶奶说你咋了？

孩子只停了一下，就赶紧把头扎在他奶奶的怀里，继续哭闹。那年轻女人说，他爹做活儿回来才有吃的带回来，孩子小，饿得等不及了！

冬莲便叫了自家的工人说，快去把咱家的饭拿来！

工人应着就跑了，大家都惊喜了，刚才木然发呆的老人们，被"饭"字唤醒一样，互相看着，却都不敢相信这样一个五十来岁的女人，来问问话，就要给他们拿饭吃。他们有十来个人呀！

那年轻女人有些感动地说，大娘，你真好！

冬莲笑了笑，却觉得心里不好受，她对那孩子说，快别哭了！马上就有饭吃了。

时间不长，织布厂的几个工人提了桶和篮子就来了，大人们见是冒着热气的烩菜和掺了苞谷面的麦面馍，都惊喜了，慌不迭地去抓馍，掰开给孩子们吃。老太婆怀里一直在哭的孩子被发了个馍在手里，就立刻止住哭声，张开嘴去咬，鼻涕眼泪粘到了馍上。冬莲不敢再看，转身要走，生怕自己忍不住落下眼泪来。那女子哭着冲她跪下说，大娘！谢谢你的救命大恩！

冬莲回身拉她，那女人却不起，哀哀地哭道，两个月了，俺们没见过白面馍！感谢你给俺吃好饭，求你给俺们一个活命的路子！俺们都有劲儿，会干活儿，能不能收留俺们在你那厂里做个小工，只求孩子们能有口饿不死的饭吃就中！

冬莲被她哭得眼窝子发酸，心口发堵，见她是个正经想要干活儿的人，便一下动了心，可她再看看那女人身后大口小口吞着饭的老人和孩子，就又犹豫了。那女人说，俺男人二虎和老乡们都有劲儿，寻不着活路，只要能让他们去做工，俺们就都有活路了！

冬莲说这事得让她和儿子商量商量，那女人千恩万谢了，冬莲让她快去吃饭，又让把桶里的饭全倒给他们，自己就和工人们提了空桶回堡子去了。堡子城门楼子上面值班的人见冬莲抹着眼泪，劝她别为这些人伤心，一天到晚，这样的可怜人多呢！

冬莲也不和他辩说，只点了头往家走，见到守东正和家里人等她吃饭，她便把刚才的事说了一遍。守东和她唏嘘了一回，劝她别难过了。冬莲却哭了说，俺想起那年，俺来到这关中，和他们一样，水洗一样穷困，还带着你。要不是堡子里的人们接济，德空师父和高婆婆帮俺，桂枝来宽慰俺，俺真不知道怎么熬过来。俺看着他们脸上那绝望，和俺那时一模一样。俺想想心里就难受！守东，娘想帮帮他们！

谭守东已经知道娘刚才让工人们从厂里灶房拿饭给饥民吃，他便劝说道，不是给他们饭了么？娘，你也快吃吧！

冬莲说，明天他们又会饿了，他们想要找个活儿干，那不就有了指望了？你看能不能让几个年轻的男劳力来厂里学织布？

守东说，娘，你是好心，可这布不是谁都能织的！而且，你没出去看过，西安城也有不少这样的河南难民，沿着城河边，密密麻麻搭的窝棚住着，哪个村哪个县城没有些河南难民呢？日本人到处打仗，国家也管不了，你就别操心了！

冬莲被香绣在手里塞了筷子，守东把她的碗推了推，小声说，娘，快吃饭吧！这世道不好，谁也帮不了谁多少！

冬莲气了说，可俺碰上他们了，俺放不下心，那些孩子饿得直哭！俺当年也背着你在西安城外吃过舍饭，要是人人都不想管别人，那咱早就死绝了！

见娘越说声音越大，守东不敢说话了。他默默放下筷子，站起身，垂手在娘身边立着，冬莲又心疼了，儿子忙了一天，天都黑了还没吃饭呢。她缓和了自己的情绪，把儿子拉到座位上重新坐下说，你先吃，吃完再和俺说说你能不能给他们点活儿做！

守东和他娘商量到很晚，决定可以找些年轻的男人来干活儿，但他们不能在堡子里住，要不别人家的织布厂出了什么事，他们可就说不清了。冬莲只要他们有饭吃，立刻答应了，守东又说，娘，往后难民还多呢！咱说好了，只有这一次，再多咱也养不起呀！

冬莲只是点头，想想那年轻女人，再想想她那几个孩子，她从心里高兴，恨不得立刻去和她说说这好消息。可堡子的寨墙门已经关了，冬莲满意儿子肯听她的话，这时振兴和国花却来了精神，要听她讲当年背着他们的爹吃舍饭的事。谭守东笑了说，那是多可怜的伤心事，你们当故事听！要不是你奶奶在谭家堡子开荒种了地，又挖了地窑住下，你爹早也饿死了，你们也不知道在哪里呢！

谭守东第二天去见了那几个河南男人，见都是本分人，有一个没遭大水前还在县上做过水利记录文书。他把他们带进堡子，领到自家织布厂干活儿。没过几天谭守东就发现，他们干得很卖力，学得也很快，而他们的爹娘和孩子，都在那堡子外的大通铺房子里睡地铺，对于收留了他们的谭守东和冬莲，他们感激极了。因为这些勤谨能干不惜力的河南人，许多织布的人家就都动心了，觉得他们要钱少干活儿却多，河南人在关中又没有土地，不需要像关中人一样在农忙时请假，可以一直很好地在厂里干活儿。冬莲又努力到谭彦章家和桂枝家去劝说，想要多帮些河南灾民，于是谭家堡子就有许多织布厂找了河南难民来做活儿。堡子里的有些人却不高兴了，觉得堡子里真是乱了，谁都能进出，那寨墙和寨门又有什么用？

因为这些难民有了吃饭的着落，谭家堡子外面渐渐就集了许多难民来围着，希望讨些饭吃，或是有个谋生的活计给他们做。堡子里的人们就开始埋怨冬莲和守东多事，开了个不好的头。守堡子门楼的男人们也觉得门更难看守了，因为总有难民想法子要钻进来。每天都有大车要进出，早晚有许多家织布厂的工人们要进出，他们就得费心地看住难民们，怕他们挤进堡子哄抢了谁家。

冬莲听到大家的埋怨，觉得大家太自私，守东劝她说，你只想帮人，当初大家修寨墙，不就是不想让闲杂人进来？他们担心的也对。俺和大家说说，咱让各家的工人们都凭各家织布厂的进门证进出堡子，那些没做工的河南人自然进不来了。

尽管大家抱怨着，可这主意倒解决了大家担心的问题，凭进门证进堡子，渐渐也就成了常态，河南人慢慢少了。有人说他们去山坡上开荒了，有人说，他们大多到西安的城河边去了，那里更容易在城里找到小工干。对于冬莲，谭守东只想着，尽量别让她再见到这些难民了，她见了他们，一定会忘记他和她说好的那些话了。

振国在山西的战场一连待了两三年，部队转战到了河南的时候，他让人给家里捎了封信，报了平安，说他现在连脑部手术也敢做了。谭守东没觉得他有啥了不起，悄悄把信拿上给谭兴看了，谭兴却让守东赶紧烧了，别留下啥把柄。谭守东不想让他担心，就把那信当他的面烧了，谭兴才松了口气。青女说，你怕啥？谭兴却说，你知道啥！年轻娃们脑子一热，啥都敢干，谁知道他啥时候又跑到谁的旗下了？

又过了一年多，振国便让人捎信说他当了医院的副院长，谭守东把信给冬莲读了，又进城给谭兴看。谭兴默了会儿说，这孩子真是出息！俺那几个孩子，让他爷爷管着，再不让出去上学了，说是怕学成俺，再不回家了。守东，眼下真是紧了，你可当心！

青女吃惊了，谭兴说，近来的确风声紧，小心你自己吧，你从药厂买了那么多药！

谭守东点头说，可俺给他们战场上用了嘛，这个倒好说，俺不管他们是什么军的，只要是救国打仗受了伤，俺就都愿意花钱买药治！谭兴哥，你也知道，药厂让控制了，不敢卖药给俺了。你再给想想办法吧！

青女见谭兴脸上不好看了，便说，你哥没顾上给你说，他现在也危险呢，他前些天就发现有人跟踪他了！

不等谭守东说话，谭兴便压了声音说，俺怕是俺帮你弄的药在路上出了岔子。

谭守东愧疚了说，那俺这段时间不找你了，省得给你添麻烦。

不想过了几天，青女却来了堡子找守东说，谭兴真的被人家注意上了，那药厂的厂长派人悄悄告诉他，有人来查过这四五年间谭兴介绍人买药的册子，谭兴留的全是他自己的名字。谭守东问青女咋办，她却早做好了打算一样说，除了和俺学唱戏的学生，也有他过去军校的学生在陕北，一再请他过去呢，说八路军办事处有人能联系着送去。我和你谭兴哥商量了，这样窝囊着也不是个法子，他那天说振国那娃都抗日呢，咱还天天怕这怕那的！我想，人家注意了咱，早晚得收拾咱，不如早点儿做个打算！

听青女说得低沉，谭守东心里也不是滋味了，他叹口气说，谭兴哥一直都想保住他的差使，都怪俺非让他帮俺弄药，害他得丢下家去陕北……还不知道那边咋样呢。

青女强笑了说，你当他不想，你逼就能逼得动他？他自己心里和你一样想帮那些人，他又怕影响了他的前程，这下好了，他再不用憋着了。他的学生们说了，他过去了给学生上课，一肚子学问也有地方用！我打算好了，把家宝带走，我可离不开她。

谭守东拉了她的手说，姐，走时俺给你们多带些钱。

青女说，在西安城里过得多憋屈，我也盼着到那边可以大大声声唱些新戏呢！你放心吧，他说这国家将来还是得靠陕北那边的！你自己当心！你谭兴哥下了这辈子最大的决心！他答应把他管的药品，能带出去的，就全带到陕北去！

对于青女和谭兴要走的事，谭彦章和谭守东并没说什么，青女愁着要不要和她娘说。和守东商量了一回，青女到她娘的屋里，和她娘说她过两天得去外地一段日子。

去哪儿？干啥？

青女见娘仔细地看着自己的脸，便把想好的话全咽下了，对着她这样的眼睛，青女说不出假话来。她说去北边。谭兴的工作让派到那边了，她和家宝得跟着去。冬莲不说话，见青女的手捧了茶杯，热气弥漫在她俩中间。她突然说，也对，你该去！照顾着他俩，你也不心慌了。

青女见娘懂自己的心思，就笑了说，那你可好好保重，过些天我们回来看你！

多少天？

青女又让问住了，她摇头说，我也不知道呢……

冬莲便点头说，哦！

青女突然心里酸楚了，娘脸上的失望一点儿也不掩饰，她不舍得她的亲闺女离开啊！虽然她一直在西安，可娘当西安是很近的，总说他们"抬腿"就回来了。现在她要走远了，娘知道拦不住，可她心里多难受呀！

她突然做了个决定，她说，娘，我晚上不走了，陪着你睡，成么？

冬莲高兴地使劲儿点头，又笑了说，不哄俺？

青女鼻子酸着说，我要和你睡一个被窝，搂着睡！

427

冬莲笑着，又想起什么说，那不耽误你们出门？

青女摇头说，不耽误，后天一早走！我就一直和你待着！你不是有好些故事要说给我么？咱就躺着说！

娘儿俩果然就说了半宿话，油灯熬剩了一点儿油的时候，冬莲才长长打了呵欠说，睡吧睡吧，守东总说不好好睡觉就没气血了。

青女和冬莲偎在一个被窝里，都闭上了眼睛，冬莲又小声说，小红，俺真是喜欢你，你不走了成么？织布厂挣着钱，谭兴不要那差使也没什么，兵荒马乱的，到处打仗，多操心！

青女挨着娘，觉得满心都是满足和幸福，她不敢说话，怕让娘伤心。冬莲停了停又说，俺知道你没睡呢！俺知道你为难呢！去吧，娘不让你为难。娘明天给你准备些钱，别告诉谭兴，有个急事再用。

青女低低地说，钱有呢。他爹也给了许多，换了金子让带着。

冬莲用手捋捋闺女的头发说，那是他谭兴的，娘给的就是你的！老人们的话有道理，你要记得，爹有娘有不如自己有，就算是男人有，也是隔了一道手！小红，娘看着谭兴长大，他是好孩子，对你也实诚，可钱这事，你要听娘的，给你就拿着，那是娘该给你的！

青女嗯了声，使劲儿把头往娘的怀里靠着，她想，要是永远和娘这样躺着多好呀。

在冬莲过了六十大寿的时候，本来谭守东要按着山东老家的风俗，给她早早做了棺材的。他打算用爹和娘从山东老家带来的楸树当作寿材。冬莲去看了那两棵楸树，早已经长成根深叶茂的大树了，她回来却不同意。她身体不错，总不让守东动手伐树，这事就拖了十年。

现在冬莲过七十大寿，正赶上西安城解放，儿子谭守东给她摆下了寿酒，她的青女和谭兴回来看她，全家大大小小竟有十几口，加上堡子里上百口子人来给她贺寿，竟是谭家堡子多少年没有过的大喜事了。

可冬莲牵挂了多年的孙子振国，却一直没有回来。

谭守东觉得做棺材的事再也不敢拖了，便问他娘咋打算。冬莲说，重新买了木材做棺材吧，俺当这树就是你爹和俺，俺到了关中五十年啦，给他守了五十年寡！俺和你参要合了墓，这两棵树也别分开了，替俺们陪着你们在谭家堡子吧。

从找孙子回来后，冬莲几乎没再迈出过谭家堡子。她想念她的振国，便每天挂了拐杖到南堡子去张望一回，然后扶了墙顺着台阶上到寨墙上。她知道官路通往西安，上了台阶总是气喘着，遥望着那路，便渐渐平静了呼吸。她每天都来，一待就是半天，谭守东就在寨墙上给她备了张硬木椅子，香绣给她缝了大坐垫铺上，里边絮了厚厚的棉花。刮风下雨时，她停歇了，天刚一好，堡子里的人就又看到她穿戴得利利落落的，挂了杖往堡子城墙去了，守寨墙值班的人就都把她当成了南堡子寨墙上固定的景物。

阳光明媚的日子，晒着暖暖的太阳，冬莲便半闭了眼睛打着瞌睡，迷迷瞪瞪听了寨墙里谁家娃哭，大人说笑话，她便醒了来，张开眼睛怔一回神，然后一声声念佛。有时她模糊想起自己背着守东一边在地里开着荒，一边饿得肚子慌，她便轻轻叹口气。她想起守东十几岁就出了堡子，留她一个人想死想活都没个人商量的悽惶，她摇着头，摸起手帕抹抹眼角的一点儿泪。想着她就又瞌睡了。值班的人在墙头巡视了一圈，有几只长尾巴的小鸟叫得热闹，冬莲像是睡饱了一样，张开瘪着的嘴打了个哈欠，露几颗残牙。她慢慢腾腾用守东给她削的枣木杖在地上支撑了，踱到寨墙边上，扶了墙垛子往西安来的官路上眯缝了眼睛张望。守寨墙的人笑着说，婆婆！你看着振国没？

冬莲扭头看看他，也笑着说，没呢，这娃说打走日本人他就回来了。守东说日本人都打跑好几年了，他咋还没回来？

不等那人说啥，冬莲又专心伏在墙垛子上看着远方。不知过了多久，谭守东来墙下唤他娘回家吃饭，一仰头，看到她脸上的皱纹在阳光底下竟像黄土地里熟透的麦子一样，闪着动人的金色光彩。

土地里的金色光彩

土地，是我在小说《叶落大地》里想要表达的一个主题。

中国自古就是农业大国，而当下，几千年农业文明构建起的价值观和社会关系，正一点点随着城镇化建设而改变。离西安城仅有百里路程的阎良山东村，是《叶落大地》里的山东人一百多年前开荒种地的地方。我所认为颇能代表中国的地方，正是这片有着古老农耕文明、商鞅变法进行土地改革的地方。

不同于许多文学作品里的人物对故乡和根的回归向往，《叶落大地》里的主要人物是在饥荒之年来的秦地，所以他们努力开荒种地，想要把根扎在土地里，然后盼着开花结果、"叶落大地"。《叶落大地》里那些来到陕西便要开荒种地，拼了命想把自己的根脉扎在秦地的山东人，与我另一本小说《叶落长安》里有着顽强生命力、靠着努力劳动而融入西安城的河南人不同，他们在饥荒里也没丢掉老祖宗"耕读传家"的祖训，不愿失去自己的山东乡音。他们想要寻一块土地，安放自己的日子和灵魂，耕作、劳动，直至生命终结，就算叶落不能归根，也想叶落大地，回归土壤。散在渭北的山东村的每一户人家，都有着自家爷爷、老爷爷那一辈传下来的故事。这些故事让我着迷，于是，我在关中丰沃的土地上，见到许多保存完好的山东村和无数说着纯朴山东话的老人。他们请我吃单饼卷鸡蛋，拿出发黄干脆的家书族谱小心翼翼捧给我看。一次次到临潼、阎良、富平的山东村去和老人们聊天，让我渐渐走进一百多年前山东人在关中的那些泼烦细碎的日子里。而且，我在乡间行走得越多，那些人的面目就越是清晰，我对这百年前的迁徙关注思考得就越多，那些细碎苦难的日子就越发显得温暖了。

于是，我想把他们写出来。

整个民国时期，中国一直处在一种悲怆的痛苦挣扎里，战乱、饥饿和贫困，几乎把这个国家和这个国家的大多数人都要压垮掉了。几千年来中国农民依靠土地活着，而那时的农民，失去了唯一可以赖以生存的土地，流落他乡。整个国家的苦难使生存更艰难动荡。我在书里专有七万字书写1926年河南军阀刘振华攻打西安城，因为"西安围城"是这个城最惨痛的经历，也是西安人难以忘怀的耻辱。我那时痛惜着城里饿死的上万条生命，几乎一直是边写边哭的。谁也料想不到，十二年后，大量河南难民哀哀地来投奔这座城，西安城依旧不计前嫌宽厚地收留了他们。可能因为黄河流域的河南人祖辈饱受河水的灾祸，逃荒要饭的活命无奈使他们很难有置办恒产恒业的长久打算，所以他们逃到西安城便在城里寻找各种生路。而孔孟后人的山东人，更愿意在土地里寻找安稳的日子，所以他们冲的就是能种出庄稼和希望的土地。当年，河南和山东的难民大多逃难到关外和陕西，是因为这些地方有可以种下希望收获粮食的土地——就算是荒地，也是有希望在的。长安，在当时，差不多是传说中没有战争没有饥饿的精神家园。《叶落大地》里，那些日复一日在土地里消耗了青春、岁月和生命的山东人，卑微得像蚂蚁，却顽强得像小草。谁都是为了活着才背井离乡，怕是谁也没想到，大片的荒地开成了田地，儿孙们能在土地里劳动着生活下去了，他们却老死病死或饿死了，再也不能回到老家山东。这些山东人像树叶一样，飘落在关中大地，竟埋在这黄土地里，渐渐就化成了土。

小说里，在荒地里拼命开荒的冬莲，就生存在这个最绝望的时期。我生长在有着城墙的西安城，不由得就把我的冬莲和她的儿女们都放在这城里城外去发生故事。陕西的山东村老人们讲述的传奇故事里，大多没有女人，顶天立地的全是男人，带领家族和村子走出险境的也全是男人。可在我心里渐渐形成的故事中，两个女人却总走在所有人的前面，微笑着，哭泣着，痛苦着，欢喜着。这样的腹稿打了几年下来，冬莲和青女在我心里就都是活着的了，她们爱着，又恨着，在土地里挣扎活着，在灯火辉煌的戏台上曼妙着，她们是所有家族史里被遗忘的精彩。

而我，正是想写出大多家族史里被遗忘的那些精彩。

而我这些年采访到的老人几乎都是包办的婚姻。经历过饥饿、战争和逃荒的女人们，她们现在大多八九十岁了，回忆起自己的一生，婚姻是她们大多数人命运的转折点。她们很少提到爱情、幸福，仿佛人生使命就是操劳一个家庭养大一群孩子。但是她们没有爱情吗？我看并不是。她们坚贞地守护着自己的婚姻家庭，与丈夫或和谐厮守一辈子，或吵吵闹闹过一辈子，支撑着她们的就是爱情、亲情和责任。有的老人和丈夫成亲后只共同生活过两个月就怀了孩子，但她愿意为上了前线从此杳无音信的丈夫守一辈子寡，养大孩子不再嫁人。我不认为这是没有自由精神或受了封建思想的禁锢，因为在这个老人来看，她用一生守候着一个希望——她没有得到他死的确切消息，那她就坚信他能活着回来！所以就算她已经八十多岁，还依旧每年给她的丈夫做一双布鞋。我问她，还记得他的样子吗？她很认真地说，别的记不住了，可他的眉毛和眼睛我都记得，精神得很！

老人郑重打开板柜，让我看她最为珍贵的东西：亲手做成的几十双样式相同的单鞋、棉鞋和夹鞋，和她的寿衣放在一起。这样的女性令人肃然起敬，让我不敢揣测那个时代的女性不是自由恋爱就没有爱情。相反，她们的爱情更经得住摔打和挫折，比起现代人对爱情的态度，我更喜欢那个人们认真地、用一辈子深深爱一个人的时代。我看到，在许多中国大家族的兴衰里，总有一个女人承前启后，让家族烟火重新兴旺。她们或是奶奶，或是外婆，或是儿媳妇，像一棵棵大树，哪怕一半被雷击火烧得干枯焦黑，另一半却能有点雨水和阳光就枝繁叶茂，在土壤里开花结果，让生命延续，闪射着动人的金色光芒。

这就是生命力，我强烈感受到了这力量。

我想，我的冬莲一定得是个有着顽强生命力的女人，她的儿子守东和女儿青女也一定得是这样的人。她和她身后无数的山东人依靠这生命力在关中扎根融入，而几千年来苦难深重的中国人生生不息地繁衍，依靠的更是这强大的生命力。

可我还是不想动笔写，冬莲的面目和身形很清楚了，但她的灵魂安放在哪里呢？

那些时候我常去乡下，凝视关中最好的土地。我看过一次酷夏里的麦收，那些忙碌在地里土扑扑的农民们流着汗水，望不到边的金色麦秆麦穗和黄土地让我突然明白：是土地，让冬莲和她的山东老乡们有了底气，可以凭着一双手活出个滋润来！

无数次离开山东村回家的路上，我总要沉浸在那个令人绝望的饥饿时代里，有时候我想我一定在那饥饿绝境里轮回过，所以才能这样感同身受。我采访过的老人们告诉我，那个时候，一个山东村的女人要是没有丈夫去开荒种地，一定不能生存下来，更别说带着孩子了。我问他们，那这样的女人该怎么活下去？几乎所有的回答都是，那她只能改嫁，找个男人说不定就活下去了。可是他们又说，一百多年前的山东和陕西，改嫁的女人一辈子都抬不起头活人，有骨气的女人，几乎都以改嫁为耻辱而不愿再嫁他人。和我说这些话的人总要长长叹气，沉重地摇头，我便知道了，那些年深深陷在这左右为难境地的冬莲们，是怎么把心也要缠磨碎了，还是没办法躲过无数的眼要看她们的里里外外，无数的嘴要说她们的长长短短，无数的人要在明里暗里盼着看她们栽倒——要么她们死去，要么她们成为笑料。

于是，我在心里的世界打量我的冬莲，决定让我的小说人物自己去选择她的人生。她在我的腹稿里已经如同我的亲人，我熟悉她，理解她，疼惜她，敬重她。出于我对她的了解和我写作的初衷，我不信我的冬莲必须改嫁才能活下去，我很多次在心里问她：你那么坚强，如果不愿再嫁做妾，那你能自己撑住吗？

冬莲微笑着告诉我，她能！而且她要活得很精彩很美好才行！

好了，我决定开始我的长篇小说《叶落大地》的创作了。

第一稿我写得很快。2012年的暑假，我和女儿曼曼住在太平峪里开始写作，她修改她的小说《十七岁的围城》，我也把我的小说初稿完成了。那时丈夫开车从西安到终南山来陪我们，朋友卢梦阳也来探班，我们每天埋头在酒店写作，心静如水。这书里写的是饥饿、开荒和围城，而我们天天都花一个小时在终南山的山水里散步。这使我的写作更加冷静，我身处城外，居高临下，旁观西安城里的兵荒马乱、生生死死，冬莲和她的山东同乡们在那里喜怒哀乐、要死要活。

2014年年底，《叶落大地》出版了。

我时常想，这样坚持着不愿失去自己文化符号和个性的一群人，是什么支撑着他们，可以在快要饿死的时候，还守着自己从山东老家带来的一点点火种？

靠着这些母亲们在土地上延续生命，一百多年间，背井离乡的五万移民，或者说是难民、饥民，在关中最好的土地上繁衍生息，至今据说竟有近百万人了。到了现在他们还是群居，在关中人的地盘上形成一个又一个山东村，执拗而温和地把自己和陕西人区分开。山东话是对自家人和村里人说的，他们也能说秦腔，出了山东村便又是半个陕西人，求学、工作、生活，与世人无二。他们保持着自己原本的山东方言和饮食习惯，甚至连婚丧嫁娶也保持着百年前的习俗。而这些宝贵得令人感动的民风民俗，连他们的祖籍山东乡下，也已渐行渐失去了。寒食祭祖、中秋团圆、除夕给老祖宗上坟的祖训，老先人传下来的仁义廉耻的教化，没有物质，全是精神，他们记得多少就坚持着做多少，一做就是几代人，这样的力量让我真实地感到震撼。

曾有朋友问我，作家总在自己的笔下不知不觉地记录下了时代，对你来说是这些人物的命运经历吸引了你，还是作家的使命感使然？

当时我说二者都有。只有被独特的人物命运所吸引，我才会更加关注这个人物身后的历史，想要了解更多那个时期的更多人的命运。而社会现象和历史事件是一直公开在那里的，许多人都可以接触到，但每个作家的关注点并不一样。我希望我有对时代脉搏的准确把握，能敏锐地从人们熟视无睹的众多现象中发现本质。

最终，我写的是人物，是他们背后的时代。

对众生的使命感，促使我对这些人物命运背后的东西进行不断思考：为什么这个人是这样的命运，而那个人是那样的命运？他们的生存又是怎样嵌在历史的夹缝里而绵延不绝的呢……

在写作中越是深入探究，我越是能感受到文学的力量。如果我的作品能够温暖寒冷、照亮黑暗，那将是我写作的最大意义！

文学作品和人一样，都有自己的命运，我只是一个讲述者，被这样一群人感动着就想写出来。如同冬莲的所有人生轨迹就是她的命运，这书也会遇到许多人，能够传递出生命的温暖和力量，而我写下这些，不为感动别人，只为了我的感动。

吴文莉2019年10月
修改于逸品莲堂